누구에게나
악마가

누구에게나 악마가

초판 1쇄 찍은 날 ┃ 2014년 12월 10일
초판 2쇄 펴낸 날 ┃ 2014년 12월 26일

지은이 ┃ 플아다
펴낸이 ┃ 서경석

편 집 장 ┃ 권태완
편집책임 ┃ 나정희
편   집 ┃ 최고은
디 자 인 ┃ 신현아

펴낸곳 ┃ 도서출판 청어람
등록번호 ┃ 제1081-1-89호
등록일자 ┃ 1999. 5. 31
어람번호 ┃ 제11-0009호

주소 ┃ 경기도 부천시 원미구 부일로 483번길 40 서경B/D 3F (우) 420-822
전화 ┃ 032-656-4452 팩스 ┃ 032-656-4453
http://www.chungeoram.com
E-mail ┃ chungeorambook@daum.net

ⓒ 플아다, 2014

ISBN 979-11-04-90008-2 03810

목차

1. 누구에게나 악마가

그녀가 진정으로 너를 사랑할 여자라면
낙인은 붉은색이 될 것이다.
그러나 그녀의 마음에 조금이라도 거짓이 있거나,
그 마음이 순수하지 못하다면
낙인은 검보랏빛을 띠거나 검은빛 그대로일 것이다.
그녀를 찾아내 내게 넘겨주면 언제든 낙인을 지울 수 있고
너는 네 생을 모두 누릴 것이다.
기한은 10년. 선택은 네 몫이다.

　황토의 옆에는 무슨 식품사 회장의 막내딸이라는 스물여섯 살 여자 외에 몇 명의 재벌가 청년들이 앉아 있었다. 이 여자와는 두어 번 본 사이였는데 술에 취했는지 몇 분 전부터 황토에게 은근슬쩍 어깨를 기대왔다. 황토는 귀찮은 듯 한숨을 쉬었지만 그녀를 쳐내

진 않았다. 확인할 게 하나 있었다.

여자는 넋이 나갈 듯 황토를 보다가 수줍게 말을 건넸다.

"오빠는 왜 술 안 마셔요?"

황토의 얼굴에서 눈을 떼지 못하는 사람은 이 여자뿐이 아니었다.

앉아 있었지만 큰 키를 짐작할 수 있을 정도로 길게 뻗은 팔다리와 넓은 어깨, 비율까지 대박이라고 할 만한 작은 얼굴에 사람을 홀리는 외모……. 가히 악마가 만든 작품일 수도 있겠다 싶을 만큼 황토는 무서운 미남이었다.

아무렇게나 넘겨 올려도 멋지게 연출되는 머리 아래 짙은 눈썹과 살짝 올라간 눈에 순흑빛의 눈동자, 날렵한 콧날과 턱 선, 좀처럼 웃지 않는 성격이었지만 예의상 입꼬리를 올려줄 때면 어른 아이 할 것 없이 누구든 쓰러지게 돼 있다는, 황토의 외모에 대한 이야기를 농담처럼 하는 친구들 역시 오랜만에 만난 그를 한동안 부러운 듯 바라보았다.

"술을 안 좋아해서."

그리고 황토는 중저음의 목소리마저 탄성이 나오는, 몇 안 되는 완벽남이었다.

"그럼 나도 안 마셔야지."

여자는 필살애교를 보이며 제 앞에 있는 잔을 옆으로 치웠다. 그녀가 귀찮아진 황토가 자리에서 일어났다.

"화장실 좀 다녀올게."

"어? 나도 갔다 오려고 했는데."

여자가 비틀거리며 따라 일어났다. 화장실까지 쫓아오려는 여자라니. 넌더리가 난다. 하지만 그녀를 귀엽게만 보고 있는 친구들의 반응은 달랐다.

"여자화장실 바로 옆에 있으니까 황토가 가는 길에 부축 좀 해줘."

황토는 이에 휘둘리지 않고 여자에게 말했다. 다정한 말투였지만 냉랭한 말이었다.

"혼자 갈 수 있지?"

여자는 서운한 눈빛으로 말했다.

"네, 혼자 갈 수 있어요."

여자는 비틀거리며 천천히 화장실로 향했다. 여리여리한 체형이었기 때문에 주변의 친구들은 황토에게 비난의 눈빛을 쏘아댔다. 황토는 그 눈빛들을 모두 무시하고 화장실로 갔다.

황토는 투시력으로, 여자화장실 세면대 앞에서 조금 전 그 여자가 멀쩡한 얼굴로 바닥에 침을 뱉는 것이 보였다.

"콧대 장난 아니네."

애교를 떨던 좀 전의 모습은 온데간데없는 그녀의 태도에 황토는 피식 웃었다.

그럼 그렇지.

황토가 남자화장실에서 볼일을 보고 나오는 동안 여자화장실에서 화장을 고치던 여자는 기다렸다는 듯 황토의 발소리를 듣고 밖으로 나왔다. 여자는 안 되겠다 싶었는지 황토의 왼팔에 팔짱을 세게 끼며 살랑댔다.

"나는 이만 갈 건데 더 놀다 가. 나중에 보자."

"그럼 나도 갈래요."

황토는 좋은 말로 여자를 타일렀지만, 그녀는 여전히 술 취한 얼굴로 매달렸다.

"오빠, 이 문신 어디서 했어요? 나도 하고 싶다."

여자는 황토의 손등부터 팔목까지에 이르는 꽃문양의 문신을 보고 말했다. 순간 검정색의 문신이 보라색으로 변했다.

이제 이 여자에게 더 이상 볼일은 없다.

황토가 급히 그녀를 밀쳐 냈다. 여자는 문신의 색깔이 변한 것을 잠시 의아하게 생각했지만, 황토의 눈빛이 돌변한 것에 더 놀란 모양이었다.

"아니, 난 그냥…… 사실 오빠가 좋아서……."

황토의 살기 띤 눈빛에 겁을 먹은 여자가 주눅 든 소리로 말했다.

"옛날부터 오빠가 너무 좋아서, 오빠랑 사귀고 싶었는데……."

황토는 웃기지 말라는 듯 피식 웃었다.

"예전부터 좋아했다고?"

"저기 있는 오빠들은 다 알아요."

"난 아직도 전혀 모르겠는데?"

황토의 눈이 천천히 여자에게로 다가갔다. 그 무시무시한 눈빛에 그녀는 겁을 먹은 듯 침을 삼켰다.

"내가 원하는 사람은 딱 하나야. 나 대신 자기를 희생할 수 있는 여자. 다 버릴 수 있는 여자 말이야."

"저, 저도……."

"그럼 증명해 봐. 술에 곤드레만드레 취해서도 소중한 가방은 들고 갈 정신이 있는 여자가 뭘 버릴 수 있다는 건지 모르겠지만."

황토는 울상이 된 여자를 남겨두고 차갑게 돌아섰다. 매번 들러붙는 여자들을 돌려보내던 방식이었다.

건물 밖에는 스산하게 비가 내리고 있었다. 괜히 밖에 나왔다는 생각에 짜증이 밀려왔다. 편의점에서 3단 자동 우산을 샀다. 집이 가까워서 다행이었다.

✖

"젠장."

이슬은 거리에서 거친 혼잣말을 내뱉었다. 그러나 주위에 누군가 지나다니는 것이 보이자 다시 입을 닫았다. 사람들에게 보여서는 안 될 모습이었다.

어렸을 때부터 이슬에게는 착한 아이 콤플렉스가 있었다.

아무에게도 악감정을 갖게 하지 말라고, 그래야 네가 살 수 있다고, 어머니는 이슬에게 하루도 빼먹지 않고 말했었다. 말이야 쉽지, 남에게 해가 될 일을 만들지 말라는 것은 숨만 쉬라는 얘기 아닌가? 이슬은 자기에게만 유독 그런 말을 하는 어머니가 원망스러웠다.

그러나 어머니의 고백으로 그 마음을 다 헤아린 뒤에는 누구보다도 착한 아이가 되었을 뿐 아니라, 인간관계도 더없이 원만해졌다. 덕분에 지금 이슬의 핸드폰 전화번호부에는 사적으로 알게 된, 천 명이 넘는 사람들의 연락처가 저장되어 있었다.

'전화번호부에는 천 명이 넘는 사람들이 있는데 이 순간 연락할 수 있는 사람은 한 명도 없다니.'

빠지지 않는 미모의 소유자였던 이슬의 얼굴은 며칠 사이에 푸석해져 있었다. 해외 이민 가는 사람이나 가지고 다닐 법한 커다란 짐가방을 낑낑대며 끌고 다니던 그녀는 고민고민하다 수원에 사는 셋째 언니에게 전화를 걸었다.

"언니, 나, 원룸에 갑자기 불이 나서 쫓겨나다시피 나오게 됐어. 그런데 당장 지낼 곳이 없어서. 혹시 언니네 집에서 잠깐 있어도 될까?"

[정말? 시부모님이랑 같이 살아서 네가 눈치 볼 것 같은데 괜찮겠어?]

셋째 언니가 걱정스럽게 물었다.

"아…… 맞다. 다른 데 더 알아볼게. 여관 같은 데 가도 되고."

[왜 세찬이한텐 연락 안 해? 개는 서울 살고 집도 넓을 텐데.]

난생처음 듣는 얘기였다.

[아버지가 아파트 해줬다고 하던데. 못 들었어?]

아버지가 이슬에게 그런 얘기를 했을 리가 없다.

언제나 아버지와 할머니에게 찬밥 신세였다. 이슬보다 세 살 어린 막내 세찬은 태어난 순간부터 집안의 태양이었고, 이슬은 그야말로 이슬처럼 사라져도 그만인 존재였다. 아버지가 원망스러웠다. 그녀에겐 하숙비도 없다며 대학은 서울로 가지 말라고 했었는데.

점점 날이 어두워지고 있었다. 이슬은 결혼한 친구 슬기네 집에 잠시 가 있을까도 생각했지만 결국 세찬네 집으로 걸음을 옮겼다.

다짜고짜 주소를 묻는, 누나의 1년 만의 문자메시지에 세찬은 금방 답을 해주었다. 원체 어벙한 동생은 누나의 질문에 '왜 그걸 물어?'라고 되묻지 않았다.

"아우, 젠장."

세찬의 집 인근 지하철역에서 나와 몇 걸음 가지 않았을 때, 추적추적 비가 내리기 시작했다. 그녀가 이런 속어를 쓴다는 사실은 아무도 모를 것이다.

남들이 보기엔, 이렇게 천사 같은 사람이 없지 싶을 만큼 이슬은 착한 여자였다. 착한 여자가 예쁘기까지 하니 칭찬은 당연한 것. 예뻐서 다가가기 어려워 보이는 면도 있긴 했지만 그녀와 한 번이라도 대화를 나눠본 사람은 누구나 그 벽을 쉽게 허물어 버렸다.

물론 이슬은 속으로 그것이 모두 가면이라는 것을 인정하고 있었지만.

부지런히 움직여 세찬네 아파트에 다다른 이슬은 세찬에게 다시 연락하려다 바로 올라가기로 했다.

"젠······."

이슬은 아들에게 몰래 집을 선물한 아버지가 미워 다시 한 번 거친 말로 분을 삭이려다 입을 다물었다. 한 걸음 앞서 걷고 있는 키 큰 남자 때문이었다. 언제부터인가 계속 같은 방향으로 걷고 있는 남자였다. 이를 성가시게 여기던 이슬이 그를 흘깃 쳐다보았다. 우산 너머로 보이는 남자의 옆얼굴이 썩 잘생겨 보였다.

'이 아파트에 사나 보다.'

이슬은 남자와 거리를 유지하며 걸었다.

"108동. 108동 1601호."

이슬은 혼잣말을 하며 세찬의 아파트 동호수를 확인했다. 건물 입구에 들어설 때쯤엔 이슬의 머리가 다 젖어 있었다. 그때, 이전부터 방향이 같았던 키 큰 남자가 이슬 쪽을 향해 우산을 접었다.

"앗, 차가워!"

남자의 우산은 3단 자동 우산이었고, 버튼을 눌러 우산을 접으면 밖으로 물이 튀게 되어 있었다. 남자는 우산을 접는 방향에 아무도 없다고 생각한 모양이었다.

남자는 힐끗 쳐다볼 뿐 어떤 기척도 내지 않았다. 분명 눈이 마주쳤는데도.

남자는 이슬이 끙끙거리며 1층 현관을 지나 엘리베이터 쪽으로 가는 동안 그녀를 기다려 주지도 않았다. 이슬은, 오늘 일주일에 한 번도 잘 하지 않던 상스러운 말(젠장)을 두 번 반이나 했으니 하늘이 벌을 준 것이라고 생각했다.

다음 엘리베이터를 탄 이슬은 거의 진이 다 빠져 버렸지만 마지막 기운을 내어 씩씩하게 1601호의 초인종을 눌렀다.

"누구야? 올 사람 있어?"

집 안에서 남자의 목소리가 들렸다. 동생 세찬일까? 하지만 세찬이 말끝을 올렸다는 건 집 안에 누군가 더 있다는 얘긴데.

이슬이 더 생각을 하기 전에 1601호의 문이 열렸다.

뜻밖에도 문을 연 사람은 세찬이 아니라 좀 전에 만난 매정한 남자였다.

이슬이 주춤거리다가 혹시 잘못 왔나 싶어 현관문의 호수를 다시 확인하고 있을 때, 집 안에 있던 세찬이 금방 이슬을 알아보았다.

"누나……."

세찬은 이슬의 뜬금없는 방문에 말끝을 흐렸다.

"어…… 잘 있었어?"

다 젖은 머리에 우중충하니 젖은 티셔츠, 화장이 씻겨 나간 몰골…… 이슬의 꼴은 말이 아니었다.

"……어쩐 일이야?"

세찬은 당황한 듯 조심스레 물었다. 이슬은 무안한 마음을 숨기고 밝게 대답했다.

"사정이 있어서 살던 집에서 못 살게 됐어. 너 방 세 개라는 얘기 들어서 급하게 왔는데, 하나만 쓰자. 안 돼?"

이슬은 곧 세찬의 얼굴에 드리워지는 당황의 빛을 읽어냈다. 동생이 누나를 냉대하는 것에 기분이 상했지만 이슬은 계속 말했다.

"집 구하는 대로 나갈게. 며칠만 신세 좀 지자."

세찬이 어쩔 줄 몰라 하며 매정한 남자의 눈치를 살피고 있을 때, 매정한 남자는 짜증 나는 일이라는 듯 이슬에게서 등을 돌렸다. 순간 이슬의 기억 창고에서는 오래된 기억의 단편 한 조각이 먼지를 털고 나왔다.

"너 맞지? 김황토!"

이슬이 말했다. 방으로 들어가려던 남자가 걸음을 멈추고 이슬 쪽을 보았다.

"야아, 어디서 많이 본 얼굴이다 했어. 옛날에 내가 너 과외했었잖아. 너무 짧아서 기억 안 나나? 더 멋있어졌다!"

의아하게 보던 세찬이 손뼉을 탁 치며 자기도 알고 있다는 듯 고개를 끄덕였다.

"맞다, 맞다! 우리 누나가 잠깐 과외했었네. 고2 겨울 때였나?"

황토는 이슬의 얼굴을 확인했다.

그러나 역시 기억엔 없었다.

"히야, 시간 빠르다. 다른 데서 만났으면 못 알아봤을 거야. 반가워. 한번 보고 싶기도 했어. 너희 아직도 친하게 지내는구나?"

"아…… 나 지금 황토랑 같이 살거든. 그래서……."

"그럼 방 하나 남는 거 아니야? 방 세 개라며."

이슬이 세찬의 말을 가로채며 말했다.

"집 구하는 대로 나갈 거야. 며칠만 여기서 지내도 되지, 황토야?"

황토의 표정은 쭉 변함이 없었다.

시종일관 웃고 있는 상대방을 당황하게 만드는 무서운 무표정.

그는 난감해하는 세찬을 보며 말했다.

"잠깐 나랑 얘기 좀 하자."

황토가 먼저 현관에서 멀리 떨어진 방으로 들어갔고, 세찬은 쫄 래쫄래 그를 따랐다.

세찬이가 주인인데, 세찬이의 허락만 떨어지면 되는 거 아닌가? 주객이 전도된 것 같은 상황에 이슬은 의아한 마음이 생겼다.

세찬과 함께 방으로 들어간 황토가 입을 열었다.

"우리의 대원칙이 '다른 사람을 데려오지 말 것' 이잖아. 잊었어? 누나한테만이라도 사실대로 얘기해."

황토의 차가운 말에 세찬은 혼비백산이 되어 애원했다.

"황토야, 제발 나 좀 살려줘!"

사실 세찬은 몇 달 전 위험한 주식에 손을 댔고 막대한 손해를 입 어 아파트를 처분했던 것이다.

마침 하숙 형태의 작은 집을 구하던 황토는 세찬이 집을 내놓았 다는 소식을 전해 듣고 재빨리 계약을 했고, 갈 곳 없어진 세찬에게 방 한 칸을 내어주게 되었다. 이 일은 물론 비밀이었다. 세찬은 아 버지가 모든 사실을 아시고 충격받을 것을 우려해 진실을 알리지 않았고, 황토 또한 그러한 세찬을 눈감아주었다. 물론 거기엔 대가 가 있었다. 청소, 빨래, 요리, 설거지 등 모든 가사 활동은 세찬의 몫이었다.

몇 달 동안 간신히 지켜지고 있던 비밀이 저 여자로 인해 탄로 날 수 있다, 저 여자를 집에 들이면 내가 사실을 폭로할 것이다……. 황토는 그러한 압박을 눈빛에 담았다.

"저기, 되도록 빨리 내보낼게. 며칠만, 며칠만 참아주라, 응?"

황토는 뜻을 굽힐 생각이 없었다. 세찬은 누나에게 들릴세라, 조 용조용 애원했다.

"우리 누나 진짜 착한 사람이야. 나보다 요리도 잘하고, 한마디만

하면 서재 정리도 해줄 거고…… 못 하는 게 없어. 가사도우미 들였다고 생각하고 며칠만…….”

세찬은 자신이 꼼꼼하지 못하여 포기했던 황토의 서재 이야기를 하며 황토를 회유하고자 했다. 황토가 이곳으로 이사 올 때 이삿짐센터에서 사무용 문서들과 책을 함부로 다루는 바람에 책과 문서 더미로 서재 안은 엉망이 되었다. 오래전 황토가 세찬에게 서재 정리를 해달라고 했지만, 세찬은 일을 엉성하게 했고 황토 또한 이를 포기해 버리고 만 것이었다.

자신의 공간을 방해받고 싶지 않은 마음이 더 컸지만 서재 정리는 황토를 솔깃하게 만들었다.

“우리 누나는 찌개도 끓일 줄 알아. 아, 그리고 우리 누나가 하는 만두전골은 진짜 짱인데.”

서재 정리에 흔들렸던 마음이 찌개와 만두전골에서 무너진 걸까? 한동안 잠자코 있던 황토가 약간의 호기심이 생긴 목소리로 말했다.

“며칠만이야. 일주일 이상은 안 돼.”

세찬은 여자아이처럼 황토의 두 손을 잡고 세게 흔들었다.

“당연하지! 고마워, 고마워. 너는 천사야, 정말. 내 생명의 은인이다.”

“그래도 서재에서 밖으로 나오진 말라고 그래.”

“알았어. 시키는 대로 할게.”

위기에서 벗어나게 되자 감격한 세찬은 방방 뛰다시피 흥분하며 거실로 나갔다.

이슬은 지친 듯 현관 앞에 앉아 있었다.

“누나! 서재 쓰면 되겠다.”

세찬은 이슬의 캐리어를 서재 쪽으로 옮겼다. 그제야 진심으로 다행스럽게 여기며 세찬을 따라간 이슬은 서재를 보고 깜짝 놀랐다. 그곳은 서류 뭉치 더미와 책더미 때문에 이불을 깔 수 있는 자리도 겨우 나올 것 같은 협소한 공간이었다.

"너 요즘 논문 써? 무슨 책이 이렇게 많아?"

세찬은 거실에 있는 황토가 듣지 못하도록 방 문을 슬그머니 닫았다.

"아니, 내 책이 아니라 황토 책이야."

"왜 네 집에 쟤 물건이 더 많은 건데?"

"그야…… 내 물건은 원래 별로 없으니까. 방이 놀고 있어서 황토 서재로 쓰라고 했어."

"집세는 다달이 받고 있는 거지?"

"당연하지……."

황토에게 다달이 집세를 주고 있는 입장인 세찬은 양심의 가책이 느껴졌지만 아무렇지도 않은 척 대답했다. 황토에게 자신의 목소리가 들리지 않도록 주의하면서.

그러나 황토가 쉽게 이 말을 들을 수 있다는 걸 세찬은 절대 모를 것이다.

거실에 있던 황토는 두 사람의 말을 듣는 것이 성가셔 제 방으로 건너갔다.

불청객은 불청객이고, 일찌감치 제 사업을 시작한 황토에겐 신경 쓸 일이 많았다.

정리할 서류들을 보는데, 불청객 때문인지 비가 와서인지 기분이 날씨를 따라 가라앉았다. 몸이 으스스해진 황토는 겉옷을 꺼내 입으려고 옷장을 열었다가 옷장 벽에 쓰인 검정 글씨를 보고 놀라 저도 모르게 한 걸음 뒤로 물러났다.

　시간이 됐다.

　목탄으로 쓴 것 같은 검정 글씨는 그대로 옷장 벽에서 떨어져 허공에 붕 떠올랐다가 왼쪽 손등의 문신으로 빨려 들어갔다. 순간 누군가의 소름 끼치는 웃음소리가 들린 것 같기도 했다.
　누가 보낸 메시지인지 짐작할 수 있었다. 황토는 속이 타는 듯한 갈증을 느끼며 방에서 나왔다.
　그때 펑퍼짐한 바지에 반팔티를 입은 이슬이 막 화장실에서 머리를 감고 나왔다. 황토의 바로 앞방이 이슬의 방이 되었으므로, 이슬의 동선은 황토와 엇갈리게 되어 있었다.
　수건으로 머리의 물기를 닦는 동안 앞을 보지 않고 걷던 이슬이 천천히 자기에게로 돌진해 오자 황토는 그녀의 머리를 손바닥으로 막았다.
　찰싹. 황토의 손바닥과 이슬의 머리가 경쾌한 소리를 내며 붙었다 떨어졌다.
　"아야. 여기 있었네? 근데 너 손이 맵다? 조심해야겠다."
　맞은 머리가 제법 아팠을 텐데도 그녀는 머리를 매만지며 싫은 소리를 하지 않고 헤헤 웃었다.
　'혹시 바보?'
　추적추적 비 내리는 밤에 집 밖에서 노숙을 하려다가 따뜻한 방을 얻었기 때문일까. 황토는 헤헤 웃는 이슬이 그다지 마음에 들지는 않았다.

황토와 부딪칠 때 놀라는 바람에 바닥에 떨어진 수건을 주우려 이슬이 황토의 앞에서 허리를 굽혔다. 몸을 숙이는 동안 팽팽하게 당겨진 바지와 물기 때문에 살짝살짝 몸에 붙은 티셔츠가 그녀의 곡선을 알려주고 있어 황토는 괜히 무안해졌다.

이런 마음을 알 리 없는 이슬은 황토를 향해 웃어주었다.

시크하게 살짝 올라간 눈, 오뚝한 콧날, 남성적이면서도 날렵한 턱 선…… 좀 전에 잠깐 보았을 때 '괜찮다' 정도로 넘어갔던 황토의 외모는 가까이에서 보니 괜찮은 정도가 아니었다. 조막만 한 얼굴에 알차게 들어간 눈코입은 TV에 나오는 배우 누구와 견주어도 밀리지 않을 것 같았다. 아니, 그 이상이었다.

황토 역시 이런 이슬의 생각을 알 리 없었고, 두 사람은 멋쩍게 돌아섰다.

이슬이 방 안으로 들어간 후, 주방으로 간 황토는 물을 벌컥벌컥 들이켜다가 생각 없이 서재 쪽으로 몸을 돌렸다. 이제 이슬의 방이 된 곳이었다.

방 안에서, 입고 있던 티셔츠마저 훌렁 벗고 속옷을 갈아입는 이슬이 보였다. 황토는 깜짝 놀라 손에 들고 있던 유리컵을 놓쳤다.

쨍그랑!

날카로운 소리가 나며 부엌에 유리 파편이 튀었다.

"뭐야? 유리 깨졌어? 밟지 마!"

옷을 갈아입고 재빨리 뛰어나온 이슬이 황토에게 소리쳤다.

"내가 치울게, 들어가 있어."

황토는 쉽게 부엌을 벗어날 생각을 하지 못하고 멍하니 있었다. 이슬은 능숙하게 유리 조각을 치우며 황토를 향해 친절하게 말했다.

"근데 서재도 정리가 안 돼 있더라. 내가 손 좀 봐줄까?"

황토는 흐리멍덩하니 이슬을 보고 있던 눈빛을 거두고 튕기듯 쌀쌀맞게 말했다.

"아무렇게나 건드리면 안 돼요."

"내가 4년 동안 학교 도서관에서 일 해봐서 책 정리, 서류 정리는 좀 하거든. 그럼 같이 정리할까?"

물론 이슬에게 서재 정리를 맡길 생각이었지만, 황토는 적잖이 당황했다. 세찬과 얘기할 때는 그렇게 느끼지 못했는데 굉장히 붙임성이 있는 여자였다.

"서재 치우고 방 넓어지면 여기서 더 오래 있으려고요?"

황토가 퉁명스럽게 물었다.

"아니야. 집 구하는 대로 나갈게."

이슬은 황토의 당돌한 태도가 마음에 들지 않았지만 좋게좋게 말했다.

유리를 다 치운 이슬은 휴지로 다시 한 번 바닥을 꼼꼼히 닦은 후 방으로 들어가 문을 닫았다.

방 안, 유리 조각이 박혀 상처가 난 손바닥을 들여다보는 이슬이 보였다. 유리 조각을 치울 때는 아프다는 내색을 조금도 하지 않던 그녀였다. 순간 황토는 자기도 왼쪽 손등이 후끈해지는 느낌이 들어 손을 내려다보았다.

꽃문양의 문신이 순간, 타오르듯 붉은빛으로 반짝였다가 아무 일도 없었다는 듯 다시 제 빛으로 돌아왔다.

'내가, 내가 제대로 본 거야?'

혼란스러웠다. 한 번도 이렇게, 여자의 손이 닿지 않았는데도 문신의 색이 달라졌던 적은 없었다. 게다가 붉은색이라니. 숨이 턱 막힐 만큼 심장이 세차게 뛰었다.

이성보다도 몸이 먼저 움직였다. 황토의 손은 주저 없이 이슬의 방 문을 벌컥 열어버렸다.

"어? 무슨 일이야?"

노크도 없이 방에 들어온 황토 때문에 이슬은 놀란 모양이었다.

저벅저벅, 이슬에게 다가간 황토는 다짜고짜 그녀의 가녀린 팔목을 잡았다.

"갑자기 왜……."

이글이글 타는, 무언가를 찾는 눈.

이슬은 황토의 뜬금없는 행동에 심히 놀랐지만, 그 위압적인 눈을 보고 더 말을 잇지 못했다. 다만 그의 눈동자가 제 손등에 새겨진 문신에 머물러 있는 것이 의아했다.

황토가 제 손등을 바라보는 동안 이슬 역시 황토의 문신을 눈여겨볼 수 있었다. 미남이니 뭐든 잘 어울리겠지만, 그의 독특한 문신은 어딘지 모르게 그의 이미지와 조금 동떨어진 느낌이었다.

"내 맥이라도 짚는 거야?"

한동안의 침묵을 깨고 이슬이 다시 입을 열었다.

몇 초간 이슬의 팔을 잡고 문신을 바라보던 황토는 그제야 멀거니 이슬을 보았다. 이슬에게 바보 같은 짓을 한 것이다.

"아, 실례."

제정신으로 돌아온 황토는 급하게 이슬의 방에서 나왔다. 여전히 심장은 두방망이질을 치고 있었다.

그의 목숨을 대신해 줄 여자와 닿으면 붉은색으로 변하는 검정색 낙인.

좀 전에 이 낙인이 붉은빛으로 반짝였던 것을 분명히 보았는데도 제 기억을 의심하게 되었다. 혹시 잘못 본 걸까?

정말 이 여자 때문일까? 겨우 오늘 만난 여자인데.

이 여자가 집에 들어온 뒤에 나타난 기이한 일 때문에 나타난 오류일까? 어찌 된 일인지 투시력으로 이 여자를 바라보는 동안 그간 거기 있는 줄도 몰랐던 심장이 급하게 뛰었다.

�֎

10년 전. 김황토, 18세.

과외 수업이 끝나자마자 황토는 대학병원으로 달려갔다.

하루 전, 아버지가 갑작스러운 교통사고로 병원에 실려 가셨다. 그러나 숙부들과 고모는 황토가 아버지를 만나러 가는 것을 막았다.

겨우겨우 아버지의 병원까지 간 황토는 병실에서 막내 고모와 비서실장을 만났다. 다들 병원에 모여 있다고 했던 둘째 숙부의 얘기와는 달랐다.

"황토가 왔다고?"

한참 뒤에 병실 밖에서 둘째 숙부의 목소리가 들렸다. 둘째 숙부는 병실에서까지 유난히 목소리가 컸다.

"여길 오게 하면 어떻게 해? 걱정하지 말게 했어야지."

비서실장이 둘째 숙부에게 혼이 나자, 황토는 못 올 곳을 온 것처럼 마음이 불편해져 자리에서 일어났다.

"아버지가 너무 걱정돼서, 병원 어딘지 알려달라고 제가 조른 거예요. 이제 갈게요."

황토가 일어나니 둘째 숙부는 어서 내보내려는 듯이 그의 등을 병실 밖으로 힘 있게 밀었다.

"수술도 잘됐다고 하니 괜찮을 거야. 너무 걱정 말고 집에서 공부나 열심히 해."

하지만 황토는 금방 돌아가지 못했다. 아버지가 의식 없이 누워 계시는 데에 적잖은 충격을 받은 것이었다. 이럴 때 어머니라도 있었다면 조금은 의지가 됐을 텐데. 황토는 5년 전 지병으로 돌아가신 어머니에 이어 아버지까지 자신을 떠날까 걱정이 되었다.

'그런데 여기가 어디야!'

심각한 길치였던 황토는 걱정에 정신을 빼앗겨 정처 없이 걷다가 병원 안에서 길을 잃었고, 밖으로 나가려 출입구를 찾다가 주차장으로 들어와 버렸다. 그러나 다시 출입구를 찾을 생각을 하지 못하고 그 자리에서 얼어붙어 버렸다. 멀지 않은 곳에서 들려오는 대화가 너무나도 끔찍한 내용이었기 때문이다.

"의사는 우리가 포섭했다니까. 어차피 깨어나도 재기불능이야."

"비서실장이 24시간 지키고 있잖아."

"걔는 어디 멀리 심부름 보내야지. 같이 없애 버리는 것도 방법이고."

"오빠 죽은 다음에 황토는, 애는 누가 맡을 거야?"

"재산 다 정리하기 전에 미국으로 보내면 돼."

"지분은 3씩 나누는 거 알지? 막내는 1이면 돼."

"막내는 그냥 빼. 애 맡는 사람이 1 더 챙기기로 하고."

"그럼 애는 내가 맡을게."

목소리의 주인은 첫째 숙부와 둘째 숙부, 그리고 첫째 고모였다.

황토는 귀를 의심했다. 과연 저 사람들이 내 아버지와 피를 나눈 형제들이 맞는가. 매달 집에 찾아와 아버지의 말벗이 되어주고, 자신을 볼 때마다 용돈을 주고 격려해 주고, 또한 아버지의 사고에 걱정 말라던 사람들이 맞는가.

아버지가 무슨 잘못을 했기에 이런 순간에 더 애틋해져야 할 사람들이 이렇게 끔찍한 일을 꾸민단 말인가. 아버지는 무일푼으로 시작하여 기반건설이라는 큰 건설 회사를 세우고 지금껏 형제들을 모두 먹여 살린 분인데.

어두운 거래가 이루어지는 공간을 벗어난 황토는 덜덜 떨리는 다리로 병원 직원들에게 물어물어 다시 아버지의 병실로 돌아갔다. 비서실장 혼자 병실을 지키고 있었다.

황토는 좀 전에 들은 것을 비서실장에게 털어놓을까 잠시 생각했다.

'아저씨도 위험할지 모르는데.'

하지만 믿었던 숙부와 고모에게서 충격적인 말을 들은 이후라, 황토는 모든 것이 혼란스럽게 느껴졌다. 결국 비서실장도 믿을 수 없어진 황토는 이 일에 대해 한마디도 꺼내지 못했다.

"아저씨도 들어가서 쉬세요. 오늘은 제가 지킬게요."

"괜찮아. 버틸 만해. 그보다 네가 건강해야 돼. 내일 학교도 가야 하잖아. 여기는 걱정 말고 얼른 들어가라."

"정말 걱정 안 해도 돼요?"

"그럼. 사장님도 곧 깨어나실 거야."

"정말 깨어나실까요?"

"당연하지. 다들 애쓰고 있는데."

"그래도 오늘은 같이 있어요, 아저씨."

결국 황토는 비서실장을 조르고 졸라 그와 함께 아버지의 병실을 지키게 되었다.

한 시간쯤 후에 병실의 문이 열렸다. 둘째 숙부와 첫째 고모가 병실로 돌아왔다.

"황토는 아직도 안 갔어?"

비서실장이 자리에서 일어나며 둘째 숙부에게 예를 갖췄지만, 황토는 일어나지 않고 숙부와 고모를 경계했다.

"한 실장이 수고가 많네. 오늘은 우리가 지킬 테니까 황토 좀 집에 데려다주고 한 실장도 들어가요."

"아닙니다. 괜찮습니다."

"저도 괜찮아요. 여기 있을 거예요."

숙부와 고모의 시커먼 속을 다 아는 황토가 고모의 제안을 단박에 거절했다.

"황토야, 이럴 때일수록 네가 정신을 차려야지. 우리가 보기엔 너도 심각해. 내일 학교는 어떻게 가려고! 어른 말 들어."

지금껏 다정한 모습만을 보이던 둘째 숙부는 짜증이 나는 듯 인상을 찌푸리며 험악하게 말했다. 황토도 지지 않고 눈을 무섭게 떴다. 황토의 눈빛이 석연치 않다는 것을 눈치챈 고모가 둘째 숙부를 말리며 상황을 정리하고자 말했다.

"아니야, 아니야, 이따가 피곤해지면 언제든지 말해. 우리는 잠깐 밖에 있다가 다시 올게."

첫째 고모는 둘째 숙부를 겨우 잡아끌고 병실 밖으로 나갔다.

분노가 만들어낸 환상이었을까? 기이하게도 그 두 사람이 병실 밖에서 나누는 이야기가 황토의 귀에 또렷하게 들렸다. 그러다가 잠시 후에는 투시력이 생긴 것처럼 병실의 벽이 없어지고 복도를 걷는 두 사람의 모습까지도 확실하게 보였다.

"무슨 애가 저렇게 똥고집이야?"

"나한테 수면제가 있어. 그걸로 이따가 푹 재우면 돼. 오빠는 한 실장 심부름이나 보내."

황토는 너무 놀라 손을 부들부들 떠는 채로 비서실장에게 물었다.

"……아저씨도 보여요?"

"응? 무슨 말이야?"

비서실장은 무슨 말인지 통 모르겠다는 표정으로 황토를 보았다. 황토는 둘째 숙부와 첫째 고모가 사라진 방향을 오랫동안 보았다. 이게 정말 환상일까.

거센 심장 소리가 황토의 온 마음을 지배하고 있었다.

'내가 미친 거야? 왜 나한테 이런 게 보이는 거지?'

아버지를 반드시 살리라는 누군가의 계시인 걸까? 하지만 과연 누구에게 이 비밀을 털어놓을 수 있을까. 본 것을 말하는 즉시 미친 사람이 될 텐데.

황토는 끝까지 아무 말도 하지 못했다. 결국 비서실장은 회사 부사장의 호출을 받고 급한 일이라며 떠났다. 부사장도 숙부들과 한통속인 걸까 생각하니 소름이 돋았다.

병실에는 황토 혼자 남겨졌다. 곧 누군가 황토에게 수면제가 든 음료를 건넬 것이다. 두려워졌다. 병실 안은 따뜻하고 평화로워 나른할 정도였지만 잠시도 생각을 놓을 수 없었다.

'세상에 신이 있다면, 아니, 악마라도 있다면, 제발 저 사람들을 먼저 죽여줘. 지옥에 떨어지게 해줘. 그렇게만 된다면……'

황토는 끔찍한 생각을 하며 눈을 질끈 감고 혼잣말을 했다.

"그렇게만 된다면 뭐든지 할 테니까."

순간 창밖의 세상이 갑자기 어두워지는가 싶더니 곧 우르릉, 쾅,

하며 천둥 치는 소리가 들렸고, 일기예보에 없던 장대비가 쏟아졌다.

다 겨울에 소나기라니. 을씨년스러운 날씨와 자신의 처지가 참으로 기구하게도 잘 어울린다는 생각에, 황토는 누워 있는 아버지 위에 얼굴을 묻고 깊은 한숨을 숨겼다.

일주일 후, 장례식장에는 얼마 안 되는 사람들이 모였다.

황토는 자신을 보고 알은체를 하는 누구와도 인사를 나누지 않았다. 황토의 마음에는 분노와 불신의 응어리가 자리하고 있었다.

일주일 동안 많은 일이 있었다.

아버지의 병환을 살피며 기회를 엿보다가 매번 실패하고 밤늦게 집으로 돌아가던 둘째 숙부는 심장마비로 쓰러져 그대로 운명을 달리했다. 첫째 숙부는 비서실장을 외지로 꾀어내어 쥐도 새도 모르게 없애 버리려다 들통 나 살인 공모죄로 조사를 받게 되었다.

그 과정에서 자신이 연루되었다는 사실을 들킬까 두려워하던 첫째 고모는 잠시 한국을 떠나 있으려다 타이밍을 놓쳤고, 자신의 죄가 탄로 날까 전전긍긍하는 처지가 되어 장례식장 구석에서 숨을 죽이고 앉아 있었다.

아버지는 기적처럼 눈을 떴다. 여전히 병원 신세를 지고 있지만, 그는 동생의 장례식에 참석할 정도는 된다며 고집을 부렸고, 황토는 이런 아버지를 모시고 둘째 숙부의 장례식에 온 것이었다.

며칠 전까지만 해도 아버지를 어떻게 죽게 할 수 있을까 공모하던 사람들의 최후가 이렇다니. 황토는 새옹지마 같은 인생의 장난에 기분이 묘했다.

사람들은 아버지의 회복에 다들 기뻐하며 황토의 앞에서 다행이라고 말했다. 하지만 황토는 그들을 온전히 다 믿을 수 없었다. 일주일 전 겪었던 일이 말할 수 없이 끔찍했기 때문이다.

능청스런 사람들에 둘러싸여 어지러웠던 황토는 장례식이 끝나고 바로 집으로 돌아와 침대에 누워 마음을 다스렸다. 그러다 누군가 침대 앞에 서 있는 것을 보고 소스라치게 놀랐다.

"헉!"

황토는 자기도 모르게 소리를 내며 뒤로 물러났다.

괴이하게 웃고 있는 까만 옷의 남자. 마른 몸에 하얀 얼굴과 붉은 머리칼, 위로 치켜 올라간 큰 눈을 가진 이 남자는 도둑이나 강도 따위의 분위기가 아니었다. 집 곳곳에 설치된 경보장치에 대한 두려움도 없이 몹시도 여유로웠고 자신만만했다.

"여기이!"

황토는 도움을 청하려 소리를 질렀다. 그러자 침대 바로 앞에 서 있던 그 남자는 순식간에 사라졌고, 다음 순간에 황토의 옆에서 침대에 걸터앉은 모습으로 나타났다. 황토는 눈앞에서 일어난 일을 믿을 수 없었다. 이 남자는 보통 사람이 아니었다.

"누구야…… 당신 누구야!"

황토가 떨리는 가슴으로 물었다. 남자는 여유롭게 웃었다.

"그렇게 날 불러놓고 이제 와서 모른 척이야?"

남자는 황토의 표정이 재미있다는 듯 흥미롭게 바라보며 물었다.

"네 아버지를 죽이려던 사람들을 없애주면 어떻게 한다고 했지?"

그제야 황토는 일주일 전의 일을 다시 기억해 냈다. 아버지를 해치려던 사람들을 지옥에 떨어지게 해준다면 뭐든지 할 것이라고 악마에게 빌었던 일. 남자의 싸늘한 웃음은 그가 누구인지를 짐작케 했다. 황토는 믿을 수 없어 도리질을 쳤다.

"난 해줄 수 있는 게 아무것도 없어!"

다시 한 번 악마의 웃음을 보았다 싶은 순간, 황토의 몸이 붕 떠올랐고 곧 황토는 다른 곳으로 인도되었다. 어둡고 싸하고 소름 끼치는 기운이 황토의 온몸을 휘감았다.

악마가 황토를 데려간 곳은 음습한 동굴이었다.

동굴에는 수천, 수만의 초들이 빛을 내고 있었다. 아주 길이가 긴 초, 거의 불이 꺼질 듯한 초, 이미 꺼진 초……. 초들의 길이는 모두 제각각이었다.

"이 초들은 모두 누군가의 생명줄이야."

황토는 어렸을 때 읽었던 〈대부가 된 죽음의 신〉이라는 동화의 마지막 장면이 떠올랐다.

"그리고 여기 불이 꺼진 초가 너의 숙부지."

악마는 불이 꺼진 초 하나를 들어 보이며 말했다. 길이가 짧아 불이 꺼진 다른 것들과 달리 이 초는 볼펜 길이만큼 남아 있는데도 불이 꺼져 있었다. 악마는 그 옆에 희미한 불로 타오르는 몽당초를, 들고 있던 초 위에 올려놓았다. 그러자 몽당초의 길이가 스스슥, 길어지면서 불빛도 진해졌다.

"네 아버지를 네가 살렸어. 하지만 네가 내 말을 듣지 않으면 나는 다시 이걸 끌 수도 있지."

"안 돼! 아버지는!"

"그럼 대신 네 목숨을 내놓을 텐가?"

악마는 곧 손을 옮겨, 길이가 길지만 너무나도 불안하게 흔들리는 초를 쥐었다.

"그리고 이게 바로 지금 두려움에 떨고 있는 너다."

악마가 초를 쥔 순간, 황토는 온몸의 피가 사라지는 것 같은 끔찍한 기운을 느꼈다. 보이지 않는 무언가가 목을 조른 듯 숨도 잘 쉬어지지 않았다. 몸이 붕 떠오르는 것 같았다. 그의 낯빛이 파리해졌다.

"윽……."

"네 고집에 살려달라고 말하긴 쉽지 않겠지?"

악마가 묻자마자 허공에 떠 있던 황토의 몸이 바닥으로 떨어졌다. 혈색이 돌아오는 동안에도 황토는 고통스러운 듯 켁켁거렸다.

"그 고집이 마음에 들어. 하지만 뭐든지 하겠다던 약속은 지켜야지, 안 그래?"

황토는 두려움에 휩싸인 채로 악마의 저주를 기다렸다. 그러나 악마에게서 나온 말은 전혀 뜻밖의 이야기였다.

"선물을 주지. 너에게 필요 없는 사람을 제거하는 능력을 주겠다. 넌 무적이 될 거야. 필요 없는 사람이 있거든 없애 버려라."

황토는 목숨 값으로 무시무시한 능력을 선물 받고 어리둥절해했지만 이내 정신을 차렸다. 이대로 더 이상의 고통 없이 무탈하게 집으로 돌아갈 수 있는 걸까? 황토는 악마가 넘겨준 능력에 대해 상상해 볼 정신도 없이 그저 돌아갈 수 있다는 생각에 고개를 급히 끄덕였다.

"아, 한 가지가 더 있어."

두어 걸음 떨어져 서 있던 악마는 황토에게로 표창을 날리듯 손을 뻗었다. 그의 손짓에 저도 모르게 왼손을 얼굴 앞으로 올린 황토는 손등이 심하게 후끈거리는 것을 느꼈다.

꽃문양의 까만 문신이 왼쪽 손등에 새겨졌다.

악마가 말했다.

"10년의 시간을 주지. 널 진심으로 사랑하게 되는 여자의 영혼을 내게 넘겨라."

※

헤아려 보니 악몽의 날로부터 벌써 10년의 시간이 흘렀다. 10년 전 악마와 반강제적으로 약속을 한 후, 악마가 선물한 끔찍한 능력은 한 번도 사용하지 않았다. 누군가가 없어지길 원하면 정말 사라지게 할 수 있는 무서운 능력. 황토는 그 힘의 위력을 잘 알고 있었다.

악마가 직접 말해주진 않았지만 10년 전 그날 이후 황토에게는 벽 하나 정도를 꿰뚫는 투시력도 생겼다. 벽 뒤에 숨어 음모를 꾸미는 사람들을 찾게 하려는 악마의 계략일 것이다. 그래서 황토에게 투시력은 간혹 고통스러운 것이었다. 앞에선 아부를 떨고 뒤에선 욕을 하는 사람들의 추한 모습을 매번 보아야 했기 때문이다.

이틀 전 대뜸 집으로 찾아와 같이 살겠다며 짐가방을 풀어버린 여자가 없었다면 황토는 여전히 그 투시력의 새로운 가치를 깨닫지 못했을 것이다. 어쨌든 황토는 28세의 '건강한 남자'였고, 그저 친구의 누나라고 하기엔 너무 예쁜 여자가 옷을 갈아입는 모습은 이 건강한 청년을 현혹시키기에 충분한 것이었다.

게다가 이 여자가 가까이 있을 때 자신의 문신이 잠시나마 붉은 빛을 띠기도 했다. 여전히 그 순간에 대해선 확신이 서지 않지만, 어쨌든 이 여자에게 무언가 새로운 것이 있을지도 모를 일이다. 황토는 이슬을 내쫓기 곤란해질 수도 있겠다는 생각이 들었다.

여자가 나타난 날 악마도 다녀갔다. '시간이 됐다'라는 말의 의미를 황토는 알고 있었다. 돌아오는 겨울까지 악마가 원하는 사람을 찾지 못하면 황토는 제 목숨을 내놓아야 했다. 자신의 영혼을 대신해 줄 사람이 나타나지 않으면 영원히 사라지는 것이다.

지금껏 많은 여자를 만나봤고 진심으로 좋아한다는 고백을 수도 없이 받았지만, 문신의 빛깔은 언제나 검정색이거나 보라색이었다. 황토는 다시 이슬을 바라보았다. 저 여자일까? 저 여자가 내 대신 자신을 내어놓을 수 있는 여자일까?

"무슨 생각 해? 회사 늦은 거 아니야?"

황토가 식탁에 앉아 생각에 빠져 있을 때 막 된장찌개를 내려놓은 이슬이 말했다. 세찬의 말대로 이슬은 집안일과 요리에 능한 사람이었다.

그러나 친화력이 너무 좋다는 게 약간 문제였다. 이슬은 쓰레기를 버리러 갔다가 황토와 세찬이 생전 안면을 트지 않고 지냈던 1602호의 아주머니와 친구가 되어 돌아왔고, 다음 날은 경비원 아저씨께 음료수를 얻어 마셨다며 즐거운 얼굴을 했다.

세상에 '순수한 마음'이라는 것은 없다고 믿는 황토는 그 마음이 위선인 것만 같아 이슬을 볼 때마다 미간이 조심스레 찌푸려졌다.

"황토는 건축설계 회사 대표라고 했지? 그럼 일하다가 만날 수도 있겠다. 나는 인테리어 회사 다니거든. 회사 이름이 뭐야?"

황토는 이슬의 말을 듣지 못한 척 자리에서 일어났다.

'참 성격도 구린 녀석이네.'

이슬은 속으로 생각했지만 역시 마음을 드러내지 않고, 출근하는 황토에게 인사했다.

그녀는 말 없는 황토에게 궁금한 것이 많았다. 원래 말이 없는지, 숫기가 없는 건지. 부자라고 알고 있는데 세찬이와 같이 사는 이유는 뭔지, 그리고 세찬네 집에 얹혀사는 주제에 왜 그리 당당한지까지.

그리고 꼬리에 꼬리를 무는 생각의 늪에 빠진 이슬은 하나의 종착점에 이르게 되었다.

"혹시, 김황토가 너 좋아해? 둘이 애인 사이야?"

이슬의 말이 떨어지기가 무섭게 세찬은 사레들린 듯 심하게 켁켁거렸다.

"괜찮아. 누나는 열린 사람이야. 소문 안 낼게."

"무슨, 그런 징그러운 말을!"

"그럼 김황토가 날 왜 그렇게 경계하는 거야?"

"그냥. 걔는 여자들한테 다 그래. 잘생겼잖아. 쌀쌀맞게 굴어도 워낙 들러붙는 애들이 많으니까 하도 버릇이 돼서 그런 거야."

이슬이 여전히 미심쩍은 눈으로 세찬을 보았다. 세찬은 슬그머니 말을 돌렸다.

"누나는 집 구하고 있어?"

"나 그냥 여기서 살면 안 되나? 회사도 가깝고……."

이슬의 말에 세찬은 또 한 번 켁켁거렸다.

"왜 황토는 되고 난 안 되는데? 너네 진짜 이상하다."

"……그게 아니라, 황토한테 전세처럼 돈을 받았단 말이야."

"뭐? 아버지가 집 해준 거라며!"

"아빠는…… 집만 해줬지, 차 사고 가구 사고 그러느라 나도 힘들었어."

이슬이 이 집의 진실을 제대로 알게 된다면 어떤 일이 벌어질까 생각하니 세찬은 눈앞이 캄캄했다.

✖

황토의 점심시간은 30분 안팎이었다. 부하 직원들과 어울리는 것을 귀찮아하는 황토는 오늘도 직원들의 커피 값만 계산해 주고 먼저 자리에서 일어났다. 황토는 젊고 유능한 사장이었지만 직원들은 모두 약간의 불만이 있었다. 사장으로서의 황토는 감정을 표현하는 일이 적었고, 직원들의 사기를 북돋워 주려 노력하는 일도 없었다. 그저 로봇처럼 묵묵히 일하고 딱딱한 회의를 할 뿐이었다. 그리하여 이 '메마른 남자 집단'인 영(Young)건설은 더욱더 어두운 집단이 되어가고 있었다.

신생 회사의 젊고 잘생기고 유능한 사장에 관심을 가졌던 업계에는, '김황토 로봇설' 같은 것이 퍼져 가고 있었다. 또한 황토 회사 영건설의 직원들 말에 따르면, 황토는 점심시간에 일찍 일어난다고 해서 사무실로 들어가 낮잠을 잔다거나 업무를 보는 것도 아닌, 그저 사람들이 많이 다니는 사무소 건물 앞 벤치에 앉아 혼자 광합성을 하는 기이한 취미가 있었다. 그로 인해 직원들 사이에서는 '김황토 식물설'이 로봇설만큼이나 공공연한 이야기로 회자되었다.

오늘도 역시 광합성 마니아 황토는 사람들이 많이 지나다니는 벤치에 홀로 앉아 있었다.

'오후에 사람이 온다고 했지.'

황토는 가만히 앉아 오후에 처리해야 할 일들을 머릿속으로 정리해 나갔다. 인테리어 회사에서 옹골마을 리노하우스 계약 건으로 사람이 한 명 온다고 들었다. 간략한 프레젠테이션도 할 예정이라 준비 겸 해서 일찍 온다고 들은 것 같은데 여태 연락이 없었다.

'그 여자도 인테리어 회사를 다닌다고 한 것 같은데.'

황토는 잠시 이슬에 대해 떠올렸다가 생각을 쫓고 다시 거리 풍경을 둘러보았다. 그런데 이번엔 진짜 이슬이 눈앞에 있는 것이 아닌가.

이슬은 맞은편에서 길을 건너려 하고 있었다. 황토는 그녀를 응시하며 눈을 깜빡였다.

그러나 정말 놀랄 만한 일은 그것이 아니었다. 황토는 그다음 벌어진 상황에 바보처럼 멍하니 입을 벌리고, 앉아 있던 벤치에서 일어났다.

이슬이 길을 건너려 할 때, 이슬을 붙잡고 무언가 얘기를 꺼낸 사람! 그 사람을 알고 있었다.

10년 전 황토의 방에 갑작스럽게 나타나 영혼의 계약을 하고 사라진 남자!

2년에 한 번 정도, 그가 멀찌감치 서서 자신을 지켜보는 것을 매번 어렴풋이 보았다. 그런 일이 있었던 다음 날은 여지없이 안 좋은 일이 일어났다. 아버지의 회사가 비리에 연루되어 압수수색을 당하는가 하면, 주변의 누군가가 갑자기 죽거나 사고를 당하기도 했다.

단순히 그가 나타났다는 것만으로 그런 일이 일어났던 것이다. 그런데 그런 그가 사람의 모습으로 내가 아는 여자와 얘기를 나누고 있다니.

남자가 말을 거는 바람에 길을 건너지 못한 이슬은 다시 신호등에 파란불이 들어왔을 때 남자와 가벼운 목례를 하고 길을 건넜다. 잠시 후 이슬은 황토를 발견하고 곧장 그에게로 반가운 듯 달려왔다.

"황토야."

이슬은 황토의 이름을 다정하게 불렀다.

"것 봐. 내가 일하다 만날 수 있겠다고 했잖아. 나 영건설이랑 계약하러 왔어. 사실 오늘 아침 일이 생각나서 놀래켜 주고 싶어서 연락 없이 와봤어. 점심시간에 와서 좀 기다려야겠다 생각하고 있었는데 이렇게 만나니까 신기하다. 점심은 먹었어?"

황토는 이슬의 질문에 대답하지 않고 떨리는 마음을 숨기며 물었다.

"아까…… 신호등 앞에서 만난 사람은 누구예요?"

"아, 처음 보는 사람이야. 무슨, 작가라는데 대뜸 강남에 출근하는 2, 30대 여성을 취재해야 된다고 하잖아."

이슬은 별것 아닌 듯 말했다.

"요즘엔 이상한 사람도 많고 그래서 좋은 말로 거절하려니까 먼저 눈치채고 인사하고 가더라. 그런데 사무실이 어디야?"

불길한 여자다. 황토는 이 여자의 말을 어디까지 믿어야 할지 혼란스러워졌다.

이 여자는 도대체 뭐지? 황토의 눈에는 가식으로만 보이는 과한 위선을 떠는 여자. 어느 날 갑자기 나타나 문신의 색을 바꾸었던 여자.

"강이슬 씨."

황토는 두려운 마음을 숨기고 위악으로 무장하며 차갑게 말했다. 황토가 '씨'를 붙여가며 사무적으로 부르는 것에 낯섦을 느끼며, 이슬은 황토를 바라보았다.

"난 강이슬 씨랑 사적으로든 공적으로든 마주치는 거 싫으니까 회사엔 다른 사람 보내라고 전해요."

이 말을 끝으로 황토는 이슬에게서 몸을 돌려 혼자 사무실로 들어갔다. 이슬이 황토를 따라 종종걸음으로 걸었다.

"아파트 얘기 꺼낼까 봐 그래? 나 그런 사람 아니야. 그래도 아무튼 주의할게. 아, 사무실에선 사장님이라고 부를 거야."

황토는 고개를 홱 돌려 이슬을 노려보았다. 실은 혼란스러움이 먼저였다. 왜 이 여자는 수치심을 주려고 해도 수치스러워하지 않는 거지? 도대체 이 여자에게 뭐가 있기에 악마가 제 모습을 드러내고 이 여자에게 말을 건 거지?

"아파트에서도 빨리 나가줬으면 좋겠고."

황토는 다시 한 번 차갑게 말하고 이슬을 앞에 세워둔 채 사무실로 들어가 출입문을 닫았다. 이 정도로 말하면 아무리 착한 척하는 그녀라도 화를 낼 수밖에 없겠지.

"김황토! 김 사장님!"

출입문 밖에서 이슬이 황토를 부르는 소리가 들렸지만, 황토는 다시 문을 열지 않았다.

"뭐야, 이게 대체! 뭐, 저런……."

자기 앞에서 매정하게 닫힌 출입문을 한동안 어이없이 쳐다보던 이슬은 잠시 후 그 앞에서 벗어났다.

그러나 다시 제 회사로 돌아가는가 싶던 이슬은 걸음을 멈추고 사무실 쪽을 오랫동안 노려보았다. 곧 주위에 아무도 없는 것을 확인한 이슬은 인상을 구기고 사무실 벽을 발로 힘껏 찼다. 그래도 분이 다 풀리지 않았는지 이번에는 무서운 얼굴로 가운뎃손가락을 들어 치켜 올렸다.

자신도 어쩔 수 없는 기이한 투시력으로 사무실 밖에 있는 이슬의 행동을 모두 지켜볼 수 있었던 황토는 한동안 어이없는 표정으로 이슬을 바라보았다.

전날 악마와 이슬이 얘기하는 장면을 목격하는 바람에 황토는 이슬에게 의도치 않게 화를 냈었다. 그래도 업무상 미팅이었는데, 조금은 너무했다는 생각이 들어 이슬네 회사로 연락을 하려던 참에 이슬네 회사의 대표가 먼저 전화를 걸어왔다. 오후에 방문하겠다는 연락이었다.

다른 외부 업무를 보고 돌아온 황토는 이슬네 회사 대표를 기다리며 사무소 건물 앞 벤치에 앉아 있었다. 늦여름의 햇살을 만끽하며, 어서 빨리 이슬을 아파트에서 내쫓아야겠다는 생각에 골몰해 있을 때, 황토는 누군가 인기척 없이 다가와 자신의 옆에 앉은 것을 알게 되었다.

그리고 그 얼굴을 실로 오래간만에 가까이하게 되었다.

여전히 10년 전의 모습 그대로, 그리고 어제의 모습으로 악마의 미소를 짓고 있는 남자를.

하지만 성년이 된 황토는 그의 갑작스러운 출현에 질겁하거나 기죽지 않았다. 아니, 실은 악마에게 모두 들킬세라, 이를 악물고 두려움을 삼키고 있었다.

그가 황토에게 명함을 건넸다. 명함엔 '대필 작가 연합대표 이준성'이라는 글씨가 박혀 있었다. 그는 인간의 흉내를 내고 있었다.

"경고를 해주고 싶어서 왔어. 내가 준 멋진 능력을 10년 동안 한 번도 사용하지 않았길래."

황토는 악마의 말이 뜻하는 바를 알아채고 조용히 답했다.

"없애고 싶은 사람이 없었을 뿐이야."

"내 말이 경고처럼 들리지 않는 거야?"

"당신은 '반드시'라고 말하지 않았으니까! 사람을 없애고 없애지 않고는 오롯이 내 선택 아닌가?"

황토는 그가 무섭지 않다는 듯이 소리를 높였다. 두려움을 극복하기 위해 10년 동안 꾸준히 마인드컨트롤을 해온 결과였다.

"그렇게 생각했단 말이지?"

순간 황토는 짧게 말을 마친 악마의 눈이 타오를 듯 붉어진 것을 보았다. 그는 도로 맞은편 상가들이 줄지어 있는 길을 노려보고 있었다. 잠시 후 한 식당 안에서 사람들의 비명 소리가 들렸다.

그 부산스러움에 황토의 투시력은 가게 안을 비추었다. 가게 안에는 한 중년 남자가 종업원 여자의 목에 칼을 겨누고 있었다.

여자는 울며 애원하듯 중년 남자에게 말했다.

"살려주세요, 살려주세요……"

여자의 배는 불룩 나와 있었다. 임신을 한 모양이었다. 잠시 후 여자의 다리에서 양수처럼 투명한 것이 흘렀다. 그러나 중년 남자는 동요하지 않았다.

이를 지켜본 황토가 깜짝 놀란 듯 주먹을 불끈 쥐고 벌떡 일어났다. 준성은 미소를 지었다.

"세상이 이렇게 험악한데 없애고 싶은 사람이 없단 말이야?"

황토는 주먹 쥔 손을 부들부들 떨며 가게 안을 아프게 지켜보다가 눈을 질끈 감았다.

"곧 경찰이 와서 해결할 거야."

"그래? 그 무관심도 사랑해 주지."

곧 한 청년이 용감하게 가게 안으로 뛰어들었다.

청년이 다가갈수록 긴장하던 중년 남자는 종업원 여자에게 더 가까이 칼을 들이대려 했으나 청년이 순식간에 그의 팔을 제압하면서 진압되었다. 하지만 청년은 어깨에 상처를 입고 말았다.

"꼭 저런 오지랖들이 있지."

준성은 좋은 구경을 더 오래 하지 못한 것을 아쉬워하며 말을 이었다.

"너는 다치지 않고도 모든 일을 해결할 수 있는데 말이야. 오늘 너는 두 사람의 인생을 불행하게 한 거야. 잘했어."

이윽고 건너편의 소동은 청년이 중년 남자를 진압하며 마무리되었다. 종업원 여자는 울다가 쓰러졌고, 사람들은 급히 구급차를 불렀다.

"내가 하는 일은 그저, 소소하게 감정을 증폭시키는 일이야. 악은 고귀해. 인간이 판단력을 갖게 하거든. 네가 어서 그걸 깨달아야 할 텐데."

준성이 여유롭게 말했다.

"넌 내 가장 중요한 프로젝트야."

두 주먹을 불끈 쥔 황토의 손은 사실 미세하게 떨리고 있었다.

"그 여자를 내쫓을 생각인가?"

황토는 그가 무슨 이야기를 하는 건지 몰라 그를 빤히 바라보았다.

"이제 100일 정도 남았나? 약속한 시간에서 한 달을 더 줄게. 그럼 충분하겠지? 생명 연장을 시켜주겠다고. 대신 그 여자를 집에서 내쫓지 마."

악마는 자신에게 소리를 높이던 조금 전의 태도를 잊은 황토가 재미있다는 듯이 말했다. 여전히 황토는 아무 말도 하지 못했다.

"무슨 뜻인지 못 알아듣겠어? 널 사랑하게 되는 사람이 그 여자 정도면 딱 좋겠다는 얘기야. 그 여자가 너를 사랑하게 되는 사이에, 분명히 네게도 누군가를 없애고 싶은 욕망이 생길 거야."

황토는 멍하게 악마를 바라보았다. 악마는 가볍게 웃었다.

"내일 일이 있어서 네 일터 쪽으로 갈 거야. 그때 보게 되면 인사라도 하든가."

할 말을 마친 악마는 황토에게서 등을 돌려 떠났다.

곧 황토는 왼손에서 화상을 입은 듯한 통증을 느꼈다. 가슴에 올리려던 손을 들고 손등을 바라보았다. 며칠 전 그랬던 것처럼 손등의 문신 옆에 글씨가 나타났다가 바로 사라졌다.

D-130

황토에게 남은 시간 130일.

마치 그 여자의 영혼을 얻어내야만 황토가 살 수 있다는 듯이, 악마는 잔혹하게도 황토와 지금껏 조금도 관계가 없었던 여자를 이용해 무언가 음모를 꾸미려 하고 있었다. 밝은 햇살을 앞에 두고 황토는 눈앞이 캄캄해지는 것을 느꼈다.

✵

잠시 후, 이슬의 회사 대표가 직접 영건설을 방문했다. 백이면 백, 지금까지 회사의 모든 계약을 성사시켰던 붙임성의 달인 이슬이 실패한 계약이라면 영건설의 사장은 분명 만만치 않은 상대일 것이라는 생각에서였다. 그러나 의외로 영건설의 사장은 계약에 있어 호의적인 사람이었고, 대표는 이슬이 영건설의 사장에게 무언가 실수를 했음이 분명하다고 생각하게 되었다.

순조롭게 계약을 마치고 저녁 시간이 되었다. 이슬의 회사 대표는 원숭이처럼 수북한 손등의 털을 쓸어가며 제안했다.

"계약 기념으로 다 같이 간단하게 저녁 한 끼 할까요? 저희 직원들도 얼른 건너오게 하겠습니다. 이슬 씨가 잘못한 게 있으면 이김에 사과드리도록 하고요."

예의상, 아닙니다, 라고 말하려던 황토는 생각을 바꿨다. 황토의 마음속에 있는 악마는 이슬과 함께 있을 시간을 더 만들어보라고 이야기하고 있었다.

"사과라뇨. 제가 잘못한 게 있으니 직원들 불러주시면 제가 대접하겠습니다."

황토는 털보대표의 제안을 흔쾌히 받아들였고, 빠르게 저녁 자리가 마련되었다. 황토네 회사 직원 일곱 명과 이슬네 회사 직원 여섯 명은 근처의 중국집에 모여 앉았다. 털보대표가 미리 자리를 정해두어 이슬의 자리는 황토 옆이었지만, 이슬은 몰래 자리를 바꿔 황토와 조금 멀리 앉았다.

황토는 그런 이슬에게 눈길을 주다 멈칫하며 멋쩍은 듯 자리에 앉아 메뉴판을 둘러보았다.

"A코스로 시킬까요?"

황토의 제안에 이슬네 회사 직원들은 밝게 웃었다.

"아니, 여기는 강이슬 씨 전용 할인이 있는 곳이에요. 이슬 씨한테 맡기면 돼요."

강이슬 전용 할인이라니, 무슨 말인가 싶어 의아한 표정을 짓는 황토에게, 이슬네 회사 직원 중 한 여자가 말했다.

"이슬 씨가 발이 정말 넓어요. 친해지지 못하는 사람이 없어요."

"그런데 그게 영업 마인드 같은 게 아니라, 진짜 몸에 밴 친절 있잖아요."

"정말 최고라니까. 오늘 이슬 씨랑 같이 여기까지 오면서 이슬 씨만 아는 사람 네 명 만났어."

　서로 작정이라도 한 듯 이슬을 칭찬하는 것을 보며 황토는 멀미가 났다. 이슬이 남들의 칭찬을 가만히 들으며 겸손을 떠는 모습 또한 가식처럼 보였다.

　그러나 칭찬은 곧 다른 양상으로 흘러갔다. 칭찬을 하던 사람들은 모두 자기의 이익을 향해 움직이기 시작했다.

　"강 대리, 이것 좀 맛보고 싶은데 사장님한테 얘기 좀 해줘."

　"이슬 씨, 오다가 만난 남자 있잖아. 그 사람은 뭐 하는 사람이야?"

　털보대표는 이슬을 통해 음식 주문을 하여 조금이라도 서비스를 받아보고자 했고, 이슬의 옆에 있던 여자 직원은 발 넓은 이슬을 통해 어떤 남자를 소개받길 원하는 듯 그녀의 팔을 잡았다. 또한 다른 칭찬을 하던 사람은 이슬을 중국집 직원 부리듯 마구 부려댔다.

　"강 대리, 물 떨어졌는데, 근데 나는 여기 재스민차가 좋더라."

　이런 은근한 요청마다 이슬은 활짝 웃으며 대답했다.

　"그죠? 한번 물어볼게요. 저도 여기 재스민차 좋아서."

　황토는 절로 인상이 찌푸려졌다.

　'저 여자는 진짜 바보야?'

　자아 존중감이라는 게 과연 있는 사람인지. 생각도 자존심도 없어 보이는 이슬의 태도에 화가 났다가 속으로 화를 내고 있는 자신에게도 화가 난 황토는 젓가락을 탁 내려놓았다. 일순간 사람들의 눈이 황토에게로 쏠렸다.

　황토는 아무 말 없이 자리에서 일어났다.

　'내가 지금 뭘 하는 거야?'

황토는 좀 전의 일로 붉어진 얼굴을 화장실에서 차게 식히고 나왔다. 얕은 파티션으로 구역이 나뉜 테이블에서는 여전히 이슬이 멍청하게 사람들의 요구에 응하며 웃어주고 있었다.

황토는 오늘 다녀간 악마와의 대화를 다시 곱씹어보며 생각에 빠졌다.

'저런 여자가 날 사랑하게 됐으면 좋겠단 말이지?'

10년 전 악마의 모습으로 처음 황토의 앞에 나타난 남자는 그에게 이렇게 말했었다.

"언젠가 널 진심으로 사랑하게 되는 여자의 영혼을 내게 넘겨라."

황토는 사실 그 의미를 알 수 없었다.

'내가 사랑하는 사람의 영혼이 아니라 나를 사랑하는 사람의 영혼이라니. 나를 사랑하는 사람이라 한들, 내게 전혀 의미가 없는 사람일 수도 있는데 왜 그런 사람의 영혼을 원한다는 거야?'

그러나 선택의 여지가 없다는 것을 알고 있다.

어서 빨리, 진심으로 자신을 사랑하는 여자를 만들지 못하면 자신의 생명이 위태로워지게 될 것이다.

황토는 혼란스러웠던 마음을 다잡고 다시 자리로 돌아갔다.

테이블 위에는 술병들이 놓여 있었다. 황토는 급작스럽게 벌어진 술자리가 내키지 않았지만 무뚝뚝한 사장님을 모시느라 갑갑함을 느끼던 영건설의 직원들은 오랜만의 회식에 즐거워 보였다. 황토는 먼저 가겠다는 말을 할 수 없었다.

결국 술자리는 밤늦게까지 이어졌다. 황토네고 이슬네고 할 것 없이 모든 직원들이 거나하게 술에 취한 후에야 뿔뿔이 헤어졌고,

마지막엔 가까운 곳에 집이 있는 황토와 이슬만 남아 길을 걷게 되었다.

황토는, 사람들이 주는 잔을 거절하지 못하고 다 받아 마시면서도 술자리 내내 중국집 직원이라도 된 양 다른 직원들의 시중을 들던 이슬이 미련하게 느껴졌다.

"술에 강한가 봐요?"

황토는 주는 술을 다 받아 마시고도 괜찮아 보이는 이슬이 신기해 넌지시 물었다.

"매일 정신력으로 버티는 거지. 고량주는 네 시간짜리야. 정신 놓을 때가 다 됐어."

한참을 침묵하던 이슬이 웃음기 없이 혼잣말처럼 중얼거렸다. 이슬은 양손으로 머리를 짚으면서도 정신을 바짝 차리려 노력하고 있었다. 황토는 점점 이쪽저쪽으로 기울어지려는 걸음을 바로 하려고 애쓰는 이슬의 모습이 안쓰러웠다.

구름에 달 가듯이 천천히 걸어 집에 돌아온 이슬은, 들어오자마자 모든 것을 내려놓은 듯 편하게 한숨을 쉬며 소파에 털썩 앉았다. 그러나 그 안락함은 오래가지 않았다.

드르륵. 이슬의 가방에서 핸드폰 진동이 울렸다. 털보대표에게서 온 전화였다. 이슬은 다시 말짱한 목소리로 전화를 받았다.

"대표님. 네, 당연히 잘 들어갔죠. 이사 간 데는 가까워서 금방 오거든요."

사실 이슬의 눈은 반 정도 풀려 있었다. 그러나 정신을 다 놓게 되는 마지막 순간까지 업무에 충실해야 한다는 사명이라도 있는 사람처럼, 이슬은 털보대표가 마치 눈앞에 있는 양 허리까지 꼿꼿이 세우고 말했다.

"10시까지 보내야 된다고요? 그럼 내일 일찍 가서 서류 만들어야 겠네요. 피곤하긴요. 안 힘들어요. 걱정 마세요. 네, 들어가세요. 네."

접근해 오는 악마에게도 의심 없이 친절하기만 한 친화력, 술자리에서의 술시중, 제 사전에 '거절'이라는 단어는 없는 양 뭐든 '네네' 하는 미련한 태도. 어느 것 하나 마음에 드는 데가 없었다. 황토는 그녀의 통화를 옆에서 듣고 있는 것만으로도 괜히 답답해졌다.

"사람들한테 번번이 이용당하는 거 모르겠어요?"

전화를 끊은 이슬은 황토의 뜬금없는 언행에 의아해하며 눈을 동그랗게 뜨고 그를 올려다보았다.

"칭찬받고 있다고 해서 좋은 일을 하고 있는 거라고 생각하지 말라고."

이슬은 황토의 충고를 제대로 듣지도 않고 헬렐레 웃으며 말했다.

"후훗. 누나같이 착한 누나는 세상에 없지?"

황토는 답답할 뿐이었다. 괜히 흥분하게 되어 누나라는 자각도 없이 반말이 나왔다.

"가릴 거 가리면서 사람을 분별 있게 사귀라고. 겉으로 이빨을 드러내지 않는다고 다 좋은 사람인 건 아니잖아."

하지만 이슬은 내용보다는 형식에 주의를 주었다.

"너 말이 짧다?"

훈계하던 이슬은 역시 금방 배시시 웃었다. 술기운이 이슬의 의식을 흐려지게 하고 있었다.

"하지만 용서해 줄게. 그냥 막돼먹은 전봇대인 줄 알았는데 사람한테 관심도 가질 줄 알고. 그래도 착하네."

이슬은 소파에서 일어나 손을 위로 뻗어 황토의 머리를 쓰다듬다가 별안간 양 볼을 잡아당겼다. 황토는 이슬의 지나친 스킨십에 얼굴이 붉어지고 있었다.

"들어가서 잠이나⋯⋯."

"짜식. 이쁘게 생겨서 봐준다, 내가."

이슬은 황토의 볼을 잡고 놓지 않았다.

"이거 놔⋯⋯."

황토는 이슬의 손길을 완강히 거부하지 못하는 제 모습에 당황하며 말을 잇지 못했다. 이슬은 왠지 신이 난 것 같았다. 고량주는 네 시간짜리라더니. 네 시간이 지나서 정신이 나간 건가? 그녀는 황토의 넥타이를 끌어당기며 소파에 털썩 앉았다.

"짜식. 신기한 짜식. 이리 와. 누나가 뽀뽀해 줄게."

이슬은 입술을 내밀고 황토의 목을 끌어당겼다.

그냥 장난이었다. 얼근하게 술에 취한 김에 해본 장난이었다. 아슬아슬한 순간에 황토의 목을 놓아줄 생각이었다. 성질을 내며 확 밀쳐 낼 줄 알았던 황토는 살짝 당황하다가 뜻 모를 난감한 표정을 지었다.

정말로.

정말로 이 여자가 진정으로 나를 사랑해 줄 수 있는 여자라면.

그래서 나를 살려주고 대신 죽어줄 수 있는 여자라면, 그래서 그동안 맘에 있지도 않은 여자들을 부러 만나가며 부러 미소 지어야 했던 노동을 그만할 수 있게 해준다면.

그런 생각을 하는 자신이 싫었지만, 황토는 이기적인 사람이었다.

나는 이제 당신을 이용할 것이다.

황토는 이슬이 끌어당기는 대로 순순히 끌려갔다.

이슬은 누나 말 잘 듣는 동생이 귀여웠다. 술도 마셨겠다, 정신이 반쯤 나간 상태에서 황토의 얼굴이 가까이 오니 의도와는 다르게 진짜 뽀뽀를 할 수도 있겠다는 생각도 약간 들었다. 이슬이 아는 사람 중에서 가장 잘생긴 축에 속하는 사람이라는 사실이, 잠깐 동생을 남자로 보게 만든 것 같았다.

그런데…… 어라? 뭔가 이상한데?

이슬이 생각했던 것보다 더 순식간에 두 사람의 입술이 쉽게 닿았다.

이슬의 장난은 장난이 아닌 것이 되어가고 있었다. 어질어질했다. 누가 누구의 입술을 덮쳤고, 누구의 팔에 힘이 들어갔는지 이슬은 혼란스러웠다.

이슬은 화들짝 놀라며 제 손으로 입을 막았다.

황토의 얼굴은 이슬만큼이나 붉어져 있었고, 당황한 듯 보였다. 그는 이슬이 다른 말을 하기도 전에 서둘러 방으로 들어갔다.

이슬은 한동안 소파에 앉아 숨을 몰아쉬었다. 술기운 때문이 아닌 다른 이유로 어질어질했다.

※

아주 오랜만에 잠을 설쳤다.

침대에 앉아 그날의 할 일을 확인하는 중에도 잡생각이 계속 황토를 괴롭혔다.

"오늘은 도면 요청을 제일 먼저 해야 돼. 도면 요청."

평소에 잘 하지 않던 혼잣말까지 해가며 잡생각을 쫓기에 바빴다. 그러나 의식하면 할수록 어젯밤의 사건이 생생하게 떠올랐다.

'앞으로 계속 마주쳐야 되는데 어쩌자고.'

그 악마 녀석이 시킨 일이라지만, 이렇게나 몸이 먼저 움직이다니.

황토는 다시 침대에 털썩 누워 마음을 가다듬고 업무에 관한 쪽으로 생각을 돌리려 애썼다.

'집중하자, 좀!'

지금 황토가 맡은 일 중 가장 중요한 일은 마을 단위의 주택 개조 프로젝트였다.

의뢰처는 도심에서 벗어나 공기 좋은 곳에서 살기를 소망하던 젊은 가족들과 50~70대의 부부들이 모여 살고 있는, 옹골마을이라는 이름의 작은 마을이었다. 서울에서 멀지 않고, 마을 가까이에 물좋은 천과 수목원, 경치 좋은 산이 있어 알음알음으로 찾아온 여행객들이 꽤 있었다.

몇몇 노부부들은 이 여행객들이 묵을 만한 곳을 제공하면서 수입을 얻어왔는데, 시설이 낙후되어서인지 인근의 마을들에 비해 자연경관이 좋은데도 인기가 없는 편이었다.

황토네 회사에서 하고 있는 일은 이 마을 집들의 골조만 남기고 개·보수하는 것이었고, 그중 리모델링의 일부를 이슬네 회사인 뷰티풀하우스에서 맡게 된 것이었다.

하아, 한숨이 절로 나왔다. 업무 생각을 하려 했는데 또 이슬의 얼굴이 떠오른 것이다.

황토는 뷰티풀하우스와 일하는 동안 이슬과 계속 부딪치게 될 것을 생각하니 머리가 지끈거렸다.

같은 시각, 이슬 역시 같은 이유로 이부자리에서 일어나지 못하고 있었다.

'아니, 내가 어쩌자고!'

이대로는 황토의 얼굴을 볼 수도 없을 것 같았다. 누나가 되어가지고 술 마시고 제 몸 하나 컨트롤할 줄도 모르고 동생 친구에 과외 제자였던 어린애를 꼬드기다니.

아니, 어쩌면 어젯밤의 일은 가벼운 해프닝으로 넘어갈 수 있었다. 술 취한 괴짜 누나의 주사 정도로 끝나는 것이었다면.

그러나 애초의 생각과는 다르게 진행된 키스가 누구의 의도였는지 도무지 떠올릴 수가 없었다.

'내가 그 애 목을 잡고 힘을 쓴 것 같기도 하고, 그 애가 날 붙잡은 것 같기도 하고…….'

그러고 보니 모든 것이 아리송했다.

'그 애가 나를 밀쳐 내지 않았던 것 같기도 하고, 내가 눈을 감고 키스를 음미하고 있었던 것 같기도 하고……. 아니야. 분명히 그 애가 그랬어.'

그것도 문제였다. 키스 자체로 놓고 보자면 어젯밤의 키스가 나쁜 축은 아니었다.

이슬은 어젯밤의 입맞춤을 되새겨보다가 눈이 절로 감기며 입술이 오므려지는 것을 인지하고 다시 고개를 세차게 저으며 자리에 누웠다. 아무래도 황토와 쿨한 굿모닝 인사를 하긴 틀린 것 같았다.

한편으로는 다른 생각이 들었다.

'얘 혹시 나한테 마음 있는 거 아니야?'

이슬은 잠시 심장이 콩닥거리는 것을 느꼈다.

황토는 바쁜 오전 시간 간간이 이슬에 대한 생각을 하며 인상을 찌푸렸다. 평화로운 인생에 끼어들어 낯선 파문을 일으킨 여자. 정말 이상하게도 전날 악마가 자신에게 겁을 주었던 일보다도 더 오랫동안 그 여자와의 일을 생각하고 있었던 것이다.

'이건 모두 그 악마 녀석 탓이야. 그 녀석이 그 여자를 점찍어 버렸기 때문이야.'

황토는 모든 마음의 혼란을 악마의 탓으로 돌렸다.

오후에야 정신을 차린 황토는 용인의 옹골마을 현장을 체크하러 갔다가 먼지투성이의 인부들 옆에서 같이 땀범벅이 된 이슬을 보곤 급히 고개를 돌렸다.

수많은 여자들을 만나봤고 키스도 꽤 해봤기에 자신이 이런 데에 무덤덤한 줄만 알았다. 자신이 전날 밤의 키스에 얼굴을 붉히는 숙맥 같은 사람이 될 거라곤 생각지 못했다.

이슬도 영건설 직원들 뒤에 서 있는 황토를 보았다. 멀대 같은 키를 숨기려 목을 숙이고 어정쩡하게 서 있는 그의 모습에 이슬은 왠지 씁쓸한 기분이 들었다.

"사장님도 나오셨네요?"

이슬이 먼저 황토에게 말을 건넸지만, 황토는 다른 반응을 보이지 않았다.

"점심 안 드셨으면 같이 들고 하죠. 강이슬 대리가 도시락을 보따리로 들고 왔던데."

이슬의 옆 가까이 있던 인부 한 명이 영건설의 직원들을 향해 말했다. 곧 다른 인부가 그 말을 거들었다.

"현장에서 이렇게 일꾼들 챙겨주는 직원도 없을 거야. 내가 2년 전에 이슬 씨를 만났는데 아직도 기억한다니까.”

황토는 어딜 가나 칭찬을 듣는 그녀가 신기했다. 그러나 아는 사람들을 모두 다 챙기려면 얼마나 제 시간이 없을까를 생각하니 이슬이 그다지 부럽게 느껴지진 않았다. 오히려 미련해 보였다.

이슬이 영건설 직원들과 인부들을 데리고 점심을 먹으러 간 사이 황토는 작업이 끝난 곳을 둘러보았다. 자신이 심혈을 기울인 건물과 마주하고서야 그는 이슬에 대한 생각에서 벗어날 수 있었다.

옹골마을 듬쑥로 첫 번째 집의 주인은 거실 쪽 천장을 통유리로 바꾸길 원했다. 황토는 내구성이 약한 유리 대신 합성 신소재 플라스틱으로 튼튼하게 다시 천장을 올렸다.

'하늘을 편하게 볼 수 있는 날이 얼마나 남았지?'

거실에서 트인 천장으로 보이는 네모난 하늘을 한참 바라보던 황토는 앞을 알 수 없는 미래를 생각하다가 한숨을 쉬고 고개를 저었다.

'무슨 생각을 하는 거야? 내가 죽는 일은 없어.'

황토는 마음을 다잡을 겸, 옥상으로 올라가 천장에 물을 뿌렸다. 트인 천장의 방수를 확인하기 위해서였다. 옥상에 올라간 김에 물청소까지 하고 나른하게 옹골마을을 둘러보던 황토는 며칠 전에 한번 본 적 있었던 익숙한 광경을 다시 목격하게 되었다.

“뭐야!”

절로 소리가 나왔다. 황토가 바라본 곳엔 두 사람이 있었다.

너무나도 두려워하기에 어디서든 금방 발견할 수 있는 그 남자, 이준성.

그리고 그 악마가 점찍은 여자, 강이슬.

다시 심장이 두근거렸다. 저 악마가 왜 그녀의 앞에 또 나타난 걸까. 대체 어떤 꿍꿍이를 가진 걸까.

황토는 악마가 자신의 시야에 나타났던 다음 날마다 어떤 일이 벌어졌는지를 생각해 내고 초조해졌다.

준성은 고개를 들어 황토가 있는 옥상을 쳐다보며 악마의 미소를 지었다. 그는 황토가 거기 있다는 것을 알고 있었다. 황토는 손끝과 발끝이 딱딱하게 굳어버리는 것만 같았다.

어차피 저 여자는 내 계획에 의해 사라질 여자이니 악마가 괴롭히든 말든 신경 쓰지 말아야 한다.

그러나 그 웃는 얼굴이 너무나도 또렷하게 보여 그녀를 바라보는 마음이 편하지만은 않았다. 불현듯 어제 악마가 스치듯 말한 이야기의 뜻을 깨달았다.

저 녀석의 말대로, 낯선 여자가 나를 사랑하게 만드는 그 이기적인 과정에서, 나는 또 악마가 되겠구나.

황토는 왠지 마음이 아려 가슴에 손을 얹었다.

❉

황토는 수시로 준성에게 전화를 했지만 준성의 핸드폰은 내내 꺼져 있었다. 마음이 답답해진 황토는 일찍 퇴근하고 집으로 와 이슬을 기다렸다. 황토가 집에 돌아온 지 한 시간 후, 이슬도 집으로 돌아왔다.

"어? 일찍 왔네……."

이슬이 여운이 남는 인사를 했다. 이슬 또한 황토와 몇 마디라도 나눠야겠다는 생각에 일찍 들어온 것이었다.

"저, 아까……."

이슬이 집 안에 들어선 후, 황토도 어색하게 입을 열었다. 하지만 온전히 자신에게 향해 있는 이슬의 큰 눈망울에 긴장한 듯 첫말을 꺼내는 데 잠시 주춤했다.

"아까 옹골마을에서 만난 남자요."

"응? 누구?"

"이름이 이준성이라고 말 안 해요?"

"아, 그 사람? 네 친구라고 하던데, 오늘 못 만났나 보네? 지난번에는 이상한 사람이다 생각했는데, 오늘 네 친구라고 하길래 몇 마디 더 나눴어."

이슬은 황토의 입에서 나온 첫말이 어젯밤의 이야기가 아니라는데에 씁쓸했지만, 짧게 대답해 주었다.

"그런데 그것보다……."

이슬은 어젯밤 일에 대한 이야기를 꺼내기 위해 다시 입을 열었다. 하지만 황토가 먼저 끼어들었다.

"그 사람이 뭐라고 했어요?"

이슬은 기대하던 이야기와는 다른 화제에 답답해하면서도 잘 대답해 주었다.

"정치인 에세이집 대필을 맡았는데 옹골마을 근방에 대한 얘기를 써야 된다잖아. 취재차 왔대. 앞으로 자주 볼 것 같다고 하던데?"

"자주 볼 것 같다고요?"

"응. 너랑 꽤 친하다고 들었는데, 아니야?"

"아…… 맞아요."

황토는 큰 부정을 할 수 없어 어영부영 대답했다. 머릿속은 어느새 준성의 꿍꿍이를 생각하는 것으로 가득 찼다.

"그런데 그것 말고……."

"또 다른 얘기 한 건 없어요?"

"없어. 그게 전부였어. 그런데 너, 나한테 할 말 없어?"

이슬은 참지 못하고 황토에게 직접적으로 물었다. 이번에는 황토가 눈을 동그랗게 뜨고 이슬을 보았다.

"어제 일 말이야. 내 입으로 얘기하긴 좀 그런데……."

황토는 이슬이 뜸을 들이는 이유를 금방 알아챘다. 어제의 키스 사건에 대한 대화를 나누고자 함이라면, 황토도 어서 빨리 대화에서 벗어나고 싶었다.

"그럼 얘기하지 마요. 피차 별로 할 말 없을 테니."

이런. 버릇대로 냉랭하게 말이 나와 버렸다.

"소동 일으키지 않고 조용히 좀 지내죠."

이런. 이건 너무 심했나…….

"……그래, 알았어."

불쾌해하며 화를 낼 줄 알았던 이슬은 의외로 금방 수긍했다.

"나도 덮어두자는 말을 하고 싶었어. 실수는 누구나 할 수 있다고 생각해."

실수라고? 황토는 이슬의 말이 거슬렸다. 이 여자가 착한 척 미소 지으며 은근히, 곱씹어보면 기분 나쁜 말을 한단 말이지. 그러고 보니 그녀가 자신을 벌레 보듯 떨떠름한 표정으로 보고 있는 것만 같았다.

어젯밤의 일이 모두 그의 탓이라고만 여기는 건가? 원인 제공을 한 건 그쪽이잖아!

"없었던 일로 하고, 앞으론 그러지 마. 나도 안 그럴게."

그녀는 인자한 표정을 짓고는 황토의 머리로 손을 뻗어 쓰다듬었다.

"미안해, 동생아."

회사 일 아닌 다른 문제로 심신이 피로했기 때문일까? 머리를 쓰다듬으며 하는 '미안해'라는 말이 황토에게는 살짝 거슬리면서도 아찔하고 달콤하게 들렸다.

왜 이 보잘것없는 여자의 모든 행동에 자꾸 자극을 받게 되는지 그는 혼란스러웠다. 그녀에게 더 가까이 가고 싶은 충동을 간신히 억누르는 동안 그는 상반되는 마음의 소리를 들어야 했다.

당신이 날 사랑해야 내가 더 살 수 있어, 라고 하는 이기적인 외침과,

당신이 위험해질 테니, 절대 날 좋아하지 마, 라고 소리치는 양심의 목소리.

두 소리가 얽히고설키며 머릿속에서 경고 신호를 보내고 있었다. 어떤 것도 결정하지 못하면 평정을 잃은 심장의 박동이 무슨 일을 저지를 것 같았다.

그래, 그 실체를 다 알겠는데도 그저 자신을 감추는 데 열심인 이 여자의 가식 때문이다.

착한 척, 따뜻한 척, 다 이해하는 척— 그것들이 얼마나 심사를 뒤트는지 나는 다 알고 있어. 그러니 그따위 가식은 집어치워!

"웃기지 마. 착한 척하는 거 그만해. 재수 없어."

황토는 위악적으로 말을 내뱉으며, 그녀가 열이 오르도록 부추겼다. 뒤통수를 맞은 듯 멍한 표정으로 황토를 보던 이슬의 눈에 잠시 후 기어이 핏대가 섰다.

"이 자……."

이슬은 말을 더 하려다가 입을 다물고 이를 악물었다. 말을 끝맺

지는 않았지만 그녀가 내뱉으려던 단어가 무엇이었는지, 황토는 짐작할 수 있었다.

"당장 나가!"

이슬은 성난 표정으로 황토를 마주하며 소리쳤다. 더 이상 참지 않겠다는 듯 그녀의 목소리는 쩌렁쩌렁하게 벽면을 울렸다.

"네가 나가."

나갈 사람은 당신이야. 이 집은 내 집이니까. 황토 역시 그녀의 신경을 돋웠다.

황토와 이슬 두 사람이 서로를 노려보고 있을 때 인터폰 벨이 울렸다. 아파트 경비실에서 온 연락이었다.

[강세찬 씨 앞으로 택배 왔어요. 가져가세요.]

황토가 켠 인터폰 스피커를 통해 경비 아저씨의 목소리를 확인한 이슬은 황토를 향해 내뿜던 독기를 거두고 쿵쿵거리며 밖으로 나갔다.

황토도 편두통을 느끼고 방으로 들어갔다.

잠시 후 현관문이 열리고 이슬이 사과 상자 크기의 큰 박스를 혼자서 낑낑거리며 들고 들어왔다. 투시력으로 이슬을 본 황토는 이슬과 더 부딪치고 싶지 않아 고개를 돌려 버렸다.

"으아악!"

그러나 얼마 지나지 않아 난데없이 들려온 이슬의 외마디 비명에 황토는 저도 모르게 문을 열고 거실로 달려 나갔다.

별건 아니었다. 밑이 다 젖은 택배 상자 안의 물건들이 빠지며 그 안에 들어 있던 반찬통들이 바닥으로 떨어진 것이었다. 할머니가 세찬이 앞으로 보낸 음식들이었다. 이슬은 내용물들이 잘못될까 봐 놀란 모양이었다.

유리컵이 깨졌을 때는 그렇게도 침착한 척하던 여자가.

황토는 이슬이 아파트에 온 첫날의 일을 생각하며 그녀를 바라보았다.

그간 위선적으로 행동했던 가면을 기어이 벗어버렸기 때문일까, 아니면 그저 택배 받은 음식들이 소중해서 그랬던 걸까. 둘 중 어느 것이든 그녀의 비명과 혼잣말은 우스꽝스러웠기에 황토는 입 끝에 힘을 주어 웃음을 참아야 했다. 그는 바닥에 엎드려 택배 상자 안의 물건들을 정리하는 이슬의 곁으로 가 말없이 무거운 것들을 주방으로 옮겼다.

"그냥 놔둬."

이슬이 퉁명스럽게 말했지만, 황토는 신경 쓰지 않았다.

재수 없다고 욕을 할 때는 언제고. 도무지 종잡을 수가 없는 녀석이다.

"너 나 싫어하는 거 아니었어?"

바닥을 치우던 이슬이 황토를 빤히 보며 물었다.

"물론 내가 잘못한 것도 있지만 네가 어제 나한테 왜 그랬는지 도무지 모르겠어서 그래. 중간이 없이 이랬다저랬다 하니 널 어떻게 대해야 할지, 사실 난감해."

이슬은 정리를 하면서 마음이 가라앉은 김에 자신의 감정을 솔직하게 털어놓았다. 뒤끝 있는 말이었지만, 본성을 다 드러내 버렸는데 무엇이 문제랴.

이 정도의 외모를 갖춘 남자애가 자신을 좋아하여 키스했을 리 없다. 하지만 어제의 사건에는 분명 미스터리가 남아 있다. 이슬은 그것이 답답하여 한 번 더 물어본 것이었다.

그러나 역시, 긴 침묵 끝에 황토에게서 얻은 대답은 묘하고, 아리

송하며, 황당한, 뜬구름 잡는 말이었다.

"내 안에는 악마가 있어."

'아니, 이건 또 뭔 소리야?'

하마터면 '그게 뭔 또라이 같은 소리야!' 하는 야유가 나올 뻔했다.

악마라니. 아…… 내가 정신 상태가 제대로 사차원인 남자아이를 만난 것이로구나……. 이슬은 어제의 키스가 모두 '그냥 또라이 짓'이었다는 것을 깨달아 버렸다.

"그래서 순수한 척하는 것들, 때 묻지 않은 것들을 보면 심사가 뒤틀려. 내 안에 있는 게 꿈틀거리는 거야."

황토는 말을 마치고 별안간 얼굴을 붉히며 방으로 들어갔다. 황토의 괴이한 고백을 들은 이슬은 한동안 멍한 표정으로 그 자리에 머물러 있었다.

※

이슬과 함께 살기 전, 황토의 아침은 우유 한 잔이었다. 이슬과 함께 살게 된 후에도 여전히 우유를 배달시키긴 했지만, 황토는 꼬박꼬박 이슬이 해놓은 밥을 먹었다.

이슬은 밥을 해놓지 않고 먼저 나갔다. 황토의 눈길이 머문 식탁 위에는, 누가 밖에서 들여다 놓았는지 황토가 아침마다 마시던 우유가 놓여 있었다. 우유팩에는 볼펜으로 흐릿하게 글씨가 쓰여 있었다.

이 안에는 악마가 있어.

누구의 장난인지 알 만했다. 역시, 타인에게 자신의 약점을 털어놓는 것은 비웃음만 받을 일인가 생각하니 씁쓸했다.

어제의 고백은 나름 진지한 것이었다. 하지만 받아들이는 사람의 입장에서는 어처구니없을 수밖에 없는 것이다. 황토는 헛웃음을 짓고는 우유를 들이켰다.

"읍!"

식도로 넘어가려던 우유는 금세 밖으로 다시 나왔다. 시큼하고 퀴퀴한 맛의 상한 우유였다. 우유의 유통기한은 오늘 날짜보다 열흘이나 더 지나 있었다. 이 정도면 우유팩이 빵빵해야 하는데 그렇지도 않았다.

황토는 한참을 살펴보다가 우유의 비밀을 알아냈다. 우유팩 입구에 아주 미세한 구멍이 뚫려 있었던 것이다. 누군가가 일부러 바늘로 구멍을 뚫어 가스를 빼놓은 것이었다.

그리고 그는 우유팩 밑바닥에 다른 글씨가 쓰여 있는 것도 발견할 수 있었다.

상한 우유 악마가 꿈틀거리고 있어.

황토는 우유팩의 메시지를 읽고 입을 헹구며 다시 한 번 씁쓸하게 웃었다.

더 먹을 것이 없을까 하여 냉장고 문을 열었다. 냉장고 안에는 어제 이슬이 갖다 놓은 음식 외에 초코바, 빵, 파이 등이 있었다.

황토는 그중 초코바 아래 메모지를 놓은 것이 눈에 띄어 초코바와 메모지를 집어 들었다.

이 안에는 악마가 있어, 다이어트를 방해하는 악마가.

이번에는 피식 웃음이 났다. 그래, 누구든 악마가 있다는 말을 진심으로 들을 리 없다. 대부분의 사람은 평생 동안 조금의 환상도 경험하지 못하는 것이 보통이니까. 악마를 본다면 그것은 분명 꿈이라고 생각하겠지. 이슬은 '악마'라는 것을 말장난으로 받아들였을 것이다.

이슬의 유치하고도 귀여운 메모를 한참 들여다보던 황토는 초코바를 뜯어 입에 넣었다. 혈당이 떨어진 아침에 먹어서인지 머리가 찌릿할 정도로 달게 느껴졌다.

황토와 마주치기 싫어 일찍 출근한 이슬은 여전히 분이 풀리지 않아 혼자 이를 갈았다. 일찍 나온 터라 사무실 안엔 아무도 없었다. 이슬은 마음 놓고 혼잣말을 했다.

"뭐? 어린것이 악마가 있어? 웃기고 있어."

화풀이하듯 분쇄할 문서들을 북북 찢었다. 그러다 문득 누구에게 함부로 얘기할 수도 없고, 그래서 서럽기만 한 자신의 인생을 한탄하게 되었다.

"엄마만 아니었어도, 내가……."

이슬은 분한 듯 갈기갈기 찢은 문서들을 흩뜨렸다. 종잇조각들이 사방으로 흩어지자 더 울적해진 이슬은 제가 어지른 것들을 치우며 마음을 가라앉혔다.

"진짜 악마가 어떤 건 줄 알아? 넌 몰라, 멍청아."

황토와 악마와의 계약에 대해 조금도 알지 못하는 이슬이 눈에 맺히려는 눈물을 닦으며 혼잣말을 했다. 그녀도 사연이 있는 여자였다.

이른 오후, 동료 두 명과 함께 옹골마을로 간 이슬은 먼저 와 있는 영건설 직원 한 명과 인사했다. 영건설에서 제일 말이 많은 남자 부장이었다.

"오늘은 혼자 오셨네요."

"디자이너들은 시공자재 확인하러 간다고 하고, 사장님은 워낙 혼자 일하기를 좋아하는 분이라."

이슬과 함께 온 직원들이 부장의 말을 듣고 웃었다. 이슬의 선배인 디자이너가 부장에게 물었다. 그녀는 젊고 능력 있는 황토에게 관심이 조금 있었다.

"젊은 사장님이랑 일하기 힘들지 않으세요? 회식 때 보니 은근히 좀 불편하던데."

"그래도 우리 사장님이 민주적이거든요. 일하기 좋은 환경을 만들어줘서 회사에 대한 불만은 없어요."

부장은 황토의 유능함에 대해 간략히 대답했다. 선배 디자이너가 눈을 빛내며 말했다.

"영건설 사장님은 신비주의 컨셉이더라고요. 무섭지만 다크해 보이면서도 뭔가 섬세할 것 같고, 내 여자한테는 잘할 것 같고, 그런 섹시함이 있달까? 여자친구는 좋겠다."

"글쎄, 애인은 없는 것 같던데."

"숨겨놓은 애인은 있을 것 같지 않아요? 집안도 좋고. 실무 쌓으려고 지금 사무실 차려서 운영하고 있지만 언젠가 아버지 회사로 들어간다던데."

이슬은 귀가 솔깃해졌고 동시에 약이 올랐다. 여자친구가 있는데 자기에게 키스를 한 거라면 그건 그거대로 썩을 놈이 아닌가.

"그건 그냥 소문이지."

영건설 부장은 그 일에 대해선 자기가 더 잘 알고 있다는 듯 오지랖 넓게 아는 척을 했다.

"직접 듣지 못해서 잘은 모르는데 아버지가 새장가를 드셔서 사이가 그리 좋은 편은 아닌가 봐요."

이슬과 그녀의 동료들은 황토의 아버지를 상상하며 눈을 굴렸다.

"그냥 소문이지 뭐. 강남에 집 얻어서 혼자 사는 것 같은데, 그래서 알 만한 사람들은 이것저것 추측하고 있는 거예요. 지금도 기반건설로 갈 마음이 있는지는 모르겠고. 일에 열정이 있는 분이에요."

부장은 그제야 제가 너무 말을 많이 했다는 것을 깨달았는지 멋쩍게 웃으며 이야기를 끝냈다.

"아, 내가 이런 얘기 했다는 건 비밀!"

부장이 자리에서 떠나자마자 다른 동료 디자이너가 이슬에게 확인 안 된 루머라는 듯 조용히 말했다.

"강 대리한테만 말해주는 건데, 정신과 치료도 받았다는 말이 있더라. 겉모습이 다는 아닌 모양이야. 일로 만나면 오피셜한데, 실은 여자들을 헤프게 만난다는 얘기도 있고."

정신과 치료라니. 헤프다니. 전혀 그런 느낌은 없었는데. 이슬에게는 생소한 충격이었다.

누구에게나 악마가

잠시 후 오지 않을 것 같았던 황토가 차를 끌고 옹골마을을 찾았다. 다른 일로 바쁘다는 것 같았는데 온 걸 보면 참 꼼꼼한 사람이라고, 이슬은 속으로 생각했다.

사실 황토는 무언가 꿍꿍이를 가진 준성이 이슬에게 다가가는 것이 걱정되어 온 것이었다. 그는 준성이 보이지 않는 것에 안도하며 은근슬쩍 이슬의 주위를 맴돌았다.

어물쩍어물쩍 제 주위에 서 있는 황토를 보며 이슬은 좀 전에 들었던 말들이 생각났다. 간간이 영건설 부장과 이야기를 나누는 황토에게 왠지 연민이 생겼다.

오늘은 이슬이 더 일찍 집에 돌아와 황토를 기다렸다. 황토는 생각보다 늦었고, 세찬은 먼저 잠이 들었다.

1시가 지난 후에야 현관문이 열렸다. 지친 눈의 황토는 소파에 앉아 그를 기다리는 이슬을 보고 약간 당황한 것 같았다.

"왔니? 늦었구나."

이슬은 어젯밤과는 다르게 엄마미소를 지으며 말했다.

옹골마을에 다녀오느라 제시간에 일을 끝내지 못하고 야근을 한 황토의 사정을 이슬은 알 리 없었다.

"세찬이는요?"

"잠들었단다."

또 이슬은 누나 행세를 하느라 입에 잘 붙지도 않는, 드라마에도 나오지 않을 어색한 말투를 썼다. 가히 연극적이었다.

"이리 앉아."

이슬은 자신의 옆자리를 톡톡 두드리며 말했다.

과다한 업무로 탈진 상태였던 황토는 순한 짐승처럼 소파에 앉았다. 세찬이 자고 있다는데 큰 소리를 내고 싶지 않았고, 잔소리일랑 빨리 듣고 넘긴 후 쉬고 싶었던 것이다.

이슬은 입을 열기 전에 길게 심호흡을 했다.

"나는 딸 넷에 아들 하나인 집의 넷째 딸로 태어났어. 나 다음에 태어난 애가 세찬이야. 아버지는 내가 태어난 날 내가 여자인 걸 확인하자마자 나가서 술을 드셨대. 내가 태어나기 전에 할머니가 점쟁이한테 딸인지 아들인지 물어봤었거든. 점쟁이가 딸이라고 했으면 나는 세상에 나오지도 못했을 거야."

제길. 인생의 이야기인가? 황토는 얘기가 길어질 것을 예상하며 미간을 찌푸렸다.

"그렇게 나는 환영받지도 못하고 태어나서 구박도 많이 받으면서 컸어. 세찬이 밥 먹을 때 나는 욕을 먹었고, 세찬이가 텔레비전 볼 때는 눈치를 보고 살았던 것 같아. 아버지랑 할머니가 나를 많이 미워하셨어. 나도 물론 그분들이 미웠지. 아버지가 밖에 나가셔서 안 들어오시면, 이대로 돌아오지 말았으면 좋겠다 생각한 적도 있었어."

어디에서 이슬의 이야기를 끊어야 할지 고심하던 황토는 결국 거의 반수면 상태로 그녀의 말을 흘려들었다.

"지금은 돌아가셨지만, 엄마는 나한테, 네가 참아야 한다, 네가 양보해, 네가 더 착해져야 돼, 그런 말씀을 하셨어. 유독 나한테만 말이야. 다섯 살 무렵부터인가 내내 그 말을 들었어. 그러다가 열 살 때쯤, 너무 화가 나서 엄마한테 막 대들었어. 세찬이가 내 숙제 노트에 낙서를 해놔서 화를 낸 건데 역시 아버지는 나만 나무랐거든. 그때 엄마가 또 그러는 거야. 네가 참아라."

이 여자가 혼자 술을 마시고 신세 한탄을 하는 것일까? 이슬에게서는 술 냄새도 나지 않았지만, 황토는 고개를 들어 주방에 빈 맥주병이 있는지 살펴보았다.

"어린 마음에 너무 서러웠어. 항상 나는 잘못한 게 없는데 왜 엄마는 나한테만 그렇게 착하게 살라고 하는지, 혼내는 아버지보다 타이르는 엄마가 더 미웠어."

황토는 일찍 잠드는 것은 글렀다는 사실을 깨닫고 소파에 깊이 몸을 기댔다.

"그때 엄마가 말씀해 주신 거야. 어렸을 때 아버지가 산에서 술을 마시고 조난당한 적이 있었대. 그때 어떤 모르는 사람이 아버지를 구해줬는데, 그 사람이 뭔가 이상했다는 거야. 귀신 같았대. 아무튼 아버지는 자기 목숨을 구해준 게 고마우니까 사례를 하겠다고 했는데, 그 사람이 대뜸 아들을 내어달라고 하더래. 그때에서야 귀신을 만났다는 걸 깨달은 아버지는, 세찬이는 집안에 하나뿐인 소중한 아들이니까 딸인 나를 데려가라고 했대. 귀신은 만족하지 못하는 표정으로, 그럼, 그 딸아이의 마음에 악이 피어날 때쯤 영혼을 거두어가겠다고 하더래."

그녀의 이야기에 황토는 조금 놀랐다. 물론 놀란 표정은 모두 감추었지만.

"귀신은 순수한 영혼을 데려갈 수 없고, 누군가 그 사람을 미워하는 사람이 생기면 그때에야 영혼을 거두어갈 명분이 생기는 거라고 하면서."

귀신의 명분이라……. 이런 식으로 다른 악마에 대한 에피소드를 들으니 새로웠다. 황토는 자신이 만난 악마의 얘기도 그녀가 믿어줄까를 잠시 생각했다.

"그 얘기가 꿈이었는지 생시였는지 지금도 알 수가 없어. 귀신은 그 뒤로 한 번도 나타나지 않았으니까. 하지만 그때 조난당한 일로 아버지는 아직도 다리가 편하지 않다고 하셔. 아무튼 그게 꿈이었든 생시였든, 엄마는 내가 걱정됐던 거야. 내가 사라지지는 않으면 하는 마음에서 내게 충고해준 거였어, 엄마는."

다른 사람이 이 이야기를 들었다면 분명 헛소리라고 단정 지어 말할 것이다. 그러나 황토에게만은 아니었다. 황토 또한 악마를 만났으니까. 그 일을 스스로도 믿을 수 없어 정신과 치료를 받았던 적도 있었으니까.

"그 뒤로 엄마한테 한 소리 들을까 봐 착한 척하긴 했지만, 사실 내 속까지 다 선해진 건 아니었어. 그래서 네 말처럼 가면을 쓰고 살게 된 거야. 하지만 착한 척하다 보면 어느 정도는 착해지게 돼 있어. 욕심을 많이 버리게 되고, 포기하고 양보하게 되고, 내가 조금 힘들어서 모두가 행복해지는 거라면 내가 힘든 것이 낫다, 생각하게 되고. 그 마음이 전부 가식은 아니야."

이슬은 계속 말을 이었다.

"그리고 가장 중요한 건, 나쁜 마음을 먹고 나쁜 행동을 하면, 항상 반성하고 후회하게 돼. 진짜야."

이슬은 말 없는 황토에게 제 인생의 이야기에 대한 의견을 묻지 않고 빠르게 화제를 돌렸다.

"플라나리아 알아?"

황토는 대답하지 않았다. 황토를 잠깐 바라보던 이슬은 미소인 듯 편안하게 입 끝을 한 번 올리고는 계속 말했다.

"초등학교 2학년 때쯤 하는 플라나리아 실습이라는 게 있어. 몸을 잘라도 잘라도 죽지 않고 그대로 몸이 재생돼서 한 마리가 두 마리 되고, 네 마리, 여덟 마리도 될 수 있는 세균 같은 번식쟁이 물고

기 자르기 실습."

그제야 황토는 살짝 고개를 끄덕였다.

"처음 플라나리아 얘기를 들었을 때 애들은 모두 신기해했어. 그러고 나서 다 같이 토론했던 내용이 뭐였는지 알아?"

다시 한 번 황토는 이슬의 얼굴을 멀뚱하니 바라보았다. 어쩐지 이슬의 이야기는 그 뒷이야기를 궁금하게 만드는 매력이 있었다.

"잘라도 죽지 않는 이 녀석을 어떻게 죽일 수 있을까. 태워 죽일까, 말려 죽일까, 압사시켜 죽일까."

황토도 기억의 단편을 떠올렸다. 샬레에 담긴 자그만 생물을 보며 잔인한 대화를 나눴던 어린 시절이 머릿속에서 짧게 스쳤다.

"누구한테나 악마가 있어. 세상이 너무 복잡해서 다들 인지하지 못하고 살고 있을 뿐."

이슬이 그때의 기억에 대한 의견을 덧붙였다.

"하지만 자기 안에 악마가 있다고 인정하는 사람은, 적어도 양심이 있는 사람이야. 선도 알고 악도 알고 있거든."

이제 황토에 대한 이야기였다.

"그리고 양심이 있는 사람은 외로운 사람이라는 것도 알아. 너 혼자 꽁꽁 싸매고 짊어지고 있는 짐이 있으면 나눠줘도 돼, 언제든지."

이슬은 따뜻하게 웃었다. 황토를 위로한다는 듯.

"나는 네가 조금 덜 외로웠으면 좋겠어."

말을 모두 마친 이슬은 소파 위에 자연스럽게 올라가 있는 황토의 손을 조용히 토닥이며 미소 지었다. 이슬이 황토의 손을 토닥일 때마다 황토의 문신이 붉은빛을 띤다는 것을 두 사람은 알지 못했다.

황토는 가슴이 아파오는 어느 날, 이 여자의 손을 붙들고 펑펑 울 수도 있겠다는 생각이 들었다.

2. 가족

〈해와 바람〉이라는 동화가 있다. 누가 더 힘이 세냐를 놓고 겨룬 내기에서 나그네의 옷을 억지로 벗기려 했던 바람은 해에게 백기를 들고 말았다. 해의 따뜻한 햇볕은 나그네 스스로 옷을 벗도록 유도했던 것이다.

이슬이 손등을 토닥토닥 두드릴 때마다 온기가 느껴졌다. 황토는 혼란스러웠다. 이대로 자신이 먼저 무너질 수도 있겠다는 생각이 들었다. 더 단단한 방어벽이 필요한 순간이었다.

"그쪽 감상에 내 감정을 끌어들이려고 하지 마."

황토는 약해지려는 마음을 누르고 모진 말로 이슬의 따뜻한 손을 밀어냈다. 그 한마디로 기껏 이슬이 잡아놓은 무드가 깨져 버렸다.

뭐? 내가 잘못 들은 건가? 귀를 의심하며 황토를 쳐다보는 이슬에게, 황토는 차가운 말을 내뱉었다.

"난 그저 내가 생각한 대로 말하고 행동하는 거야. 내가 왜 나보다 가진 것도 없는 사람한테 어쭙잖은 연민을 사야 하는지 모르겠는데, 난 그쪽이 그런 마음을 느낄 만큼 못나지도 않았고 외롭지도 않아."

아니꼽다는 듯 인상을 잔뜩 찌푸리고 말하던 황토는 이슬에게 다 들리도록 코웃음을 쳤다.

"본인이 외롭다고 남들까지 그럴 거라고 생각하는 건 유아적인 발상 아닌가?"

원래부터 남의 감정에 조금도 공감하지 못하는 녀석인 걸까.

이슬은 이런 피도 눈물도 없는 녀석이 세찬의 친구라는 것이, 클라이언트 회사에서 사장질을 하는 녀석이라는 것이 분하고 억울했다.

"뭐, 이런 쫄탱이가!"

쫄탱이? 생전 처음 들어보는 말이었다. 황토는 더 큰 싸움이 나기 전에 어서 이슬에게서 탈출해야겠다고 생각했다.

황토가 이슬에게서 등을 돌리려는 순간, 황토보다 빠르게 이슬이 황토의 이마를 손바닥으로 찰싹 때렸다.

"뭐야? 말로 안 되니 폭력을 쓰나?"

황토 역시 이슬의 머리 공격에 당황하여 이마를 감싸며 목소리를 높였다.

"그래, 이 어리굴젓 같은 놈아."

이슬은 다시 해석이 불가능한 말을 하고는 방으로 들어가 문을 쾅 닫았다.

다음날 오전, 황토는 또 업무에 영 집중하지 못했다.

'쫄탱이? 어리굴젓?'

어제 화가 난 이슬이 했던 말이 계속 마음에 걸렸다. 게다가 생전 처음 들어보는 욕이라니. 착한 척하며 20년을 산 여자치고는 발음도 참 찰지지 않은가.

한참 그녀에 대해 생각하던 황토는 포털 사이트 검색창에 '쫄탱이'라는 단어를 쳐보았다. 쫄탱이라는 단어는 흔하게 쓰는 말인 것 같았다. 그러나 어디에도 그 뜻은 나오지 않았다. 황토는 혹시나, 하는 마음으로 '쫄탱이 뜻'과 '쫄탱이가 뭐예요?'까지 검색하고 나서야 '쫄탱이는 겁먹은 사람을 은어적으로 표현한 말입니다'라는 짧은 글을 겨우 발견할 수 있었다.

'내가 겁을 먹고 있었다는 걸 그 여자가 알 리 없잖아!'

지난밤 이슬의 말이 황토의 마음을 흔들었지만, 그 마음의 혼란을 이슬이 꿰뚫어 보았을 리 없다. 황토는 이슬이 어떻게 쫄탱이라는 말을 꺼낼 수 있었는지 도무지 이해할 수 없어 계속 지난밤의 일을 되짚어보게 되었다.

이슬의 인생 이야기 또한 황토에게는 가히 충격적이었다.

'그 여자의 아버지도 악마를 만난 걸까? 그 여자도 정말, 그런 얼토당토않은 억지 계약에 휘말린 사람인 거야?'

이런 생각은 황토를 반갑게도, 그리고 슬프게도 만들었다. 세상에 영혼을 저당 잡힌 사람이 자기 말고 또 있다는 동병상련의 반가움, 그리고 어쩔 수 없는 운명에 대한 연민…….

황토는 그녀의 인간적인 고백에 대해 비아냥거린 것을 뒤늦게 조금 후회했다.

✽

한편 이슬은 자신을 모두 드러내 보인 것에 대해 죽도록 후회했다. 어젯밤에 분위기를 잡고 한 고백은, 누구든, 웬 아닌 밤중에 홍두깨 같은 소리냐, 라고 할 만한 얘기였다. 게다가 누나가 되어선 분위기가 뜻대로 되지 않는다고 억지를 부리다니. '쫄탱이'는 이슬 자신을 향한 말이 잘못 튀어나온 것이라는 걸 황토는 절대 모를 것이다.

이슬의 잡념을 쫓은 것은 옹골마을에서 날아온 소식이었다. 이슬이 인테리어 시공을 부탁한 업자가 일을 마무리 짓다가 사다리에서 떨어져 골절상을 입었다는 연락을 받고 이슬은 부랴부랴 병원으로 향했다.

"그냥 작업할 수도 있었는데 왜 사다리를 썼는지……. 사다리가 너무 미끄럽더라고."

이슬은 업자에게 몇 번이나 고개를 숙여야 했다. 사다리는 전날 이슬이 편하게 작업하라며 마련해 주고 간 것이었다. 이슬은 업자가 끝내지 못한 일을 마무리하러 옹골마을로 향했다.

사고는 옹골마을 듬쑥로 다섯 번째 집, 거실의 넓은 창문과 천장 사이 자투리 공간에 설치한 일자형 원목 선반 앞에서 일어났다. 고정시키려던 선반은 사고로 인해 헐거워져 있었고, 업자가 사다리에서 미끄러지며 다른 붙박이 찬장을 건드렸기 때문에 찬장 또한 손봐야 했다.

"내가 분명히 사다리를 확인하고 줬는데."

이슬은 사다리 때문에 미끄러졌다는 업자의 이야기를 다시 떠올리며 혼잣말을 했다. 그녀는 창고에서 다른 사다리를 꺼내 다섯 번째 집으로 돌아갔다. 사다리의 중심이 살짝 흔들렸지만 미끄러운 사다리보다는 나을 것 같았다.

그 후로 오랫동안 이슬은 선반을 다시 설치하는 데 몰두했다. 석고 앙카로 선반을 제대로 고정시킨 후 마무리 실리콘 작업만 남겨 두고서야 한숨을 돌리고 이마의 땀을 닦았다.

그리고 그때,

"오늘 사고 났었다면서요?"

"으아악!"

인기척도 느끼지 못했던 이슬은 별안간 등 뒤 가까이에서 들려오는 말소리에 깜짝 놀라며 사다리 위에서 중심을 잃었다.

둔탁한 소리를 내며 사다리가 옆으로 쓰러졌다. 그러나 다행히 이슬이 쓰러지는 방향으로 등 뒤의 사람이 팔을 뻗었고, 이슬은 등 뒤에 있던 사람에게 제대로 안긴 꼴이 됐지만 다치지는 않았다.

준성이었다.

"으. 괜찮으세요?"

이슬이 준성에게 안긴 채로 걱정스럽게 물었다. 준성은 너무나도 가뿐해 보였다.

"이 정도야 뭐. 이슬 씨는 가볍네요. 그나저나 정말 조심해야겠어요."

준성이 웃으며 이슬을 내려놓았다. 다행히 이슬도 준성도 다친 데 없이 무사했다.

"인기척을 그렇게 오랫동안 냈는데 못 들었어요?"

"아……."

"갑자기 들이닥쳤으니 제가 잘못했죠."

준성은 미안하다며 사과했다.

"황토는 아직 안 왔나 봐요."

"저는 잘 몰라요."

준성에게서 황토의 이야기가 나오자 이슬은 급히 고개를 돌렸다. 그러나 황토 생각을 하는 그녀의 두 뺨은 이미 붉게 물들어 있었다.

"왜요? 같이 살잖아요."

"컥!"

준성의 말에 이슬은 먹은 것도 없이 사레가 들려 켁켁거리다 들고 있던 나사못을 바닥에 떨어뜨리고 말았다.

"우린 아주 친한 사이거든요."

준성이 나사못을 주워주고는 핸드폰을 꺼내며 말했다.

"황토 지금 오라고 할까요? 제가 문자 보내면 당장 달려올 텐데."

"아니요! 아니……."

이슬은 준성에게로 두 팔을 뻗으며 그가 황토에게 연락하려는 것을 만류했지만 이미 늦었다. 준성은 장난스럽게 웃었다.

※

사무실에서 잡념에 빠져 있던 황토는 방금 도착한 문자메시지에 자리에서 벌떡 일어났다.

―강이슬 씨는 요즘 옹골마을로 출퇴근하나 보군.

'뭐야, 이 자식!'

준성이었다. 마침 옹골마을에서 있었던 사고 소식을 전해 들은 황토는 이 사고가 준성이 꾸민 일은 아닐까 생각하고 있었다. 항상 준성이 나타난 다음 날에는 이상한 일이 일어났다. 이전에는 2년에 한 번 정도 보이던 남자가 이제 거의 매일 나타나는 것도 불안한 일인데, 매번 이슬의 주변을 어슬렁거리니 숨이 막히고 조마조마했다.

저녁때 옹골마을에 들르겠다는 다른 직원들을 챙길 여유도 없이 먼저 급하게 길을 나선 황토는 한달음에 마을에 도착했다. 도착하자마자 공사 중인 집들을 뒤지기 시작했다.

곧 다섯 번째 집 문이 열리며 이슬이 나오는 것이 보였다. 이슬을 발견한 황토는 목을 길게 빼며 준성은 어디 있을까 한참 살펴보았다.

황토가 준성을 찾기 위해 두리번거리고 있을 때, 이슬이 황토에게 다가갔다. 이슬은 황토에게 작은 소리로 물었다.

"어떻게 그럴 수가 있어? 나는 그래도 아무한테도 말 안 했다고, 이상한 소문이라도 날까 봐."

"또 뭐가요."

황토는 여전히 준성을 찾는 눈으로 이슬에게 물었다.

"이준성 씨한테 얘기했다며, 세찬네 집에서 나랑 같이 산다고."

황토는 놀란 기색이 역력한 눈으로 이슬을 보았다.

'지가 다 말해놓고는 왜 놀라는 척이야? 기가 막혀서!'

울컥한 그녀는 말소리를 힘들게 죽여가며 꾹꾹 눌러놓았던 감정을 드러냈다.

"나한테는 잔말 말고 조심하라고 했으면서 그 사람한테는 다 말하고 다니냐? 넌 일관성이라곤 개코딱지만큼도 없어?"

여전히 황토는 눈을 동그랗게 뜨고 이슬을 보고 있었다. 이슬은 그 표정에 더 열이 올랐지만, 또 누군가에게 황토와 같이 있는 모습을 들킬까 염려하는 마음으로 그에게서 거리를 두며 말했다.

"오해하고 그럴 일 없으니까 모르는 척해달라고 내가 말했어."

황토의 눈에, 다섯 번째 집 벽 뒤에 숨어 두 사람을 엿보고 있는 준성이 보였다. 황토는 속에서 천불이 났다.

황토의 사정을 알지 못하는 이슬은 황토만 원망하다가 이내 떠났다.

"도대체 무슨 꿍꿍이야?"

이슬이 떠난 후, 황토가 준성을 불러내어 신경질적으로 말했다.

"오늘 일어난 사고도 당신이 한 짓이라는 거 알아."

"무슨 말을 하는지 모르겠는데?"

준성이 어깨를 으쓱하며 웃었다.

"인테리어 업자가 미끄러진 게 당신이 낸 사고가 아니라고? 그 사다리는 내가 그 여자한테 준 거야. 분명히 멀쩡했었어."

"멀쩡한 사다리라도 다루는 사람에 따라서 짐이 될 수도 있고 무용지물이 될 수도 있는 거야."

"이런 일을 꾸미는 이유가 뭐야?"

"난 도와주고 있다고 생각했는데. 자주 부딪쳐야 그 애가 너에게 마음을 허락하지 않겠어? 네가 스스로 하지 않으니까 내가 하는 거야."

준성이 하는 일이 두려운 듯 나지막하게 소리를 낮춘 황토가 말했다.

"……아직은, 아직은 시간이 있잖아."

"너에게 주어진 시간이 많다고 생각하는 거야?"

곧 황토의 손등 문신 옆에는 'D-127'이라는 문자가 새겨졌다가 사라졌다. 황토가 손등의 통증을 느끼는 동안 준성은 이를 드러내며 웃었다.

"좋아. 마지막 순간에 그 애를 아까워하지 않을 자신이 있다면,

주어진 시간을 충분히 즐겨."

모두 준성의 꿍꿍이대로 되어가고 있다는 것을 황토는 알 리 없었다.

"왜 머뭇거리지? 그 애의 인생 고백을 듣고서도 눈치채지 못한 거야? 그 앤 너처럼 얽혀 있는 인간이라고."

그는 전날 이슬이 황토에게 했던 얘기에 대해 모두 알고 있었다.

"그럼 그 귀신 얘기가 사실이라는 거야?"

황토가 반신반의한 표정으로 물었다. 준성은 다시 한 번 재미나다는 듯 웃었다.

"우리 쪽에서는 그런 애들을 좋은 싹이라고 불러. 누구나 탐낼 만한 인간이라는 거지."

준성의 붉은 입술이 황토의 눈에는 더욱 탐욕스럽게 보였다. 인간의 모습을 하고 있지만, 어쩔 수 없는 악마였다.

"네가 아니더라도 그 애는 충분히 내 손에 들어오게 돼 있어. 그럴 운명이니까. 그러니 굳이, 서툰 동정이나 죄책감은 가질 필요 없다는 거야."

준성은 그 말을 끝으로 황토에게서 떠났다. 그가 어디로 가는지 끝까지 지켜보지 못하고 황토는 눈을 감았다.

과연 나쁜 짓을 하고 죄책감을 느끼지 않을 수 있을까? 10년 전 숙부를 죽게 만든 뒤로 듬성드뭇한 어두운 어귀마다 숙부의 그림자가 박혀 있는 것 같은데 말이다.

※

그날 저녁, 황토와의 일로 마음이 답답해진 이슬은 친구 슬기의 노점상을 찾았다.

"거기 앉지 말고 이 옆으로 와. 너 때문에 손님이 안 들어오잖아."

손님 자리에서 인생이 괴로운 듯 테이블에 턱을 괴고 앉은 이슬에게 슬기가 면박을 주었다. 옆에서 슬기의 딸 기린이 시시각각 변하는 이슬의 표정을 감상하며 즐거워했다.

이슬의 소꿉친구 슬기는 강남역 인근의 구석진 골목에서 타로카드 노점상을 하는 친구다. 이슬이 그나마 속을 모두 터놓고 꾸밈없이 지낼 수 있는 친구는 슬기 하나뿐이었다. 슬기는 이슬의 착한 아이 콤플렉스를 잘 알고 있었다. 이슬은 자신을 위선자라고 이야기하며 매번 괴로운 모습을 보였지만, 슬기는 이슬의 천성이 착하다는 것 또한 잘 알고 있었다.

"한숨만 쉬지 말고 말을 해. 왜 그러는데? 누가 작업이라도 걸디?"

"아니. 근데 이건 수작을 거는 것도 아니고 안 거는 것도 아녀."

"뭐 하는 사람인데? 몇 살이야?"

슬기와 기린은 이슬의 대답이 궁금하다는 듯 이슬 쪽으로 머리를 기울였다.

"싫어. 말 안 할 거야."

이슬은 괴로운 듯 테이블 위에 엎드렸다.

"그러지 말고, 이따가 같이 뭐 마시러 갈래? 기린이 좀 애 아빠한테 데려다주라. 나도 가게 문 일찍 닫을게."

이슬은 결국 슬기의 부탁에 못 이기는 척 기린을 데리고 밖으로 나왔다.

"이모, 나 남자친구 있다."

기린이 이슬에게 자랑하듯 말했다. 다섯 살짜리도 애인이 있는데 나는 이제껏 뭘 했는가. 이슬은 잠시 속으로 제 신세를 한탄하다가 기린의 남자친구에 대해 다정하게 물었다.

"그래? 어떤 친구야?"

"다람쥐반에서 키도 제일 크고, 제일 잘생겼어."

이슬에게 남자친구 이야기를 하며 한참을 걸어가던 기린은 낯익은 길에 멈춰 서서 한 남자를 가리켰다.

"이모, 근데 저 아저씨."

기린이 가리킨 사람은 다름 아닌 황토였다.

근처에 황토네 회사가 있는 것을 기억해 낸 이슬은 잠깐 황토 쪽으로 눈길을 주었다. 황토는 친구처럼 보이는 남자와 길에 서서 이야기를 나누고 있었다.

"저 아저씨 이상해. 그치?"

잠시 멍하니 서 있던 이슬에게 기린이 물었다.

기린 역시 제 엄마와 마찬가지로 신기가 있는 아이였다. 기린에게는 간혹 사람들의 오라가 보였는데, 기린의 눈에 황토의 오라가 흑색으로 보였던 것이다.

그런 기린의 능력을 알지 못하는 이슬은 기린의 말에 장난스럽게 대답했다.

"그래, 이상한 아저씨 맞아. 진짜 이상한 아저씨니까 길에서 만나면 소리 지르고 도망가야 돼. 알았지?"

이슬은 황토와 마주치는 것이 껄끄러워 기린을 안고 냅다 뛰어 도망쳤다.

✼

황토는 회사 앞으로 찾아온 친구와 저녁을 먹으러 나갔다가 웬 여자와 예기치 않은 만남을 가졌다. 친구를 통해 황토를 소개받고 싶어 하는 여자였다. 이런 자리를 매번 귀찮아하긴 했지만, '여자'를 찾는 입장인 황토는 이를 마다할 수 없었다.

그들은 사람이 얼마 없는 칵테일바에 들어갔고, 친구는 은근슬쩍 자리를 비웠다. 친구가 떠난 지 얼마 지나지 않아 황토는 피곤해졌다.

'이런 여자는 역시 귀찮아.'

황토는 살갑게 웃는 여자의 말을 슬쩍슬쩍 넘기며 듣다가 고개를 아예 돌려 버렸다. 그러곤 곧, 칵테일바 안에서 칵테일이 싸니 비싸니 하며 친구와 재잘대는 이슬을 발견했다.

'왜 여기 있는 거야……'

이것도 악마의 장난일까. 악마는 우연을 조작할 수도 있는 걸까?

어찌 된 일인지 심신의 피로가 홀랑 달아나고 가슴이 뛰었다.

"아까 별로 안 드시는 것 같던데 배고프지 않으세요? 식사할 만한 거 좀 더 시킬까요?"

한참 황토에게 말을 걸던 여자는 황토의 표정이 왠지 불편해 보여 걱정되는 마음으로 물었다. 하지만 황토의 신경은 이슬과 그 친구의 대화에 곤두서 있었다.

"넌 아직도 그걸 믿어? 그럼 인생이 너무 슬프잖아."

"그냥 뭐, 항상 오늘이 마지막이구나 생각하면서 살고는 있어."

"그럼 하루하루 값지게 살 수밖에 없겠네."

"값지게 살고 있는지는 모르겠어. 하지만 내가 언제 사라지더라도 억울하지 않도록 매순간 최선을 다해 노력은 하지."

이슬의 대화가 그저 그런 인생에 대한 얘기인가 보다 생각했는데 '사라진다'는 말이 마음에 걸렸다. 그녀들의 화제는 이슬이 황토에게 잠시 얘기했던, 언젠가 귀신에게 영혼을 빼앗길 수도 있는 이슬의 처량한 신세에 대한 이야기였다.

황토는 슬기의 얼굴을 보려고 슬그머니 고개를 들었다. 순간, 황토는 슬기와 눈이 마주칠 뻔했다. 황토는 재빨리 눈을 돌렸다.

"왜 그래?"

목을 길게 빼는 슬기를 보며 이슬이 물었다. 슬기가 고개를 갸우뚱하다 대답했다.

"아니야."

황토는 몰래 한숨을 쉬었다.

한동안 잠자코 있던 슬기는 걱정 말라는 듯 미소 지으며 말했다.

"그치만 네가 사라지는 일은 없을 거야. 장담하는데, 넌 100세까지 무병장수할 거야. 걱정 마."

이슬도 따라 웃었다.

"그래도 그런 생각은 해. 아버지가 만난 귀신 때문에 내가 어쩔 수 없이 갑자기 죽게 되면, 죽으면서 그동안 못 했던 욕이나 실컷 해야지. 알면서 못 써먹은 욕이 한 보따린데."

이슬과 슬기는 언제 무거운 얘기를 나눴냐는 듯이 밝게 웃었다.

황토 또한 그녀의 농담에 미소 지었다. 이슬은 어두워지려는 자신을 현명하게 다스리는 능력이 있는 모양이었다.

"저기, 오빠라고 불러도 돼요? 제가 두 살 어린데."

이때 황토 옆에 있던 여자가 황토의 밝아진 얼굴을 보고 은근슬쩍 마음을 드러내며 테이블 위에 턱을 괴고 눈을 빛냈다.

"마음대로요."

옆의 여자에게 관심이 없는 황토는 이슬 쪽에 신경을 곤두세운 채로 설렁설렁 대답했다.

"황토 오빠."

그러나 여자의 입에서 제 이름이 나오자 황토의 목소리가 급하게 날카로워졌다.

"시끄러워!"

황토는 이슬이 이 소리를 들을까 긴장하며 여자에게 소리를 낮춰 주의를 주었다. 그러나 이미 여자의 목소리에 이슬이 반응한 후였다.

"……우리 이제 그만 가자. 내가 계산할게."

이슬이 슬기에게 말했다. '황토 오빠'라는 소리가 들리자마자 이슬은 빠르게 사방을 훑었다. 그리고 멀지 않은 테이블에서 황토를 발견했다. 심장박동이 빨라졌다. 황토 때문에 마음이 복잡해진 이슬은 칵테일바에서 한참 동안 슬기에게 황토의 이야기를 했었던 것이다. 물론 '괜히 두근거린다', '가끔 동생이라는 걸 잊게 된다'와 같은 일급비밀까지 털어놓은 것은 아니었지만, 전날 준성에게 이것저것 다 이야기한 황토를 나무랐던 터라 신경이 쓰였다.

"응. 나 화장실 다녀올게."

슬기가 가방을 챙기며 말했다. 평소 같았으면 화장실 바로 앞에서 슬기를 기다렸다가 함께 문을 나섰을 것이다. 그러나 황토와 마주치기 싫었던 이슬은 계산을 하고 슬기보다 먼저 밖으로 나왔다.

한편 몸을 숙인 채 이슬이 밖으로 나가는 것을 지켜본 황토는 지금의 포즈가 굴욕적이라는 생각이 들었다.

'내가 왜 숨지? 뭘 잘못한 것도 아닌데.'

황토는 자리에서 벌떡 일어났다.

"잊은 일이 생각나서 먼저 일어나겠습니다."

"네? 저, 저기!"

한 번도 앞에 앉은 여자에게 제대로 된 말을 건네지 않았던 황토는 마지막까지 매몰찼다. 그러나 이전과 다르게 자신이 지금 한 여자에게 매몰찬 행동을 하고 있는지조차 그는 몰랐다. 이슬에 대한 생각이 그의 마음을 가득 채우고 있었기 때문에.

매순간 최선을 다한다…….

언제 사라지더라도 억울하지 않도록…….

그녀가 했던 말이 북소리가 되어 가슴속을 쿵쿵 울려댔다.

그래. 당신은 내가 시간을 투자할 가치가 있는 여자야! 이젠 확신해.

계단을 내려가는 황토의 발걸음은 빨라지고 있었다.

1층에서 슬기를 기다리던 이슬은 연이어 제 머리를 쥐어박았다.

"미쳤어, 미쳤어."

조심했지만 뜻대로 되는 일은 없었다. 황토가 언제부터 칵테일바에 있었는지 알 리 없는 이슬은 황토에 대한 뒷말을 한 것을 들켰다는 생각에 망연자실해하고 있었다.

"내가 왜 그랬지? 미쳤어."

그리고 '미쳤어'를 다섯 번쯤 더 내뱉고서 등을 돌렸을 때에야 이슬은 '미쳤어'라는 말 또한 미친 짓이었다는 걸 알게 되었다.

황토는 이슬의 바로 뒤에 서 있었다. 아직 확신이 서지 않는 무언가에 진지하게 다가간 듯한 눈을 하고서.

"아, 깜짝이야! 뭐야, 너!"

그 눈빛에 휘말린 이슬은 말을 더듬었다.

"카, 칵테일바엔 언제 왔던 거야?"

이슬이 조심스럽게 물었다.

"한 시간 전쯤?"

다행이었다. 이슬이 슬기에게 황토에 대한 이야기를 한 건 세 시간쯤 전이니. 한 시간 전이면 황토의 얼굴 보기가 부끄러워질 만한 말을 한 것은 하나도 없었다.

이슬이 안도하고 있을 때 황토는 별안간 활짝 웃었다. 그의 갑작스러운, 뜻 모를 미소에 이슬은 흠칫 놀라며 뒤로 한 발짝 물러났다. 그의 미소는 이슬의 심장을 두근거리게 할 만큼 강렬했다.

"집에 안 가나?"

황토에게는 이슬의 놀란 눈이 재미있었다. 그녀가 그의 미소에 당황하는 모습을 조금 더 즐기고 싶어졌다.

"아니, 난 친구랑 더 있다 갈 거야."

그때 이슬의 뒤에서 그 모습을 다 지켜보고 있던 슬기가 손사래를 치며 뒤로 계속 물러났다.

"아니, 아니야. 난 이만 가야 돼. 여기서 택시 타고 갈게. 너는 좀 더 있다 갈 거지? 우리 이슬이 잘 부탁할게요!"

이슬이 잡을 새도 없이, 슬기는 두 사람 사이에 흐르는 묘한 기운을 눈치챈 듯 능글맞게 웃으며 부리나케 택시를 잡아타고 떠났다.

슬기가 떠나자마자, 이슬은 황토에게 본성을 드러내며 호통을 쳤다.

"반말하지 마. 기분 나빠!"

황토는 뾰로통해 있는 이슬이 왠지 귀엽게 보였다.

서늘한 바람이 불어왔지만, 이슬의 이마에는 식은땀이 송골송골 맺혔다.

그가 웃었다. 지금껏 싸가지 없이, 원리원칙대로만 사는 놈이라고 여기게 했던 황토의 이미지는 완전히 사라지고 없었다.

이 녀석, 진짜 악마가 맞구나.

"우리도 집에 갑시다."

옛날 부부가 대화하듯, 황토가 수더분하게 말했다. 이슬은 왠지 황토의 카리스마에 휘둘리고 있는 것 같아 분한 마음에 여느 때와 같이 앞서 걸었다. 길눈이 어두운 황토가 이슬의 발길을 의지하고 있다는 것을, 이슬은 알지 못했다.

사실 황토는 그저 여자를 만났을 뿐 연애는 한 번도 해본 적 없었다. 일회적인 만남 외에는 경험해 본 적이 없었고, 만남을 이어가는 법도 몰랐다.

그랬던 그가 시간을 투자해 누군가를 제대로 알아보아야겠다고 생각한 것은 처음이었다.

이슬이 앞서 걷는 동안 황토는 그녀의 손을 잡아보고 싶다는 생각을 했다. 그러나 실은, 그는 그런 순수한 표현 하나 제대로 하지 못하는 숙맥이었다.

결국 황토는 이슬의 손은 잡지 못하고 그녀의 가방을 낚아채듯 가져갔다.

"헛, 뭐야!"

"가방에 벽돌이라도 넣어가지고 다니나? 여자 가방은 다 이렇게 무거운 거야?"

황토는 예쁜 말을 하지 못하고 그녀의 가방이 무겁다며 핀잔을 주었다.

"내놔."

돌려달라는 이슬의 말은 들은 체도 않고 그녀의 가방을 척 들쳐

멘 그는 아는 길을 만나자 어깨를 으쓱하며 이슬보다 앞서 걸었다.

이슬은 사실 내심 기분이 괜찮았다. 가방 없이 걷는 퇴근길이 이토록 가벼운 것인 줄은 몰랐다.

저 아이에게 저런 면도 있었나?

하지만 그에게 너무나도 많이 당해봤기에 이슬은 이내 그의 이런 친절이 변덕처럼 여겨졌다. 이슬은 이제 황토를 좋은 쪽으로 생각할 수가 없었다.

게다가 자기한테 키스를 해놓고 오늘 밤에는 다른 여자를 만나고 있다니. 이래서 얼굴 반반한 것들은 어쩔 수가 없다. 아쿠아리움 수준의 어장 관리를 하고 있을 것이 눈에 훤했다. 그런 줄도 모르고 그의 키스에 잠시나마 가슴이 뛰었던 자신이 측은했다.

생각을 늘어놓고 있는 동안 어느덧 두 사람의 집에 도착했다. 엘리베이터를 타고 올라가면서 황토가 들고 있던 제 가방을 다시 빼앗아 든 이슬은 고맙다는 말도 없이 성큼성큼 문 앞으로 걸어가 현관문 비밀번호를 꾹꾹 눌렀다.

"잠깐!"

황토가 이슬의 손을 막았다. 황토의 눈엔 아파트 안에 다른 누군가가 있는 게 보였던 것이다. 이슬이 황토의 말을 듣고 멈칫했지만, 현관문은 안에서 열렸다.

빼꼼 문을 열고 얼굴을 보인 사람은 이슬과 세찬의 아버지 강두영이었다. 두영은 이슬을 보고 이슬만큼이나 깜짝 놀란 얼굴이었다.

"아, 아버지……."

"네가 여긴 웬일이냐?"

두영의 말투엔 조금의 반가운 기색도 없었다. 황토가 이 집에 살고 있다는 것은 대충 아는 모양이었는지, 황토에게는 다른 질문을 하지 않았다.

"네가 여긴 웬일이냐고!"

이슬이 대답을 하지 않고 머뭇대자 두영이 다시 물었다. 약간 성이 난 듯도 했다.

"아버님, 일단 앉아서 얘기하시죠."

황토가 두영의 마음을 가라앉히듯 차분한 목소리로 말했다. 황토는 집 안으로 들어갔지만 이슬은 들어가지 못했다. 줄곧 이슬을 쳐다보는 두영의 눈빛은 무언가 못마땅해 보였다.

"누나는 안 들어올 거예요?"

'누나'라는 말은 한 번도 써본 적 없었던 그가 존댓말까지 써가며 이슬을 불렀지만, 이슬의 귀엔 아무것도 들어오지 않았다.

이전에 이슬로부터 그녀의 아버지에 대한 이야기를 들었기에 그녀의 반응이 새삼스러울 것 없어, 황토는 이슬의 손목을 잡고 끌어 안으로 들어오게 했다.

부녀가 오랜만에 만난 것일 텐데도 두영은 이슬에게 그간의 안부조차 묻지 않았다.

"얘기 좀 들어보자, 네가 왜 세찬이 집에 기웃거리는지. 설마 여기서 사는 건 아니지?"

"저기…… 같이 산 지는 얼마 안 됐어요."

"뭐, 뭐라고?"

이슬의 말에 두영의 얼굴이 붉은빛으로 변했다. 두 사람의 관계를 모르는 사람이 봤다면 두영이 이슬의 계부가 아닐까 하고 의심했을 것이다.

"여기서 살면 좀 어떻습니까? 동생이랑 사는 건데요."

보다 못한 황토가 한마디 했다.

두영은 황토마저 나무랐다.

"어허. 넌 너 지내는 집 있잖아. 세찬이만 있는 것도 아니고 세찬이 친구까지 같이 사는데, 남자들만 있는 집에 결혼도 안 한 처녀가 같이 사는 게 말이 돼? 너 때문에 집값 떨어지면 네가 보상해 줄 거야?"

"아버님, 그런 걸로 집값이 떨어지는……."

두영의 말에 반박하는 사람은 황토였지만, 두영은 계속 이슬에게만 윽박질렀다.

"세찬이는 출장도 많이 다니는데, 그럼 그때마다 너희 단둘이 이 집에 있겠다는 거야? 내 얼굴에, 세찬이 얼굴에 이런 식으로 먹칠을 해?"

두영이 이슬을 대하는 태도는 이슬에게서 들은 것보다 더 기가 막힌 수준이었다.

"누나가 돼서, 세찬이가 순하다고 거기 빌붙을 생각을 해? 오늘 당장 나가라."

"아버님, 말씀드릴 게 있습니다."

듣다 못한 황토가 조심스레 입을 열었다.

황토는 웬만하면 남의 일에 나서지 않는 사람이다. 하지만 두영의 모진 말이, 끝내는 황토를 움직이게 했다.

"이 집은 제 집입니다. 오래전에 세찬이가 제게 팔았습니다. 주식으로 돈을 다 날렸다고 하더라고요."

"뭐? 그게 무슨 소리냐."

두영은 제 귀를 의심하는 듯 황토에게 되물었다.

"지금까지는 세찬이가 사정사정해서 제가 세 들어 살고 있는 척

했지만, 사실은 그 반대입니다. 세찬이가 제 집에 세 들어 살고 있는 거예요."

"뭐, 뭐⋯⋯?"

"그러니 내쫓아도 제가 내쫓습니다. 아버님은 권리가 없어요."

황토의 이야기를 들은 두영은 현기증이 이는지 머리를 잡고 픽 쓰러질 듯이 앉은 채로 한 번 휘청거렸다. 이슬이 쓰러지려는 두영을 재빨리 잡았다.

"너, 너도 알고 있었냐?"

두영이 마음을 추스르고 이슬에게 물었다.

"아니요. 저도 지금 들은⋯⋯."

"네가 그랬냐?"

"네?"

"네가 우리 세찬이 집을 날려 먹었어?"

"아버지, 그게 무슨 말도 안 되는⋯⋯."

"그 순한 놈이 저 혼자 생각하고 주식을 했겠어? 넌 어렸을 적부터 그랬지 않냐. 순진한 세찬이 꾀어내서 집에 불 지르고, 농사도 망쳐 놓고⋯⋯. 그런 게 한두 번이었냐? 넌 항상 그랬어!"

두영의 일방적인 꾸지람을 듣는 이슬의 눈가에 눈물이 가득 고였다.

독설을 내뱉던 두영 또한 충격에서 헤어나지 못하고 심하게 손을 부들부들 떨다가 세찬에게 전화를 하려는 듯 핸드폰을 들었다.

그때 현관문이 열리고 세찬이 헐레벌떡 안으로 들어왔다.

"아버지!"

세찬은 아버지가 집에 왔다는 연락을 받고 부리나케 온 모양이었다.

두영은 여전히 황토가 말한 사실을 믿지 못하겠다는 눈빛으로 세찬에게 진실을 물었다.

"세찬아, 정말이냐? 정말 이 집을 날려 먹었어?"

어리둥절하게 있던 세찬은 아버지가 몇 번 다그치자 사태를 깨닫고 고개를 떨구었다. 두영은 원망스럽다는 듯이 세찬을 붙잡고 흔들었다.

"아이구, 이놈아. 이게 얼마짜린데 이걸 다 날려 먹어! 30년을 모은 돈으로 해준 집을……."

두영의 눈에는 눈물이 맺히고 있었다.

"누가 그랬냐, 응? 그놈의 주식 하라고 꼬드긴 놈이 누구야? 황토냐? 네 누나야?"

"아버님은 그렇게……."

두영의 억지스런 말을 듣고 또 한 번 욱한 감정이 터진 황토는 '아버님은 그렇게 따님한테 덮어씌우고 싶으십니까?'라고 따지려다가 이슬에게 손목을 잡히면서 입을 다물었다.

이슬은 알고 있었다. 억지 책임 전가를 하려는 아버지의 말은 무엇도 뜻대로 되지 않는 인생에 대한, 우매한 화풀이라는 것을.

끝까지 이 모든 사실을 인정하기 힘들어한 두영은 황토 이름으로 된 부동산 등기를 보고서야 모든 것을 받아들였고, 소동은 그렇게, 두영의 곡소리로 끝났다. 세찬은 집으로 돌아가는 것도 힘겨워하는 두영을 집까지 바래다주기 위해 길을 나섰다.

이제 다시 집에는 황토와 이슬 둘만 남았다. 황토는 방금 전의 일로 어깨가 축 처진 이슬이 말없이 한숨 쉬는 것을 보며 긴 정적을 깨고 말을 걸었다.

"복수해 줄까?"

"뭐?"

"아버지 말이야. 너무하시잖아."

"훗, 장난해?"

황토의 말에 이슬 역시 피식 웃었다.

"좋으나 나쁘나 내 아버진데 복수는 무슨 복수야, 유치하게."

이슬은 가볍게 말하면서 쓰게 웃었다. 황토는 충분히 사랑받지 못했던 그녀를 토닥여 주고 싶어 팔을 뻗었다가 그녀의 다음 말에 놀라며 손을 거두었다.

"최대한 빨리 집 알아보고 나갈게."

"뭐?"

"너희 집이라는 걸 알았는데 예전처럼 들러붙어 있을 순 없잖아."

그녀의 급작스럽고 단호한 결정에 황토는 아무 말도 하지 못했다.

"어쩐지 세 들어 사는 애가 너무 당당하다고 생각했어. 내가 경우 없는 거였는데 말이야. 그간 미안했어."

"……그냥 살아도 돼."

"됐어. 나도 염치가 있지. 동생이 신세 지는데 나까지 그러고 싶진 않다."

황토가 이슬을 설득하려 했지만 이슬은 확고하게 말했다.

여자에게 매달려 본 적은 한 번도 없었다. 부탁하는 방법 따위 평생 몰라도 된다고 생각하고 살았다. 어떻게 이슬을 잡아야 할지, 그는 알지 못했다.

"그래. 대신 그동안 신세 졌으니까, 서재 정리나 좀 해줘. 예전에 해준다고 했잖아."

"그건 이미 하고 있었어."

결국 황토는 치사한 말로 그녀가 더 오래 이 집에 머물렀으면 하는 마음을 대신했다.

잘해줘야지 생각하다가도 자꾸 엇나가게 되는 것을 황토 스스로도 어찌할 수가 없었다. 황토는 방으로 돌아와 그녀에게 자연스럽게 다가가는 법에 대해 골몰했다.

이슬을 어떻게 더 집에 머물게 할 수 있을까 생각하다가 답답해진 황토는 거실로 나와 이슬의 거동을 살폈다. 이슬은 방에서 친구와 통화 중이었다. 잘 들어갔는지 안부를 묻는 것으로 보아 오늘 만난 친구인 것 같았다.

"조금 서운하긴 했지. 좀 있으면 내 생일이라는 건 아시려나 몰라. 혹시나 하고 기대한 거 있지."

그녀는 짧게 아버지에 대한 서운함을 내비치고는 다시 밝은 이야기로 돌아왔다. 몇 분간 즐거운 대화를 나누던 그녀는 다른 전화가 왔다며 친구와의 통화를 끝냈다.

몇 분 뒤, 이슬은 밖에 나갈 일이 있다며 거실을 오가면서 급히 밖으로 나갈 채비를 했다.

저 여자가 지금 어딜 가려는 건가 싶어, 황토는 자기도 모르게 이슬을 빤히 쳐다보았다. 이슬은 황토의 표정을 보곤 무슨 일이 있는 건지 친절히 말해주었다.

"우리나라에 몇 개 안 들어오는 자재를 부탁했는데, 자재 확보를 하다가 싸움이 좀 났나 봐. 일이 커질 것 같아서 가봐야 될 것 같아."

황토는 왠지 이슬의 말이 탐탁지 않았다.

"싸움이라면, 그쪽이 가는 것보다 남자들이 가는 게 낫지 않겠어?"

"남자 차장님한테 부탁받은 일이야. 차장님이 못 갈 것 같아서 어쩔 수 없이 나한테 얘기한 거래."

이슬은 늘 있는 일이라는 듯이 움직였다. 자정이 넘은 시각이었다. 이 시각에 뭘 타고 사건 현장까지 간다는 건지. 황토는 이용당하는 줄도 모르고 부탁을 거절할 줄도 모르는 이슬이 못마땅했다. 자기 할 일을 미루는 차장이라는 작자가 괘씸하기도 했다.

"내가 해결할 수 있어."

황토는 뷰티풀하우스의 털보대표에게 전화하여 금방 남자 차장의 연락처를 알아냈고, 조금의 주저함도 없이 남자 차장에게 직접 전화를 걸었다.

[여보세요.]

"네, 안녕하세요. 저는 영건설 대표 김황토라고 합니다."

전화기 너머에서는 액션 영화의 효과음이 크게 들리고 있었다. 차장이라는 작자는 이슬에게 일을 맡겨놓고 집에서 즐거운 시간을 보내는 모양이었다. 황토는 열이 확 올랐다.

"제가 말씀을 미리 안 드렸네요. 지금 강이슬 씨는 제가 요청한 일을 하느라고 차장님께서 말씀하신 곳에 못 갈 것 같습니다. 차장님께서 직접 가보시는 게 낫겠네요."

밖으로 나가려다 황토가 통화하는 것을 본 이슬은 화들짝 놀라며 달려와 황토의 핸드폰을 낚아채듯 빼앗았지만, 이미 전화는 끊어진 뒤였다.

"야! 너!"

"내가 해결했어. 이제 안 가도 돼. 편히 쉬어."

"누가 너한테 이런 일 해달랬어? 왜 별것도 아닌 일을 크게 만들어?"

"말했잖아, 내가. 사람들한테 번번이 이용당하는 거 조심하라고."

"이용을 당하든 말든, 어떻게 살든 내 인생이야. 이게 무슨 간섭이야? 기가 막혀."

"정말 그쪽 뜻대로 이게 착하게 사는 방법이라면 나도 아무 말 안해. 하지만 이건 착한 게 아니라 미련한 거야. 뒤에서 남들이 바보 소리 할 거라는 생각은 안 하나?"

"다들 너 같을 거라고 생각하지 마. 사정이 있어서 나한테 부탁한 일에 네가 왜 끼어들어?"

"차장이라는 사람은 지금 집에서 영화 보면서 편안히 쉬고 있다고. 그게 그쪽이 말하는 사정이야?"

사실 애가 아파서 밖에 나갈 수가 없다는 차장의 말에 직접 움직이게 된 이슬이었지만, 황토에게는 조금 더 우겨보았다.

"그래. 애들이랑 노는가 보지. 애들이랑 노는 건 소중한 거야. 애들은 언제고 부모 생각보다 훨씬 빨리 훌쩍 커버리니까."

그때 이슬에게 문자메시지 한 통이 도착했다. 차장으로부터 온 문자메시지였다. '그렇게 급한 일이 있었으면 말을 하지'라는 원망의 마음이 고스란히 담긴 메시지였다. 이슬은 급히 차장에게 전화를 걸었지만 차장은 받지 않았다.

"네가 차장님한테 전화해서 별일 아니라고 말해."

이슬이 화를 참는 듯 소리를 낮추어 단호하게 말했다.

"내가 미쳤어?"

황토는 자기가 어떤 실수를 한 건지 알지 못했다.

이슬은 그를 노려보다가 더 싸울 생각은 없다는 듯이 싸늘하게 말했다.

"그래. 그럼 넌 계속 그렇게 살아."

권위를 내세워 도움을 주려 하는 행위는 진정으로 돕는 것이 아니라고 생각한 의로운 이슬은, 그에게서 등을 돌려 밖으로 나갔다.

짜증 나는 듯 힘껏 인상을 쓰고 있던 황토는 그녀가 밖으로 나간 후에야 뒤늦은 후회를 했다. 어떻게 생각하면 정말 그녀의 말처럼 별것 아닌 일인데. 차라리 그녀가 가려는 곳까지 차로 바래다주는 게 나았을 것을…….

늦은 밤, 싸움을 중재하러 자재 공장까지 간 이슬은 자재 싸움이 아닌 다른 공격에 시달려야 했다. 황토의 연락을 받고 부리나케 공장으로 달려온 이슬네 회사의 차장은 황토에게서 온 연락에 불쾌해하며 이슬과 황토의 사이를 의심했고 달갑지 않은 모습을 보였다.

회사의 털보대표까지 이 일에 관심을 갖고 대체 무슨 일이 있었기에 황토가 차장의 연락처를 물어보냐는 연락을 하는 통에 여기저기서 시달린 차장은 그 화풀이를 이슬에게 했다. 이슬은 이 일로 더 굽신굽신해야만 했다.

결국 새벽 4시가 되어서야 집으로 돌아온 이슬은 황토에게 윽박지를 힘도 없어 자리에 누웠다. 뜬눈으로 이슬을 기다리던 황토도 이슬이 돌아와 자리에 누운 것을 확인하고서야 잠을 청했다.

다음 날도 두 사람은 냉전 상태를 유지했다.

사실 황토는 이슬이 당장 짐을 챙겨서 나가 버릴 것 같아 조마조마했다. 아마 전날과 같은 사건이 없었다면, 한 번 더 이슬에게 집을 떠나지 말라고 말했을 것이다. 그러나 황토는 그런 방면에선 역시 숙맥이었다. 다른 여자들에게는 얼마든지 차도남의 매력을 발산할 수 있는데, 어찌 된 일인지 이슬 앞에만 서면 바보가 됐다. 그는 토라진 여자를 달래주는 법 또한 알지 못했다.

'삐친 여자 친구를 달래주는 법'이라는 내용으로 인터넷 검색도 해보았지만 소용없었다. 인생의 해답은 인터넷 자유게시판 답변들처럼 속 시원히 휘갈겨지는 것이 아니다. 황토는 머리를 싸매고 한참을 궁리해야 했다.

저녁때 아버지와 강원도에서 만나기로 했기 때문에 시간이 많지 않았다.

그녀를 만나고 얼마 되지 않아 이렇게 많은, 새로운 일들을 하게 될 줄은 몰랐다.

'천하의 김황토가 사과라는 걸 해야 하다니.'

시간이 많지 않아 차라리 다행이었다. 시간이 많지 않으니 주저할 시간도 없었다. 황토는 긴장할 것도 없이 서재 정리를 하고 있는 이슬에게 말을 걸었다.

"모레 들어올 거야. 아버지랑 골프여행 가기로 했어."

"……누가 물어봤니?"

이슬이 뾰로통하게 대답했다. 퉁명스러웠지만, 그나마 대답해 주어서 다행이라는 생각이 들었다.

"아무나 문 열어주지 말라고. 아무나 집 안에 들이지도 말고. 아무하고나 다 친하게 지내니 어디 마음을 놓을 수가 있어야지."

"내가 애냐? 네 집에 들이긴 누굴 들여?"

"그리고 이거."

황토는 이슬이 인지할 틈도 주지 않고 그녀에게 무언가를 던졌다.

운동신경이 좋은 이슬이 제 머리 쪽으로 날아오는 구체를 손으로 잡았다. 탁구공인 줄 알았는데, 아주 작아서 미니어처처럼 보이는 빨간 사과였다.

"이만 한 사과도 있어?"

그녀는 냉전 상태였던 것을 잊고 사과를 받아 들고는 흥미로운 눈길로 물었다.

"백화점에서 팔아."

황토가 대답하고 뿌듯하게 미소 지었다.

"내 작은 사과를 받았네. 미안했어."

아뿔싸. 그녀는 황토의 술수에 말려들고 말았다. 절대 사과 따위 받아주지 않을 생각이었는데, 이상한 방식으로 그의 일방적인, 사과 같지도 않은 사과를 받아버린 것이다. 이슬은 기가 막혀 멍해진 얼굴로 황토를 보았다.

"다녀올게."

황토는 이슬이 말할 틈도 주지 않고 활짝 웃어주고는 떠났다. 이슬은 잠시 그의 미소에 넋을 놓아버렸지만 곧 그가 사라지자 억울한 생각이 들었다.

"이래 놓고는 자기는 할 거 다 했다고 두 다리 쭉 뻗고 자겠지. 원체 미안해하는 감정 같은 거 가져본 적도 없을 도련님이니."

그렇게 혼잣말을 하면서 황토가 남기고 간 사과를 다시 보았다. 앙증맞은 사과라니. 화가 다 풀렸다고 할 수는 없지만 왠지 웃음이 났다. 정말 괴상한 사과였지만, 그가 사과라는 걸 한 것도 처음이었다. 이슬은 자기가 황토에 대해 편견을 가지고 있는 게 아닐까 생각했다.

'자기 집인데 세찬이에 이어서 하숙비 한 푼 안 낸 나까지 거둬준

걸 보면, 실은 나쁜 애가 아닐지도 몰라.'

하지만 그렇다고 해서 달라질 건 아무것도 없다. 이슬은 황토에 대한 생각을 그만두고 서재 정리를 계속했다.

✲

아버지와 함께 강원도로 짧은 골프여행을 온 황토는 다음 날 아버지가 먼저 떠난 것을 알게 되었다.

"좀 깨우시죠. 그럼 같이 나갔을 텐데."

[아니, 아니야. 아직 연락 못 받았니? 점심때 거기서 네가 만나둬야 할 사람이 있어. 오늘 라운드에서 만나려고 했는데 내가 회사에 급한 일이 생기는 바람에 너 혼자 가야 할 것 같다.]

"만나둬야 할 사람요? 그게 누군데요?"

[글쎄, 만나보면 알아. 12시에 호텔 레스토랑으로 가면 안내받을 수 있을 거다. 점잖게 입고 나가고. 난 바빠서 이만 끊는다.]

황토가 더 말을 하기 전에 그의 아버지는 전화를 끊었다. 강원도까지 와서 대뜸 만나둬야 할 사람이라니.

의아하게 생각했지만 아버지의 말을 거스를 수 없어 12시가 되기 전 말쑥한 슈트 차림을 하고 레스토랑으로 향했다.

'김황토'라는 이름으로 예약된 테이블에 앉아 만나둬야 할 사람을 기다렸다. 그 사람은 약속 시각에서 10분이 더 지나도 나타나지 않았다. 지루한 듯 손목시계를 보고 있을 때 한 예쁜 여자가 그의 눈앞에 섰다.

"김황토 씨죠? 늦어서 죄송해요. 고상미라고 합니다. 여기 호텔 부사장이죠."

황토는 여자의 목소리에 눈을 들었다.

그녀는 약속 시각에 늦은 것에 대해 짧은 사과의 말을 하고 자신만만하게 자기소개를 했다. 이 호텔의 부사장이 사장의 딸이라는 것은 아버지께 들어 알고 있었다. 하지만 같은 나이 또래인 줄은 몰랐다.

상미는 도회적인 매력을 풍기는 여성이었다. 살짝 올라간 눈꼬리에, 붉은 립스틱으로 입술을 강조했지만 과하지 않은 화장은 목선에 닿는 단발머리와 함께 세련된 우아함을 풍겼다. 날씬하면서도 볼륨 있는 몸매에 딱 붙은 하얀 셔츠 또한 커리어우먼의 모습을 보여주면서도 여성적인 매력을 드러나게 하고 있었다.

상미는 멀리서 황토를 알아보았다. 기반건설 첫째 아들의 미친 미모에 대한 이야기는 익히 들어서 알고 있었지만 실제로 이렇게 마주하고 나니 절로 흥분이 될 정도였다. 상미는 황토를 만난 흥분을 내색하지 않으려 애썼다.

"아버님들께서 자리를 마련해 주신 모양이에요."

상미가 웃으며 말했다.

오래전에 이미 아버지가 몇몇의 재벌가 딸을 며느리감으로 점찍어두었다는 이야기를 했던 것이 기억났다. 고상미라는 여자는 그중 한 명인 모양이었다. 스물여덟 살밖에 안 된 청년을 왜 이리 빨리 짝짓기 해주시려는 건지, 황토는 아버지의 마음을 이해할 수 없었다.

귀한 집에서 귀하게 자란 상미가 황토가 찾는 '그 여자'일 리는 없다는 것을 그는 잘 알고 있었다. 하지만 '만에 하나'의 가능성을 염두에 두고 예의를 갖추어 인사했다.

"아, 네. 안녕하세요. 아버지께서 귀띔도 안 해주셔서 좀 놀랐네요."

"여기 레스토랑 주방장이 굉장한 사람이에요. 먼 길 오셨으니 제가 대접할게요."

상미가 고혹적인 눈웃음을 지으며 말했다.

"아닙니다. 저도 일이 많아서요. 그냥 차 한잔하죠."

황토의 거절에 상미는 살짝 자존심이 상했다. 하지만 겉으로 드러내지 않고 웃었다. 이 정도의 남자라면 차가울 만도 하지. 누구에게나 젠틀하고 느끼한 주변의 남자들보다도 훨씬 낫다는 생각이 들었다.

차를 다 마실 동안 황토는 그녀에게 예의상 할 수 있는 평범한 질문만 던졌다. 늘 그 정도만으로도 충분히 여자들의 마음을 훔칠 수 있었기에. 그저 가끔 살짝살짝 웃어주기만 하면 됐다. 길게 이야기를 나눌 필요도 없었다. 짧은 만남이 오히려 더 여자들의 애간장을 녹게 했다.

상미가 묻는 말에도 이야기를 펼치지 않고 짧게 대답하던 그는 얼마 후 먼저 일어나겠다고 말했다. 상미는 다시 한 번 자존심이 상했지만 시원시원한 성격인 양 고개를 끄덕이며 같이 일어났다.

"황토 씨의 이상형은 어떤 사람이에요?"

황토와 함께 레스토랑을 나온 상미가 단도직입적으로 물었다. 이번엔 그냥 이렇게 헤어지지만 다음에 만나면 꼭 그의 마음에 들어야겠다는 생각을 했다.

"절 위해서 뭐든 희생할 수 있는 여자. 희생을 기껍게 받아들일 수 있는 사람요."

그가 한 말 중에 가장 길게 한 대답이었다. 하지만 상미는 이 대답이 썩 내키지는 않았다.

"의외로 가부장적인가 봐요? 농담이죠?"

황토는 대답을 하지 않고 묘하게 피식 웃었다.

"팔에 문신이 보이길래 개방적인 분일 거라고 저 혼자 지레짐작했네요."

상미는 황토의 왼팔에 새겨진 꽃문양의 문신을 가리켰다.

"어? 그런데 이 문신, 그냥 검정색인 줄 알았는데 햇빛을 받으니 보라색으로 보이네요."

상미는 과하지 않게 그의 팔을 잡고 문신을 들여다보며 말했다. 약간의 터치는 남자들을 자극시킨다는 것을 잘 알고 있는 여자였다.

그러나 황토의 반응은 뭇 남자들과 달랐다. 상미의 손을 툭 쳐낸 그는, 유유해 보이던 눈빛을 찌릿하고 날카로운 눈빛으로 바꿨다.

이제 더 이상 이 여자에게 볼일은 없다는 듯이.

"바빠서 이만 먼저 가보겠습니다."

저기요, 하며, 상미가 다급하게 그를 잡았다.

"좀 서운하네요. 그래도 아버님들께서 마련해 주신 자리였는데, 이건 너무 무례한 거 아닌가요?"

"이런 자리인 줄 모르고 나왔습니다. 아버지께도 다음부터는 이런 약속을 잡는 거 주의해 달라고 말씀드릴 거고요."

그나마 좀 전까지는 예의 바르게 보였는데. 눈빛이 급변한 황토는 그녀에게서 매몰차게 등을 돌렸다.

"묘하게 섹시하네."

상미는 그가 호실로 올라가는 모습을 보면서도 분하게 여기지 않았다. 단지 승부욕이 불타오르는 것을 느꼈다.

이제껏 찍어서 넘어가지 않는 남자는 없었다. 절대 쉽진 않겠지만 황토도 언젠가 그녀의 마수에 걸려들 것이다, 상미는 속으로 생각했다. 올 한 해가 재미있어질 것 같았다.

골프여행을 갔던 황토는 말했던 것보다 하루 더 일찍 돌아왔다. 그는 서재 정리 중인 이슬에게 상냥한 태도로 말을 걸었다.

"도와줘?"

이슬은 아무 말도 하지 않았다. 황토는 미소를 짓고 서서 이슬을 보다가 이슬이 쌓아놓은 책을 책장에 꽂았다. 두 사람이 함께 있었던 시간 중에서 가장 평화로운 순간이었다.

"네가 착해져서 다행이야."

한참 정리를 하던 이슬이 묵묵히 도와주는 황토를 보고 말했다. 순간 정신이 번쩍 든 황토는 정리하려던 책을 다시 내려놓았다. 책 정리를 빨리 끝내면 이슬이 더 빨리 이 집을 떠날 수도 있겠다는 생각이 들어서였다.

"이제 나머지는 혼자 할 수 있지?"

황토의 차가운 말에 이슬이 끄덕였다.

"글피에 나갈게. 아마 모레 정도면 잡동사니 정리들까지 끝날 것 같아."

"……살 집은 있어?"

"회사에서 좀 먼 편인데 싸고 넓은 원룸이 있다고 해서 내일 가보려고."

"차라리 그 돈을 내고 여기서 사는 건 어때?"

"내 동생 집인 줄 알았으니까 살았지, 아버지 말처럼 남들 눈도 있는데 결혼도 안 한 처녀가 남자들만 있는 집에 사는 건 아니지."

"내가 남자야?"

내가 남자로 보이긴 해? 그런 의미였다.

"내가 남자냐고."

이슬이 대답하지 않아 황토가 다시 물었다.

황토의 얼굴이 이슬 가까이로 다가왔다. 이슬의 심장이 쿵쿵, 하면서 갑자기 크게 뛰었다. 이슬은 놀란 마음을 감추며 뒤로 물러났다. 흑진주처럼 까만 그의 눈동자가 그녀의 눈빛을 빨아들이고 있었다. 이런 애를 남자로 안 볼 수가 있겠어? 제 안의 깊은 곳에서는 이런 소리를 내고 있었다.

하지만 이성적인 이슬은 정확히 황토와의 선을 그었다. 가볍게 이 상황을 넘기고 싶었다.

"그럼, 당연하지. 네가 남자지 여자야? 그런 장난이나 치려면 나가. 나 혼자 정리해도 돼."

이슬이 마음의 문을 닫아걸 듯 말하여 황토도 더 보채지 않았다.

"그래, 날 그렇게 쳐내는 것처럼 다른 사람들한테도 그렇게 좀 해 봐."

황토는 그 말을 끝으로 방에서 나왔다. 그리고 혼자 깊은 한숨을 쉬었다.

이슬이 좀 더 이 집에 머물 수 있도록 말로 회유하는 것은 한계가 있었다. 이미 이슬의 철벽은 두터워져 있었다.

'머리를 쓰자, 머리를.'

침대에 누운 황토는 자정이 넘도록 이슬을 잡을 수 있는 방법에 대해 생각했다. 그러나 좋은 수는 조금도 떠오르지 않았다.

갑갑한 마음에 거실로 나온 황토는 투시력으로 방에서 누군가와 통화를 하는 이슬을 보았다. 누구와 통화를 하는지는 알 수 없었다.

"웬일이야? 어머, 어떻게 알았어? 고마워, 정말."

뭐가 고맙다는 건지. 황토는 왠지 이슬의 통화 상대에게 질투가 나 저도 모르게 서재의 문을 벌컥 열어버렸다.

책 정리를 하느라 핸드폰을 어깨와 귀 사이에 끼고 친구와 통화를 하던 이슬이 황토를 올려다봤다.

[나 지난주에 서울 갔었는데 연락을 못 했어. 미안.]

이슬의 방까지 들어오니 이슬과 통화 중인 상대방의 목소리가 잘 들렸다. 그 상대방이 여자라는 것에 저도 모르게 안심하게 되는 황토였다.

이슬은 황토가 갑자기 들어온 것을 의아하게 생각하며 통화를 마무리 지었다.

"나 지금 일이 있어서 오래 통화 못 할 것 같아. 내가 내일 낮에 다시 전화할게."

[그래. 아무튼 생일 축하하고.]

그제야 황토는 그저께쯤 이슬이 곧 생일이라고 했던 걸 엿들은 생각이 났다.

"무슨 일이야? 갑자……."

전화를 끊은 이슬이 황토에게 무슨 일이냐고 묻기도 전에 황토는 부리나케 그녀의 방에서 나갔다. 이슬은 황토가 서 있던 곳을 멍하니 보며 고개를 갸웃거렸다.

황토는 급하게 동네 편의점으로 달려갔다.

'그래, 생일엔 역시 미역국이지!'

옳거니 싶었다. 맛있는 미역국을 끓여주면 그녀의 마음을 얻을 수 있을 것 같았다. 이것으로 이슬이 집을 떠날 마음을 돌리게 된다면 더 바랄 것도 없었다. 그러나 그게 아니더라도 이슬이 자신에게 조금의 호감을 갖게 된다면 좋겠다는 생각이었다.

라면도 제대로 끓이지 못하는 그였지만, 인터넷 레시피를 보니 미역국 만들기는 별거 아니었다. 쇠고기나 조갯살을 넣지 않고도 굉장한 맛을 낼 수 있다는 설명이 황토를 신나게 했다.

다행히 편의점에서는 조리하기 편한 자른 미역을 팔고 있었다. 황토는 자신 있게 미역을 집어 들고 가벼운 발걸음으로 집에 돌아왔다.

인터넷에서 하라는 대로 미역을 불리기 위해 냄비에 물을 가득 담고, 미역 포장지를 뜯어 미역을 모두 물에 담갔다.

시작이 반이지. 황토는 이미 미역국이 완성된 것처럼 자신감에 가득 차 기분 좋은 표정으로 방에 들어갔다. 아침에 이슬보다 한 시간 먼저 일어나 미역국을 끓여서 이슬을 감격하게 만들 생각에 흐뭇했다.

다음 날, 계획한 대로 일찍 일어난 황토는 냄비 가득 불어나다 못해 넘쳐 나는 미역을 보고 경악을 금치 못했다.

"뭐야, 이거 왜 이래?"

뭐가 잘못된 게 아닐까? 황토는 간밤에 아무렇게나 버려둔 미역 포장지를 다시 집어 들었다. 어디에도 미역이 폭발물이라는 주의 사항은 나와 있지 않았지만, 가장 먼저 '20인분'이라는 글씨가 눈에 들어왔다.

그렇구나. 망연자실하여 한참 포장지를 들여다보던 황토는 가장 하단의 작은 글씨도 발견할 수 있었다.

물에 불리면 약 50배로 불어 납니다.

세상에! 미역이란 건 물에 불리면 50배로 불어나는 것이었구나. 새삼 요리가 무섭다는 생각이 들었다. 황토는 미역국을 직접 끓이려던 열의를 상실하고 말았다.

'그래, 고급 인력인 내가 미역국이나 끓이고 있으면 안 되지. 저 여자가 뭐 그렇게 대단하다고. 미역국은 사 먹는 게 제맛인 거야.'

황토는 다시 집을 나섰다. 편의점에서 미역국 완제품을 파는 걸 본 기억이 났기 때문이다. 처음부터 미역국을 직접 끓이겠다고 한 게 잘못이었다. 세상은 쉽게 쉽게 사는 것인데.

결국 그날 아침은 인스턴트 미역국에, 인스턴트 쌀밥과 함께였다.

일어나 아침밥을 하러 주방으로 온 이슬은 이미 차려져 있는 밥상에 깜짝 놀랐다.

물론 김치 하나 없이 쌀밥에 미역국뿐이었지만.

그리고 이슬의 눈앞에는 '내가 이런 것도 하는 남자야' 라고 말하는 듯 어깨를 으쓱하고 있는 황토가 있었다.

"가끔 이렇게 먹고 싶을 때가 있어."

그는 생일 축하한다는 말도 없이 먼저 미역국을 맛있게 먹었다.

이슬은 뜯겨진 인스턴트 미역국 포장지를 보고, 김황토가 자기를 생각해서 아침상을 차릴 리 없다는 듯 한 번 작은 웃음을 터뜨렸다.

그래도 생일이어서였을까. 왠지 기분이 좋았다. 어쩐지 얼마 남지 않은 황토와의 아침이 아쉬울 것도 같다는 생각이 들었다.

그다지 특별한 일은 없었지만, 이슬이라도 보게 되면 함께 저녁을 먹을 생각으로 오후 늦게 옹골마을을 찾은 황토는 이슬이 보이지 않자 아쉬워하며 돌아가려다 준성을 발견하고 멈칫했다.

"즐거운 주말 보내셨나?"

언제나 어디서나 황토를 거북하게 만드는 준성의 목소리. 황토는 준성이 자신에게로 다가오는 동안 뒤로 물러날까 생각하다가 마음을 고쳐먹었다.

"오늘은 무슨 일로 온 거야?"

"얘기 못 들었나? 나 여기 살게 됐는데. 열두 번째 집이 우리 집이야."

전혀 들은 얘기가 없었기에 황토는 적잖이 놀랄 수밖에 없었다. 마음먹은 대로 뭐든지 할 수 있는 사람. 준성은 그런 사람이었다.

"청춘사업은 문제없는 거지?"

이렇다 할 반응이 없는 황토에게 준성이 물었다. 이미 다 알고 있으면서 물어보는 것만 같아 황토는 준성의 말이 거슬렸다.

"그 여자가 집을 나가려고 해."

잠자코 있던 황토가 입을 열었다.

"그래서?"

준성이 피식 웃으며 물었다.

"나가지 못하도록 도와줬으면 좋겠어. 혹시, 할 수 있다면."

"도와주면 나한테 뭘 줄 거지?"

아, 이 녀석은 악마였지.

황토는 속으로 한탄했다. 준성이 거저 해주는 것은 아무것도 없었다. 인어공주처럼 목소리라도 주어야 하는 것이었다.

"약속한 날짜에서 하루를 줄게."

황토가 한참을 뜸 들이다가 말했다.

"겨우 하루? 나는 너에게 30일을 더 줬는데 말이야."

준성이 아쉬운 듯 언짢아하다가 다시 피식 웃었다.

"좋아! 나는 관대하니까."

"대신, 누군가를 다치게 한다거나 그런 건 안 돼."

황토도 조건을 달았다. 준성의 얼굴에서 금세 웃음기가 사라졌다.

"내가 누군지 잊었나? 그래 놓고 나한테 부탁을 하겠다는 거야?"

악마에게 부탁한다는 것은 당연히 누군가를 해치는 일이라는 듯, 준성이 어처구니가 없다는 투로 되물었다. 그러나 황토는 뜻을 굽히지 않았다. 준성이 이 일로 누군가를 다치게 한다면 부탁 자체를 하지 않을 생각이었다.

쯧, 못 말리겠군, 준성은 작게 혼잣말을 하고는 다시 눈을 가늘게 뜨고 웃었다.

"좋아. 힘써보지."

준성의 말과 동시에 황토는 손등에 잠깐의 통증을 느꼈다. 내려다보니 문신 옆에 'D−122'라는 글씨가 나타났다가 'D−121'로 바뀐 것을 확인할 수 있었다.

이 숫자가 보일 때마다 이기적인 생각이 드는 것은 어쩔 수 없었다. 죽기는 싫었다. 황토는 이슬의 영혼을 반드시 준성에게 넘겨주겠다는 의지를 속으로 다졌다.

"그런데 내 눈엔 말이야."

황토를 눈여겨보던 준성이 입을 열었다.

"네가 먼저 빠진 것처럼 보이는데?"

준성이 황토의 심장을 관통하는 듯한 눈으로 말했다. 황토는 마음을 들킨 것처럼 얼굴을 붉혔다.

"아니야."

부정하는 황토의 목소리가 떨리고 있었다. 그는 고개를 홱 돌려 붉어진 얼굴을 감췄다.

"그래? 넌 마음을 숨기는 데 능란한 사람이 아니라서."

준성이 놀리듯 말했다.

목구멍으로 갑자기 어두워진 날씨만큼이나 탁한 무언가가 울컥 올라오는 것 같았다.

이슬과 저녁을 함께 먹을 생각도 했지만, 뜻하지 않게 일이 밀리는 바람에 밤늦게 집으로 돌아온 황토는 버릇처럼 이슬의 방 안을 바라보았다.

생일날인데⋯⋯. 비가 오다 말다 하는 변덕스러운 날씨 탓에 밖에서 놀지 못하고 일찍 집에 온 걸까? 이슬은 서재 정리를 하다 지친 듯 널브러져 자고 있었다. 민소매 티셔츠를 입고 잠이 든 그녀가 잠결에 추운지 팔을 감싸고 있었다. 방엔 창문이 활짝 열려 있었다.

'저렇게 자다가 감기 걸리면 어쩌려고⋯⋯.'

일어날 생각을 하지 못하는 걸로 보아 이슬은 깊이 잠든 것 같았다.

'들어가? 말아?'

어쩐지 이 문을 열면 그간 쌓아왔던 벽 하나를 허물게 될 것 같다는 생각이 들었다. 그녀를 유혹하되 자신은 빠지지 말아야 하는데, 일은 계속 이상하게 꼬여가고 있었다. 이제는 자신도 그 마음을 인정해야 하는 것일까.

어느새 마음이 이렇게나 커진 건지⋯⋯. 물에 담가놓으면 50배 부풀어 오르는 미역처럼, 이제 몰래 숨길 수도 없을 정도가 된 것 같았다.

'아니야. 나는 책이 젖을까 봐 걱정돼서 들어가는 거야.'

결국 황토는 그렇게 자기 암시를 걸고 방 안으로 들어갔다.

빨리 창문만 닫고 나가야지, 생각하며 그녀의 얼굴을 흘깃 쳐다보았다. 이번엔 이불 없이 잠든 그녀가 걱정되었다. 구석에 쌓아놓은 이불을 슬그머니 그녀의 어깨까지 덮어주었다.

'생일이라면서 일찍 들어왔네.'

이슬이 자는 모습을 가만히 들여다보던 황토는 문득 그녀가 어떤 하루를 보냈을지 궁금해졌다.

그리고 좀 더 많은 생각들.

우리가 좀 더 평범하게 만났으면 어땠을까.

내가 찾아야만 하는 여자를 찾아서 악마에게 넘긴 후에 당신을 만났다면 어땠을까.

황토는 요즘 '만약에'를 생각해 보는 날이 많아졌다. 그 '만약에'가 계속 이기적으로 흘러가려 하는 자신의 마음을 가로막고 있는 듯도 했다.

이슬은 갓난아기처럼 쌕쌕 낮게 숨을 내쉬고 있었다. 연민이 느껴지게 하는 얼굴이다. 천사같이 잠이 든 그녀를 하염없이 바라보다가 '드르르' 하는 핸드폰 진동 소리에 화들짝 놀라며 몸을 일으켰다.

황토의 핸드폰이었다.

메시지의 주인은 황토가 세상에서 가장 두려워하는 사람이었다.

─꼭꼭 숨어라. 머리카락 보일라.

황토는 창문을 닫은 방에서 소름 끼치는 한기를 느꼈다. 준성이 마치 그를 내려다보고 있는 것만 같았다.

마음을 꼭꼭 숨기고, 꼭꼭 닫아걸고, 그녀가 어서 너에게 빠지게 만들어. 네가 먼저 빠지면, 너는 사라지는 거야.

준성이 어딘가에서 그렇게 말하고 있는 것 같았다.

※

다음 날 이슬은 퇴근하고 집에 오면서 꽃집에 들러 작은 화분 다섯 개를 샀다. 화분에는 각각 다른 종류의 다육식물이 심어져 있었다.

화분 두 개는 세찬의 방에 두고 나머지 세 개는 황토의 방으로 가져갔다. 어차피 세찬도 이 집에서 나가게 되면 화분은 다 황토의 차지이니, 실은 모두 집주인 몫의 선물이었다.

이슬은 황토의 방 창문 앞에 화분을 두고 화분에 물을 주었다.

"잘 자라라, 주인처럼 까칠해지지 말고."

"뭐야? 남의 방에서."

"엄마야!"

갓 퇴근을 하고 방에 들어온 황토가 벌컥 문을 열었다. 화분들과 평화롭게 교감을 나누고 있던 이슬은 황토의 등장에 깜짝 놀라며 소리를 질렀다.

"자기가 들어와 놓고 자기가 놀라기는. 웬 화분이야?"

황토는 이슬을 한 번 쓱 쳐다보고는 그녀가 갖다 놓은 화분에 눈길을 주었다.

"이별의 선물. 이제 내일이면 나갈 거니까. 여기는 식물도 없고,

그렇다고 공기 청정기가 있는 것도 아니길래 샀어. 곁에 두면 숙면을 도와줄 것 같아서."

이별이라니. 황토는 받아들이고 싶지 않았다. 준성에게 이슬이 떠나지 않도록 도와달라고 부탁했지만, 아직 아무 일도 일어나지 않았다. 황토는 조바심이 났다.

"이별의 선물 같은 건 필요 없어."

"사람 성의를 봐서 예쁜 말 좀 해봐라."

"서재 검사부터 하고. 정리 제대로 안 돼 있으면 못 나가."

"그럼 그냥 세찬이 시켜. 내가 그래도 손봐났으니 그다음부터는 세찬이도 정리할 수 있을 거야."

이슬의 말에 황토는, 세찬은 절대 못 믿겠다는 듯 콧방귀를 뀌고는 이슬의 방으로 갔다. 황토의 요구대로 꽂혀 있는 책들이 무척 질서정연해 보였다.

"마음에 안 들어. 역시 다시 해야겠어."

잘 정리된 책이 마음에 안 드는 건 아니었지만, 서재 정리를 다시 하더라도 이슬을 잡고 싶은 게 황토의 진심이었다.

"끝까지 예쁜 말은 안 하지."

"끝이라니?"

'끝'이라는 말에 황토가 얼굴을 굳히며 이슬을 보았다.

"끝이니, 이별이니, 그런 말은 별로야. 일하는 동안 매번 만날 텐데. 아니야?"

그동안 황토 이 녀석도 성장한 걸까? 제대로 표현할 줄 몰라서 그렇지, 나름 정이 있는 녀석이었다. 앞으로 일터에서 만나면 또 어떤 모습을 보이게 될지 모르겠지만, 이슬은 이 집에서의 끝이 나쁘진 않아서 다행이라는 생각을 했다.

"아무튼 여기 있는 동안 재미있었어. 나름 편안했고."

이슬은 돌아서려는 황토의 손을 쫓아가 잡고 억지 악수를 했다.

"좀 더 잘 지낼 수 있었다면 좋았을 텐데. 너무 심술부려서 미안해. 하지만 나한테는 꽤 획기적인 일이었어."

획기적이었다는 건 당최 무슨 얘긴지. 그녀의 웃는 얼굴도 마음에 들지 않았다. 황토는 미간을 찌푸리며 이별의 인사를 들어주어야 했다.

그날 밤, 다육식물이 숙면을 도와준다고 했지만 황토는 잠이 오지 않았다. 이슬이 내일이면 이곳을 떠난다는 사실을 받아들이기가 힘들었던 것이다.

다음 날 황토는 일찍 퇴근했다. 이슬이 집을 나가는 날이었기 때문에 그녀를 지켜보고 싶었다.

'그 녀석, 실패한 모양이네. 악마도 실패라는 걸 할 수 있는 건가? 역시 남을 다치게 하지 않고 날 돕는 건 무리였나?'

누군가를 해치지 않고 이슬을 이 집에 잡아두는 방법을 준성도 찾지 못한 모양이었다. 황토는 준성에게 부탁하고 나서 손을 놓고 있었던 것이 후회되었다.

황토는 이슬을 이사 가는 집까지 데려다줘야겠다고 생각했다. '딱히 할 일이 없기 때문에' 이슬을 데려다주는 사람으로 연출하기 위해서 평소 잘 보지도 않는 텔레비전까지 켜놓았다.

TV에서는 퀴즈 프로그램이 방영되고 있었다. 황토는 팔자에 없는 퀴즈 맞히기까지 해가며 시간을 죽이고 있었다.

곧 짐을 다 챙긴 이슬이 커다란 캐리어를 끌고 방에서 나왔다.

"웬일로 TV를 다 보네."

황토가 시치미를 떼느라 대답 없이 TV에 집중하는 모습을 보이자 이슬은 황토의 옆에 앉았다. 방송분이 거의 끝날 시각이었기 때문에 퀴즈 프로그램이 다 끝나고 인사를 나눌 참이었다.

퀴즈 프로그램에 나온 참가자는 정답의 힌트가 될 수 있는 찬스를 세 개나 얻었지만 결국 정답을 맞히지 못하고 최종 탈락했다.

'아, 아까워!' 하고 황토와 이슬의 입에서 같은 탄성이 터져 나왔다. 처음으로 서로 마음이 맞는 모습이었다.

이슬은 퀴즈 프로그램이 끝나자마자 일어섰다.

"나 이제 갈게. 잘 있어."

황토도 이슬을 따라 일어났다.

"차 타고 가. 가는 데까지 바래다줄게."

"아니야. 지하철 타고 가면 돼."

"내 마음이 불편하다고."

마음이 불편하다고? 황토의 말에 이슬은 의아한 듯 눈을 동그랗게 뜨고 황토를 보았다.

황토는 이슬의 얼굴을 마주하지 못하고 이슬의 캐리어를 빼앗았다.

"그리고 지하철에서 이런 거 끌고 다니면 사람들이 잡상인으로 본다고."

빼앗은 캐리어를 끌고 집을 나선 황토는 차에 캐리어를 실었다. 이슬은 고맙게 생각하며 황토의 차에 올랐다.

"이수역 근처야. 이수역까지만 바래다주면 돼. 어떻게 가는지 알지?"

"당연하지."

'어떻게 가는지 알지?'라는 말에 자극을 받은 황토는 괜한 자존심을 세우며 내비게이션도 켜지 않은 채로 차를 움직이기 시작했다. 그게 화근이었다.

30분이면 충분히 도착할 수 있는 거리였는데. 30분 뒤 그들은 남부터미널 인근을 헤매고 있었다. 황토가 다른 길로 가는 것을 처음부터 이상하게 여겼지만, 그가 서울 사람답게 지름길을 알고 있으려니 생각하여 잠자코 있었던 이슬은 그제야 상황을 깨닫고 황토에게 물었다.

"너, 길치였어?"

"아니야."

아니라고 말하는 황토의 이마엔 땀이 흐르고 있었다. 황토는 답답한지 에어컨을 더 세게 틀었다.

"방향치니, 길치니?"

황토는 대답 없이 운전에 집중했다.

"여기서 왼쪽으로."

보다 못한 이슬은 한숨을 쉬고 스스로 황토의 인간 내비게이션이 되어주었다.

한 시간여 만에 가까스로 이수역까지 도착한 황토와 이슬은 진짜 작별인사를 했다.

"저기 끝에 있는 부동산에 가서 나머지 잔금 치르고 열쇠 받으면 돼."

요즘 부동산 사기가 많다는데. 남들에게는 순해 빠진 그녀가 제대로 잔금을 치를 수 있을지 황토는 괜히 걱정되었다.

"같이 가줄까?"

"아니야. 얼른 가. 여기 주차하고 있으면 딱지 떼일 거야."

황토는 그녀와 이대로 헤어지고 싶지가 않았다. 용기를 내서 그녀의 손을 잡으면 되는데 자존심이 강한 그의 성격상 그럴 수도 없었다.

"······일터에서 봐."

황토가 아쉬운 듯 작게 말했다. 이슬이 먼저 웃으며 돌아섰다.

"아니, 누가 여기다 차를 댄 거야?"

중년의 남자가 황토의 차를 보고 온 동네가 떠나가도록 소리를 질렀다. 황토의 차가 제 가게 앞을 막고 있는 것에 화가 난 모양이었다.

이슬은 황토를 염려하며 어서 가라고 손짓했다.

황토는 부동산으로 가는 그녀의 뒷모습을 다 지켜보지도 못하고 다시 차를 몰아야 했다. 하지만 마음이 놓이지 않았다. 황토는 유료 주차장에 차를 주차하고 다시 올 생각으로 일단 이슬의 곁을 떠났다.

부동산 안으로 들어간 이슬은 두 명의 여자 직원에게 인사를 하고 난 후 그저께 함께 계약서를 꾸몄던 남자 사장을 찾았다.

"여기 사장님 어디 가셨어요?"

두 명의 여자 직원 중 더 나이 들어 보이는 여자가 이슬의 질문에 대답했다.

"사장님? 제가 사장인데요?"

"남자 사장님 한 분 더 계시지 않아요?"

"우린 남자분 없어요."

"그저께 제가 여기 남자 사장님이랑 계약했는데요. 잘나가는 집이라고, 보증금 절반이라도 미리 입금해 달라고 해서 오늘 아침에 500만 원 먼저 보내 드렸잖아요."

"무슨 소리예요. 여기는 우리 둘이서 운영하는 집인데. 다른 부동산이랑 착각한 거 아니에요?"

이슬은 불길한 느낌에 밖으로 나갔다가 간판을 확인하고 다시 들어왔다.

"그럴 리가 없는데…… 샛별부동산, 여기 맞는데……."

"어디 방을 봤는데요?"

"저쪽 아래에 한마음빌라요."

"아, 거기 원룸 205호? 어제 나갔어요. 요기 대학교 다니는 학생이 계약했는데?"

"네? 제가 먼저 계약했잖아요."

"어머, 사기당한 거 아니야? 그 방 어제 나가고 오늘 대학생이 이사까지 벌써 왔어요!"

사태를 심각하게 생각한 다른 여자 직원이 이슬에게 물었다.

"부동산에서 계약한 거 아녜요? 부동산까지 돌아오지도 않고 계약을 한 거예요?"

그랬다. 이슬은 너무 바빠서, 게다가 부동산 중개업자도 바쁘다며 재촉하는 통에 뭐에라도 홀린 듯 빠르게 계약을 마쳤었다. 원룸의 상태가 좋은 것만 확인하고 그 자리에서 계약서를 쓰고 예약금을 내민 것이다. 게다가 오늘 아침엔 보증금도 미리 보냈는데!

"가끔 그런 사람들 있어요. 그래도 젊은 여자가 그런 건 꼼꼼히 확인해야지. 500만 원이나 미리 보낸 거예요? 얼른 가서 신고해요!"

이슬은 부랴부랴 경찰서로 달려갔다. 침착함을 잃은 이슬은 신고를 하는 동안 손을 부들부들 떨었다. 요즘 부동산 사기가 기승을 부린다며 범인을 빨리 잡을 수 있을지는 모르겠다는 형사의 말은 이슬을 더욱 절망하게 했다. 어디에라도 주저앉고 싶은 심정이었다.

　그러나 주저앉아 신세를 한탄하고 있을 여유는 없었다. 캐리어에 적혀 있는 전화번호를 보고 이슬에게 전화를 건 부동산 주인이 자기네들도 퇴근해야 한다며 어서 캐리어를 갖고 가라고 성화를 부렸기 때문이다. 이슬은 힘겹게 부동산으로 돌아갔다.

　한편 주차장을 찾아, 차를 대고 다시 돌아오느라 또 길을 헤맨 황토는 이슬이 전화를 받지 않는 것을 걱정하며 부동산 앞으로 갔다. 그리고 부동산 안에서 들려오는 이슬과 여자들의 대화로, 이슬에게 큰일이 일어났다는 것을 짐작할 수 있었다.

　"경찰서에선 뭐래요? 사기꾼 잡을 수 있대요?"

　"잘 모르겠대요."

　"아이고, 보증금도 다 날리고 이를 어째……. 우리도 앞으로 눈여겨볼게요. 지낼 데는 있죠? 조심해서 가요. 우리도 문 닫아야 돼서……."

　"아, 네, 가보겠습니다."

　황토의 눈에 어깨가 축 처진 이슬이 캐리어를 끌고 터덜터덜 부동산에서 밖으로 나오는 것이 보였다.

　부동산 사기를 당한 거였다. 역시 준성이 꾸민 일이겠지. 황토 또한 이런 시나리오를 원하여 준성에게 부탁했지만, 막상 절망에 빠진 이슬을 보니 마음이 쓰렸다.

　황토는 재빠르게 이슬에게로 가 바닥만 보며 힘없이 걷고 있는 그녀의 앞을 가로막았다.

　이슬이 천천히 고개를 들었다.

　"괜찮아?"

황토가 걱정스럽게 물었지만 이슬은 황토가 무슨 말을 했는지 알아듣지도 못했다.

"어? 여태 안 갔어?"

"무슨 일이야? 혹시 뭐가 잘못된 거야?"

이슬은 고개를 저었다. 황토에게 자초지종을 설명해 주지도, 도와달라고 하지도 않았다.

"너도 어서 가."

이슬이 손을 흔들었다. 하지만 황토는 이슬을 두고 떠날 수 없었다.

"어디서 지낼 건데."

황토가 집요하게 물었다.

"지낼 데야 많지. 근처에 친구가 살아. 거기로 가려고."

이슬의 웃음은 조금도 밝아 보이지 않았다.

"그럼 거기까지 데려다줄게."

"됐다니까! 이젠 혼자 가게 해줘."

예민해진 이슬의 목소리가 순간 높아졌다. 황토는 아무 말도 하지 못했다.

"이제 됐으니까 가. 바래다줘서 고마워."

이슬은 황토가 무어라 얘기를 꺼낼 때까지 기다려 주지 않고 등을 돌렸다. 그녀에게는 작별의 인사를 할 마음의 여유 따윈 없는 것 같았다.

어디로 갈 생각이지? 황토는 이슬이 걱정되어 자리를 떠날 수 없었다.

곧 이슬은 벽을 돌아 황토에게서 멀어졌다.

잠시 후 이슬은 허공을 동무 삼아 속삭이듯 작게 말했다.

"왜 내 인생엔 찬스가 없냐? 힘들 때 찬스라고 외치고 누군가 답을 알려주면 좋잖아."

그리고 황토는, 길바닥에 쪼그려 앉아 엉엉 우는 이슬을 볼 수 있었다.

"내 인생은 왜 이 모양이야, 왜 나는 이렇게 바보 같은 거야."

남들에겐 그저 노련하고 친절한 모습을 보이지만 항상 저렇게 혼자 울었던 걸까.

바보 같은 여자의 무너지는 모습은 비통할 정도로 황토의 가슴을 쓰리게 했다.

10분쯤 지났을까.

그래, 내 인생은 다 내 선택이었지. 자책하고 위안하며 그렇게 지금까지 버텨왔지.

눈물을 쏟아낼 만큼 쏟아낸 이슬이 그런 생각을 하며, 이제 다 울었으니 다시 인생을 버텨보겠다는 듯 마음을 추슬렀다.

그러곤 일어나려고 눈을 든 순간 멈칫하며 다시 주저앉았다.

황토가 이슬이 울음을 그칠 때까지 잠자코 이슬의 앞에 서 있던 것이다.

"뭐가 문제야?"

허리를 굽힌 황토가 주저앉아 있는 이슬의 손을 잡았다. 그는 이슬을 일으키려는 듯이 그녀의 손을 잡고 팔에 힘을 주었다.

자신만만한 미소도 아닌, 악마 같은 유혹도 아닌, 오로지 이슬이 걱정되어 손을 뻗은, 진짜 인간의 진심 어린 진지한 얼굴이었다.

"돌아가면 되잖아. 우리 집에서 같이 살아."

이슬은 황토에게 더 이상 폐를 끼칠 수 없다고 했지만 황토는 폐가 아니라며 이슬을 다시 차에 태웠다.

"세찬이랑 나는 가족처럼 지내고 있어. 그냥 가족이 한 사람 더 늘었다고 생각하면 돼. 더군다나 청소 잘하고 음식 잘하는 가족이니 세찬이보다 낫지."

"그럼 오늘만 거기서 자고 다시 나올게."

"됐어. 집세 대신 맛있는 거나 많이 해줘. 입주가정부 자리 맡으면 되겠네. 그럼 오히려 내가 돈을 줘야 되는 건가? 그냥 퉁쳐도 되지?"

황토가 재치 있게 말했다. 얘기는 순조롭게 진행되었다.

가족이라······. 이슬이 대학교에 입학하여 가족을 떠나온 지 10년이 넘었다. 할머니와 아버지 두영은 이슬을 별로 좋아하지 않았으므로 이슬은 명절에도 얼굴만 비추고 다시 서울로 돌아왔다. 두영은 꼭 필요한 일만 빼놓고 그녀를 찾지 않았다.

"나는 네가 웃는 게 싫어."

명문대에 4년 장학생으로 입학하게 된 이슬이 두영에게 기숙사비를 보태달라고 부탁하느라 갖은 아양을 부려가며 노력을 기울였을 때, 그 일주일 만에 두영이 이슬에게 했던 말이다.

왜 그녀를 싫어하는지, 두영은 항상 불분명했다. 이슬은 두영을 원망했지만 미워하진 않았다. 사람을 미워하지 않는 것이 그녀가 살아가는 방법이었다.

황토가 '가족'이라는 얘기를 꺼냈을 때, 이슬은 괜스레 가슴이 두근거렸다. 비록 황토와의 처음은 그다지 바람직한 것이 아니었지만, 황토는 다혈질에 친구의 누나에게 짓궂게 구는 녀석이지만 믿을 만한 무언가가 있었다.

그러고 보니 황토는 이슬이 선의의 가면을 벗고 퉁명스럽게 대하고도 그녀를 감싸준 유일한 사람이었다.

그날 밤, 황토의 집으로 돌아와 일찍 잠자리에 든 이슬은 오랜만에 깊고 상쾌하게 잠을 잤다. 황토가 그런 그녀를 방 밖에서 따뜻하게 바라보고 있는 것도 모른 채.

※

황토는 걱정이 늘어가고 있었다. 준성이 옹골마을에 살게 되었기 때문에 매번 이슬이 방문할 때마다 그가 나타날 수 있게 된 것은 당연지사였다.

황토는 일부러 이슬이 작업하고 있는 집을 기웃거리며 혹시나 준성이 이슬에게 들러붙지 않을까 오랜 시간 감시했다.

그리고 역시나, 황토는 이슬이 작업하고 있는 집의 창문 밖에서 피식 웃는 준성을 보았다.

황토는 준성이 이슬에게 다가가지 않도록 저지하기 위해 준성을 찾아 밖으로 나갔다. 준성은 이슬에겐 볼일이 없다며 황토를 안심시켰다.

"나한테 고맙지 않아?"

준성이 이를 드러내며 웃었다. 황토가 조용히 대답했다.

"그래, 고맙게 생각하고 있어."

준성은 큭큭 웃었다. 황토에게서 악마의 동지애를 느꼈다는 듯이.

"제비 다리를 부러뜨리고 고쳐 주는 척하니까 좋아?"

준성이 황토에게 사악하게 물었다. 황토는 멈칫했다.

이슬이 다시 집으로 돌아온 것은 황토가 원하던 것이었고, 아무도 다치지 않은 것도 다행이었지만, 정말 준성의 말대로 제비 다리를 부러뜨리고 고쳐 준 격이었다. 이슬은 몸의 상처를 입진 않았지만 마음의 상처를 크게 입었을 것이다.

"마음이 약해졌을 때 다가가는 게 가장 현명한 방법이지. 곧 저 애는 너한테 빠질 거야."

준성이 단언하듯 말하고 집으로 돌아갔다.

황토는 머리가 지끈거리며 아파와 손으로 이마를 짚었다.

준성의 말이 머릿속을 계속 울렸다.

이슬이 자기에게 빠진다……. 그다음은?

황토는 어쩐지 다음을 떠올리는 것이 낯설어졌다.

작업 중인 집 안에서는 이슬이 동료들과 얘기를 나누고 있었다. 화제는 흥미롭게도 '연애'였다. 잠자코 옆방에 있던 황토는 의도치 않게 이슬의 대화를 들을 수 있게 되었다.

"강 대리님은 마음에 안 드는 사람은 어떻게 거절해요? 아, 지난번에 소개팅했을 때 거절했다고 그러지 않았어요? 한 달 전쯤에."

소개팅을 했다고? 물론 그를 만나기 전의 일이지만, 황토는 '소개팅'이라는 말부터가 왠지 언짢았다. 그것이 질투라는 걸 그는 깨닫지 못했다.

"아, 이상한 부탁을 받았었어, 친구들한테."

이슬이 가볍게 말했다.

"한 남자를 소개하려고 친구 두 명이 왔는데, 한 명은 이 남자가 진짜 괜찮은 남자니까 한 번 만나보라고 그랬고, 다른 한 명은 나한테 넌지시 말하는 거야. 자기가 그 남자를 좀 괜찮게 생각하고 있으니까 일단 만나서 어떻게든 거절해 주면 안 되겠냐고."

"우와. 진짜 난감했겠다!"

"그래서 그 남자 앞에서……."

이슬이 재미있다는 듯이 뜸을 들였다.

"그래서?"

"코를 팠어."

동료 디자이너들이 품, 하고 웃음을 터뜨렸다.

"그런데 그 남자가 이런 식인 거야. 내 앞에서 코를 판 여자는 네가 처음이야. 이런 거."

황토는 이슬의 말에 주먹을 불끈 쥐었다. 재미있는 얘기가 황토의 귀엔 전혀 재미있게 들리지 않았다.

"안 되겠다 싶어서 다음에는 트림을 했어. 그랬더니 이 남자가 더 감탄하는 거지."

"히야. 대리님도 대단하다, 진짜. 그래서요?"

"그날 청혼받았었어. 웃기지?"

황토는 그 이야기를 듣고 다리에 걸리는 것도 없이 헛발질을 했다. 안에 있던 뷰티풀하우스의 직원들이 눈치채지 못한 것이 다행이었다.

집 안에서는 계속 이슬의 목소리가 들리고 있었다.

"그날 내 인생 최초로 '너는 내 스타일이 아냐'라는 말을 해버렸어. 그랬더니 논리적으로 설득하면서 급하게 청혼했던 건 미안한데 몇 번만 더 만나보자고 하는 거야. 하마터면 그 설득에 넘어갈 뻔했다니까."

"그러고 나서 어쨌어요?"

"어쩌긴 뭘 어째. 내 친구가 찍은 남잔데, 싫다고 끝까지 거절하고 그날 전화번호도 바꿔 버렸지. 회사에 안 찾아온 것만 해도 다행이라고 생각하고 있어."

이슬의 이야기가 현재진행형이 아닌 것은 황토에게도 다행이었다. 디자이너들의 이야기를 조용히 듣고 있던 황토는 이슬의 이야기가 끝나고 다른 동료의 이야기가 시작되어서야 가슴을 쓸어내리며 다른 집으로 건너갈 수 있었다.

※

그날 저녁, 이슬의 회사 앞에서 이슬이 퇴근하기를 기다린 황토는 우연히 마주친 듯 이슬에게 다가갔다.

"퇴근하는 길?"

"어맛, 깜짝이야. 어떻게 이렇게 갑자기 나타나?"

"같은 일을 하는데 마주치는 건 당연한 거 아니야?"

그럴 수도 있겠지. 황토의 말에 이슬은 쉽게 고개를 끄덕였다. 하지만 회사 앞이라 다른 사람들의 이목이 신경 쓰인 이슬은 황토에게 한마디도 말을 걸지 않았다.

"외식할까?"

10분쯤 걸었을 때, 황토가 답답한 침묵을 깨고 말했다.

"네가 쏘는 거라면."

"이런 건 으레 누나가 내는 거 아니야?"

"이럴 때만 누나지? 그럼 집에 가서 밥 먹어. 누나가 너 좋아하는 미역국 배 터지게 먹게 해줄게."

미역국. 생각만 해도 점심때 먹은 게 넘어올 것만 같았다.

"가자. 내가 쏠게."

황토가 말했다. 처음부터 그럴 생각이었다.

"진짜지? 두말하기 없음."

이슬이 신난다며 핸드폰을 꺼내 누군가에게 전화를 걸었다.

"뭐 해?"

"뭐 하긴, 세찬이한테 전화하지. 가족 외식 아니야?"

이슬은 지난밤 이야기한 '가족'이라는 말에 꽂힌 모양이었다. 황토는 '가족'이라는 말에 반응하는 그녀가 측은한 생각이 들면서도 원망스러웠다.

사준다고 하면 꼭 머리 하나씩 더 달고 오는 여자. 아, 이런 여자가 제일 싫어.

황토의 마음도 모르고 이슬은 신나게 통화했다.

"세찬아, 너 오늘 저녁때 일 있어? 황토가 저녁 사준다는데."

[뭐? 황토가 웬일이래? 갈게! 반드시 갈게! 오늘 야근해야 되긴 하는데 밥만 먹고 다시 회사로 돌아오지 뭐.]

이슬에 이어 세찬까지 신이 난 모양이었다. 근사한 곳에서 이슬과 단둘이 와인 한 잔을 기울이려 했던 황토는 절망스러웠다. 황토는 어쩔 수 없이 와인을 마실 수 있는 레스토랑에서, 고깃집으로 메뉴를 바꿨다.

역시나 세찬과 이슬은 걸신들린 사람처럼 흡입하듯 고기를 맛있게 먹었다. 황토는 어쩐지 눈치 없는 세찬이 미웠다.

"맥주는 내가 쏠게."

배불리 먹고 고깃집을 나온 이슬이 기분 좋은 듯 말했다. 옳거니. 세찬이 회사로 돌아간다고 했으니 이제 황토와 이슬 둘만 있을 수 있게 된 것이다. 술을 좋아하지 않는 황토였지만 마다할 이유가 없었다. 그러나 좋은 맥주집을 찾아보려던 황토는 이슬의 말에 실망하고 말았다.

"맥주집은 무슨. 집에 사 들고 가서 하나씩 마시는 거지."

역시 이슬다웠다.

편의점에서 맥주를 두 캔 사서 집에 돌아온 이슬과 황토는 가볍게 건배를 하며 편안한 시간을 보냈다.

"그래도 너한테 애인이 생기면 난 나가야겠지?"

"그럴 일은 없어."

이슬의 말에 황토가 딱 잘라 말했다. 이슬은 아직도 이 집에서 지내는 것이 불안한 모양이었다.

황토는 다른 쪽으로 화제를 돌렸다.

"어머님이 해주셨다는 얘기, 그거 믿어?"

"귀신 얘기? 글쎄."

이슬이 묘한 미소를 지었다. 예전에 그녀의 친구 슬기와 함께 칵테일바에 갔었을 때 말했던 것처럼, 언제 사라지더라도 후회하지 않도록 열심히 살아야겠다는 생각을 하고 있을까?

그녀는 죽음을 어떻게 생각하고 있을까? 그저 겸허하게 받아들일 수 있는 걸까?

"본심을 숨기고 착하게 살려고 노력한다는 건 삶에 대한 의지 아니야? 죽기는 싫다는."

황토가 진지하게 물었다.

"예전엔 그랬지. 아무튼 선의를 가지고 살았던 게 두려움 때문이었던 건 맞아. 근데 지금은 좀 달라. 첫 번째는 언젠가 사라질 것에 대한 각오가 생겼다는 거. 아무리 착한 척을 하더라도 내가 그동안 의도치 않게 상처를 준 사람도 많았을 거고, 그중엔 날 미워하는 사람도 있었을 텐데 내가 살아 있는 건 신기한 일이라고 생각해."

이슬은 미소 지으며 말을 이었다.

"죽는 게 순리라는 걸 알게 되면, 사는 건 기적처럼 여겨져."

황토는 간혹 이 여자가 사는 방법에 울컥할 때가 있었다. 지금도 그랬다. 황토의 눈이 초롱초롱하게 빛났다.

이슬은 가볍게 미소 짓고는 맥주 한 캔을 모두 비웠다.

"그리고 또 하나는 김황토 넌데. 너한테 이것저것 화풀이를 하고 못된 말을 하고 나서 다음 날 아침에 당연한 듯 눈을 뜰 때마다 생각하는 거야. 이래도 내가 살아 있다니. 오늘은 더 심한 말을 해볼까? 이런 거. 은근 살아가는 희망 같은 게 된다니까."

이슬은 이번엔 장난스럽게 웃었다.

"이제 자야겠다."

그녀는 빈 캔을 쥐고 일어났다. 황토는 그녀를 방으로 들여보내고 싶지 않았다. 매순간 이슬은 꼭 끌어안아 주고 싶을 만큼 멋진 여자였다.

다가오는 죽음에 대한 생각도 잊고, 이 여자를 유혹해야만 살아남을 수 있다는 사명도 잊고, 이 여자를 만지고 싶다는 생각이 들었다.

황토는 몸이 끌리는 대로 일어나 이슬의 앞을 막아섰다.

애가 왜 이래? 이슬은 황토의 행동에 깜짝 놀라 슬며시 뒷걸음질쳤다.

"어허……."

하지만 황토의 한쪽 손이 이슬의 어깨에 얹혀졌다.

당신에게 자꾸 욕심이 생겨.

황토가 눈으로 하는 말을 이슬이 알아들은 듯 움찔했다. 황토의 눈빛은 악마의 유혹처럼 치명적으로 사람의 기운을 빨아들이는 뭔가가 있었다.

황토의 얼굴이 이슬에게로 천천히 다가왔다. 피하려면 피할 수 있는데, 어쩐지 이슬의 몸은 말을 듣지 않았다.

이슬은 그의 눈빛에 말려들지 않으려 눈을 꼭 감았다.

안 돼.

정신 차려!

이슬은 짧은 순간에 수십 번 주문을 외웠다.

황토는 그녀의 감은 눈을 응시하며 계속 다가갔다.

두근두근두근두근……

두 사람의 입술이 닿으려는 찰나의 순간!

황토는 이슬의 팔 힘에 의해 뒤로 물러났다. 이슬이 궁지에 몰렸기 때문일까? 하마터면 뒤로 자빠질 수도 있었을 어마어마한 힘이었다.

이슬의 눈에는 작은 눈물이 맺혀 있었다. 그녀는 깜짝 놀랐다는 듯이 씩씩 소리를 내며 숨을 급하게 쉬고는 큰 소리로 말했다.

"가족끼리 이러는 거 아니야!"

이슬의 힘에 의해 뒤로 밀려난 황토는 황당한 눈빛으로 이슬에게 물었다.

"지금 뭐 한 거야?"

"그건 내가 할 말이지! 지금 뭐 한 거니?"

이슬 역시 기가 막히다는 듯이 황토에게 반문했다.

물론 황토가 한 행동은 모두 순수한 진심이었다. 진심에서 우러나온 흑심. 그녀에게 입 맞추고 싶다는 '순수한 흑심'.

그러나 제 진심을 전하는 것에 실패한 황토는 그 마음을 숨기고 장난이라고 말해야 했다.

"우리가 만난 지 나흘 만에 그쪽이 나한테 했던 짓을 생각해 봐. 술 먹고 나한테 어떻게 했나."

"그땐, 그땐⋯⋯."

이슬은 그때의 이야기는 민망하다는 듯이 말을 더듬었다. 그러다가 무언가가 생각난 듯 황토에게 윽박질렀다.

"그때 나는 장난으로 그랬지만 넌 진짜로 키스했잖아."

"그래, 그거야."

황토가 천연덕스럽게 말했다.

"솔직히 그땐 그쪽 장난에 내가 걸려든 거 아니었냐고. 자기가 한 장난에는 그렇게 관대하면서 지금의 내 센스엔 왜 그렇게 예민한 건데?"

"허. 이게 무슨 센스야?"

"센스든 장난이든. 아무튼."

황토는 제 뜻대로 우겨보기로 했다. 진심인 것을 들켜 서로 얼굴을 붉히게 되는 것보다 장난인 척하는 게 더 좋을 것 같았다. 황토의 생각에 이슬은, 그가 좋아한다는 고백이라도 하면 당장 짐을 싸서 집을 떠날 것 같았다. 이슬이 간신히 이 집에서 다시 살게 됐는데, 벌써부터 네가 좋으니 어쩌니 해서 이슬과 헤어지고 싶진 않았다. 황토로선 이것이 최선이었다.

"그래. 가족끼리 그럼 안 되지, 가족끼리."

황토는 돌아서 방으로 들어가며 '가족끼리, 가족끼리' 하고 계속 읊조렸다. 실은, 자존심이 다친 남자의 처량한 뒷모습이었다.

다음 날은 옹골마을 인테리어 리모델링 접수와 리모델링 작업을 마친 집의 확인이 있는 날이라 이슬은 아침부터 바빴다. 리모델링 접수는 세 건, 리모델링 컨펌은 한 건이었다. 접수와 컨펌 모두 영건설의 감독이 필요했기 때문에 황토가 이슬을 따라다니는 것이 이상하게 보이지 않을 날이었다. 황토에게는 안심과 동시에 즐거움이 있었다.

"열두 번째 집부터 방문하자."

이슬의 말에 황토가 고개를 저었다.

"아니, 거긴 맨 마지막에 할 거야."

황토는 그 집에 누가 사는지 알고 있었다. 황토와 이슬을 괴롭히기 위해 인간 세상에 나타난 악마, 이준성. 되도록 준성과 이슬을 마주치지 않게 하고 싶었다. 이슬과 리모델링 사항을 체크하다가 다른 디자이너가 오면 다른 디자이너와 함께 준성네 집에 갈 생각이었다. 두 사람은 열세 번째 집 먼저 방문하기로 했다.

옹골마을 듬쑥로 열세 번째 집은 새집에 가까워서 리노베이션할 것은 없다고 들었다. 그러나 며칠 전 이 집을 다른 사람이 사게 되면서 따로 리노베이션을 요청받은 것이었다.

황토는 이슬보다 앞서 열세 번째 집의 초인종을 눌렀다. 그러나 아무도 벨소리에 반응하지 않았다.

"나중에 다시 오지 뭐."

이슬이 이렇게 말하고 돌아서려던 순간 인터폰 소리가 들렸다.

[김황토 씨?]

누군가 황토를 알고 있는 여자의 목소리였다. 그러나 황토가 목소리를 듣고 알 만한 여자는 아니었다.

황토가 의아하게 여기고 있을 때 문이 열리고 젊은 여자의 모습이 보였다.

"김황토 씨, 이렇게 만나니까 또 새롭고 반갑네요."

여자가 문을 열면서 황토를 반갑게 맞았다. 며칠 전 강원도 골프 여행을 갔을 때 아버지의 소개로 만났던 여자, 고상미였다.

"직원? 안녕하세요."

상미는 이슬에게도 반갑게 인사했다.

"아, 두 분이 서로 아시나 봐요?"

자신감에 차 있는 미소로 응대하는 상미와 아무 말 않고 서 있는 황토를 향해 이슬이 물었다.

"아니, 그냥……."

"며칠 전 소개팅으로 만났죠. 그죠?"

황토가 아무렇게나 얼버무리려 할 때, 상미가 먼저 대답했다.

사실 상미는 이슬을 살짝 경계하고 있었다. 인터폰으로 두 사람의 대화를 엿들었기 때문이다. 기껏해야 같이 일하는 직원인 것 같은데 직원이 사장에게 반말을 하는 것이 이상했다. 황토와 이슬의 사이가 평범한 직원—사장 사이 같지는 않아 보였다. 이슬의 얼굴이 꽤나 예뻐 보인 것도 경계심을 갖게 했다.

황토는 상미가 말한 사실에 대답을 하지 못했다. 난감한 상황이었다.

"아, 그렇구나. 반갑습니다. 저는 인테리어를 맡은 뷰티풀하우스의 디자이너 강이슬이라고 합니다."

소개팅이라는 말에 전혀 거리낌이 없는 이슬은 상미와 해맑게 인사했다.

'여자는 아무 감정이 없는 것 같은데 김황토 씨는 왜 이렇게 당황해하는 거지?'

난감해하는 황토의 표정을 보고 상미는 이상하다는 생각이 들었다. 비록 맞선 자리에 나갔던 날 그다지 기분 좋게 헤어졌던 것은 아니었지만, 그래도 리노베이션의 의뢰인인데 반갑게 인사해 주지도 않는 황토에게 서운함도 생겼다. 동시에 왠지 황토와 함께 다니는 이슬이 마음에 들지 않아 괴롭히고 싶어졌다.

당황한 황토는 되도록 빨리 상미의 집을 벗어나려는 생각에 바쁘게 움직였다.

황토에게 집 안내를 하려던 상미는 무언가 생각난 듯 황토가 방으로 건너갔을 때를 기다렸다가 이슬에게 말을 걸었다.

"대리한테 맡겨도 되나 몰라."

이슬의 약을 올리려고 무시하는 말을 한 것인데 이슬에게서 돌아오는 대답은 밝기만 했다.

"그럼요. 믿고 맡기셔도 됩니다."

"그러다 마음에 안 들면 재수리하라고요? 무조건 제일 경력 좋은 디자이너로 교체해 주세요."

상미의 표정이 차갑게 변했다. 불과 몇 분 전까지만 해도 상미를 보며 '참 예쁘게 생겼다'라고 생각했던 이슬도 난감한 얼굴로 굳어 갔다.

그러나 상미가 이슬을 앞에 두고 쓴소리하기가 무섭게 황토가 이슬 곁으로 돌아왔다.

"강이슬 대리 실력은 제가 보장하죠. 이젠 리노베이션 요청 사항 말씀 부탁드립니다."

황토는 사무적인 척 굴면서도 은근하게 이슬을 챙겼다.

'뭐야, 이 두 사람!'

기껏해야 파트너 회사 대표와 직원 사이일 텐데, 원래 이렇게들 사이가 좋은가? 상미는 묘한 질투심을 느꼈다.

요구 사항 체크를 마치고 상미와 헤어져 다음 집으로 건너가는 동안 황토는 이슬이 전혀 생각지도 못한 이유로 이슬에게 성이 났다.

'내가 소개팅을 하고 왔다는데 조금도 질투를 안 해?'

다소 유치한 생각으로 삐친 황토는 이슬에게 넌지시 물었다.

"뭐 궁금한 거 없어?"

잠자코 있던 이슬이 물었다.

"소개팅녀라고?"

황토는 이슬이 상미에게 관심을 기울이자 마음이 뿌듯했다.

"응. 예쁘지?"

황토는 이슬에게서 질투심을 유발할 요량으로 상미의 미모에 대해 이야기하여 그녀를 도발했다.

"그러게."

대답하는 이슬의 어깨에는 하나도 힘이 없었다.

"좋겠다."

'좋겠다' 라는 말에 황토는 힘없는 이슬과 다르게 불끈불끈 힘이 솟는 기분이었다. 드디어 질투를 했구나, 질투를!

그러나 이슬의 입에서 나온 다음 말은 황토의 의기를 쉽게 꺾어 버렸다.

"저 나이에 저런 집도 살 수 있어서."

황토는 이슬의 말에 실망할 수밖에 없었다. 자신에게는 전혀 관심이 없다니!

이슬에게 심통이 난 황토는 리노베이션이 끝난 다음 집을 확인하러 가서, 작은 것 하나에도 이슬을 나무랐다.

"선반 색이 벽이랑 너무 안 맞는 거 아니야?"

"그거 여기 주인이랑 상의해서 고른 거야."

"블라인드도 봐주기로 했다며 그건 왜 없어?"

"오늘 오후에 가져올 거야. 그러게 이따가 오자고 했잖아."

"그리고 여기 봐."

이것저것 꼬투리를 잡던 황토는 제대로 된 한 방을 잡았다고 생각하는지 거만하게 주방으로 이슬을 불렀다.

"이 집 주인이 소인증이라고 했잖아. 싱크대를 이렇게 높게 설치하면 어떻게 해?"

"이거 높은 거 아니야. 평균보다도 낮게 만들었어. 그리고……."

이슬의 말이 다 끝나지도 않았는데 황토는 그녀의 말을 자르고 성질을 부렸다.

"모레면 집주인 돌아온다고 했는데 그전에 다시 뜯어서 고칠 거야? 스케줄도 빡빡한데 어떻게 할 거야?"

이슬은 입을 샐그러뜨리고는 고개를 돌려 싱크대 아랫단을 발로 뻥 찼다. 곧 싱크대 아랫단에서 계단형의 턱이 내려왔다. 싱크대에 밟고 올라설 수 있는 턱이 생겨났다.

"여자는 소인증이지만 남자는 아니잖아. 두 사람 다 사용하는 싱크댄데 무작정 낮추면 어쩌라는 거야? 당연히 발받침 만들어놨지, 내가 이 정도 생각도 안 했을 거라고 판단한 거야?"

이슬이 만들어놓은 받침대를 보고 할 말을 잃은 황토는 이슬의 말을 못 들은 척 천연덕스럽게 고개를 돌렸다.

"뭐? 내 실력을 보장해? 보장은 뭐, 옆집 머슴 인권운동 할 때 하는 말이냐?"

"음, 그럴싸한데?"

좀 전까지만 해도 도끼눈을 뜨고 이것저것 따지던 황토는 이슬의 말에 설렁설렁 꼬리를 내렸다. 황토의 능글맞은 모습에 이슬은 혀를 찼다.

다음 집은 세 살, 다섯 살 아이가 있는 젊은 부부의 집이었다. 집이 낡아서 내부 전체를 손보고 싶다는 집주인의 말에 따라 각 구역의 콘셉트에 대해 의논했다. 집 안에서 아이들이 뛰어다니고 있어 황토는 약간 정신이 없었다.

"이 방은 놀이터처럼 꾸몄으면 좋겠어요. 장난감도 있고 놀이기구도 있고 놀다가 잘 수도 있는 공간으로요."

"미끄럼틀이나 그네 같은 건 맞춤 인테리어로 들어가는 게 좋을까요?"

황토는 확인하는 차원에서 집주인에게 사무적으로 물었다. 집주인은 인테리어에 대해 대답하려다가 피식 웃으며 다른 질문을 던졌다.

"애들 별로 안 좋아하죠?"

"네? 뭐, 좋아하긴 하지만……."

집주인의 갑작스러운 질문에 당황한 황토는 말을 다 하지 못하고 얼버무렸다.

집주인의 말을 듣고 멀리 있던 이슬이 조용히 픽, 하고 웃음을 터뜨렸다. 어른도 안 좋아하는데 애들을 좋아하겠어? 그녀의 웃음소리에는 그러한 비웃음이 녹아 있었다. 웃음소리는 조심스러웠지만, 황토의 귀에 들려오지 않을 리가 없었다. 황토는 그녀의 비웃음에 약이 올랐다.

"맞춤 인테리어라면 거의 공간 절약형이길래 여쭤본 거예요. 공간을 절약하는 것도 좋지만 애들 놀이터니까 즐겁게 놀 수 있는 데에 초점을 맞춰주시면 될 것 같네요. 인테리어뿐만 아니라 집 전체적으로 아이들 위주의 공간을 넉넉하게 짜주세요."

집주인이 상냥하게 웃으며 말했다.

젊은 부부의 집을 나온 두 사람은 잠시 의견을 교환하기 위해 공원 벤치에 앉았다.

황토는 '아이들 위주의 공간'이라는 것에 골몰했다. 이슬은 고뇌하는 황토를 보며 웃음을 터뜨렸다.

"내 친구 중에 애기를 빨리 낳아서 다섯 살짜리 딸이 있는 애가 있는데, 애기가 아주 귀여워. 그 애랑 하루 놀아보는 건 어때?"

"싫어."

"그럴 줄 알았어. 넌 애를 싫어하는 것 같더라고. 애기들 돌봐줄 줄도 모르지?"

"그런 걸 왜 몰라? 그냥 놀이터에서 그네 밀어주고 동화책 몇 권 읽어주고 그러면 되는 거지."

이슬은 한숨을 깊게 쉬며 황토를 측은하게 보았다.

"네가 어린애들의 삶의 깊이를 아니? 요즘 애들이 얼마나 성숙한데. 눈높이를 맞춰야 되는 거야, 눈높이를."

그러는 댁은 그렇게나 잘 아는지. 동거인의 삶의 깊이도 모르는 둔한 여자가 어린애들의 삶의 깊이는 어떻게 헤아릴 수 있다는 건지.

"이제 열두 번째 집으로 가자."

이슬이 준성의 집으로 가기 위해 일어서려는 것을 황토가 막았다.

"거긴 오후에 다른 사람이랑 갈게. 오늘 많이 걸었으니까 이제 그만 쉬어."

"내가 할 일은 하고 쉬어야지. 얼른 일어나. 안 갈 거야?"

"……배가 고파서 안 되겠어."

"갔다 와서 누나가 밥 사줄 테니까 어서 일어나."

"일어날 힘도 없다니까."

"뭐? ……이 녀석, 안 되겠네. 자."

이슬은 별안간 황토를 등지고 서서 엉덩이와 두 팔을 뒤로 쭉 내밀었다.

"뭐 하는 거야?"

"업히라고. 실망이야. 키만 컸지 약골이잖아. 이 정도 가지고 힘들어하면 도련님 소리밖에 못 듣는 거야."

"그래서 날 업겠다고?"

"너는 날 몰라. 나 일하면서 식탁도 혼자 척척 들고 그래. 내가 여리여리해 보이지? 실은 이거 다 근육이야. 게다가 통뼈라고. 입사 면접 볼 때 건강 하나 팔았다고. 어부바하고 얼른 가자. 누가 이 장면을 좀 봤으면 좋겠다. 김황토 체면이 말이 아닐 텐데."

그녀가 엉덩이를 쑥 빼고 진지하게 하는 말들이 너무 웃겨 황토의 입가에 절로 미소가 번졌다. 와락, 황토는 그녀의 등에 몸을 기대고 목에 팔을 둘렀다.

"헉! 그렇다고 진짜……."

진지하게 말했지만 실은 강이슬식의 농담이었는데 정말로 업힐 줄이야. 당황한 이슬은 말을 다 잇지 못하고 허리에 힘을 주었다.

이슬에게 몸을 기댔을 뿐 발을 땅에서 떼지 않고 있었던 황토는 곧 몸을 다시 일으켜 세웠다.

"어휴, 내가 참는다."

그는 이슬의 목을 한 팔로 휘감고 준성의 집 반대편으로 그녀를 잡아 끌었다.

"어? 야! 일하러 가야지!"

그때, 드르르— 핸드폰 진동이 울렸다. 황토에게 잡힌 팔을 풀고 방금 온 문자메시지를 확인한 이슬의 얼굴이 갑작스레 백지장처럼 하얘졌다.

문자메시지를 보낸 사람은 이슬의 셋째 언니였다. 아버지와 할머니가 위독하시다는 연락이었다.

"아버지랑 할머니랑 차 타고 가다가 교통사고가 났대. 제천에 가 봐야 될 것 같아."

사정을 설명하는 이슬의 목소리는 심하게 떨리고 있었다.

"같이 가자. 내가 태워다 줄게."

황토가 주저 없이 말했다.

"아니야. 넌 일해야지. 혼자 가도 돼."

"그럼, 근처 시외버스터미널까지만 데려다줄게."

이슬이 황토의 말을 수락했다.

이슬은 황토와 함께 차를 타고 가는 동안 언니들과 연락했다. 그녀의 언니들도 병원에 가보지 않아 상황은 제대로 모르는 모양이었다. 그나마 아버지와 할머니가 워낙에 엄살이 심한 분들이라, 생각보다 큰일이 아닐 수도 있다고 하는 셋째 언니의 말이 기댈 수 있는 희망이었다.

그럼에도 이슬은 손을 바들바들 떨고 있었다.

제가 사라지는 것에는 덤덤하던 여자가 자신을 미워하는 아버지와 할머니의 병환에는 저리도 침착해지지 못하다니. 황토의 미간에 깊은 주름이 파였다.

"복수해 줄까?"

황토는 문득 며칠 전 이슬에게 농담처럼 했던 말이 떠올랐다. 혹시 그런 말을 입에 담은 것이 화근이 된 걸까?

'아니야. 그저 말만 꺼냈을 뿐 그렇게 돼야 한다는 생각은 하지도 않았어.'

황토는 스스로를 달래며 고개를 내저었다. 하지만 가슴 깊숙이 죄책감이 느껴지는 것은 어쩔 수 없었다. 결국 황토는 핸들을 꺾어 터미널로 가려던 차를 돌렸다.

"안 되겠어. 제천까지 데려다줄게."

내비게이션의 도움으로 금방 제천의 병원에 도착한 황토는 이슬이 입원실에 가 있는 동안 로비에서 시간을 보내고 있었다.

그러나 몇 분 뒤, 희한하게도 이슬의 목소리가 황토의 귀에 들렸다. 이슬은 흥분한 듯 누군가를 향해 소리를 높이고 있었다. 또한 상대방도 이슬에게 똑같이 윽박질렀다. 황토는 로비에서 벗어나 소리가 들리는 곳으로 향했다.

황토가 소리를 따라간 곳에는 이슬과 그녀의 아버지 두영, 그리고 그녀의 언니들이 있었다. 그곳은 3층 이슬의 할머니 입원실 앞이었다.

이슬의 할머니는 많이 다쳤는지 의식 없이 누워 있었지만 두영은 한쪽 팔과 다리에 깁스를 했을 뿐 멀쩡해 보였다. 이슬의 언니들은 이슬과 두영을 말리려는지 각각 두 사람의 팔을 잡고 있었다.

"네가 부추기지 않았으면 세찬이가 혼자 주식을 했겠어?"

"몇 번을 얘기해요? 세찬이 혼자 한 거라고요! 나는 알지도 못했다고."

"같은 집에 살면서 그걸 몰랐다는 게 말이 돼?"

"세찬이랑 같이 산 지는 한 달도 안 됐다고요!"

이슬이 답답한 듯 가슴을 쾅쾅 치며 두영에게 소리쳤다. 두영은 이제 제 화를 제가 이기지 못하고 오래전 일까지 끄집어내 이슬을 책망했다.

"너희 엄마도 너만 아니었으면 살아 있었어!"

"그건 내가 아니라 아버지 얘기잖아요! 아버지가 귀신인지 뭔지한테 날 팔아버려 놓고는……. 설사 팔아버렸더라도 엄마한테 그 말은 하지 말았어야지. 왜 엄마가 허구한 날 물 떠다 놓고 밤새 빌게 만들었냐고요, 왜!"

이슬의 어머니는 이슬이 열다섯 살이 되던 무렵 새해 첫날 밤기도를 하다가 돌연사하고 말았다. 결국 과로사로 결론지어졌기 때문에 두영은 이슬의 어머니가 기도를 할 수밖에 없도록 만들었던 이슬을 원망하고 있었던 것이다. 실은 제가 귀신에게 이슬을 넘겨주겠다는 어처구니없는 약속을 하여 그리된 것인데도.

"뭐, 뭐야? 이게 어디서……."

이슬의 말을 들은 두영은 목발을 들고 있는 팔을 이슬을 향해 휘둘렀다. 이슬의 언니들이 두영을 만류했다.

"그동안 죽기 싫어서 착한 척은 있는 대로 다 하더니……. 내가 너 때문에 세찬이까지 잘못될까 봐 얼마나 불안한 줄 알아?"

두영은 병원이 떠나가도록 이슬에게 모진 소리를 퍼부었다. 이슬도 지지 않았다. 이런 강단 있는 모습의 이슬은 처음이었다.

"죽기 싫어서 열심히 사는 게 뭐가 어때서! 그래도 걱정하지 마세요! 아버지가 날 이렇게 미워하는데 귀신도 날 당장에라도 데려가겠지."

이슬이 거세게 나오자 두영의 팔을 붙잡고 있던 이슬의 셋째 언니가 이슬을 조용히 타일렀다.

"이슬아, 일단은 돌아가. 아버지가 예민해지셔서 그래. 내가 나중에 연락할게."

이슬은 눈에 눈물이 가득 고인 채로 원망스럽게 두영을 보다가 뒤돌아섰다. 두영은 돌아선 이슬의 등에 대고 계속 소리를 높였다.

"넌 평소에는 코빼기도 안 비추다가 애비가 아프다고 해야만 이렇게 달려오지! 그럼 내가 무슨 생각이 드는 줄 알아? 넌 내가 잘못되기를 바라는 거야. 아니야?"

잠자코 듣고 있던 황토가 그녀의 귀를 막아줘야겠다는 생각에 이슬에게 다가갔지만 얼굴에 온통 절망뿐인 이슬은 황토를 그냥 지나쳤다. 황토는 이슬을 조용히 따라갈 수밖에 없었다. 로비까지 내려온 이슬은 의자에 털썩 앉아 오랫동안 고개를 푹 숙이고 바닥만 보았다.

꽤 시간이 흐른 후, 황토는 조심스레 다가가 이슬의 어깨를 툭 쳤다. 곧 이슬이 고개를 들고 황토를 보며 힘없이 씨익 웃었다.

"괜히 왔나 봐."

간신히 눈물을 삼킨 듯 그녀의 눈은 붉어진 채로 부어 있었다. 황토는 입원실에서의 일을 묻지 않고 이슬에게 돌아가자고 말했다.

일터로 돌아가고 싶지 않아진 황토는 내비게이션을 끄고 차를 몰았다. 정처 없이 차를 몰았는데 그들의 앞에는 큰 저수지 공원이 나타났다.

"예쁘지? 여기가 의림지야. 국사 시간에 배웠지?"

언제 눈을 뜬 건지, 황토가 운전하는 내내 잠이 든 것처럼 힘없이 눈을 감고 있던 이슬이 차분하게 창밖을 보며 말했다. 그녀는 황토가 길을 잘못 든 것에 대해 나무라지 않았다. 그럴 힘도 없는 것 같아 보였다.

황토는 말없이 차에서 내려 이슬이 앉은 조수석 문을 열어주었다. 이슬은 못 이기는 척 밖으로 나왔다.

저수지는 햇빛을 끌어당겨 땅과 하늘의 비경을 녹신하게 만들고 있었다. 하지만 구름 몇 개가 굼실거리는 하늘보다도 고요한 모습이었다.

이슬의 기분과는 달리 눈부시게 화창한 날이었다. 황토의 눈엔, 이슬이 눈부신 햇살에 부서질 것만 같았다.

이슬이 길게 팔을 쭉 펴면서 기지개를 켜고는 말했다.

"근처에 좋은 계곡도 있어. 나중에 한번 가봐. 나도 어렸을 땐 가족들이랑 텐트 치고 캠핑도 하고 그랬는데. 아, 지금은 오토캠핑장 생겼다는 것 같던데?"

황토는 말이 많아진 그녀가 오히려 더 불안해 보였다.

"벌써 가을이 오려나 봐."

부러 밝은 척하는 이슬에게 황토가 물었다.

"괜찮아?"

황토는 이슬의 표정만 살피며 말없이 가만히 있었다. 이슬은 잠자코 있다가 별일 아니라는 듯 활짝 웃으며 말했다.

"아, 당연하지."

이슬은 황토에게 자신은 괜찮다는 것을 확인시켜 주기 위해 황토와 얼마간 눈을 맞추었지만, 곧 그에게서 고개를 돌릴 수밖에 없었다. 그녀의 눈에는 그녀의 이름 같은 투명한 이슬이 묻어났다.

"역시 혼자 올걸 그랬어. 너한테 안 좋은 모습만 보였네."

그녀가 차를 주차해 놓은 곳으로 발을 돌리며 말했다.

"얼른 돌아가자."

황토가 그녀의 한쪽 손을 억세게 잡아 끌어당겼다.

뱅그르르, 이슬의 몸이 반 바퀴 돌아 황토와 마주 서게 되었다. 잠깐 동안 이슬의 눈을 뜨겁게 응시하던 황토는 주저 없이 그녀를 꼭 안았다.

당황한 이슬이 황토의 품에서 벗어나기 위해 버둥거렸다. 그러나 황토는 놓아줄 생각이 없는 듯, 팔에 힘을 주어 그녀를 못 움직이도록 했다.

통뼈에 근육은 무슨. 이슬의 몸은 그녀의 여린 심장 소리조차 다 감싸주지 못할 정도로 작고 가늘었다. 이슬은 날개를 다친 새처럼 황토의 품 안에서 여리게 어깨를 움직였다.

"이건 괜찮잖아, 가족이니까."

한동안 말없이 팔에 힘만 주고 있던 황토가 입을 열었다.

뜻하지 않게 그에게 안겨 벗어나려 저항하던 몸짓이 '가족'이라는 말에 잦아들었다.

저수지처럼 고요해진 두 사람.

잠시 후 황토의 품이 따뜻하다는 것을 알게 된 이슬은 황토의 가슴에 얼굴을 묻고 속 안에 응어리진 것들을 다 토해내겠다는 듯이, 어린애처럼 으앙, 하고 울음을 터뜨렸다.

오랫동안, 아주 오랫동안 엉엉 울었다.

3. 운명

"난 아버지 왜 그러시는지 알아. 그냥 자기 때문에 다 그렇게 됐다
는 거 알고 있어서, 그래서 화풀이하시는 거야."

그날 집으로 돌아오는 길에 이슬은 황토에게 이렇게 말했다. 하
지만 그날로부터 이슬은 꼬박 사흘을 앓았다.

뷰티풀하우스의 직원들이 이슬에게 얼마나 의지하고 있었는지,
이슬이 회사를 나가지 못한 이틀 동안 그들은 모두 우왕좌왕했다.
영건설에서 이슬에게 맡길 일들을 황토가 모두 처리하지 않았다면,
이슬은 아마도 복귀한 뒤에 더 큰 몸살을 앓았을 것이다.

폭풍 같은 한 주가 지나고 일요일이 되어서야 이슬은 겨우 숨 돌
릴 틈이 생겼다.

오랜만에 아침 운동을 나가려고 일찍 일어난 황토는 이슬의 방을
보며 미소 지었다.

'피곤할 테니 신나게 자고 있겠지.'

그런데 세상에! 세상모르고 자고 있어야 할 이슬의 방이 비어 있는 것이었다.

"어딜 간 거야?"

아침 7시부터 안 보인다니. 황토는 믿기지 않는 마음으로 화장실과 베란다와 세찬의 방까지 샅샅이 훑었지만 이슬의 모습은 보이지 않았다.

"또 새벽에 불려 나가서 외박한 거 아니야?"

황토는 얼마 전 자재공장에서 싸움이 났다며 밤 12시에 이슬이 밖에 나갔던 것을 떠올리고는 이를 갈았다. 그렇게 살지 말라고 그토록 당부했는데도 그 바보 같은 여자는 또 동료들에게 이용당한 모양이었다.

"아버지한테 쏟아낸 것처럼 남들한테도 막말 좀 하고 그러면 좋잖아."

황토는 길게 한숨을 쉬고 이슬에게 전화를 걸었다. 쉬지도 못하고 죽어라 일만 하는 이슬이 걱정스러웠다. 여자가 밖에서 밤을 꼬박 새웠다는 것도 화가 났다.

이슬의 전화기는 꺼져 있었다. 황토는 운동을 하러 가려던 것도 잊고 차 키를 들고 주차장으로 갔다. 이슬이 회사에 있든, 옹골마을에 있든, 그놈의 자재공장에 있든, 어떤 핑계를 대고서라도 데려와야겠다고 생각했다.

"가족끼리, 나간다고 말도 안 하고 나가냐?"

황토는 혼잣말을 하면서 제 차의 타이어를 뻥 찼다. 그러나 분이 풀리지 않았다.

"내가 집착하는 거야? 아니야."

제가 묻고 제가 대답하고. 황토는 평생 한 번도 하지 않았던 바보 같은 혼잣말을 하기도 했다.

이슬은 그날 이후로 몸져눕긴 했지만 개운히 털고 일어난 것 같았다. 다행히 그녀의 할머니도 며칠 후 정신을 차려 회복 중이었고, 아버지 두영도 경미한 부상을 입었을 뿐 입원 치료를 해야 할 정도는 아니었다. 엄살이 심한 두영이 '우리 세찬이, 우리 세찬이' 하는 통에 세찬이 휴가까지 내고 제천에 가 있긴 하지만, 가족 전체가 전전긍긍할 만큼 심각한 것은 아니었기에 이슬도 금방 밝아질 수 있었다.

밝아진 그녀라면 충분히 일터로 향했을 것이다, 황토는 그렇게 생각했다.

부리나케 차를 몰아 뷰티풀하우스로 갔다. 무언가 급한 일이 있는 것처럼 하며 이슬이 있는지 확인해 볼 요량이었는데, 뷰티풀하우스의 문은 굳게 잠겨 있었다.

그렇다면 옹골마을? 황토는 다시 급히 차를 몰아 옹골마을까지 갔다. 황토가 투시력을 갖고 있는 사람이라 집 하나하나를 살펴볼 수 있었다. 하지만 역시 이슬은 어디에도 보이지 않았다.

오로지 이슬에게만 정신이 팔려 있던 황토는 건진 것도 없이 집으로 돌아와야 했다. 그리고 집 앞 주차장에 차를 주차했을 때, 막 아파트 앞에 도착한 이슬을 만날 수 있었다.

이슬은 혼자가 아니었다. 대낮부터 대여섯 살은 됨 직한 어린 여자아이를 안고 있었다.

"어디 갔었어? 얘는 또 뭐야?"

"응. 신기린이라고, 내 친구 딸. 오늘 내가 봐주기로 했어."

"이모, 이 아저씨 누구야?"

왠지 겁에 질린 듯한 얼굴을 한 기린이 이슬의 품으로 더 파고들며 물었다.

"응, 이모 동생 친구야. 오늘 만두 만들기 같이할 거야."

"누가 뭘 같이한다고 그래?"

황토는 왠지 기린에게 심술이 나 조금씩 커지는 목소리로 물었다.

"뭐야, 이제 남의 애까지 떠맡아 오는 거야? 도대체 사람이 왜 그래? 착한 척하는 것도 정도가 있지."

"이건 착한 척 아니야. 품앗이라는 거야. 나도 나중에 애 낳으면 얘네 엄마한테 맡길 거야."

"허이구, 어느 천년에 애를 낳아서 애를 맡긴다고."

"시끄러. 그리고 이건 널 위한 거야. 내가 예전에 내 친구 딸이랑 하루 놀아보게 해준다고 했잖아."

"나는 알겠다고 한 적 없어. 그리고 내 집에 왜 사람을 데려와?"

황토는 기린을 보고 짜증이 나는 듯 미간을 좁혔다. 이슬은 배시시 웃으며 황토의 기분을 풀어주려 애썼다.

"앤 애기야, 애기. 해치지 않는다고. 해치지 않아요."

이슬은 씨익 웃으며 살갑게 굴었다. 황토는 이를 무시하고 아파트로 들어갔다. 이슬이 기린을 안고 황토의 뒤를 따랐다.

"이모, 나 저 아저씨 싫은데."

올라가는 엘리베이터를 기다리는 중에 기린이 이슬의 귀에 대고 작게 말했다.

엄마를 닮아 신기가 있는 기린에게는 황토의 어두운 기운이 보인 것이다. 기린은 황토를 감싼 검정색 오라에 겁을 먹고 이슬에게 더 가까이 붙었다.

"나도 너 싫어."

귀가 밝아 어쩔 수 없이 기린의 말을 들어버린 황토가 기린에게 무서운 얼굴로 말했다. 기린은 결국 으앙, 하고 울음을 터뜨렸다.

"괜찮아. 보기엔 험악해 보여도 별로 안 험악한 아저씨야."

기린을 달랜 이슬은, 이번엔 황토에게 가까이 붙어 그를 회유했다.

"널 위해서야. 애를 무서워하면 안 된다니까."

집에 들어온 황토는 이슬에게 퉁명스럽게 물었다. 실은 여전히 황토는 아침 내내 이슬을 찾아다닌 것에 화가 난 상태였다.

"그래서 꼬맹이랑 뭘 할 건데?"

"일단 같이 만두 만들어 먹으려고."

"꼬맹이랑 만두를 만든다고?"

"재밌겠지? 너도 같이하자."

만두를 만든다고? 그러잖아도 언젠가 세찬에게 이슬이 만드는 만두전골이 최고라는 말을 들은 것 같은데.

"정말 만두 만드는 거야?"

"응. 너도 도와줄 거지?"

"아니, 그냥 지켜보기만 할 거야."

황토가 퉁명스럽게 대답했다.

이슬이 능숙하게 만두소를 만드는 동안에도 기린은 이슬의 옷자락을 붙잡고 떨어질 줄을 몰랐다. 다섯 살 아이에게는 까만 오라의 황토가 공포였기 때문이다.

"기린이랑 조금만 놀아줘."

"내가 데려온 것도 아닌데 왜!"

황토가 투정부리듯 말했다. 기린 역시 황토와 함께 놀 생각이 전혀 없다는 듯 두 사람이 대화를 나누는 동안 고개를 저었다. 결국 이슬은 만두소를 만들면서 아이까지 돌봐야 하는 처지가 되어 진땀을 뺐다.

은근슬쩍 그런 이슬이 측은해 보인 황토는 그녀의 곁에 다가갔다가 만두소에 이슬의 머리카락이 들어가 있는 것을 보고 경악을 하며 머리카락을 건져 냈다.

"정말 만두 잘 만드는 여자 맞아? 당면 대신 머리카락 잘라 넣는 게 만두의 비결이야?"

"헉! 이게 왜 들어갔지?"

이슬도 만두소에 들어간 머리카락을 보고 기겁하며 혼잣말을 했다.

급하게 만드느라 머리도 묶지 않은 이슬이 어처구니없는 실수를 한 것이었다.

"여자가 칠칠치 못하게 이게 뭐야?"

길게 늘어뜨린 머리를 한 이슬은 씨익 웃었다. 황토는 이슬이 참 대책 없는 여자라는 생각이 들었다.

"어린애들은 긴 머리 늘어뜨린 여자를 좋아한다며. 미를 포기하고 싶진 않았어."

"무슨 미? 백치미?"

황토가 계속 퉁명스럽게 굴며 약을 올리자, 덩달아 약이 오른 이슬은 황토를 가늘게 흘겨보았다. 황토는 그런 이슬을 표정 없이 보다가 거실 서랍에서 찾아낸 노란 고무줄을 들고 이슬의 뒤에 섰다.

"미는 내가 할 테니까, 그쪽은 백치나 해."

황토는 무덤덤하게 말하며 이슬의 머리카락을 손으로 한 번 빗어 내린 후 고무줄로 팽팽하게 묶었다.

옆에서 이 모습을 기린이 지켜보고 있다는 사실과 황토의 자극적인 터치가 이슬의 양 볼을 붉게 물들였다.

그 순간 기린은 다른 이유로 황토를 신기하게 보고 있었다. 어느덧 황토의 검정 오라가 걷힌 것이다.

"이모, 아저씨 그거 없어졌어."

"뭐?"

기린이 무슨 말을 하는지 알 리 없는 이슬이 기린에게 물었다. 기린은 자신이 보고 있는 것을 설명할 수 없어 금방 입을 닫았다.

오라가 걷힌 황토는 다섯 살짜리 어린아이가 보기에도 충분히 조각미남이었다. 기린은 그제야 황토를 친근하게 여길 수 있게 되었다.

"자, 한번 만들어봐."

이슬의 머리를 묶어준 후 다시 멀뚱하니 있는 황토에게 이슬은 밀가루 반죽을 쥐어주었다. 이슬은 만두 만드는 요령을 직접 선보이며 황토도 따라 해보라고 말했다. 황토는 떨떠름한 표정을 지었다.

"난 이런 거 안 해."

"이모, 나 만두 만들었어."

기린이 제가 가지고 놀던 자투리 반죽으로 오로지 밀가루 반죽뿐인 만두를 만들어 이슬에게 보여주었다.

"아이, 이쁜이, 만두도 잘 만드네."

기린에게는 작은 것 하나에도 칭찬을 아끼지 않는 이슬이 못마땅하게 여겨진 황토는 기린에게 비아냥거리듯 말했다.

"그래, 네가 만든 건 네가 먹어라. 네 맘마니까."

"싫어. 아저씨가 먹을 거야."

기린도 지지 않고 말했다.

"맴매 맞을래, 맘마 먹을래?"

황토는 기린에게 겁을 주듯 무서운 얼굴을 하고 단호하게 말했다. 기린은 결국 울음을 터뜨렸다.

"으앙. 아저씨 싫어! 빨간 약보다 더 싫어!"

이슬이 기린을 토닥였지만, 기린의 마음은 이미 돌아서 버렸다.

"나도 너 싫어."

빨간 약보다 더 싫은 건 대체 뭔지. 황토는 기린이 삐친 일에 마음을 두지 않고 계속 이슬을 따라 만두를 빚었다. 요리는 역시 그의 체질에 맞지 않았지만, 이슬과 함께하는 시간은 나름 의미가 있었다. 아침에 그녀가 없는 것을 알고 집을 나섰을 때만 해도 답답하고 짜증이 났었는데, 어느새 그 마음은 온데간데없이 사라지고 따뜻한 평화로움만 남아 있었다.

이윽고 이슬표의 만두가 완성되었고, 세 사람은 맛있게 만두를 먹었다.

어린아이들과 한 번도 대화를 나눠본 적이 없는 황토는 여전히 심술꾸러기 초등학생처럼 굴었지만, 처음보다 부드러워진 인상으로 기린을 대했고 나중에는 기린에게 동화책을 읽어줄 수 있을 정도로 기린과 친해지게 되었다.

기린은 황토의 옆에서 〈흥부와 놀부〉를 들으며 잠이 들었다. 황토는 동화책을 덮으며 놀부의 마지막에 대해 생각했다. 제비 다리를 부러뜨린 놀부는 도깨비들에게 두드려 맞는 최후를 맞이했는데, 황토의 최후엔 무엇이 기다리고 있을까.

아이와 함께 거실에 누워 쉬는 나른한 오후. 황토는 한 치 앞도 알 수 없는 미래에 대해 생각하다가 잠이 들었다.

황토가 잠에서 깼을 때, 이슬과 기린은 밖으로 나갈 채비를 하고 있었다.

"뭐야, 이제 나가는 거야?"

"어? 깼네? 한 시간 뒤에 기린이 엄마 온다고 해서 그전에 놀이터에서 좀 놀다가 데려다줄까 하고. 같이 나갈래?"

"아니."

꾸물꾸물 일어나 그녀를 따라나서면서 '아니'라고 말하는 것은 대체 어느 나라 화법인지. 이슬은 청개구리 같은 황토의 행동이 우스웠다.

화창한 날의 놀이터에는 기린 또래의 아이들이 제법 있었다. 황토와 이슬은 기린이 친구들과 흙장난을 하는 것을 지켜보며 벤치에 앉았다.

황토는 엄마미소를 짓고 기린을 바라보는 이슬의 옆모습에 아련한 무언가가 떠오를 것 같았다. 10년 전에 그의 과외선생님이었다고 했는데. 황토는 머릿속의 먼지를 걷어내고 오래전 기억을 재생하려 애썼다.

간절히 애쓰면 이루어지는 것일까. 아주 오래전 기억의 조각이 황토의 머리를 스쳤다.

"안녕? 내가 네 수학 선생님이야. 근데 너 참 잘생겼다! 와아……."

기억 속의 여자는 지나치게 밝은 미소를 짓고 있었다. 맞아. 그런 여자가 있었지.

황토가 추억에 젖어 혼자 미소 짓고 있는 동안, 흙장난을 하고 돌아온 기린이 방방 뛰어와 이슬의 손을 잡았다. 이제 기린과 헤어질 시간이었다.

"기린아, 웃긴 아저씨한테도 인사해야지."

이제 황토를 무서워하지 않게 된 기린은 밝게 웃으며 황토에게 손을 흔들었다.

"꼬마, 힘들겠지만 예쁘게 커라."

황토의 놀림에 혀를 내밀어 응답한 기린은 이슬의 손을 잡고 놀이터를 떠나려다가 별안간 황토에게로 다시 달려왔다.

"아저씨! 내가 비밀 하나 말해줄까요?"

기린은 아주 중요한 비밀이라는 듯 황토의 귀를 끌어당겨 조용히 말했다.

"아저씨한테요, 까만 연기가 있는데요. 그런데요, 이모 옆에 가면 까만 게 없어져요. 그러니까 이모 옆에 있어야 돼요."

전혀 알 수 없는 말. 기린의 신기를 알지 못하는 황토에게는 뜻 모를 이야기였다. 하지만 황토는 귀엽게 속닥거리는 기린이 사랑스러웠다.

엄마를 찾아 뛰어가다 넘어진 기린이 약을 바르자는 제 엄마의 말에 '싫어! 세상에서 빨간 약이 제일 싫단 말이야!'라고 소리를 지르지만 않았다면 행복한 주말이라고 할 만한 날이었다.

아니, 역시 행복한 주말은 아니었다.

"역시 주말엔 맥주지?"

집으로 돌아가는 길에 이슬이 입맛을 다시며 황토에게 물었다. 술을 좋아하는 여자구나.

이슬은 황토의 대답을 기다릴 필요가 없다는 듯이 편의점을 향해 달려가다가 누군가를 보고 멈칫하며 돌아섰다. 이슬의 이마에 순간적으로 식은땀이 맺혔다. 황토는 무언가 안 좋은 예감이 들었다.

'무슨 일이지?'

황토가 생각하고 있을 때 편의점에서 한 남자가 나왔다. 안경이 제법 잘 어울리는 편한 인상의 남자. 공교롭게도 황토가 아는 남자였다. 정우석. 현재 모바일 게임 벤처 회사를 운영 중인 서른두 살의 형이었다. 두 사람은 아버지들끼리 친분이 있어 1년에 한 번쯤은 만나는 사이였다. 우석이 누구에게나 우호적이고 시원시원한 성격이라, 황토 또한 우석을 잘 따랐고 그들은 형, 동생 하며 지냈다.

"강이슬 씨!"

이슬을 알아본 우석이 이슬에게 말을 걸었다. 이슬의 표정은 좋지 않아 보였다.

"아…… 안녕하세요…….."

"어떻게 이런 데서 다 만날 수가 있죠? 잘 지내셨어요?"

"아, 네. 그럼 전 이만…….."

이슬은 우석에게서 벗어나려 애쓰고 있었다.

"편의점에 들어가려던 거 아니었어요?"

"아니요. 그럼 안녕히 가세요."

이슬은 정색을 하며 우석에게서 돌아섰다.

느리게 걸어오는 황토도 챙기지 않고 돌아설 만큼 이슬은 다급해 보였다.

"어? 이슬 씨, 이슬 씨!"

우석이 이슬을 불렀지만, 이슬은 꽁무니를 빼고 우석과 황토에게서 달아났다. 대체 무슨 사연이길래.

뒤늦게 우석에게로 다가간 황토가 우석에게 인사했다. 우석은 더 말할 것도 없이 반가운 얼굴로 황토에게 말을 걸었다.

"이야. 오늘 진짜 신기한 날이다. 아는 사람을 많이 만나네."

"……아는 여자야?"

황토는 우석에게 인사도 하지 않고 다짜고짜로 그가 알고 있는 이슬에 대해 물었다.

"아, 이슬 씨? 응. 한 번 만났었지. 계속 다시 만나고 싶었는데 기회가 없더라고."

"뭐?"

"재밌는 여자야. 그래서 반했어."

"……뭐?"

"소개팅 자리에 나와서 만나자마자 코를 파더라고."

황토는 얼마 전 이슬이 동료 디자이너와 대화하는 것을 엿들었던 기억이 났다. 그때 이슬은 소개팅에 나가서 거절의 의미로 코를 팠다는 말을 우스갯소리로 한 적 있었다. 그 상대방이 바로 우석이라니.

황토만큼의 미남은 아니었지만 우석 또한 훈남이었다. 게다가 황토와는 다르게 사람들에게 다정하고 예의 바른 데다 사교성도 있어서 언제 어디서든 쉽게 주목받는 사람이었다.

"이슬 씨를 여기서 이렇게 만나다니, 신기하다. 나도 더 연락을 하고 싶었는데 회사 일로 바빠지는 바람에 못 했거든. 주선자한테 물어볼 시간도 없이 바빴어. 이제 바쁜 일 좀 끝났으니까 다시 연락해 봐야지. 그나저나 너는 잘 지냈어? 아, 참, 아버지는 안녕하시지?"

우석이 아버지에 대한 말만 꺼내지 않아도 황토는 그에게 '이슬은 내 여자이니 건들지 마'라고 말했을 것이다.

재벌가의 딸과 황토를 짝지어 주려고 애쓰는 그의 아버지라면, 그에게 여자가 있다는 것을 알아낸 즉시 이슬의 일거수일투족을 살필 것이다. 그리고 이슬과 황토의 동거도 그날로 종료되겠지. 그의 아버지는 인자한 분이었지만 결혼에 대해서만큼은 확고한 사람이었다.

결국 황토는 우석에게 이슬에 대해서 한마디도 하지 못하고 집으로 돌아왔다.

맥주를 사지 못해서인지, 우석을 만난 후유증 때문인지 이슬은 소파에 축 처져 있었다. 멀거니 이슬을 보던 황토는 이슬의 앞에 털썩 앉았다.

"지금부터 세상 못되게 사는 법을 가르쳐 줄 테니까, 날 따라 해 봐."

"뭐?"

"야, 이 쓰레기야!"

"뭐어?"

"따라 하라고. 야, 이 쓰레기야!"

"야…… 이 시래기야."

갑작스러운 황토의 '쓰레기 드립'에 이슬은 당황할 수밖에 없었다. 차마 황토의 앞에서 욕을 할 수 없어서 된소리를 약하게 하여 다른 표현을 썼다.

"좀 더 강하게 발음해야지. 따라 해봐. 야, 이 쓰레기야!"

"야…… 이 스으레기야아."

"그래, 잘했어. 앞으로 이상한 남자나 나쁜 남자를 만나면 반드시 이렇게 말해줘. 알았지?"

"이게 세상 못되게 사는 법이야?"

"그래. 그 첫 단계에 불과하지만 세상 못되게 사는 법 맞아."

"야, 이 시래기야. 세상 착하게 사는 법을 연구하면서 살아야지, 뭔 못되게 사는 법이야? 너처럼 노력 안 하고 살면 절로 못돼지는구만."

"아니야. 세상에 노력 없이 되는 게 어딨어? 다 거듭 연구해야 되는 거야."

"넌 못된 것도 연구하고 못됐니?"

"그래. 말을 바꾸자. 못되게 사는 법이 아니라 세상 현명하게 사는 법이야."

"못되게 사는 게 현명하게 사는 거라고?"

"그래. 누구처럼 착한 척하고 백치같이 살면 손해만 본다고."

이슬은 황토의 이마에 꿀밤을 주었다. 눈높이가 낮아져 때리기가 참 수월했다.

"아야! 왜 머릴 때려?"

"왜 자꾸 아까부터 백치래?"

이슬에게 한 대 맞은 황토는 한동안 잠자코 있다가 다시 입을 열었다.

"아까 편의점 앞에서 만난 남자 말이야."

"어? 어……."

이슬은 우석에 대해선 얘기하기 싫다는 듯 대답을 흐렸다.

"그 남자랑은 어떻게 아는 거야?"

"어…… 예전에 소개팅했었어. 끝은 안 좋았지만."

"그치? 끝이 안 좋았지?"

황토가 반갑게 물었다.

"여러모로. 내 친구가 그 남자한테 관심이 좀 있었거든. 소개팅

나가면 정떨어지게 해달라고 해서 있는 꼴 없는 꼴 다 보였는데, 글쎄, 나한테 부탁했던 그 친구는 다른 남자 만나서 다음 달에 결혼한다더라."

황토에게는 이슬의 이야기가 청천벽력같이 들렸다. 그렇다면 이제 이슬과 우석 사이에는 어떤 장애물도 없다는 이야기 아닌가.

불안해진 황토는 이슬을 떠보듯 물었다.

"있는 꼴 없는 꼴 다 보였으니까 이젠 그 사람이 좋다고 찾아와도 만나기 싫지?"

"당연하지. 내 지우고 싶은 과거야."

"그럼 그 남자가 다가오면 이렇게 말해. 야, 이 쓰레기야."

"쓰레기는 무슨. 사실 젠틀한 남자였어. 어? 근데 너 그 사람이랑 아는 사이야? 평판 좋다고 그러던데, 쓰레기 같은 남자야?"

"그, 그래."

황토는 이슬의 눈을 피하며 거짓말을 했다.

"그렇구나. 역시 사람은 겉만 보곤 모르는 거야. 그치? 여기 내 눈앞에 있는 산증인도 그렇고. 겉만 보곤 절대 몰라. 그치?"

이슬이 황토에게 약 올리듯 농담을 하며 웃었다.

"내가 뭘!"

"아니, 겉만 봐서는 세상 엄청 못되게 사는 애 같은데, 실은 따뜻한 남자잖아. 애들이랑도 잘 놀고. 아니야?"

이슬은 초등학생 남자아이 어르듯 황토에게 듣기 좋은 말을 하며 웃었다.

이슬은 우석과 다시는 인연이 없을 것처럼 말했지만, 황토는 왠지 이대로 끝나지 않을 것 같은 불안한 예감이 들었다.

그리고 황토의 예감은 적중했다.

월요일 아침부터 일이 많아 우왕좌왕하느라 점심도 제대로 먹지 못한 이슬은 오후 3시가 되어서야 겨우 사무실에서 나와 편의점에서 샌드위치를 먹을 수 있게 되었다.

"아니, 이슬 씨!"

샌드위치를 급하게 먹고 있던 이슬은 별안간의 목소리에 심하게 사레가 들려 켁켁거렸다. 목소리의 주인은 지난밤 그녀를 맥주도 사지 못한 채 도망치게 했던 우석이었다.

"네…… 안녕하세요……."

이슬은 코 파기와 트림 신공에 이어 사레들린 자신의 모습까지 알아버린 우석에게서 얼른 도망치고 싶은 마음에 떨떠름하게 인사했다.

"세상에. 근처에 일이 있어서 왔는데 이렇게 만나게 될 줄은 몰랐네요. 정말 인연이지 않아요?"

거짓말. 사실 우석은 이슬을 다시 만나고 싶은 마음에 이슬의 회사 위치를 알아내어 그 앞에서 오랫동안 시간을 죽이고 있었던 것이다.

'쓰레기'라는 황토의 설명과는 다르게 우석은 정말 젠틀한 남자였다. 우석은 이슬이 지난날 자신을 매정하게 거절했던 것에 대해서 원망하지 않았다. 또한 막무가내로 사귀자고 들이대지도 않았다. 오랜만에 만난 우석은 침착했고 서글서글했다.

"그때는 왜 그렇게 마음이 급했는지 모르겠어요. 이슬 씨를 누가 데려갈 것 같은 불안감 같은 게 오히려 제 이미지를 다 망쳐 버린 거죠. 청혼만 안 했어도 중간은 갔을 텐데."

우석은 길게 한숨을 쉬고는 편안하게 웃었다.

"불러주면 달려올 테니까 친구처럼 지내주면 안 돼요? 난 친구도 없는데."

우석은 엄살을 부리듯 동정심을 유발하는 표정을 지었다. 되도 않은 애교였지만 이슬은 공연스레 웃음이 났다. 이슬이 일부러 벽을 쌓느라 제대로 보지 못한 이 남자의 미소가 이렇게 푸근한 느낌일 줄은 몰랐다.

"요즘에는 어디 인테리어 하고 있어요?"

"마을 단위로 리노베이션하는……."

이슬이 좀 더 말을 이어가려고 할 때였다.

편의점 창밖으로 낯익은 얼굴이 지나가는 것이 보였다. 준성이었다.

"왜 그래요?"

이슬이 바라보는 곳을 향해 함께 눈길을 준 우석은 뭐가 지나갔냐는 듯이 이슬에게 물었다.

"아, 아니에요."

이슬은 별일 아니라는 듯이 어깨를 으쓱했다.

하지만 그날 이슬은 오랫동안 준성에 대한 생각을 했다. 분명 준성이 자신을 보고 씨익 웃는 것 같았는데. 그가 편의점을 지나치는 게 아니라 편의점 앞에서 사라지는 것처럼 보였던 것은 내가 피곤했기 때문일까 하고, 생각하며 몇 번 고개를 갸웃거렸다.

그날 호감이 가득한 목소리로 이슬을 회사까지 바래다주며 다음 만남을 기약하던 젠틀한 우석보다, 그렇게 짧게 얼굴을 비추고 사라진 준성이 그녀의 기억에 더 오래 남았다.

시간이 흘러 나른한 수요일 오후, 우석에게 걸려온 전화에 황토는 무거웠던 눈이 번쩍 뜨였다.

[어, 너 왜 말 안 했냐?]

"뭘?"

[요즘 이슬 씨랑 같이 일한다며.]

그사이 우석과 이슬이 다시 만난 걸까? 이슬과 대화를 나눌 새도 없었지만 자신이 너무 이슬에게 주의를 기울이지 않았던 것 같아 황토는 자책하게 되었다.

[지난번에 만났을 때 한마디도 안 해주고 말이야. 이슬 씨 참 괜찮지?]

"글쎄……."

황토는 우석이 이슬에게 관심을 갖는 것이 싫어 그의 질문에 얼버무렸다.

[처음에 무슨 오해가 있어서 일부러 날 차단시켰더라고.]

이런 얘긴 별로 나누고 싶지 않은데. 황토는 바쁜 일이 있다는 핑계로 전화를 끊으려다가 우석의 다음 말에 가슴이 철렁 내려앉았다.

[그래도 너랑 잘 아는 사이라는 게 꽤 어필이 되는 모양이야. 이번 주 주말에 별장으로 초대했어.]

"초대를 했다고?"

[우리 별장에 볼 게 많거든. 거실 인테리어 디자인은 켈리 호펜이 했다고 하니까 눈을 빛내던데? 그래서 주말에 같이 가자고 했지.]

뒤통수를 맞은 느낌이었다. 황토는 우석에게서 들은 뜻밖의 소식에 망연자실할 수밖에 없었다.

답답해진 황토는 밀린 업무를 뒤로하고 일찍 집에 돌아와 아파트 앞에서 하염없이 이슬을 기다렸다. 집 안에는 세찬이 있었으므로 이슬과 제대로 된 대화를 나눌 수 없을 것 같았기 때문이다.

이슬은 10시가 넘어서야 집에 도착했다. 황토는 이슬을 보자마자 다짜고짜 물었다.

"주말에 우석이 형 별장에 가?"

"헤에, 알고 있었네?"

"왜 우석이 형이랑 연락한다는 얘기 안 했어?"

"지난번에 너한테 쓰레기니 뭐니 하는 말을 들었는데 괜히 걱정하게 하고 싶지 않아서."

"그럴수록 더 얘길 했어야지!"

황토는 소리를 높였다. 황토의 목소리가 밤공기를 가르고 멀리 퍼져 나갔고, 주변의 사람들 몇몇이 둘을 쳐다보았다.

이슬은 무표정 한 얼굴로 황토를 빤히 바라보았다. 마치 '얘가 웬 간섭이래?' 하고 말하는 것 같았다.

황토는 마음을 가다듬고 차분하게 이슬에게 물었다.

"동료들이랑 같이 간다고? 1박?"

"응, 우리 동료 디자이너 두 명도 같이."

"우석이 형이랑 단둘이서만 가는 거 아니지?"

이슬은 '딱' 소리가 나도록 황토의 이마에 꿀밤을 주었다.

"아야!"

"너, 무슨 생각을 하는 거야! 기분 나빠."

황토는 이마를 감싸며 이슬을 원망스럽게 보았다.

"네가 오해할 만한 그런 일은 없으니까 안심해. 그리고 1박 2일이 아니라 2박 3일이야."

기분이 상한 이슬은 먼저 집으로 쌩하니 올라가 버렸다.

"이렇게 놓칠 거야?"

다음 날, 옹골마을에서 일은 하지 않고 이슬에 대한 생각으로 골머리를 앓고 있는 황토에게 준성이 다가와 말을 걸었다.

"놓치긴 뭘 놓친다고 그래?"

황토의 대답은 짜증이 가득 서린 듯 퉁명스러웠다. 어느덧 그는 준성에 대한 두려움에 앞서 이슬을 생각하고 있었다.

"도대체 한 일이 뭐야? 같은 집에서 살도록 해줬으면 만리장성이라도 쌓아야 되는 거 아니야?"

"진정한 사랑이라며. 하룻밤 만리장성이 진정이겠어?"

준성의 도발에 황토도 지지 않고 대답했다.

"네가 꾸물거리지 않고 그 여자를 제대로 유혹했으면 지금쯤 너도 자유롭잖아. 너 정도의 남자라면 여자 같은 건 하루 만에 쓰러뜨릴 수 있어야 되는 거 아니야?"

준성은 황토를 놀리듯 질타했다. 황토 역시 조바심이 나는 것은 어쩔 수 없었다.

그러나 반드시 이슬을 유혹해야 한다는 사명에서 나오는 조바심이 아니었다. 그녀가 주말에 우석의 별장에 놀러 간다는 사실에서 오는 질투의 조바심이라는 것이 황토를 더 씁쓸하게 했다.

그리고 기어이 금요일이 오고야 말았다.

금요일까지 일에 치인 두 사람은 서로 만날 새도 얼마 없었다. 황토는 이슬에게 별장에 가지 말라는 말을 더는 하지도 못했다. 아침에, 사람을 조심하라며 이슬에게 주의를 준 것이 전부였다.

일찍 퇴근하고 집에 온 이슬은 그날따라 희한하게도 핸드폰이 잘 충전되지 않는 것에 고개를 갸웃거렸다. 그녀는 배터리가 7%밖에 남지 않은 핸드폰을 충전하며 우석의 별장에 놀러 갈 채비를 했다.

짐을 챙긴 지 얼마 지나지 않아 핸드폰 벨이 울렸다. 황토였다. 평소에는 전화 같은 거 걸지 않는 녀석인데, 이슬은 무언가 급한 일이 있는 게 아닐까 생각하며 전화를 받았다.

아니나 다를까. 황토의 목소리는 평소와 달리 차분함이 없었다.

[어, 아직 안 나갔지? 잠깐 급한 부탁이 있어서.]

"뭔데? 말해봐. 근데 나 핸드폰 배터리가 얼마 없어."

[응, 알았어. 빨리 말할게. 밖에 나가면 주차장에 하얀색 캠핑카가 있을 거야. 일단 지금 거기 가서 다시 전화 줘.]

도대체 무슨 일이길래 이렇게 급하게 찾는 거지? 게다가 캠핑카라니. 이슬은 의아했지만 별 의심 없이 주차장으로 내려가 황토에게 다시 전화를 걸었다. 전화가 걸리기 전에 핸드폰 배터리 경고음이 먼저 울렸다.

잠시 후 전화기 너머로 황토의 목소리가 들렸다.

[여보세요.]

"네 거야, 이 캠핑카?"

[아니, 아는 사람이 잠깐 맡기고 갔어.]

"캠핑카를 맡겨? 특이하네. 하루 빌리는 데 몇십만 원은 할 텐데."

핸드폰 배터리 때문에 마음이 급했지만, 이슬은 캠핑카에 대한 감상을 잊지 않았다.

"이야, 좋아 보인다. 나 캠핑카 타본 적 한 번도 없는데."

[나중에 한번 태워줄게. 감상은 그만하고 얼른 카라반 안으로 들어가 봐. 문 안 잠겨 있을 거야.]

이슬은 캠핑카 카라반의 문을 열고 안으로 들어갔다.

짧은 순간이었지만 캠핑카 내부에 경탄한 이슬의 입이 절로 벌어졌다. 캠핑카는 만들어진 지 얼마 되지 않은 것 같았다. 내부의 모든 것들이 아무도 사용하지 않은 듯 깨끗했다. 화장실에, 냉장고에, 침대에, 테이블에, 싱크대까지. 이슬은 이 작은 공간에 모든 것이 갖추어져 있는 것이 신기했다.

"들어왔어. 부탁이 뭔데?"

[응. 테이블에 있는 책 보여?]

"〈The Small Houses Around the World〉. 이거 내가 서재에서 봤던 책인데."

[그래, 맞아. 거기서 열심히 읽으라고.]

"뭐라고?"

곧 '철컹' 하는 소리가 들렸다. 누군가가 카라반을 밖에서 잠그는 소리였다. '철컹' 소리와 함께 이슬의 심장도 철렁 내려앉는 것 같았다. 순간적으로 겁을 먹은 이슬은 카라반이 떠나가라 소리를 질렀다.

"이게 뭐야! 황토야! 김황토!"

"나 여기 있어 걱정 마."

황토의 목소리는 핸드폰을 통해서가 아니라 카라반 바깥에서 들려왔다. 당황한 이슬과 다르게 너무나도 편안해 보이는 목소리였다.

이슬이 밖으로 나가기 위해 문을 세게 밀었지만 문은 꿈쩍도 하지 않았다. 문을 두드리다가 창문 쪽으로 간 이슬은 밖에 서서 흐뭇하게 웃고 있는 황토를 보고 경악을 금치 못했다.

"문 열어! 이게 뭐 하는 짓이야?"

"납치."

창문 역시 밖에서 잠겼는지 꿈쩍도 하지 않았다. 황토는 이슬을 납치하기 위해 카라반의 내부 수리를 감행한 모양이었다.

이윽고 창밖에 있던 황토가 사라졌고, 곧 캠핑카의 시동 거는 소리가 들렸다. 차는 어딘가로 출발할 것 같았다.

다시 황토의 목소리가 들렸다.

"아니다. 가족여행이라고 치자."

"뭐어?"

곧 이슬의 핸드폰이 꺼졌다. 하나뿐인 연락 수단마저 사라진 것이다. 오늘따라 핸드폰 배터리가 자꾸 방전되는 것 같은 느낌을 받았던 것도 그의 의도였을까? 용의주도한 자식! 기가 막혀 멍하니 열리지 않는 문을 바라보던 이슬은 잠시 후 카라반이 무너져 내릴 듯이 소리를 높였다.

"야! 이 시래기야!"

✖

세 시간이 넘게 걸려 도착한 곳은 서해의 어느 바닷가였다.

어둠에 파도 소리가 엉겨 붙어 있는 촉촉한 백사장에 슬그머니 캠핑카가 들어갔다. 차를 맬 수 있는 곳이라 황토는 캠핑카를 몰고 백사장까지 갈 수 있었다.

바닷가는 공기부터가 도시와 달랐다. 황토는 물기 서린 바닷바람의 한기를 체감하며 차에서 내렸다.

한동안 문을 두드리고 소리를 지르던 이슬은 두 시간쯤 전부터 아무 소리도 내지 않았다. 포기한 건지, 지친 건지, 뭔가 다른 일을 꾸미는 건지. 황토는 바닷가까지 오는 세 시간 동안 몇 번이나 카라반의 문을 열고 이슬의 상태를 확인해 보고 싶었지만 꾹 참았다.

꼼꼼히 준비한 것 같지만 실은 우발적으로 벌인 일.

이슬이 우석네 별장을 방문한다는 사실에 계속 전전긍긍하다가 '납치라도 하고 싶다' 라는 마음이 정말 그녀를 납치하게 만들어 버리고 말았다. 오늘따라 영건설 직원들은 아침부터 캠핑 이야기를 하고, 인터넷 신문을 봐도 캠핑카 광고가 보이고, 밖에는 웬 캠핑카가 주차돼 있기도 했다. 마치 캠핑카로 납치하면 딱 좋을 것이라고 무언가 유혹이라도 하는 듯이.

황토는 우발적으로 캠핑카를 구입해 수리했다. 하지만 용의주도했다. 캠핑카에 이슬을 위한 책과 맥주를 준비해 놓는 것도 잊지 않았다. 그중 그가 가장 잘한 일은 이슬이 옹골마을에서 일을 하고 있을 때, 몰래 이슬의 핸드폰 배터리를 방전이 잘되는 배터리로 갈아 끼워놓은 것이었다.

모든 것은 아주 완벽하게 진행됐다. 이슬이 사람을 잘 믿고 순진한 것은 참 다행이었다. 물론 카라반에 갇힌 이슬이 고래고래 소리를 질러 서울을 벗어나는 것이 꽤 힘들긴 했지만 적시에 이슬은 아우성을 멈춰주었고, 그 이후로는 편안히 운전을 할 수 있었다.

두근두근. 괜스레 카라반의 문을 여는 것이 떨렸다. 이슬이 불도 켜고 있지 않기 때문에 황토의 투시력으로도 안을 볼 수가 없었다. 잔뜩 긴장하며 카라반의 문을 열었다.

조용했다. 다행히 공격은 없었다.

황토는 벽을 더듬어 형광등을 켰다.

그리고 그는 미친 여자처럼 산발이 된 머리로 침대에 널브러져 있는 이슬을 볼 수 있었다.

"철컹철컹."

"무슨 소리야?"

황토가 여유 있는 목소리로 물었다. 이슬의 목소리는 다분히 날이 서 있었다.

"김황토 범죄자 되는 소리. 고소할 거야."

이슬은 무섭게 말했지만 황토는 조금도 겁을 먹지 않았다.

"설사 고소한다고 해도 그쪽이 훨씬 불리한 거 알지? 이미 동거하는 사인데, 동거남한테 납치당했다고 고소하는 여자 편을 들어줄 것 같아?"

"허어."

"그리고 이런 캠핑카까지 샀는데, 이렇게 낭만적으로 납치하는 사람 봤어?"

"우와! 너 정말 재수 없어."

이슬은 너무 기가 막혀 질렸다는 표정으로 황토를 보았다. 황토는 한 번 어깨를 으쓱할 뿐 미안해하는 기색이 없었다.

"핸드폰이나 줘."

"왜?"

"우석 씨랑 동료들한테 연락은 해놔야 될 거 아니야. 별장에 같이 간다고 그러고 연락도 없으니 얼마나 걱정하겠어?"

"그것도 다 손써놨으니까 괜찮아."

"뭐? 어떻게?"

"세찬이한테 말해놨어. 너희 누나가 너무 아파서 말도 못 하고 움직일 수도 없는 것 같은데 동료들한테 별장 못 간다고 대신 말해줘야 될 것 같다고."

"하아, 갠 그걸 믿어?"

"우리가 워낙 끈끈한 신뢰로 다져진 사이라. 아무튼 세찬이가 출장을 가서 다행이야."

"진짜 이런 짓을 꾸민 이유가 뭐야?"

이슬은 울분을 억누르는 듯 두 눈에 눈물을 머금고는 눈앞에 놓인 책을 두 손으로 꽉 쥐고 물었다. 폭발하면 금방이라도 황토에게 던질 태세였다.

"아직도 모르겠어?"

"너, 내 몸이 목적이었어?"

이슬이 쥐고 있던 책으로 제 몸을 감싸듯 가슴 위로 들어 올리며 물었다. 황토는 피식 웃었다.

"그 몸이 목적이었으면 이미 오래전에 끝냈어."

"뭐?"

"암튼 그런 게 있어. 봐봐. 옷도 갈아입을 수 있게 갖다 놨어. 물론 찜질방 스타일이지만. 그쪽이 좋아하는 맥주 실컷 마시라고 브랜드별로 사다 놨고, 주전부리도 가득하고. 저녁으로 고기도 구워 먹을 수 있어. 이게 별장보다 즐거울 거야."

"이미 기분은 다 잡쳤다고."

그러나 이슬은 인심 쓴다는 듯이 어깨를 으쓱하고는 말했다.

"하지만 고기는 먹어주지, 내 위장까지 혹사시킬 수는 없으니까."

이슬의 말에 황토는 흐뭇하게 웃으며 냉장고에서 고기와 채소들을 꺼냈다.

황토가 식탁을 차릴 동안 이슬은 조금도 돕지 않았다. 납치니 뭐니 해도 역시, 이슬이 우위에 있는 입장이었다. 이슬은 이미 이렇게 된 마당에 황토라도 부려 먹자, 라는 심보로 그저 상전처럼 가만히 있었다.

식탁이라는 걸 차려본 적 없는 황토는 우왕좌왕했다.

세찬이 황토에 대해 '가스불도 켤 줄 모르는 애'라고 할 때 설마 설마 했는데, 정말 가스불 켤 줄도 모를 줄이야. 그러나 황토가 버너 앞에서 진땀을 흘리는 것을 보고도 이슬은 모른 척했다. 황토는 간혹 불쌍한 표정을 지었을 뿐 이슬에게 도움을 요청하진 않았다.

스마트폰이 없었다면 황토는 빛 좋은 개살구처럼 아무짝에도 쓸모없었을 것이다. 그나마 인터넷의 도움으로, 그는 가스불 켜는 법부터 숯에 불 붙이는 법, 김칫국 끓이는 법을 익힐 수 있었다.

"너는 고기 잘라본 적도 없지?"

가위질이 서툰 황토에게 이슬이 비웃듯 물었다.

"대학 가기 전까지 고기는 칼로 자르는 건 줄 알았어."

"어련하겠어."

그나마 고기가 맛있어서 다행이었다. 믿었던 사람에게 납치를 당해 화가 난 데다 배까지 고파 사나워질 대로 사나워져 있었던 이슬은 차츰 화를 풀어갔다. 이제 모두 어쩔 수 없는 일. 물론 집으로 돌아가야겠지만 돌아간다 해도 늦은 밤에 우석의 별장으로 갈 수는 없을 것이다.

"우석 씨네 별장 거실 인테리어를 켈리 호펜이 했다고 했는데."

"우리 집 별장엔 르코르뷔지에 소파도 있어."

"넌 죽었다 깨어나도 나 초대 못 할걸."

죽었다 깨어난다면 반드시 초대해 줄게, 황토는 이렇게 말하고 싶었지만 할 수 없었다.

"바닷가 오랜만에 온 거 아니야? 지금을 즐길 줄도 알아봐."

"납치당해서 왔는데 너 같으면 즐길 수 있겠어?"

"납치가 아니라 가족여행이라니까. 자."

황토는 뚜껑을 딴 맥주 캔을 이슬에게 건넸다.

"싫어. 내가 뭘 믿고 이걸 받아 마시냐? 무슨 봉변을 당할 줄 알고."

"싫음 관둬. 기껏 생각해 줬더니."

황토는 두 번 권하지도 않고 이슬에게 내밀었던 맥주를 입으로 가져갔다.

"너도 마시지 마!"

"왜?"

"돌아가야지. 난 오늘 돌아갈 거야."

"난 2박 3일 놀 생각 하고 온 건데?"

"안 돼. 난 오늘 갈 거야. 얼른 치우고 일어나."

후우, 황토가 길게 한숨을 쉬었다.

펼쳐 놓은 것들을 정리하는 황토는 그렇게 느릴 수가 없었다. 마치 굼벵이가 된 양 세월아 네월아 굼실굼실 움직이는 황토의 굼뜬 행동에 답답해진 이슬은 황토가 늘어놓은 것들을 재빠르게 착착 정리했다.

"됐지? 이제 가."

이슬의 냉정한 태도에 아랫입술을 쭉 내밀고 동정심을 유발하게 만드는 불쌍한 표정을 짓던 황토는 계속 이슬의 눈치를 보다가 결국 차에 올랐다. 이슬은 황토가 이런 표정도 지을 수 있는 사람이라는 사실에 속으로 웃음을 삼키며 황토를 따라 캠핑카 조수석에 올랐다. 이제 분노의 납치극은 끝났다.

아니, 끝나야 하는데!

시동을 건 황토가 고개를 갸웃거렸다. 가속페달을 밟아도 차의 바퀴가 헛도는 느낌이었다.

"모래에 바퀴가 빠진 것 같은데?"

이슬은 바퀴를 확인하러 밖으로 나갔다.

과연 육중한 캠핑카는 제 무게를 이기지 못하고 모래사장 깊이 뒷바퀴를 내려 버린 것이었다.

"내가 밀어볼 테니까, 계속 액셀 밟아."

이슬은 황토에게 말하고 재빨리 캠핑카 뒤로 가서 있는 힘껏 차를 밀었다.

그러나 그 부러질 듯한 팔로 있는 힘껏 민다고 하여 차가 얼마나 움직이겠는가. 황토는 계속 가속페달을 밟고 이슬은 계속 차를 밀었지만, 차를 움직이려 하면 할수록 바퀴는 더 깊숙이 모래사장 안으로 파고들었다.

"더 심해지는 것 같은데?"

황토의 말에도 이슬은 포기할 수 없었다. 황토가 차에서 내린 후에도 이슬은 숨을 가쁘게 몰아쉬며 열심히 차를 밀었다. 캠핑카는 꿈쩍도 하지 않았다.

"이게 뭐야…… 이게 뭐야아!"

계속 힘을 빼던 이슬은 결국 울상이 되어 무정한 모래사장에 털썩 주저앉고 말았다.

파도 소리마저 높지 않은 만귀잠잠한 밤.

두 사람은 캠핑카 앞에 앉아 남은 숯으로 불을 피웠다. 좀 전에 캠핑카를 미느라 힘을 뺐기 때문에 기진맥진한 상태가 된 이슬은 비통한 표정을 하고는 간헐적으로 한숨을 쉬었다.

"견인차는 언제 온다는데?"

"내일 오후에나 올 수 있나 봐. 멀리서 오는 거라."

"너 일부러 그런 거지? 견인차는 지금도 올 수 있는 거 아니야?"

"아니야."

"거짓말! 이젠 널 절대 믿을 수 없어."

얼마 동안 두 사람은 파도 소리만 듣고 움직이지 않았다.

한참 동안의 침묵을 깨고 황토가 먼저 입을 열었다.

"당신이랑 같이 있고 싶어서 그랬어. 납치한 이유는……."

이슬이 당연한 얘기라는 듯 황토의 말을 가로채며 말했다.

"알아. 내가 우석 씨네 별장에 간다니까 질투 나서 그런 거잖아."

"그래, 맞아."

"그게 바로 네가 못돼먹었다는 거야."

흥분한 이슬의 말이 빨라지고 있었다.

"넌 나랑 연애할 생각이 없어. 밖으로 알려지는 게 싫으니까. 언젠가 너는 이런 납치 행각이며 동거며 그런 지저분해 보이는 과거는 싹 털어버리고 재벌가 따님하고 성대한 결혼식을 하겠지."

이슬은 단언하듯 말했다. 그러나 황토는 긍정하지 않았다.

"그게 아니라면?"

"그럼 뭔데?"

"나는 살고 싶어."

"뭐?"

황토의 엉뚱한 대답에 이슬은 미간을 좁혔다. 가끔 황토는 이렇게 뜬금없는 말을 할 때가 있었다.

답답해, 답답해. 이 녀석은 정말 알다가도 모를 녀석이야. 갑자기

밑도 끝도 없이 살고 싶다니.

"그런데 가장 큰 문제가 뭔지 알아?"

이슬이 한참 속으로 분을 삭이고 있을 때, 한껏 진지해진 황토가 물었다.

'어?' 하고 이슬이 반문했지만 그 소리는 파도에 묻히고 말았다.

황토는 갑작스럽게 이슬의 팔목을 잡았다. 그가 힘을 주지 않았지만 이슬의 여리여리한 팔은 맥없이 황토의 손에 들어왔다. 이슬이 잡힌 팔을 빼내려 이리저리 흔들자 황토에게는 오기가 생겼다.

"이거 놔아!"

힘으로 밀리는 것을 목으로 해결하겠다는 듯, 이슬이 크게 소리를 질렀다. 그러나 황토는 점점 손에 힘을 주었다.

"이거 놓으라…… 읍!"

이슬이 더 큰 소리를 내려는 것을 황토의 입술이 거칠게 막았다.

이슬은 순간적으로 정신이 몽롱해졌다. 손목이 잡혀 힘을 쓰다가 급작스럽게 당한 터라 내뱉지 못한 숨은 황토에게 토해내야 했다.

이슬의 몸부림으로 두 사람의 입술은 금방 떨어졌다. 그러나 불쾌하다는 듯한 이슬의 표정은 말할 것도 없었다.

이슬이 모래사장에 선을 그었다.

"이 이상 오지 마! 너 신고할 거야."

그것으로도 분이 풀리지 않는지, 벌떡 일어난 이슬은 성큼성큼 카라반으로 들어갔다.

"들어오지 마!"

잠은 밖에서 자라는 듯, 이슬은 황토가 깔고 앉아 있는 돗자리 위로 얇은 이불 하나를 휙 던졌다.

"이거라도 주는 걸 다행으로 알아!"

"여기서 자면 입 돌아간다고."

하지만 이슬은 매정하게 카라반 문을 쾅 닫고는 안에서 걸어 잠 갔다.

곧 불 켜진 카라반 안에서 이슬이 냉장고 문을 열고 캔맥주의 뚜 껑을 따 벌컥벌컥 들이켜는 것이 보였다.

"맥주 안 마신다더니……."

황토는 혼잣말을 하며 한숨을 쉬었다.

30분쯤 지났을까. 곧 잘 것처럼 부산을 떨던 이슬이 슬쩍 밖으로 나와 황토에게 말을 걸었다.

"에어컨 끄는 거 어떻게 하는 거냐?"

캠핑카에 불을 켜면 자동으로 에어컨이 켜지도록 세팅되어 있었 던 상태라, 이슬은 추웠던 모양이다. 황토가 카라반 안으로 들어가 려 하자 이슬이 저지했다.

"아니, 그냥 말로 해."

"에어컨 위 서랍에 리모컨 있을 거야. 그걸로 조절하면 돼."

황토가 부드럽게 말해도 이슬은 표정을 풀지 않았다.

이슬은 바닷가에 도착했을 당시보다 더 화가 난 것 같았다. 이젠 황토를 벌레 보듯 하는 이슬에게, 황토는 좀 전의 키스가 충동적인 의미의 것은 아니라고 말하고 싶었다.

"방금 전 키스는."

황토가 더 말을 하려는 것을 이슬이 툭 잘라 버렸다.

"됐어. 돌덩어리하고 입술 박치기 한 번 한 셈 치면 돼."

"이젠 돌덩어리 취급이야?"

"그러게 말이야. 사람은 못 돼도 돌덩어린 되지 말았어야지."

황토를 약 올리듯 말하곤 카라반 안으로 들어가려던 이슬은 분이 풀리지 않는지 돌연 황토에게로 다시 돌아왔다.

"그러고 보니 넌 날 누나 취급도 안 했어, 늘."

"내가 정말 하기 싫은 게 두 가지 있는데. 하나는 돌아가는 거. 그리고 또 하나는 당신을 누나라고 부르는 거."

"그럼 형이라고 하든가."

"그런 의미가 아니잖아."

황토의 구애에 응하고 싶지 않은 이슬이 화제를 바꿔 정말 궁금한 것을 물었다.

"어떻게 하면 돌아갈래?"

"그렇게 돌아가고 싶어?"

사실, 이젠 이슬도 자신의 마음을 알 수 없게 되어버렸다. 키스와 포옹과 그간의 친절한 말들……. 비록 오늘은 유치한 납치극에 얼룩지긴 했지만, 그동안 황토가 그녀에게 한 모든 행동이 구애의 표현이었다는 걸 이슬이 모를 리 없었다. 그녀가 돌부처 행세를 하며 아무 일 없이 벗어나기에 황토의 유혹은 너무 깊은 늪인 것 같았다.

'너랑 둘이만 있으면 마음이 놓이지 않아'라고 이슬은 말할 수 없었다.

다행히, '너와는 절대 평범한 연애를 할 수 없어'라고 생각하는 이성의 끈이 아직은 이슬을 잡고 있었다.

"돌아가자, 제발."

"그럼, 키스 미."

"뭐어?"

"아깐 너무 짧았어. 감질나서 포기가 안 되는 거야."

"진짜 어리다, 넌."

"나는 백 발 양보한 거야. 돌덩어리랑 입술 박치기한 셈 치고 해 주면 되는 거잖아. 아니야?"

돌덩어리를 그렇게 응용하다니.

그래, 백 발 양보하자. 입술 박치기 한 번에 집으로 돌아갈 수 있다면.

이슬은 돗자리 위에 앉아 있는 황토의 옆에 가까이 다가가 앉았다.

눈 딱 감고 살짝 뽀뽀해 줘야겠다는 생각과 함께, 황토를 한 대 쥐어박고 싶은 충동이 일었다.

그래, 키스는 무슨. 내 흠씬 두들겨 패주리라.

이슬은 폭력적 충동을 품고 있는 마음을 숨기고 황토의 입술로 제 입술을 가져갔다.

아주 슬그머니 황토의 입술을 찾아간 그녀는 닿았다 말하기도 감질나게 황토의 입술을 건드리고는 황토의 머리를 때리려 팔을 올렸다.

동시에 피식, 황토가 코웃음을 치며 이슬의 턱을 가까이로 끌어당기고 그녀의 팔을 잡았다.

그의 입술이 바닷바람보다 더 촉촉하게 이슬의 입술을 감쌌다. 곧 알알한 혀끝의 기운이 이슬에게 닿았다. 이슬의 살짝 벌어진 입술 사이로 황토는 계속 자신을 확인시켰다.

이슬이 농밀하게 밀고 들어오는 그의 입술을 거부하는 듯 몸부림치자 황토는 그녀의 두 팔을 모두 붙잡고 차분하게 호흡을 달랬다.

이제 그만, 싫어!

이슬이 말하려는 것을, 황토는 다시 막았다. 이슬이 그의 저돌적인 움직임을 막아내는 것에 더욱 안달이 난 황토는 더 뜨겁게 이슬을 몰았다.

잠시 후 달아날 마음마저 잃은 이슬은 온순한 짐승처럼 몸부림을 포기하고 황토에게 숨을 맡겼다.

철없는 정복욕이 벅찬 무언가로 바뀌는 순간이었다.

눈앞이고 마음이고 모두 어두웠지만, 이슬만큼은 밝게 빛나는 것 같았다.

그리고 이슬이 환할수록 그는 암연해졌다.

키스가 달콤해질수록 눈물이 날 것 같았다.

나는 살고 싶어.

그런데 가장 큰 문제가 뭔지 알아?

당신도 살았으면 좋겠어.

※

누구에게는 미치도록 달콤하고, 또 누구에게는 미치도록 억울하고 어처구니없었던 밤이 지나고 아침이 밝았다.

뜨거운 키스 후에 '내일' 꼭 집에 돌아가겠다는 말로 한차례 이마를 가격당한 황토는 운전석에서 선잠을 자고 아침 일찍 일어났다.

황토보다 더 일찍 일어난 이슬은 혼자 라면을 끓여 먹고 있었다.

"잠은 잘 잤어?"

"덕분에."

이슬은 여전히 퉁명스러웠다.

그럴 만도 하지, 라고 생각한 황토는 이슬의 심기를 건드리지 않으려 노력하며 조심스레 냄비에 물을 끓이다가 참지 못하고 입을 열었다.

"근데 그거 알아? 나 카라반 열쇠 있었어."

"근데?"

"카라반 안으로 들어가려면 얼마든지 들어갈 수 있었다고. 하지만 신사답게 지켜준 거야."

황토는 어깨를 으쓱하며 턱을 치켜들었다. 이슬의 눈에는 허세처럼 보였다.

"그래서 난 불안에 떨면서 잘 수밖에 없었어. 너한테 열쇠가 있을 수도 있다는 생각에."

황토가 피식 웃고는 다정하게 물었다.

"아침에 보니까 더 예쁘지 않아?"

"아니, 전혀."

"나 말고 바다가 말이야. 바다 예쁘다고."

라면을 후루룩 삼키던 이슬이 그제야 바다를 향해 눈을 들었다.

"그래, 그러네."

가까운 아침 바다는 희뿌연 파도를 내려놓고 모래를 쓸어가며 분주히 일렁였고, 먼 수평선은 청아한 남색으로 잔원하게 잠들어 있었다.

"수평선이랑 하늘이랑 맞닿은 게 인테리어 시트지 붙인 것 같다."

"인테리어 시트지보다 예쁘지. 바다에 왔으니 바다를 좀 즐겨, 다른 걱정 하지 말고. 일 얘기도 하지 말고."

"그럼 핸드폰 좀 빌려줘. 아니, 네 핸드폰으론 안 되겠다. 내 핸드폰 좀 충전하게 해줘."

"경찰에 신고하려고?"

"그게 무섭긴 한가 보네. 아니야. 동료들이 걱정했을 텐데 연락은 해놔야지."

황토는 고개를 끄덕이고는 캠핑카 운전석으로 건너가 이슬의 핸드폰 배터리를 가져왔다. 이슬은 황토에게 자신의 핸드폰용 배터리가 있는 것을 의아하게 여기며 황토를 향해 눈을 흘겼다.

"이 배터리도 네 짓이지?"

"맘대로 생각해."

"네 짓이구나? 와! 정말 재수탱이다."

"그렇게 욕할 때마다 희열이 느껴지지 않아?"

황토는 악마가 유혹하듯 입 끝을 말아 미소 지으며 이슬을 종용했다.

"나한테처럼, 누구한테든 하고 싶은 말 따박따박 하면서 살라고."

황토의 말을 묵인해 버린 이슬은 배터리를 갈아 끼운 후 핸드폰을 켰다. 핸드폰이 켜지자마자 전화벨이 울렸다. 이슬은 깜짝 놀라며 전화를 받았다.

"여보세요."

[어, 금방 받네요? 아프다는 얘기 들었어요. 괜찮은 거예요?]

목소리의 주인은 우석이었다.

황토의 교활한 거짓말로 이슬이 아픈 줄로만 알고 있는 우석은 이슬이 걱정되어 전화를 한 것이었다.

이슬은 어쩔 수 없이 급하게 목소리를 내리깔며 아픈 척을 해야 했다.

"아, 네…… 괜찮아지고 있어요."

[핸드폰도 꺼져 있어서 걱정했어요. 병원은 가봤어요?]

"아니, 그냥 쉬면 나아요."

[저는 오늘 서울로 돌아갈 거예요. 돌아가면 이슬 씨네 집 앞으로 갈 테니까 같이 병원 가요.]

"아니, 아니, 아니에요! 병원 갈 정도는 아니에요."

당황한 이슬의 목소리가 높아졌다.

[알았어요. 그럼 주말 동안 푹 쉬어요. 같이 별장 못 와서 아쉬웠어요.]

"그러게요. 다른 디자이너들은 다들 별장으로 간 거죠?"

[별채에서 재밌게들 논 모양이에요. 이따가 점심 먹을 때 보기로 했어요.]

"네, 잘 부탁드릴게요."

[이슬 씨.]

이슬이 인사를 하고 끊으려는데 우석이 다시 한 번 이슬을 부르고 아무 말도 없이 가만히 있었다.

"왜 그러세요?"

[아, 아니에요. 바람 소리가 심한 것 같아서. 춥지는 않을까 해서요.]

"아⋯⋯. 잠깐 환기시키느라고요. 전화 끊고 닫으려고요."

[네. 얼른 회복하시고요. 나중에 뵐게요.]

통화를 마친 이슬은 황토를 향해 무섭게 눈을 흘겼다.

"내가 너 때문에 거짓말을 했어!"

"하지만 거기보단 여기가 더 재미있을걸. 이것 봐."

황토는 카라반의 뒤에 매달려 있는 자전거 두 대를 내렸다.

"꼴랑 자전거?"

그렇게 말하면서도 이슬은 미소 짓고 있었다. 그녀는 자전거를 좋아했다.

"이 자전거를 타고 갈 곳이 멋진 곳이야."

"정말이지? 난 웬만한 멋진 데 아니면 콧방귀도 안 뀌어."

황토는 자신 있다는 듯이 흐뭇하게 미소 지었다.

아침 식사를 마친 두 사람은 자전거를 타고 출발했다. 해변을 따라 트인 윗길로 올라가 신나게 페달을 밟고 달렸다. 시원한 바닷바람이 두 사람의 땀을 식혀주었다. 서해안치고는 꽤 긴 백사장이었는데 초가을이어서인지 한적하고 깨끗하여 어딜 봐도 아름다웠다. 황토의 뒤를 따르는 이슬의 마음이 한결 밝아지고 있었다. 황토는 앞서 가는 중에도 이슬이 잘 오는지 확인하려고 몇 번이나 뒤를 돌아보았다.

그렇게 무려 20분을 달렸을 때 황토는 자전거를 멈췄다.

"흐음…… 이상해. 이쯤에 있다고 그랬는데."

"뭐가 있는데?"

"그런 게 있어."

이슬은 의구심이 생겼다.

"핸드폰으로 찾아보자. 가려던 데가 어디야?"

황토는 주머니에서 핸드폰을 꺼내 무언가 검색을 시작했다. 이슬은 고개를 갸웃거리는 황토의 행동에 불안을 느끼며 그의 핸드폰을 빼앗았다. 황토는 제트스키 대여점을 검색하고 있었다.

"바보야. 여기가 아니라 반대쪽이잖아! 그리고 여기 봐. 제트스키 대여점은 여름에 한시적으로 운영한다고 돼 있잖아. 이것도 안 찾아본 거야?"

"뭐라고?"

"찾아보지도 않고 무작정 나선 거야? 멋지긴 뭐가 멋지다는 거야?"

실망한 이슬보다 황토가 더 절망한 것 같았다.

"이럴 순 없어. 제트스키를 당장 사든가 해야지."

"됐어. 그런 거 아니어도 재밌는 일은 금방 찾아낼 수 있어."

이슬은 별것 아니라는 듯 자전거를 돌렸다. 그리고 얼마 가지 않아 까만 진흙이 널린 땅을 발견하고는 소리쳤다.

"어? 저기 보여? 갯벌이다!"

이슬은 보물이라도 발견한 듯 상기된 목소리로 말하며 자전거를 세워두고 갯벌로 달려갔다.

"조개 잡을 수도 있겠다!"

먼저 갯벌에 들어간 이슬이 황토를 향해 소리쳤다.

"들어와 봐! 제트스키만큼 여기도 멋진 곳이야."

어떻게 제트스키만큼 진흙탕이 멋지다는 거지? 황토는 이해가 가지 않아 그녀가 신나게 이리저리 움직이는 것을 보고만 있었다.

이슬의 웃음은 화창한 날씨보다도 맑았다. 어젯밤부터 퀭하니 인상만 쓰고 있던 그녀가 방실 웃고 있으니 황토도 힘이 나는 것 같았다.

그래, 저 여자가 좋아하니까 한 번만 놀아주자.

황토도 신발을 벗고 갯벌에 발을 담갔다. 갯벌에서 조개를 잡고 있던 두 명의 50대 아주머니가 이슬과 황토를 흐뭇하게 바라보았다.

"발 느낌이 이상해."

황토가 떨떠름한 표정으로 말했다.

"게들이 간질이나 보다."

"이런 걸 만지는 건 초등학교 때 찰흙공예 이후로 처음이야."

"색다르지? 봐봐. 맛조개야."

이슬이 대나무 미니어처 같은 대롱을 보여주며 말했다.

"먹을 수 있는 거야?"

"맛조개 못 먹어봤어?"

"굳이 이름을 배워가면서 먹었던 적은 없지. 어떻게 잡는 거야?"

"소금이 있으면 좋을 텐데."

이슬이 주위를 둘러보며 말했다. 소금을 들고 맛조개를 캐는 아주머니들이 들으라는 듯이.

이럴 때 보면 영락없는 여우였다.

"소금 줄게, 이리 와요. 봉지도 줄게."

"와아! 감사합니다."

이슬이 신나게 아주머니들 쪽으로 달려갔다.

한 아주머니가 이슬과 황토를 번갈아 보며 말했다.

"신혼부부여? 둘이 아주 선남선녀네."

이슬은 아주머니의 말을 정정하지도 않고 배시시 웃었다.

황토에게 소금 한 바가지를 쥐어준 이슬은 슬슬 돌아다니다 뽀옹 구멍이 올라온 곳에서 발을 멈춰 구멍에 소금을 적당히 뿌렸다.

"봐봐, 이렇게 소금을 솔솔 뿌려서 쏙, 하고 나올 때 이렇게, 확, 잡는 거야."

이슬은 능수능란하게 조개 잡는 법을 보여주었다.

"쉽네?"

"내가 쉽게 잡아서 그렇지 도련님은 어려워."

"내기할까?"

"정말? 난 자신 있어. 이상한 내기만 아니면."

"진 사람이 일주일 동안 밥 사기."

"좋아."

"한 시간 뒤에 만나."

황토는 의기양양하게 이슬을 떠났다. 이슬은 일주일 동안 얻어먹게 생겼다며 쾌재를 불렀다. 황토는 이슬보다 먼저 자리를 잡고 독수리처럼 날렵하게 맛조개를 잡았다.

한 시간은 생각보다 짧았다. 황토는 이토록 빨리 시간이 흐른 것에 신기해하며 이슬에게로 돌아갔다.

두 사람은 갯벌에서 나와 각자 잡은 조개를 세어보았다.

"어촌의 아들이구나, 너. 어떻게 백 개를 잡을 수가 있는 거야?"

이슬이 황토의 조개를 세어보고는 물었다. 그녀는 입을 다물지 못했다.

"다방면에서 뛰어난 사람이라 그래. 그럼, 일주일 동안 저녁 사주는 건가?"

"바쁘신 김황토 사장님이 미천한 저를 만날 시간이 있다면. 물론 내 시간에 맞춰서."

"당연하지, 내가 사장인데. 우리 회사는 내 맘대로야."

내기에서 이긴 황토가 신이 난 듯 들뜬 소리로 몇 마디 하다가 이슬에게 물었다.

"그런데 잘 논 것까지는 좋은데, 씻지도 못하고 가야 되는 거야?"

"바닷물로 대충 씻으면 되지."

"그럼 소금물에 절여지잖아."

"바닷물로 씻고 이리 와."

이슬은 진흙으로 더러워진 손발을 바닷물로 대강 씻고는 자신만만하게 제가 잡은 조개를 들고 아주머니에게로 갔다. 아주머니는 갯벌 앞에 양동이를 두고 물로 발을 씻고 있었다.

"아주머니 덕분에 많이 잡았어요. 이것 드세요."

"정말? 아유, 고마워요."

이슬이 잡은 맛조개를 받은 아주머니의 입가에 함박웃음이 걸렸다. 공손히 인사를 하고 떠나려는 이슬을 아주머니가 잡았다.

"그냥 가려고? 여기 물로 씻고 가요."

"그래도 돼요?"

"당연하지. 뭐, 어려운 거라고."

"와! 감사합니다. 여보! 얼른 와요."

좋아한다는 표현에는 그렇게도 싫다던 여자가, 아주머니의 오해를 저렇게나 이용해 먹다니. 황토는 이슬의 기지에 피식 웃고는 이슬 곁으로 가 그녀에게만 들릴 작은 목소리로 속삭였다.

"여보는 무슨."

"시끄러."

이슬 역시 이를 물고는 조용히 하라는 듯 낮게 말했다.

소금기를 걷어낸 두 사람은 다시 자전거를 타고 캠핑카로 돌아왔다.

"점심은 이거 구워 먹으면 되겠다."

이슬은 맛조개가 가득 들어 있는 봉지를 보며 흐뭇한 미소를 짓고는 조개를 씻으려 팔을 걷어 올렸다.

그사이 황토는 아직 소금기가 남아 있는 웃옷이 답답하다는 듯 훌렁 벗어버렸다.

"안 씻을 거야?"

"어이구, 망측해라!"

이슬이 황토의 드러난 상반신을 보고는 재빨리 고개를 돌렸다.

"넌 뭐 그렇게 조심성이 없니? 노출증이야?"

"왜? 완전 상남자의 모습인데."

"그래, 시옷(ㅅ)이 하나 더 필요한 상남자의 모습이지."

"뭐?"

"그래, 상남자. 거기에 시옷 하나만 더 있으면 참 좋겠어. 그치?"

이슬이 놀리듯 비아냥거리는 말에 황토는 입을 이죽거렸다.

점심은 비록 조개구이뿐이었지만 이슬이 준비했고, 황토는 잠시나마 카라반에서 눈을 붙일 수 있었다. 이슬은 잠시 후 견인차가 도착한다는 말에 안도했는지 다시 착한 여자가 되어가고 있었다.

황토가 눈을 붙인 지 얼마 되지 않아 조개구이 냄새가 짭조름하게 코를 찔렀다. 이슬이 부르지 않았는데도 황토는 벌떡 일어났다.

이슬이 황토에게 다정히 잘 구워진 조개를 건넸다. 이슬이 주는 대로 받아먹은 황토는 다시 얄궂은 말을 하고 싶어졌다.

"고맙지? 내 덕분에 이런 맛있는 것도 먹고."

"그래, 고맙다고 치자."

"그럼 하루 더 있을까?"

"됐네요."

두 사람이 점심 식사를 마쳤을 때 견인차가 캠핑카 가까이로 왔다. 백사장에 박힌 바퀴를 빼내는 데는 오랜 시간이 걸리지 않았다. 견인차가 캠핑카를 구원해 주지 못하기를 은근히 기대했던 황토는 실망하며 견인차 기사에게 인사를 했다.

나른해진 이슬은 황토에게 캠핑카 정리를 맡기고 조수석에서 잠을 청했다. 집에 돌아갈 생각에 풀이 죽은 황토는 굼뜬 움직임으로 정리를 마치고 운전석에 올랐다.

"나한테 잘해주지 마."

시동을 켠 황토는 이슬이 안전벨트를 매지 않은 것을 보고 몸을 숙여 손수 안전벨트를 채워주었다. 그사이 잠에서 깬 이슬이 나른한 목소리로 말했다.

"내 비위 맞추려고 노력하지 마. 이런 납치극까지 해가며 애쓰지도 마."

이슬은 지금까지의 들뜬 목소리, 불퉁스러운 목소리도 아닌 나긋한 말투로 말을 이어갔다.

"네 말대로 난 힘들게 착한 척하면서 살아왔어. 그리고 이젠 그게 힘들지도 않아. 나는 나를 단련하는 데 이골이 난 사람이야. 네가 뭘 어떻게 하더라도 나한텐 안 통해."

"그럼 나한테 보였던 모습들은 뭐야?"

황토가 인정할 수 없다는 듯이 물었다.

"나한텐 소리 지르고, 욕하고, 때리기도 하고……. 착한 척하던 걸 다 내려놨잖아."

"그건……."

"그건 흔들리고 있다는 거 아니야? 내가 널 바꿔놓고 있는 게 아니냐고."

"너, 지금, 너라고 했어?"

조용한 목소리를 내던 이슬이 황토의 표현에 인상을 구기고는 뾰족하게 물었다.

"그게 아니면 지금처럼 움찔하지 말고 남들에게 하듯 평상심으로 대해봐."

"뭐?"

"내가 열 받게 하더라도 참아보라고."

'흥' 하고 콧방귀 소리를 낸 이슬은 황토에게서 아예 등을 돌려 버렸다.

"야, 강이슬."

황토가 말했다. 이슬은 화를 참아내는 듯 주먹을 꽉 쥐었지만 화를 밖으로 표출하진 않았다. 황토도 더 말하지 않고 차를 몰았다.

그러고 10분 뒤, 다시 서서히 잠들어가는 이슬에게 황토가 조곤 조곤 말했다.

"오늘 안 돌아갈 거야. 이번엔 남해로 가기로 했어."

"뭐어?"

잠이 든 줄 알았던 이슬은 벌떡 일어나 소리를 높였다.

"너 죽었어. 당장 차 안 돌려?"

이슬의 반응에 황토가 시원하게 웃었다.

"이것 봐. 당신은 날 무시할 수 없어."

차는 예정대로 서울로 가고 있었다. 황토는 이슬을 떠본 것이었다.

이슬이 흥분하여 얼굴을 붉히는 사이, 황토가 슬쩍 이슬의 한쪽 손을 잡았다.

"놔, 이놈아! 안전운전이나 해!"

이슬은 황토가 잡은 손을 억지로 빼고 조수석 창 쪽으로 다시 고개를 홱 돌렸다.

얼마 후, 너무도 잠잠하여 황토가 졸음운전이라도 하지 않을까 걱정이 된 이슬은 슬쩍 운전석 쪽으로 눈을 돌렸다.

운전석 창문 너머로 빛이 쏟아지고 있다는 것을 알면서도, 황토의 얼굴에서 빛이 나고 있다는 착각이 들 만큼 황토는 눈부신 미남이었다.

잘생긴 녀석이긴 하지. 운전하는 모습은 섹시하기도 해. 캠핑카에, 자전거까지 준비해 온 것도 사실은 놀랍고.

못된 녀석인 줄 알았는데 착하기도 하고, 멋있기도 하고.

가만, 내가 멋있다고 생각한 거야, 지금?

"……젠장. 정말 싫어."

이슬이 울음 섞인 목소리로 읊조렸다.

조용히 운전을 하던 황토는 이슬의 갑작스러운 언사에 그녀를 멀거니 보다가 핸들로 눈을 돌렸다.

이슬의 마음은 혼란스러웠다.

언제 이렇게 돼버린 거지?

서재에서 사과를 던졌던 일, 집에 아버지가 왔을 때 두둔해 줬던 일, 부동산 사기를 당했을 때 다시 집으로 돌아오게 했던 일, 그리고 할머니가 입원한 병원에 가서 아버지와 싸우고 돌아오던 날 마음 놓고 펑펑 울게 해준 일……. 과거의 사건들이 순간적으로 되살아났다.

이런 감정은 정말 싫은데.

그가 멋있다고 생각하게 되다니.

✳

우석은 이슬이 별장에 오지 않은 일로 기분이 몹시 상했다. 급작스런 초대를 이슬이 부담스러워할까 염려하여 그녀의 동료 디자이너들까지 함께 불렀는데 이슬은 오지 않고 동료들만 오게 되다니. 거기에다 아프다는 말도 동생에게 전하게 하고 핸드폰마저 꺼버린 것이 그를 더 언짢게 했다. 금요일부터 내내 마음이 상해 있었던 우석은 이슬의 동료 디자이너들에게 별채를 내주고 토요일에 먼저 서울로 돌아왔다.

이슬의 동생에게 연락하여 이슬이 살고 있는 아파트를 알아낸 우석은 그녀에게 연락도 하지 않고 그 앞에서 하염없이 이슬을 기다렸다.

'내가 너무 스토커 같은가?'

우석은 이슬에게 전화를 걸까 말까 한 시간째 망설이고 있었다. 그녀의 몸살이 아직 낫지 않았는데 전화를 걸어 오히려 폐가 될까 우려한 것이었다.

'이슬 씨네 집 동호수를 알아내서 거기에 약봉지만 두고 와야겠다.'

우석은 이슬에게 주려고 오는 길에 샀던 약봉지를 구깃거리며 생각했다.

그때. 지성이면 감천이라고 했던가. 눈앞에 기적처럼 이슬이 나타났다.

아파트 주차장에서 얼굴을 보인 이슬은 아프다는 말과는 다르게 밝아 보였다. 약봉지는 무의미해졌지만, 다행이라는 생각이 들었다.

"이슬 씨……."

우석은 손을 들어 이슬을 부르려다 멈칫했다. 그녀는 혼자가 아니었다. 그녀와 다정하게 발을 맞추어 걷고 있는 사람이 있었던 것이다. 황토였다.

황토가 왜 이슬 씨랑 같이 있지? 우석은 의아한 마음으로 두 사람을 보았다. 두 사람의 대화가 어렴풋이 들렸다.

"넌 진짜 길치구나? 집에 다 와서 헤맬 줄은 생각도 못 했다. 어떻게 그 감각으로 집을 지을 수가 있지?"

"배고파. 밥이나 사. 일주일 동안 밥 사기로 했잖아."

"그래. 저 아래 백반집 가서 미역국 먹자."

"왜 맨날 미역국 타령이야?"

"네가 미역국을 한 솥 끓여났던 걸 봤으니 하는 소리야."

"난 그때 질려 버렸어. 생일날에도 미역국은 절대 안 먹을 거야. 그냥 강이슬표 만두는 어때?"

"그럼 기린이 부를까?"

"왜 얘기가 그렇게 되는 거야? 됐어. 저 앞 분식집 가서 김밥이나 먹을 거야. 얼른 따라와."

"오, 도련님치고 서민적인데?"

"내가 이렇게 소탈하기까지 해. 하지만 걱정 마. 일주일은 기니까. 내일은 내가 뭘 먹고 싶어 할지 기대하라고."

들릴 듯 말 듯한 두 사람의 대화는 두말할 것 없이 정다운 음색이었다. 사이좋은 오누이 같기도 했고 연인 사이 같기도 했다.

"그래서 김황토를 여기서 만났던 건가?"

우석은 지난주에 황토와 이슬을 근처 편의점 앞에서 만난 것을 생각하며 혼잣말을 했다.

"먼저 물어볼까, 말할 때까지 기다릴까?"

우석은 잠시 생각하다가 씁쓸하게 웃고는 다음을 기약하며 차를 돌렸다.

첫 만남부터 코 파기에, 트림에…… 재밌는 여자였다. 우석은 기만당했다는 배신감보다 '저 여자는 뭘까?' 하는 호기심이 먼저 일었다. 취향이고 마음 상태고, 모두 독특한 남자였다.

그리고 이 장면은 한 사람이 더 지켜보고 있었다.

"훼방꾼이 나타날 줄이야."

눈을 가늘게 뜨고 이슬과 황토와 우석을 지켜보던 악마는 흥미로운 듯 낮게 읊조리고는 그림자 속으로 모습을 감췄다.

사람들이 오가는 길이었지만 준성의 모습을 본 사람은 아무도 없었다.

✖

아무 일도 없이 흘러가는가 싶던 한낮의 일요일. 전날의 납치극에서 심신을 혹사당한 이슬은 정오가 훨씬 지나도록 늘어지게 잤다. 요즘 이슬에게 혈안이 되어 직장을 등한시한 젊은 사장 황토가 일을 하러 나간 동안이었다.

드르르, 핸드폰이 이슬의 잠을 깨웠다. 이슬은 발신자가 누구인지 확인하지도 않고 잠이 덜 깬 목소리로 전화를 받았다.

"여보세요."

[정우석이에요.]

이슬은 우석이라는 말에 깜짝 놀라며 눈을 번쩍 떴다.

[이슬 씨가 걱정돼서 가만히 있을 수가 있어야죠. 지금 아파트 앞이에요. 밥이라도 사줄까 해서 왔어요.]

"네에?"

반가울 것이 없었다. 그러나 우석에게 빚진 마음이 들었던 이슬은 그럴 수 없었다.

"아니에요. 제가 사죠. 잠시만 기다려 주세요. 금방 나갈게요."

이슬은 재빨리 채비를 하고 밖으로 나갔다. 너무 급하게 나가느라 화장도 제대로 하지 못했다.

그래도 우석의 눈에는 이슬이 마냥 예뻐 보였다.

"몸은 좀 어때요? 과로였어요? 이슬 씨가 온 회사의 궂은일을 다 도맡아 한다고 들었어요."

"아니요. 궂은일이랄 것도 별로 없어요. 그나저나 연락도 없이 못 가서 죄송해요."

"괜찮아요. 하지만 서운하긴 서운했어요. 이슬 씨 혼자 오기 부담 스러워할까 봐 다 초대했는데 이슬 씨가 안 오다니."

"정말 죄송해요. 대신 제가 점심 살게요."

이슬은 우석에게 사과하고 시계를 보았다. 이미 오후 3시가 넘어 있었다.

"아, 점심 드셨겠네요."

"아니에요. 아침을 늦게 먹어서 점심은 아직 안 먹었어요. 그럼 이슬 씨가 메뉴 좀 추천해 줄래요?"

우석은 무안해하는 그녀를 위해 고개를 가로저으며 말했다. 사실 거짓말이었지만.

사람을 대하는 것이 이슬만큼이나 능란한 우석은 이슬을 많이 웃게 해주었다. 두 사람은 이슬의 집 근처에 있는 삼계탕집에서 마주 앉아 삼계탕을 먹을 때까지 즐겁게 이야기를 나눴다.

"원래 그렇게 내숭이 없어요? 아니면 그냥 잘 먹을 뿐이에요?"

땀까지 흘려가며 맛있게 닭살을 뜯는 이슬을 보고 미소 짓느라 눈꼬리가 휜 우석이 물었다.

"원래는 내숭도 있고 여우 짓도 하고 그러는데, 모든 걸 내려놨어 요. 코 파는 것도 보여준 사이에 뭐 숨길 게 있나 해서요. 배가 고프 기도 하고."

말을 마치고 다시 삼계탕에 집중하는 이슬을 귀엽게 보던 우석이 넌지시 물었다.

"내가 오빠라는 거 알아요?"

이슬은 사레들린 듯 몇 번 기침을 하다가 금세 입을 닦고 말했다.

"남자들은 오빠라는 말에 환상이 있죠?"

"뭐, 그렇기도 하고."

"그 환상을 채워주다 보니 오빠는 한, 132명쯤 돼요. 나이도 서른 둘부터 마흔일곱까지 아주 다양하고."

"훗, 그럼 내가 133번째 오빠?"

"그런 셈이죠."

이슬의 말은 장난스러웠다.

"그래도 탐나네요, 그 133번째 오빠 자리."

"알겠어요. 그게 뭐 어렵나요? 예쁜 이름 놔두고 흔하디흔한 방식으로 손윗사람 불러주는 건데요, 오빠. 전화번호목록 그룹도 132명 오빠들만 모아놓은 거 아세요?"

"하하. 그렇게 말하니 은근히 약 오르네."

이슬이 씨익 웃었다. 황토와는 다른 호의적인 사람을 만나니 기분이 좋았다. 삼계탕도 더 맛이 있는 것 같았다.

"나는 이슬 씨한테 좀 특별한 오빠 할 거예요."

이슬이 다시 삼계탕에 집중하고 있을 때 우석이 말했다.

이슬은 다시 한 번 켁켁 소리를 내며 기침을 했다. 이 난관을 어떻게 헤쳐 나갈 수 있을까. 아직은 뭐든 다 이른 것 같다는 말을 할 생각을 하다가, 이슬은 황토가 우석에 대해 쓰레기니 시래기니 했던 것이 떠올라 대뜸 풉, 웃음이 났다.

"왜 혼자 웃어요? 무안하게."

"아녜요. 재미있는 생각이 나서 그랬어요."

"재미있는 생각 좀 나눠주면 안 돼요?"

그러나 이슬은 재미있는 이야기를 접고 우석이 보여주는 호감에 대해 거절의 의사를 전했다.

"오빠 동생 이상은 힘들어요. 부잣집 남자들을 별로 안 좋아해서 요."

"그 부잣집의 기준이 뭐예요?"

"이를테면, 별장이 있는 사람들 정도?"

"그럼 그 별장 처분하면 되는 거예요?"

"그런 의미가 아니라, 저는 가진 것도 없고 어머니도 돌아가신 데다 집에서도 거의 내놓은 자식이거든요. 아버지는 저한테 절대 투자하지 않으시고요. 재산도 없고 미래도 그저 그렇고."

우석은 이슬의 사정을 다 이해한다며 고개를 끄덕거리고는 말했다.

"무슨 말 하려는지 알아요. 그런데 다행히도 우리는 이렇다 할 부잣집도 아니고, 물질적인 것에 목매는 집안도 아니에요. 재산 정도로 사람을 가려 만나라고 배운 적도 없고요. 혼기가 되니 어머니는 내가 어떤 여자든 빨리 데려오길 바랄 정도죠. 얼마나 급했으면 제가 이슬 씨를 만난 날 청혼을 했겠어요?"

우석은 제 감정을 이야기하는 데 조금의 주저함도 없었다.

"이슬 씨도 알다시피 내 취향이 좀 독특해서, 이슬 씨 말고는 아무도 눈에 안 들어오네요."

우석은 자신만만하게 말했지만 긴장한 듯했다. 콧잔등에 맺힌 땀을 닦기 위해 안경을 벗은 우석을 이슬은 한동안 물끄러미 쳐다보았다. 그녀는 저 사람의 진지한 마음을 얼마나 받아주어야 할까 생각하고 있었다.

안경을 다시 쓸 때까지 잠자코 우석을 바라보는 이슬에게 우석이 농담스레 말했다.

"안경이 싫어요? 이까짓 거, 벗으라면 벗겠어요."

이슬은 우석의 열정에 다시 픕, 웃음을 터뜨렸다.

인정이 후하고 격의 없는 남자였다. 호감이 갈 수밖에 없었다. 첫 만남부터 개무시와 폭언을 일삼았던 누구와는 참 다르구나, 이슬은 또 황토 생각이 났다.

"또 무슨 생각 해요?"

생각에 잠겨 점잖이 한숨을 쉬는 이슬을 지켜보던 우석이 물었다.

"그냥. 오빠는 좀 달라서요."

"뭐가 다르다는 거예요?"

"부잣집 도련님 특유의 거만함이 없어서요."

"누가 그렇게 거만해요?"

이슬이 아무것도 아니라는 듯 잠자코 있으니 우석이 먼저 말을 꺼냈다.

"김황토?"

이슬은 놀랄 수밖에 없었다. 그러나 섣불리 대답을 하지는 못했다.

"황토랑 친해요?"

"……그냥 동생 친구라서 좀 알아요."

이슬은 황토와 친하다는 말을 할 수 없었다. 황토와 정말 친한 건지 알 수가 없었고, 그런 말을 해서는 안 될 것 같은 생각도 들었다.

우석은 이슬이 황토와의 관계를 숨기려 하는 것 같아 마음이 거북했지만 더 묻지 않았다. 그는 진득하게 기다릴 줄 아는 사람이었다.

이슬과 우석 두 사람은 늦은 점심을 먹고 밖으로 나와 이슬의 집까지 걸었다.

삼계탕집에서 이슬의 아파트까지 걸어가는 길 중간에는 초등학교와 문구점이 있었다. 일요일이라서인지 문구점의 문은 굳게 닫혀 있었고, 그 앞 뽑기 기계 한 대가 남아 외로이 문구점 앞을 지키고 있었다. 500원짜리 동전을 넣고 레버를 돌리면 작은 캡슐이 나오는 수동기계였다.

"요즘에도 이런 게 있구나."

지나쳐 가려던 우석이 걸음을 멈추곤 말했다.

"옛날엔 100원이었는데, 500원이나 하네요? 다섯 배나 올랐다니."

이슬은 부잣집 도련님도 이런 걸 하며 놀았다는 사실에 신기해하다가 추억에 젖어 말했다.

두 사람은 20년 전 동심으로 돌아간 듯 뽑기 기계 앞에 쪼그려 앉았다.

"여기서 나오는 건 다 신기하더라고요. 나는 에너지 반지랑 해골 배지 많이 나왔었는데. 얌체공을 뽑고 싶어도 그렇게 안 나오더라고요. 남들은 다들 잘 뽑는데 나만."

이슬의 말에 우석은 뽑기 기계 안으로 깊숙이 시선을 주었다. 그러고는 반가운 듯 소리를 높였다.

"어? 얌체공이다!"

"어? 정말. 저는 저거 가지고 몇 시간씩 놀고 그랬어요."

"오빠가 뽑아줄까?"

돌연 우석이 들뜬 목소리로 농담처럼 말했다.

우석은 주머니에서 500원짜리 동전을 꺼냈다. 삼계탕집에 가기전 목말라 하는 이슬을 위해 편의점에서 생수를 사고 거슬러 받은동전이었다.

우석은 나름 조심성 있게 뽑기 기계를 흔들어 양체공이 나오도록고정해 놓고는 동전을 넣고 자신 있게 레버를 돌렸다. 그러나 결과는 좋지 않았다.

"해골 반지네."

우석의 목소리에서 아쉬움이 묻어났다.

"뭐, 나름 의미 있네요. 에너지 반지랑 해골 배지 뽑던 어린애가커서 해골 반지를 뽑다니."

이슬은 자신보다 더 아쉬워하는 우석을 위해 한껏 웃으며 말해주었다.

"가만있어 봐요. 편의점에 가서 돈 좀 바꿔올게요."

"아뇨. 그만 가요."

편의점으로 가려 하는 우석을 이슬이 막았다. 이제 이들은 초등학생이 아니다. 양체공 같은 것은 자고 일어나면 조금도 생각나지않을 것이다.

그러나 아기자기한 로맨스를 꿈꾸던 우석은 못내 아쉬운 얼굴로이슬을 보다가 주머니에서 지갑을 꺼내 열었다.

"돈은 많은데……."

"돈이 많은 게 쓸모가 없을 때도 있네요. 가요."

이슬은 미련이 남은 듯 말끝을 흐리는 우석에게 시원하게 말하며자리를 털고 일어났다.

얼마 지나지 않아 아파트에 다다랐다. 우석은 아쉬웠지만 피곤한 한 주를 보낸 이슬을 더 붙잡아둘 수 없었다. 주중에 회사로 찾아가 겠다는 말을 남기고 우석은 이슬과 헤어졌다.

이슬이 집에 돌아왔을 때는 황토와 세찬이 모두 집에 있었다. 이 슬이 문을 열고 들어서자 두 사람이 모두 거실로 나와 이슬을 맞았 다. 황토는 어디서 뭘 하다 왔냐는 눈초리로 이슬을 보았지만 세찬 을 의식해서인지 아무 말도 하지 않았다.

"왔네? 출장 잘 다녀왔어?"

황토를 한 번 쓱 훑어본 이슬이 세찬에게 물었다.

"응. 누나 아팠다며. 이제 안 아파?"

"응, 괜찮아."

이때 황토는 세찬에게 주문을 걸었다. 어디 갔다 왔는지 물어봐 라, 물어봐라……, 정말 황토에게 그러한 능력이 있을 리 없지만, 세찬은 이슬에게 황토가 궁금해하는 것을 물어봐 주었다.

"어디 갔다 왔어?"

"응. 밥 좀 먹고 왔어."

"혼자요?"

황토가 남매 사이를 끼어들며 한마디 했다.

"응……."

이슬은 끝이 늘어지는 대답을 했다. 왜 거짓말을 하게 되는지, 그 녀 자신도 알 수가 없었다.

다음 날, 상미의 집 야외 테이블 페인트칠을 하고 있는 이슬에게 황토가 다가왔다.

"오늘은 삼계탕이 좋겠어."

대뜸 '삼계탕'이라고 말하는 황토의 말을 한동안 알아듣지 못하고 눈만 끔뻑이던 이슬은 잠시 후 맛조개 캐기 내기를 기억해 내곤 고개를 끄덕였다.

"어제 먹었는데. 알겠어. 또 먹지, 뭐."

"나 빼놓고 삼계탕을 먹었다고? 혼자?"

"그렇다고 했잖아."

이슬은 어제에 이어 한 번 더 황토에게 거짓말을 했다.

"다음부터 그런 건 나랑 같이 먹어. 여자가 왜 혼자 궁상맞게 삼계탕을 먹어?"

이슬은 문득 그녀의 생활을 자꾸 혼란스럽게 만드는 황토의 진심에 대해 묻고 싶어졌다.

"너, 나한테 원하는 게 뭐야?"

황토가 수도 없이 마음을 드러냈었는데, 그녀는 확신할 수 없는 모양이었다.

한참 목석처럼 가만히 있던 황토가 진지한 목소리로 입을 열었다.

"특별한 사람이 되고 싶어."

절대 물러날 수 없게 만드는 목소리였다. 황토의 눈빛은 이슬의 질문에 대한 대답인 동시에 이슬의 대답도 구하고 있었다.

그러나 철인 이슬은 다시 한 번 마음을 다잡았다. 황토가 너무 진지하게 굴었던 것이 문제였다. 그 유혹의 눈빛이 강하면 강할수록 오히려 이슬은 마음을 단단히 여미게 되었다.

저 목소리에 넘어가선 안 돼, 저 애는 악마 같은 녀석이라서 저런 식으로 모든 여자애들을 후릴 수 있는 거야.

이슬은 입끝을 말아 올리며 올차게 말했다.

"생각해 봐. 네가 말한 것처럼 넌 아주 특별해. 난 널 특별하게 대하고 있잖아. 너한테만 짜증 내지? 너한테만 소리 지르지? 너만 혼내지? 너한테만 욕하지? 넌 아주 특별해. 자신감을 가져."

"허."

황토가 입을 애매하게 벌리고 어처구니없는 표정으로 멍하니 이슬을 보다가 돌연 시선을 현관문 쪽으로 돌렸다. 집 안에 상미가 있었다.

"잠깐."

황토가 문을 열려 하는데 안에서 먼저 열렸다. 금방이라도 표정을 바꿀 수 있을 듯한 찌릿한 미소를 짓고 있는 상미가 문을 열고 다소 앙칼지게 물었다.

"페인트 작업이 오늘이었나요?"

"네. 안녕하세요. 알았으면 인사를 먼저 드렸을 텐데. 여기 계신지 몰랐어요."

상미는 이슬의 인사를 가벼이 넘기고 황토에게 말을 걸었다.

"황토 씨, 오랜만이에요. 이번 주 주말에 저희 아버지랑 황토 씨아버님이랑 지난번에 못 간 라운딩 가신다는데 황토 씨는 시간 있으세요?"

"아뇨."

황토의 말은 너무하다 싶게 짧았다.

"페인트칠 다 된 거 아니에요?"

더 말을 걸려는 상미에게는 눈길 한 번 주지 않은 황토가 이슬에게 존댓말로 물었다.

"네…… 이제 말려야죠."

"그럼 말리는 동안 다른 집 좀 볼까요?"

"네?"

"가죠, 강 대리님."

상미에게 간단한 목례를 한 황토는 이슬의 등을 밀며 그녀를 부추겼다.

문을 열기 전 이들의 대화를 들을 수밖에 없었던 상미는 질투심에 화르륵 불타오를 지경이었다.

'저 여자가 대체 뭐길래 황토 씨가 특별한 사람이 되고 싶다고 말하는 거야? 그냥 디자이너 나부랭인데.'

상미는 둘의 사이가 어느 정도 진전이 있는 사이임을 직감하고 자신이 생각하는 김황토와의 결혼 프로젝트를 하루빨리 앞당겨야겠다고 다짐했다.

상미에게 인테리어 설명도 하지 못하고 얼결에 황토를 따라 나온 이슬은 처음 상미를 만났을 때와는 다른 감정을 느꼈다. 상미를 처음 만났던 날은 황토와 상미가 소개팅을 한 적이 있었다는 말에도 전혀 동요가 없었는데, 오늘은 상미가 황토에게 살갑게 구는 것만으로도 어쩐지 인상이 찌푸려졌다.

아버지들끼리의 라운딩이라……. 이 말이 이렇게 신경이 쓰인다니.

도대체 어떤 의미일까? 나는 황토에게, 황토는 나에게.

몇 번을 스스로에게 물어도 답은 나오지 않았다. 가슴속 어딘가에서 녹색 신호를 보내고 있었지만, 머릿속의 이슬은 자꾸 이성적인 판단을 재촉했다.

며칠이 지나 제법 가을다운 어느 날의 저녁, 주중에 한 번 이슬네 회사로 찾아가겠다고 선포했던 우석이 정말 이슬네 회사 앞으로 찾아왔다.

"안 바쁘세요? 사장님 맞아요?"

우석 덕에 일찍 퇴근한 이슬이 우스갯소리로 우석에게 말을 건넸다.

"요즘 하고 있는 모바일 게임이 망해서 아이디어 구상 중이에요."

"헉, 정말요? 죄송해요."

"아니에요. 덕분에 이슬 씨 만날 시간도 있고, 재충전이 잘되고 있어요. 나는 부자라서 망해도 3년은 먹고살 수 있거든요."

우석은 별일 아닌 듯 씨익 웃다가 그녀의 손에 무언가를 쥐어주었다.

"이거요."

이슬은 손을 펴 우석이 쥐어준 물건을 바라보았다. 탱탱한 탄력이 있는 둥근 공. 얌체공이었다.

"얌체공? 이걸 못 잊고 있었던 거예요?"

"얘가 얌체같이 내 승부욕을 자극해서. 문구점에서 천 원이면 사는 걸 5천 원을 주고 뽑았네요. 5천 원짜리 얌체공이에요."

이렇게 끈기 있는 사람이기에 예전에 이슬이 한 번 프러포즈를 거절했던 일도 잊고 그녀를 다시 찾아올 수 있는 걸까? 이슬은 우석의 진득함에 감탄하면서도 고개를 설레설레 내둘렀다. 그의 애정 공세는 이슬이 명확한 대답을 줄 때까지 한동안 계속될 것 같았다.

우석이 바래다주어 편하게 집까지 온 이슬은 방에서 조용히 양체공을 튕기며 우석과 황토에 대해 생각했다.

한 사람은 좋은 사람, 한 사람은 나쁜 사람.

한 사람은 햇볕처럼 서서히 다가오는 사람, 한 사람은 천둥번개처럼 오소소 소름이 돋게 하는 사람.

한 사람은 날 좋다고 하며 일관된 마음을 보여주는 사람, 한 사람은 날 좋다고 하면서도 양체공같이 어디로 튈지 모르는 사람. 요즘 들어 더 강하게 제 마음을 보여주지만 여전히 온전히 믿을 수가 없는 사람······.

그래, 황토가 도무지 종잡을 수 없는 아이이기 때문에 이렇게나 내가 흔들리는 것이다.

그 녀석은 악마 같은 녀석이기 때문에 절대 마음을 놓아선 안 돼. 조금이라도 약해지면 그 틈으로 나에게 파고들 거야. 그렇게 될 순 없어······.

이슬은 다시 한 번 마음의 문을 꼭꼭 닫아걸었다.

그러나 마음을 먹은 것이 무의미하게도 잠시 후 이슬의 방 문이 홱 열리며 황토가 들어왔다.

"아, 깜짝이야! 노크 좀 하고 들어와. 내가 옷이라도 갈아입고 있으면 넌 바로 경찰서로 직행일 줄 알아."

"그럴 일은 없어. 걱정 마."

황토가 자신만만하게 단언하고는 이슬이 갖고 노는 양체공을 보고 물었다.

"그게 뭐야?"

"양체공. 알아?"

황토는 어렸을 때 몇 번 가지고 놀다 버렸던 자그마한 고무공을 떠올렸다. 그런데 지금 이슬의 손에 들려 있는 것을 보니 '얌체공'이라는 이름도 다시 태어난 것처럼 예쁘게 여겨졌다.

"얌체공이라는 이름, 참 예쁘네."

"그치? 여자애 같고."

황토는 돌연 이슬이 가지고 노는 공을 빼앗아 몇 번 튕기다가 얌체공에게 말을 걸었다.

"이 기집애야, 왜 그쪽으로 튀니?"

마치 이슬에게 말을 거는 듯이 그는 꽤 오랫동안 그 자리에 서서 얌체공을 가지고 놀았다.

"웬 거야?"

"응. 우석 씨가 줬어."

분위기가 좋았기 때문에 마음이 들뜬 이슬이 말을 잘못 꺼낸 것일까.

'우석 씨가'라는 소리를 하는 것이 아니었나 보다. 우석의 이야기가 나오기 무섭게 황토는 창문을 열고 얌체공을 휙 던졌다.

"너, 너……."

비록 하찮은 얌체공이었지만 이슬에겐 의미 있는 것이었는데. 장난이라기엔 너무나 강도가 센 황토의 심술 어린 행동에 이슬은 화가 날 수밖에 없었다.

"야!"

이슬이 소리를 높였다.

"너한테 남의 것은 다 우습니? 남의 물건이나, 남의 약속이나, 남이 열심히 쌓아 올린 신뢰 관계까지 너는 다 우습지?"

"저런 거라면 내가 트럭째 사줄 수 있어. 그 형이 준 거라는 게 마음에 안 들었을 뿐이야. 그 안에 금붙이라도 들었어? 내가 다시 사주면 되잖아."

"너나 가져, 트럭째로! 너는 미역국이 맛있다고 미역을 트럭째로 먹을 거야? 나한테 필요한 건 두 개도 아니야. 그냥 저거 하나지."

아주 오래전 세찬이 싫증이 나 버리고 간 쥐불놀이 깡통을 휘휘 돌리다가 창고를 태워 먹고 혼이 났던 날, 밥을 주지 않는 할머니를 원망하면서 몇 시간 동안 얌체공을 튕기며 허기를 달랬던, 그런 어린 시절이 없는 사람은 절대로 그녀의 마음을 알 수 없을 것이다.

"꼭 저거일 필요는 없잖아."

황토가 조금의 미안한 마음을 드러내며 말했다.

"그래. 너야 꼭 저게 아니더라도 열댓 가지는 되는 대체 상품이 있겠지. 뭐든지 제 마음대로 할 수 있다고 생각하는 애들, 너 같은 애들이 제일 싫어. 알아?"

성큼성큼 걸어 방에서 나간 이슬은 현관문 앞에 서서 신발을 신었다.

"어디 가?"

황토가 이슬을 따라 나와 물었다.

"얌체공 찾으러 간다, 왜!"

이슬은 목청껏 소리를 높이고 집 문을 나섰다. 왠지 그녀답지 않게 정도가 지나친 화를 낸 것 같았다. 하지만 정말 여느 때보다도 화가 났다.

쟨 역시 좋아하려야 좋아할 수가 없다. 정신 상태가 글러 먹었어.

가끔, 아주 가끔 오빠처럼 따뜻하게 구는 것에 혹해서 마음을 풀어주고 있으면 어느 순간 이렇게 뒤통수를 치지. 우석에 대한 질투라고 해도, 이건 표현 방식이 한참 잘못됐다.

저런 녀석에 대해 내내 생각하고 있었다니. 왠지 서러워서 눈물이 날 것 같았다.

집 밖은 벌써 어두워져 있었다. 이제 얌체공은 찾을 수 없을 것이다. 얌체공 따위 정말 아무것도 아닌데, 왜 자꾸 서글픈지 이슬도 알 수 없었다.

서러움에 북받쳐 눈물이 나오려는 것을 막은 사람은 다름 아닌 우석이었다. 우석이 좀 전에 이슬과 헤어졌던 그 자리에 망부석처럼 그대로 서 있었던 것이다.

"이슬 씨."

"어? 왜 아직도 여기 있어요?"

이슬은 찔끔 흘렸던 눈물을 닦고 우석에게 물었다.

"그냥요. 이제 가봐야 돼요. 이슬 씨가 나올 것 같아서 발이 안 떨어졌나 봐요. 근데 이슬 씨는 왜 나왔어요?"

"얌체공이요. 가지고 놀다가 놓쳐서 찾으러 나왔어요."

"이걸 찾으러 내려왔다고요?"

우석이 씨익 웃으며 주머니에서 얌체공을 꺼내 보여주었다.

"와! 어떻게 찾은 거예요?"

"하늘에서 드래곤볼처럼 툭 떨어지더라고요. 일곱 개 모아서 소원 빌려고 그랬어요."

우석이 이슬에게 얌체공을 건네주며 말했다. 이슬은 집 떠난 동생을 다시 만난 듯 감격한 얼굴로 얌체공을 받았다.

"이제 정말 가볼게요. 회사에서 호출이 와서 들어가 봐야 할 것 같아요."

우석은 이슬에게 인사하고 바삐 차에 올랐다.

우석에게 손을 흔들고, 혼자가 된 이슬은 다시 집으로 올라갈 생각에 한숨이 나왔다.

"하아, 진짜 드래곤볼이었음 얼마나 좋아."

나쁜 김황토. 악마 같은 김황토.

김황토에게 흔들렸던 마음을 제발 좀 잡아달라는 소원을 빌고 싶었다.

다음 날까지 이슬은 황토에게 눈짓도 건네지 않았다. 일주일 동안 이슬이 황토에게 밥을 사주기로 했었지만 그 역시 지켜지지 않았다. 집에서도 옹골마을에서도 황토가 먼저 이슬에게 눈길을 주었지만 이슬은 깡그리 무시해 버렸다. 염치없이 신세를 지고 있는 집에서도 하루빨리 나가야겠다고 생각하며 점심시간과 퇴근 시간에는 살 만한 고시원을 알아보러 다녔다.

그나마 괜찮은 고시원을 점찍어놓고 집으로 돌아가는 길. 자꾸 왜 그리 울컥하는 감정이 생기는 건지 이슬은 알 수 없었다. 한 가지 분명한 것은 그 감정의 중심에 흐릿한 사람의 형상이 있다는 것이었다. 인정하기 싫지만…… 그건 김황토였다.

한편, 남에게 미안하다고 하는 법, 남의 기분을 맞춰주는 법, 화를 풀어주는 법 따위는 알지도 못하고 알 필요도 없이 살아온 황토는 이슬이 그를 외면하는 것에 애가 탔다. 어떻게 그녀의 화를 풀어주어야 하나 고민했지만, 정말 얌체공을 트럭째로 사주는 것밖에는 딱히 아이디어가 떠오르지 않았다.

왜 자꾸 나는 그녀를 화나게 하고 그녀의 화난 모습에 안절부절못하는가. 이런 자신이 싫어져 그는 짜증이 났다.

하지만 그녀에게서 우석에 대한 이야기를 듣게 된다면 그는 또 울컥 화가 치밀 것 같았다. 황토는 일어나지 않은 앞으로의 일이 계속 걱정되었다.

그녀가 원하든 원하지 않든 사과는 해야 할 것 같아서 사과의 선물을 샀다. 인터넷으로 물건을 주문하여 배송되는 시간도 오래 걸릴 것 같아 직접 도매상을 찾아가 물건을 구입했다. 선물을 준비하면서도 계속 걱정이 되었다. 이슬이 선물을 보고 더 화를 내면 어쩌지, 하는 생각에 망설여졌다.

어쨌든 이슬의 방에 선물을 두었다. 선물을 받은 후 그녀의 표정을 떠올리는 것만으로 심장이 간질거렸다. 한 사람을 좋아하는 마음은 뭐라 말할 수 없는 설렘과 두려움이 동반되는 것이었다.

거실을 서성이는 황토의 앞에 순간적으로 뜨거운 기운이 일었다. 황토가 흠칫 놀라며 물러난 자리, 그 허공에 먹물이 번지듯 시커먼 매연이 일렁였다. 공기는 뜨거웠지만 왠지 몸은 으스스했다.

잠시 후 오랜만에 준성이 악마의 모습으로 황토의 앞에 나타났다.

"지금 뭘 하는 거야?"

놀라 굳은 표정의 황토에게 악마가 핏빛 머금은 탐욕스러운 입술로 물었다.

"뭘 하다니?"

황토가 두려움을 감추며 반문했다.

"여자를 유혹하라고 했지 여자에게 휘둘리라고 하진 않았는데."

"휘둘리는 게 아니야."

준성이 마뜩잖은 듯 눈을 가늘게 뜨고 황토를 쳐다보다가 충고했다.

"네가 살아 있을 수 있을 앞날만 생각하라고. 그 여자 앞에서 그냥 네 감정을 죽이면 되는 거야. 그걸 못 하나?"

황토는 아무 말도 하지 못했다.

"귀여운 프러포즈나 하라고 시간을 주고 있는 게 아니야. 네 목숨은 내 거야. 명심해."

악마는 다시 한 번 그의 시한부 인생을 상기시켰다.

잠시 후 악마는 황토 앞에서 사라졌다. 그러나 매캐한 연기가 한동안 그곳에 남아 황토의 신경을 자극했다. 두려움을 참느라 꽉 쥔 두 손에 손톱자국이 박혔다.

'어쩌라는 거야? 이미 준비했는데. 뭐가 어떻게 됐든 그 사람을 유혹하려면 화는 풀어주어야 되는 거잖아.'

곧 이슬이 집에 도착할 것 같았다. 악마의 충고가 무슨 의미인지는 알지만, 일단 준비된 선물은 그녀에게 안겨주고 싶었다.

"일단은 내 뜻대로 할게. 당신은 지켜보고 있어."

황토는 아직도 악마가 그를 지켜보고 있을지도 모른다는 생각에 허공에 대고 말했다.

긴장한 듯 거실을 서성이던 황토는 잠시 후 이슬이 집에 오는 것을 보고 재빨리 제 방으로 들어갔다.

그녀의 방에는 그가 마련해 놓은 사과의 선물이 있었다. 바로 전에 악마가 다녀간 것도 잊고, 황토는 사춘기 소녀처럼 두근거렸다.

곧 현관문이 열리고 지친 표정의 이슬이 집 안으로 들어왔다. 뭐 그렇게 힘든 일이 많은지 땅이 꺼져라 한숨을 쉰 이슬은 표정을 바꾸지 않고 방으로 들어갔다.

황토가 마련한 선물을 발견하는 데는 오래 걸리지 않았다.

제법 큼지막한 장난감 트럭에 가득 담긴 얌체공.

"이게 뭐야."

이슬은 허탈하게 웃었다.

트럭째로 갖다 준다는 게 이런 의미였던가? 이런 식으로 또 사과를 할 셈이라니. 어쩜 이 아이는 사과하는 법도 이렇게 모르는 건지. 이슬은 어처구니가 없어 웃음밖에 나오지 않았다.

한참 쓰게 웃던 이슬은 장난감 트럭 위에 카드가 한 장 있는 것을 발견했다. 이번엔 또 얼마나 어처구니없는 말을 써놓았을까. 펼쳐 보면 황토의 인간성에 다시 실망할 것 같았지만 보지 않을 수는 없었다.

얌체 기집애들 데려왔어요. 하나가 아니라 미안합니다. 앞으론 아무 것도 던지지 않겠습니다.

역시 우스웠다. 김황토, 이 사과가 뭔지도 모르는 놈.

그런데 왜 이따위 말도 안 되는 사과에 자꾸 굳건하게 닫아건 마음이 무너지는가. 직접 얼굴을 보이며 사과를 하는 것도 아니고, 이런 물질적인 것으로만 해결하려는 녀석인데. 정말 악마 같은 녀석인데.

한편 황토는 그의 선물을 본 이슬의 반응이 궁금하여 그녀의 방문 앞에 서서 조용히 그녀를 지켜보았다.

그런데 피식 웃을 줄 알았던 이슬이 눈물을 뚝뚝 떨구는 것이 아닌가. 웃겨주려고 '기집애' 드립까지 쳤는데!

깜짝 놀란 황토는 더 생각할 것도 없이 이슬의 방 문을 열어버렸다. 이슬이 황토를 보자마자 고개를 돌리고 눈물을 숨겼다.

"왜 울어?"

황토가 걱정되는 목소리로 물었다. 앙칼진 대답이 돌아왔다.

"서러워서 그런다, 왜!"

"누가 그렇게 서럽게 했는데?"

"우리 집에 사는 시래기 같은 놈 있어."

"나 때문에 운다고?"

황토는 순진무구하게 물었다.

"혹시 감동받아서?"

"그럴 리가 있어?"

이슬은 황토에게 보이지 않으려고 눈물을 닦았다. 그런데 신기하게도, 눈물은 마르지 않는 샘처럼 닦는 즉시 다시 솟아올랐다.

"후. 안 되겠다, 정말."

연신 눈물을 훔치는 이슬을 보며 황토는 깊게 한숨을 쉬었다. 이슬이 우는 것만 보면 자꾸 안아주고 싶은 충동이 일었다. 뭐든 잘못했다고 하고 싶기도 했다.

어느덧 악마를 만났을 때의 두려움은 저 멀리 모두 날아가 버렸다.

정말 안아주고 싶게 만드는 여자야, 그의 눈엔 이런 말이 숨어 있었다.

황토가 이슬을 끌어당겨 그녀의 머리를 꼭 끌어안았다.

"내가 어떻게 하면 되겠어?"

"이거나 놔, 나쁜 놈아."

"그건 말고."

황토의 단단한 팔 힘에 놀란 이슬이 그를 밀어냈다. 그럴수록 황토는 더 세게 이슬을 결박했다.

"기집애, 이뻐 가지고."

황토가 작게 말했다.

역시 나는 당신을 좋아할 수밖에 없나 봐.
당신이 다른 사람을 좋아한대도, 나를 시래기라고 해도.
내 운명을 가지고 악마가 희롱한대도.

이제 나는 당신을 절대 죽게 할 수 없어.

4. 아픔

  인생은 알 수가 없다.

  어디에 있어도 눈에 띄는 자체발광의 남자, 잘생긴 외모에 능력에 경제력까지 갖춘 완벽한 남자, 겉만 보면 어느 여자든 유혹할 수 있을 것 같아 보이는 천하의 김황토가 이렇게 무너지다니.

  이슬을 유혹했어야 하는데 그가 먼저 빠지고 말았다.

  빠져도 아주 단단히 빠졌다. 이슬이 자신을 싫어하는 것도, 이슬이 우석에게 호감을 갖고 있는 것도 이젠 상관없었다.

  동시에 두려웠다. 이슬을 악마에게 넘길 수 없게 된 것이다. 이슬을 잃을 수 없었다. 그렇다고 자신이 죽을 수도 없었다.

  이제 황토에게 남은 날은 99일. 길지 않은 시간이다. 그동안 이슬을 대신할 다른 여자를 찾지 못하면 그는 사라지고 마는 것이다.

  이슬을 대신할 여자를 찾아 그 여자의 영혼을 악마에게 내주고 자신은 이슬의 짝이 되어 오랫동안 함께 있어야겠다는 생각을 했다.

그런데 10년 동안 찾지 못한 여자를 어떻게 99일 안에 찾는단 말인가!

'되도록 많은 여자를 만나야 하는데.'

황토는 속으로 생각했다. 이슬을 만난 후, 아버지께 상미를 소개받은 것을 제외하고는 소개팅 한 번 하지 않았다. 소개팅을 다시 재개해야 했다.

그에게 소개팅을 주선해 주겠다며 어제 문자메시지를 보낸 친구에게 일단 답문을 보내놓았다. 여자를 소개받는 것은 쉬웠다. 황토를 한 번 본 여자는 누구나 황토를 정식으로 소개받길 원했다.

하지만 하루에 한 번씩 매일 소개팅을 한다고 해도 겨우 99명. 황토는 99명의 여자 중 자신을 제 목숨보다 더 사랑해 줄 여자가 있을까 생각해 보았다. 한숨이 먼저 나왔다.

늦은 밤. 황토는 잠을 이룰 수 없어 방을 서성이다 거실로 나왔다. 문득 바라본 이슬의 방에서 세상모르고 쌔근쌔근 자는 이슬이 보였다. 유리창에 새어 들어오는 빛으로 가늠할 수 있는 이슬의 굴곡진 몸매가 유혹적이었다.

"참 잘도 잔다. 맨날 저렇게 이불도 제대로 안 덮고 자냐."

황토는 이불을 핑계 삼아 이슬의 방 문을 열고 들어가 그녀가 걷어차 버린 이불을 목까지 잘 덮어주었다. 그리고 그녀가 깨기 전에 얼른 밖으로 나와야 하는데 떠나기 아쉽다는 생각이 들었다. 그는 이슬의 옆에서 그녀를 향한 채 비스듬히 누워 그녀를 애틋하게 보았다.

쓸어내리면 꽃잎 향이 나는 긴 머리, 사슴 같은 외모를 돋보이게 하는 긴 목, 울 때마다 연하게 흔들리는 가는 어깨, 섬세하게 움직이지만 늘 궂은일에도 두려움이 없는 활기찬 손.

그리고 까만 밤에도 촉촉이 빛나 보이는 여린 입술……

황토는 그녀의 자는 모습에 홀린 듯 저도 모르게 손으로 그녀의 입술을 조심히 건드렸다. 어느 꿈속을 헤매고 있는지 자는 동안에도 그녀의 입술은 약하게 떨리고 있었다.

그 떨리는 입술이 또 황토의 심장을 붙들었다. 역시 들어와선 안 되는 거였는데. 이번엔 그녀와 입 맞추고 싶은 충동과 싸워야 했다.

사랑은 이런 것인가 보다. 그녀를 그저 볼 수 있는 것만으로도 행복하다는 생각이 들다가도 바라보는 것에 그치지 않고 만지고 싶고, 안고 싶고, 키스하고 싶어진다. 그녀가 영원히 내 것이었으면, 주머니 속에 숨겨놓고 나만 볼 수 있었으면 하는 소유욕이 생기기도 한다.

이슬의 입술 위에 손을 살포시 올려놓은 채로 애틋하게 그녀를 보고 있을 때였다.

반짝!

이슬이 갑작스레 눈을 떴다.

물기 머금은 입술만큼이나 영롱히 빛나는 이슬의 두 눈동자가 황토를 직시했다.

깜짝 놀란 황토는 재빨리 그녀의 입술을 어루만지던 손을 거두고 몸을 움츠렸다.

"아니, 잠깐…… 저기……."

당황한 황토는 변명할 거리를 찾지 못하고 말을 더듬었다.

그러나 이슬의 눈은 얼마 지나지 않아 다시 풀려 버렸다.

멍한 채로 허공을 보던 이슬은 다시 눈을 감았다. 다행히 잠버릇인 모양이었다. 잠시 뒤척거리던 이슬은 황토가 덮어준 이불을 소중하게 감싸고는 다시 잠 속으로 빠져들었다.

이슬이 다시 깨어날세라 이슬의 방을 조심히 빠져나온 황토는 깊이 한숨을 쉬었다.

이제 황토에게 남은 날은 99일. 그리고 98일의 아침이 밝아오고 있었다.

황토가 가진 시간은 조금도 넉넉하지 않았다.

※

"황토 씨, 무슨 생각 해요?"

토요일 낮. 집까지 찾아오겠다는 아버지의 성화에 못 이겨 골프장에 나온 황토는 상미와 재회했다. 절대 골프장에 가는 일은 없을 거라고 단언했는데 일이 이렇게 되어버린 것이다. 상미는 멍하니 생각에 잠겨 있는 황토에게 미소 지으며 물었다.

"상미 씨하고는 관계없는 일요."

황토가 싸늘하게 대답했다.

"어허, 김황토."

황토의 아버지가 짧게 황토를 나무랐다. 가까이 있던 그가 황토의 대답을 들은 것이다. 황토의 아버지는 상미를 상당히 마음에 들어 하고 있었다. 빼어난 미모와 재력과 사회적 위치, 그리고 어른들에게 살가운 그녀의 태도가 그를 흡족하게 만든 모양이었다.

그는 황토 대신 상미에게 제 아들의 태도에 대해 해명했다.

"저 녀석 도도한 건 제 엄마를 닮았어요. 그래도 속은 그렇지 않은 애니까 상미 양이 이해해 줘요."

"알고 있어요, 아버님. 그래도 좀 심할 때가 있더라고요."

상미가 투정을 부리듯 말했다. 황토는 '아버님'이라는 말에 소름이 돌았다.

이동 중 황토와 둘이서 카트를 타게 된 그의 아버지가 말했다.

"네가 좀 잘해라. 여자가 저 정도로 살갑게 굴기는 쉽지 않은 거야."

"왜 그 여자한테 관심을 가지시는 거예요?"

"네 신붓감으로 저 애보다 적당한 앤 없을 것 같더라. 똑똑하고 예쁘고 착하기까지 하고…… 참 모난 데가 없더구나."

벽 뒤의 이야기를 들을 수 없는 사람들은 이토록 순진하다. 사람들의 꾸며진 모습에 잘도 넘어간다.

"속단하지 마세요. 제가 손보는 집의 주인이에요. 아버지보다 제가 더 잘 아는데, 그렇게 둥글둥글한 여자는 아니에요."

모난 데가 없기론 이슬이 제일인데. 물론 내게 모나게 굴긴 하지만.

"그래, 그런 면도 있어야지. 내 말은 나한테 참 싹싹하다는 거야. 어른들한테 잘하는 여자를 만나야 되는 거다."

어른들한테 잘하기로도 이슬이 제일인데.

"결혼할 여자 정도는 제가 고르면 안 돼요?"

"당연히 네가 고르는 거지. 나는 추천을 해줄 뿐이야. 혹시 만나는 사람이 있냐?"

"……아니요. 그런 건 아니고. 그냥, 상미 씨는 제 타입이 아니에요."

"한두 번 봐서는 모르는 거야. 만나는 사람이 있는 게 아니면 좀 더 같이 시간을 가져봐. 내가 지금까지 살펴본 처자들 중에는 가장 낫더구나. 솔까말, 네 까다로운 성격을 누가 감당해? 그런데 솔까말이 이럴 때 쓰는 말 맞지? 허허허."

황토의 아버지는 요즘 말을 써서 뿌듯하다는 듯이 웃었다.

"그리고 사귀는 사람이 있으면 바로 얘기해라. 어느 집 아이인지 나도 살펴봐야 하니까."

"뒷조사 같은 건 하지 마세요."

"이건 뒷조사가 아니라 관심이야. 적어도 상장 정도는 한 집안이랑 맺어져야 대화도 통하고 안심이 되겠지만, 잘 배운 집 아이라면 말리지는 않는다."

황토의 아버지에게 '잘 배운 집 아이' 라는 것은 의사 집안이나 법조계 집안의 여자를 말했다. 황토는 한숨이 나왔다.

악마에게 다른 여자의 영혼을 인도하고 이슬과 함께 살아남게 되더라도 황토에게는 산 넘어 산이었다. 이슬의 마음을 얻는다 해도 아버지라는 산을 넘어야 했다.

물론 이것은 차후의 문제. 일단 황토의 목표는 올해를 무사히 보내는 것이었다.

"걱정 마세요. 내년엔 어떻게든 되겠지요."

그러나 황토의 아버지는 다른 생각을 하고 있었다. 하루빨리 황토와 상미를 짝지어주고 싶은 마음이 생긴 것이다.

※

어쩌다가 황토를 좋아하게 됐을까.

아버지와 라운딩을 간다며 아침 일찍 떠난 황토는 오후 늦게까지 집에 돌아오지 않았다.

이슬은 황토를 생각하며 푹푹 한숨을 내쉬었다.

'그럼 오늘 골프장에서 상미라는 그 여자와 만나게 되는 건가?'

예전엔 아무것도 아니었던 것들이 신경 쓰이기 시작했다. 그의 아버지가 점찍어둔 여자…… 이제 와 이게 그렇게 새삼스럽게 느껴지다니.

'아니지, 이래선 안 돼.'

이슬은 고개를 가로저었다. 황토에게로 향하는 마음을 닫아걸어야 했다. 집안에서는 좋은 집안의 여자와 결혼하길 원하며, 저 잘난 맛에 살고, 예의도 없고, 사과할 줄도 모르고, 납치극 따위나 벌이는 철없는 녀석. 그런 녀석을 좋아해선 안 된다고 이슬은 속으로 몇 번이나 다짐했다.

이슬은 마음만 먹으면 무엇이든 컨트롤할 수 있는 여자였다. 황토에 대한 마음도 쉽게 정리할 수 있을 것이다.

'그래, 황토보다는 우석 씨가 더 괜찮은 사람이지. 성격도 더 좋고, 겪어보진 않았지만 집안의 반대도 없을 거라고 하고, 처음부터 나한테 호감이 있었고, 더 말도 잘 통하고……'

우석이 황토보다 더 나은 이유를 몇 가지나 꼽아보던 이슬은 다시 한숨을 쉬었다.

'왜 이런 걸 하나하나 따져가며 이유를 찾아야 하는 거야!'

사랑은 재고 따지는 게 아니라는 걸 그녀는 실감하고 있었다. 우석에게는 여러 가지 이유를 들어 좋아할 가능성을 열어놓으려 했지만, 황토에게는 한 가지의 이유도 필요 없었다. 그가 그냥 좋았다.

"아니야, 강이슬! 너는 강한 애니까 이겨낼 수 있을 거야!"

이슬이 이런 혼잣말을 하고 있을 때 현관문이 열리고 황토가 들어왔다.

"뭘 이겨낸다는 거야? 요즘 힘든 일 있어?"

"아, 아니야. 그냥 일종의 주문 같은 거야. 바르게 살기 위한."

깜짝 놀라 꾸며 말한 이슬이 가만히 생각하다가 황토에게 물었다.

"그런데 밖에까지 내 목소리가 들려?"

황토는 이슬의 눈을 피하며 둘러댔다.

"아니, 내가 좀 귀가 밝아."

밝아도 너무 심하게 밝았다. 이슬은 앞으로 황토의 이야기를 할 땐 좀 더 조심해야겠다고 생각했다.

"세찬이는?"

황토는 재빨리 말을 돌렸다.

"몰라. 소개팅이라도 하러 나갔겠지. 너는 골프장 가서 소개팅녀 잘 만났니?"

이슬이 대답 끝에 가시가 돋은 질문을 섞었다.

"그냥 아버지 비즈니스에 동원된 것뿐이야."

상미에 대한 이야기는 별로 하고 싶지 않았다. 황토는 다시 화제를 돌려야 했다.

"내일은 회전초밥을 먹으러 가고 싶군."

"근데?"

이슬이 시큰둥하게 대답했다.

"날 데려가야지. 내가 내기에서 이겼잖아."

황토는 이슬에게 지난 토요일 서해에서 맛조개 캐기 내기를 했던 것을 상기시켜 주었다.

"그건 일주일 동안 하는 거였고 내일은 일요일이잖아. 일요일에 시작했으니까 토요일에 끝나는 거지. 초밥 먹고 싶으면 혼자 먹어."

"그런 게 어디 있어? 백반이랑 삼계탕 말고 뭘 사줬어? 일주일에 두 번밖에 약속을 안 지켰으면 남은 5일 치를 보충해야지."

"네가 네 밥그릇 못 챙겼으면서 왜 이제 와서 난리야?"

"계속 내가 말도 못 붙이게 삐쳐 있어놓고선."

"그럴 땐 삐쳤다는 말을 쓰는 게 아니라 화났다는 말을 쓰는 거야, 바보야. 그리고 네가 잘못한 일로 화가 난 거였잖아. 누가 들으면 내가 쫌생인 줄 알겠다."

"진짜 억지네. 그럼 오늘이라도 먹으러 가자. 일어나."

"오늘은 안 돼. 그럼 그냥 내일 먹어. 사줄게."

"오늘은 왜 안 되는데?"

"우석 오빠랑 저녁 먹으러 가기로 했어."

다정한 듯 보였던 황토의 눈빛이 '우석 오빠'라는 말에 일순간 사납게 바뀌었다.

"오빠?"

"오빠지 그럼 형이냐? 억울하면 너도 오빠라고 불러."

"안 돼. 못 만나겠다고 그래. 선약이 있었다고."

"선약은 무슨. 지금 초밥 먹고 싶다고 억지 부려놓고 내기 핑계 대지 마. 내일 먹고 싶다며. 내일 사준다니까?"

"안 돼. 마음이 바뀌었어. 지금 사줘. 정우석한테는 내가 얘기하면 돼. 내가 시킨 일 하느라 밥 먹을 새도 없이 작업하고 있다고."

"그럼, 우석 오빠 성격에 내가 일하는 데까지 찾아올 거라는 생각은 안 드니?"

"거참, 오빠 오빠 하는 거 무지하게 듣기 싫네."

"그럴수록 더 열심히 할 거다, 오빠 오빠."

이슬이 비아냥거리며 황토의 성질을 돋우었다. 자극을 받은 황토가 눈을 가늘게 뜨고 이슬에게 가까이 다가왔다.

"입을 막아버릴 수 있는 방법을 내가 여러 가지 아는데 말이야."

이슬은 그녀를 비웃듯 미소 지으며 얼굴을 가까이하는 황토 때문에 뒷걸음질을 칠 수밖에 없었다. 심장의 박동이 순간적으로 빨라졌다. 이슬은 귀가 밝은 황토에게 이 소리가 들릴 수도 있다는 생각에 좀 더 빠르게 뒤로 물러났다.

한참 이슬을 뒤로 몰던 황토는 겁먹은 그녀가 귀엽다는 듯 피식 웃고는 그녀를 향해 숙였던 몸을 일으켰다.

"나랑 같이 가. 정우석은 못 믿겠어."

황토의 말을 들은 이슬의 표정엔 난 널 더 못 믿겠다, 라는 대답이 보이는 듯했다.

"둘이 데이트하는 게 아니면 내가 끼어도 상관없잖아."

"상관없긴. 네가 거길 왜 가? 그럼 우리 둘 사이는 뭐라고 말할 건데?"

"……좋아하는 사이라고 말해도 돼."

"퍽이나."

이슬이 황토의 이런 태도에 넌더리가 난다는 듯 말했다.

"난 널 좋아하지도 않고, 좋아한다고 한들 너를 감당할 자신 없어. 너도 그렇잖아. 내가 한번 말하지 않았나? 넌 나랑 사귈 생각이 없어. 밖으로 알려지는 게 싫으니까. 아니야?"

"아니야. 그런 게 아니라……."

황토가 이슬을 좋아한다는 사실이 아버지의 귀에 들어가면 그의 아버지는 이슬에 대한 뒷조사를 시작할 것이다. 그렇게 되면 이 소중한 인연을 제대로 시작도 못 해보고 포기해야 할 수도 있었다. 또한 그렇다고 이슬을 감싸는 데에만 올인할 수도 없다. 그가 이슬과 함께 내년을 맞이하기 위해서는 그를 사랑할 만한 여자를 찾는 과제가 선결되어야 했다. 아버지로부터 이슬을 보호하는 것은 내년에 할 일이었다.

　이런 진실을 이슬에게 모두 말할 수는 없었다. 황토는 변명거리를 찾았다.

　"아버지 귀에라도 들어가면 일이 걷잡을 수 없게 될 것 같아서 그래. 당신이 내 옆에 있는 걸 알게 되면 아버진 어떻게든 당신에 대한 모든 정보를 캐내려고 할 테고, 그럼 당신이 곤란해질 상황이 오게 될 테니까."

　"그럼 그 곤란한 상황에서 날 보호해 줄 용기는 없고, 그저 아버지 귀에 안 들어가기만을 바란다?"

　이슬이 쏘아붙였다. 황토의 목소리가 작아졌다.

　"……지금은 그럴 수가 없어. 하지만 세 달 뒤에는 나도 어떻게든 해보려고 해."

　"왜 세 달 뒤인데?"

　"……지금은 준비하고 있는 게 있어."

　이슬은 긴 숨을 뱉어냈다.

　"됐어. 내가 왜 너랑 이런 얘기를 나눠야 되는지 모르겠다. 내가 널 좋아하게 되는 날 같은 건 절대 없을 거야. 그러니 이런 대화는 필요 없어. 지금처럼 내가 이 집에 사는 걸 들키지만 않으면 되는 거지. 너는 그냥 네 삶을 즐겨, 내 인생에 간섭하지 말고."

　모든 건 시간이 부족해서 생긴 문제였다. 황토도 여자를 찾으러 다니는 일 따위 하고 싶지 않았다. 하지만 어쩌겠는가. 그냥 여자가 아니라, 자신의 목숨을 대신해 줄 중요한 여자인데. 하루라도 빨리 그러한 여자를 찾아야 그의 목숨도 보장받고 이슬도 지킬 수 있다.

　이 마음을 이슬에게 전할 수 없어 답답한 마음에 고개를 현관문 쪽으로 돌렸을 때, 황토의 입에서 '헉!' 하는, 작은 비명 같은 한숨이 터져 나왔다. 현관문 앞에 서 있는 그의 아버지를 발견한 것이었다.

"이런 젠……."

황토는 혼잣말을 하다 멈칫했다. 그럴 여유도 없었다.

"아버지 오셨어."

"지금? 어디 계시는데?"

다행히 그의 아버지는 문을 열려다 말고 현관문 앞에서 누군가와 전화통화를 하고 있었다. 사업상 통화인지라 꽤 시간이 있을 듯했다.

"문 앞에서 전화하고 계시는 것 같아."

"넌 그걸 어떻게 알아?"

"……아버지 목소리가 났어."

잠시 생각하던 황토가 말했다.

"세찬이 보려고 잠깐 방문했다고 할게."

"세찬이도 없는데?"

"잠깐 나갔다고 하면 되잖아."

"네 옆에 있는 걸 보시면 어떻게든 나에 대해 알아보실 거라며!"

그렇다. 황토의 아버지가 이슬에 대해 조사하기 시작하면, 사람을 붙여서 이슬이 사는 곳을 알아볼 수도 있고, 그렇게 되면 이슬이 여기 살기도 힘들어진다.

황토는 이슬을 어떻게든 숨겨야 했다.

세찬의 방은 상자 더미들로 꽉 들어찬 장롱뿐이었기 때문에 이슬이 숨을 곳이 없었다. 황토는 이슬의 손목을 붙잡고 그의 방으로 들어갔다.

"장롱 안?"

황토가 장롱문을 열며 말했다.

"열어보실 수도 있는 거 아니야?"

"몇 번 안 열어보셨어."

"몇 번은 열어보셨다는 거잖아."

"모르겠다. 그냥 당당하게 인사하자."

황토는 장롱 속에 이슬을 숨기려던 것을 포기하고 말했다. 하지만 이슬은 포기할 수 없었다.

장롱은 그의 아버지가 열어볼 수도 있으니 안 되고⋯⋯ 주위를 둘러보던 이슬은 얕지만 제법 널찍한 침대 밑으로 눈길이 갔다.

"이 밑에서 웅크리고 있을게. 내 방에 눈에 띄는 물건 있으면 빨리 처리해 줘."

이슬은 전쟁터에 나가는 여전사의 눈빛으로 비장하게 말했다.

황토는 순식간에 온 방을 훑어 눈에 띄는 이슬의 짐을 이슬의 짐가방에 넣었다. 그녀의 신발도 잊지 않았다.

그리고 아주 적절한 타이밍에 그의 아버지가 초인종을 누르고 집 안으로 들어왔다.

"왜 그렇게 땀을 흘려?"

아무것도 모르는 그의 아버지가 이마에 땀이 가득한 황토를 보며 의아하게 물었다.

"운동하고 있었어요. 여긴 어쩐 일이세요?"

"너 어떻게 사는지 보러 왔지."

황토의 아버지는 걱정스러운 눈으로 황토를 보다가 황토의 방 쪽으로 향했다. 황토의 등줄기로 식은땀이 흘렀다.

"저 방에는 아직도 세찬인가 하는 친구가 살고 있고? 불편하진 않아?"

황토의 아버지가 세찬의 방을 가리키며 물었다.

"세찬이는 편한 애라서 괜찮아요."

고개를 끄덕이던 아버지는 황토의 방 문을 열었다. 이슬을 잘 숨겼음에도 불구하고 잔뜩 긴장한 황토는 잠시 숨을 멈추고 아버지를 지켜보았다.

이슬 역시 긴장으로 쿵쾅거리는 심장을 어찌할 수 없었다. 이대로 들키면 더 우스운 꼴을 당하게 될 듯하여 그녀는 황토의 침대 밑에서 죽은 듯 더 몸을 웅크렸다.

"남자 둘이 사는데도 깔끔하게 해놓고 사는구나. 그렇게 빈틈을 안 보여주니 여자가 없지."

아버지는 황토에게 작은 핀잔을 주고 침대에 털썩 앉았다. 황토는 조마조마한 마음에 마른침을 꼴깍 삼켰다. 방 안에는 잠시 정적이 흘렀다.

"……여자는 제가 알아서 할게요."

"정말 만나는 여자 없어?"

그의 아버지는 아침과 똑같은 질문을 다시 했다.

"만들려고요."

"그럼 멀리 갈 것 없이 고상미라는 아이, 그 아이랑 잘 좀 지내봐."

"싫다고 말씀드렸잖아요. 어른들한테나 살랑거리면서 가식적인 여자 질색이에요."

"그리 가식적으로 보이진 않던데? 아무튼 더 만나봐. 다음 주에 라운딩 또 잡아놨어. 이번엔 끝나고 너희들끼리 맛있는 것 좀 사 먹고 그래라. 사람을 한 번 만나보고 어떻게 알겠냐."

"전 알 수 있어요."

"원, 고집도."

황토의 아버지는 황토가 마땅치 않은 듯 혀를 끌끌 찼다.

"언젠가 나한테 고마워할 날이 올 거야. 난 이제 가야겠다."

"그 말씀 하시러 오셨어요?"

"내가 말했잖아, 어떻게 사는지 보러 왔다고! 정 없는 녀석."

황토의 아버지가 다시 혀를 차며 그를 보다가 방에서 나갔다. 황토는 그의 아버지를 따라 밖으로 나갔다.

황토와 황토의 아버지가 밖으로 나가고 집은 다시 조용해졌지만 이슬은 침대 밑에서 밖으로 나오지 못했다. 그의 아버지가 황토의 방까지 들어왔을 때부터 시작되었던 심장 떨림이 멈추지 않았다. 혹시라도 그의 아버지가 도로 돌아올까 싶어 움직일 수 없었다.

오랫동안 적요한 침묵이 흐르고, 다시 황토의 방 문이 열렸다. 방문을 열고 들어온 발소리는 하나였다. 잠시 후 발소리의 주인은 침대 아래로 빼꼼히 얼굴을 보여주며 자신을 확인시켰다.

"아직도 이러고 있어?"

황토가 이슬에게 물었다.

"가셨어?"

"가셨어."

이슬은 안도의 한숨을 쉬며 밖으로 나가려고 손을 뻗었다. 그런데 별안간 황토가 이슬의 앞을 막으며 침대 밑으로 들어왔다.

"여길 왜 들어와?"

"누워 있는 걸 보니 안락해 보여서."

황토는 이슬의 당황한 얼굴을 보고 빙긋 웃으며 대답했다. 밖으로 나갈 수 없는 처지가 된 이슬은 멀거니 침대 판자만 쳐다보다가 황토 쪽으로 고개를 돌렸다.

숨을 들이켜고 내쉴 때마다 셔츠 속 그의 복근이 위아래로 움직이는 게 보였다. 만지지 않아도 그의 몸이 탄탄하다는 것을 알 수 있었다.

손을 조금만 뻗어도 닿을 수 있는 거리에, 더 정확히 말하면 손을 뻗으면 닿을까 염려하며 몸을 더 펼치지 않은 두 사람의 숨결이 침대에 갇혀 따뜻하게 데워지고 있었다.

그리고 침묵이 시간을 연결하는 동안 황토는 계속 이슬을 보고 있었다.

어두운 곳에서 은연히 새어 들어오는 빛 때문인지 황토의 까만 눈동자가 초롱초롱하게 빛났다.

저런 눈빛을 본 적 있는 것 같은데. 이슬은 무언가 생각나는 듯 눈을 굴렸다.

"이상하게, 이러고 있었던 적이 있는 것 같단 말야."

황토는 순간 뜨끔했다. 어제 이불을 덮어주러 이슬의 방에 들어갔다가 그녀의 자는 모습에 사로잡혀 얼마간 자리를 뜨지 못해 이슬을 깨울 뻔했었기 때문이다. 그때의 일이 연흔처럼 뇌리에 새겨진 걸까? 황토는 어제의 일을 생각하며 얼굴을 붉혔다. 빛이 들지 않는 침대 밑이라 얼굴이 잘 보이지 않는 것이 다행이었다.

황토가 변명을 준비해야 할 타이밍에 다행히도 황토의 핸드폰 벨이 울렸다. 황토는 냉큼 전화를 받았다.

"여보세요."

[응. 황토야. 너 착한 여자애로 소개팅 부탁했었지? 내가 아는 착한 애 소개시켜 줄까 하는데, 내일 시간 괜찮아?]

"아, 내가 나중에 연락할게."

누군지 확인하지도 않고 대뜸 전화를 받았는데 어제 소개팅을 부탁했던 친구에게서 온 연락이었다. 게다가 통화음은 왜 그렇게 크게 해놓은 건지. 이슬이 들을세라 급히 볼륨을 줄였지만 두 사람이 워낙 가까이 있었던 탓에 이슬은 모든 통화 내용을 듣고 말았다.

우스운 상황이었지만 이슬은 웃을 수도, 울 수도 없었다.

황토는 난감한 표정을 지었다. 무어라 해야 할지 변명의 말도 떠오르지 않았다.

이슬은 황토의 성격을 체념한 듯 미련 없는 목소리로 말했다.

"너 소개팅 좋아하는구나? 역시 못 말려."

그러다가 잠시 후, 좀 억울하다는 듯이 몇 마디 말을 더 붙였다.

"난 널 이해할 수 없어. 모든 여자를 손에 넣지 않으면 못 견뎌 하는 성격인 거야? 소개팅도 하고 상미 씨도 만나고 그렇게 바쁜 사람이 왜 나한테까지 그러는 거야? 내가 이 집에서 지내는 걸 사실대로 당당하게 말하지도 못하면서."

"그건……."

황토의 말을 이슬이 잘랐다.

"알아. 나를 보호해 주기 위해서라고 말하겠지. 아버지께서 나에 대해 알게 되시면 나는 여기서 쫓겨날 테니까. 그건 고맙게 생각할 테니까 이제 나한테 신경 꺼줬으면 좋겠어. 내가 누굴 만나든, 어디서 뭘 하든."

울컥하는 마음에 이슬은 속에 담아두었던 말을 쏟아냈다. 물론 자신의 감정은 숨기면서.

"나한테 이 이상 다가오지 말고, 도움 주지도 말고, 물론 괴롭히지도 말고. 그리고 또 네가 나한테 이러는 건 아버지께도 폐가 되는 거야. 아버지는 지금 집안끼리의 제대로 된 혼사까지 생각하고 계시는데."

"아버지께도 내가 좋아하는 사람이 누군지 언젠가 다 말씀드릴 거야. 지금은 정말 사정이 있어."

'허!' 하며 이슬의 코에서 콧바람이 빠져나왔다. 기가 막힌다는 투였다.

"아무튼 내 마음은 진심이야. 그것만 알아줘."

"소개팅에 가서도 그렇게 말하겠지, 내 마음은 진심이라고."

황토의 변명에 이슬의 목소리는 더 냉랭해졌다.

"나 시간 없어. 이제 비켜."

이슬은 있는 힘껏 황토를 밀었다. 이슬은 겨우 침대 밑에서 빠져나올 수 있었다.

※

우석을 만나러 밖으로 나온 이슬은 계속 뒤가 신경 쓰였다. 가만히 있는가 싶던 황토가 차를 끌고 이슬을 따라 나온 것이었다. 차도며 골목이며, 이슬이 가는 방향을 따라 걸어가듯 느릿느릿 차를 모는 황토 때문에 혼잡한 강남의 교통 사정은 더 안 좋아지고 있었다.

보다 못한 이슬이 황토에게 전화를 걸었다. 뒤에서 황토가 핸즈프리로 전화를 받는 것이 보였다.

[여보세요.]

"너 자꾸 그럴래?"

[뭐가.]

"왜 자꾸 따라오냐고!"

[우연히도 방향이 같을 뿐이야.]

"그럼 너 먼저 가."

[차라리 타고 가. 데려다줄게.]

이슬이 핸드폰을 들고 뒤를 돌아 황토를 노려보았다. 시속 5㎞는 되려나. 이보다 느릴 수는 없게 차를 운전하고 있는 황토가 이슬을 보며 옅게 웃었다. 어휴, 저걸 그냥. 도로 옆 큰길에서 천천히 걷던 이슬은 황토를 따돌리기 위해 돌연 옆으로 난 골목으로 쏙 들어가 버렸다.

"어딜 도망가?"

이슬을 주시하고 있던 황토가 재빨리 이슬이 사라진 방향으로 핸들을 꺾었다. 이슬이 냅다 달린다 해도 황토를 따돌릴 순 없었다. 투시력을 가진 황토에게 이슬은 독 안에 든 쥐와 같았다.

이슬은 황토를 차에서 끌어내 때려주고 싶은 심정이었다. 악마 같은 유혹으로 그녀의 앞날을 막는 것만으로도 답답하고 화가 치미는데 길마저 막고 있으니 더욱 어처구니가 없었다. 결국 이슬은 다 포기한 얼굴로 황토의 차에 올랐다.

"그래, 다리라도 편하게 해줘야지……. 가자, 가로수길로."

"그래. 포기하니 편하지? 셋이 같이 만나면 좋잖아. 다 아는 사인데."

기진맥진해진 이슬과는 달리 황토는 신이 난 것 같았다.

이슬은 피곤한 듯 황토의 차 조수석에 기대 잠을 청했다. 길눈이 어두운 황토 때문에 금방 깨어나야 했지만.

※

우석은 신사동의 한 레스토랑에서 이슬을 기다리며 메뉴를 살펴고 있었다. 이슬과 함께하는 시간이 기대되는 마음에 설레기까지

했다. 그녀가 오기 전까지 딱 그랬다.

얼마 후, 몇 분 새에 눈빛이 폭삭 늙어버린 이슬이 황토를 대동하고 들어왔다. 이슬을 맞이하려 자리에서 일어난 우석은 황토를 보고 올렸던 손을 내렸다.

"형, 오랜만이야."

황토가 능청스럽게 인사했다. 우석은 얼어 있었다.

"황토랑 같이 온 거예요?"

"아, 신경 쓰지 마세요. 얘는 혼자 먹겠대요."

이슬이 황토에게 눈을 흘기며 시큰둥하게 대답했다.

"응. 나 신경 쓰지 마. 둘이 즐거운 시간 보내."

그렇게 말한 황토는 이슬의 바로 뒤 테이블에 자리를 잡았다. 고개를 들면 우석과 눈이 마주칠 수 있는 자리였다.

우석은 자리를 옮길까 하다가 그냥 앉았다. 황토에게 이슬과 자신의 다정한 모습을 보여주고 싶기도 했다. 하지만 황토는 조금도 기죽지 않았다.

"우리 회사 직원 중에 정말 노래를 잘하는 친구가 있어요. 그 친구가……."

이슬과 함께 식사를 시작한 우석이 이슬에게 흥미로운 이야기를 들려주려 입을 열었다.

"강아진데 원숭이를 닮았다고? 그런 종자가 좀 있더라."

누군가와 통화를 하는지 우석의 이야기를 흩뜨릴 만한 목소리로 황토가 이상한 말을 하고 있었다.

황토의 말을 못 들은 척하려 애쓰느라 눈을 찌푸린 우석이 말했다.

"그 친구가 노래도 좀 만들거든요. 이번에 홍대에서 공연한다는

데……."

"서커스가 따로 없겠네. 언제 나도 좀 보여줘. 강아지들 재롱부리는 거 정말 귀엽지."

핸드폰을 귀에 댄 황토가 말했다.

"공연을 보면서 밥도 먹을 수 있고 그런 거예요."

우석이 웃으려 노력하며 말했다.

"요즘 사료는 맛있게 잘 나온다고 하더라."

황토가 이슬과 우석을 주시하며 웃음을 머금고 말했다.

이슬은 정신이 없었다. 통화를 하는 건지 개그 프로를 따라 하는 건지, 목청껏 이상한 말을 늘어놓는 황토, 슬슬 일그러지는 표정을 참아내며 말을 거는 우석. 그냥 다 버리고 도망을 가고 싶을 정도였다.

다행히 그때 전화벨이 울렸다. 셋째 언니의 전화였다.

"저 잠깐 통화 좀 하고 올게요."

이슬은 줄행랑을 치듯 핸드폰을 들고 잽싸게 레스토랑 문을 열고 밖으로 나갔다.

이슬이 사라지니 두 사람은 잠잠해졌다. 우석은 황토를 무섭게 노려보았고, 황토는 능청스럽게 혼자 식사를 했다. 참다못한 우석이 일어나 황토의 앞에 앉았다.

"지금, 데이트를 방해하는 거야?"

"이건 데이트가 아니지. 두 사람이 사귀는 사이도 아니고."

황토의 천연덕스러운 대답에 우석이 얼굴을 굳혔다.

"김황토, 내가 주제넘게 이런 간섭까지 하고 싶진 않은데, 친구들 네트워크로 소식 들었어. 너 소개팅 알아보고 있다고. 너는 그 소개팅이나 신경 써."

아직 약속도 잡지 않은 소개팅 얘기는 왜 그렇게 다들 들먹거리는지.

"안 하면 되잖아! 그놈의 소개팅, 이젠 할 생각도 없어. 됐어?"

"김황토, 진지하게 묻자. 이슬 씨랑 무슨 사이냐?'"

이슬에게는 내내 서글서글한 눈빛만 보여주던 우석은 황토에게 심각한 얼굴로 물었다.

황토는 잠시 멈칫했다. 사실을 말할까 또 둘러댈까.

"……내가 좋아해."

우석의 표정만큼이나 진지해진 황토가 사실을 말했다.

"이슬 씨는 전혀 아닌 것 같은데?"

"상관없어."

"그럼 나도 상관없어. 이슬 씨 마음이 중요하지 네 마음이 중요한 게 아니니까."

"아니, 그래도 안 돼. 우리 같이 살고 있어."

"야! 김황토!"

황토의 목소리가 컸던 탓에 얼굴이 홍당무처럼 빨개진 이슬이 빽 소리를 지르며 달려왔다.

"둘이 같이 산다고?"

이슬만큼이나 충격을 받은 우석의 입이 멍청하니 힘없이 벌어졌다.

"그래, 그렇게 됐어."

황토가 자신만만하게 말했다. 이슬은 황토를 힘 있게 때리고는 우석에게 말했다.

"아뇨. 그게 아니라…… 제 동생이 사는 집에 황토가 살고 있었던 것뿐이에요."

"어쨌든 같이 사는 거잖아."
"시끄러!"
이슬이 어떻게든 수습하려 했으나 이미 엎어진 물이었다. 우석은 반쯤의 넋을 레스토랑 밖으로 떠나보낸 얼굴이었고, 황토는 세상을 다 가진 듯한 미소를 지었다.
"그래서 둘 사이가 그렇게 스스럼없었던 건가? 매번 이슬 씨 아파트에서 황토를 만났던 거고?"
우석이 재차 확인하듯 물었다.
이슬의 얼굴은 점점 울상이 되어가고 있었다.
뱅글뱅글 돌아가는 머리를 양손으로 잡고 겨우 상황을 정리하려 애쓰는 우석의 모습은 안쓰러울 정도였다.
"미치겠네."
하지만 잠시 후 혼란을 이겨낸 우석이 황토에게 말했다.
"그래도 포기할 수 없어, 절대."

❈

만약 우석과 황토의 상황이 반대였다면 황토는, 나하고도 같이 살자며 이슬에게 억지를 부렸을지도 모른다. 그러나 우석은 이슬에게 그런 어처구니없는 말을 하지 않았다. 우석은 다 참아내겠다고 말했다.
식사를 마치고 집으로 돌아갈 때가 되어 황토와 우석은 또 실랑이를 벌였다. 서로 이슬을 집까지 바래다주겠다며 소리를 높인 것이다.
"둘 다 그만하세요. 저는 지하철 타고 혼자 갈 거예요. 너도 따라

오지 마!"

황토의 조심성 없는 폭로에 화가 머리끝까지 난 이슬은 황토에 우석까지 버려두고 이놈의 전쟁터에서 탈출하겠다는 듯 바삐 떠났다.

사실 이슬은 앞으로 어찌해야 할지 난감하면서도 의외의 희열이 있었다. 황토가 소개팅을 하지 않겠다는 선언에, 이슬과의 동거 사실까지 터뜨려 버렸다.

앞으로 어떻게 될까. 이슬이 황토를 좋아하고 있다는 사실을 황토가 알아채면 또 어떤 변화가 있을까.

아직 황토의 성격을 온전히 받아들일 수 있을 만큼 관대해질 순 없었다. 게다가 둘이 서로 좋아하게 된다 한들 두 사람이 이루어질 수 없다는 건 이슬이 잘 알고 있었다.

근심이 가득한 채로 길을 걷다 보니 어느덧 아파트에 도달해 있었다. 먼저 온 황토가 아파트 입구에서 이슬을 기다리고 있었다.

"아까 나가서 받았던 전화는 뭐야?"

"셋째 언니. 내가 사기당해서 집을 못 구하고 있다고 얘기했거든. 돈 빌려준다는 연락이었어."

두 사람은 엘리베이터를 타고 올라가며 말을 계속 주고받았다.

"집을 구하긴 뭘 또 구해?"

"이제 정말 나가야지. 맨날 나간다고 하고 못 나가서 미안해."

"그게 왜 미안해? 내가 있으라고 한 건데."

"오늘 너희 아버지 오셨을 때도 그렇고, 우석 오빠한테 네가 말한 것도 그렇고, 내 마음이 너무 불편했어."

황토는 이슬과 더 말을 하기 위해 이슬을 붙잡았지만, 그녀는 뿌리치고 집으로 들어갔다.

"어, 왔어?"

방에서 컴퓨터 게임을 하고 있던 세찬이 두 사람을 보고 인사했다.

"웬일로 둘이 같이 오네?"

"응…… 요 앞에서 만났어."

세찬은 한 번 고개를 끄덕이고는 다시 게임에 열중했다.

이슬은 세찬에게 황토와의 관계를 속이고 있다는 사실에 마음이 무거웠다. 발을 빨리하여 방 안으로 들어가려는데 황토가 이슬의 손목을 낚아채 그의 방으로 끌고 들어갔다.

황토가 속이 타는 듯이 말했다.

"들어올 땐 마음대로 들어왔지만 나갈 땐 절대 마음대로 안 되지. 다른 집 알아볼 생각도 하지 마."

"아니야. 이번엔 꼭 나갈 거야."

"절대 못 나가."

"억지 좀 쓰지 마."

이슬이 나가려 하자 황토는 그녀가 문을 열지 못하도록 팔을 뻗어 두 손으로 문을 막았다.

얼결에 이슬은 황토의 팔 안에 갇힌 꼴이 되고 말았다.

"이 방에서도 못 나가."

당황한 이슬이 황토에게 경고했다.

"소리 지른다?"

"질러. 세찬이가 무서울 건 없어."

그러나 둘의 사이를 들킬까 겁이 난 이슬은 어떤 큰 소리도 내지 못했다. 오히려 그녀의 목소리는 떨리고 있었다.

"비켜…… 이거 치워."

그녀의 앞을 막은 팔을 가리키며 이슬이 겨우겨우 말했다.

"싫어."

"저리 비키라고!"

"싫어."

황토의 말은 단호했다.

"황토야."

황토의 방 밖에서 문손잡이를 돌리려는 소리가 들렸다. 방에서 컴퓨터 게임을 하던 세찬이었다. 세찬은 황토의 방 문이 잠긴 사실을 알고 뒤늦게 노크를 했다.

강압적으로 이슬을 제 팔 안에 가두어놓았던 황토는 적잖이 놀랄 수밖에 없었다. 오로지 이슬에게만 집중하고 있었던 그는 세찬이 자신의 방 앞까지 온 것도 깨닫지 못했던 것이다.

"어, 왜."

놀랐지만 놀라지 않은 척, 황토가 목을 가다듬고 대답했다.

"내 빨래랑 네 빨래랑 섞여서 이거 주려고. 누나가 실수했나 봐."

"그래. 문 앞에 놔. 이따가 가져갈게."

옷을 갈아입을 때 문을 잠그는 친구는 아닌데 이상하다는 듯이 고개를 갸웃거리던 세찬은 황토의 옷가지를 그의 문 앞에 두고 다시 방으로 들어갔다.

"아무리 친동생이 좋아도, 내 떡 벌어진 어깨랑 동생 어깨를 동급으로 여기면 안 되는 거지."

세찬이 방으로 돌아간 후 속삭이는 목소리로 황토가 이슬에게 말했다.

그 순간 이슬은 맥없이 주저앉았다. 그녀는 황토보다도 더 놀란 것 같았다. 주저앉아 잠시 숨을 고른 이슬은 곧 고개를 들어 황토를 흘겨보았다.

"너 때문에 내가 제명에 못 살겠다."

이슬의 말에 황토가 미소 지었다. 그 미소 속에 숨어 있는 강한 의지를 이슬은 읽을 수 없었다.

"반드시 제명까지 살게 해줄게."

"퍽이나."

이슬이 비아냥거리며 자리에서 일어났다. 황토는 작전을 바꾸기로 결심하고 방을 떠나려는 이슬의 팔목을 다시 잡았다.

"다른 데 가는 건 마음이 안 놓여서 그래. 여기 있어."

"내가 어린애야? 마음이 안 놓일 이유가 뭐야?"

"말했잖아, 당신은……."

황토는 말을 다 마치기 전에 얼굴을 먼저 붉혔다.

"예쁘니까."

황토의 말에 이번엔 이슬의 얼굴이 붉어졌다. 어제 얌체공 한 트럭을 선물 받을 때 했던 '이쁘다'는 말과 또 느낌이 달랐다. 장난에 담긴 진심을 다시 확인받은 기분이었다.

"돼, 됐어! 날 뭘로 보는 거야? 그런 말이 나한테 통할 줄 알아?"

불퉁스런 말과는 달리, 이슬은 꽤 당황해하면서 얼굴을 붉히고는 황토가 미처 막지 못한 틈으로 잽싸게 빠져나가 방 문을 열었다.

"앗, 아직……."

이슬을 밖으로 나가지 못하게 하려고 황토가 손을 뻗었지만 때는 이미 늦었다.

"아…… 젠장."

이슬의 입에서 나온 말이었다.

잠시 화장실에 가려고 나온 세찬이 황토의 방에서 나오는 이슬을 발견한 것이다.

"어? 누나가 왜 거기서 나와?"

이슬이 당황하자 황토가 대신 대답했다.

"프로젝트 때문에 상의하느라고 잠깐 얘기 좀 했어."

세찬은 고개를 크게 끄덕이며 더 이상의 의심 없이 방으로 들어 갔다.

이슬은 황토를 날카롭게 쏘아보다가 성큼성큼 걸어 주방으로 갔다. 황토는 아기 새가 어미 새를 따르듯 이슬의 뒤를 졸졸 따랐다.

"뭐야, 또 먹으려고?"

황토가 이슬이 양푼을 들고 전기밥솥의 뚜껑을 여는 것을 보며 한마디 했다.

"네가 그렇게 난리를 쳤는데 음식이 제대로 넘어갔겠어?"

"나랑 똑같네. 같이 먹어."

"싫어. 너는 네가 해 먹어. 사 먹든지."

"나도 못 먹었다는데 불쌍하지도 않아? 사람이 어쩜 그렇게 정이 없나."

"후우……. 그럼 계란이나 부쳐."

황토는 크게 끄덕거렸다.

"계란 부칠 줄은 아니?"

이슬의 물음에 황토는 자신만만하게 대답했다.

"그게 뭐 어려운 거라고."

황토는 큼지막한 손으로 냉장고에서 계란을 꺼내 양손에 두 개씩 쥐었다. 이슬에게 요리하는 남자의 매력을 보여주려는 의지가 다분한 몸짓이었다. 계란, 그게 뭐 어려운 거라고. 달군 프라이팬에 껍데기를 깨서 톡 떨어뜨리기만 하면 되는데.

"김황토!"

그러나 황토는 이번에도 역시 이슬에게 혼쭐이 나고 말았다. 계란을 예쁘게 깨서 달군 프라이팬에 톡 떨어뜨리기만 하면 뭐 하는가. 기름을 두르지 않았는데!

"기름을 둘러야지!"

뒤늦게 허겁지겁 식용유를 꺼낸 황토는 프라이팬에 식용유를 확 쏟다가 제대로 된 사고를 치고 말았다.

황토의 흐느적거리는 손짓에 기름이 사방으로 튀고, 쏟아지고, 흘렀다.

"안 돼!"

"안 돼!"

"안 돼!"

앞의 '안 돼'는 식용유가 프라이팬을 타고 흐르며 순간적으로 불길이 솟구친 가스레인지를 보고 이슬이 외친 비명.

그 뒤의 '안 돼'는 일어선 이슬이 가스레인지로 달려가는 동안 황토가 외친 비명.

바로 따라붙은 '안 돼'는 두 사람의 목소리를 듣고 달려 나온 세찬이 주방에 흐른 기름 위에 미끄러지는 이슬과 황토를 보며 외친 비명.

"무슨 일이야. 괜찮아?"

허겁지겁 달려온 세찬이 바닥에 넘어진 이슬과 황토를 보고 물었다. 이슬이 황토를 깔고 누운 민망한 모양새였다. 그 와중에도 황토는 이슬이 걱정되었는지 이슬의 두 팔을 꼭 붙들고 있었다.

으으으, 이슬이 나지막한 신음 소리를 내며 일어나 황토에게서 떨어졌다.

"김황토, 이게 뭐야! 계란 부칠 줄도 몰라?"

이슬이 호통을 쳤지만 황토는 눈을 감은 채로 얼마간 일어날 생각을 하지 못했다. 그의 잇새로 '끄응끄응' 하는 앓는 소리가 흘러나왔다.

"나…… 갈비가 나간 것 같아."

✖

이슬과 동기 중이라는 황토의 말에 충격을 받은 우석은 하루빨리 이슬이 황토의 집에서 나오도록 돕고 싶었다. 마음이 급해진 우석은 운전 중에 제 소유의 오피스텔 건물 관리인에게 전화를 걸었다.

"네, 여사님, 안녕하셨어요? 부탁드릴 게 있습니다. 오피스텔 방 중에서 제일 좋은 방이 302호던가요?"

관리인과 통화를 하고 있을 때 앞창으로 빗방울이 톡톡 떨어졌다. 우석은 비가 오려나 싶어 핸드폰을 어깨에 낀 후 와이퍼를 켜려고 손을 뻗었다. 그러나 비는 몇 방울 떨어지다 말았고 우석은 손을 거뒀다.

이상했다.

다시 몇 방울 내린 빗물의 색이 뭔가 달랐다. 아무리 황사가 섞인 비라고 해도 이토록 붉을 수는 없었다. 진한 포도주의 색 같기도 했고 핏물 같기도 했다.

'뭐지?'

우석은 전화를 하다 말고 다시 와이퍼를 켜고 워셔액 레버를 당겼다.

쾅―

순식간에 일어난 일이었다.

와이퍼에 눈을 돌린 우석은 방향지시등을 켜고 제 앞으로 끼어드는 차를 보지 못한 것이다.

끼어들어 온 차와 세게 부딪치며 가장 크게 망가진 곳은 역시 운전석 쪽이었다.

그리고 얼마 후, 정신을 잃은 상태로 머리에 피를 흘리며 병원에 실려가는 우석을 빨간 머리의 남자가 흡족하게 지켜보았다.

�֎

"계란 때문에 죽을 뻔하다니."

병원 침대에 반듯하게 누운 황토가 한탄하듯 말했다.

"계란을 부쳐 먹으라고 했지, 갈비뼈를 분질러 먹으라고 했어?"

황토가 다친 일로 속이 상한 이슬이 화풀이하듯 황토를 나무랐다.

"분질러 먹은 건 아니니 금방 좋아질 거야. 잠시만. 차 끌고 올게 기다려."

둘 사이를 중재하듯 세찬이 순한 목소리로 말하곤 일어섰다.

침묵이 이어질 틈도 없이 황토가 엄살을 부렸다.

"아, 아프다. 내 갈비……."

"……그렇게 아파?"

황토의 골골대는 소리에 연민이 생긴 이슬이 걱정스러운 얼굴로 물었다.

"장난 아니야. 내 갈비……."

진심인지 엄살인지 이슬로선 도무지 분간이 가지 않았다.

자기 때문에 이맛살을 잔뜩 찌푸린 이슬이 재미난 듯 황토는 신나게 협박을 시작했다.

"갈비 다치면 남자 구실도 못 하는 거야. 알아? 책임져."

책임지라는 말에 후우, 쓴 숨을 길게 내쉰 이슬이 말을 건넸다.

"그럼 내가 어떻게 하면 되겠니?"

"내 수족이 돼줘야지, 적어도 두 달 동안은."

"나보고 네 시중을 들라고?"

"진심으로 미안하다면 그 정도는 해줄 수 있어야 되는 거 아니야?"

"거기다 두 달?"

"갈비가 얼마나 소중한 건지 몰라? 갈비는 깁스도 못 해. 두 달 동안 완치된다는 보장도 없다고."

"엑스레이로도 안 보이고 초음파로 겨우겨우 보이는 실금을 가지고 두 달을 부르는 거야?"

"실금이라잖아. 얼마나 섬세하게 금이 갔으면 겨우겨우 보이냔 말이야. 원래 안 보이는 게 더 무서운 거야. 이래서 아파본 적도 없는 사람하곤 말이 안 통해. 이게 얼마나 아픈 건지 알아?"

황토의 억지에 이슬은 두 손 두 발 다 들고 말았다.

당장 집에서 나갈 생각을 하고 있던 이슬은 엄살인지 진짜인지도 모르는 황토의 부상 때문에 당분간 더 황토의 집에 머물게 되었다.

당연히 우석과 연락을 할 수도 없었다. 이슬은 우석과 헤어진 날 바로 우석에게 미안하다는 내용의 문자메시지를 보냈지만 답문을 받지 못했다.

'실망한 건가……. 그래, 나라도 실망했을 거야.'

연락이 없는 우석을 생각하다가 이슬은 제멋대로 단정 지었다. 당연히 이슬은 우석이 사고가 나서 병원에 누워 있다는 사실을 알지 못했다.

황토라면 우석의 소식을 알 수 있는 방법이 있었을 것이다. 그러나 그는 다른 사람을 살필 여력이 없었다. 오로지 그의 관심은 갈비와 강이슬이었다.

"강이슬이랑 계란 때문에 이게 뭐야? 제일 힘든 게 뭔지 알아? 침대에 눕는 거, 침대에서 일어나는 거. 허리에 힘 들어갈 때마다 얼마나 악 소리 나게 아픈지 당신은 상상도 못 해."

다음 날 아침, 황토는 침대에서 일어나는 데 48분이나 걸렸다며 이슬을 구박했다.

그날부터 이슬은 황토의 간병인이 되어 황토가 침대에서 눕고 일어날 때마다 그를 부축해야 했다. 여리여리하지만 궂은일을 도맡아 하던 이슬에게 그것은 별것 아닌 봉사활동이었다. 그러나 황토는 그 노동을 별것으로 만드는 데 일가견이 있었다. 이슬이 황토를 눕히거나 일으킬 때마다 이슬은 이루 말할 수 없는 억센 힘과 싸워야 했던 것이다.

황토를 눕히기 위해서 이슬은 그의 팔을 자신의 목에 걸어야 했는데, 그 팔 힘이 어찌나 세던지, 이슬은 몇 번이나 황토와 함께 침대로 고꾸라질 뻔했다.

그렇지만 이슬을 열 받게 하는 것은 따로 있었다. 집에 가면 온갖 아픈 척은 다 하는 녀석이 옹골마을에서는 그리 멀쩡해 보일 수가 없는 것이었다.

"당연하지. 프로는 그런 거야. 아파도 안 아픈 척, 힘들어도 안 힘든 척. 강이슬처럼 안 착해도 착한 척. 같은 선수끼리 왜 이러시나?

"그걸 그렇게 조절할 수 있으면 집에서도 참아야지 왜 못 참는데?"

"일하는 동안 참아내느라고 얼마나 힘들었는데 집에서도 그걸 참아? 내가 약 같은 거 안 먹는 사람인데 일하느라고 진통제까지 먹고 있다고."

그것은 맞는 말이었다. 사실 황토는 정말 욱신욱신한 가슴 통증을 매번 느끼고 있었다. 물론 이슬의 앞에서는 좀 더 과장된 표현을 하긴 했지만 환자는 환자였다.

그러나 보통 환자답지 않게 황토의 행동은 괴이했다. 이슬을 껴안는 포즈로 매번 침대에서 일어난다면 갈비뼈에서 오는 압통이 상당할 텐데도 황토는 그러한 방식을 고수했다. 이유는 그것이었다. 딴마음.

제천 의림지에서부터 시작된 이슬과의 포옹은 엄청난 중독성이 있었다. 그녀를 안고 있으면 출근하면서부터 쌓인 그날의 피로뿐 아니라 결혼결혼 하시는 아버지에 대한 스트레스, 영혼영혼 하는 악마에 대한 스트레스까지도 모두 사라지고 그 빈자리에 새로운 기운이 충전되는 것만 같았다. 아픈 것이 복으로 느껴지는 것은 처음이었다.

목요일 저녁, 이슬보다 일찍 퇴근한 황토는 거실에서 서성거리다가 엘리베이터에서 내린 이슬의 모습을 보고 냅다 제 방 침대로 뛰었다.

털썩. 누군가의 도움 없이 그냥 눕는 것은 여전히 통증이 있었다. 그는 이슬에게 침대에 뉘어달라고 한 뒤 다시 일으켜 달라고 할 걸 왜 사서 고생을 했는지 후회되어 한탄했다.

잠시 후 현관문 도어록 여는 소리가 들렸고, 이슬이 현관에 모습을 드러냈다.

오늘도 내내 격무에 시달린 이슬은 제 어깨를 툭툭 치며 쌓인 피로를 달랬다.

"왔어?"

황토의 방에서 소리가 들렸다. 이슬은 왠지 황토가 얄미운 마음에 대답을 할까 말까 망설이다가 대답했다.

"그래, 왔어. 뭐 해?"

"누워 있어."

누워 있다는 말에 진저리가 났다. 이슬은 황토가 더 말을 걸기 전에 재빨리 방으로 들어갔다.

하지만 이슬이 방에 들어와 자리에 털썩 주저앉기가 무섭게 금방 핸드폰 벨이 울렸다.

김황토 이 자식. 밖에서는 전화도 안 하는 녀석이.

이슬은 부르르 떨며 전화를 받았다.

"왜."

[나 할 일이 생각나서 일어나야겠어. 좀 일으켜 줘.]

어휴, 또다시 지옥의 시간이구나.

똑똑똑, 노크와 함께 황토의 방으로 들어갔다. 황토는 늘 그랬듯이 침대에 누워 있었다. 어쩐지 황토에게서 악마의 미소가 보이는 것 같았다.

분명 오늘 오전에 옹골마을에서 건물 마감재를 멀쩡히 확인하고, 들고 나르던 그 황토가 맞았다. 그때 아픈 척이라도 하면 밉지나 않지.

이슬이 황토 가까이 앉으며 말했다.

"자, 일어나."

이슬의 말에 황토는 한 팔로 그녀의 목을 감싸고 다른 한 팔로 침대를 짚었다.

끄응, 이슬이 화장실에서 볼일 보듯 힘주는 소리를 내며 그를 일으키려 애썼다. 그러나 황토는 꼼짝도 하지 않았다. 오히려 이슬이 황토에게 끌려가는 것 같았다. 마치 일부러 이슬을 침대에 눕히려고 작정한 사람처럼 황토는 힘을 주고 있었다. 황토의 갈비뼈를 보호해 주려다가 제 갈비뼈가 나갈 것 같았다.

"일어나려는 의지를 좀 가져. 끄응차!"

그렇게 겨우 황토를 일으켰다. 약 5분 정도의 봉사활동은 숨을 헐떡이게 할 정도였다.

그리고 항상, 그 노동이 끝나면 두 사람의 상체는 거의 맞닿아 있었다. 그 덕에 이슬은 매번 육안으로만 봐도 탄탄해 보이는 황토의 너른 가슴팍을 몸소 체감할 수 있었다.

그래, 가슴만이라면 어떻게든 눈 딱 감고 버틸 만했을 것이다. 하지만 이슬에게 온몸을 의지하여 몸을 일으킨 황토는 턱을 이슬의 어깨에 걸치고는 큰 숨소리로 이슬의 귓불을 간지럽혔다. 봉사활동에 이어지는 지독하디지독한 고문이었다.

후우. 그의 숨소리가 닿을 때마다 오소소 소름이 돋아 뒷목이 뻣뻣해졌다.

이슬은 급히 침대에서 일어나 뒤로 돌았다. 황토에게 붉어진 얼굴을 보일 수는 없었다.

"이제 다시 눕는 건 세찬이 시켜. 나는 잘 거니까."

"알았어. 고마워."

전혀 고맙지 않게 들리는 목소리. '쌤통이다'라고 하는 것 같기도 하고, '메롱' 하고 더 약을 올리는 것도 같은, 저 귀티 나는 외모와 대비되는 황토의 싼티 작렬한 가벼운 목소리가 이슬의 속을 부글부글 끓게 하고 있었다.

이슬은 황토보다 먼저 방에서 나와 방 문을 닫았다.

"아우…… 저 우라질레이션."

타들어가는 속에서 급히 꺼내어진 듯 출처 불분명의 말이 후닥닥 터져 나왔다.

사실 황토에게 번번이 유혹 폭격을 당하는 자신에 대한 질책이었다. 아, 이놈의 전쟁 같은 사랑.

복대를 찬 황토가 뒤늦게 방에서 나오며 이슬에게 물었다.

"뭐야. 지금 욕했어?"

아. 이 녀석은 귀가 엄청 밝지. 귀 밝은 걸로는 두더지 뺨도 때릴 것 같은 녀석.

"아니."

바늘이 콕콕 양심을 찌르는 느낌이 났다. 이슬은 도망치듯 방으로 들어가 문을 닫았다.

※

김황토, 저 화상을 어찌해야 하나.

식탁에 앉아 피로를 털어버리기 위한 음주를 시작한 이슬은 금세 맥주 한 캔을 뚝딱 비우고 그 옆의 새 맥주 캔을 집어 들었다.

"내가 사왔는데 누나가 다 마시네."

세찬이 캔맥주 뚜껑을 따며 말했다. 오랜만에 남매가 마주 앉았다.

누구에게나 악마가

"목 마를 일이 있었어. 또 사다 줄까?"

"아니, 하나면 돼."

세찬은 별일 아니라는 듯이 맥주를 들이켰다.

"아버지는 요즘 어떠시니?"

주말마다 제천에 방문해야 하는 처지가 된 세찬에게 이슬이 물었다.

"뭐, 똑같으시지. 그보다는 할머니가 더 걱정이야. 지난번 교통사고 후유증이 꽤 크신가 봐. 약간 오락가락하셔."

할머니는 여든이 넘었지만 여태껏 정정하셨다. 이슬의 어머니가 돌아가신 뒤로 집안 살림을 내내 도맡아 한 사람도 할머니였다. 그랬던 할머니가 정신이 오락가락하여 누워 계신 상태이니, 이제는 두영이 그 수발을 들어야 했다. 그리고 주말에는 장손 세찬의 몫이었다.

"엄마 돌아가신 날 할머니가 귀신을 봤대. 귀신이 엄마를 데려갔다지 뭐야."

세찬은 아버지가 만난 귀신의 이야기를 잘 알지 못했다. 하지만 귀신에 대해 한 차례 들은 바 있는 이슬에겐 할머니의 말이 너무나도 다른 의미였다.

"그 귀신이 곧 할머니도 데리러 올 거래. 그러면서 한숨을 쉬셔."

세찬이 한숨을 쉬었다. 이슬은 아버지가 만난 귀신에 대한 이야기를 할까 하다가 입을 닫았다.

"황토는?"

침묵이 흐르자 세찬이 물었다.

"몰라. 누여줬으니 자겠지."

이슬이 시큰둥하게 대답했다.

"그래? 내가 일으켜 주고 나가면서 빨리 돌아와서 누여준다고 했는데 일 때문에 밖에서 통화를 오래 했어."

"뭐라고?"

이슬이 집에 왔을 때 분명 황토는 누워 있었는데!

일으켜 주고 간 애를 다시 일으켜 세웠다라…….

그럼 그 일으키고 일으킨 사이의 공백은 누구란 말인가. 천사가 다녀갔나? 천사가 누여주고 도망간 건가?

혼자서는 누울 수도 일어날 수도 없다는 애가 어찌 일어나고 다시 일어난단 말인가. 정말 귀신이 곡할 노릇이었다. 이슬은 자꾸 황토의 병세에 대한 의심이 생겼다.

다음 날 황토는 보수공사에 대한 의견을 나누느라 어쩔 수 없이 옹골마을에 있는 상미의 집 옥상에서 상미와 둘이 마주하게 되었다.

"저는 황토 씨가 뭘 하든 믿을게요. 업계에서 능력 있는 분이라는 얘기 들었어요. 믿고 맡기는 거니까 예쁘게만 해주시면 돼요."

황토에게서 보수공사 세부 사항에 대한 설명을 들은 상미는 황토를 전적으로 신뢰하겠다며 웃었다.

"그보다는, 마당에 놓을 인테리어 소품 말인데요. 황토 씨가 골라 주시면 안 될까요? 내일 라운딩 다녀와서 같이 고르러 가면 좋을 것 같은데. 제가 봐서 공원 소품도 기증할게요."

상미는 특유의 고양이 미소로 웃으며 옥상 너머로 보이는 공원을 가리켰다. 공원에서는 이슬의 회사 사람들이 돌을 나르고 있었다. 자연석으로 공원을 꾸밀 모양인 것 같았다. 황토의 눈에 제 머리보다도 더 큰 돌을 나르는 중에도 환하게 웃고 있는 이슬이 들어왔다.

이 여자야. 그 큰 돌을 들 때는 웃는 얼굴이 아니라 지친 얼굴이어야 한다고.

"황토 씨?"

상미가 황토를 불렀지만, 황토는 듣지 못한 듯 이슬을 향한 채 미소를 머금고 멈춰 있었다.

"강이슬 씨랑 친한가 보네요."

'강이슬'이라는 이름이 나오자 황토가 표정을 바꿨다.

"황토 씨가 예전에 그런 말을 한 적 있죠, 황토 씨 이상형은 황토 씨를 위해서 뭐든 희생할 수 있는 여자라고. 강이슬 씨가 그런 여자예요?"

황토는 그 질문에 대답할 필요를 느끼지 못했다. 다만 정말 궁금한 것이 있어 상미를 향해 물었다.

"자기 목숨까지 희생할 수 있을 정도로 지극한 사랑이 있을까요?"

"뭐…… 있을 수도 있겠죠."

"그럼, 본인은 어느 쪽이라고 생각하십니까?"

"무슨 말이죠?"

"본인이 정말 사랑하는 사람을 위해서라면 어떤 희생도 감수할 수 있다고 생각해요?"

희생이라니. 상미는 지금껏 그 단어의 의미조차 생각해 본 적이 없었다. 그런데 이 남자는 두 번이나 자기에게 희생에 대해 물었다. 대체 무슨 의도인지, 도무지 예측할 수가 없었다.

당황한 얼굴로 굳어 있는 상미를 앞에 두고 황토가 쓰게 웃었다.

"가죠. 인테리어 소품이든 뭐든 고르러. 제가 잘 아는 데로 안내하겠습니다."

꧁

　황토는 옹골마을 듬쑥로 첫 번째 집 거실에 누워 통유리창으로 하늘을 올려다보고 있었다.

　하늘을 편하게 볼 수 있는 날은 이제 92일. 누구든 자신을 사랑해 줄 수 있는 사람을 구해야 하는데 소개팅도 하지 않기로 해버렸으니, 다른 수를 찾아야 했다. 황토는 제게 다가오는 여자들을 내치지 말아야겠다고 다짐했다. 그러한 이유로 상미의 은근한 데이트 신청도 받아들일 수밖에 없었다. 비록 이미 문신의 색을 보라색으로 물들여 버린 사람이지만, 언젠가 붉은색이 될 거라는 희망은 모든 여자들에게 있었다.

　"김 사장!"

　황토가 생각에 빠져 누워 있을 때 서랍형 카우치를 갖다 놓으러 온 이슬이 그를 보고 소리쳤다.

　"뭐야? 눕고 일어날 때가 제일 힘들다며! 누가 널 여기 눕혀줬니?"

　황토의 발치까지 온 이슬이 그를 내려다보며 추궁했다. 화제를 돌려야 할 필요성을 느낀 황토는 대뜸 셔츠를 배 위로 들어 올려 이슬에게 보여주었다.

　"이거 보여? 이거?"

　"넌 무슨 노출증이니? 옷을 왜 벗어 제끼냐? 여기가 아마존이야?"

　역시 노출은 적나라하고도 아름다운 것이다. 다행히도 이슬은 황토의 화제에 빠르게 휩쓸려 갔다.

"유난 좀 그만 부리고 봐봐. 내 배가 올챙이배가 돼가고 있잖아."

그 말에 이슬은 퍼그처럼 인상을 잔뜩 구겼다.

"복근이 점점 사라지고 있다고. 갈비 때문에 운동을 못 해서."

"그러게 갈비가 아픈 사람이 어떻게 여기 누워 있을까? 천사가 눕혀주고 갔나? 눕고 일어나는 게 제일 힘들다며."

아, 그렇지. 거기까지 왜 생각을 못 했을까. 화제는 다시 처음으로 돌아왔다. 황토는 다시 머리를 짜냈다.

"그러지 말고 여기 누워봐. 하늘이 아주 좋아."

"밖에 널리고 널린 게 하늘이란다. 난 나간다. 네모난 하늘 감상 잘하렴."

"나 안 일으켜 줄 거야?"

"누웠던 의지로 한 번 일어나 봐."

"오늘 일찍 와. 저녁 같이 먹게."

황토의 말에 대답도 없이 이슬은 쌩하니 밖으로 나가 버렸다.

이슬이 문을 나서기 직전에 황토가 또 말했다.

내년엔 저 하늘을 같이 보자. 그러나 이슬의 귀에 닿진 않았다.

이슬과 함께 저녁을 먹으러 일찍 집으로 돌아온 황토는 주차장에서 준성과 마주했다.

"뭐야? 너."

갑작스럽게 다가온 준성이 다짜고짜 물었다. 늘 조소로 일관하던 준성의 얼굴에 웃음이 지워져 있었다.

"그 여자를 대신할 다른 여자를 찾으려고?"

준성은 요 얼마간 계속 미심쩍었던 황토의 행동에 의심을 품고 물었다.

"……그럴 생각이야."

"그럴 수 없을 텐데?"

"아니, 반드시 그렇게 할 거야. 그렇게 알아둬."

"넌 그럴 수 없어."

황토의 확고한 모습에 준성이 잠시 특유의 비웃음을 보였다.

"왜냐고? 나와의 두 번째 거래가 그 여자를 넘겨주는 조건으로 너에게 30일을 더 준 것이었으니까. 그 여자를 넘기지 못하겠다면 내게 30일을 돌려주어야 하지 않겠어? 너에겐 시간이 없어. 그 여자만큼 순수하게 널 사랑해 줄 사람은 세상에 없어."

그랬다. 황토는 그 생각을 하지 못했던 것이다.

준성은 오래전 황토에게 30일의 시간을 더 허락해 주면서 이슬이 황토를 사랑하게 되었으면 좋겠다는 조건을 붙였다. 황토가 준성에게 이슬을 넘겨주지 못하겠다면 추가로 얻은 30일 또한 돌려주어야 하는 것이었다. 그렇게 되면 남은 시간으론 이슬 외의 다른 여자를 찾기에 버거울 수도 있었다.

"그래. 가까스로 네가 다른 여자를 찾는 데 성공해서 내게 넘겨준다 쳐. 강이슬이 손을 피로 물들인 너 같은 애를 사랑할 수 있을 것 같아?"

악마는 계속 모진 말을 내뱉었다. 황토는 숨이 막혀왔다.

"넌 절대 그 여자와 함께 행복해질 수 없어. 너한텐 선택이 없어. 무조건 그 여자를 내게 넘겨라."

그러고도 안심이 되지 않았는지, 뒤돌아서려던 준성은 눈을 가늘게 뜨고 겁을 주듯 말했다.

"네 숙부가 어떻게 죽었는지 알려줄까? 죽음을 앞둔 사람의 그 처절하고 비굴한 모습을 너에게서 보고 싶진 않은데 말이야. 나도 너하고 꽤 정이 들어서."

그제야 준성의 웃음이 돌아왔다. 그러나 전혀 웃음으로 보이지 않는 싸늘하고 날카로운 표정이었다.

"힘내. 너는 금방 그 여자를 잊을 수 있을 거야."

준성은 이 말을 끝으로 황토에게서 떠났다.

세상에.

두 손이 바르르 떨렸다. 오랜 기간에 걸쳐 떨쳐 냈던 두려움이 다시 찾아왔다.

심장이 아렸다. 탁한 쇳소리가 섞인 준성의 목소리가 여전히 허공에 떠돌고 있는 것 같았다.

넌 절대 그 여자와 함께 행복해질 수 없어, 넌 절대 그 여자와 함께 행복해질 수 없어……. 몇 번이나 황토의 뇌리에서 메아리쳤다.

나보고 어쩌라는 거야, 죽으라는 거야?

섬뜩한 공포가 찾아왔다. 10년 전 악마와 함께 있었던 동굴 속으로 다시 빨려 들어가는 느낌이었다.

다리가 떨려 걸을 수도 없었다. 집으로 올라가려던 황토는 몇 번이나 허리를 숙이고 구역질을 했다. 몸 안의 것들을 모두 토해내고 싶은 기분이었다.

내가 당신을 잊을 수 있을까.

집에 들어가지 못한 채 고개를 푹 숙이고 터벅터벅 동네를 걸었다. 갈비뼈가 아픈 건지, 그 안의 심장이 아픈 건지, 가슴의 욱신거림이 없어지지 않았다.

고개를 들면 나뭇잎 흔들리는 소리에도 이슬이, 사람들 오가는 그림자에도 이슬이 보였다. 핏빛으로 물든 노을까지 이슬이었다.

세상이 이슬로 가득 차 있었다.

내가 당신을 잃을 수 있을까.

아니, 절대 그럴 수 없다.

그렇다면 내가 다른 여자의 목숨을 빼앗고 당신과 행복해질 수 있을까.

숙부까지 죽인 내가?

아픈 가슴을 붙들고 핸드폰을 꺼내 통화버튼을 눌렀다.

※

"후, 나도 내 마음을 모르겠다."

오랜만에 친구 슬기의 노점상을 방문한 이슬이 테이블에 얼굴을 묻고 한탄했다.

"나는 황토 좋던데. 우리 기린이랑도 잘 놀아주고. 기린이는 황토가 너 좋아한다고 하던데? 넌 우석이 오빠가 더 마음에 들어서 그러는 거야?"

슬기는 마치 황토와 우석 두 사람과 잘 안다는 듯이 두 사람의 이름을 편하게 부르며 이슬의 마음이 궁금하다는 투로 물었다.

"아니야. 다 아니야."

이슬이 테이블에 엎드린 채로 고개를 흔들었다.

"하긴, 나는 잘생긴 사람 싫어. 얼굴값 할 것 같단 말이지. 그래서 황토도 별로야."

슬기가 말했다. 치. 금방 10초 전에는 좋다더니. 이랬다가 저랬다가 왔다 갔다 하긴 하지만 슬기는 남자의 겉모습에 절대 현혹되는 일이 없는, 대한민국에 몇 안 되는 개념 여성이었다.

"그러지 말고 점이나 봐라."

슬기가 이슬을 달래듯 타로카드를 꺼내 들었다.

"뭘 알려줄 건데?"

"글쎄. 뭐든? 점은 맹신하는 게 아니야. 그냥 우울한 기분을 달래기 위해 재미로 보는 거지."

"그게 점집 하는 사람이 할 소리야?"

슬기는 이슬의 말에 대답하지 않고 타로카드를 섞고는 그녀의 앞에 펼쳤다.

"지금의 고민에 대해 마음속으로 생각하고 카드 세 장을 뽑아서 순서대로 여기다 놔."

이슬은 슬기의 성화에 못 이겨 펼쳐 놓은 카드 중 세 개를 뽑아 테이블에 내려놓았다.

"예전에 해보라고 한 배열법이랑 다르네?"

"응. 타로 보는 법은 여러 가지거든."

슬기는 이슬이 내려놓은 카드를 한 장씩 뒤집었다.

이슬은 뒤집혀진 카드를 보고 잠시 설레었지만 곧 다시 가라앉았다. 타로카드 마스터와 지기지우이다 보니 카드의 의미 정도는 모두 외우게 되었다.

세 장의 카드는 '연인—죽음—태양'이었다.

"첫 번째 카드는 지금 너의 고민이야. 근데 로맨스! 짜식, 뽑기 운도 좋네. 너 연애하려나 보다. 그런데 그 연애가……."

두 번째 카드를 향해 손가락을 뻗은 슬기의 말끝이 흐려졌다.

"로맨스가 다 죽나 보네. 저승사자네. 맞아, 그렇겠지. 저승사자."

해골이 붉은 불 속으로 걸어가는 그림을 본 이슬이 반은 체념한 듯한 눈으로 힘없이 대답했다.

"뭐, 좋게좋게 해석하자고. 세 번째 카드가 태양이니까. 너 자식 농사 잘 지으려나 보다"

슬기는 커다란 태양·아래 귀여운 아기 천사가 노는 그림을 가리키며 말했다.

"음, 그럼 네가 손님이라면 나는 이렇게 말하게 되겠지."

슬기는 세 장의 카드를 한 장씩 짚어 나갔다.

"지금 만나게 될 사람이랑 진득한 연애를 하지만 방해꾼의 도발로 헤어지고 그 후에 새로운 사람을 만나서 애 낳고 잘살게 될 거야."

"지금 만나게 될 사람이랑은 안 된다는 거지?"

"뭐, 해석이 그렇다는 거지. 맹신하지는 말라니까."

슬기의 반응에 이번엔 이슬이 타로카드를 섞었다.

"맘에 안 들어. 다시 봐야겠어."

그런데 그때, 이슬의 전화벨이 울렸다.

황토였다. 그는 이슬에게 전화를 자주 하는 남자가 아니었다.

이슬은 선물 상자를 풀어보기 전 소녀의 마음처럼 괜스레 설레었다.

"여보세요."

[……물어볼 게 있어.]

어디가 또 아픈가? 침대에서 일으켜 달라고 할 때의 싼티 목소리를 제외하고는 거의 항상 가라앉아 있는 황토의 목소리가 오늘따라 왠지 더 묵직하게 들렸다.

이슬은 황토의 다음 말을 기다리며 잠자코 있었다.

[자기 대신 누군가가 반드시 죽어야 한다면, 당신은 어떻게 할 거

야? 당신과 상관없는 사람이라면 죽게 할 수 있을까?]

한순간에 이슬은 진지해졌다. 이슬도 항상 그런 생각을 했었기 때문에. 나 대신 누군가 죽게 되면 나는 과연 행복할까.

대답은 언제나 '노'였다. 지금껏 착하게 살아왔기 때문에 정말로 착해질 수밖에 없었던 이슬은 누구의 어떤 것도 빼앗고 싶지 않았다.

"난 그건 싫어. 나 때문에 아무도 죽을 수는 없지. 내 운명을 남한테 떠넘기면 안 되지."

이슬이 시원하고 자신 있게 대답했다.

한참 동안 아무 말 없이 전화기를 들고 있던 황토의, 피식, 웃음을 힘없이 털어놓는 소리가 들렸다.

[그래, 맞아. 알겠어.]

황토는 이슬에게 더 이상의 설명을 하지 않고 전화를 끊었다. 그의 목소리가 왠지 낯설어 무언가를 더 물어보려던 이슬은 끊긴 전화기만 한동안 붙들고 있었다.

"무슨 일이야?"

슬기가 물었지만 이슬은 잠시 생각에 빠져 아무 말도 하지 않았다.

아주 예전에 황토에게, 짊어지고 있는 짐이 있으면 나눠줘도 된다고 한 적이 있었지. 그러고선 한 번도 그 아이의 짐에 대해 물어본 적이 없었어.

바닷가에 갔을 때 그 아이는 '살고 싶다'는 말을 했었지. 그런데 나는 그걸 그냥 장난처럼 넘겨 버렸어. 그땐 내가 너무 화가 나서.

혹시 이건 그 아이의 SOS가 아닐까?

이슬은 곧바로 일어나 가방을 들었다. 더 생각하지 않아도 될 것 같았다.

"나 먼저 갈게. 나중에 놀자."

이슬은 슬기와 인사를 나눌 겨를도 없이 밖으로 나가 황토에게 전화를 걸었다.

※

어둠이 내린 공원.

벤치에 털썩 앉은 황토가 핸드폰을 만지작거리며 미소 짓고 있었다.

거기가 어디냐고 묻는 이슬에게 제대로 대답하지 못했다. 분명 와본 적이 있는 동네인데 정확한 설명을 할 수가 없었다. 그러나 핸드폰 GPS가 있으니 집으로 돌아갈 수는 있을 것이다. 황토는 벤치에 잠시 앉아 평화를 만끽하다가 집에 돌아가기로 마음먹었다.

신기하게도 이슬의 한마디로 모든 것이 정리되었다. 비로소 황토의 얼굴에 평온한 미소가 번졌다.

당신을 만난 순간에 이미 내 운명은 정해져 있었나 봐.

황토는 처음으로 이슬을 생각하며 행복을 떠올렸다. 항상 조바심 속에 키워가던 사랑이었다.

땅도, 하늘도, 바람도, 밤하늘의 별도 달도 모두 이슬이었다. 어느새 이슬은 그에게 가장 소중한 사람이 되어 있었다. 제 사랑을 온전히 줄 수 있는 유일한 사람을 만났다. 더 오래전에 만나지 못한 것이 아쉬울 뿐, 앞으로의 선택에 후회는 없을 것이다.

당장 이슬을 보고 싶어 벤치에서 일어났다. 얼른 집으로 돌아가야 했다.

하지만 황토는 곧 다시 털썩 자리에 주저앉았다. 먼발치에서 이슬이 그를 향해 달려오는 게 보였던 것이다.

헛것이 보이는 건가 싶어 그는 눈을 몇 번 깜빡였다. 나를 이렇게 빨리 찾을 수 있을 리가 없는데. 분명히 이슬이었다. 밝게 빛나는 그녀의 모습이 가까워지고 있었다.

이윽고 황토를 발견한 이슬은 더 빨리 뛰었다. 그의 앞에 바짝 다가와 선 그녀의 숨소리가 아가의 것처럼 곱게 들렸다.

"뭐야, 왜 여기 있어?"

몇 번 숨을 내쉬던 이슬이 걱정스런 얼굴로 물었다.

황토가 대답했다.

"길을 잃었던 게지."

당신 말대로, 나는 길치니까.

이슬은 황토의 어색한 말투 우습다는 듯 빙긋 웃으며 놀렸다.

"오늘은 그 안에 악마가 아니라 영감이 들어앉았나 보다. 혹시 무슨 안 좋은 일 있었어?"

"아니, 지금 기분은 더없이 좋아."

"뭐야. 술이라도 마셨어? 괜히 걱정했다. 일어나. 누나가 집까지 바래다줄게."

황토도 거울을 마주한 듯 이슬을 따라 빙긋 웃었다.

10년 동안의 악몽이 끝났다.

이제 함께 행복하게 살아갈 날들만 남았어. 비록 두 달밖에 남지 않았지만.

가슴속에서 파도치던 것들이 그의 눈으로 솟아올랐다. 만들어진 투명한 빗물은 그의 뺨을 타고 또르르 굴렀다.

아픔이라 생각하지 말고 기쁨으로 받아들이자고, 황토는 기도문을 외듯 마음속으로 중얼거렸다.

"왜……."

이번엔 이슬이 황토의 표정을 따라 눈동자 그득히 우물을 퍼 올렸다. 말을 한 번에 다 꺼내지도 못했다. 그녀는 타인의 감정을 잘 흡수하는 사람이었다.

"왜 울어……."

이슬이 달래듯 물었다. 대답은 한참 후에 되돌아왔다.

"……나 좀 안아주라."

숨소리에 감춰진 조용하고 나긋한 음성이 투정을 부렸다.

그 말에 더 이상의 어떤 것도 묻지 않고 이슬은 어린아이 어르듯 장정 같은 그를 가슴에 안아 토닥였다.

따뜻하다. 황토는 들릴 듯 말 듯한 흐느낌과 함께 한마디 말을 흘려보냈다.

누군가의 심장 소리를 들어본 건 처음이었다.

사람이 절절해져 본 것도 처음이었다.

당신이 날 이렇게 어둠에서 건져 내는구나. 정말 고마워.

길을 잃으면 길이 보인다.

※

끝내 황토는 이날 무슨 일이 있었는지 이슬에게 말하지 않았다. 그가 자초지종을 털어놓을 마음이 없다는 걸 알고 있는 이슬 또한 황토에게 어떤 질문도 하지 않았다.

두 사람 사이의 *끈끈한* 정서적 유대감? 그런 것도 없었다. 황토는 하루아침에 바뀔 수 있는 남자가 아니었다.

아니, 이슬을 붙잡고 눈물 흘린 일 따위는 기억에서 완전히 지워버리라는 듯, 능청이 더욱 그럴듯해진 업그레이드 버전의 김황토였다.

다음 날 황토는 부항같이 생긴 휴대용 저주파 치료기를 사와서는 갈비뼈 자리에 붙여달라고 이슬에게 생떼를 썼다.

"내가 물리치료 받으러 다닐 새도 없이 일하는 거 딱하지도 않아? 혼자 이걸 붙이고 떼는 게 얼마나 힘든 일인지 당신은 상상도 못 해. 나를 얼른 빨리 낫게 하려면 내 말을 잘 듣는 게 좋을 거야."

황토는 침대에 앉아 셔츠 밑단을 위로 반쯤 올리고는 복근을 드러내며 이슬에게 앙탈을 부렸다.

'김황토, 이 화상'이라는 말이 절로 나왔다.

너는 갈비뼈가 손에 닿지도 않느냐, 아니면 네놈의 손은 금붙이로 만들어졌다냐, 숟가락 들 힘만 있으면 그놈의 부항 붙이고 뗄 수 있게 생겼던데, 손목에도 금이 갔냐. 아무짝에도 쓸모없는 그놈의 손모가지 내 당장 부러뜨리고 말겠다……. 이슬은 갖은 험담과 협박으로 그를 위협했지만, 천하의 김황토는 조금도 굴하지 않았다.

결국 두 손 두 발 모두 들어버린 사람은 이슬이었다.

이슬은 몇 주 전 제천에 내려갔을 때의 기억을 떠올렸다. 그녀는 아버지와 다툰 후 서울로 돌아가는 길에 잠시 들른 의림지에서 황토의 가슴에 기대 펑펑 울었었다.

그래, 이번엔 내가 위로해 줘야지. 내가 참자, 내가 참자…….

이슬은 스스로를 다독이며 황토의 다친 갈비뼈 자리에 부항컵을 조심히 붙였다.

"아니아니, 그 옆에."

황토는 이슬이 부항컵을 붙인 자리가 잘못됐다며 고개를 흔들었다.

"아니, 그 위. 그 위."

"여기?"

"아니, 거기보단 아래."

이슬이 부항컵을 떼며 길게 숨을 내쉴 때 핸드폰 벨이 울렸다. 황토의 핸드폰이었다.

"나 핸드폰 좀. 갈비가 아파서 팔을 못 뻗겠네."

황토가 천연덕스럽게 턱짓으로 핸드폰을 가리키며 말했다. 핸드폰은 황토의 머리맡, 침대의 모서리 언저리에 있었다. 이슬의 가까이에 있으면 밉지나 않지.

가만 생각해 보니 핸드폰이 거기 있는 것도 이해가 되지는 않는다. 방금 전 일이 있다며 밖에 나갔다 저주파 치료기를 사가지고 돌아온 황토였다. 나갈 땐 분명히 핸드폰을 가지고 갔을 터.

한데 그 핸드폰이 벽에 부딪혀 망가지지 않고 저기 저 자리에 있다는 것은 황토가 투호 놀이 도내 대표선수급이어서 핸드폰을 던져 목표 지점에 정확히 착지시킬 수 있는 능력자이거나, 갈비뼈를 다쳐 사정이 딱한 황토의 방에 천사가 친히 강림하시어 다른 곳도 아니고 저곳에 핸드폰을 놓아두고 떠난 것. 그것도 아니라면 황토가 침대에 직접 눕거나 엎드려 저곳에 핸드폰을 놓아두었다는 얘긴데. 아무리 생각해도 세 번째일 가능성이 농후할 것 같은데 갈비가 아파서 팔을 못 뻗겠다는 건 대체 무슨 얘기란 말인가.

사기성이 다분해 보였지만 전날 황토의 눈물을 기억하는 마음 약한 이슬은 최대한 그의 기분에 맞춰주기로 했다.

퀸사이즈 침대였기에, 이슬은 황토의 침대 위로 기어 올라가야
했다.

"자, 여기. 왜 여기 있는지 도통 모르겠는 너의 핸드폰."

"어, 고마워."

아. 저 영혼 없는 고마워.

갈비뼈를 다치지만 않았다면 이슬은 몇 번이나 황토의 머리를 쥐
어박았을 것이다.

이슬의 이런 심정을 아는지 모르는지, 황토는 무신경한 눈빛으로
전화를 받았다.

"여보세요."

황토가 전화를 받음과 동시에 이슬은 슬그머니 밖으로 나가려고
일어났다.

"어딜 가."

전화에 집중하는 듯 보였던 황토는 이슬에게로 손을 뻗어 그녀의
목 언저리 옷깃을 잡았다. 기어이 움직이지 못하게 된 이슬이 입을
이죽거리며 황토의 옆에 앉았다.

"아버지."

[뭐 하냐? 다른 사람이랑 같이 있냐?]

"네, 일이 있어서요."

황토가 핸드폰 너머의 상대방에게 말했다. 전화를 건 사람은 그
의 아버지였다.

[이 녀석아, 오늘 라운딩 나오라고 했던 거 잊어버린 거야? 끝나
고 상미 양이랑 인테리어도 보러 가기로 했다면서.]

"아, 잊어버렸어요. 그 여자한테는 제가 따로 얘기할게요. 아버지
도 더 이상 그 여자랑 저 엮으려고 하지 마세요. 사정은 나중에 뵙

고 다 말씀드릴게요."

[뭐? 너 이 녀석……]

"먼저 끊을게요, 일이 많아서."

한껏 여유로운 표정의 황토는 아버지가 노발대발하든 말든 짧게 통화를 끝냈다.

"일이 많은 줄은 몰랐네요. 일하세요, 저는 이만."

곁에서 황토의 말을 모두 듣고 있던 이슬은 비아냥거리며 자리에서 일어났지만, 이내 다시 황토에게 옷깃을 잡혔다.

"빨리 이거 떼서 아래에 붙여줘야지. 그래야 빨리 나아서 일을 하지."

황토가 부항컵을 가리키며 말했다. 밖에 나갔다 오더니 저주파 치료기와 함께 뻔뻔함을 패키지로 사왔나 보다.

"여기. 됐지?"

이슬이 떫은 표정으로 부항컵을 황토의 갈비뼈 자리에 다시 붙이며 말했다.

"아니, 더 오른쪽."

"하아……. 여기. 됐지?"

부항컵 하나 붙이는 것도 어쩜 이리 까다로운지. 이슬은 네 개밖에 안 되는 부항컵을 붙이는 데 10분 이상을 허비했다.

단순히 시간만 버린 것이라면 억울하지나 않지, 숨을 내쉬고 들이쉬는 것이 적나라하게 드러나는 그의 탄탄하고 매끈하고 뜨거운 가슴. 그의 가슴에 눈을 고정한 채로 계속 손을 대고 있자니 없던 음란마귀도 생겨나는 기분이었다.

"됐어. 완벽하진 않지만 그쯤이면 돼. 내가 참지 뭐."

그쯤이면 됐다는 말도 어쩜 이리 얄밉게 하는지. 이슬은 부항컵을 그의 입에 붙여 버리고 싶은 마음을 꾹 눌러 참아야 했다.

이슬은 여전히 규칙적으로 오르내리는 황토의 가슴에서 재빨리 손을 떼고 방 밖으로 나갔다.

"아우…… . 저 완전 변태 능구렁이 같은…… . 악귀야, 물러가라."

떨린 가슴을 진정시키느라 말을 걸러내야 한다는 인식도 하지 못했다.

그리고 역시, 어김없이 황토의 초현실적 청력이 방 밖의 이슬을 불러 세웠다.

"지금 내 욕 했어?"

"아니!"

흥분한 이슬의 목소리가 거실에 크게 울렸다. 이슬은 꽁무니를 빼고 도망가다시피 제 방으로 돌아갔다.

황토는 엷은 미소를 지으며 이슬이 방으로 들어가는 것을 지켜보았다.

인생이 얼마 남지 않았는데도 줄곧 미소 지을 수 있게 하는 힘. 그건 사랑이었다.

강이슬, 그 여자가 모든 것을 바꿔놓았다.

한 가지 걱정스러운 건, 그녀에게 자꾸 욕심이 생긴다는 것.

부항컵을 붙여달라며 떼를 쓰는 그의 앙탈을 존중해 주는 마음씨부터, 맨살을 건드리기 주저하는 수줍음과 맨살에 닿을 때마다 미세하게 떨리던 길고 가는 손가락에, 아기 같은 숨소리까지. 작은 것하나하나 예쁘지 않은 구석이 없는 이슬을 자꾸 갖고 싶었다.

두 달 뒤에는 모두 내려놓아야 하는 것인데도.

옹골마을에서의 볼일이 모두 끝난 월요일 저녁.

늦게까지 집으로 돌아가지 않고 승용차에 조용히 앉아 있던 황토가 몇몇 집들에 불이 환하게 켜질 때쯤이 되어서야 길을 나섰다. 오가는 사람 한 명 없는 한적한 길을 저벅저벅 걸어 도착한 곳은 준성의 집이었다. 황토는 직접 그를 찾아가는 길을 택했다.

옹골마을의 열두 번째 집. 언제나 황토는 그곳에 갈 때 부하 직원한 명을 대동했었다. 그에겐 늘 준성에 대한 두려움이 있었다.

아직 그 두려움을 다 이겨내진 못했다. 그러나 제 미래에 대한 선택에서 가뿐해진 지금은 마음가짐이 달라졌다.

보호해야 할 것이 생겼다. 그 마음이 황토를 강하게 만들어주고 있었다.

똑똑똑. 짧게 노크하고 문을 열었다. 문은 열려 있었다.

그리고 역시, 황토를 기다리고 있었다는 듯 준성이 거만한 자세로 거실 소파에 앉아 있었다.

"약속을 정확히 하려고 왔어."

"그래, 얘기해 봐."

준성이 빨간 입술로 미소 지으며 거만하게 말했다.

"기한이 끝나는 날은 12월 8일이야. 그때 내가 너한테 갈 거야. 그때까지 넌 절대 아무도 해칠 수 없어."

"뭐야?"

준성이 일어났다. 그의 비소는 순식간에 사라졌다. 그의 눈동자엔 불길이 치솟고 있었다.

"당연히 그 여자도 건드릴 수 없어."

황토는 준성의 눈빛에 지지 않고 또박또박 말했다.

쾅— 준성은 서 있던 황토의 셔츠 앞섶을 쥐어 목을 조르며 넘어뜨렸다.

순간 형광불로 주위를 밝혔던 환한 실내의 풍경이 모두 사라졌다. 두 사람은 비쩍 마른 가시덤불이 사방을 모두 메운 어느 황폐한 땅에 떨어져 있었다.

여전히 황토는 준성에게 목이 졸린 채로 바닥에 누워 있었다. 가히 상상할 수 없을 만큼의 억센 힘이었다. 황토의 자유로운 두 팔마저 속박당하는 것처럼 느껴질 정도로 무시무시했다.

"네가 이렇게 뒤통수를 쳐?"

악마도 평정심을 잃을 수가 있었다. 그의 씩씩거리는 소리가 소름 끼치도록 크게 들렸다.

준성이 황토의 목을 조인 손에 힘을 줄 때마다 그들을 둘러싸고 있던 가시덤불도 점점 두 사람을 덮쳐 왔다. 이 때문에 황토의 이마에 작은 생채기가 났지만 정작 피해를 입고 있는 쪽은 준성이었다. 가시덤불은 황토의 위에 엎드려 있는 준성의 등을 계속 공격하고 있었다.

"내가 네 목숨을 어떻게 구해줬는데!"

이를 악물고 으르렁거리던 준성이 소리쳤다.

"……20년이야."

황토는 준성에게 목이 졸려 나오지 않는 목소리를 겨우 짜내 힘겹게 말했다.

"그 사람이, 죽지 않으려고, 죽도록, 노력했던 시간이."

말끝을 흐리는가 싶던 황토가 다시 힘을 주어 말했다.

"착한 척을, 하던 사람이, 진짜, 착해지게, 되기까지의 시간이야.

그렇게…… 삶에 대한, 애착으로 가득한 사람을, 어떻게, 부수라는
거야……."

　황토의 말을 듣는 동안 준성의 손이 서서히 풀려가고 있었다. 놀
랍게도 준성은 황토의 말에 동요하고 있었다. 준성의 속에 어떤 감
정들이 진을 치고 있는지는 알 수 없었다. 두 사람을 옭아매고 있던
가시덤불도 슬쩍 느슨해졌다.

　겨우 준성의 손에서 풀려난 황토의 목소리는 울먹임으로 변해가
고 있었다.

　"그러니 제발, 제발 날 데려가."

　황토가 흐느끼는 동안 서서히 걷혀가던 가시덤불은 어느 순간 모
두 사라졌다. 두 사람은 다시 준성의 집 거실로 돌아왔다. 그러나
두 사람은 주변의 풍경이 다시 돌아왔다는 사실을 인지하지도 못할
정도로 각자의 감정에 집중하고 있었다.

　준성이 그에게서 손을 뗀 뒤에도 여전히 바닥에 누워 있는 황토
가 모든 것을 내려놓은 듯이 처연하게 말했다.

　"날 데려가……."

　황토는 몇 번이나 같은 말을 반복하며 흐느낌을 흘려보냈다. 이
로써 그는 하고픈 말을 모두 쏟아냈다.

❈

　제시간에 일을 마치고 집에 일찍 들어온 이슬은 또다시 황토에게
시달릴 것이 걱정되었다.

　'오늘은 또 뭘 사 들고 와서 날 들볶으려나…….'

　그냥 무시해 버리면 될 것을. 자꾸 마음이 약해지는 탓에 황토의

갈비뼈 통증은 꾀병이 반이라는 걸 짐작하면서도 그의 수족이 되어 주었던 것이다.

"맥주나 마시고 일찍부터 뻗어 자면 되지 뭐."

잠에 빠져 버리면 황토의 목소리를 듣지 못할 테니 마음이 동할 일도 없을 것이다. 이슬은 회심의 미소를 짓고는 문을 나섰다.

이슬이 현관문을 여는 순간 엘리베이터 문이 열렸다. 굿 타이밍에 소소한 기쁨을 느꼈다. 여느 때와 같이 엘리베이터에서 나오는 이웃에게 몸에 익은 목례를 하고 엘리베이터를 타려는데 엘리베이터에서 나온 중년의 남자가 고개를 갸우뚱하며 그녀를 돌아보았다. 지금껏 한 번도 마주치지 않았던 사람이었다.

"아가씨는 누군데 우리 애 집에서 나오는 거죠?"

언젠가 한 번 들어본 적이 있던 목소리가 그녀 발을 멈추게 했다. 짧은 순간 동안 이슬은 기억을 더듬어보았다. 그리고 며칠 전 그녀가 황토의 침대 밑으로 들어갈 수밖에 없었던 사건이 떠올랐다.

침대 밑에서 들렸던 중년의 목소리.

이슬에게 말을 건 사람은 황토의 아버지였다.

후줄근한 티셔츠에 맨발에 슬리퍼⋯⋯. 누가 봐도 딱 동네 마실 가는 한량의 차림새였다. 뭐라 변명을 하기도 난감한 상황이었다.

안절부절못하는 이슬을 찬찬히 훑어보던 황토의 아버지는 일자로 다문 입을 열고 말했다.

"일단 들어와 봐요."

황토의 아버지는 차근히 도어록을 열고 황토의 집 안으로 들어갔다.

"들어와요."

그가 현관문 앞에 쭈뼛쭈뼛 서 있는 이슬에게 다시 말했다. 기어이 현관으로 들어간 이슬이 천천히 슬리퍼를 벗고 거실로 들어섰다. 황토의 아버지는 느긋한 발걸음으로 걸어 황토의 방 문을 열었다. 황토가 없는 방을 천천히 훑어본 그는, 이번엔 황토가 서재로 사용했던 이슬의 방으로 들어갔다.

심장이 툭 튀어나올 것처럼 세차게 뛰었다. 일주일 전, 황토의 아버지가 방문했을 때의 충격으로 매일 이슬은 그녀의 방을 사람이 살지 않는 것처럼 정리해 놓긴 했지만 사람이 살고 있는 체취까지 감출 수는 없었을 것이다. 매의 눈으로 본다면 그녀의 흔적은 쉽사리 찾을 수 있었다.

그러나 무언가 다른 말을 할 줄 알았던 황토의 아버지는 서재를 한 번 쓱 둘러보고는 금방 문을 닫았다.

"서 있지 말고 앉아요."

먼저 소파에 앉은 황토의 아버지가 이슬에게 자리를 권했다. 이슬은 겸연쩍은 얼굴로 그의 옆에 가 앉았다.

"놀랐나? 나는 황토의 애비 되는 사람이에요."

먼저 자신을 소개한 그는 이슬이 스스로 입을 열길 기다리며 그녀를 바라보았다.

"네, 저는, 세찬이 막내 누나 강이슬이라고 합니다. ……잠깐 동생에게 볼일이 있어서 들렀습니다."

"음, 그렇군. 근데 동생도 없는데 들렀어요?"

황토의 아버지가 물었다. 이슬은 다시 변명거리를 찾아야 했다.

"아니, 아니요. 세찬이는 일이 있어서 먼저 나갔습니다. 저도 바로 나가는 거고요."

잠시 황토 아버지의 미간에 주름이 패었다. 이해한다는 듯 고개를 끄덕이기까지는 꽤 시간이 걸렸다.

“오늘 황토는 못 봤어요?”

“아, 네, 못 봤습니다.”

“이 녀석이, 여자를 바람맞히고 말이야.”

무슨 소린가 싶어 이슬이 그를 바라보았다.

“아니, 혼잣말이에요. 우리 아들 녀석 결혼 좀 시켜주려고 하는데 말을 안 듣네. 허허.”

“아아. 하하…….”

‘결혼’이라는 말에 잠시 사고가 정지했지만, 이슬은 그를 따라 웃는 시늉을 해 보였다. 그러나 그 가식은 오래가지 못했다.

“그럼, 저 먼저 일어나 보겠습니다. 계시다 가세요.”

바늘방석에 앉은 듯 마음이 불편했던 이슬은 황토의 아버지가 다른 질문을 할세라 자리에서 일어났다.

“그래요. 반가웠어요.”

황토의 아버지도 허례뿐인 인사를 했다.

도망치듯 황토의 집에서 나온 이슬은 터덜터덜 정처 없이 거닐었다. 맥주를 마실 마음도 사라졌다.

스스로가 초라하여 서러웠다. 황토가 원망스럽기도 했다. 왜 그 녀석은 나를 이 집에 남겨놔서 이런 무안을 겪게 하는 거야! 언젠가 아버지의 뜻에 따라 결혼도 할 놈이 날 들었다 놨다 하는 건 뭐야! 그 녀석의 한마디 한마디에 전부 반응하고 흔들리는 나는 또 대체 뭐야!

그녀는 사실 답을 알고 있었다. 이 갈등은 이슬 쪽에서 먼저 차단시켜야 되는 것이었다. 언젠가 그의 아버지와 다시 마주 앉아 그와 만나지 않는 조건으로 돈봉투 같은 것을 건네받을 요량이 아니라면 이슬이 먼저 황토에게서 도망가야 했다.

하지만 머리로는 안 된다는 걸 알고 있는데, 왜 자꾸 그 녀석에게로 마음이 기우는 건지.

절망스러웠다. 때려주고 싶은 능글맞은 망나니여도, 손바닥 뒤집듯 마음이 변하는 괴짜 다혈질이어도, 집에 한 트럭은 있는 얌체공만큼 주위에 여자가 많아도 상관없을 만큼, 그녀는 황토가 좋아져 버렸다.

오랜만에 찾아온 사랑의 감정이 곧 절망이었다.

※

D-59.

준성의 집을 나온 직후 손등의 문신 옆에 운명의 날을 알리는 숫자가 나타났다가 사라졌다. 두 달도 채 남지 않은 시간이라 안타까웠지만, 결정에 후회는 없었다.

가뿐한 마음으로 차에 올랐을 때 아버지에게서 전화가 왔다.

"여보세요."

[그래. 뭐 이렇게 얼굴 보기가 힘들어? 애비가 두 번이나 집까지 찾아가게 하고.]

"집엘 가셨다고요?"

놀란 황토의 목소리 톤이 높아졌다.

[그래. 세찬이 누나라는 아가씨랑 같이 사는 건 왜 숨겼냐?]

사실, 황토의 아버지는 이슬이 황토의 집에 살고 있다는 것을 빠르게 눈치챘다. 그러나 큰 소동을 만들고 싶지 않아 이슬의 앞에서는 모르는 척 입을 다물었던 것이다.

[조심해라. 결혼할 나이에 이상한 소문이라도 나면 너한테 더 안

좋아. 그 아가씨는 언제 나가라고 할 테냐?]

황토의 아버지가 재촉하듯 물었다.

긴 침묵이 흘렀다. 황토는 어떻게 대답해야 이슬과 더 많은 시간을 함께할 수 있을까 생각했다. 아버지께 그녀에 대한 제 마음을 털어놓지 않으면 그것은 그 나름대로 이슬을 보호하는 방법이 될 것이다. 하지만 그렇게 숨기기만 한다면, 이슬은 결단력이 부족하고 용기도 없는 황토를 내내 책망하거나, 황토에게서 벗어나려고만 할 것이다.

그렇다면 이슬의 속을 후련하게 해주는 것이 옳은 길이었다.

"못 나가게 할 거예요. 제가 좋아하는 여자거든요. 아버지께서 빨리 인정해 주셔야 할 거예요."

오랫동안 가슴에 담아뒀던 말을 밖으로 꺼냈다. 이것은 이슬의 속만 후련하게 만드는 말은 아닐 것이다.

끼익, 끼익.

그네의 쇳줄이 지지대와 마찰하는 소리가 밤공기를 처량하게 건드렸다.

이슬은 가까운 놀이터의 그네에 한 시간째 앉아 있었다.

언젠가부터 눈물도 찔끔찔끔 나왔다.

'가족'이라는 미명 아래 자신을 쥐락펴락하는 황토가 미웠다. 미운 사람을 가슴에 담아두게 된 자신은 더더욱 미웠다.

어떻게 하면 그에게서 벗어날 수 있을까를 생각하면서도, 그에게서 멀어질까 봐 두려워진다.

바보.

언젠가 그 애가 날 백치라고 놀린 적이 있었지. 아니, 매번, 바보처럼 굴지 말라고 충고했었지. 하지만 정말 내가 바보인 줄은 오늘에서야 알았어.

"젠장. 인생이 참 더럽다. 아이고, 내 팔자야."

평소엔 잘 쓰지 않는 걸걸한 말로 제 기분을 달래보았다.

"아이고, 아이고, 내 팔자야."

밤공기에 기대 청승을 떨고 있으니 기분이 나아지는 듯도 하여 한 번 더 외쳤다.

그때, 익숙한 음성이 메아리처럼 그녀의 소리를 따랐다.

"아이고, 아이고."

언제 그렇게 기척도 없이 다가왔는지. 등 뒤에서 모습을 드러낸 황토가 이슬을 보며 씨익 웃더니 그녀의 앞에 무릎을 꿇고 앉았다. 그녀와 눈높이를 맞추기 위해서였다.

"한참 찾았잖아."

"난 네가 싫어."

어떻게 자신을 찾았는지는 물어볼 생각도 않고, 간단한 인사도 없이, 이슬이 뾰로통해진 목소리로 말했다.

"나는 당신이 좋은데."

황토가 편안하게 미소 지으며 말했다. 그 차분한 얼굴이 왠지 미워, 이슬은 더 얄궂은 목소리로 말했다.

"난 네가 세상에서 제일 싫어."

"나는 당신이 세상에서 제일 좋은데."

타인을 빠져들게 하는, 총총 빛나는 눈동자가 이슬의 눈빛을 끌고 가고 있었다. 그 눈에 현혹되지 않으려 고개를 돌리려다 황토의 이마를 보게 되었다. 무언가에 긁힌 것 같은 상처가 눈에 띄었다. 세상에서 제일 싫다면서, 그의 상처에는 저절로 눈이 가나 보다.

"너 이마⋯⋯."

이슬이 황토의 이마에 손을 뻗어 상처의 기원을 물으려 할 때였다.

황토의 입술이 이슬의 입술을 지그시 눌렀다.

살랑거리며 옷깃 속으로 찾아드는 가을바람만큼이나 간질간질한 입술의 촉감이 새로운 시작을 알리고 있었다.

영원과도 같은 찰나의 행복. 황토는 이날을 죽어서도 잊지 않겠다고 다짐하고 다짐했다.

5. 악마

"살려주세요……."

그녀의 어미는 숨이 끊어지기 직전에 이렇게 빌었다. 그 처절하고 절절한 음성이 며칠째 준성을 괴롭히고 있었다.

※

영혼을 거두어가는 자들. 이승의 사람들은 그들을 죽음의 사자라고 불렀다. 귀신이라고 부르는 사람들도 있었지만, 실은 그와 상반되는 자들이었다. 이승에 떠도는 원혼을 수거해 가는 것이 바로 그들의 몫이니 말이다.

죽음의 사자들은 오로지 이성적 판단력만을 가지고 영혼을 저승으로 인도하는 일을 하지만, 개중에는 감정을 가진 이들도 있었다.

감정을 가진 이들 중 일부는 죽음의 사자가 영혼을 거두어갈 수 있다는 점을 악용하여 재미를 위해 사람들을 죽였다. 결국 균형을 중요시하는 저승 사회에서는 이들에게 인간의 목숨을 빼앗을 수 있는 능력을 앗아가 버렸다. 대신 그들은 인간이 스스로의 의지로 누군가를 죽이려 하거나 해를 가할 때 이를 부추길 수 있는 유인력을 얻게 됐다.

이승의 사람들은 그들을 악마라고 불렀다.

그들은 많은 돌연변이를 만들어냈고 자생하면서 성장했다.

세월이 지나다 보니 그들은 사람들이 서로 죽이게 하거나 사람들끼리 싸우게 하거나 시기하게 하지 않으면 자생력이 약해져 살 수 없게 되어버렸다. 살 수 없게 되어 사라지는 악마들이 어떤 모습이 되는지 준성은 알지 못했다. 그 '사라짐'에 대한 본능적인 두려움 때문에, 악마 준성은 더 자생력이 강한 상급 악마로 레벨업하는 데에 혈안이 되어 있었다. 준성은 하(下)계급의 악마였다.

10년 전 황토와 계약을 했을 때 준성은 큰 기대를 갖고 있었다. 악마에게 제 핏줄에 대한 심판을 부탁하는 열여덟 살짜리 꼬마. 그 녀석이라면 미워하는 사람, 그리고 없애고 싶은 사람을 많이 만들어낼 수 있을 거라고 생각했다. 준성은 무리를 해서 황토에게 사람을 없앨 수 있는 능력과 약간의 초능력을 선물해 주고 떠났다.

그러나 그건 준성의 판단 착오였다. 황토는 그 귀한 능력을 단 한 번도 사용하지 않았다. 게다가 10년 전 숙부를 죽게 만든 일을 후회하는지, 누구를 죽이겠다는 생각은 절대 마음에 담지도 않았다. 악마는 자신과 계약한 사람을 9년 동안 지켜보기만 해야 한다는 불문율이 있는데도 2, 3년에 한 번씩은 황토의 앞에 제 모습을 보여가며 유난을 떨었는데 황토는 어떤 나쁜 일도 하지 않았다.

"난 너에게 너무 많은 투자를 했어. 그러니 투자한 만큼은 돌려받아야겠어."

준성은 황토를 떠올리며 혼잣말을 했다.

이슬의 영혼을 넘겨주느니 자신이 죽겠다며, 황토가 준성에게 30일을 돌려주고 떠난 다음 날, 준성의 집엔 가시덤불이 생겨났다. 침실 구석에 자그마하게 생겨난 것이지만 등에 상처를 입은 그에게는 그 자체만으로도 상당히 위협적이었다. 가시덤불이 보인다는 것은 준성이 갈가리 찢겨져 없어질 수도 있다는 의미로 생각되었다.

"인간들은 좋겠군, 병원이 있어서."

등이 후끈거렸다. 전날 황토와 함께 움직이는 가시덤불 속으로 떨어지며 등에 수십 개의 상처가 생겨났다. 16년 전에도 이런 일이 있었다. 임무의 완벽 수행에 실패하여 악계(惡界)에서 내린 벌인 것 같았다. 인간 세상의 물리적인 힘으로는 절대 상처를 입지 않았지만, 악계에서의 상처는 아무는 데에 2년 남짓의 시간이 걸린다. 그 시간 동안 준성은 고통 속에서 살아야 할 것이다.

이미 16년 전에 한 번 실수를 했기 때문에, 황토의 영혼을 수습하기 전에는 악계로 돌아갈 수도 없었다. 게다가 황토에게 이미 30일을 추가로 준 적 있었던 준성은 앞으로 88일 동안 인간 세상에 머물러야 했다. 이미 조작한 일에 오류가 있더라도 악한 일이 아닌 이상 절대 수습하는 일이 없는 악계의 케케묵은 결재시스템 때문이었다. 결국 준성은 약해진 능력에 의지하여 인간 세상의 이방인이 되어 88일을 참아내야 했다.

"하아, 하아."

상처의 고통으로 숨이 잘 쉬어지지 않았다. 계속 누워만 있었기 때문에 목이 말랐다. 몸을 겨우 일으켜 주방으로 갔다. 한 걸음, 한 걸음 떼는 것이 고역이었다. 결국 준성은 이루 말할 수 없는 피로를 느끼고 피를 토하며 주방에서 쓰러졌다.

※

'오늘은 이 일만 끝내고 퇴근해야지.'

이슬의 회사 차장은 얼른 퇴근할 요량으로 옹골마을 그날 치 일거리에서 가장 빨리 끝나는 일인 블라인드 설치를 맡았다. 블라인드와 장비를 들고 준성의 집에 다다른 차장은 잠기지 않은 문을 통해 안으로 들어갔다.

그리고 현관에 들어선 차장은 몇 발치 앞에서 준성이 쓰러져 있는 것을 발견했다. 피를 토한 흔적도 보였다.

'죽었을 수도 있어! 괜히 말려 들었다가는 오늘 일찍 퇴근하는 건 둘째 치고 매일 경찰서에 불려가야 할지도 몰라.'

차장은 부리나케 밖으로 나왔다. 장갑을 끼고 준성의 집 문고리를 잡아 다행이라는 생각을 했다.

직원들이 많이 모여 있는 다른 집으로 건너간 차장은 가장 먼저 이슬에게 제 일을 떠넘겼다.

"강 대리, 생각해 보니 내가 허리가 아파서 블라인드 설치를 하면 더 망가질 것 같지 뭐야. 오늘 나랑 일 좀 바꾸면 안 될까?"

"네, 좋아요."

이슬은 흔쾌히 알았다고 했다. 차장은 이슬 같은 사람과 함께 일을 하게 되어 다행이라고 생각하며 안도했다.

블라인드와 장비를 챙겨서 준성의 집을 방문한 이슬은 노크를 했음에도 아무런 기척이 없자 그냥 현관문을 열고 안으로 들어갔다.

"실례합니다. 어? 준성 씨!"

이슬 역시 주방에 피를 토하고 쓰러져 있는 준성을 발견했다. 그녀는 준성에게로 곧장 달려갔다.

"준성 씨! 눈 떠봐요, 준성 씨!"

이슬은 준성의 가슴에 귀를 대고 그의 심장 소리를 확인했다. 다행히 심장은 뛰고 있었다. 코에 손을 갖다 대니 그의 차가운 숨이 느껴졌다. 죽은 건 아니었다.

이슬이 준성을 흔드니 그의 입에서 얕은 신음 소리가 흘러나왔다.

"준성 씨, 내 말 들려요? 병원에 가야겠어요. 구급차 부를게요."

이슬이 신속하게 핸드폰을 꺼내 전화를 걸려 할 때 준성의 차디찬 목소리가 들렸다.

"······하지 마."

"네?"

"구급차 부르지 말라고."

"안 돼요. 지금 몸이 아주 차요."

이슬은 준성의 요청에도 불구하고 119로 전화를 걸고 핸드폰을 귀에 가져갔다.

휙. 그 순간 핸드폰에 닿아 있던 이슬의 귀로 바람이 날아들었다.

뭐지, 이건?

이슬은 그저 바람 소리를 들었을 뿐이다. 그런데 그녀의 핸드폰은 몸도 일으키지 않은 준성의 손에 들려 있었다.

"그냥 놔두고 가요."

조금 정신을 차린 준성이 낮은 음성으로 말했다.

그러나 이슬은 자리를 뜨지 못했다.

"저한테 기대세요."

이슬은 일단 그를 옮기기로 했다. 준성의 한쪽 팔을 자신의 어깨에 척 걸친 이슬은 그의 허리를 잡고 힘을 주어 일어났다.

그러나 그렇게 힘을 줄 것도 없었다. 준성은 말도 안 되게 가벼웠다. 가구를 많이 다루다 보니 무게를 어림짐작할 수 있는 능력이 생긴 이슬은 30㎏ 정도밖에 나가지 않는 것 같은 준성의 체감 무게가 믿기지 않았다.

"준성 씨, 영양실조예요? 왜 이렇게 가벼운 거야."

뼈밖에 없나? 아니, 뼈도 없는 건가? 만져 보면 뼈도 근육도 꽤 있는데.

이슬은 준성을 가뿐하게 들어 그의 침실로 데려가 눕혔다.

"물. 물. 물 가져올게요."

이슬은 주방으로 달려가 냉큼 물을 가져왔다. 그러나 그사이 준성은 또 정신을 잃은 것 같았다. 이번엔 숨조차 쉬지 않았다. 이슬은 준성의 볼을 톡톡 때려 그를 깨웠다.

"이봐요, 준성 씨. 정신 좀 차려요!"

악마는 인간처럼 숨을 쉬지 않아도 살 수 있다는 것을 알 리 없는 이슬은 준성이 희미하게 눈을 뜬 것을 다행스럽게 생각하며 그를 일으켜 물을 먹였다.

이슬의 부축을 받아 물을 마신 준성은 그제야 숨통이 트였다는 듯이 크게 호흡했다.

"준성 씨, 괜찮아요?"

준성은 대답하지 않고 고개만 끄덕였다.

"잠깐만 누워 있어요. 여기 먹을 게 없어서, 먹을 것 좀 가져올게요.”

“아니…….”

준성은 이슬을 말리기 위해 손을 뻗었지만, 그녀는 뒤도 돌아보지 않고 재빠르게 떠났다.

뭐야? 저 여자.

멍청하고 귀찮은 여자다. 그녀가 떠난 방향을 보고 있자니 16년 전 그의 다리를 붙잡고 애원하던 그녀의 어미가 떠오른다. 불쾌한 감정으로 머리가 쿵쿵 울렸다.

발이 넓다는 것, 그리고 착한 사람으로 포지셔닝 돼 있다는 것은 여러모로 편리하다. 이슬은 마을을 돌아 얻은 쌀밥과 채소와 몇 개의 반찬들을 가지고 다시 준성의 집으로 돌아왔다. 싱크대 서랍 안에는 요상스럽게 생긴 까만 냄비 하나밖에 없었다. 요즘 재미로 읽고 있는 책, 해리포터 시리즈에 나오는 호그와트의 교실에서 마법약 만들 때나 쓸 것 같은 냄비를 가지고 이슬은 채소죽을 만들었다.

“죽이에요. 죽이죠?”

이슬이 언어유희를 선보이며 준성의 앞에 죽그릇을 내려놓고는 씨익 웃었다.

“이따 먹을게요.”

“준성 씨 먹는 걸 보고 가야겠어요. 발이 안 떨어질 것 같아서. 그릇 비울 때까지 블라인드 달고 있을게요.”

준성은 할 수 없이 숟가락을 들었다.

프로답게 블라인드 설치를 뚝딱 해치운 이슬은 다시 준성에게로 가 그의 앞에 앉았다.

“단맛이 좀 나죠?”

이슬은 준성이 천천히 죽그릇을 비우는 걸 보다가 물었다.

준성은 이슬의 질문에 작게 끄덕였다. 그는 사실 맛을 볼 수 없는 사람이었지만.

"밥을 짓이기고 싶은데 믹서기가 없어서 제가 손수 입으로 씹어서 뱉었거든요."

"컥."

준성은 삼키려던 죽을 내뱉을 듯이 기침했다. 이슬이 재빨리 준성에게 물을 가져다주었다.

"아, 장난인데. 너무 힘이 없어 보여서 기운 좀 차리라고 농담 좀 했는데 너무 심했네요. 죄송해요."

준성은 이슬을 얼마간 흘겨보다가 다시 숟가락을 들었다. 그동안 여유만만 유유자적하는 준성만 보았던 터라, 이슬은 자신을 심하게 경계하는 준성의 태도가 낯설었지만 이해할 수는 있었다.

'이 사람도 가면을 쓰고 살았던 걸까?'

이슬은 준성의 힘없는 모습에 측은함을 느끼며 자리에서 일어났다.

"이제 갈게요. 필요한 거 있으면 연락 주세요. 내일 오는 길에 사올 테니까."

어쩐지 준성은, 이슬이 내일 또 먹을 것을 한 아름 들고 이곳을 방문할 것 같다는 생각이 들었다. 그가 연락을 하지 않아도.

준성이 뒤돌아서는 그녀를 불러 세웠다.

"황토한테는 비밀로 해줘요, 내가 쓰러졌다는 거."

준성의 말에 이슬이 편안한 미소를 지으며 고개를 끄덕였다.

'약한 모습은 보여주고 싶지 않은가 보다, 걱정할까 봐.'

이슬은 걱정스러운 마음으로 한 번 더 돌아보았다. 준성은 힘없이 다시 침대에 누웠다. 이슬은 침실 구석 벽이 가시덤불로 채워진 인테리어가 인상적이라고 생각하며 그의 집을 나섰다.

회사에도 볼일이 있었던 이슬은 바삐 회사로 향했다. 회사에 도착하니 밤 8시가 넘어 있었다. 준성을 걱정하느라 정작 그녀는 굶었기에 배가 고팠다.

샌드위치라도 사 먹어야겠다는 생각으로 편의점으로 향했다.

그런데 편의점 안으로 들어가지도 못하고 경로가 막혔다.

어디에서 나타났는지 또 김황토였다.

이 녀석은 사장이란 놈이 일은 안 하나? 집안에 돈이 많아서 취미 생활로 회사를 차린 걸까?

"뭐야? 너."

이슬이 시큰둥한 표정으로 나무랐다. 며칠간 갈비뼈를 다친 황토에게 열심히 헌신했던 프렌들리 이슬은 어제의 키스를 기점으로 다시 시니컬 이슬로 돌아왔다.

전날의 키스 이후 이슬은 황토를 밀쳐 내고 멀리 도망가 버렸다. 그가 싫다면서 계속 그에게 반응하는 자신이 싫어서였다.

그에게서 멀어지려 부단히 노력 중인데 그럴수록 황토는 더 가까이 다가왔다.

"내가 묻고 싶은 말이야. 핸드폰도 꺼져 있고. 대체 어딜 갔다 지금 온 거야? 그리고 또 회사에 들어가려고? 일은 내일 해. 오늘은 좀 같이 갈 데가 있어."

황토가 이슬의 손을 잡았다.

"싫어. 내가 왜?"

실은 이 손을 잡고 즐거운 마음으로 끌려가고 싶다. 하지만 그럴 수 없다. 우리는 짝이 될 수 없으니까.

이슬은 황토가 잡은 손을 힘 있게 뿌리쳤다.

"이러지 좀 말라고. 내가 너 싫다고 했잖아."

"난 상관없어."

황토는 상처받지도 않았다. 아니, 그녀의 저항이 거세질수록 더 단단해지고 있는 것 같았다.

"아니, 싫다고 해. 계속. 절대, 절대 좋아하지 마. 좋아하는 건 나만 할 테니까."

황토가 눈을 빛내며 미소 지었다. 어쩐지 행복한 것도, 슬픈 것도 같은 우수에 찬 눈이었다. 요 며칠 동안 황토의 사연 많은 눈은 더욱 깊어진 것 같았다.

"그냥 내 옆에만 있어."

"놀고들 있네."

먼발치에서 두 사람을 지켜본 준성이 비릿한 조소와 함께 혼잣말을 했다.

몸을 움직일 힘도 없어 누운 채로 꼼짝 않고 있던 좀 전의 일이 모두 거짓으로 느껴질 만큼 준성은 멀쩡했다.

신기하게도 이슬이 준성의 집에 다녀간 뒤 그의 상처엔 모두 딱지가 앉았다. 이슬이 더없이 순수한 영혼이기 때문에 그의 상처를 치유한 것일까. 거기에 생각이 미치니 더욱 구미가 당겼다. 붉은 입술로 씨익 미소 짓던 준성은 작게 입맛을 다셨다.

아직 이슬을 포기할 수 없다.

순수한 영혼이 악마의 손아귀에 제대로 걸려들면 그만큼 좋은 먹이는 없었다. 그렇기에 준성은 이슬에게 무섭게 집착했던 것이다.

이슬의 영혼은 준성이 상계급이 되는 데 가장 큰 자양분이 될 터. 순수한 영혼은 악마의 계획을 망칠 위험이 크다는 부담이 있었지만, 그럼에도 불구하고 준성은 이슬이 너무도 탐났다.

이슬과 황토를 괴롭힐 수 있는 새로운 아이디어도 구상했겠다, 상처도 아물었겠다, 꽤 만족스러운 날이었다.

"……살려주세요……."

단 하나, 며칠 전부터 시종일관 이슬의 어미, 경애의 목소리가 그를 괴롭힌다는 것을 제외하면.

"제발, 내 딸아이만은 살려주세요……."

16년 전, 그녀의 어미는 그의 다리를 붙잡고 이렇게 애원했었다.

✽

이슬의 어머니 경애는 교회도 절도 다니지 않았지만 신이 있다고 믿는 사람이었다. 그녀의 남편 두영이 산에서 귀신을 만났고 목숨이 부지된 후, 그녀의 믿음은 흔들림이 없었다. 그러나 그녀는 또한 자신만의 신을 갖고 있었다.

"죽을 거라는 생각은 하지 마. 그냥 너는 착하게 살면 되는 거야. 착하게 살면 누구보다도 더 오래오래 행복하게 살게 될 거야. 엄마를 믿어."

경애는 귀신에게 잡혀갈까 두려워하는 열 살의 딸에게 이렇게 말하여 딸을 안심시켰다.

"그리고 강한 의지는 운명 전체를 관통하는 거야. 넌 똑똑하니까 무슨 뜻인지 알지? 네가 반드시 살아야겠다는 마음가짐으로 열심히 살면 귀신도 감복할 수밖에 없어. 알았지? 그러니까 무서워하지 말고 넌 그냥 열심히 착하게만 살면 돼."

경애의 신은 '의지'였다. 그녀는 어떻게 사느냐가 어떻게 죽느냐를 결정한다는 믿음을 가지고 있었다. 착하게 살면 그만큼 이승과 저승에서 복을 누릴 수 있을 것이라고 생각하며 타인에게 진심으로 인정을 베푸는, 세상에 몇 안 되는 미련한 사람이었다. 그녀는 그 '의지'를 다지기 위해 매년 새해마다 장독대에 정화수를 떠다 놓고 가족과 지인들의 안녕을 빌었다. 여전히 그렇게 촌스러운 행사를 갖는 사람은 대한민국에 경애 하나뿐일 것이라는 놀림을 받아도 그녀는 굴하지 않았다.

그리고 이슬이 열다섯 살이 되던 해의 어느 날.

경애가 새해 기도를 드린 지 나흘째 되는 날이었다.

그날따라 경애는 구름이 많다는 생각을 했다. 물 위로 고운 달님이 맑게 찰랑거려야 하는데 날씨 때문에 정화수에는 회색 안개만 고였다.

집으로 들어갈까 고민하던 경애는 일단 참아보기로 했다. 달님의 신, 별님의 신이 있다면 분명 안개의 신도 있을 것이라는 희망을 먼저 가졌다. 어떤 신이 그녀 가족의 힘이 되어주든 상관없었다.

"비나이다. 비나이다. 천지 신령님께 비나이다."

시어머니부터 막내 세찬에 이르기까지, 가족들 한 명 한 명의 복을 열심히 빈 그녀는 특별히 이슬의 복을 위한 기도는 두 번 올렸다.

"저를 다 주어도 아깝지 않은 저의 딱한 딸 이슬이가 오래오래 건강하게 살기를 비나이다."

순간 장독대 위의 정화수 그릇이 위태롭게 흔들렸다. 땅도 함께 흔들리고 있다는 걸 미세한 움직임으로 알아챘다. 기도를 마친 경애는 집 안으로 들어가려고 그릇을 들었다.

"헉!"

그녀가 걸음을 옮기려 할 때 검은 옷을 입은 붉은 머리의 사내가 그녀의 앞에 나타났다. 쨍그랑. 경애가 들고 있던 정화수 그릇이 깨지며 몇 개의 파편이 사방으로 튀었다.

"뉘, 뉘시오!"

갑작스러운 공포에 뒤로 물러나며 엉덩방아를 찧은 경애가 하얗게 질린 얼굴로 물었다.

"볼일이 있어서 왔는데 여기 볼일이 하나 더 생겨서."

악마는 이슬의 영혼을 거두러 온 것이었다.

저를 다 주어도 아깝지 않다고 말하는 경애에게 겁만 줄 생각이었다.

어떤 것도 자기 목숨보다 소중할 순 없다. 그러니 그따위 기도는 집어치우고 제 안위를 위한 기도나 하라고 말할 생각이었다.

그러나 경애가 먼저 악마에게 소리쳤다.

"내 딸은 안 돼!"

그녀는 당돌하게도 악마의 앞길을 막았다.

"내 딸을 데리러 오셨나요? 그건 안 됩니다. 차라리 날 데려가요."

두려움에 몸을 부르르 떨면서도 정신은 놓지 않으려고 깨진 사기 그릇 조각을 손에 쥔 독한 여인이었다.

결국 준성은 이슬 대신 경애의 목숨을 앗아가야 했다.

강한 의지는 운명 전체를 관통하기 때문이었다. 강한 의지를 가진 순수한 사람들이 악마의 계약에 개입되면 계약 자체를 망치게 될 위험이 있었다. 그것이 악마들이 가장 두려워하는 인간의 힘이었다.

❖

'어떻게 제 목숨을 버리는데 눈 하나 깜짝하지 않는 거야?'

그날 준성의 세계에는 처음으로 균열이 생겼다. 준성은 경애의 목숨을 앗아가고도 긴 시간 동안 온몸에 상처를 입고 있었다.

상처를 회복한 후, 사라지지 않기 위해 황토에게 올인한 준성은 그 옛날의 경애만큼이나 필사적이었다.

그녀의 어미 때문에 한 번 놓친 적 있지만, 이번엔 기필코 그 여자를 차지하리라.

"내 딸 이슬이, 참 밝고 예쁜 애예요."

준성의 의지도 강해지고 있었다. 하지만 그럴수록 16년 전의 경애의 목소리 또한 또렷해졌다.

"당신도 만나면 좋아하게 될 거예요."

죽음을 앞둔 사람이 그렇게나 편안한 미소를 지을 수 있다는 사실이, 하계급의 악마 준성에게는 엄청난 충격이었다.

6. 낙인

"하아……. 이게 뭐야."

이슬의 회사 사무실에 앉아 한 시간째 영수증 정리 중인 황토가 긴 하품을 하며 투덜댔다.

"난 너보고 일하라고 안 했다. 네가 도와준다고 한 거지."

그렇다. 한 시간 전 이슬의 회사 앞 편의점에서 이슬을 발견한 황토는 이슬이 다시 회사로 돌아가 야근하려는 것을 말리려다가 결국 이슬을 도와 일을 하게 된 것이었다. 이슬을 도와주면 더 일을 빨리 끝낼 수 있을 거라고 생각했다. 그러나 일은 도무지 끝날 기미가 보이지 않았다.

"정산 작업을 왜 대리가 하는 거야? 이런 건 사원급이 해야지."

"예전엔 사원이 했는데 다시 내가 맡게 됐어. 영건설에 보고할 정산내역인데 허투루 할 순 없다고 사장님이 나보고 하라고 하신 거야."

"근데 내가 보고받을 내용을 왜 내가 하고 있는 거야!"

"그러게 내가 할 테니 넌 집에 가라니까."

내내 투덜대다가도 이슬이 집에 가라고 하면 입을 꾹 다문다. 3D 도면 작업을 하던 이슬은 그런 황토의 모습을 보고 싱긋 웃었다.

"11시 안에 끝내면 치맥 사줄게."

"클라이언트 대표한테 하청을 시키면서 치맥 한 번으로 끝내려고?"

"넌 돈도 많이 버는 애가 치사하게 왜 그러냐? 것도 내가 하겠다는 걸 자기가 스스로 해준다고 한 거면서."

"내가 얻어먹겠다고 그랬어? 치맥 한 번으로 끝낼 거냐고 물어봤지. 내가 열 번 사주려고 했는데, 됐다, 됐어."

두 사람은 계속 티격태격했다. 10시가 지날 무렵, 반드시 11시 안에 끝내겠다는 의지를 가진 황토의 말수가 극도로 줄어들지 않았다면 이 둘은 밤새 일을 하며 투닥거렸을 것이다.

일이 끝나자 이슬은 약속대로 황토를 데리고 치킨집으로 향했다. 이슬의 회사 가까이에 있는 치킨집은 보기에도 지저분해 보이는 작고 허름한 가게였다.

"설마 저긴 아니지?"

황토가 눈앞의 치킨집을 가리키며 말했다.

"맞는데, 왜?"

"유리창 지저분한 거 안 보여? 저런 비위생적인 데를 가자는 거야?"

"너무 바빠서 유리창 닦을 새가 없었나 보다. 닦아주고 와야겠다. 들어가자."

"뭐라고?"

황토는 아무렇지 않게 유리창을 닦아줘야겠다고 하는 이슬의 말에 기가 막혔다.

이슬이 문을 열자, 문 앞에 있던 여자 아르바이트생이 이슬을 보자마자 반갑게 웃으며 알은체를 했다.

"와! 언니! 요즘 자주 뵙네요. 일이 많은가 봐요."

"응. 그렇게 됐어. 자리 있어?"

"네. 딱 한 자리 있어요. 이쪽으로 오세요."

여자 아르바이트생은 이슬을 구석 테이블로 안내하고는 이슬에게 귓속말로 속삭였다.

"같이 온 남자 누구예요? 진짜 멋있다! 연예인인 줄 알았어요."

"그냥 아는 동생이야."

이슬이 여자 아르바이트생에게 조용히 말했다. 그러나 이 대화가 황토의 귀에 들리지 않을 리 없다.

그냥 아는 동생?

같이 사는 데다, 클라이언트 회사 대표에, 좋아한다고 고백도 했고, 키스도 한 사이인데, 그냥 아는 동생? 오늘은 몸소 당신의 일거리까지 도왔는데?

기분이 상한 황토는 테이블 앞에 앉아 물을 벌컥벌컥 들이켰다.

곁에서 본 허름한 외관과 다르게 이 치킨집은 손님이 굉장히 많은 가게였다. 종업원도 서너 명 되는 것 같았는데, 모두 20대 초반으로 보이는 젊은 청년들이었다.

지저분한 외관에 잔뜩 찌푸렸던 황토가 물을 한 사발 마신 후 주변을 둘러보며 안정을 찾고 있을 때였다.

"누나!"

웬 곱슬머리 남자 녀석이 이슬의 뒤에서 다가와 그녀의 어깨에 양손을 턱 올려놓고 아는 척을 하는 게 아닌가.

뭐야, 저건.

"어? 오늘은 일하네?"

"내가 보고 싶었던 거 알지?"

곱슬머리는 황토의 불같은 눈빛에도 아랑곳 않고 이슬에게 말을 붙였다. 여전히 한쪽 손은 이슬의 어깨에 올린 채였다.

지나치게 밝아 보이는 곱슬머리는 이번엔 황토를 쓱 훑어보고는 이슬에게 속삭였다.

"저분은 누구야? 포스 있다."

황토는 눈에서 레이저 광선이라도 나올 듯이 곱슬머리를 쏘아보고 있었다.

이슬도 속삭였다.

"조용히 해. 저분은 엄청 귀가 밝아. 아주 귀신이야, 귀신."

그 말도 들린다고!

둘의 귓속말에 짜증이 난 황토는 애꿎은 빈 물잔만 톡톡 건드리며 두 사람을 노려보았다.

"날 도발하는 거지?"

곱슬머리가 물러난 후 황토가 이슬에게 물었다.

"뭐? 도, 뭐?"

이슬이 한 번에 알아듣지 못하고 되물었다.

"나한테는 안 돼, 싫어, 저리 가, 그러면서 엄청 튕기더니 쟤하고는 참 훈훈하다?"

이슬이 훗, 실소를 터뜨렸다.

저야 좋겠지, 남의 속이 타들어가는 줄은 모르고.

"여기 사람들이랑도 친해?"

잠자코 있던 황토가 물었다. 이슬이 누구에게나 착하고 순진무구해서 어디 가서 바가지나 잔뜩 쓰지 않을까 걱정되었다.

"예전에 한 번 마감 때쯤 와서 같이 청소한 적 있었어. 그때 얼굴 익힌 사람들이야."

"그런 거 하나 제대로 지나치지도 못해서 이 복잡한 세상을 어떻게 살려고 그래? 왜 세상 사람들 다 도와주지도 못할 거면서 괜한 친절을 베풀어?"

"누가 세상을 구원하겠대? 나는 그냥 내 눈앞에 있는 사람들이 웃는 걸 볼 거야. 친절하게 사는 게 소소한 행복인 건데 왜 시비야?"

역시 이 여잔 한마디도 지려고 하지 않는다. 남들에게는 그렇게나 살가운 여자가 어쩜 이렇게 지독한지. 이 정도면 양의 탈을 쓴 여우였다.

하지만 이 여자가 쓴 양의 탈도, 그 안에 숨겨진 여우도, 본모습인 양의 탈을 쓴 여우도 사랑스러우니 황토는 거의 중증이었다.

다만 두 달 뒤 자신이 그녀를 보호해 줄 수 없게 되었을 때, 그녀가 감당할 수 없는 큰일이라도 일어나면 어쩌나, 그게 걱정일 뿐이다.

그를 만나기 전에도 이슬은 잘살았을 텐데. 실은 너무도 새삼스러운 걱정이었지만.

황토가 유치한 싸움일랑 얼른 멈춰야겠다고 생각하고 있을 때, 곱슬머리가 두 사람의 테이블로 치킨과 맥주를 가져다주었다. 치킨 집에 오기 전 이슬에게 영계치킨이라 그리 양이 많진 않을 거라는 설명을 들었는데 그다지 적어 보이지도 않았다.

"야무지게 드쎄요오—"

곱슬머리가 테이블 위에 음식을 내려놓으면서 또 이슬의 어깨를 건드렸다. 결국 황토는 곱슬머리에게 더러운 성격을 드러내고 말았다.

"됐으니 그만 손 치워."

황토의 말에 기가 눌린 곱슬머리는 슬그머니 이슬의 어깨에서 손을 뗐다.

"어머, 아니야, 얘. 이 형이 농담한 거야."

이슬이 좋은 말로 곱슬머리를 달랬지만 이미 상처받은 남자가 된 곱슬머리는 서러운 표정을 연출하며 두 사람을 떠났다.

"말 좀 곱게 해라."

이슬이 황토를 타일렀지만 심통이 난 황토는 테이블 위에 차려진 치킨을 비방했다.

"이 집은 닭 돌연변이 유전자 연구하나? 왜 한 마리를 시켰는데 닭다리가 세 개야?"

서비스로 반 마리가 더 얹혔다는 것을 모르는지, 그저 심술인 건지 황토가 닭다리를 집어 들며 툴툴댔다.

"그게 바로 인심이라는 거란다. 서비스. 알겠니?"

"인심도 인심 나름이지. 난 식겁했잖아."

투덜이스머프로 빙의한 황토가 닭다리를 뜯었다. 그도 배고팠는지 순식간에 닭다리 하나를 해치웠다. 맛이 있기는 한 모양이었다.

그가 맛있게 먹는 모습을 바라보고 있자니 힘없이 채소죽을 떠먹던 준성이 떠올랐다.

"저기, 준성 씨 말이야."

이슬은 넌지시 이야기를 꺼냈다.

'준성'이라는 이름을 들은 황토의 눈빛이 날카로워졌다. 이슬이 계속 말했다.

"너무 마른 것 같지 않아?"

"그래도 나보다 훨씬 더 건강할 테니 괜한 걱정 마."

황토가 싸늘하게 대답했다.

"그래도 그건 아닐 수도……."

더 말을 하려던 이슬이 입을 다물었다. 준성이 쓰러졌던 것은 황토에게 말하지 않기로 했기 때문에 긴 사정을 다 말할 수는 없었다.

"얼른 먹고 가야겠다. 너무 늦었어."

황토의 말에 이슬이 고개를 끄덕였다.

이슬은 이번엔 황토가 자신을 끌고 가려 했던 곳이 궁금해졌다. 그에게서 궁금한 것은 쉴 새 없이 계속 생겨날 것만 같았다.

"너, 아까 나 데리고 가려던 데가 어디야?"

이슬이 이번에도 넌지시 물었다.

"뭐, 생각해 보니 지금 가지 않아도 되는 거였어. 아직 시간은 많으니까."

황토가 별일 아니라는 듯이 가볍게 대답했다.

이슬은 황토의 가벼운 대답과 그의 입에서 '아직 시간이 많다'는 말이 나오는 것이 왠지 거북했다.

그냥 옆에만 있으라고?

자길 절대 좋아하지 말라고?

혼자서 좋아하며 그녀에게 열심히 베풀다 언젠가 뻥 차버리겠다는 얘긴가?

이슬은 황토의 마음을 온전하게 알 수 없어 자꾸 착잡한 마음이 생겼다.

치킨의 양이 많지 않았기 때문에 두 사람은 서비스 골뱅이까지 뚝딱 해치우고도 금방 일어날 수 있었다. 황토가 이슬에게 계속 들이대는 곱슬머리를 의식하여 빨리 접시를 비운 것이리라.

먼저 일어선 황토가 계산을 하려 카드를 꺼내는 것을 이슬이 기분 좋게 만류했다.

"어허. 누나가 낸다니까."

계산대의 점원이 이슬의 신용카드를 받았다. 얼마나 번다고 저러는지. 이깟 치킨 내가 하루에 100마리씩 사줄 수 있는데. 황토는 피식 웃으며 다시 지갑에 카드를 집어넣었다.

얼마간 따뜻한 눈빛으로 미소 지으며 이슬을 바라보던 황토는 이슬의 사인을 보고는 돌연 태도를 바꿨다.

"지금 뭘 한 거야?"

"뭘 하다니. 카드 결제했잖아."

"그게 아니라, 이거."

황토는 영수증에 새겨진 그녀의 사인을 가리키며 말했다.

"지렁이 한 마리를 그려놓고 사인이라고?"

또 시작이다. 시어머니 김황토.

얘기가 길어질 것을 예상한 이슬은 먼저 점원들에게 인사를 하고 가게 밖으로 나왔다. 황토가 따라 나왔다.

이슬이 뒤를 돌아 황토를 보고 기분이 상한 듯이 말했다.

"지렁이 한 마리라니. 엄연한 내 사인이라고."

"지렁이 한 마리가 사인이라고?"

"무슨 지렁이야! 여기 강이슬이라고 쓴 거 안 보여? 정확하게 강이슬이라고 적혀 있잖아."

"안 보여. 얼마나 악필이길래 지렁이 기어가는 선사시대 낙서를 가지고 강이슬이라고 우기는 거야?"

"사인은 원래 다 그런 거야."

"막 쓴다고 다 사인이야? 사인은 정교하고 정확하게 자신을 증명할 수 있어야 되는 거야. 이런 건 나도 그릴 수 있어. 아니, 손에 펜만 잡을 수 있으면 어린애들도 따라 그릴 수 있어. 그린다는 말도 아깝지만."

"그래도 지금까지 잘만 살아왔어."

"잘만 살기는. 그렇게 안이한 생각으로 사니까 사기나 당하는 거야. 남한테 이용당하고."

이런. 말을 잘못했다. 황토가 이슬의 아킬레스건을 건드린 것이다. 부동산 사기에 대한 이야기를 입 밖에 내지 않는 것은 두 사람에게 암묵적인 약속과도 같은 것이었는데.

"너…… 너 말 다 했어?"

"뭐, 내가 말은 잘못 꺼냈지만."

이슬이 황토의 말을 끊고 억울한 듯 소리를 높였다.

"그건 사인 때문이 아니었어! 그냥 내 선택이었어."

아니야…… 나 때문이었어…….

황토가 속으로 말했다. 황토가 준성에게 부탁했기 때문에 이슬이 부동산 사기를 당했던 것이었다. 이슬을 자신의 집에 계속 살게 하려는 황토의 욕심이 이슬을 울게 했다. 황토의 말실수로 그녀가 또 그 일을 생각하며 억울한 듯 울먹거렸다.

"집이 다른 사람한테 팔릴까 봐 섣불리 돈을 보낸 게 잘못이었지 사인 때문이 아니었어."

그녀는 제 잘못을 시인하면서도 사인 때문에 해를 입은 적은 없었단 주장은 굽히지 않았다.

알았어. 알았으니까 그만해…….

그때의 기억은 이슬에게보다 황토에게 더 큰 부끄러움이었다. 제 뜻대로 하기 위해 악마와 손을 잡고 사기를 친 것이다. 황토가 직접 한 일은 아니지만 엄연한 범죄 행위였다.

"내 선택들이 항상 옳진 않았겠지만, 그래도 그 선택들에 항상 감사해하고 있어. 실패했든 아니든 나를 배우게 했으니까."

이슬이 호소하듯 말을 쏟아냈다. 닦아도 닦아도 다시 맺혀 버리는 그녀의 눈물이 그 아픔의 깊이를 반영해 주고 있었다.

"……맞아. 미안해."

황토가 잘못을 인정하고 용서를 구했다. 이슬이 다 알 순 없겠지만, 부동산 사기에 대한 사과이기도 했고, 오늘의 말실수에 대한 사과이기도 했다.

이슬은 황토의 사과에 뭐라 말할 수 없는 묘하고 뜨끈한 감정을 느꼈다.

처음 듣는 미안하다는 말. 잘못을 인정할 줄도 모르고 사과하는 방법도 몰라서 이상한 이벤트만 하던 녀석에게 처음 가슴이 울리는 말을 들었다. 미안하다는 말이 이렇게나 순수하고 깨끗하게 들릴 줄은 몰랐다. 지지대를 잡고 일어날 줄만 알던 아기가 처음 걸음마를 떼는 순간을 목격한 것처럼, 생경했지만 벅찬 무언가가 느껴졌다.

이슬의 얼굴에 서서히 옅은 미소가 생겨났다.

"그래도 너무 쉬운 사인은 좀 그래. 바꿨으면 좋겠어."

사과는 하되 뜻은 굽히지 않는 황토의 고집에 이내 미소는 지워지고 말았지만.

"이건 내 아이덴티티인데? 이걸 쓴 지 10년도 넘었다고."

"아이덴티티가 너무 쉽잖아. 강이슬이 쉬운 여자야?"

내가 불안해서 그래. 당신을 영원히 지켜줄 수 없으니까.

황토는 마음속 말을 다 하지 못하고 따뜻한 시선으로 이슬을 바라보았다.

"……그렇지. 난 쉽지 않은 여자지."

'강이슬이 쉬운 여자야?'라는 말에 꽂힌 이슬은 흔쾌히 신나게 황토의 말에 수긍했다.

"그래. 한번 시도는 해볼게."

이슬이 우쭐거리며 말했다. 마침내 두 사람의 얼굴에 같은 미소가 번졌다.

자정이 넘은 시각. 미안하다는 한마디 말로도 이렇게나 밝아지는 마음. 그보다 더 밝은 김황토라는 남자. 함께 집으로 돌아가는 피곤하지만 따뜻한 발걸음…….

이슬은 순간이 소중하게 여겨졌다. 그의 무언가가 조금씩 달라지고 있다는 사실을 조금씩 깨달아가고 있었다. 아직 그의 진심을 온전히 다 알 수는 없지만, 적어도 그녀를 남들보다 특별하게 생각해주고 있는 것은 확실했다.

황토와 발을 맞추고 걷는 길. 이슬은 그의 손끝만 스쳐도 전기가 찌릿 오를 것만 같아 황토에게서 한 걸음 떨어졌다.

조용히 걷다 보니 어느덧 두 사람은 아파트에 닿아 있었다.

"잘 시간이 얼마 없네. 씻지 말고 그냥 자야지."

엘리베이터에 오른 이슬이 시각을 확인하고 말했다.

이렇게 고단한 하루가 끝났다. 황토는 매일 이렇게나 열심히 살아왔을 이슬을 측은하게 바라보았다.

타박타박 걸어간 이슬은 천천히 현관문 쪽으로 손을 뻗었다.

그러나 그 손은 현관문 손잡이에 닿지도 못하고 황토에게 잡혔다.

찌릿. 정말로, 전기가 올랐다.

"엇!"

호흡이 멈췄다. 이슬이 움찔하며 몸을 틀었지만, 황토는 잡은 손을 놓지 않았다.

"쉿!"

뒤에서 그녀의 등에 몸을 붙인 채, 그 커다란 손으로 이슬의 손을 감싸듯이 잡은 황토가 묵직한 음성으로 말했다.

"오늘은 집에 안 들어가는 게 좋겠어."

심장이 쿵 내려앉았다.

집에 들어가지 말라니.

이슬의 표정도 움직임도 그대로 멈춰 버렸다.

이슬이 황토의 목소리에 이도 저도 하지 못하고 얼어붙어 있을 때, 황토는 그 자세 그대로 멈춰 투시력으로 빠르게 집 안을 샅샅이 훑었다.

황토의 눈에, 늦은 밤인데도 불구하고 잠들지 않은 황토의 아버지가 그의 집 거실에서 서성이다 황토의 방으로 들어가는 것이 보였다.

가슴이 철렁했다가 그제야 정신을 차린 이슬이 황토를 향해 고개를 돌렸다.

황토는 그녀의 팔목을 억세게 잡아당겨 다시 엘리베이터로 데려갔다.

"뭐, 뭐야? 왜 이래?"

그제야 정신을 조금 차린 이슬이 황토에게 물었다. 아직도 당황한 기색이 역력한 목소리였다.

"집에 아버지가 계셔."

"뭐? 그걸 어떻게 알아?"

아버지와 마주칠 위기는 피할 수 있었지만, 황토에겐 난관 하나가 더 남아 있었다.

'이걸 어떻게 말해야 하지?'

아무리 이슬이 팥으로 메주를 쑨다 해도 철석같이 믿는 순수파라지만 투시력이 있다고 말할 수는 없지 않은가.

출근 시각과 퇴근 후, '투시력 때문에' 그녀의 탈의를 '어쩔 수 없이' 숨죽이고 '지켜볼 수밖에' 없었던 것은 또 어찌 둘러대라고.

"아버지 냄새가 났어."

궁여지책으로 생각해 낸 말이었다. 조금은 다른 쪽으로 의심을 할 줄 알았던 이슬에게서 돌아온 대답은 뜻밖이었다.

"대박!"

이슬은 그의 말을 모두 곧이곧대로 믿은 것이다. 그리고 그녀의 상상력은 생각지도 못했던 방향으로 흘러갔다.

"귀에 이어서 코까지 개코인 거야? 너 혹시……."

이슬이 뜸을 들이는 동안 황토의 목울대로 침이 한 번 꿀꺽 넘어갔다.

"사람이 아니야? 가만, 보름이 언제더라……."

"혹시, 날 늑대인간이라고 생각하는 거야?"

"아니야?"

어째 요즘 해리포터 시리즈를 너무 열심히 본다 했다.

"그래. 으르렁이다, 으르렁."

황토가 이슬에게 어처구니없다는 눈빛을 보내다 피식 웃었다. 그래. 악마에게 초능력을 얻은 사람이 있는데 늑대인간이라고 없겠나. 황토는 이슬의 상상력을 존중해 주기로 했다.

"근데 너희 아버지께서 왜 또 오신 거야? 내가 거짓말하는 거 아니셨나?"

황토의 손에 이끌려 엘리베이터를 타고 급하게 내려온 이슬이 혼란스러운 마음으로 황토에게 물었다.

"응, 아셨어. 처음부터 알고 계셨어. 아버지는 원래 그런 분이야. 당신한테 싫은 소리를 하면 품위가 떨어질까 봐 면전에서 말하진 못하셨을 거야. 모든 작업은 다 암암리에 하셔. 아마 지금쯤 당신에 대한 조사도 다 끝났을 거야."

"뭐어? 내가 네 친구 누나인데도 그런 것들이 걸리시나 보구나."

"내가 당신을 좋아한다고 말씀드렸으니까."

"뭐어어?"

아파트 밖으로 나가려던 이슬은 발을 멈췄다. 과장 없이, 약 70데시벨 정도로 소리를 높인 이슬이 좀 전에 이어 입을 벌린 채로 다시 얼음이 되어버렸다.

"걱정 마. 당신이 날 좋아한다고는 안 했어."

황토의 대답으로 이슬의 얼음은 풀렸지만, 미간의 주름은 더 심해지고 있었다.

"그래서 일단 질러놓고 도망가는 거구나. 하지만 용기 내어 말하고 떳떳하지 못한 건 뭐야? 집에도 못 들어가고."

"아버지께 시달리게 하고 싶진 않아. 당신은 잘 곳이 없잖아. 내가 책임져야지."

"날 왜 네가 책임지니?"

"내 일방적인 감정 때문에 당신을 힘들게 했으니."

분명히 감싸주려는 얘기일 텐데, 왜 이런 작은 말들에 서운해지는지 모르겠다. 이슬은 황토의 대답에 다시 톡 쏘아붙였다.

"일방적인 감정이기 때문에 내게 피해가 가게 하고 싶지 않다고?"

"그래."

"그럼, 쌍방 감정이면 내가 힘들어져도 합리화될 수 있다는 거야?"

이성적으로 생각하고 걸러내지 못한 말이 입 밖으로 터져 나왔다. 합. 이슬은 말을 내뱉음과 동시에 입을 꾹 닫았다. 이렇게 어처구니없이 마음을 드러내다니.

"무슨 소리야. 그럴 리 있겠어?"

두 사람의 앞으로 차가운 바람이 지나가는데도 긴장한 이슬의 이마에 식은땀이 맺혔다.

"일방이든 쌍방이든, 내가 당신을 보호하는 거야."

다행히 황토는 이슬의 말에 질문 이상의 의미를 두지 않았다. 쌍방바보라서 다행이었다.

"남한테 보호받고 싶지 않아. 그냥 나는 내가 보호할 거야."

속으로 안도의 한숨을 쉰 이슬이 황토의 보호가 부담스럽다는 듯이 말했다.

"그래, 알아. 그래서 고마워."

황토의 말에 이슬이 고개를 들어 황토를 보았다.

'고마워'라는 말의 울림. 그녀를 보며 아빠미소를 짓고 있는 얼굴.

갈비뼈를 다친 그를 침대에서 일으켜 줄 때마다 들었던 말이지만 그때와는 느낌이 달랐다.

"내가 없을 때도 최선을 다해줄 거라는 거 아니까, 당신을 생각하면 힘이 나."

손도 잡지 않고, 귀에 입을 가까이 대고 섹시한 말을 하지 않고도 이렇게 두근거릴 수 있구나.

이슬이 감격한 마음을 숨기며 얼굴을 붉히는 동안 황토가 계속 말을 이었다.

"아무튼 나는 지금 내가 할 수 있는 일을 하는 거야. 일단 어디서 좀 자야겠다. 1시가 넘었어."

"내가 잘 곳은 내가 알아볼게. 넌 얼른 들어가."

"말했잖아, 당신이 예뻐서 마음이 안 놓인다고."

어욱, 오늘 이 녀석은 두근두근 열매를 먹었나. 어쩜 이렇게 심장을 쥐고 흔드는 말만 하는지.

"최대한 가까운 데에 방을 잡자."

"방을 잡자고?"

"잠은 자야 할 거 아니야. 나는 방만 잡아주고 갈 테니까 걱정 마. 저기 호텔로 가자."

황토는 길 건너 멀리 있는 고급 호텔을 가리키며 말했다. 이슬은 손을 내저었다.

"아니야! 돈 아깝게 무슨. 나는 저기 모텔에서 잘 테니까 신경 쓰지 마."

이슬은 번화가 쪽 네온사인이 꺼진 모텔로 뛰었다.

저 바보. 황토가 혼잣말로 중얼거렸다.

황토에게 걱정을 끼치기 싫어 쏜살같이 모텔 안으로 들어간 이슬은 굳게 닫힌 로비의 창문을 두드렸다. 전당포 창문 같은 작은 창이 찔끔 열리며 모텔 주인의 한쪽 눈이 보였다.

"만실이요."

귀찮은 마음이 역력한 목소리였다.

터덜터덜 모텔 건물에서 나왔다. 황토가 그럴 줄 알았다는 듯이 피식 웃었다.

"간판 불이 꺼져 있잖아. 모텔 불을 껐다는 건 방이 다 나갔다는 얘기야. 그것도 몰라?"

이슬이 처음 듣는 얘기라는 듯 눈을 동그랗게 뜨고 황토를 보았다.

"아, 그렇구나! 몰랐어. 역시 여자 많은 남자는 이런 쪽으로 빠삭하구나."

이슬의 순진무구한 말에 황토가 흥분하며 얼굴을 붉혔다.

"무슨 소리야! 여자가 많다니! 그리고 이런 건 남자들은 다 아는 거라고."

"아…… 그렇구나. 남자들은 다 그런 거구나."

오해의 골은 더욱 깊어져 버렸다.

"아니, 이건 경험이 아니라 그냥 상식이라고!"

억울한 마음에 황토가 소리를 높였다.

"알았어, 알았어."

그 억울한 마음을 제대로 헤아리긴 한 건지, 황토의 호소를 듣는 둥 마는 둥 한 이슬이 이만 길었던 하루를 정리하겠다는 듯 차분하게 말했다. 모텔 앞에서 황토와 얼굴을 붉히며 얘기를 나누고 싶지 않았다.

"이제 신경 쓰지 마. 난 회사 가서 잘게."

"요즘 세상이 얼마나 무서운 세상인데 그런 데서 자겠다는 거야?"

어휴. 나는 네가 더 무섭거든?

"회사에 여자들만 있는 것도 아니고 시퍼런 남자들도 셋이나 되던데."

너도 남자거든.

자기도 남자이면서 남자에 대한 이상한 상식과 편견을 가진 황토는 이슬의 손을 냅다 잡고 빠르게 걸었다.

"것 봐. 내가 호텔로 가자고 했잖아. 따라와."

서울 한복판에서 호텔이니 모텔이니 하던 두 사람은 결국 호텔로 발을 옮겼다.

하지만 호텔도 처지는 마찬가지였다. 일본인 관광객들이 단체로 숙박을 하고 있는지 늦은 밤에도 불구하고 호텔 로비엔 일본어가 사방에서 들려오고 있었다.

'어서 방을 내놓아라'라고 말하는 듯 무서운 눈빛으로 서 있는 황토에게 로비 직원이 말했다.

"지금은 방이 스위트룸밖에……."

"그럼 스위트룸 주세요."

황토는 로비 직원의 말을 다 듣지도 않고 대답하며 자신의 신용 카드를 맡겼다.

곧 두 사람은 기십만 원은 되어 보이는 호텔 스위트룸으로 안내되었다.

널찍하고 안락한 거실에, 킹사이즈 침대가 딸린 침실이 눈에 들어왔다. 시내의 불빛들이 내려다보이는 전망 좋은 방이었다.

이런 곳에 황토와 단둘이라니. 얼핏 욕실 앞 탁자에 놓인 두 벌의 목욕가운을 보고 괜스레 긴장이 된 이슬은 황토가 냉장고에서 꺼내준 맥주를 벌컥벌컥 마셨다.

"불편하겠지만 오늘만 여기서 좀 참아봐."

"가려고?"

황토가 셔츠의 넥타이를 느슨하게 풀며 말했다.

"왜. 여기서 같이 잘까? 사양하진 않겠어."

"푸웁!"

그저 이슬을 놀리려던 마음이었는데. 맥주캔을 입에 대고 있던 이슬에게서 엄청난 압력으로 맥주가 뿜어져 나왔다. 순식간에 황토는 맥주 세례를 받고 말았다. 황토의 셔츠 앞섶과 목 언저리까지 알차게도 젖어버렸다. 그 후에도 이슬은 얼굴이 홍당무처럼 빨개져서는 콜록콜록 기침을 했다.

"농담이다! 겨우 이런 걸로 이렇게 놀라면 더 놀리고 싶어지잖아."

황토는 젖은 셔츠를 닦아내며 웃었다. 신나게 기침을 하다가 황토의 말에 고개를 천천히 옆으로 돌려 그를 바라보는 표정이 너무 귀여워 황토의 얼굴도 발그레해지고 있었다.

결국 황토는 이슬에게 이마를 한 대 얻어맞고 말았다. 그런데도 황토는 좋다고 웃었다.

"가서 아버지 설득해 봐야지. 되도록 내일 조식 시간에 맞춰 올게. 같이 아침 먹자."

이제 함께 아침을 먹을 기회는 없을 거라는 사실을 아직은 알 리 없는 두 사람이 애틋한 눈으로 서로를 잠시 보았다.

"나는 대충 세수만 하고 알아서 나갈게. 얼른 자."

황토가 이슬에게서 등을 돌리며 말했다. 이슬은 남은 맥주를 마저 비우려 소파에 앉았다.

황토는 화장실 앞에서 다시 뒤를 돌아 이슬을 바라보았다. 고단한 하루였는지 멀리서도 그녀의 눈이 떼꾼해 보였다.

앞으로 어디서 살아야 할지 걱정하는 걸까.

생각에 잠긴 듯 말없이 허공을 응시하고 있는 그녀의 표정이 안 돼 보여 꼭 안아주고 싶은 충동이 일었다. 하지만 그랬다가는 키스하고 싶어질 거고, 밤을 함께 보내고 싶어지겠지.

상념을 쫓은 후, 욕실로 들어간 황토는 맥주가 튄 몸을 씻을 겸 찬물로 세수했다.

비록 남미의 섬과 같은 근사한 장소는 아니지만, 그래도 그녀와 함께 호텔에 머물게 된 것은 처음인데, 다신 없을지도 모를 일인데, 이대로 떠나자니 자꾸 아까운 마음이 들었다.

그럼 어쩌겠는가. 이미 집으로 돌아갈 거라고 얘기해 버렸는데. 집으로 가서 해결해야 할 일이 있는데. 황토는 음란한 악마가 찾아올 것 같은 마음을 닫아걸었다.

건강에도 좋지 않은 번민을 하느라 꽤 오래 욕실에 머물렀던 황토가 집에 갈 채비를 하고 나왔다. 욕실 밖에서는 아무 소리도 들리지 않았다.

이슬이 자는 건가 싶어 그냥 밖으로 나가려던 황토는 거실의 소파에서 웅크리고 잠들어 버린 이슬을 어렵지 않게 찾을 수 있었다.

"이봐. 이런 데서 이렇게 잠들어 버리면……."

이슬이 잠결에 몸을 뒤척였다. 황토가 잠시 입을 닫았다가 다시 열었다.

"확 덮친다."

그러나 황토의 위협에도 이슬은 깨어나지 않았다. 깊은 잠에 빠진 모양이었다.

어쩔 수 없다는 듯 길게 한숨을 쉰 황토가 이슬을 가뿐히 안아 올렸다. 가볍다. 준성이 마른 걸 걱정하지 말고 당신이나 살 좀 찌우라고. 피로가 쌓일 만큼 쌓였지만, 고단함을 잊게 만드는 노동이었다.

이슬을 침대로 데려간 황토는 잠자는 숲 속의 공주처럼 곱게 잠든 그녀의 옆에 눕고만 싶어졌다. 황토는 충동을 억누르려 고개를 세차게 저어 마음을 다스렸다.

"내일 올게."

잠시 후 황토는 잠든 이슬에게 따뜻하게 말하고 돌아섰다.

황토가 떠나고 얼마 후.

이슬이 잠들어 있는 침실의 침대 아래에서부터 스멀스멀 회색 연기가 피어올랐다.

한동안 침대 아래 낮게 깔려 주변을 맴돌던 연기는 이슬의 침대 위로 솟아올라 한데 뭉쳐졌다. 곧 이 매캐한 덩어리는 괴물의 손과 같은 형상으로 이불에 덮인 이슬의 몸을 아래서부터 위로 천천히 훑고 올라갔다. 길게 뻗은 다리와 호리호리한 허리, 그 위의 볼록한 가슴과 가늘고 긴 목……. 마침내 멈춘 연기 덩어리는 이슬의 목을 감싸며 크게 팽창해 갔다.

곧 연기 덩어리는 악랄한 미소를 짓고 있는 사람의 모습으로 변하여 그녀의 목을 어루만졌다. 그 손에 힘을 주면 이슬의 숨통을 끊을 수도 있겠지만, 그는 그러지 않았다.

곯아떨어져 깨어나지 않는 이슬을 보며 준성이 씨익 웃었다.

지금으로부터 다섯 시간 전.

검은 정장 차림의 남자들이 상미의 집 앞마당에 있던 테이블을 망가뜨리고 있었다. 얼마 전 이슬이 제작하여 직접 정성스레 코팅 페인트칠을 했던 테이블이었다.

순식간에 분해되어 망가진 테이블을 보고도 분이 풀리지 않는지, 이를 지켜보던 상미는 이슬네 회사에서 만든 모든 가구들을 처분하라고 지시했다. 짧은 시간에 상미의 집은 찬바람만 날리는 휑한 집이 되어버렸다.

토요일에 만나서 인테리어 소품을 보러 가기로 하고선 바람을 맞힌 황토에 대한 분노였다. 아니, 바람을 맞혔을 뿐만 아니라 지금껏 미안하다는 연락도 없었다. 자존심에 입은 상처만으로도 말할 수 없이 분했다. 이 모든 것이 강이슬 때문인 것만 같았다. 여자의 직감은 정확했다.

황토에게 이성으로서 연정을 품었던 마음은 어느새 소유욕으로 변해가고 있었다. 이슬을 무너뜨리고 황토를 가져야 했다.

"혹시, 이사 가세요?"

분노의 가구 처분을 마친 상미가 집을 떠나려 현관문을 나설 때, 준성이 그녀에게 처음으로 말을 건넸다. 상미는 그를 바라보고만 있었다.

"아, 저는 바로 옆집에 살고 있는 이준성이라고 합니다. 이사 온지 얼마 안 됐어요."

"네⋯⋯."

준성은 테이블의 잔해를 보며 아쉬운 목소리로 말했다.

"예쁜 테이블이었는데 아깝네요. 이슬 씨가 아쉬워하겠어요."

"강이슬 씨하고 친한가요?"

"뭐, 우리 집 인테리어를 봐주고 있으니까. 참 붙임성 좋은 사람이죠, 인기도 많고."

상미가 작게 콧방귀를 뀌었다.

"그래서 황토도 반한 거겠지."

준성이 혼잣말을 하는 시늉을 내며 작게 말했다. 상미가 듣지 못할 리 없었다.

"황토 씨랑도 잘 아세요?"

"오랜 친구죠."

준성이 으쓱하며 대답했다. 상미는 준성의 혼잣말이 궁금했다.

"그런데 황토 씨가 반했다니요? 이슬 씨한테 반했다는 거예요?"

"이슬 씨는 인기가 많으니까."

준성이 '이건 비밀인데……' 라는 말로 말문을 열었다.

"사실 인테리어 회사가 이슬 씨 덕을 많이 봤죠. 옹골마을 프로젝트 경쟁 PT가 시작됐을 때 브로커가 이슬 씨한테 반해서 둘이 따로 몇 번 만났었나 봐요. 아무튼 그 브로커가 이슬 씨 회사를 밀어준 덕분에 이번 프로젝트를 이슬 씨네 회사에서 도맡게 됐다고 들었어요."

준성의 이야기를 들은 상미가 작게 탄식했다.

김황토, 이 바보 같은 남자. 그런 여우 같은 여자를 마음에 두다니.

"그런 비리가 있었어요?"

상미가 물었다. 준성이 계획대로 되어가는 것에 대한 기쁨의 마음을 숨기고 말했다.

"하지만 이슬 씨네 회사에서 일을 잘하고 있으니 비리랄 것도 없죠. 이슬 씨랑 브로커도 더 이상 교제는 없고요. 이건 그냥 이 마을에 숨겨진 재미있는 얘기일 뿐이에요."

"하지만 절대 가만있을 수 없죠. 그런 비리 때문에 더 실력 있는 디자이너들을 만나지 못했는데."

"소문일 뿐이니 속단하긴 이르죠. 하지만 사실을 알아보려고 한다면 응원할게요. 나도 인테리어가 그다지 마음에 들진 않아서."

이제껏 분한 표정을 짓던 상미가 부드럽게 미소 지으며 눈을 빛냈다. 준성은 그 눈빛을 알고 있었다. 부자들 특유의 자신감 어린 눈빛. 없는 사실은 만들어낼 수도 있다는 무섭고 잔혹한 자신감 말이다.

"이런 건 빨리 움직여야죠. 몇몇 집은 벌써 인테리어도 다 끝나가는데."

말을 마친 상미는 핸드폰을 꺼내 급히 누군가에게로 전화를 걸었다. 준성은 만족스러운 듯 미소 지었다.

언제나 악마는 선택의 기회를 준다.

세찬 대신 이슬을 팔아넘겼던 아버지.

이슬 대신 자신을 데려가 달라고 했던 이슬의 어머니.

아버지 대신 숙부를 죽게 해달라고 말했던 황토.

이슬 대신 자신을 데려가 달라고 빌었던 황토.

그들의 선택 속에서 악마는 태어나고 또 힘을 잃기도 한다.

이제 곧, 누군가의 이기적인 선택으로 인해 또 한 사람이 무너질 것이다.

그리고 준성은 힘을 완전히 회복할 것이다.

잠든 이슬의 목을 살며시 어루만지던 준성은 날카로운 손톱으로 그녀의 목을 그어 작은 상처를 냈다. 이슬의 뽀얀 피부에 붉은 자국이 선명하게 남았다.

몇 시간 전까지만 해도 정신을 놓을 만큼 후끈거리던 등이 아무렇지도 않았다.

"당신, 나한테 뭘 한 거지?"

목의 상처에도, 준성의 탁한 목소리에도 이슬은 그저 꿈결인 듯 편안해 보였다.

"어떤 수를 쓴 거야."

준성은 이슬의 꿈속이라도 훔쳐 내겠다는 듯 그녀의 얼굴 가까이로 다가가 그녀의 흩어진 앞머리와 찰기가 느껴지는 하얀 볼을 차분히 쓰다듬었다.

집착과 욕망을 넘어선 새로운 흥미가 생겨나고 있었다.

※

황토는 이슬을 호텔에서 재우고 바로 집으로 돌아갔지만, 아버지와 담판을 짓지 못했다. 황토의 투시력으로 집 안에서 아버지를 본 것이 분명했는데, 아버지는 그곳에 없었다. 아무래도 그를 기다리다 밤늦게 집으로 돌아간 모양이었다.

"밤사이에 무슨 일 없었어?"

아침 일찍, 길게 하품을 하며 방에서 나오는 세찬에게 황토가 물었다.

"일? 무슨 일? 그제 밤을 새가지고 잠을 못 자서 집에 폭탄이 떨어져도 모를 정도로 곤히 잤어."

세찬이 나른한 목소리로 대답했다.

"그러고 보니 누나가 안 보이네. 벌써 출근했나?"

"응? 응……. 나도 일찍 나갈게."

이슬과 아침을 같이 먹기로 했던 황토는 일찍 출근 준비를 마치고 집을 나섰다. 아버지께 들어서 이슬에 대한 얘기를 하고 이슬이 묵고 있는 호텔로 가 함께 아침을 먹으려면 바삐 움직여야 했다.

일찍 눈이 떠진 이슬은 금방 피로가 풀어진 데에 고마움을 느꼈다. 아버지와의 일이 걱정되는 와중에도 자신을 챙겨주었던 황토 덕택이었다. 그녀 또한 황토의 아버지가 걱정되긴 했지만, 황토와 함께 호텔에서 든든한 아침을 먹을 생각에 신이 났다.

"어? 이게 뭐지?"

샤워를 하러 욕실에 들어가 거울 앞에 선 이슬이 목에 난 상처를 발견했다. 날카로운 것에 긁힌 듯 가늘게 일자로 그어진 상처는 다갈색 딱지가 앉아 있었고, 상처 주변이 부은 듯 붉어져 있었다.

"어디서 긁혔지?"

잠들기 전에 난 상처라면 모를 리가 없고. 잠든 후에 이렇게 된 건가? 그럼 김황토가?

그러고 보니 분명 소파에서 의식을 잃듯 잠들었는데 아침에 일어나니 침대 위였다. 황토가 침대까지 들어다 내려놓으면서 상처를 낸 건가? 그것도 목에?

그녀는 황토에게 상처에 대해서 물어봐야겠다고 생각하곤 짧게 샤워를 마쳤다.

이슬이 욕실 앞 테이블에서 머리를 말리고 있을 때 노크 소리가 들렸다. 이슬은 매무새를 가다듬을 생각도 하지 못하고 젖은 머리인 채로 문을 열었다.

황토인 줄 알고 반갑게 웃었지만 황토가 아니었다.

까만 정장 차림의 젊은 남자 한 명이 무표정한 모습으로 서서 그녀에게 인사했다.

"강이슬 씨 되십니까?"

"그런데요……."

정장과 무표정의 포스에 주눅이 든 이슬이 기어들어 가는 목소리로 대답했다.

"저희 사장님, 아니, 김황토 씨 부친께서 아침 식사 초대를 하셨습니다."

정중한 목소리였지만 협박에 가까웠다. 문을 마저 열어 현관으로 들어온 그는 거절은 불가능하다는 듯, 반드시 함께 밖으로 나가야 한다는 듯 열중쉬어 자세로 현관에 섰다.

부랴부랴 드라이기로 머리를 말리고 젊은 남자를 따라나선 이슬은 그와 함께 검은 세단에 올랐다. 뭐가 어떻게 돌아가는 건지, 차에 올라서야 정신이 든 이슬은 황토의 아버지와 재회할 생각에 가슴이 콩닥콩닥 뛰었다. 그녀가 거짓말을 했다는 걸 아신다면 좋은 말을 하진 않을 거라는 생각이 들었다. 이젠 어떻게 말해야 할까?

그러나 어떤 대책을 마련하기도 전에 이슬이 탄 검은색 차는 근처의 다른 호텔 앞에 섰다. 다른 호텔로 자리를 옮긴 것은 황토가 찾아낼 것을 우려한 모양이었다.

호텔 입구에서 내려 젊은 남자를 따라 들어간 레스토랑의 룸에 황토의 아버지가 있었다. 벌써 아침 식사를 마쳤는지 그의 앞에 있는 접시는 비워져 있었고, 그는 홀로 차를 마시고 있었다.

"앉아요."

황토의 아버지가 맞은편 의자를 가리키며 차분한 목소리로 말했다.

지난번엔 거짓말 때문에 온몸이 긴장 상태여서 깨닫지 못했는데,

목소리가 무척 좋은 사람이었다. 이슬은, 황토가 더 나이가 들면 저런 목소리를 갖게 될까 생각하며 의자에 앉았다.

"초면이 아니니 말 놓겠네. 그래도 괜찮겠지?"

이슬이 자리에 앉자마자 황토의 아버지가 다시 입을 열었다. 허레나마 예의를 갖추던 그제의 느낌과는 사뭇 달랐다. 황토의 아버지는 냉랭해져 있었다.

"네, 괜찮습니다."

이슬이 정중하게 대답했다.

"내가 우리 아들 녀석 결혼시켜 주려고 준비 중이란 얘기도 한 것 같고."

"네."

"지난번 만났을 때완 사정이 좀 달라. 우리 아들이 자네를 좋아한 다지?"

황토 아버지의 물음에 이슬이 대답하지 못하고 마른침을 꿀꺽 삼켰다.

"혹시 자네도 같은 마음인가?"

"아닙니다."

이슬은 또 거짓말을 해야 했다. 아무에게도 들키지 않은 마음이므로, 앞으로 그녀 스스로 마음을 접으면 될 일이라 생각하며.

"자네는 그제도 내게 거짓말을 하지 않았나."

"그때는 놀라서⋯⋯. 하지만 지금은 정말 아닙니다. 저는 황토 안 좋아합니다."

"믿어도 되겠지? 내가 불안해서 말이야."

믿어도 되겠지, 이 말은, 그녀는 절대 황토를 좋아해선 안 된다는 말이었다. 앞으로 황토의 아버지에게서 들을 말들은 뻔할 거라는 생각이 들었다.

"불안해하시는 일, 절대 없을 겁니다."

"그래. 황토한테도 확실하게 말해줘. 자네가 분명히 하지 않으니 황토가 저렇게 미련하게 구는 게 아닌가. 물론 아예 마주치지 않는 게 제일 좋지."

"저도 황토한테 몇 번 말했지만……."

이슬의 반박에 황토의 아버지는 더 강경하게 말했다.

"여지를 남기지 말고 똑 부러지게 말해야지. 오늘 오전에 황토 아파트로 사람을 보낼 거야. 여기에 챙겨야 되는 짐을 적어서 주면 그쪽에서 알아서 다 챙겨서 갖다 줄 테니 두 번 일하지 않게 빠짐없이 적어줘."

이렇게 말하며 황토의 아버지는 제 옆에 있던 종이와 펜을 그녀 쪽으로 스윽 밀었다. 이슬은 심장이 죄어오는 것을 느꼈다.

"비교적 괜찮은 원룸을 알아봐 두었네. 빚지는 걸 싫어하는 성향인 것 같아서 한 달만 계약해 놨어. 한 번 살아보고 마음에 들면 알아서 연장하도록 해."

"아니, 그러실 필요까진……."

"이렇게라도 해서 황토를 자네에게서 떨어뜨려 놓고 싶은 마음을 좀 헤아려 줘. 그 애에게 혼사는 중요한 일이야."

누구에게나 혼사는 중요한 일인데. 몇 마디라도 반박을 하고 싶었다. 그러나 그럴 여지는 조금도 없었다. 황토의 아버지는 다시 말을 이었다.

"다시 한 번 심쿵……."

아차, 황토의 아버지는 말을 잘못 꺼냈다는 듯 급하게 말을 끊고 입을 닫았다가 다시 열었다.

"내가 심장이 안 좋아. 나도 이것저것 신경 쓸 일이 많은 사람이
니 또다시 이런 일로 만나진 않았으면 좋겠네. 그땐 나도 자네에게
예의를 차릴 처지가 아니게 되겠지."

황토에 대한 요구 사항을 모두 이야기한 황토의 아버지는 마지막
제안이라는 듯 덧붙였다.

"아, 그리고 내가 추천을 넣어줄 테니 더 큰 회사로 이직해 보는
건 어떻겠나?"

"아니요. 괜찮습니다."

이슬이 단박에 거절했다. 황토의 아버지는 그녀에게 두 번 권하
지도 않았다.

"그래, 그렇다면 절대 일터에서 그 애와 마주치는 일 없도록 조심
해 줘."

요는 그것이었다. 절대 황토와 마주치지 못하게 하려는 것. 황토
의 아버지는 그녀가 해로운 바이러스라도 되는 양 황토에게서 차단
시키려 하고 있었다.

황토의 아버지는 목소리 한 번 높이지 않고 차분히, 그러나 권위
적으로 모든 말을 마치고 문 앞에 서 있던 젊은 남자에게 지시했다.

"여기 식사 하나만 더 준비해 주지."

이슬이 '아닙니다'라고 말할 새도 없이 황토의 아버지가 자리에
서 일어났다. 처음부터 이슬과 함께 식사를 할 생각은 없었던 것이
다.

"난 바빠서 먼저 일어나겠네. 식사 편하게 하고."

황토의 아버지는 이 말을 마지막으로 젊은 남자와 함께 밖으로
나갔다.

뒤늦게 이슬의 눈에 눈물이 차올랐다. 이슬은 문을 박차고 나가

황토의 아버지에게로 뛰어갔다.

"잠시만요!"

황토의 아버지가 뒤를 돌아 이슬을 바라보자, 이슬은 숨도 제대로 고르지 못한 채로 급하게 말했다.

"어르신께서 마련해 주신 원룸으로 들어가는 일은 없을 겁니다. 제가 받아야 할 이유가 없습니다. 그런 배려는 조금도 받고 싶지 않습니다."

이슬이 고집스럽게 말했다.

"황토 집에 들어가는 게 맘에 들지 않아 그러시는 거라면, 짐은 세찬이한테 부탁해서 챙겨 나가겠습니다."

늘 어른들이 듣기 좋은 말만 하던 이슬이었다. 그러나 황토의 아버지는 그러한 이슬을 본 적 없기에, 그녀가 참한 이미지와는 다르게 드세다는 생각을 했다.

"그럼 그럴 것 없이 오후에 황토가 멀리 출장 가는 스케줄이 있는 모양인데, 그때 집으로 돌아가서 챙겨가도록 해. 나도 그 정도 융통성은 있는 사람이네."

황토의 아버지가 관대한 마음으로 눈감아주겠다는 듯이 말했다.

그 정도로 분이 풀릴 리 없는 이슬은 제 속의 억울함을 꾹꾹 눌러 내느라 황토의 아버지에게 인사를 할 마음도 먹지 못했다. 황토의 아버지는 역시 그녀가 마음에 들진 않는다는 눈빛으로 이슬을 스윽 쳐다보고는 차에 올랐다.

황토의 아버지가 떠나는 것을 지켜본 이슬은 그제야 눈에 맺힌 눈물을 훔쳐 냈다. 그러나 숨을 뱉어낼 때마다 울분처럼 눈물이 다시 솟아났다. 이렇게 될 줄 알았지.

하지만 황토 아버지의 말에 조목조목 반박하며 따지지 않고 모두 받아들여 버렸다면, 분하게 생각해서도 안 되는 것이다.

'정신 차려, 강이슬. 이 갈등은 네가 먼저 피한 거야.'

이슬은 마음을 굳게 먹었다. 그의 집에 가 짐을 정리하면서 마음을 정리하면 될 일이라고 생각하며 울음을 삼켰다.

심산한 마음으로 호텔을 나와 거리를 걷고 있을 때 황토에게서 문자메시지가 왔다.

—일이 있어서 아무래도 못 갈 것 같아. 혼자서라도 아침 꼭 먹고 나와.

황토는 아직 이슬이 그의 아버지를 만났다는 사실을 모르는 모양이었다. 황토와 함께 사무실에서 일을 하고 치킨을 먹던 어젯밤의 일이 꿈처럼 아득하게 여겨졌다. 이슬은 '그래'라는 짧은 답문을 보내고 긴 한숨을 쉬었다. 이제는 이런 문자메시지에 답문을 보내서도 안 되겠지.

안타까운 마음에 풀이 죽은 그녀에게 또 한 건의 문자메시지가 도착했다. 이슬의 회사 대표에게서 온 문자메시지였다.

아침부터 이슬의 회사 뷰티풀하우스의 털보대표는 이슬에게 옹골마을로 가지 말라는 지시를 했다. 오늘 아침은 공장에 의뢰한 붙박이 가구들이 들어오는 날이라서 옹골마을로 출근하는 것이 더 나을 것 같았는데 사무실로 들어오라고 한 것이다. 그뿐 아니라, 털보대표는 이슬에게 당분간 옹골마을에 가지 말라고도 했다.

"현장에 가지 말라니, 아직 해야 될 일도 많은데."

이슬은 의아해하며 털보대표에게 이유를 물어보기 위해 전화를 걸었지만 그는 연락을 받지 않았다. 고개를 갸웃거리던 이슬은 가구 체크만 하고 바로 사무실로 돌아가겠다는 문자메시지를 보냈다.

아침부터 잔뜩 긴장해서 그런지 배고픔에 대한 감각이 많이 무뎌져 있었다. 배고픔에 대해 생각하다 준성을 떠올린 이슬은 준성에게 전날 말해놓았던 대로 그를 찾아가야겠다고 마음먹고는 옹골마을로 향했다.

✠

황토는 아버지를 기다렸다. 그의 아버지가 아침 산책을 끝내고 곧 집으로 돌아온다고 황토에게 말해두었기 때문이다.

얼른 아버지와 이슬의 문제에 대한 담판을 짓고 이슬이 머물고 있는 호텔로 가 그녀와 아침을 먹을 생각이었는데 그럴 수 없게 되었다. 아버지와 이야기하는 것이 중요하고도 시급했기 때문에 어쩔 수 없었다. 황토는 이슬에게 혼자 식사하라는 문자메시지를 보내놓고 마냥 아버지를 기다렸지만, 아버지는 한 시간이 넘도록 나타나지 않았다. 그 후에는 연락도 되지 않았다. 시간만 버린 셈이었다.

결국 황토는 아버지를 만나지도 못하고 아버지의 집을 나왔다. 이슬과 아침을 먹기 위해 다시 이슬에게 연락했지만 이슬 또한 황토의 전화를 받지 않았다. 호텔로 전화해 보니 이슬이 일찍 방을 비웠다는 대답이 되돌아왔다. 황토는 전날 이슬이 옹골마을로 출근해야 한다는 말을 했던 것이 생각나 옹골마을로 차를 몰았다.

✠

이슬은 옹골마을에서 만난 영건설의 사람들이 어딘가 조금 이상하다는 생각이 들었다. 밝게 말을 걸어도 인사를 하는 둥 마는 둥 슬금슬금 눈치를 보며 그녀를 피하는 것이 기분 좋게 느껴지지만은 않았다.

'너무 일이 많아서 힘들어서 그러는 건가? 황토가 직원들 좀 잘 챙겨주고 그럼 좋을 텐데.'

이슬은 고개를 갸웃거리다 준성의 집을 찾았다.

"준성 씨."

거실 소파에 앉아 책을 읽고 있던 준성은 이슬의 방문에 빙긋 웃었다.

"오늘은 좀 괜찮은가 봐요."

"네. 덕분에 많이 나아졌네요."

"아침 안 먹었죠? 도시락 좀 사왔어요. 같이 먹으려고요."

준성은 고개를 끄덕였다. 어제까지만 해도 죽을상을 하고 있더니 이제 다 나았는지 예전의 활달한 준성으로 돌아와 있었다.

아침에 황토의 아버지를 만난 일로 마음이 좋지 않았던 이슬은 제 속을 달래기 위해 도시락을 펼쳐 놓고 준성에게 떠벌떠벌 수다를 늘어놓았다. 요즘 하는 일에서부터 건강 상식까지, 별 시답잖은 이야기로 말을 이어가던 이슬은 한참 후 이야깃거리가 떨어졌는지 눈을 굴리다 기어이 긴 한숨을 쉬었다.

그사이, 준성이 입을 열었다.

"황토는 잘 있어요?"

이슬은 바로 대답하지 못하고 준성을 바라보았다. 준성은 이슬의 마음속이라도 꿰뚫을 듯이 심원한 눈빛으로 이슬을 보고 있었다. 그, 시선을 옭아매는 묘한 눈빛이 황토와 닮았으면서도 더 사나워 보였다.

누구에게나 악마가

"아, 황토네 집에서는 나오게 됐어요."

이슬이 잠시 후 대답했다.

준성은 고개를 끄덕거리지도, 놀라지도 않고 그저 이슬을 지그시 바라보았다. 왠지 '나는 알고 있어'라고 말하는 것 같았다.

가슴속에 눈물을 가둬놓고 있을 때 누군가 자신을 그윽하게 쳐다보면 눈물샘이 터지는 법이다. 마음을 닫아걸어도 마찬가지다. 타인의 눈빛은 닫아건 마음을 여는 열쇠가 된다.

그래서일 것이다, 이슬이 눈물을 흘린 것은.

이슬은 주르르 흐르는 눈물을 재빨리 닦아냈다.

"무슨 일 있었어요?"

준성이 상냥하게 물었지만, 그 다정한 목소리에 이끌려 오늘 아침에 있었던 일을 털어놓을 수는 없었다.

"아니요, 그냥, 사실 황토가 천하의 나쁜 놈이라고 생각했었는데, 그래도 정이 많이 들었나 봐요. 작별 인사도 못 할 것 같은데, 왠지 서러워서요."

이슬은 아침에 있었던 일을 말하는 대신 자신의 감정을 털어놓았다.

"인사해요, 그럼. 그깟 인사가 뭐 그리 어려운 거라고. 어차피 일하다가 만날 거면서."

"아니요. 안 하는 게 나아요."

"제가 황토라면 이슬 씨가 그런 식으로 떠나는 걸 더 못 견뎌할 것 같아요. 왜 떠났는지 더 의심할 거고요. 그러니 더 쫓아다닐 수도 있고요."

준성은 이슬이 황토를 떨쳐 내야 한다는 걸 아는 사람처럼, 그간의 사정도 다 알고 있는 사람처럼 말했다. 물론 준성은 알고 있었다.

"차라리 시원시원하게 인사하고 떠나는 게 나아요. 이유를 다 말하진 않더라도."

'황토가 인사를 받아줄까요?' 하는 말이 이슬의 목구멍까지 차올랐다가 쏙 들어갔다. 준성의 미소가 왠지 그녀를 안심시키는 것만 같았다.

❈

옹골마을에 도착한 황토는 일찍 온 영건설의 직원 세 명이 속닥이는 것을 보고 짧게 인사하고 지나치려다가 발을 멈췄다.

"사장님, 뷰티풀하우스의 강이슬 대리 있잖아요, 그 강 대리가 뒷공작을 해서 뷰티풀하우스가 옹골마을 프로젝트를 독점하게 된 거라네요. 인테리어도 글쎄, 어제까지만 해도 멀쩡하던 싱크대들이 오늘 줄줄이 말썽이랍니다."

"지금 뭐라고 했습니까?"

황토가 제 귀를 믿을 수 없다는 듯 인상을 찌푸리며 물었다. 다른 직원이 황토에게 말했다.

"강 대리가 브로커를 꼬셔서 뷰티풀하우스가 이번 프로젝트 따낸 거래요. 이미 끝난 일이지만 찜찜해서 얘기하고 있었어요."

"강이슬 대리, 그렇게 안 봤는데 사람이 참······."

이야기를 하던 세 사람은 누가 뭐랄 것도 없이 고개를 끄덕였다.

"누가 그래요?"

황토가 세 사람에게 물었다.

"이미 마을에 소문이 파다하던데요? 저희도 전해 들었어요. 어쩐지 그 브로커, 처음부터 뷰티풀하우스 쪽으로 너무 취향이 치우쳤다고 생각하긴 했는데. 특히 강이슬 씨 작품을 좋아하는 것도 같았고."

처음 말을 꺼낸 직원이 험담거리를 찾는 심술쟁이처럼 기억을 억지로 끼워 맞추며 아는 척을 했다. 더 말을 하게 두었다간 이슬에 대한 긴 험담이 나올 것 같았다.

세 사람은 황토도 수긍해 주길 바랐겠지만, 황토는 그렇지 않았다. 이슬에 대한 신뢰는 그렇게 쉽게 흔들릴 만한 것이 아니었다.

"허. 그걸 믿어요?"

세 직원의 말을 모두 들은 황토가 기가 막히다는 듯이 물었다.

"강이슬 대리가 왜 브로커를 꼬십니까! 브로커 혼자 좋아했으면 좋아했지. 강 대리가 조금이라도 누구 기분 상하게 하는 거 본 적 있어요? 그런 의심이나 한 걸 부끄럽게 생각하세요."

오히려 뒷말을 한 직원들을 나무란 황토는 그들에게서 냉정하게 등을 돌렸다.

"싱크대가 왜 줄줄이 말썽인지는 제가 알아보도록 하겠습니다."

황토는 절대적 믿음에 가까운 말로 직원들을 타박하고는 그들의 곁을 떠났다. 영건설의 직원들은 그러한 황토의 말에 숙연한 표정을 짓다가 금세 의아한 마음을 드러냈다. 혹시 김황토 사장도 이슬과 썸씽이 있는 게 아닐까?

곧 영건설의 남자 부장은 다른 두 직원에게 조용히 자신의 의중을 드러냈다.

"사장님도 이슬 씨한테 마음이 있어서 저러는 건 아니겠지?"

'아니겠지'라고 물었지만 확신에 찬 눈빛이었다.

분명 이런 농간을 부린 것은 준성의 짓일 것이다. 싱크대도 준성이 망가뜨렸겠지.

황토는 준성의 계략일 거라 확신하며 준성의 집으로 향했다. 참을 수 없이 화가 나 걸음이 절로 빨라졌다.

투시력으로 집 안을 살펴볼 여유도 없이 준성의 집 현관문을 열고 안으로 들어갔다. 조금만 주의를 기울였다면 그 안에 이슬이 있다는 것을 알아챘을 것이다.

"또 네 짓이야?"

성큼성큼 집 안으로 들어간 황토가 큰 소리로 말했다. 황토의 부리부리한 두 눈에 불꽃이 일었다.

"무슨 일이야……."

황토를 보며 여유 있게 웃고 있는 준성의 앞에서, 놀란 표정으로 굳어 있는 이슬이 말했다. 들릴 듯 말 듯한 작은 음성이었다.

황토 또한 이슬을 발견하고 얼어버렸다.

"마침 잘됐네. 이슬 씨가 너한테 할 말이 있다던데."

준성이 이 상황을 즐기듯이 탐욕스런 목소리로 말했다.

이슬은 두 사람 사이에 갈등이 있다는 것을 빠르게 눈치챘다. 갑작스러운 황토의 출연으로 당황했지만, 일단은 황토의 눈에서 번뜩이는 불꽃도 잠재울 겸 밖으로 데리고 나가야겠다고 판단한 이슬은 황토의 손목을 급하게 잡았다.

"일단 밖으로 나가서……."

"흐읍."

황토가 짧은 신음을 터뜨리며 이슬에게서 재빠르게 손을 뺐다.

갑작스럽게 왼쪽 손목이 타는 듯한 통증이 느껴졌다. 이대로 손이 없어질 것만 같았다. 참을 수 없는 아픔에 황토는 왼쪽 손목을 꽉 움켜잡았다. 흐읍흐읍. 나머지 잇새로 새어 나오려는 신음은 꾹 눌러 참아 다시 목구멍으로 집어넣었다.

잠시 후, 버틸 만할 즈음이 되어 황토는 손목을 잡고 있던 오른손을 뗐다.

10년 동안 검정색이었던, 간혹 보랏빛을 띠었던 황토의 문신은 확실한 핏빛이 되어 있었다.

왜…… 왜 하필 지금이란 말인가.

몇 걸음 앞에 서 있던 준성이 간악하게 웃었다.

'이제 저 앤 내 거야.'

준성은 입을 벌리지 않았다. 그런데도 그의 음성이 황토의 귀로 파고들었다. 가까이 있는 이슬은 준성의 음성을 듣지 못한 것 같았다.

"날 좋아하지 말라고 했잖아."

이슬에게 이렇게 말하는 황토의 눈동자는 불안한 듯 심하게 흔들리고 있었다.

"무슨 소리야……."

뜬금없는 말이었지만 마음을 들킨 이슬은 어색한 미소를 지으며 황토에게 물었다.

'강이슬이 너를 사랑하게 됐구나. 이제 나는 저 애를 반드시 데려가야겠다.'

다시 준성의 마음속 언어가 공기를 거치지 않고 바로 황토에게로 전달되며 그의 심장을 건드렸다.

'안 돼. 그럴 수 없어. 그러지 않기로 했잖아. 선택은 내 몫이라고 했잖아!'

황토도 텔레파시를 보내듯 준성에게 마음속 목소리로 말했다.

'너의 의사 여부에 상관없이 데려갈 수 있게 됐거든. 이제 너도 포기해.'

준성이 빙긋 웃었다.

물론, 의사 여부에 상관없이 데려갈 수 있게 되었다는 말은 준성의 거짓말이었다. 이 말로 하여금 황토가 이슬을 포기하게 만들 심산이었다. 이슬이 브로커를 꾀어냈다는 헛소문을 퍼뜨려 황토가 오해하게 만들려 했던 것 또한 준성의 계산이었다. 이슬과 황토가 서로 좋아하게 된 상태에서 황토의 마음만을 돌릴 수 있는 구실을 만들어 황토로부터 이슬의 영혼을 넘겨받을 속셈이었다.

하지만 황토의 마음은 달랐다.

악마가 절대 이슬을 데려가게 해서는 안 된다. 그건 황토의 굳은 의지였다.

'당신이 날 다시 미워하게 되면 되는 거야. 그럼 당신은 살 수 있어.'

이번엔 황토의 마음속 목소리가 이슬에게로 향했다. 물론 이슬은 듣지 못했다.

황토는 괴로운 표정으로 눈을 질끈 감았다.

"당장 우리 집에서 나가 줘. 다신 보고 싶지 않아."

7. 진실

이슬은 황토가 출장 간 틈을 탈 것도 없이 황토의 집에서 나왔다. 황토는 냉랭한 목소리로 매정한 말을 하곤 그녀를 떠났고, 그것으로 두 사람의 작별 인사는 끝이었다.

말도 없이 황토의 집을 나와 버리면 큰일 나는 줄 알았다. 황토가 거머리처럼 들러붙어 조금도 움직이지 못하게 할 것 같았다. 내심 황토가 그래 주길 바랐는지도 모른다.

황토는 원래 그런 못된 녀석인데. 모진 말로 상처를 주었던 게 한두 번도 아니었는데.

다행히도 이슬의 친구 슬기가 갈 곳 없는 이슬을 거둬주었다. 슬기는 이슬이 집을 구할 때까지 자신의 집에 머물러도 된다고 말했다. 물론 황토의 집보다 훨씬 좁은 데다 뛰어다니는 기린에 슬기 부부의 애정 행각까지 더해진 산만한 곳이었지만 혼자 있는 것보다 마음을 정리하는 데는 훨씬 나았다.

"그래, 그 집에서 잘 나왔어. 남자는 여자랑 달라. 잘생긴 만큼 얼굴값을 한다니까. 세상에 잘생긴 놈들치고 착한 놈을 못 봤어. 걔도 똑같은 놈이지 뭐."

이슬을 위로해 주려고 더 오버를 하는 것인지, 그간의 사정을 대강 알게 된 슬기의 입에선 황토에 대한 험담만 나왔다. 그 후 슬기는 '잘생긴 놈들은 얼굴값을 한다' 라는 지론이 더 입지 굳은 명제가 되었다며 뿌듯해하는 데 시간을 보냈다.

"엄마, 나는 그 아저씨 좋아하는데?"

잠자코 있던 기린이 엄마의 논리가 마음에 들지 않는다는 듯이 말했다.

"신기린, 자야지. 너 그러다 내일 또 유치원 버스 놓치면 엄마가 안 데려다줄 거야."

"이거 다 보고."

기린은 이슬의 포트폴리오 자료집을 동화책 보듯 한 장 한 장 정성들여 넘겨 보고 있었다. 이슬이 슬기의 집에 머무르는 동안 인테리어 선물을 해주려고 자신의 작품 포트폴리오를 보여준 것이었다. 이슬이 만든 가구들을 보고 기린의 입은 함박만 하게 벌어졌다.

"이거 다 이모가 만든 거야?"

슬기는 이슬이 고생할 것을 염려하여 그녀가 만들기 가장 쉬워 보이는 작은 의자를 골랐다.

"이거 의자 하나 만들어주면 되겠네."

하지만 자기 몸이 쏙 들어갈 만한 지붕 달린 아기놀이집을 보고 반해 버린 기린은 엄마에게 갖은 아양을 떨며 매달렸다.

"엄마아, 엄마아! 이거, 난쟁이집이요! 이거 해달라고 하면 안 돼요? 앞으로 말 잘 들을게요!"

"안 돼. 놓을 데도 없어!"

슬기는 기린의 아양을 단칼에 잘라냈다.

하지만 이슬은 웃으며 말했다.

"만들어줄게, 기린아. 좀 오래 걸리겠지만."

"와아! 이모 멋져!"

이슬의 승낙에 기린은 신이 난 듯 이슬을 끌어안았다.

"이모, 계속 우리랑 같이 살았음 좋겠다!"

"기린아, 아니야. 이모는 몇 밤만 자고 다른 데로 갈 거야."

슬기가 이슬에게서 기린을 떼어놓으며 말했다. 어린 딸이라 정들면 헤어진 후에 힘들어할까 염려한 것이리라.

아직 하룻밤 머물지도 않은 슬기의 집에서도 이렇게 앞으로 쌓일 정을 걱정하는데, 김황토는 대체 왜 그랬을까. 매순간 진심이진 않았겠지만 그래도 한 달 보름을 같이 산 사이인데. 그 애에겐 정이라는 것도 얌체공처럼 우스운 걸까? 이슬은 두고 온 얌체공 트럭을 잠시 생각하다 한숨을 쉬었다.

이날 밤, 황토가 집에 돌아와 더 이상 이슬이 그곳에 없다는 것을 알고 긴 한숨으로 집 안을 가득 채웠다는 사실을, 이슬에게 모진 말을 한 일로 가슴앓이를 했다는 사실을, 앞으로는 어떻게 해야 하나, 정말 이슬을 악마에게 빼앗기지는 말아야 할 텐데, 하는 걱정으로 긴 밤을 지새웠다는 사실을 이슬은 모를 것이다.

다음 날 겨우 마음을 추스르고 가뿐한 기분으로 출근한 이슬은 그제야 그녀를 둘러싼 루머와 마주했다. 털보대표가 자신이 들었던 사실 모두를 이슬에게 털어놓은 것이다. 루머가 그럴듯했기에 털보대표도 미심쩍게 생각하고 있었다.

루머가 사실이라면 실력으로 따낸 자리가 아니라는 것이 걸리지만, 뷰티풀하우스의 대표로서 부하 직원이 회사를 위해 그렇게나 수고를 했다는 것은 고마운 일이었다. 따낸 자리는 빼앗기고 싶지 않았기에 루머가 사실이라면 이를 은폐해야만 했다. 털보대표는 이슬의 입장을 살피고 대책을 마련하기 위해 이 소문에 대해 직접 알려준 것이었다.

"어머, 사장님. 아니에요. 진짜 맹세코 그런 일 없었어요. 브로커랑 따로 만난 적도 없고요."

이슬은 털보대표에게 그런 말을 듣는 것이 불쾌했지만 최대한 내색하지 않고 말했다.

"그렇지? 나도 그럴 거라 생각했어. 그럼 이걸 어쩐다……. 소문이 갑자기 뒤늦게 퍼진 걸로 봐서 누군가 악감정을 가지고 일부러 퍼뜨린 게 분명한데. 지금 문제는 옹골마을 주민들한테도 퍼져서 우리 회사에 대한 불신이 생겼다는 거야. 거기다 왜 갑자기 싱크대는 한꺼번에 고장 나서……."

"누가 그랬는지를 알면 좋겠지만…… 일단 제가 싱크대 점검하러 다니면서 오해는 최대한 풀어볼게요."

이슬은 급하게 옹골마을로 움직였다.

생각보다 빨리 옹골마을에 도착한 이슬은 가장 먼저, 공사 상황을 감독하는 영건설의 사람들에게 다정하게 인사했다. 이슬의 인사에 영건설의 직원들은 떨떠름한 표정을 지었다.

매번 이슬을 보고 활짝 웃어주던 사람들이었는데. 역시 이것도 루머의 영향일까? 이슬은 그들이 잘못 알고 있는 문제에 대해 하나하나 짚어가며 반박할까 생각하다가 옹골마을의 집들로 향했다. 의뢰인들의 고장 난 싱크대를 고치는 게 먼저였다.

가장 불만이 많다던 듬쑥로 네 번째 집을 찾았다. 노크를 하고 들어가려는데 문이 열린 집 안에서 익숙한 목소리가 들렸다.

"싱크대 물이 새는 게 문제인데, 이건 인테리어가 잘못된 게 아니라 저희 쪽에서 보수를 잘못한 겁니다."

이슬보다 한발 앞서 싱크대를 점검한 황토가 주인과 이야기를 하고 있었던 것이다.

"싱크대 공사는 바로 들어갈 거고, 이에 따른 보상은 저희 영건설에서 책임지겠습니다."

황토는 싱크대의 문제가 영건설 때문이라고 못 박았다.

아닌데. 보수에는 전혀 문제가 없을 텐데.

이슬은 황토가 자신을 감싸주려고 저러는 것일까 생각하다가 고개를 세차게 저었다.

황토가 집주인에게 싱크대 보수에 대한 설명하고 있을 때, 멀리 현관에서 누군가 빼꼼히 집 안을 들여다보는 것이 보였다. 이슬이었다.

분명히 아주 짧은 순간 눈이 마주쳤다. 그러나 이슬은 눈이 마주치자마자 몸을 숨겼다. 급기야 이슬은, 황토가 바로 밖으로 나올 것이라고 생각했는지 집 밖으로 급히 도망쳤다. 마치 황토를 피해 멀리멀리 내달리는 것 같았다.

이슬이 황토를 피해 도착한 곳은 준성의 집이었다. 준성의 집 앞마당까지 열심히 달려 가빠진 숨을 고르고 있을 때, 준성이 이슬에게 다가왔다.

"무슨 일 있었어요?"

급하게 숨을 쉬는 이슬을 보고 준성이 물었다.

"아…… 아니에요. 혹시 준성 씨네 싱크대는 문제없어요?"

"네? 무슨 문제요?"

준성은 모르는 일이라는 듯 이슬에게 천진하게 물었다.

"꽤 여러 집에서 싱크대가 말썽이라고 한 모양이에요."

"우리 집은 문제없어요. 그나저나 컨디션은 좀 괜찮아요?"

왜 컨디션에 대해 물어보는 걸까? 이슬은 의아하게 생각했지만 밝게 대답해 주었다.

"네, 보시다시피."

"겉이 아니라 속을 묻는 거예요. 어제 일 이후로 연락을 해봐야 하나 한참 생각했어요."

준성은 이슬이 걱정된다는 듯이 털어놓았다. 이 모든 게 연극이라는 것을 알 리 없는 이슬은 준성의 배려에 진심으로 고마워하며 환하게 웃었다.

"그래도 어제 준성 씨한테 털어놓고 조언도 듣고 나서 얼마나 후련했는지 몰라요. 그때 날 울게 해줘서 정말 고마워요."

언어에도 전류가 흐르는 걸까.

고마워요, 라는 말은 삽시간에 준성의 몸을 감쌌고 그의 온몸을 전율케 했다.

냉기 서린 준성의 몸이 갑작스럽게 뜨거워졌다.

"그럼 혹시라도 싱크대에 이상 있으면 연락 주세요. 바로 달려올 게요."

이슬은 이 말을 끝으로 다시 헐레벌떡 떠났다. 준성은 그녀가 움직이는 쪽으로 오랫동안 눈길을 주었다.

그녀와 마주하니 왠지 모를 조바심이 났다.

"자꾸 갖고 싶어 하게 하진 말아줬으면 좋겠는데……."

준성은 맛 좋은 생선이라도 놓친 듯이 입맛을 다시며 혼잣말을 했다.

❋

황토와 이슬이 한마디의 말도 나누지 않은 며칠 동안에도 시간은 빠르게 흘렀다.

황토는 이슬을 보고 싶지 않다고 했지만 매일 이슬의 일거수일투족을 관찰하기에 바빴다. 그에 더불어 직접 손보고 있는 싱크대 공사 때문에 황토의 업무는 넘쳐 나고 있었다.

사실 싱크대의 문제는 영건설 측 부주의가 아니었다. 조금이라도 살림에 관심이 있는 사람이라면 누구나 알 법한 문제였다. 그러나 황토는 그것이 영건설의 잘못이라 박박 우기며 홀로 싱크대를 손보고 있었다. 루머에 시달리는 이슬을 보호해 주기 위해 택한 방법이었다.

하지만 이슬은 대놓고 황토를 피하고 있었다. 종종 황토와 이슬 두 사람이 옹골마을에서 마주치면 그때마다 이슬은 의식적으로 도망을 갔다. 너무 의식적이라 우스울 정도로 이슬은 황토만 보면 달리고 또 달렸다.

황토는 아버지가 이슬을 따로 만났다는 사실을 여태 알지 못하고 있었다. 그저 이슬이 자신의 매정한 말에 상처받아서 그러는 것이라고만 생각했다.

그동안 황토에겐 한 가지 '의문'이 생겨났다. 황토는 하루빨리 이를 확인해 봐야겠다고 생각하며 이슬과 둘이서만 만날 기회를 노리고 있었다.

이슬에 대한 여러 생각을 하며, 듬쑥로 열네 번째 집의 싱크대 보수를 마치고 나온 황토에게 상미가 다가와 말을 걸었다.

"황토 씨, 오랜만이네요. 상의할 게 있어요."

"아, 안 그래도 방문하려고 했습니다. 지난번 인테리어 보러 가기로 한 약속 못 지킨 것도 사과드릴 겸, 싱크대에 문제없나 해서요."

"사과는 안 하셔도 돼요. 뭐, 그럴 수도 있죠. 그것보단 황토 씨 걱정하는 대로, 저희 집 싱크대도 한 번 봐주셔야 할 것 같아요. 그런데 제 생각에 이건 인테리어 문제인 것 같은데요."

"그렇게 보이기도 하시겠지만, 저희 회사 책임입니다."

황토가 딱딱하게 말하며 상미의 집으로 들어갔다.

상미의 집 안은 화려한 가구들로 채워져 있었다. 언뜻 봐도 이슬이 만든 것은 아니었다.

"인테리어가 바뀐 건가요?"

황토가 집 안을 쓰윽 둘러보고 말했다.

"네. 생각해 보니, 인테리어 브랜드를 다른 집들과 맞출 필요는 없는 것 같더라고요. 그게 저렴하긴 하겠지만, 저는 넉넉한 편이니 경제적인 면을 따지지 않아도 되고요. 그래서 취향껏 개성 있게 꾸몄어요."

"그렇죠. 인테리어는 집주인의 취향이 가장 중요하죠."

황토가 상미의 말에 수긍하며 주방으로 가 싱크대 상태를 점검했다. 싱크대는 상미의 말과 다르게 멀쩡했다.

"여기 싱크대는 망가지지 않았습니다. 그냥 사용하시면 될 것 같아요."

"어? 어제는 이상이 있는 것 같았는데, 아닌가 봐요. 호호호. 그럼 오신 김에 차나 한잔하고 가실래요? 저도 긴히 할 얘기가 있어서요."

상미는 미소 지으며 황토에게 자리를 권했다. 황토는 상미와 마주 앉아 있고 싶지 않아 자리를 거절하고 어서 할 얘기나 하라는 투로 그녀를 바라보았다.

"어제 황토 씨 아버님이 직접 저한테 전화 주셨어요. 아드님 마음 좀 잡아달라고."

"……죄송합니다. 아버지께 다시는 그러지 말라고 말씀드리겠습니다."

"아니요. 저는 좋았다는 얘기예요. 적어도 아버님 마음엔 들었다는 뜻으로 여겨졌거든요."

"저한테 생각이 없으니 그냥 없는 일로 여기셔도 될 것 같습니다."

"강이슬 씨 때문에 그러시는 거예요?"

상미의 입에서 다시 '강이슬'이라는 이름이 나오자 황토가 상미를 정면으로 바라보았다. 이슬에 대한 이야기가 나오니 황토는 이슬이 견딜 수 없이 보고 싶어졌다.

상미는 제가 퍼뜨린 소문에 대해 방금 들은 듯이 황토에게 말했다.

"소문 들으셨어요? 강이슬 씨가 브로커 꾀어냈다는 이야기."

"왜 얘기가 그쪽으로 가는 겁니까."

"황토 씨가 안타까워서 그래요. 강이슬 씨한테 속고 있는 것 같아서."

상미는 정말 답답한 듯 힘주어 말했다.

"그렇게 방황하는 게 불효라는 생각 안 들어요? 꼭 제가 아니더라도, 강이슬 씨는 안 된다고 충고하고 싶었어요."

'꼭 제가 아니더라도' 라는 말은 거짓이었지만 상미는 진심인 척 호소했다.

"아버지께서 다른 말씀은 안 하시던가요? 아직 다 말씀하신 건 아닌 것 같은데."

"네?"

상미가 슬슬 비웃기 시작하는 황토의 의중을 파악하지 못하고 되물었다.

"방황하는 것도, 속고 있는 것도 아닙니다. 한 가지 더 말해줄까요?"

그녀를 놀리듯, 황토의 얼굴이 상미 가까이로 다가왔다. 상미는 황토의 무게 있는 눈빛에 꼼짝할 수가 없었다. 희롱당하는 것처럼 화끈거렸다.

"우리는 동거했던 사이예요."

황토는 이 말을 끝으로 나간다는 인사도 없이 상미의 집을 떠났다. 기가 막힌 듯이 입을 벌리고 선 상미의 마음을 돌볼 여력은 없었다.

한숨이 나왔다. 과거에 동거했던 사이면 뭐 하는가. 황토가 집에서 나가라는 말을 내뱉은 후 줄곧 이슬은 그를 보면 독사라도 만난 양 줄행랑을 쳐버리는걸.

어서 이슬을 만나 오해를 풀어야겠다는 생각이 들었다. 그리고 의심스러운 문제에 대해서도 확인해 보아야 했다.

상미의 집을 다 내려왔을 때, 때마침 저 멀리 젊은 부부와 어린아이들이 사는 집 앞에서 주인여자와 이야기를 나누고 있는 이슬이 보였다. 그리고 역시나 무심코 고개를 돌렸다가 황토를 발견한 이슬은 급하게 주인여자에게 인사하고 냉큼 어디론가 다다다 뛰어갔다. 또 도망가려는 거였다.

"잠깐 얘기 좀 해!"

황토가 이슬을 따라 뛰어가며 소리쳤다. 조용한 마을에 황토의 목소리가 우렁차게 울렸다. 밖에 나와 있던 몇몇 사람이 황토 쪽을 돌아볼 정도였다.

재는 다신 보고 싶지 않다더니 지금 와서 왜 또 저러는 거야! 이슬은 자신을 쫓는 황토의 행동이 난감하게 여겨졌다.

황토를 피해 당도한 곳은 공원 뒤편의 작업소였다. 더 이상 도망갈 곳이 없어 발을 동동 구르던 이슬은 조립식 아기놀이집 안으로 몸을 숨기고 뚫린 창문을 막았다. 설마 여기까지 쫓아오진 않겠지, 생각하며 이슬은 못다 쉰 숨을 골랐다.

그러나 황토가 이를 찾지 못할 리 없다.

"왜 아기놀이집이 두 개야?"

"엄마야!"

아기놀이집의 문이 열리고 몸을 잔뜩 숙인 황토가 얼굴을 스윽 안으로 들이밀었다. 이슬은 깜짝 놀라 비명을 지르고 말았다.

"아기놀이집이 왜 두 개냐니까."

황토가 정말 궁금한 듯 다시 물었다. 이슬은 그와 말을 섞지 않으려 다짐했던 것도 잊고 급히 대답했다.

"하나는 개인적으로 선물할 사람이 있어서 만드는 거야."

"일터에 사적인 일을 끌어들이면 안 되지. 지금 당신에 대한 헛소문도 무성한데."

소문에 대한 말이 황토의 입에서 나오자 이슬은 마음이 아렸다.

그리고 궁금했다. 정말 황토도 그 소문을 믿었을까? 혹시 그 소문에 대한 일로 자신에게 그리 모진 말을 했던 걸까?

"정말 헛소문이라고 생각해?"

이슬이 마음을 숨기고 물었다. 황토에게서 어떤 대답이 나올까 궁금했다.

"강이슬이 그럴 사람은 아니잖아."

황토는 당연하다는 듯, 생각할 것도 없이 바로 대답했다.

전적인 신뢰의 말에 이슬은 다시 황토에게 마음을 놓아버릴 것 같은 뜨끈한 기분을 느꼈다. 그녀는 울컥하는 감정을 감추려 다른 말을 꺼냈다.

"그런데 싱크대는 왜 네가 수리하고 돌아다니니? 우리 회사 일거린데."

"영건설에서 잘못한 거야. 그러니 내가 책임지고 해야지."

아니다. 싱크대의 고장은 분명 뷰티풀하우스의 잘못이었다. 이슬은 싱크대에 대한 황토의 배려를 그제야 제대로 알게 되었다.

"혹시나 해서, 여기 집주인들한테도 이상한 헛소문은 신경 쓰지 말라고 넌지시 말했어. 브로커는 힘도 없고 인테리어 회사 선정 과정은 내가 다 알고 있는데 아무 문제 없었다고."

황토가 이슬의 마음이라도 읽은 듯이 그녀가 걱정하는 문제에 대해 먼저 말해주었다. 그리고 이슬이 고맙다는 말을 할 새도 없이 다른 이야기를 꺼냈다.

"그런데 선물할 사람은 누군데? 그 만두 꼬마?"

"만두 꼬마가 뭐냐?"

그제야 이슬의 얼굴에 미소가 돌아왔다. 비록 흐릿하다 못해 사라질 듯 희미한 웃음이었지만, 그마저도 황토에겐 사랑스러웠다.

그제야 먼지가 잔뜩 낀 채 멈춰 있던 황토의 삶이 다시 움직이는 것 같았다.

"오랜만이야. 보고 싶었어."

황토도 그녀의 미소에 화답하며 인사했다.

이슬은 황토의 미소에 괜스레 심장이 두근거렸다. 떨리는 가슴을 감추며 무뚝뚝하게 말했다.

"언제는 다신 보고 싶지 않다며."

"그때는 그럴 사정이 있었어. 오늘은 확인할 게 있어서."

"무슨 확인을 하는데……."

이슬이 말을 다 끝내기도 전에 황토는 이슬의 손목을 잡았다. 왼쪽 손목의 문신이 순식간에 붉은빛으로 변했다. 통증은 없었다. 황토만 이 변화를 슬쩍 확인했다.

이슬은 황토에게 잡힌 손목을 빼내려 힘을 쓰고 있었다.

"야! 뭐 하는 거야! 저리 가. 나 좀 나가게."

황토는 재빨리 이슬에게서 손을 뗐다. 그리고 그동안 애가 타게 보고 싶었던 이슬의 얼굴을 마음껏 바라보았다. 동그란 이마를 덮는 결 좋은 앞머리와 사슴같이 선한 눈동자와 마음껏 입 맞추고 싶은 선홍빛 입술…….

그러다 황토의 눈빛은 그녀의 목에서 멈춰졌고, 곧바로 그의 검지손가락이 그녀의 목으로 올라왔다. 황토의 눈은 생소한 것을 바라보는 듯 동그래져 있었다. 이슬의 상처를 발견했다. 사흘 전 새벽, 준성이 잠든 이슬의 목에 몰래 남기고 간 상처였다.

마음이 불편한 듯, 황토의 목소리가 탁하게 튀었다.

"이건 또 어디서 만들어 온 거야?"

황토가 인상을 구기며 이슬의 목에 난 상처를 손끝으로 쓸었다.

그저 손끝이 스치는 정도였는데도 이슬의 여린 살갗은 분홍빛이 되었다. 그 감촉에 긴장한 이슬의 어깨가 굳었다.

"어디서 이런 거냐고. 안 아파?"

황토가 대답을 재촉했다. 황토가 낸 상처라고 생각하고 있던 이슬은 적잖이 억울했다.

"너, 너…… 네가 상처 내고 아닌 척하는 거지?"

"그건 또 무슨 소리야?"

"호텔에서 아침에 일어났을 때 여기 이렇게 상처가 있었다고. 너 아니면 누구야? 날 소파에서 침대로 옮긴 사람도 너잖아. 아니야?"

"그건 맞지만. 이건 아니야."

이슬은 황토의 모르쇠에 이맛살을 찌푸렸다. 황토는 황토대로 어디서 저도 모르는 상처나 만들고 다니는 이슬이 걱정되었다.

이제 혼자 살아가야 할 많은 날들에, 이 여자는 얼마나 많은 상처를 입게 될까.

황토가 이슬을 걱정하는 동안, 이슬은 어떻게 이런 상처가 생겼을까 생각하며 고개를 갸웃거렸다. 황토의 눈에는 이 작은 몸짓도 너무나 사랑스러워 보였다.

앞으로의 날들이 걱정되긴 했지만, 이렇게 사랑스러운 사람, 내가 좋아하는 사람, 날 좋아하는 사람과 한 공간에 있다는 것. 그 자체가 주는 행복이 황토에게는 감동적이었다.

지금껏 황토는 그의 왼손에 찍힌 낙인이 주는 무게와 아픔을 생각하느라 그에게 이런 벅찬 순간이 올 줄은 상상도 못 하고 있었다. 내가 좋아하는 사람이 날 좋아하는지 아닌지 알 수 있는 문신이라니.

"날 좋아하면서 왜 숨기는 거야?"

이슬을 지그시 바라보며 행복감에 젖어 있던 황토가 이슬에게 물었다.

"웃기고 있어. 좋아하긴 누굴 좋아한다고."

이슬은 시치미를 떼며 입을 비죽거렸다.

그래도 황토는 좋았다. 이 순간이 영원했으면 좋겠다는 생각을 하며, 눈꼬리가 절로 아래로 휘었다.

"아니야. 마음만 받을게. 좋아하는 내색은 안 해도 돼."

그럼 내가 당신을 두고 떠나기 힘들어질 테니까.

황토는 얼마 남지 않은 미래의 일을 생각하며, 아린 가슴으로 말했다.

"안 좋아한다니까!"

이슬의 마음을 다 이해한다는 듯, 뜻 모를 배려하는 황토의 말에 이슬은 되려 성이 났다.

"알았다니까."

여전히 마음을 꿰뚫는 눈빛을 하는 황토가 마음에 들지 않았지만, 이슬은 시답잖은 언쟁을 하고 싶지 않아 더 이상 소리를 높이진 않았다.

잠잠해진 지 얼마 지나지 않아 황토가 입을 열었다.

"혹시 아버지가 회사로 찾아오셨어?"

"아니."

이슬이 불퉁스런 목소리로 짧게 대답했다.

거짓말은 아니었다. 황토의 아버지는 회사로 찾아오신 게 아니라 호텔에 있는 그녀를 부르셨던 거니까.

그때의 감정을 더듬어보면 이슬은 사실, 불쾌함보다는 두려움이 먼저였다.

그녀의 회사가 아니라, 하룻밤 지내고 그만인 호텔로 사람을 보내시는 분. 그날 묵은 호텔의 호수까지 알아내신 걸 보면 보통 정보망을 가진 분은 아닐 것이다. 그녀는 황토의 아버지가 무서운 존재로만 여겨졌다.

"거짓말하지 말고."

"정말이야."

"맹세코 아니야?"

"그래, 아니야."

아, 이 답답이 김황토 도련님. 융통성 있는 질문을 할 생각은 왜 못 하는지.

냉랭한 이슬의 말을 곧이곧대로 듣고 믿어버린 황토는 다른 질문을 했다.

"그럼 내가 심한 말 해서 그렇게 도망 다닌 거야?"

"……몰라."

여전히 불퉁스런 이슬의 말투에 황토가 피식 웃었다.

"그런데 도망은 그만 다녀."

도망 다니면 잡고 싶어. 그리고 너무 귀엽단 말이지. 정복욕을 자극한다고.

얄밉다는 듯이 그를 바라보는 이슬에게, 이번엔 황토가 진지하게 말했다.

"그저께 심한 말 한 거 미안해."

갑작스럽게 심장이 쿵, 하고 내려앉는다.

미안하다는 말에 마음이 약해지는 걸 어찌 알고. 정말 김황토 이 녀석은 독심술을 할 수 있는지도 모른다.

"내 마음속에 번민이 있었어. 난해한 문제가 하나 있었는데 이제는 확인만 하면 돼."

황토가 이슬을 달래듯 조용조용히 말했다.

"그걸 확인하고 나면 다시 집으로 데려갈 거야."

두근.

좀 전에 쿵, 하고 내려앉았던 심장이 이번엔 들썩거렸다. 번민이니, 난해한 문제니, 확인이니, 이상한 말을 하긴 했지만 그 이전의 것들은 아예 신경도 쓰이지 않을 정도로 따뜻한 말이었다.

황토는 이슬의 붉어진 얼굴을 기분 좋게 바라보다가 시각을 확인하고 일어났다.

"아무튼 지금은 가봐야 돼. 나중에 봐."

"야, 너, 무슨, 아야!"

무슨 확인을 하려 하냐는 질문을 하려던 이슬이 황토를 따라 자리에서 일어나다가 아기놀이집의 지붕에 머리를 콩 박았다.

이슬이 다시 주저앉아 머리를 매만지는 동안 황토는 저만치 멀어져 있었다.

그날의 일이 모두 끝난 오후, 황토는 다시 준성의 집 앞에 섰다. 더 이상 그는 무서울 것이 없었다.

"오늘은 찾아올지 몰랐는데."

황토가 현관문을 다 열기도 전에 준성의 목소리가 황토를 맞았다. 준성은 침실의 침대에 비스듬히 몸을 기댄 채 빙긋 미소 짓고 있었다.

"그렇겠지, 넌 내 마음을 읽을 수 없으니."

침실까지 걸어간 황토가 준성을 도발하듯 말했다. 그러나 준성은 이에 동요하지 않고 황토가 자신을 찾아온 이유에 흥미가 생긴 듯 침대에 기대 있던 몸을 세웠다.

"한 가지 비밀을 알게 돼서 확인차 왔어. 일종의, 네 세계의 규칙 같은 거 말이야."

준성은 황토가 어떤 논리를 펼지 기대하며 침대의 턱에 팔을 괴고 자리에 고쳐 앉았다. 아직까지는 여유만만한 표정이었다.

"내 문신이 붉은빛을 띠던 날, 넌 이렇게 말했어. '너의 의사 여부에 상관없이 데려갈 수 있게 됐거든. 이제 너도 포기해.'"

준성의 눈 밑이 짧게 파르르 떨렸다. 감정의 동요가 시작되고 있었다.

"마치 금방이라도 그녀를 데려갈 것처럼 사악하게 말하고선 지금까지 넌 왜 아무것도 하지 않았지? 내가 너라면 그녀의 마음이 변하기 전에 바로 데려갔을 텐데."

준성의 입에서 순식간에 웃음이 사라졌다. 반대로 황토는 엷은 비웃음을 준성에게 보여주었다.

"예전에 이렇게 말한 적도 있지. 내가 너의 가장 중요한 프로젝트라고."

이제 준성은 자리에서 일어나 화를 참아내는 듯 주먹을 불끈 쥐었다.

"그동안 나는 네 세계의 규칙에 대해 한 번도 생각해 본 적이 없었어. 요즘에야 하나씩 생각해 보고 있지."

눈에 가두어둔 분노가 흰자위의 실핏줄이 되어 툭툭 터졌다. 눈이 불 속처럼 붉어진 준성이 천천히 걸어 황토에게로 가고 있었다. 침실 벽의 가시덤불이 움직이는 소리가 들렸다.

"너는 네 스스로 할 수 있는 게 없어. 그저 인간의 선택을 기다리고 있을 뿐이야. 인간의 선택에 따라서만 움직일 수 있어. 그렇지?

처음부터 그랬어. 내가 숙부를 죽여달라고 했기 때문에 숙부를 죽일 수 있었던 거야. 나한테 사람을 죽일 수 있는 잔인한 능력을 준 것도 마찬가지지. 네가 스스로 할 수는 없는 거니까."

기어이 준성이 황토에게로 달려들어 그의 목을 움켜쥐었다. 그러나 이번엔 황토가 쓰러지지 않았다.

"너……."

"그렇다는 건, 넌 절대 그녀를 건드릴 수 없다는 거지. 갖은 루머를 만들어가며 넌 나를 부추겼지만, 어쨌거나 넌 아무것도 부수지 못해."

준성에게 목을 붙들렸으면서도 황토는 여유 있게 말했다. 준성의 얼굴이 사나워질수록 가시덤불이 불어나고 있었다. 끝내 가시덤불은 황토의 목을 잡고 있는 준성의 두 팔을 공격했다. 황토의 말에 동요한 것인지, 가시덤불에 겁을 먹은 것인지, 준성은 급하게 호흡하며 황토를 죽일 듯이 노려보았다.

"이이이이 자식!"

"넌 인간에게 기생하지 않으면 아무것도 할 수 없어."

이번엔 황토가 준성을 가시덤불의 반대쪽으로 밀어 넘어뜨렸다. 준성을 공격하는 가시덤불 덕에 그는 쉽게 준성의 팔을 쳐낼 수 있었다.

"으윽……."

준성의 입에서 옅은 신음이 흘러나왔다. 뜻하지 않게 준성에게도 고통이 있을 수 있다는 사실 또한 알게 됐다.

"넌 그동안 네 집의 가시덤불이나 치우면서 살아."

황토는 이 말을 끝으로 준성에게서 등을 돌렸다. 준성은 황토를 쫓아가지 못했다.

이겼다. 악마를 상대한 이후 처음으로 황토는 승리의 쾌감을 느꼈다. 이제 황토에게 약속된 55일은 평온하게 흘러갈 것이다.

'이제 한 가지만 해결하면 돼. 기다려.'

황토는 멀리 있을 이슬을 향해 후련한 미소를 짓고는 아버지의 집으로 향했다.

※

왠지 살아 있는 동안 아버지의 집을 방문하는 일은 다시 없을 것이란 느낌이 들었다.

'가슴 아픈 일도 많았지만, 그래도 좋았어.'

황토는 독립하기 전까지 이곳에 살았던 기억을 떠올리며 쓰게 웃었다.

아직 황토의 방은 그대로였다. 새어머니가 매주 그곳을 손수 청소하는 모양이었다. 처음 아버지께 독립하겠다고 했을 때, 그의 아버지는 자신의 새장가 때문이냐며 며칠을 서운타 하셨다. 처음으로 새어머니와 싸운 것도 황토 때문이었다. 알게 모르게 새어머니가 황토를 구박하는 것이 아니냐며 살짝 언성을 높인 것이 싸움이 되었다. 황토는 그런 것이 아님에도 두 사람의 싸움을 말리지 않았다. 그때의 황토는 그런 사람이었다.

여전히 황토는 새어머니와 그다지 친한 편이 아니었다. 이유는 하나. 어색함 때문이었다. 그래서 새어머니가 데려온 어린 동생에게도 잘해주지 못했다.

똑똑. 황토가 방에 가만히 앉아 있을 때 노크 소리가 들리고 동생이 쭈뼛거리며 들어왔다.

"형님, 안녕하세요."

조영남 안경을 착용한 동생은 교복에, 가방까지 메고 있었다. 고3 수험생이었다. 아마도 동생이 집에 들어오자마자 새어머니가 형에게 인사하라고 보낸 것이리라.

"아, 그래. 오랜만이네. 공부는 안 힘들어?"

"할 만해요."

"너, 범생이라며?"

동생이 전교 1등을 놓치지 않는 우등생이라는 말을 일찍부터 전해 들었었다.

"아뇨, 저는 범순데요."

동생이 자신의 이름을 말하며 작은 눈을 동그랗게 떴다. 모범생이냐고 물었을 뿐인데 제 이름을 말하다니. 피는 한 방울 섞이지 않았지만 그래도 형인데. 아무리 친하지 않기로 형이 제 이름도 모른다고 생각하는 걸까.

황토는 그런 동생이 우스워 머리를 쓰다듬어 주고는 용돈까지 쥐어주었다.

그가 떠나고 나면 동생이 아버지의 회사를 물려받게 되려나.

황토가 아버지를 기다린 지 한 시간 만에 그의 아버지가 집으로 돌아왔다. 그는 아버지가 자리에 앉기도 전에 급한 듯 말을 시작했다.

"아버지, 강이슬 씨 회사에 안 찾아가셨다면서요?"

"그 애는 그새 그걸 일러바쳐?"

아버지가 이슬의 회사에 '안' 찾아갔다기에 대단하다는 생각에 한마디 한 것이었는데 아버지의 입에서는 기대했던 말이 아닌 다른 말이 나왔다.

"일러바치다뇨? 아버지, 그 사람한테 가셨어요?"

황토의 아버지는 실수한 것을 깨닫고 당황한 마음에 흠흠, 헛기침을 했다. 황토는 눈을 가늘게 뜨고 아버지를 보았다.

"와……. 아버지는 안 그럴 줄 알았는데. 그래서 그 사람한테 얼마를 내미셨어요?"

"내밀긴 뭘 내미냐?"

아무렴, 아버지가 얼마의 돈을 건넨다 한들 이슬이 받을 사람은 아니었다.

"창피해요. 그러지 좀 마세요. 아버지도 새장가 드셔놓고는 왜 저한텐 마음에도 없는 결혼을 하라고 부추기시는 거예요?"

"나이 오십에 새장가 들면 그건 말리지 않으마."

"억지 부리지 마시고요."

"그리고 난 지금도 네 엄마를 제일 사랑해. 중매결혼으로 만났지만 우린 잘 맞았어. 그래서 너한테도 중매결혼을 권하는 거야."

"제 앞이라도 절대 그런 말씀 더는 하지 마세요. 하나도 안 기쁘니까."

황토는 새어머니에게 들릴까 조심하며 낮은 소리로 작게 말했다. 혹시라도 새어머니가 이 말을 들으면 얼마나 상처받을까 걱정되었다. 예전의 황토라면 전혀 하지 않았을 걱정이었다.

"주어진 삶에 최선을 다하세요."

황토가 속세의 욕심을 버린 종교인처럼 말했다.

"아버지, 저는요. 요즘 인생을 다시 생각하고 있어요. 당장 내일 죽는다면 오늘과 내일은 어떤 하루를 보낼까, 하는."

이제 황토의 이야기는 죽음에 이르렀다. 그의 아버지는 도대체 황토가 왜 이러는지 알 수가 없었다.

"역시, 사랑하는 사람과 있고 싶어요. 그게 아니면 인생을 낭비하는 거라고 생각해요."

"너, 애비를 구워삶으려고 아무 말이나 잘도 갖다 붙이는구나."

"하아, 그것도 싫으시다면 딱 두 달만 이렇게 제 마음껏 살게 해주세요. 그 뒤에는 다시 착한 아들이 될게요."

황토가 최후의 보루라는 듯이 진지하게 말했다.

"아버진 훌륭한 사업가잖아요. 아들이 앞으로 두 달만 막 살다가 그 후에는 딱 정신 차리고 아버지 뜻대로 살겠다는데, 그 정도면 해볼 만한 도전 아녜요?"

그러나 역시 아버지 된 입장에서는 걱정이 넘쳐 날 수밖에 없었다.

"너, 그동안 자식이라도 하나 만들어오려고 그러는 거면……."

"그런 일은 절대 없을 거예요. 맹세할게요."

황토가 단언했다. 좋은 말로 아버지를 설득한 황토는 웃으며 자리에서 일어났다.

"갈게요. 오래오래 건강하세요."

황토는 바쁜 사람처럼 인사를 하고는 급하게 방을 나갔다.

사람이 갑자기 변하면 죽는다던데. 황토의 아버지는 삶이니 죽음이니 하는 말을 꺼낸 것도 그렇고 두 달만 어쩌니 했던 것도 그렇고, 왠지 황토가 두려운 무언가를 준비하고 있는 것 같아 묘하게 불안한 기분이 들었다.

황토의 종착지는 역시 이슬이 지낸다던 슬기네 집이었다.

투시력으로 들여다본 집 안엔 다행히 이슬이 있었다. 황토는 슬기네 집 초인종을 꾸욱 눌렀다.

"어머, 강이슬! 황토 왔나 봐!"

초인종 소리와 황토의 목소리를 듣고 일어난 슬기가 인터폰 화면 속에 보이는 얼굴을 보고 말했다.

"정말? 어디? 어디?"

슬기를 통해 황토의 미모에 대해 익히 들어온 슬기의 남편까지 자리에서 일어나 인터폰 화면으로 보이는 황토의 얼굴을 감상했다.

"히야, 이슬 씨. 훌륭한데요? 연예인 말고 저런 미남은 처음이네."

"그치? 근데 성격이 더럽대. 이슬아, 우리가 처치할까?"

슬기가 인터폰을 끄고 소리를 죽이며 말했다. 이슬은 한숨을 쉬고는 슬기와 슬기의 남편에게 사과했다.

"후우, 내가 빨리 나갔다 올게. 괜히 폐만 끼치네요. 죄송해요."

슬기의 가족에게 실례가 될까 봐 바로 밖으로 달려 나온 이슬은 황토를 보자마자 크게 호통쳤다.

"이게 무슨 경우 없는 경우야?"

심술을 부리던 황토는 이내 사라졌다. 이슬의 얼굴을 보자마자 황토의 얼굴엔 빛나는 미소가 어렸다.

"여긴 어떻게 알았어?"

"세찬이한테 물어보면 다 나오는 건데 뭐."

그렇지. 김황토 옆엔 강세찬이 있었지.

"근데 웬일이야? 이렇게 늦게."

"이거."

이슬의 물음에 황토는 자동차 스마트키를 보여주곤 스마트키의

버튼을 눌렀다. 가까이에 있는 흰색 외제차가 짧고 경쾌한 소리를 내며 깜박였다.

황토는 스마트키를 이슬의 손에 쥐어주었다.

"이게 뭔데?"

"자가용."

"웬 자가용?"

"선물. 이제 옹골마을 갈 때 버스 안 타고 다녀도 돼."

"뭐?"

"집도 하나 사줄까? 아니면 현금이 더 편하려나?"

"대체 무슨 소릴 하는 거야?"

황토의 대책 없는 선물 공세에 마음이 심란해진 이슬이 인상을 구기며 물었다.

황토가 더없이 밝게 미소 지으며 대답했다.

"뭐든 다 주고 싶어서 그래."

뭐지? 이 말도 안 되는 스케일의 선물은?

이맛살을 찌푸리던 이슬이 도무지 이해 가지 않는다는 투로 황토에게 물었다.

"얘가 지금 뭐라는 거야. 오밤중에 찾아와서 난데없이. 혹시 네 비자금 관리를 나보고 하라는 거야?"

"이건 비자금이 아니라 내 순수한 성의라고. 전 재산을 양도해 줄 수도 있어. 이건 소소한 기쁨일 뿐이야. 받아."

"싫어. 내가 왜? 싫어."

이슬은 스마트키를 황토에게 돌려주었다.

"그럼 그냥 주는 게 아닌 걸로 하자. 자, 날 양육해 주는 대가야."

황토의 어처구니없는 대답과 함께, 스마트키는 다시 이슬에게 되돌아왔다.

스마트키를 다시 손에 쥔 이슬은 한동안 말없이 스마트키를 내려다보다가 조용히, 그리고 무섭게 입을 열었다.

"너, 부잣집 도련님이니까 사랑받고 컸겠지?"

"그다지 사랑받고 큰 건 아니야."

"그래도 적어도 부모님께 맞지는 않았을 거 아니야."

"그거야, 뭐, 그렇지."

"그럼 오늘 한 번 실컷 맞아봐."

이슬은 스마트키를 손에 쥔 채로 황토의 등짝을 먼지 나게 때렸다.

"네가 매를 버는구나, 매를! 어? 어?"

"아, 선물 주는 사람을 패는 건 무슨 경우 없는 경우야?"

"시끄러! 누가 양육해 주겠대? 허튼소리 하지 말고 집에나 가!"

기분 좋게 맞아주던 황토가 별안간 이슬의 팔목을 힘 있게 잡았다.

신나게 때리다 당황한 이슬은 황토에게 팔목이 잡힌 채로 한 걸음 물러났다. 그녀가 잡힌 팔을 빼려 해도 소용없었다.

"내가 집에 다시 데려간다고 했잖아."

황토가 초롱초롱한 눈으로 이슬을 응시하며 말했다.

"난 못 가."

"아버지 때문에 그래? 걱정 마. 그것도 다 해결했으니까. 아버지 찾아와서 뭐라고 하셨다던데 왜 거짓말했어?"

"난 거짓말 안 했어."

"거짓말했잖아."

"네가 회사에 찾아오셨냐고 물어봤잖아, 회사!"

아, 그랬구나.

황토는 그제야 자신이 이슬에게 잘못 물어봤다는 것을 깨달았다. 황토가 미안하다는 사과를 하려던 참에 이슬의 핸드폰이 울렸다. 기회를 엿보고 있던 이슬은 황토의 손에서 힘 있게 팔을 빼냈다.

"놔. 전화 좀 받게."

이슬은 주머니에서 핸드폰을 꺼내 전화를 받았다.

"여보세요."

[이슬 씨, 그동안 별일 없었죠?]

오랫동안 듣지 못했지만 분명히 기억하고 있는 훈훈한 목소리가 들려왔다. 우석이었다. 우석에게 교통사고가 난 줄도 모르고 있던 이슬은 이 갑작스러운 연락에 당황하여 말을 잇지 못했다. 지금껏 이슬은 우석이 자신에게 정떨어진 줄로만 알았다.

"어? 우석 씨……."

이슬이 머뭇거리고 있을 때 황토가 냉큼 핸드폰을 빼앗아 전화를 대신 받았다.

"형이 웬일이야?"

"야, 내놔!"

우석이라는 말에 급 흥분하며 다짜고짜 핸드폰을 빼앗은 황토에게 이슬이 소리를 질렀다. 그렇다고 빼앗길 황토가 아니지만.

[어? 이슬 씨랑 같이 있었구나? 그동안 내 연락이 없어서 걱정했지?]

핸드폰을 통해 우석의 목소리가 흘러나왔다.

"걱정은 무슨. 다행이다, 했지."

[야, 너 그래도 교통사고 났던 사람한테 너무 말을 막 하는 거 아니냐? 나 그동안 병원에서 의식 불명이었다고.]

그제야 우석이 볼멘소리로 말했다.

우석이 이슬에게 관심이 식어 그동안 연락하지 않은 것이라고 생각하고 있던 황토도 놀랄 수밖에 없었다.

"언제 또 그런 일이 있었던 거야?"

황토가 걱정스러운 목소리로 물었다. 진심 어린 걱정이었다.

[꽤 됐지. 나랑 이슬 씨랑 데이트 잡아놓은 걸 네가 훼방 놓은 날이니, 벌써 2주 전이다.]

"얼마나 다친 거야? 이제 좀 괜찮은 거야?"

[괜찮긴. 병원 침대에 묶여 있는 처지야.]

"어디 병원인데?"

황토는 우석이 누워 있는 병원의 위치를 물었다. 당장 찾아가려는 모양이었다. 우석에게 병원 위치를 전해 들은 황토는 바로 병문안을 가겠다고 하고는 전화를 끊었다.

"같이 가."

옆에서 황토의 말을 들은 이슬이 황토에게 동행하겠다고 말했다. 황토는 미간을 찌푸렸다. 이슬이 우석을 걱정하는 것은 마음에 들지 않았다.

"아니야. 혼자 가는 게 좋겠어."

그리고 어느새 이슬이 황토에게 쥐어준 것인지, 황토의 손안에 들어와 있는 스마트키를 다시 이슬에게 건네며 빙긋 웃었다.

"이거 기분 좋으라고 주는 선물이니까 기분 좋게 받고 내일 봐. 내일 다시 데리러 올게."

"오지 마."

예쁜 말을 쓰게 된 이후 표정까지도 다양해진 황토는 애교 미사일을 장착한 것 같은 슬픈 눈으로 이슬을 안타깝게 보았다. '제발 날 밀어내지 말아줘. 히잉.'이라고 하는 것만 같았다. 그의 동정심 유발 공격에 당황한 이슬은 강하게 나갈 수가 없어 변명하듯 주저리주저리 말했다.

"……내일은 기린이랑 놀러 가기로 했어. 그리고 기린이가 날 엄청 잘 따라. 지금 아기놀이집도 만들고 있는데 갑자기 떠날 수는 없어."

그러다가 문득 정신이 들어 톡 쏘아붙였다.

"아니지, 네가 데리러만 온다면 내가 '그래' 하면서 따라갈 줄 알아?"

황토가 그런 이슬이 귀여운 듯 그녀의 볼을 톡톡 두드려 주었다. 하얗고 연한 살결에 황토의 손이 미끄러졌다.

이슬은 황토에게 농락당한 기분이 들어 '야아!' 하면서 소리를 높였지만, 황토는 킥킥 웃고는 그녀를 떠났다.

한 대학병원의 입원실로 부리나케 달려간 황토는 머리에 붕대를 친친 감고 목과 팔에 깁스를 한 우석을 발견할 수 있었다.

"왔어? 이슬 씨는?"

"이게 뭐야? 갑자기."

황토가 우석에게 바로 달려가 말했다.

"그러게 말이다. 초보운전도 아니고. 근데 이슬 씨는?"

"지금 이슬 씨가 문제야? 몸이나 빨리 나아야지."

"이슬 씨가 오면 더 빨리 나을 것 같은데."

우석은 서운하단 얼굴로 말했다. 슬그머니 짜증이 난 황토는 우석이 현실을 직시하도록 도와주었다.

"내가 강이슬을 좋아하는데 둘이 만나게 둘 것 같아?"

"그래도 환자는 우대해 줘야 되는 거 아니냐? 정말 이슬 씨 안 왔어?"

우석의 이슬 씨 타령은 그 후로도 몇 분간 계속되었다. 이를 어느 정도 상대해 주던 황토는 우석의 투정이 잠잠해진 후 조심스레 입을 열었다.

"형, 나한테 무슨 일이 생기면 말이야."

이슬이 안 왔다는 말에 생기 없이 누워 있던 우석이 황토를 올려다보았다.

"그 여자를 돌봐줘."

"내가? 이슬 씨를?"

"그래."

"그건 또 무슨 배려래? 너, 무슨 일 있어?"

"일단은 내가 지켜줄 수 있지만, 나도 형처럼 다칠 수도 있는 거 아냐. 죽을 수도 있고."

우석은 웃어넘기려 했지만 황토는 진지했다.

"형이 믿을 만한 사람이라서 남자 대 남자로 부탁하는 거야. 책임지고 결혼하란 얘기가 아냐. 그 여자가 정말 사랑하는 사람이 나타나서 다시 연애하고 결혼할 때까지 잘 지켜봐 달란 얘기야."

우석이 멍하니 황토를 보다가 더듬더듬 물음을 던졌다.

"내가…… 내가 결혼하고 싶으면 안 되나?"

우석의 발언에 황토는 손을 휘휘 내저었다.

"안 돼. 모든 건 나한테 무슨 일이 생기면 그래달라는 얘기야. 지금은 내가 있잖아. 절대 그 여자 건들지 마."

"싫다. 너나 이슬 씨 건들지 마. 동거나 빨리 끝내, 음흉한 놈."

이슬이 황토의 집을 나왔다는 것을 아직 알지 못하는 우석이 비아냥거리며 말했다.

"형에게는 미안하지만, 진실을 알려주지."

황토는 우석을 도발하고 싶은 유혹을 느꼈다.

"강이슬이 나 엄청 사랑해."

황토의 얼굴에 씨익, 승리의 미소가 감돌았다. 쟁취감이란 이런 것이다.

그러나 짧은 쾌감 후에는 바로 적막이 찾아왔다.

정말 내가 사라진 후엔 누가 그 여자를 지킬 수 있을까, 황토는 먹먹한 가슴을 어찌할 수 없었다.

다음 날, 옹골마을에 갔다가 돌아와 차를 주차한 후 사무실로 올라가려던 황토는 거리에서 기린을 만났다.

"어? 아저씨다. 아저씨!"

기린은 반가운 듯 황토를 보고 뛰어왔다.

"만두 꼬마."

황토가 기린을 알아보고 말했다. 기린이 보호자 없이 혼자 시내를 활보하는 것에 걱정이 된 그가 물었다.

"왜 여기 혼자 있는 거야? 보호자 어디 갔어?"

"그냥 먼저 나왔어요."

"어디서."

"유치원에서. 근데 여기서 우리 엄마 가게 디게 가까운데."

"얼른 돌아가. 여긴 위험해. 꼬마가 혼자 뭐 하는 짓이야?"

"히잉. 오늘 이슬이 이모랑 놀러 가기로 했는데."

기린이 투정을 부렸다. 황토는 기린을 혼자 두면 위험할 것 같다는 생각이 들었다.

"가자, 만두 꼬마."

황토는 기린의 손을 잡았다. 유치원까지 직접 바래다줘야겠다고 생각했다.

"아저씨 길눈 어둡다. 네가 안내해야 돼."

기린은 유치원으로 돌아가야 하는 것이 아쉬운 듯 입을 삐죽대며 무겁게 걸음을 옮겼다.

"기린아."

두 사람이 길을 나선 지 얼마 지나지 않아 멀리서 젊은 여자가 손을 높이 들고 기린을 불렀다. 기린의 유치원 선생님인 듯했다. 헐레벌떡 황토에게로 달려온 선생님은 눈에 그렁그렁한 눈물을 달고 기린에게 말했다.

"기린아! 갑자기 없어져서 얼마나 놀랐는지 알아? 얼른 들어가자. 이모도 일 끝나고 늦게나 오신다는데 왜 그러니?"

"히잉……."

선생님의 원망에 기린은 울음기 섞인 투정을 부렸다.

선생님은 기린의 투정에 한숨을 쉬다가 기린의 손을 잡고 있는 젊은 남자에게로 눈을 돌렸다. 행방불명이 된 기린에게 정신이 팔려 있어 몰랐는데, 이 남자, 굉장한 미남이었다.

"기린아, 아는 분이야?"

기린에게 물음을 던지는 선생님의 양 볼이 발그레해졌다.

"네. 우리 이모 남자친구요."

"아…… 안녕하세요. 기린이 봐주셔서 감사합니다."

기린의 선생님이 목례했다. 황토는 기린의 유치원 탈출은 담당 교사의 부주의 때문이라는 생각이 들어 좁혀진 미간을 풀지 못했다.

놀러 갈 생각에 설레었다가 겨우 마음을 달랜 기린이 황토에게 인사했다.

"안녕히 가세⋯⋯."

배꼽인사를 하고 고개를 들던 기린은 인사말을 다 끝내지도 못하고 그 자리에서 굳어버렸다.

핏빛, 그리고 먹물처럼 시커먼 오라.

황토의 뒤에 몸이 온통 붉은색으로 타올라 피 칠갑을 한 것처럼 보이는 사람의 형상이 시커먼 오라에 둘러싸여 서 있었다.

"아저씨⋯⋯."

이제 기린은 그 자리에 가만히 서 있지도 못하고 뒷걸음질을 쳤다. 붉고도 검은 남자가 자신을 향해 다가오는 것 같아 겁을 잔뜩 집어먹은 기린은 기어이 오줌을 지렸다.

"기린아, 왜 그래!"

"꺄악!"

선생님이 잡을 새도 없이, 뒷걸음질을 치던 기린은 차도로 급하게 달아났다.

끼익—

쾅!

"기린아!"

선생님의 뒤늦은 비명은 아무 소용도 없었다. 기린은 급하게 브레이크를 밟는 차에 부딪혀 하늘로 날아오르듯 튕겨 나갔다.

황토는 눈앞에서 벌어진 참혹한 광경을 믿을 수가 없었다.

✶

　기린의 사고를 아직 알지 못하는 이슬은 준성의 집 식탁을 점검하러 갔다가 현관 옆에 몸을 기대고 앉아 있는 준성을 발견했다.

　"준성 씨!"

　숨 쉬는 것이 괴로운지 혁혁거리는 준성의 이마엔 땀방울이 가득 맺혀 있었다. 팔목은 가시나무로 만든 팔찌라도 찬 것처럼 상처가 가득했다.

　"이번엔 다쳤어요? 어디 봐요."

　"놔!"

　이슬이 준성의 팔을 잡자마자 준성의 입에서 거친 한마디가 튀어나왔다.

　"건들지 마."

　준성은 이슬의 손을 세게 쳐냈다.

　"어쩌다 이런 거예요?"

　이슬은 준성의 날카로운 반응에도 평정심을 잃지 않고 침착하게 물었다.

　신기하게도 이슬이 준성의 팔을 잡은 후, 팔목에서 오는 통증은 더 이상 없었다. 이슬은 준성을 보고 이상하게 여기지도, 겁을 집어먹지도 않았다. 그런 이슬을 보며 준성은 왠지 속이 뒤틀리는 기분을 느꼈다.

　괴로움에 눈을 질끈 감고 있던 준성이 마지막 힘을 짜내듯 이슬의 두 팔을 잡고 바닥으로 넘어뜨렸다.

　"뭐, 뭐야!"

그제야 준성이 예전과 뭔가 다르다는 것을 눈치챈 이슬은 떨리는 마음으로 물었다.

준성은 한쪽 손으로 이슬의 턱을 잡고 흥미롭다는 듯 그녀를 뚫어져라 바라보았다.

"어떻게 그 녀석을 그렇게 만들었지?"

"무슨…… 무슨 말이에요, 준성 씨."

"내가 인간으로 보이나?"

준성이 싸늘한 목소리로 이슬에게 물었다. 이슬은 그제야 침실의 한쪽 벽이 가시덤불로 가득 차 있는 것을 볼 수 있었다.

불현듯 이슬은 그 옛날 아버지가 만났다던 귀신이 떠올랐다.

이슬은 뒤늦은 몸부림을 시작했다. 이슬이 두려움을 드러낼수록 준성은 쾌감을 느꼈다.

이슬이 두려움에 휩싸여 몸부림을 계속 하는 동안 이슬 주변의 풍경은 완전히 달라져 있었다.

두 사람은 거실에서 씨름을 하던 그 모습 그대로 어두운 동굴 안에 들어와 있었다.

준성의 목소리가 동굴 안 가득 울렸다.

"진실이란 게 얼마나 참혹한지 알려줄까? 네가 사랑하는 사람이 얼마나 추악하고 소름 끼치는지를."

준성은 이슬의 옷깃을 움켜잡고 우악스럽게 그녀를 일으켰다.

이슬은 숨이 멎는 것 같은 공포를 느꼈다.

동굴 저편으로 영상과 같은 환영이 생겨났다. 환영 또한 동굴 안이었다. 지금의 황토보다 어려 보이는 황토가 준성과 마주하고 있었다. 황토는 겁에 질려 있는 것 같기도 했다. 준성의 입에서 탁한 목소리가 흘러나왔다.

"선물을 주지. 너에게 필요 없는 사람을 제거하는 능력을 주겠다. 넌 무적이 될 거야. 필요 없는 사람이 있거든 없애 버려라."

그다음, 환영 속의 준성은 황토를 향해 불꽃을 쏘았다. 고통스러워하던 황토는 손을 떼고 왼쪽 손등을 들여다보았다. 황토의 손등에 꽃 문양의 문신이 새겨졌다.

준성이 다시 말했다.

"10년의 시간을 주지. 널 진심으로 사랑하게 되는 여자의 영혼을 내게 넘겨라."

그다음의 환영은 영건설 사무소 건물 앞 벤치에 앉아 있는 스물여덟 살의 황토와 준성의 모습이었다.

준성이 또 입을 열었다.

"그 여자를 집에서 내쫓지 마. 무슨 뜻인지 못 알아듣겠어? 널 사랑하게 되는 사람이 그 여자 정도면 딱 좋겠다는 얘기야."

세 번째 환영은 황토의 집 거실이었다. 어깨가 축 처져 한숨을 쉬는 이슬에게 황토가 말했다.

"복수해 줄까?"

"뭐?"

"아버지 말이야. 너무하시잖아."

이슬은 이날을 분명히 기억하고 있었다. 아버지가 황토의 집을 방문하신 날 밤의 일이었다.

다음 환영은 늦은 오후의 옹골마을이었다. 준성과 황토가 그나마 가까워진 모습으로 대화를 나누고 있었다.

"그 여자가 집을 나가려고 해."

황토가 입을 열었다.

"그래서?"

준성이 피식 웃으며 물었다. 황토가 대답했다.

"나가지 못하도록 도와줬으면 좋겠어. 혹시, 할 수 있다면."

그다음 이슬이 본 것은 이수역 근처의 부동산에서 사기를 당하고 울고 있는 이슬의 모습이었다. 고개를 숙인 채 펑펑 우는 이슬을 지켜보던 황토가 이슬을 향해 손을 뻗었다.

이슬의 눈은 충격과 분노로 붉어지고 있었다. 그날 얼마나 많이 자책하고 슬퍼했던가. 그리고 황토에게 얼마나 큰 위로를 받았던가. 그날의 기억이 이렇게 다른 느낌으로 와 닿을 줄은 몰랐다.

그다음은 다시 황토의 집 거실이 펼쳐졌다. 황토는 준성과 거실에서 심각한 대화를 나누고 있었다. 준성이 황토의 진지함을 비꼬며 말했다.

"귀여운 프러포즈나 하라고 시간을 주고 있는 게 아니야."

"일단은 내 뜻대로 할게. 당신은 지켜보고 있어."

황토가 준성에게 조용히 대답했다.

마지막 환영은 뒤죽박죽이었다. 이슬에게 보고 싶었다고 말하는 황토, 의림지에서 이슬을 위로하는 황토, 캠핑카로 이슬을 납치하는 황토, 이슬에게 키스하는 황토. 이슬에게 온갖 감언이설을 쏟아내는 황토와 이슬과 손이 닿은 후 팔의 문신이 붉어진 황토까지.

이게 모두 의도한 것이었다니!

준성의 말대로 진실은 추악하고 소름 끼쳤다.

모든 진실이 재생된 후 두 사람은 다시 준성의 거실로 돌아왔다.

준성은 만족스러운 듯 입끝을 말아올렸고, 이슬은 충격에 휩싸여 거친 숨을 몰아쉬며 몸을 일으켰다.

준성이 자비라도 베풀 듯 이슬에게 손을 내밀어 그녀를 부축하려 했지만, 이슬의 반응은 사나웠다.

"저리 가!"

이슬은 소리 지르며 뒷걸음질을 쳤다. 두려움이 아닌 분노였다.

"가까이 오지 마."

이슬의 눈에서 흘러나온 한 줄기 눈물이 또르르 볼을 타고 굴렀다. 서서히 준성에게서 뒤로 물러나던 이슬은 준성을 다시는 안 볼 듯 밖으로 나가 버렸다.

슬픔과 충격을 가눌 새도 없이 이슬은 병원으로 달려가야 했다.

슬기는 퉁퉁 부은 눈으로 남편에게 기대 울고 있었고, 기린의 유치원 선생님은 아직 충격에서 헤어나지 못했는지 눈물을 흘리면서 손을 부르르 떨고 있었다. 기린은 세 시간째 수술 중이었다. 이 수술이 언제 끝날지는 알 수 없었다.

이슬은 겨우겨우 슬기의 남편에게 기린이 사고를 당한 경위를 들을 수 있었다. 기린이 놀러 갈 기대에 부풀어 일찍 유치원에서 나왔고, 유치원 선생님이 기린을 찾으러 돌아다녔고, 강남 시내에서 기린을 발견할 수 있었고, 그 후 유치원으로 돌아가려 했으나 기린이 별안간 놀라며 차도로 뛰어드는 바람에 끔찍한 사고를 당했다는 이야기.

그리고…… 황토가 그 현장에 있었다는 이야기까지.

슬기 남편의 이야기가 끝날 때쯤 황토가 이슬에게 다가왔다. 이미 눈물범벅이 된 이슬에게 황토는 어떤 말을 꺼내야 할까 생각했다.

"네가 왜 여기 있니?"

별안간 이슬이 원망하는 얼굴로 황토의 팔을 잡고 끌어당겼다. 성큼성큼 황토를 끌고 간 이슬은 병원 건물 밖으로 나오자마자 황토의 손을 힘 있게 떨쳐 냈다.

황토는 이슬이 화가 난 이유를 다 알지 못하고 기린에 대한 걱정에 시무룩한 표정을 짓고 있었다.

"기린이는 다시 건강해질 거야. 그러니까……."

"기린이가 어떻게 될지 네가 어떻게 알아?"

황토의 차분한 말에 이슬은 더 울컥 화가 치솟았다.

황토는 의아한 눈빛으로 이슬을 보았다.

그 눈빛이 악마 같다고 생각한 적이 더러 있었다. 그런데 정말 악마일 줄이야.

"다 알고 있어."

황토는 이슬이 무슨 말을 하는지 몰라, 이슬을 물끄러미 쳐다보았다.

"이준성한테 너에 대해 들었으니까."

"뭘 들었다는 거야?"

설마.

준성의 입으로 계약에 대해 얘기하진 못했을 것이다. 한데 대체 뭘 들었다는 걸까.

이슬이 빠르게 말을 내뱉었다.

"뭘 들었다는 얘길 할까? 날 유혹하려고 다분히 노력했다는 얘기? 나를 넘겨주겠다고 한 얘기? 내가 사기를 당하도록 한 얘기? 그것도 아니면 아버지를 다치게 한 얘기?"

정말 그 얘길 모두 들었단 말이야?

"전부 사실은……."

전부 사실은 아니라는 말을 하려 했으나, 이슬은 황토의 대답을 들을 생각도 하지 않았다.

"기린이는 또 왜 저렇게 됐니? 너는 왜 여기 있는 거고!"

"내 얘길 들어봐."

"놔!"

우악스럽게 몰아붙이는 이슬을 진정시키기 위해 황토가 그녀의 팔을 잡았지만, 이슬은 거칠게 쳐냈다.

"내 마음을 이용한 것도 당연히 참을 수 없지만 다른 사람들까지 다치게 한 건 더 참을 수 없어!"

이슬이 분노를 쏟아내듯 소리쳤다.

"꺼져! 다신 보고 싶지 않아, 이 미친 자식아!"

깊게 생각하지 않고 심한 말을 내뱉은 건 태어나서 처음이었다.

※

전날 황토에게 이슬과 동거했던 사이란 말을 들은 상미는 심란한 마음을 어쩌지 못했다. 준성에게서 흥미로운 이야기를 전해 듣고 이슬에 대한 안 좋은 소문을 퍼뜨렸지만 영향을 끼칠 수 있는 레벨이 아니었다. 동거했던 사이에, 전적인 신뢰. 상미는 넘어설 수 없는 벽이었다.

상미 또한 어린 시절 대학교에서 만난 가난한 남자와 눈먼 사랑을 하고 동거를 했던 적이 있었다. 아버지가 주시는 돈에 냉큼 돌아선 데다 그 이후에는 돈이 필요할 때마다 도리어 그녀를 협박했던 몹쓸 놈이라 사랑이랄 것도 없었지만. 아버지에게서 소개받은, '경호원'들을 가장한 '폭력배'들의 도움으로 무섭게 겁을 주어 더 이상 접근 못 하도록 손을 썼지만, 어쨌든 그녀에게도 사랑에 미쳐 있던 시절이 있었다.

그래, 그럴 것이다. 황토 또한 이슬의 여우 같은 유혹에 넘어가서 정신을 차리지 못하고 있는 것이리라.

상미는 오랜만에 그 경호원들에게 연락했다. 그녀와 동거했던 남자를 흠씬 두들겨 패주어 상미의 곁에 더 이상 접근하지 못하도록 했던 사람들이었다. 그 사람들에게 다른 부탁을 할 날이 올 줄은 몰랐다.

[겁만 주면 되나?]

상미의 요구 사항을 전해 들은 '경호원'이 세부 사항에 대해 물었다.

"겁을 주든 겁탈을 하든 그건 그쪽이 알아서 할 일이고."

상미가 될 대로 되라는 식으로 대답했다. '진짜' 사랑을 받는 여자애 같은 건 존재하지 말았으면 했다.

몇 미터 떨어지지 않은 곳에서 상미의 악감정을 접수한 준성이 혼잣말을 했다.

"그건 안 되지."

사람들의 증오와 시기와 싸움을 먹고사는 악마인데, 이슬이 괴로워하면 괴로워할수록 기뻐야 하는데 왠지 마음에 들지 않았다.

"그 여자는 내 거야. 나만 망가뜨릴 수 있어."

그러나 준성에게 악의를 꺾어 사람을 구할 수 있는 능력은 없었다.

✖

다음 날, 병원에서 밤을 꼬박 샌 이슬은 회사에서 업무를 마치고 오후 늦게 옹골마을을 찾았다.

옹골마을에서의 업무는 없는 날이었지만 기린이 갖고 싶어 했던 아기놀이집을 빨리 완성하여 기린에게 보여주고 싶은 마음이 그녀를 계속 움직이게 했다.

장장 열 시간이 걸린 긴 수술은 성공적이라고 했다. 그러나 기린은 아직 의식을 회복하지 못한 모양이었다.

전날 흥분한 마음에 황토에게 모진 말을 쏟아내 버렸지만 사실 아직도 이슬은 황토를 신뢰하는 마음을 버리지 못하고 있었다. 정말 황토가 자신의 아버지와 할머니를 다치게 했을까? 정말 황토가 기린이까지 불행하게 만든 걸까?

실은 믿을 수 없었다. 정말 황토가 그런 거라면, 황토도, 황토를 좋아했던 자신도 용서할 수 없을 것 같았다.

오랫동안 한숨만 쉬며 아기놀이집을 어루만지다가 내부 작업에 들어갔을 때였다.

처음 보는 젊은 여자가 이슬에게 다가와 열다섯 번째 집의 주인이라며 말을 걸었다. 열다섯 번째 집은 집주인이 다른 지역에 사는 것으로 알고 있었던 이슬은 반갑게 그녀와 인사를 나누었다. 집주인이라는 여자는 난감한 듯 이슬을 찾은 용건을 말했다.

"지하 창고 도어록에 문제가 있어요. 밖에서 여는 건 되는데 안에서는 안 열리더라고요."

"아, 제가 봐드릴게요."

도어록이 이슬네 회사 소관은 아니었지만 도어록을 어느 정도 다룰 줄 알았던 이슬은 흔쾌히 여자와 함께 창고로 내려갔다.

"이래서 좀 구식이긴 하지만 창고는 도어록보단 자물쇠가 더 낫지 않을까 해요."

이슬이 웃으며 지하 창고 안으로 들어갔다.

"제가 안에서 확인해 볼 테니 1분 뒤에 열어주세요."

"네, 고맙습니다."

여자가 미소 지으며 말했다.

이슬이 창고 안으로 들어간 뒤, 이윽고 문이 자동으로 잠겼다. 이슬은 도어록에 달린 버튼을 이것저것 눌러보고 건전지를 뺀 다음 다시 작동시켜 보기도 했지만 문은 잠긴 채로 꿈쩍도 하지 않았다. 아무래도 장치가 불량인 것 같았다. 확인을 마친 이슬은 문을 두드려 밖에 있는 여자를 불렀지만, 웬일인지 밖에서는 아무 대답도 없었다.

"이봐요! 여기요!"

이슬이 문을 세게 두드리며 사람을 부르고 있을 때, 툭, 하고 누전차단기 내려가는 소리가 들렸다. 곧 한 줌의 빛도 없는, 끝도 없는 암흑이 이슬의 앞을 가로막았다.

"헉! 이봐요! 이봐요! 밖에 누구 없어요? 이봐요!"

이슬은 목이 터져라 소리를 질렀다. 그러나 아무도 쫓아오지 않았다.

지하 창고에서 올라온 젊은 여자는 흡족한 표정으로 누군가에게 전화를 걸었다.

"뭐야, 쉽게 걸려드는 여자잖아? 나머지는 알아서 처리해."

여자는 유유히 옹골마을을 빠져나갔다.

창고에 갇힌 지 얼마나 되었으려나.

조금의 빛이라도 새어 들어온다면 좋을 텐데. 장님처럼 허공을 휘젓는 게 다였다. 불이 켜져 있을 때 주변을 제대로 둘러보지 못한 것이 안타까웠다.

"아야!"

이슬이 손을 마구 휘저은 탓에 윗 선반에 놓여 있던 니퍼 상자가 떨어졌다. 덕분에 작은 니퍼들이 있다는 것은 알게 되었지만, 상자가 떨어지면서 얼굴에 상처를 입은 것 같았다. 이슬은 더 이상 돌아다녀서는 안 되겠다는 생각이 들어 바닥을 짚어 쪼그려 앉았다.

몸이 점점 싸늘해지고 있었다. 얇게 입고 나온 것이 후회되었다. 이대로 아침까지 버텨야 한다는 생각에 무섭고 두려웠다. 잠도 오지 않았다.

"거기 있어?"

절망에 대해서만 생각하고 있을 때, 문밖에서 소리가 들렸다. 황토의 목소리였다.

아무나 자신을 구하러 왔으면 좋겠다고 생각했지만, 황토를 원한 건 아니었다.

"거기 있지?"

대답하기 싫었지만 하는 수 없었다.

"……그래."

"도어록 비밀번호가 뭐야?"

"1234."

이슬이 자존심을 세운 목소리로 대답해 주었다. 곧 밖에서 도어록 여는 소리가 들렸다. 문은 아주 쉽게 열렸다.

보고 싶었으면서도 원망스러웠던 얼굴. 하지만 지금도 여전히 너무나 사랑하는 미운 사람이 창고 안으로 들어왔다.

"괜찮아? 다친 데 없어?"

손전등으로 이슬의 얼굴을 비춘 황토가 걱정스럽게 물었다. 이슬은 쌀쌀맞게 대답했다.

"저리 비켜."

그러나 이슬의 얼굴에 난 상처를 보고 놀란 황토는 그녀의 턱을 잡고 얼굴을 찬찬히 들여다보았다.

"다쳤어? 피 났잖아!"

"저리 가라고!"

"가만히 좀 있어봐!"

더 자세히 확인하려고 그녀의 얼굴에 손전등을 비추는 황토를 밀쳐 내며, 이슬은 소리를 질렀다.

"문!"

그러나 이미 늦었다.

"뭐?"

문은 매정하게 닫혀 버리고 말았다.

"그 문을 닫으면 어쩌자는 거야!"

황토가 천천히 문 쪽으로 다가가 문을 힘껏 잡아당겼다.

아뿔싸. 이슬과 단둘이 있고 싶다는 생각을 늘상 하고 살았지만 이런 건 아니었다. 도어록 말고도 잠금쇠가 있어서 잠금쇠 때문에 이슬이 밖으로 나오지 못하고 있는 줄로만 알았다.

"뭐야, 이거 왜 이래?"

"네가 지금 닫았잖아. 고장 난 도어록이란 말이야."

황토는 짧은 탄식과 함께 주머니에서 핸드폰을 꺼냈다.

"괜찮아. 사람들한테 연락하면 돼."

하지만 신호가 가지 않는 모양이었다.

"지하라 신호가 안 잡히나 봐."

"그럼 아침까지 기다려야 되는 거야?"

황토가 대답 없이 후우, 한숨을 내쉬었다. 그도 당황한 모양이었다.

황토는 도어록을 뜯어볼 생각에 선반 위의 공구함을 뒤졌다. 도구가 될 만한 것을 찾아야 했다.

"뭐 하는 거야?"

"문을 뜯어볼게."

"됐어. 그냥 앉아."

"어떻게든 해볼게."

황토는 문을 열고자 집요하게 움직였다.

이슬은 왠지 짠한 마음이 생겼다. 김황토의 이런 열성도 연극일까. 그렇진 않을 것 같은데.

"앉으래도. 남의 물건 함부로 건드리는 거 아니야."

그제야 황토는 무언가 해보려던 마음을 접고 이슬의 옆에 앉았다.

누구에게나 악마가

"어떻게 알고 왔어?"

이슬이 물었지만 황토는 바로 대답할 수 없었다. 준성이 알려줬다는 사실을 이슬에게 말하여 신경을 돋우고 싶지는 않았다.

"이준성, 그 사람이 알려줬으려나?"

이슬이 먼저 준성의 이야기를 꺼냈다.

"그 남자는 사람이 아니야?"

이슬이 정말 궁금한 듯 물었다.

"그 남자는 뭐야? 이번에도 내가 너를 좋아하게 하려고 이런 짓을 저지른 거야?"

역시 이것 또한 대답할 수 없었다. 하지만 이슬이 이곳에 있다고 알려준 준성의 목소리는 왠지 낯설었다. 떨고 있는 것 같기도 했다. 게다가 순간이동을 할 수 있는 사람이라고 생각했는데 전화로 소식을 전한 것도 의외였다.

"넌 뭐니? 너도 사람이 아니야?"

이슬이 진지한 얼굴로 물었다.

사람이 아니냐는 질문에 황토는 그간 자신이 저질러 왔던 잘못에 대해 상기하게 되었다. 정말 사람으로서 마땅한 일을 하며 살아온 것인지, 사람다운 사람이 맞는지.

"사람이든 아니든 상관없어."

이슬이 손전등을 들어 주위를 비추어보며 말했다.

"덕분에 빛이 생겼다. 아까는 온통 암흑이라서 얼마나 힘들었는지 몰라. 뭐가 나올 것 같고, 괜히 이상한 냄새가 나는 것 같기도 하고, 춥고…… 지옥이 이런 건가 싶었어."

이슬이 황토가 오기 전에 느꼈던 기분을 솔직하게 털어놓았다.

"……생각해 보니 어제오늘은 여기 갇히지 않았어도 이미 지옥이었어. 정말 네가 기린이를 다치게 한 거라면, 나도 공범이 되는 거니까. 내가 너랑 알고 지내지 않았다면, 기린이도 무사했겠지.”

“기린이는 내가 그런 게 아니야. 갑자기……..”

기린의 사고 장면을 떠올리던 황토가 말을 멈췄다. 혹시 준성이 기린에게 무슨 수를 썼을까? 기린은 분명 황토의 뒤에 있는 무언가를 보곤 급하게 뒷걸음질을 치다 도망갔다.

“아니, 어떤 일이 있었는지 제대로 알아보도록 할게.”

황토가 하려던 말을 멈추고 정정했다.

왜일까. 이슬은 기린이 황토에 의해 다친 것이든 아니든, 아무런 상관이 없다는 생각이 들었다. 또한 자신이 기린을 다치게 하지 않았다는 황토의 말을 그대로 믿어주고 싶었다.

“인정하려니 정말 힘이 들지만…….”

이슬은 차분히 입을 열었지만, 그다음의 말은 길게 뜸을 들였다.

‘그럼에도 불구하고 널 정말 좋아해.’

차마 황토에게 직접 말할 수 없어 목소리를 내지 못하고 마음속으로 말했다.

“생각해 보니 가장 중요한 걸 잊고 있었어.”

대신 다른 말을 시작했다.

“다른 사람한테서 듣는 게 아닌, 네 얘기를 듣고 싶어, 황토야.”

이슬은 황토를 똑바로 응시했다. 이미 진실에 다가선 눈빛이었다.

“전부 다 얘기해 줘.”

그 얘기를 다 듣는다면 당신은 나를 더 멀리할 것이다.

하지만 왠지 그래도 괜찮을 거란 생각이 들었다. 그 비밀을 다 들은 후 이슬이 자신을 더없이 증오하게 된다면 그것은 그것대로 다행일 테니.

황토는 지금껏 아무에게도 말하지 못했던, 10년 전 자신의 끔찍한 죄를 털어놓기 위해 용기 내어 입을 열었다.

8. 소풍

　황토는 감정이 격해지는 일 없이 차분하게 10년의 이야기를 끝냈다.

　악마에게 부탁하여 숙부를 죽인 사건부터, 그 이후 악마에게 어떤 능력을 받았고 그 뒤 자신에게 어떤 일들이 있었는지까지, 모든 이야기를 진실하게 쏟아냈다.

　물론 사실을 다 얘기할 수는 없었다. 이제 얼마 안 있어 악마가 자신의 영혼을 가져갈 것이란 얘기는 할 수 없었다. 준성의 힘이 약해져 이슬의 영혼을 주기로 한 약속 또한 지키지 않아도 되게 되었다고 둘러댔다.

　그가 이야기한 진실이 이슬에게 짐이 되지 않도록, 진심을 담아내면서도 별것 아닌 척, 그동안 아무 상처도 받지 않은 척 덤덤하게 이야기했다.

　"당신을 우리 집에 있게 한 건 그가 시킨 일이었지만, 그 이후에는 모두 진심이었어. 당신이 사기를 당하도록 한 건 앞으로도 계속 미안하게 생각할 거야."

이슬은 그저 묵묵히 들어주었다. 황토의 이야기가 끝나고 나서도 그녀는 한동안 아무 말도 하지 않았다. 이슬이 그대로 잠든 건 아닐까 의심할 정도로 잠잠한 침묵이 계속되었다.

"네가 책임져야 돼."

이슬이 조용히 입을 열었다.

"맞아. 다 내 잘못이니까."

황토가 대답했다.

"아니, 그런 말이 아니라……."

이슬은 고개를 저었다.

"네가 널 용서해야 돼."

의외의 말을 꺼냈다.

"네가 스스로 아프지 말아야 돼. 이제는 네가 널 사랑할 줄 알아야 돼."

위로를 받을 생각은 없었는데. 울렁이는 마음을 억누르고 있는지, 이슬의 목소리는 심하게 갈라졌다.

"……얼마나 무서웠니."

이슬은 이렇게 말하며 황토의 한 손을 두 손으로 따뜻하게 감쌌다.

누군가가 이렇게 말해주고 자신을 보듬어주길 원한 건 아니었는데 왜 눈물이 나는지.

이슬은 황토의 감정을 다 이해할 수 있다는 듯 초롱초롱한 눈으로 그를 지그시 바라보다가 차분히 말을 이었다.

"열여덟 살의 황토는 자기 말을 아무도 안 들어줄 거라고 생각했기 때문에 악마한테 빌었어. 그렇지?"

이슬은 황토가 지금껏 했던 이야기를 다시 읊었다.

"그러고 그 후에 10년 동안은 정말 누군가를 해칠 수 있는 능력을 갖게 됐지만 그렇게 하지 않았어. 그치? 그럴 마음도 먹지 않았어. 그치?"

황토는 대답하지 않고 그녀를 빤히 보았다.

"그러니까 10년 전 일은 네 잘못이 아니야."

이슬은 황토의 손등을 토닥였다. 이슬의 눈에 흐르지 않은 눈물이 그렁그렁하게 맺혀 있었다.

"사람들은 모두 나쁜 마음을 먹을 수 있어. 마음만으로는 아무것도 움직이지 못한다는 걸 알고 있기 때문에."

이슬이 엄마미소를 지었다. 아직 거두지 않은 눈물을 눈동자에 그대로 가둬놓은 채로.

"네가 너를 용서하고 나면, 너희 집으로 돌아갈게."

이야기를 듣고 나면 더 많은 의문이 생길 텐데도, 그녀는 더 이상 묻지 않았다.

너무 착한 여자. 역시 그에겐 과분한 여자다.

하지만 그의 집으로 돌아가겠다는 말을 내뱉고 나서는 쑥스러웠는지, 급히 화제를 돌렸다.

"배고프다. 아침에도 아무도 안 오는 건 아니겠지?"

"잠깐만."

황토가 밖에서 보이는 것들에 집중하며 말했다.

"사람이 지나갈 때 소리 지르자. 내가 소리 지르라고 할 때만 소리 지르면 돼."

"사람이 지나갈 때? 그걸 어떻게 알아?"

황토가 벽으로 가로막힌 공간을 응시하는 동안 이슬은 멍한 표정으로 끄덕거렸다. 좀 전에 황토가 투시력에 대하여 이야기한 것이 떠올랐다.

"아……."

그러다가 멈칫하며, 황토에게 재촉하듯 물었다.

"뭐야, 너, 그게 다 보인다고?"

이슬이 날카롭게 물었지만, 황토는 대답할 새가 없었다.

"지금이야! 여기요! 이봐요! 여기요! 빨리 같이 소리쳐!"

투시력을 통해 밖을 내다보고 지나가는 사람을 향해 소리치던 황토는 이슬에게도 거들라고 부추겼다.

"아아아아아아아아아!"

졸지에 이슬도 황토를 따라 소리를 질렀다.

"뭐야? 거기 누구 있어요?"

밖에서 중년 남성의 목소리가 들렸다.

"네! 갇혔어요. 도와주세요!"

황토가 급하게 대답했다.

"도어록에서 1234 누르시면 됩니다."

중년 남자는 황토의 요청에 따라 열다섯 번째 집 지하 창고로 내려와 잠긴 문을 열었다.

"어쩌다 거기 갇힌 거요?"

이슬이 지하 창고에서 나오자마자 중년 남자의 손을 붙들고 눈물 없이 목소리로 으어엉, 하고 울었다. 말도 못 하게 기쁜 모양이었다.

황토도 그 뒤에서 후련한 미소를 지었다.

"……너, 투시력이 있다고 했겠다?"

어처구니없었던 소동이 끝나고, 황토와 함께 서울로 돌아가며 이슬이 물었다.

"너랑 같이 사는 건 재고해야겠어."

이슬은 그러고서도 분이 안 풀리는지 지하 창고 안에서 못다 지른 소리를 내지르는 듯 큰 소리로 쏘아붙였다.

"어떻게 네가 나한테 이럴 수가 있어?"

"뭐?"

"그놈의 투시력! 그럼 나 옷 갈아입는 것도 다 봤어?"

안 봤다고는 하지 못하는 황토.

"화장실에서 일 보는 것도?"

못 봤다고도 하지 못했다.

"이…… 왕변태야!"

이슬이 울먹거리며 말했다.

"보여서 본 것뿐이야. 그리고 난 다른 남자들처럼 시각의 노예가 아니라고. 난 달라."

반은 사실이었지만 또한 반은 거짓이었다.

지금껏 이슬의 이런 모습 저런 모습들을 보고, 유혹을 참아내려는 마음에 매번 고개를 돌려 버리긴 했지만, 설레지 않았다고는 할 수 없었다.

매일 밤 아기처럼 웅크리고 잠들어 있는 이슬의 모습을 보며 얼마나 힘들어했던가. 그녀의 옆에 나란히 누워 같은 꿈을 꾸고 싶다는 생각을 몇 번이나 했던가. 그는 실제로 유혹을 이기지 못하고 그녀의 방에 몰래 침입하여 그녀의 입술을 건드려 본 적도 있었다.

"아무튼 난 달라."

황토가 제 발 저린 듯이 한 번 더 강조했다.

이윽고 황토가 모는 차가 슬기의 집에 닿았다.

"잘 자고. 내일 봐."

"……요즘엔 참 잠들기가 힘들어."

황토의 인사에 이슬이 조용한 불평을 했다. 황토네 집을 나온 이후로 그녀는 줄곧 선잠을 잤다. 황토의 아버지를 만나 자존심을 다쳤기 때문에, 황토에게 나가라는 말을 들었기 때문에, 황토의 집에서 나왔기 때문에, 그리고 기린의 교통사고 때문에, 준성이 폭로한 황토의 실체 때문에.

이제 거기에 하나가 더 얹힐 것이다. 악마와 계약을 할 수밖에 없었던 황토의 상처를 생각하니 다시 울컥거렸다.

이것저것이 걱정되긴 했지만 황토는 이슬과 달리 후련했다. 고단한 하루였지만 여느 때보다도 가뿐한 기분으로 집에 도착한 황토는 아직 잠들지 않은 세찬과 마주했다.

"어? 아직 안 자고 있었네?"

"늦게 왔네. 너희 아버지께서 한참 찾으시던데, 어디 있었어?"

"응…… 사정이 있어서 옹골마을에 갇혀 있었어."

황토의 대답을 들은 세찬이 몇 차례 눈을 깜빡거리다가 물었다.

"누나랑?"

"어? 어……."

"누나도 통화가 안 되더라고."

그리고 세찬은 아무렇지도 않게, 어떤 특별한 감정도 드러내지 않고 조용히 물었다.

"너희 아버지께서 과연 누나를 좋아하실까?"

딸꾹.

세찬의 갑작스러운 질문에 먹은 것도 없이 딸꾹질이 나왔다. 세상에. 그걸 알고 있었다니. 알고도 모르는 척하고 있었다니.

"내가 그렇게 만들 거야. 딸꾹."

세찬의 걱정 어린 말에 황토가 딸꾹거리면서도 자신 있게 대답했다.

"누나의 연애에 간섭하는 건 실례지만, 누나한테 잘해주라. 난 잔다."

아직까지도 사이가 서먹서먹한 남매. 어쩌면 이슬과 친하기로는 황토보다도 덜한 세찬이 처음으로 누나를 걱정해 주는 동생다운 말을 꺼냈다. 그게 쑥스러운지 바로 방으로 들어간 세찬이 방 문에 기대 한숨을 포옥 쉬는 것을, 황토는 오랫동안 지켜보았다.

다음 날 황토는 아침이 되자마자 바로 상미에게 연락을 취했다.

전날 이슬이 옹골마을 지하 창고에 갇혀 있다는 연락을 받은 것은 준성으로부터였다. 준성은 황토에게 이슬이 어디 있는지에 대한 정보뿐 아니라 상미가 폭력배들과 연락해 나쁜 일을 꾸몄다는 귀띔까지 해주었다.

준성은 왜 그런 연락을 해준 걸까. 그것도 순간이동도 할 수 있는 녀석이 전화로. 의문 나는 것이 많았지만 황토는 당장 해결해야 할 것들을 위해 질문은 뒤로 미뤘다.

상미를 만나 따끔한 충고를 해야겠다고 생각했다.

상미는 황토가 직접 연락을 걸어와 만나자고 하여 뛸 듯이 기뻤다. 이제야 노력이 빛을 발하는구나. 사실 어른들에게 깍듯하게 대하고 어른들의 말 한마디 한마디에 주의를 기울이는 것도 보통 노력으로 할 수 있는 일이 아니었다. 그동안 상미도 나름대로 힘겨웠었다.

약속 장소에 일찍 도착한 편이었지만 황토는 더 일찍 나와 있었다. 이제야 그녀의 가슴앓이에 응답한 것인가 하는 마음에 상미는 두근거렸다. 의자에 편안히 다리를 꼬고 앉아 있는 황토의 멋진 모습에 상미는 다시 한 번 황홀해졌다. 황토와의 첫 만남이 생각났다. 레스토랑에서 다리를 꼬고 그냥 무표정으로 앉아 있어도 빛나는 남자. 정말, 반할 수밖에 없었는데.

"일찍 나왔다고 생각했는데 황토 씨한테 졌네요."

상미가 생긋 웃었지만, 황토는 무표정이었다.

"묻고 싶은 게 있어서 마음이 급했습니다."

"네, 말씀하세요."

"어제 강이슬 씨가 옹골마을 지하 창고에 갇혔습니다."

"네? ……그런데요?"

상미는 알고도 모르는 척 시치미를 떼며, 그 일이 자신과 무슨 상관이냐는 듯한 뉘앙스로 물었다.

"안 좋은 일도 당할 뻔했지만 그건 막아냈고요."

황토는 준성에게 들었던 대로 상미의 사주를 받은 폭력배들이 이슬을 겁박하려 했던 일에 대해 짧게 말했다. 황토가 던진 말의 의미를 눈치챘는지. 상미의 얼굴이 붉어졌다.

"고상미 씨, 너무 지나쳤어요. 범죄 행위였습니다."

"무, 무슨 말씀을 하시는지 모르겠네요. 제가 뭘 했다고 저한테 그러시는 거죠?"

상미는 제가 꾸민 일에 대해 잡아떼면서도 슬쩍 말을 더듬었다.

"그렇군요. 증거가 없으니. 하지만 양심은 알고 있겠죠. 맹세코 강이슬 씨를 곤경에 빠뜨린 게 아니라고 할 수 있어요?"

"정말, 정말, 무슨 말씀 하시는 건지 모르겠네요."

"그만두죠."

황토가 실소를 터뜨렸다. 기가 막히다는 듯.

"하지만 앞으로 강이슬 씨에게 무슨 일이 생기면 그땐 가만있지 않을 겁니다."

황토는 조금 더 무섭게 말했다.

"그리고 우리가 다시 만나는 일은 없을 거예요. 다시는 제 눈에 띄지 않도록 조심하는 게 좋을 겁니다."

"그럴 순 없어요."

황토의 매정한 말에 상미는 절박해질 수밖에 없었다.

"나는 황토 씨가 필요해요."

상미의 목소리는 거의 울먹임에 가깝게 떨리고 있었다.

"황토 씨는 나를 빛나게 해줄 수 있는 유일한 사람이에요. 황토 씨를 놓을 순 없어요."

상미가 애타는 마음을 털어놓으며 황토의 팔을 붙들었다. 상미는 거의 울먹거리고 있었다.

그 순간, 황토는 손등에 짜릿한 통증을 느끼며 상미를 밀쳐 냈다.

다시 한 번, 손등의 문신이 순간적으로 붉게 빛났다.

만약 이슬을 만나지 않았다면, 그리고 이슬의 착한 마음씨에 동화되지 않았다면, 상미가 그의 낙인을 변화시켰다는 사실에 만세를 외치며 상미를 준성에게 넘겼을 것이다.

하지만 이제는 하나도 기쁘지 않았다.

내가 좋아하지 않는 사람이 나를 좋아해 준다는 것, 제 목숨을 버릴 수 있을 만큼 자신을 사랑해 준다는 것은 아픔일 수도 있는 것이었다.

혼자서 사랑한다는 것은 얼마나 답답한 일인지, 황토는 이슬과 함께 시간을 보내며 진작에 그 아픔을 알게 되었는데, 상미는 그 외로운 길을 지금 시작한 것이었다.

이 여자도 불쌍한 사람이구나, 생각했다.

그녀가 했던 상식에서 벗어난 행동들과 집착을 모두 다 이해할 수는 없겠지만 안쓰럽다는 생각은 들었다.

"당신도 당신을 용서해야 될 텐데."

황토가 쓰게 웃으며 말했다. 그 말뜻을 알아듣지 못하는 상미에게 황토가 말을 덧붙였다.

"난 곧 죽을 거예요. 그러니까 당신은 건강한 사랑을 해요."

황토는 이 말을 끝으로 상미에게서 완전히 등을 돌렸다. 시간은 많았지만 할 일은 더욱 많았다.

※

상미를 만날 때보다도 더 긴장되었다. 사촌 동생 은혜가 산다는 자취방 바로 옆의 커피숍에서 은혜를 기다리며 황토는 얼마나 물을 마셨는지 모른다.

기다린 지 한참 되어 문이 열리며 나풀나풀한 레이스 옷을 입은 단발머리 여대생이 들어왔다.

"오빠!"

은혜는 황토를 단박에 알아보고 해맑은 얼굴로 그에게 달려왔다.

"친구들이 오빠 만나러 간다고 하니까 난리 났어요. 예전에 오빠 사진 한 번 보여준 적 있었거든요. 오빠, 소개팅 안 하실래요? 진짜 예쁜 애가 오빠 소개해 달라는데."

"나 좋아하는 사람 있어."

황토를 만나자마자 수다를 늘어놓는 은혜에게 황토가 다정하게 말했다.

"정말요? 우와! 그 여잔 좋겠다!"

은혜의 밝은 얼굴에 미소로 답해야 하는데 웃는 것이 힘들었다.

둘째 숙부의 딸, 나 때문에 죽은 사람의 딸.

하지만 황토는 정답게 말을 건넸다.

"대학 생활은 재미있어?"

"자유로운 건 좋아요."

"뭐 먹고 싶은 거 있어? 점심 사줄게."

"아아, 정말요? 이럴 줄 알았으면 밥 안 먹고 좀 더 일찍 만나는 건데. 아까 같은 과 선배들한테 두 그릇 얻어먹었거든요."

좋아하는 표정, 황토를 자랑스러워하는 표정, 같이 밥을 먹지 못해 아쉬워하는 표정…… 은혜는 황토에게 다양한 표정을 보여주었다. 밝게 자라주어서 고마웠다. 숙부가 돌아가실 땐 열 살짜리 꼬마였는데. 정말 힘든 시간을 보냈을 텐데.

"거기다가 갑자기 조모임이 생겨서 바로 일어나 봐야 돼요. 죄송해요."

"아, 아니야."

아직 하지 못한 말이 많이 있는데. 만남은 짧았다.

"근데요, 오빠. 저 지금까지 오빠 웃는 거 별로 못 본 것 같아요.

맨날 만날 때마다 무표정으로 있어서 저는 오빠가 저 싫어하는 줄 알았거든요."

은혜의 말을 들은 황토의 가슴이 철렁 내려앉았다.

잘못은 내가 했는데, 본의 아니게 너에게 상처를 줬구나.

미안하다.

"오빠, 저 오빠랑 사진 찍어서 SNS에 올려도 되죠? 애들이 사진 찍어오랬는데."

"그래, 그러자."

은혜는 기뻐하며 일어나 황토의 옆에 앉았다. 사촌 오빠를 무척이나 동경하는 듯한 여린 눈빛의 여자아이가 수줍게 얼굴을 붉혔다. 황토는 은혜에게 어깨동무를 하고 은혜의 핸드폰을 가져가 대신 버튼을 눌러주었다.

사진을 많이 찍는 사람이 아니었다. 웃는 얼굴로 사진을 찍어본 것은 얼마만인지 기억조차 나지 않았다.

사진을 찍은 황토가 핸드폰을 다시 은혜에게 건넸다.

"오예! 오빠한테도 사진 보내줄게요."

기분 좋게 사진을 확인한 은혜가 방실방실 웃으며 말했다.

곧 황토의 핸드폰으로도 사진 한 장이 도착했다. 사진 속의 황토는 어색하게나마 밝게 미소 짓고 있었다.

은혜는 사진을 SNS에 올리느라 정신이 없는 모양이었다.

장난기가 발동한 황토는 이슬에게 방금 찍은 사진과 함께 문자메시지를 보냈다.

―질투 안 나?

일은 안 하고 핸드폰 앞에만 서 있는 여자인지, 금방 답문이 왔다.

—사촌 동생이구나.

소름이 끼칠 정도다. 말한 적도 없는데 사촌 동생이라는 건 어떻게 알았지?

황토가 의아해하고 있을 때 사진 업로드를 마친 은혜가 누군가의 문자메시지를 받고 일어섰다.

"오빠, 죄송해요. 조원들이 급하게 찾나 봐요. 다음에는 제가 오빠 보러 갈게요."

"아니야. 괜찮아."

"그래도 오빠가 있어서 자랑스러워요. 친구들도 다 부러워하고."

은혜의 기분 좋은 웃음이 황토에게 번졌다. 황토는 은혜가 진심으로 행복하길 빌었다.

"요즘 불편한 건 없어? 도와줄 거라든지."

"아니요. 전혀 없어요."

"……나는 네가 행복했으면 좋겠어."

난데없이 행복 전도사가 된 황토의 뜬금없는 말에도 은혜는 당황하지 않고 예쁘게 웃었다. 대학교 신입생답게 발랄하게 인사한 은혜는 입은 옷과 어울리는 발걸음으로 가벼이 뛰어갔다.

그리고 황토의 입에서 나온 말과 똑같은 문자메시지가 황토에게 도착했다.

—나는 네가 행복했으면 좋겠어.

※

어젯밤부터 기침할 때마다 피가 섞여 나왔다. 오장육부가 뒤틀리는 느낌이었다. 악의 없이 사람을 도왔기 때문이다.

준성은 이슬이 다른 사람에 의해 위기에 처하게 되었다는 사실을 견디지 못했다. 결국 그는 황토에게 전화를 걸어 이슬의 행방을 알렸고, 이슬에게 몹쓸 짓을 하려던 폭력배들을 경찰에 신고하여 다른 죄목이 있었던 이 폭력배들을 모두 유치장에 가둬 버렸다. 그들은 이전 전과에 의한 형사처벌을 면치 못할 것이다.

초능력을 사용한 일이 아니었음에도 그 후 온종일 몸이 좋지 않았다.

상미의 계략을 알게 된 후 순간적으로 정신이 나갔던 걸까. 악마로서의 정체성이 무색하게도 정의로운 일을 하고 말았다. 자신만이 그녀를 망가뜨릴 수 있다는 빗나간 소유욕 때문이었지만, 어쨌든 정의로운 일이었다.

한 가지 사실은 분명히 알게 됐다. 자신의 몸에 어떤 변화가 일어나고 있다는 것. 아직 한 번도 겪어보지 않아 이것이 무엇인지는 알 수 없었다.

계속 이슬이 생각났다. 그리고 끝도 없는 갈증이 계속됐다. 페트병째로 물을 마시고 또 마셨다. 물을 실컷 마셔도 어지러운 것은 어쩔 수 없었다.

다시 쓰러질 것 같았다. 이렇게 힘들어하고 있을 때, 그 여자가 물을 먹여주고 이상한 죽을 끓여주었지. 참 이상한 맛이었는데.

언제부터 한 사람에 대한 생각을 계속 했는지 모르겠다. 준성은 또 목이 말라 수돗물이라도 마셔야겠다는 생각에 무거운 몸을 움직였다.

그리고 얼마 안 가 그는 긴 정적의 시간을 맞이했다.

한 사람에 대해 오래 생각하면 환영도 보일 수 있는 것인지.

주방으로 가려던 그의 앞에 이슬이 나타난 것이다.

이슬은 말 못 하는 환영처럼, 그에게 다가오지도 멀어지지도 않고 현관문 앞에 오랫동안 가만히 서서 그를 지켜보다가 입을 열었다. 환영이 아닌 진짜 이슬이었다.

"할 얘기가 있어서 왔어요."

이제 자신의 사랑에 물러날 곳은 없다는 듯, 이슬은 정면으로 걸어와 준성과 마주했다.

"황토 대신 날 데려가게 해달라고 하려고 왔어요."

준성이 자신이 앓고 있는 동안 벌어진 일을 짐작하며 이슬에게 말했다.

"너희들은 진실을 공유하게 됐군."

"아직 다는 알지 못해요. 언젠가 황토가 이런 질문을 한 적 있어요. 나 대신 누군가가 반드시 죽어야 된다면 어떻게 하겠냐고. 그날 황토는 처음으로 울었어요. 나는 그 눈물의 의미를 금방 잊고 말았고."

준성은 무덤덤한 표정으로 그녀의 이야기를 들었다.

"그날이었겠죠, 황토가 나 대신 죽기로 결심한 날이."

준성이 피식 실소를 터뜨렸다. 옥죄어오는 제 마음을 감추기 위한 방편이었다.

"당신이 보여준 진실도 믿어요. 황토는 처음엔 나를 당신에게 데려가려 했었죠?"

준성은 대답하지 않았다.

"하지만 혼자 앓다가 포기했겠죠."

이슬이 대신 짐작하여 말했다.

"어차피 난 처음부터 일찍 죽을 운명이었어요. 세상에 날 미워하는 사람도 정말 많을 텐데 내가 지금까지 살아 있는 게 신기한 거지. 날 데려가면 돼요."

제 엄마가 자신을 위해 희생했기 때문에 그녀가 지금까지 살아 있다는 것을 알지 못하는 이슬이 제 무거운 생에 대해 가볍게 대답했다.

준성은 조용한 목소리로 이슬을 회유했다.

"후회할 거야."

"후회하지 않아요, 조금도."

죽음의 과정에서 악의나 미움이 없다면 악마가 얻을 수 있는 것 또한 없다. 그래서 이슬 대신 이슬의 엄마 경애가 죽었을 때, 준성은 큰 상처만 입고 경애의 영혼을 가져가지 못한 것이다.

다시 이 과정이 되풀이되려 하고 있다.

원래의 계획은, 황토로부터 이슬의 영혼을 넘겨받고 황토의 악의와 이슬의 순수한 영혼에서 나오는 두려움까지 먹고 윗계급으로 오르는 것이었는데.

"네가 그 녀석 대신 죽어도 그 녀석은 절대 고마워하지 않을 거야."

"고마워하길 바라면서 죽는 사람은 없어요."

"그럼 왜 그런 녀석 때문에 네 목숨을 버리려고 하는 거야?"

"내 목숨을 버리는 거라고도 생각하지 않아요."

"그 녀석은 널 금방 잊을 거야."

"상관없어요."

"다른 사람을 사랑하고 결혼도 하고, 죽음에 대한 두려움도 없이 오랫동안 행복하겠지."

"그렇게 그 애가 오랫동안 행복하게 해줘요."

그녀의 확고한 의지를 확인한 순간 준성의 가슴이 왠지 심하게 쓰렸다. 그녀의 눈빛에서 오래전 자신의 목숨을 내어놓았던 그녀의 어미가 보였다.

"결정한 건가?"

준성이 이슬의 각오를 다시 물었다.

"그래요. 이제 어떻게 하면 되죠?"

"그 녀석의 마지막 날은 12월 8일이야. 나는 그때까지 널 절대 해칠 수 없게 돼 있어. 12월 8일 자정에 널 데려가겠다."

"반드시."

그제야 그녀의 굳었던 얼굴에서 미소가 피어났다.

이슬의 미소는 또 다른 의미에서 준성을 흔들었다. 이제 준성 또한 그 미소에 갇히게 되었다.

※

다음 날, 기린의 의식이 돌아왔다는 소식에 가장 먼저 달려간 사람은 황토였다.

"기린인 어떻습니까?"

기린의 병실을 지키는 슬기에게 황토가 물었다.

"겨우 눈 뜬 정도예요. 힘든지 계속 자려고 그러네요."

"엄마 아빠는 잘 알아보고요?"

"네. 정신적 충격 말곤 뇌에 손상이 가진 않았다고 그러네요. 이제 잘 지켜봐야죠. 신경 써줘서 고마워요."

"아닙니다."

"오늘도 온 거야?"

저만치 떨어진 곳에서 역시 기린의 소식을 듣고 달려온 이슬이 황토의 뒷모습을 보고 물었다. 황토가 매일 기린의 병실을 방문하고 있다는 이야기를 계속 들어온 터라 놀랄 것은 없었지만, 왠지 황토가 안쓰러웠다. 지하 창고에서 황토의 고백을 들은 뒤로 이슬은 내내 황토가 살아가면서 느꼈을 온갖 죄책감에 대해 생각하게 되었다.

"그러게. 매일 이렇게 안 오셔도 될 텐데 오늘도 오셨네. 이슬아, 잠깐만 기린이 좀 봐줘. 나는 의사선생님한테 갔다 올게."

슬기가 이슬에게 말했다.

슬기가 떠난 후, 이슬이 높이 손을 뻗어 황토의 머리를 쓰다듬어 주었다.

머쓱한지, 황토도 손을 위로 올려 이슬의 손을 잡았다.

한차례의 훈훈함이 지나고.

병원을 나온 이슬과 황토는 병원 주차장에서 웬 젊은 남자와 마주쳤다.

"저기, 죄송한데 길 좀 물을게요. 제가 칠칠맞아서, 길을 잘못 들어서……."

병원 주차장까지 와서 길을 물어보다니, 이 남자도 어지간히 길치인가 보다 생각하며 이슬은 남자가 물어보는 은행의 위치를 말해주었다. 그러곤 돌아서서 황토의 차를 타고 가려는데 남자가 쫓아왔다.

"잠깐만요, 제가 사람을 볼 줄 아는데, 좀 나쁜 기운이 보여서요."

"그런데요?"

좋은 말로 양해를 구하고 남자를 돌려보낼 줄 알았던 천사표 이슬이 별안간 인상을 구기고 남자에게 물었다.

"뭐랄까, 혹시 도에 대해 관심 좀 있으세요? 성이 어떻게 되세요?"

남자는 도쟁이였던 것이다.

"성은 왜요?"

"어떤 조상님을 두고 계시나 해서. 조상님 못자리만 잘 보셔도 인생이 틀려지거든요."

"틀려지는 거예요, 달라지는 거예요?"

이제 이슬의 목소리는 비아냥에 가까웠다.

그러나 이런 일을 많이 겪어본 도쟁이는 이슬이 말길을 터주었다는 것에 희망을 갖고 계속 입을 놀렸다.

"시간 좀 계시면 좀 더 자세히 설명해 드릴 수 있는데……."

"시간이 계시긴 어떻게 계셔요? 왜요, 아주 '시간님'이라고 부르시지."

이슬은 남자의 잘못된 어법을 꼬집어 계속 따졌다.

뜻하지 않게 국어 교육을 받게 된 도쟁이는 무안한 듯, 이슬의 말발에 위축된 듯 뒤로 한 걸음 물러났다.

"그리고 아까도 그래. 칠칠맞긴 뭐가 칠칠맞아요? 칠칠치 못하게 겠지."

이슬은 쏘아붙이는 목소리에 맞게 험악한 인상으로 도쟁이를 나무랐다.

어이없이 이를 지켜보던 황토의 얼굴에 미소가 생겨났다.

이슬의 끝도 없는 지적과 악다구니에 질려 버린 도쟁이가 떠나고, 이슬과 함께 차에 오른 황토는 못 말리겠다는 듯 고개를 저으며 활짝 웃다가 그녀에게 물었다.

"혹시 꿈이 국어선생님이었어?"

"왜. 틀린 거 바로잡아 주는데 뭐가 어때서."

이슬은 황토에게도 툴툴거렸다. 그러다 핸드폰 벨이 울리자 다시 표정을 바꿨다. 비즈니스용 표정을 따로 지닌 여자였다.

"여보세요, 아, 차장님."

매일 이슬을 부려먹는 그 차장인 듯했다.

"네? 지금요? 차장님, 저 오늘 조퇴한다고 말씀드렸잖아요. 제 할일 다 끝났다고."

그런데 이게 웬일. 갑자기 이슬의 표정이 다시 어두워졌다.

"차장님, 그런 일은 차장님께서 책임지고 하셔야죠. 저도 제 일이 있는데. 제가 갑자기 없어지면 어쩌려고 그러세요?"

이것 또한 이슬의 새로운 모습이었다.

"그럼 끊겠습니다. 오늘은 정말 중요한 일이 있어서요."

이슬은 가차 없이 전화를 끊어버렸다. 황토는 지금 옆에 있는 여자가 정말 강이슬이 맞는지 의심스러웠다.

"뭐야, 이제 막 살기로 했어?"

"이게 막 사는 걸로 보여? 올바르게 사는 거지."

이슬은 황토에게까지 따질 기세였다.

어안이 벙벙했지만 이슬의 달라진 모습에 쿡쿡 웃음이 나왔다.

"아니야. 잘했어."

그래, 그렇게 강하게 살아야 내가 마음 놓고 떠날 수 있지.

황토는 먹먹한 마음을 웃음으로 가리고 물었다.

"내가 준 차는 왜 안 갖고 다녀?"

황토의 물음에 이슬은 그제야 생각이 났다는 듯 가방에서 스마트키를 꺼내 황토의 옆에 내려놓았다.

"왜 내 성의를 무시해?"

"나한테 줄 돈 있으면 사회복지재단에 기부나 해라."

"기부는 따로 할게."

삶이 끝나기 전에 이슬을 부자로 만들어주고 싶은데, 어떻게 둘러대야 할지 난감했다. 한숨만 푹 쉬다가 다른 궁금증이 생겨 입을 열었다.

"조퇴하고 어디 가려고? 데려다줄게."

이슬이 고개를 저었다.

"아니야. 지하철역에만 내려줘. 제천에 갈 거라서."

"같이 가자. 나 시간 많아."

"자고 올 수도 있는데?"

"나도 자고 오지 뭐."

황토는 흔쾌히 내비게이션을 제천으로 맞췄다.

살아 있는 모든 시간을 이슬과 함께하고 싶었다.

※

황토와 이슬이 제천에 도착했을 때쯤은 가을비가 추적추적 길을 적시고 있었다.

"제천 구경이나 하면서 기다릴게. 집에서 쫓겨나면 연락해."

이슬을 집 앞까지 바래다준 황토가 말했다.

"아니야. 너도 같이 들어가자. 집에 방 많아. 아무 데서나 자면 돼."

이슬은 황토에게 고향집을 보여주고 싶다는 생각이 들어 황토를 차에서 내리게 했다.

이슬의 고향집은 조그만 텃밭이 달린 단층집이었다.

이슬과 황토는 작은 대문을 열고 안으로 들어갔다. 삐걱거리는 대문 소리가 정겨웠다.

작은 텃밭을 지나 낡은 현관문을 열자 할머니의 목소리가 두 사람을 맞았다.

"애비 왔냐?"

"할머니!"

이슬이 할머니의 방으로 달려가며 말했다.

이슬과 할머니도 그다지 친하진 않다고 들었는데.

"뉘신가."

할머니의 목소리가 다시 들렸다. 할머니는 이슬의 얼굴을 잊어버린 모양이다.

"할머니, 이슬이예요."

"이슬이가 누구지? 우리 두영이 애인인가?"

"에이, 할머니도. 두영이 막내딸이잖아요."

"걔가 결혼을 했어?"

할머니가 치매기가 있다고 들었는데, 생각보다 심각한 모양이었다.

황토는 조심조심 걸어가 할머니의 방 문 앞에 섰다.

이부자리를 깔고 그 위에 앉아 있는 할머니가 보였다.

"에구, 늙으면 죽어야지."

"할머니, 할머니 안 죽어요. 아직 할머니 운명이 10년은 남아 있대요."

이슬은 장담하는 듯 밝게 웃으며 할머니의 손을 토닥였다. 그 모습이 정겨워 옆에서 지켜보는 황토의 얼굴이 밝아졌다.

"저 총각은 누구여?"

할머니가 황토를 보며 말했다.

"애인이여?"

"네, 애인입니다. 안녕하세요, 할머니."

황토가 할머니의 방 안으로 들어오며 말했다.

황토의 말에 펄쩍 뛸 줄 알았던 이슬은 피식 웃었다.

잠시 후, 현관문이 다시 열렸다.

"애비 왔냐?"

이번에도 할머니의 목소리가 제일 먼저였다. 할머니는 매번 이렇게 현관문이 열리고 이슬의 아버지가 들어오길 기다리며 지냈나 보다.

"네, 어머니."

이슬의 아버지 두영의 대답 소리가 들렸다.

두영은 곧장 할머니의 방으로 들어왔고, 막 자리에서 일어난 이슬과 황토를 알아보았다.

두영의 표정은 말할 것도 없이 날카로워졌다.

"네가 여기 왜 왔냐?"

두영의 말에 황토까지 무안해졌다. 황토가 방에서 나가려는 것을 이슬이 잡았다.

"재워달라고 왔어요."

이슬이 두영에게 넉살 좋게 말했다.

"집이 없어서요."

"집 같은 소리 한다."

두영이 이슬을 윽박질렀다.

"나가!"

"싫어요."

이슬도 지지 않았다.

두영은 이슬과 상종도 하기 싫다는 듯 성큼성큼 방으로 들어갔다.

이슬은 한숨을 길게 쉬고는 부엌으로 가 저녁 준비를 시작했다. 아버지는 그동안 김치와 김만으로 지냈는지, 냉장고는 거의 텅 비어 있었다.

구석에서 감자와 양파와 배추를 찾아내고, 텃밭에서 오이를 따고 상추를 뜯어 빠르게 상을 차렸다. 배춧국, 감자조림, 계란말이, 오이무침 등 별 볼일 없는 소박한 상이었지만 모든 음식에서 이슬의 정성이 묻어났다.

"난 안 먹는다."

냄새를 맡고 짐작한 건지, 방에서 나오지도 않고 두영이 저녁상을 물리라는 듯 서슬 퍼런 목소리로 말했다.

이슬은 더 권하지 않고 할머니와 황토와 저녁을 먹고 상을 치웠다.

이슬이 저녁 설거지까지 끝내고 다시 할머니 방으로 돌아갔을 때서야 두영이 방에서 나왔다.

라면을 끓이려는 듯 부스럭거리는 소리에 달려 나온 이슬이 두영에게 말하며 그를 도왔다.

"내가 여기 손대면 아버진 안 드시겠죠?"

마치 놀리려는 것처럼 보였다.

이슬의 예상대로 이슬이 건드린 라면에서 손을 뗀 두영은 서랍의 컵라면에 손을 댔다. 이슬은 컵라면을 빼앗아 포장을 뜯고 라면에 스프를 뿌렸다.

"제가 해드릴게요. 그런데 여기도 손대면 안 드시겠죠?"

"이놈이!"

비아냥거리는 이슬의 공격에 결국 두영은 소리를 내질렀다.

황토는 할머니의 다리를 주물러 드리며, 두영과 이슬을 만류해야 하나 몇 번이나 망설였다.

이슬은 눈 하나 꿈쩍하지 않았다.

"예전엔 아버지가 그저 미웠는데요, 이젠 안쓰러워요."

불쌍해 보이지 않으려 자존심을 지키는 두영의 모습이, 이슬에게는 그저 안돼 보였다.

집에서 라면을 끓여 먹으려던 마음을 접고 밖으로 나가는 두영을 이슬이 잡았다.

"아버지!"

비 오는 흐린 날의 마당에서, 두 사람 모두 우산도 쓰지 않은 채였다.

"놔!"

"아빠!"

이슬의 목소리도 두영과 마찬가지로 높아졌다.

"이놈이!"

두영이 험상스럽게 눈을 뜨고 이슬의 손을 뿌리쳤지만 이슬은 다시 잡았다.

"내가 만든 것들, 내가 만진 것들 다 조금도 안 건드리고 거부하면서, 내 욕 하면서 살면 옛날에 아빠가 한 실수에 누가 박수라도 쳐줄 줄 알았어?"

"그래, 이놈아!"

이슬의 호된 질타에 두영이 다시 한 번 억지를 부렸다.

"넌 예쁘지도 말고 잘나지도 말아야 돼. 알았어?"

내가 선택한 걸 후회하지 않게 해다오.

두영이 하지 못한 말이 이슬의 귀에, 머리에 파고들었다. 이슬이 울먹였다.

"내가 그렇게 예뻐 보였어?"

두영의 눈빛이 강하게 흔들렸다. 그는 더 이상 밖으로 나가려 용쓰지 않았다.

"잘나 보였어? 나 하나도 안 잘났는데."

이슬은 울먹거리며 두영의 손을 잡았다.

"그래도 고마워. 아빠 덕분에 내가 악바리처럼, 질경이처럼 살 수 있었어."

두영이 이내 다시 그 손을 뿌리쳤지만.

"내가 너무 착하게 살면 귀신이 세찬이를 잡아갈까 봐 무서웠어?"

두영은 대답하지 않았다.

"아빠도 인간이어서 그랬겠지만, 그래도 아빠는 나한테 너무 잘못했어."

이슬은 더 이상 울지 않겠다는 듯 눈물을 닦았다.

"하지만 용서할게, 날 낳아주셨으니까. 화해하러 온 게 아니라 용서하러 온 거야."

빗소리 때문에 두영의 목소리가 가늘게 들렸다.

"나는 네가 웃는 게 싫다."

너무 예뻐서.

이 마음의 말 역시 이슬의 귀로 스미듯 흘러들었다.

"아이고, 저것들, 논다, 놀아."

자리에 누워 빗소리와 함께 두 사람의 대화를 모두 들은 할머니가 후후, 웃었다. 세상을 오래 산 할머니의 귀에는 두 사람의 싸움이 장난처럼 보였던 모양이다.

"총각, 그거 아나?"

숙연히 앉아 있는 황토에게 할머니가 물었다.

"저 애 안 죽어. 쟤 엄마가 저 애 대신 귀신 따라갔거든."

❈

아침은 밤에 비해 몹시도 평온하게 흘러갔다. 여전히 두영은 이슬에게 냉랭했지만 전날 밤과 같은 전투는 없었다. 이슬은 아침상까지 차려주고 황토와 함께 고향집을 나섰다. 왠지 아침밥은 아버지가 드실 것 같다는 기분 좋은 예감이 들었다.

"우리 언제 여행이나 갈까?"

이슬의 회사에 거의 도착했을 때쯤, 황토의 운전하는 옆모습을 가만히 관찰하던 이슬이 혼잣말하듯 작은 소리로 말했다.

"뭐? 여행이랬어, 지금?"

아차, 그렇지. 이 애는 귀가 엄청 밝지.

하지만 이젠 이슬도 당황하거나 말을 버벅대며 부끄러워하지 않았다. 이제 이슬에게도 남은 시간은 너무나 소중해진 것이다.

"그럼 여행지는 내가 알아볼게. 언제 갈까?"

"글쎄, 지금 맡은 일은 어느 정도 끝내고 가야겠지. 맘 편히 가려면."

"좋아. 얼른 뚝딱 다 마무리 짓고 떠나 버리자."

황토가 생각만으로도 신난다는 듯 함박웃음을 지었다. 그 웃음을 보는 것만으로도 마음이 벅찬 이슬이 황토의 볼에 가볍게 입을 맞췄다.

쪽.

함께 다녀와 줘서 고마워. 네가 곁에 있다는 것만으로도 굉장히 의지가 됐어.

"갈게. 나중에 봐."

이슬은 황토의 볼에 풋풋한 사랑을 남기고 바로 떠났다.

반면 황토는 이슬의 뽀뽀를 받고 얼음이 되어버렸다.

방금 저 여자가 뭘 한 거지?

이슬의 기습뽀뽀 이후로 연애 감정에 탄력을 받은 황토는 이슬과 여행 떠날 날만을 손꼽아 기다렸다. 그러나 그놈의 '맡은 일을 어느 정도 끝내는' 날은 언제 오는 건지.

이슬이 해치워야 하는 일은 산더미였다. 산을 모두 허물어야만 끝나는 일이었던 것이다. 이슬이 해준 뽀뽀의 순간을 자양분 삼아 버텨보려고 했지만, 황토의 인내심은 곧 한계에 도달하고 말았다.

이슬이 말을 꺼내고 난 다음 주.

"이번 주에 여행 가자."

"안 돼. 너무 빠르잖아. 아직 해야 할 게 얼마나 많은지 알아?"

그리고 그다음 주.

"이번 주로 다 잡아놨어."

"미안."

그리고 다시 그다음 주가 되어 결국 황토는 폭발하고 말았다.

"이제 나도 절대 양보 못 해. 지금 갈 거야!"

그동안 서로 볼 새는 옹골마을에서의 몇 시간뿐, 밤이고 낮이고 주중이고 주말이고 미친 듯이 옹골마을 인테리어 마무리에만 몰두한 이슬은 이 시대의 진정한 워커홀릭이었던 것이다.

홋, 붙박이장을 손보던 이슬이 황토의 앙탈에 비웃음을 날렸다.

황토는 정말이지, 참을 수가 없었다. 기어이 이슬을 둘러메 버렸다.

"야! 뭐야!"

황토의 어깨에 허리가 떡하니 걸쳐진 이슬이 황토의 등을 두드리며 소리를 질렀다.

"납치. 당신은 걱정이 너무 많아."

황토는 이슬을 가뿐히 어깨에 걸치고 주차장으로 향했다. 두 사람의 모습을 지나가는 주민들이 보았지만, 주말이라 그런지 큰 소동이 빚어지진 않았다.

웃차, 하며 이슬을 조수석에 내려놓은 황토가 그녀가 도망갈까 봐 걱정하는 듯 바로 시동을 걸고 차를 출발시켰다.

"짐 챙길 생각은 안 해도 돼. 갈아입을 옷이고 뭐고 다 준비해 놨어."

"야, 이건 범죄야, 범죄."

딱 일주일만 더 열심히 일하고 회사를 그만둘 작정이었던 이슬은 자신의 뜻대로 되지 않은 것에 강한 불만을 드러냈다.

그러나 황토 또한 양보하지 않았다.

"당신이 없어도 잘 돌아가게 돼 있어."

황토의 말에 이슬이 살짝 충격을 받은 듯 멍한 표정을 짓다가 힘없이 눈을 떨어뜨리고 조용히 혼잣말을 했다.

"그렇지. 내가 없어도 다 잘 돌아가겠지."

"하지만 난 정말 당신이 필요해. 알겠어?"

이걸 고맙다고 해야 할지, 이슬은 놓고 온 일이 자꾸 마음에 걸려 씁쓸한 웃음을 지었다. 일주일 뒤엔 오직 김황토만을 위해 살려고 했는데 왜 이 녀석은 그걸 기다리지 못하는지.

그래도 그가 원하는 것은 다 들어주고 싶은 마음에 더 이상 투정 부리지 않기로 하고 물었다.

"어딜 가려고 그러는데?"

"예전에 내가 데려가려던 데 말이야."

"아하, 거기가 어딘데?"

"예전에 데려가려던 데는 집 근처고, 오늘 가는 데는 거기랑 비슷한 데야."

황토는 대답을 하다가 다시 투덜댔다.

"그러게 시간 좀 내주면 좋잖아. 거기도 보여주고 싶었단 말이야. 이제 그냥 당신이 알아서 찾아가."

황토는 이렇게 말하며 조수석 앞 서랍에서 열쇠를 찾아 이슬에게 쥐어주었다.

"또 웬 열쇠야? 나 이런 거 안 받아."

"일단 가보기나 해. 좋아할 거야. 주소는 거기 열쇠고리에 적혀 있지? 그쪽으로 가면 돼."

이슬이 시무룩하게 열쇠를 만지작거리고 있을 때 황토가 말했다.

"오늘 가는 데는 남해 쪽이라 오래 걸릴 거야. 도착하면 깨울 테니까 좀 자. 며칠 동안은 회사고 뭐고 다 잊고 둘이서만 편하게 지내자."

황토 또한 시간을 소중하게 생각하고 있는 것은 마찬가지일 것이다. 이슬을 위해 자신이 죽을 생각을 하고 있을 테니. 그의 마음도 이해해 주어야 한다.

그래, 떠나기 전에 이런 일탈도 필요할 거라는 생각이 들었다. 실은, 여러 경험을 하게 해준 황토에게 고마워해야 하는 것이 옳다. 그녀를 일에 대한 필요성 때문이 아니라, '강이슬'이라는 존재로서 필요하다고 말해주는 사람.

"그래, 나 잔다."

그 말과 함께, 이슬은 몸이 나른해지는 것을 느꼈다.

황토의 편안한 운전에 의지하며, 이슬은 잠을 청했다.

잠시 후라고 생각했는데 벌써 해가 멀찍이 떨어져 있었다.

"깼으면 내리자."

막 잠에서 깨 정신이 없는 듯 눈을 끔뻑끔뻑하던 이슬은 자신이 황토에게 〈바람과 함께 사라지다〉 포스터 포즈로 안겨 있다는 것을 깨닫고 버둥거렸다.

"야, 뭐야, 내려줘!"

"어후, 무거워 죽는 줄 알았네."

황토는 한 치의 망설임도 없이 이슬을 내려놓았다. 이슬은 황토에게 한 번 눈을 흘겨주고는 주위를 둘러보았다.

황토가 차를 세운 곳은 바닷가 바로 앞에 지어진 작은 단층집이었다. 넓지 않은 백사장에 창연히 어둑한 풍경은 두 달 전 왔던 바다와는 또 다른 운치가 있었다.

"여기가 어디야? 이 집을 빌린 거야?"

"아니, 샀어."

"샀다고? 별장으로 쓰려고?"

"아니, 오늘을 위해서."

"돈지랄?"

"어허, 돈지랄이라니."

황토가 먼저 현관문을 열고 안으로 들어갔다.

"들어와. 개조도 직접 했어."

이슬이 집 안으로 들어서며 긴장한 목소리로 말했다.

"왠지 네가 개조까지 했다니까 들어가기 무섭다. 어쩐지 집 안에 무서운 게 있을 것 같아."

그러곤 정말로 집 안에 들어갔을 때, 이슬은 깜짝 놀라며 황토의 팔을 부여잡았다.

"엄마야, 저게 뭐야! 웬 전기톱이……."

회색 시멘트 바닥의 구석에 놓여 있는 전기톱이 문제였던 모양이다.

황토가 쿡쿡 웃으며 말했다.

"당신 작업실이잖아."

그제야 이슬은 집 안을 제대로 확인했다.

시멘트 바닥에 목재로 된 커다란 작업대와 그 옆 선반에 놓인 여러 가지 고급 공구, 꽤 넉넉한 고급 목재들……. 정말 이곳은 가구 공방이었다.

"가끔 휴가 때 여기 와서 머리도 식히고 좋은 가구도 만들고 그러라고. 켈리 호펜을 동경만 할 게 아니라, 당신도 켈리 호펜을 뛰어넘는 사람이 되어야지."

"그래…… 취지는 좋은데 말이야, 그럼 방은……."

이슬은 설렁설렁 대답하며, 정말 휴가라고 여길 수 있을 만한 안락한 방을 보기 위해 작업실 옆의 방 문을 열었다.

그런데 이게 뭔지.

작은 부엌이 딸린 원룸. 그냥 원룸이었다.

작업실은 운동장처럼 드넓고 집 안은 코딱지만 하다니.

별장은 휴식을 위한 곳이라고! 이런 실속 없는 쉼터를 봤나.

"뭐야? 노동자의 집이야? 일만 하다 죽으라고 만든 집이야?"

작업실에 비해 숨이 꽉 막힐 정도로 작은 방을 보니 어처구니가 없었다.

그 순간, 쏘아붙이는 이슬을, 별안간 황토가 뒤에서 꼭 끌어안았다.

"좁으면 좁을수록 좋은 거 아니야?"

뭐라고?

"난 좋은데. 내가 너무 내 생각만 한 거야?"

"그, 그래, 네 생각만 한 거야."

이슬은 쑥스러운 마음을 숨기며 황토의 품에서 벗어났지만 더듬거리게 되는 말투까지 감출 수는 없었다.

"배고프다. 밥이나 먹자. 먹을 건 좀 있나?"

머쓱해진 이슬은 공연히 냉장고 문을 열며 말했다.

"나가서 사와야 돼. 내가 요리 담당을 할게."

"너한테 요리를 맡겨도 되는 거야? 삼시세끼 산모처럼 미역국만 먹게 되는 거 아니야?"

"그놈의 미역국 얘기는 언제까지 할 거야?"

"네가 미역을 한 솥 불려놨던 게 뇌리에서 잊혀지질 않아."

"정말 모르는 거야? 미역국의 정체를."

황토의 질문에 이슬은 잠시 생각에 잠겼다.

그러고 보니 황토가 미역을 냄비에 한가득 불려놓았던 날이 바로 이슬의 생일이었다. 그날 아침 황토는 인스턴트 밥에, 인스턴트 미역국을 맛있게 먹고 있었는데.

"설마 너…… 내 생일이라고 미역국에 도전해 봤다는 말은 하지 말아줘."

"맞는데."

"역시 내 마음을 얻어서 날 팔아먹으려는 속셈이었지?"

"아니야, 그건."

이슬의 단언에 황토가 펄쩍 뛰었다.

"그때 난 방황하고 있었어."

농담으로 시작한 말이었는데 이렇게나 진지해지다니.

"아무래도 사랑인 것 같아서 말이야."

황토는 말을 마치고 씨익 웃었다. 그 미소를 참 많이 봐왔다고 생각했는데, 이슬은 새삼 또 가슴이 뛰었다.

황토는 더 이상 시간을 지체하지 않고 이슬을 데리고 밖으로 나왔다. 며칠간 해 먹을 거리를 사기 위해서는 조금 더 멀리 위치한 마트까지 차를 타고 가야 했다.

황토는 인터넷으로 제가 할 수 있음 직한 요리를 검색해 본 모양이었다. 연신 빼곡하게 글씨가 적힌 메모지를 들여다보며 중얼대던 황토는 긴장한 눈빛으로 갖가지 음식 재료들을 카트에 쓸어 담았다. 이슬은 황토가 저 재료들로 어떤 음식을 할까 기대되면서도 생일날 보았던 미역 냄비가 떠올라 살짝 걱정되었다.

그리고 과연, 황토의 요리는 입이 떡 벌어질 만큼 놀라운 것이었다.

"나는 네가 이렇게나 통 큰 사람인 줄 몰랐다!"

10인용 전기밥솥만 한 커다란 냄비에 흘러넘치도록 그득한 카레를 보며 이슬의 눈이 휘둥그레졌다.

"여행의…… 여행의 로망은 카레지."

황토가 겸연쩍은 목소리로 혼자 중얼거리듯 말했다. 마법의 냄비인가? 고기 반 근에 감자 몇 개, 당근 몇 개, 양파 몇 개만 썰어 넣었을 뿐인데 이렇게나 많아지다니. 황토도 놀라울 뿐이었다.

"그래, 이번 여행은 카레여행으로 하자."

이슬이 포기한 듯 말했다.

내일 아침은 김치찌개, 점심은 떡볶이, 저녁은 고기 구이를 계획하고 있었던 황토에게 이슬의 말은 청천벽력과도 같았다. 하지만 음식을 남기는 것을 좋아하지 않는 이슬에게 한 소리 들을 것 같은 마음에 황토는 아무 말도 할 수 없었다.

카레여행 1일 차의 식사를 마치고 이슬이 설거지를 하는 동안 황토는 작업실 한편에 놓아둔 철제 앵글을 가지고 밖으로 나갔다.

설거지를 마치고 밖으로 나온 이슬은 앵글로 뚝딱뚝딱 무언가를 만드는 황토를 가까이에서 잠잠히 바라보았다.

이윽고 까만 바닷가에, 바닷바람에도 끄떡없을 정도로 튼튼한 대형 스크린이 설치되었다.

"이게 뭐야?"

스크린을 보고 이슬이 물었다. 황토는 스크린의 앞에 대형 빔프로젝터를 가져와 내려놓으며 말했다.

"우리는 그 흔한 영화 데이트 한 번 한 적 없잖아."

황토가 준비한 것은 야외 영화관이었다.

"너 준비 많이 했다!"

"당연하지."

황토는 이슬의 환성에 으스댔지만, 사실 마무리는 완벽하지 못했다. 멋진 스크린 앞에 떡하니 돗자리를 편 것이다.

돗자리가 널찍하긴 했지만 때는 바야흐로 가을인데, 너무 없어보이지 않는가.

"좋은 생각이 났어. 2인용 선베드를 만들자. 거기 누워서 보면 입도 안 돌아가고 좋을 거야."

이슬은 투덜대지 않고 기분 좋게 말했다. 귀한 집 도련님 황토가 몸소 스크린까지 설치했다는 것만으로도 이슬은 만족스러웠다.

이슬은 머릿속의 발상이 달아나기 전에 움직여야 한다는 듯 재빨리 작업실로 향했다. 함께 찐득한 영화를 보려던 황토는 오밤중에 작업을 시작한 이슬을 망연한 눈빛으로 바라보았다.

작업실에 있는 재료들을 확인하고 곧바로 스케치에 들어간 이슬은 몇 시간 만에 뚝딱 선베드를 만들지는 못할 것이라는 사실을 직감했다. 하지만 하룻밤 고생하면 내일은 낭만적으로 영화를 볼 수있겠다는 생각이 들었다.

오랜만에 자신을 위한 공작을 시작한 이슬은 무섭도록 작업에 집중했다.

거연히 이슬을 보던 황토는 점점 무거워지는 눈꺼풀을 어쩔 수없었다. 바닷가로 오기까지 이슬은 눈을 붙일 시간이 있었지만 운전을 하고 온 황토는 내내 피곤할 수밖에 없었던 것이다. 헛기침을 하고 도리질을 했지만 밀려오는 잠을 쫓기엔 역부족이었다.

두어 시간 뒤, 곡선 절단은 낮에 하는 것이 낫겠다는 판단에 이슬은 예상보다 빨리 일을 정리했다.

"미안. 오늘 다 끝내진 못하겠다. 나머지는 내일 해야겠어."

이슬이 작업하는 동안 잔뜩 구부리고 있던 몸을 펴며 황토에게 말했다. 그러나 황토는 대답이 없었다.

"자?"

돗자리 위에 펴놓았던 두터운 이불을 돌돌 말고 누워 있는 황토에게로 가보았다. 역시나 황토는 쌔근쌔근 잠을 자고 있었다.

가만히 그의 옆에 어깨를 마주하고 누웠다.

바닷바람에 간혹 파르르 눈꺼풀이 떨리는 것이 느껴졌지만 황토는 분명 잠들어 있었다. 그의 옆에 누워본 적은 있었지만 그의 잠든 얼굴을 보는 것은 처음이었다.

얕은 잠을 자는 사람에게서 나는 조용한 숨소리가 잔약하게 이슬의 심장을 건드렸다.

숨소리를 듣는 것만으로도 이렇게 좋은데.

앞으로 한 달 뒤, 그가 없는 곳으로 떠날 생각을 하니 가슴이 아렸다.

파도처럼 울렁울렁 넘실대는 마음을 어쩔 수 없을 것 같았다.

"나랑 결혼할래?"

황토의 자는 얼굴을 보며, 가슴에 가둬두었던 말을 나직이 흘려보냈다.

자는 줄로만 알았는데. 이슬의 작은 목소리에, 황토가 번쩍 눈을 떴다.

"그래! 그럼 오늘 결혼하고 첫날밤도 치르자."

한껏 분위기를 잡고 있던 이슬은 얼굴을 붉히며 누였던 몸을 일으켰다.

"어우, 진짜 진상이다, 너."

"이게 왜 진상이야? 이게 진상이면 당신은 존재를 부정하는 게 되는 거야. 사람들은 모두 밤을 치른 엄마 아빠한테서 태어난 거라고. 성생활이 없는 결혼은 소꿉놀이 아니야?"

황토가 이슬을 가르치듯 말했다. 그러나 이슬도 지지 않았다.

"하지만 넌, 결혼은 됐고 떡밥에만 관심 있다는 거잖아."

"뭐야, 나랑 결혼하기 싫다는 거야?"

"네가 그런 식으로 얘기하니까 그렇지. 네가 원하는 건 결혼식이 아니라 첫날밤 아니야?"

"아니야. 결혼을 하면 응당 해야 할 것에 대해 얘기했던 거야."

"그럼, 여기서 우리 둘이 하는 게 결혼이야?"

"그럼 결혼을 우리 둘이 하지, 한 사람 더 불러서 셋이 할까?"

"그런 말이 아니잖아. 우리 둘이서만 결혼식을 하면 그게 결혼식이냐고, 결혼 약속이지."

이슬이 황토를 쏘아보았다.

결혼식. 여자들의 로망. 세상에서 제일 예쁜 여자가 되는 날.

황토 또한 눈부신 웨딩드레스를 입은 이슬을 보고 싶지 않은 것은 아니다. 예쁜 이슬이 웨딩드레스를 입으면 얼마나 더 아름다울까.

그러나 황토에겐 시간이 얼마 없었다. 섣불리 한 결혼은 황토가 떠난 후 그녀에게 상처로 남을 수도 있다. 황토는 이를 염려하여 자극적인 말로 이슬의 신경을 건드린 것이었다.

"됐다. 이런 얘기 해서 뭐 하니."

말싸움을 그만둔 이슬의 마음 또한 다를 것이 없었다. 이제 두 사람에게 주어진 시간도 얼마 남지 않았는데, 괜한 말싸움으로 시간을 허비하고 싶지 않았다.

그야말로, 사랑만 하고 살기에도 모자란 시간.

"춥다. 들어가자."

시간에 대해 생각하니 눈물이 날 것 같았다. 이슬은 슬픈 마음을 감추려 황토에게서 뒤를 돌았다.

많은 추억을 만들어주고 싶은 마음과, 많은 추억 이후에 남겨질 아픔이 함께 떠올라 깊은 생각에 빠져 버리면 죽기 전부터 죽을 듯이 괴로워진다. 그 마음을 숨기는 것도 괴로운 일이다.

자리를 피해 황토보다 먼저 집 안으로 들어온 이슬은 차마 신발을 벗지 못하고 그 자리에 선 채 굳어버렸다.

아차. 그 생각을 못 했구나.

이 좁은 집엔 침대가 하나뿐인데.

이슬이 안으로 들어가지도 못하고 방을 바라만 보고 있을 때 황토가 뒤에서 다가왔다.

슬쩍 곁눈질로 황토를 쳐다보았다. 황토는 '침대는 하난데, 이제 어쩔 거야?'라고 얘기하는 듯 득의양양한 태도로 우쭐한 표정을 지었다.

"나, 난 아래서 잘게. 네가 침대서 자."

"왜 그래? 청혼까지 한 사람이 새삼스럽게. 먼저 씻어."

씻으라고?

"얼른 자자."

얼른 자자고?

황토는 조금의 거리낌도 없이 평소처럼 말했다.

"아, 아냐, 너 먼저 씻어."

잔뜩 긴장한 이슬이 황토를 욕실로 힘주어 밀었다. 황토가 씻는 동안 식탁을 밀어버리고 바닥에 공간을 확보해 이불을 펴야겠다고 생각했다. 아니면 작업실에서 돗자리를 펴고 자든가.

이슬에게 떠밀려 욕실로 들어온 황토는 긴장하여 말까지 더듬는 이슬을 생각하며 후후 웃었다.

'하지만 분명 또 잠들어 있겠지.'

황토는 얼마 전, 호텔 스위트룸에서 지친 듯 소파에 널브러져 잠들어 있던 이슬을 떠올렸다.

정말 역시나, 황토가 문을 열고 나왔을 때 이슬은 바닥에 제 자리까지 널찍하게 마련해 놓고 잠들어 있었다.

"못 말려, 정말."

황토는 이슬을 푹신한 침대에서 자게 해주고 싶은 마음에 그녀를 들어 올렸다. 그런데 뭔가 이상했다.

푹 잠이 들었으면 가뿐히 들려야 맞는 것인데, 어쩐지 이슬이 황토에게 안기지 않으려 용을 쓴달까. 왠지 그녀는 자면서도 저항하는 것 같았다.

"자는 거야, 자는 척하는 거야?"

이슬은 무척이나 인위적인, 쌔근쌔근 잠자는 소리를 내며 자는 척을 하고 있었다.

그렇게도 밤이 무서운가? 하지만 황토는 속아주기로 했다.

"그냥 편하게 자, 안 잡아먹을 테니까."

황토는 이슬을 침대 위에 조심스레 내려놓고 그 옆에 나란히 누워 잠든 척하는 이슬을 가만히 바라보았다.

'대체 얘가 뭘 하는 거야.'

이슬은 눈을 뜰 수 없음에 답답함을 느끼고 있었다. 괜히 자는 척을 했다는 생각이 들었다.

움찔.

그의 손이 닿는 느낌에 긴장한 이슬이 몸을 움츠렸다.

그러나 더없이 따뜻한 손길.

굳이 눈을 떠 확인하지 않아도 황토가 어떤 표정을 짓고 있는지 알 수 있을 듯한 차분한 손길이 그녀의 머리를 훑었다.

설레었지만, 그 포근한 느낌에 어깨에 힘이 빠지며 나른함이 몰려왔다.

그래도, 먼저 잠들면 안 되는데…….

꿈나라로 달아나려는 의식을 붙들고 이슬은 머릿속으로 중얼거렸지만 눈까지 감고 있는 데다 작고 푸근한 침대에, 황토의 따뜻한 손길이 더해지니 어쩔 수 없었다. 이슬은 잠에 빠져들었다.

"어이, 일어나."

이마를 톡톡 두드리는 소리에 잠에서 깨어났다. 엄마 품처럼 포근한 무언가에 둘러싸여 아기 울음소리를 내는 꿈을 꾸고 있었는데, 눈을 뜨고 보니 황토의 품이었다. 아침까지 황토의 팔을 베고 잠이 든 것이다.

"밤새 몇 번이나 팔에 쥐가 날 뻔했다고."

"그럼 팔을 빼지 그랬어."

"그렇게 머리가 무거운데 어떻게 팔을 빼?"

로맨스도 포근함도 싹 달아나 버리게 하는 김황토식 아침 인사에 이슬은 혀를 내둘렀다.

"오늘은 제트스키 타러 가자."

투정을 부리던 황토는 이내 빙긋 웃고는 이날의 스케줄을 이야기했다.

이슬 또한 황토를 얄밉게 보던 표정을 깨끗이 지우고 다정하게 대답했다.

"그래. 하던 것만 마저 하고. 카레 먼저 먹자. 배고프다."

"카레……. 먹기 전부터 온몸이 노래지는 기분이야."

"카레는 하루가 지나면 더 맛있어지는 음식이야. 얼른 준비해, 식사 담당."

오래된 부부처럼 다정하게 일상적인 대화를 주고받은 두 사람은 잠시 후 간단한 아침 식사를 마치고 각자 할 일을 시작했다.

이슬은 선베드 만들기, 황토는 이슬의 심부름.

황토는 이슬이 하고 싶어 하는 것을 모두 하게 해주고 싶은 마음에 진득하게 옆에서 그녀를 거들며 그녀가 작품을 완성하길 기다렸다.

세 시간.

네 시간, 다섯 시간…….

"얼마나 남았어?"

그러나 진득하게 기다리던 황토는 곧 조바심이 났다. 제트스키를 타려고 했는데, 그대로 해가 저물 수도 있겠다는 생각이 들었다.

"응. 거의 다 돼가."

이슬은 일을 마치는 정확한 시간을 말해주지 않고 계속 '다 돼간다'는 말만 되풀이했다.

결국 여행의 둘째 날은 '아침 카레 ─ 선베드 ─ 점심 카레 ─ 선베드 ─ 저녁 카레 ─ 선베드'의 하루가 되고 말았다. 그녀는 선베드 만들기에 심취해 버린 것이다.

"내가 잘못했어, 응? 이놈의 작업실 불태워 버릴게. 왜 휴가를 왔는데 일만 하는 거야?"

셋째 날 점심, 점점 진화하여 이제는 흔들의자 기능까지 겸하게 된, 21세기형 선베드 작업을 보다 못한 황토가 울상이 되어 이슬에게 애원했다.

"다 돼가. 너는 점심 준비나 해. 물론 카레겠지만."

일 중독자 이슬은 황토 쪽을 보지도 않고 설렁설렁 대답했다. 이제 정말 완성을 목전에 두고 있었기에 좀 더 집중할 수밖에 없었다.

"오, 완성! 완성!"

저녁이 되어 해가 뉘엿뉘엿 질 때가 되어서야 이슬은 모든 작업을 마쳤다. 다리를 접으면 흔들의자까지 겸하게 되는 재미있는 선베드이다 보니 구상과 재단에 시간이 오래 걸렸다.

결을 다듬고 파라솔을 끼운 후 해변에 놓아두니 더욱 그럴싸했다. 따로 광택제를 쓰지 않았는데도 노을에 반사되어 너른 2인용 선베드엔 붉은빛이 감돌았다.

"김황토!"

신이 난 이슬이 황토를 부르러 갔다.

"뭐 해?"

몹시도 화가 난 나머지 집 안을 폭파시켜 버린 걸까? 침대고 바닥이고 할 것 없이 식재료들로 난장판인 방 안이 이슬의 두 눈에 가득 담겼다.

방 안도 작업실화해 버릴 거면 도대체 작업실을 왜 만들어놓은 거야.

집 안 폭파의 주범인 황토는 가스레인지 옆에 붙어 냄비에 무언가를 열심히 쓸어 담고 있었다.

"뭐 하냐, 너."

"왜 나는 만두를 만들 수가 없어?"

황토가 절망스러운 얼굴로 이슬에게 말했다.

한 번 함께 만들어본 적 있어서 혼자서도 잘 만들 수 있을 것이라고 생각했나 보다.

하지만 만두 만들기에 실패했다고 지금까지 성의껏 준비한 재료들을 모두 냄비에 넣어 꿀꿀이죽을 만들고 있다니.

"내가 너 때문에 못산다, 못살아. 저리 가."

이슬이 황토를 밀어내고 냄비 앞에 섰다.

"다시는 요리한다는 소리 하지 마."

이슬이 톡 쏘듯 말하고는 한숨을 쉬었다.

"수제비나 해 먹자. 이번 여행은 카레와 수제비뿐이겠네."

황토가 망쳐 놓은 요리를 애써 이슬이 회복했다. 맛난 수제비로 일찍 저녁 식사를 마친 두 사람은 이슬이 만든 특이한 선베드에 누워 서쪽 하늘의 저녁노을을 감상했다.

"여기 옆자리에, 누구를 앉힐래?"

이슬이 나직이 물었다.

"나보다 예쁜 사람이어야 돼."

이슬은 대답을 구하지 않고 먼저 말했다.

"무슨 소리야. 평생 당신이 앉을 거야."

황토가 반박했다.

"내가 지켜줄게."

"뭐?"

이슬의 뜬금없는 말에 황토가 짧게 물었다.

'나는 너보다 3년을 더 살았잖아.'

이슬이 속으로 말했다.

'그거 알아? 아버지가 귀신을 만나서 나를 팔았던 순간부터 내 인생은 오롯이 선물이었어.'

하고 싶어도 할 수 없는 말이 너무 많았다.

"이상한 말 하지 마. 남자가 여자를 지켜주는 거지, 무슨 소리야?"

황토는 이슬에게서 이상한 낌새를 느끼고 이슬의 말을 정정했다.

"내가 제일 안타깝게 생각하는 게 뭔지 알아?"

또 뜻 모를 말을 하는 이슬을 보며 황토가 의아한 표정을 지었다.

"응?"

"네가 한 일에 죄책감을 갖고 사느라, 제대로 즐기면서 살지 못한 10년."

치, 하고 황토가 별일 아니라는 듯이 쓰게 웃었다.

"이제 너는 네 인생을 살아."

이슬은 자꾸 울컥 눈물이 솟아났지만 모두 참아냈다.

"……너희 아버지 말이야, 목소리 참 좋으셔. 그거 알아? 그런데 너랑 참 많이 닮았어. 나중에 너도 그렇게 될 거야. 두고 봐."

눈물 한 방울이 곧 떨어질 것처럼 이슬의 눈에서 위태롭게 매달려 있었다.

"춥다. 들어가자."

이슬은 부끄러운 마음에 벌떡 일어나 황토에게서 등을 돌려 눈물을 닦아내고는 집으로 성큼성큼 걸음을 옮겼다.

황토는 쓸쓸한 눈빛으로 이슬의 뒷모습을 좇았다. 아프긴 황토도 마찬가지였다.

"있잖아, 황토야."

집 안으로 들어가려던 이슬이 별안간 뒤를 보며 황토를 불렀다.

"넌 진짜 드럽게 착해."

울컥거리던 마음이 이슬의 우스운 발언으로 가라앉았다.

착하면 착하지, 드럽게 착한 건 또 뭔지.

"처음엔 뭐 이런 쌍놈이 있나 싶었는데 진짜 오지게 착해."

이슬은 칭찬인지 욕인지 알 수 없는 말로 황토를 미소 짓게 했다.

"그리고 졸라 잘생겼어. 그것도 인정. 넌 뭘 해도 될 놈이야. 이젠 그걸 알겠어."

그리고 다시 등을 돌려 집으로 들어가려는 찰나.

이슬에게로 저벅저벅 걸어온 황토가 이슬의 팔을 홱 낚아챘다. 이슬의 몸이 반원을 그리며 돌아 황토 앞에 붉어진 얼굴을 드러냈다.

황토가 두 손으로 이슬의 얼굴을 감싸고 그녀의 턱을 들어 올렸다. 이슬이 생긋 미소 짓고는 황토의 허리를 살며시 잡았다.

저항 없이 있는 그대로 황토를 받아들이겠다는 듯, 두 눈을 꼭 감은 이슬이 귀여워 황토는 그녀의 입술을 찾아가기 전에 먼저 그녀의 눈에 가볍게 키스했다.

떨리는 마음을 감추느라 부러 꼭 다물고 있던 이슬의 입술이 벌어지며 짧은 날숨이 빠져나왔다.

이때를 놓치지 않고 황토가 그 위에 살포시 제 입술을 내려놓았다.

오랜 시간 제 반쪽을 찾아 헤매던 따뜻한 영혼들이 비로소 제 날개를 서로의 앞에 내려놓는다.

사랑한다 말하지 않아도 눈빛으로, 맞닿은 가슴으로 더 많은 이야기를 할 수 있게 된 두 사람의 겹쳐지는 숨이 애달프게 얽혔다.

됐어. 이제 됐어.

이제 당신을 두고 떠나도 될 것 같아.

✺

"총각, 그거 아나? 저 애 안 죽어. 쟤 엄마가 저 애 대신 귀신 따라 갔거든."

"네? 그게 무슨 말씀이세요?"

"쟤 아빠가 쟤를 귀신한테 팔아먹었거든. 그래서 쟤가 귀신한테 안 잡혀가려고 착하게 살았는데, 실은 귀신이 쟤 대신 지 엄마를 데려갔다니까. 그래서 이제 아무도 안 죽을 텐데 저놈들은 그것도 모르고 맨날 싸워요."

몇 주 전 이슬의 할머니와 나눴던 대화가 생각났다. 그게 사실이라면 이슬은 더 이상 악마에게 매인 몸이 아니었다.

'그걸 알려주고 떠나면 좋았을 텐데.'

이를 알려주지 못하고 떠나면 그녀가 계속 착하게 살려 힘들어할 수도 있을 것 같다는 생각에 가슴이 아팠다.

"여기 있는 거 알아. 빨리 나와."

파도 소리조차 적요한 푸른 새벽. 집 밖으로 나온 황토가 허공에 대고 말했다.

황토 주변의 어둠 중에서도 가장 어두운 빛깔이 뭉텅뭉텅 덩어리를 이루며 모였다. 어둠의 뭉치는 곧 사람의 형상으로 변하여 황토의 앞에 두 발로 섰다.

그러곤 서서히, 유령 같은 형상에서 검댕이 걷히고 준성이 모습을 드러냈다.

준성은 웃고 있지도, 분노하고 있지도 않았다. 무엇이 준성을 그렇게 만들었는지, 그사이 더 야윈 것 같은 준성은 어딘가 불편한 얼굴로 황토를 마주했다.

"부탁이 있어. 그 여자에게 더 이상 죽음을 두려워할 일은 없다고 전해줘."

"……알았어."

준성이 무표정으로 답했다.

"그거 알아? 넌 악마가 아닐 거야."

준성은 황토의 말을 의아하게 여기며 그를 보았다.

"넌 천사일지도 몰라."

황토가 말을 덧붙였다.

"나한테 그 사람을 보내줬으니까."

황토가 따뜻하게 미소 지었다. 온전한 행복의 의미를 아는 이의 미소였다.

"그 사람을 만나게 해줘서 고마워."

※

따르르르르르릉, 따르르르르르릉.

새벽 5시 50분. 이슬이 맞춰놓지도 않은 알람 소리에 잠에서 깬 이슬은 핸드폰 알람을 끄고 주위를 살폈다.

꼭 끌어안고 함께 잠들었다고 생각했는데, 그녀보다 더 먼저 깊은 잠에 드는 것을 보았는데, 황토가 자리에 없었다.

"김황토."

혹시 욕실에라도 가 있나 해서 욕실 문을 열어보았지만, 아무도

없었다. 너른 작업실 구석구석을 살펴보았지만, 숨바꼭질을 하는
게 아니고서야 이 새벽에 그가 어딘가 숨어 있을 리도 없었다.

혼자 바람이라도 쐬고 있나 싶어 밖으로 나가 볼 생각에 옷을 챙
겨 입으려는데, 핸드폰 아래 종이쪽지가 보였던 것이 생각났다. 마
치 편지처럼 곱게 접혀 있던 쪽지.

이슬은 생소한 낯선 기분을 느끼며 쪽지를 들었다. 서른이 넘어
서야 받는 러브레터라니. 게다가 이 새벽에.

이 편지를 읽어보게 하려고 쑥스러워서 몸을 피했나 보다. 이 부
끄럼쟁이.

흐뭇한 미소를 가득 머금고 쪽지를 펼쳤다.

두근두근…….

하지만 콩닥거리던 심장은 금세 철렁 내려앉았다.

"말도 안 돼."

편지를 열어 편히 몇 줄 읽던 그녀의 얼굴이 새파래졌다.

"헉헉. 말도 안 돼!"

편지를 읽는 동안 숨이 꾸역꾸역 차올랐다. 갑작스러움과 놀라움
으로 두 손이 파르르 떨렸다. 두 눈에 빨갛게 핏대가 솟았다.

"거짓말! 김황토, 너 어딨어!"

이슬의 목소리가 높아졌다. 이슬은 집 안을 미친 사람처럼 다시
헤집듯 뒤졌다.

"어디 있어, 김황토!"

이성을 잃어가는 이슬이 비틀거리며 밖으로 나갔다.

아직 너무 이른 새벽이었다. 앞이 보이는 느낌 또한 까마득했다.
철썩철썩. 모진 파도 소리만이 새벽 바다를 가득 메우고 있었다.

"김황토!"

다시 한 번 소리쳤다. 목소리 끝이 갈라져 탁한 쉰소리가 났다.

현실을 믿지 못하는 마음은 분노로 변해갔다.

"어딨어!"

먼 바위섬에서 희미하게 그녀의 목소리가 홀로 돌아왔다.

"으으으으─"

믿을 수 없었다. 끝내는 울음이 터져 나왔다.

"안 돼, 안 돼, 황토야, 안 돼……."

다리에서 힘이 풀려 바닥에 주저앉았다. 실성한 사람처럼 황토가 남긴 편지를 부여잡고 끄억끄억 울었다.

지대한 슬픔과 충격으로 눈앞이 노래지고 있었다.

이건 싫어. 그러면 안 돼.

내가 떠나려고 했단 말이야!

나를 남기고 가면 안 돼.

흑흑흑…….

으아아아…….

울음은 영원히 멈추지 않을 것 같았다. 손에 쥔 편지가 그녀의 얼굴처럼 일그러졌다.

파도가 바위와 부대끼며 함께 울음을 터뜨렸다.

쇠잔한 자갈들이 바람에 소슬히 흔들리며 슬픈 인사를 했다.

나의 하나뿐인 사랑에게.

고등학교 시절 '귀천'이라는 시를 배웠어. 입시에 허덕이느라 시는 제대로 읽을 생각도 하지 않고 '삶에 대한 달관과 죽음에 대한 체관'이라는 주제만 달달 외웠던 기억이 나.

며칠 전 우연히 그 시를 다시 읽었어. 시를 읽고 울어본 게 처음이야. 마음이 약한 남자라고 놀리지 말아줘. 나는 늘 당신을 보며 울음을 참았으니까.

나 하늘로 돌아가리라.

아름다운 이 세상 소풍 끝내는 날,

가서 아름다웠더라고 말하리라……

시의 마지막 연이야. 대단하지? 삶을 소풍이라고 하다니, 이 시인은 참으로 대인배야.

이 시를 읽고 나서 훨씬 가뿐해졌어. 이제 난, 특별히 아름다웠던 소풍이 끝나는 것뿐. 당신을 놔두고 떠나는 것에 대한 미련은 접어둘게. 당신은 언제나 나보다 훨씬 강한 사람이었으니.

세상에 진정한 사랑을 경험하고 떠나는 사람은 얼마나 될까?

그런 점에서 나는 정말 행운아야. 당신을 만났거든.

날 위해 울어주고, 날 위해 웃어주고, 내 아픔까지 함께해 줘서, 함께 고민해 줘서 고마워. 당신 덕분에 나는 구원받았어. 당신은 최고의 여자야. 내가 만난 사람 중에 가장 예쁘고 멋진 사람이야. 그런 사람을 사랑하게 돼서 행복했고, 그런 사람의 사랑을 받을 수 있었던 건 분에 넘치는 행운이었어.

6시가 되면 나에 대한 당신의 기억은 남김없이 지워질 거야. 물론 이 편지도.

날 위해 우는 건 단 1분 만이야. 날 위해 마지막으로 1분만 울어줘. 그것만으로 내 소풍은 참 아름답게 끝날 것 같아.

먼저 가는 내가 원망스럽겠지만, 당신은 잘살아갈 거라고 믿어. 당신은 바보같이 착하지만 또 강한 사람이기도 하니까.

아버지를 용서했듯, 나도 그렇게 용서해 줘.

소풍이 끝난 후에도, 먼 곳에서, 항상, 지켜볼게.

사랑해.

정말 사랑해.

천 번을 얘기해도 부족한 말이겠지만, 사랑해.

사랑해.

정말 사랑해.

9. 기억

옹골마을에서 가장 마지막으로 주택 개조를 마친 집은 세 살, 다섯 살 아이가 있는 젊은 부부의 집이었다.

일자로 붙어 있는 두 개의 침대 위에는 아이들이 좋아할 만한 다락형의 책방이 만들어졌다. 책방은 아이들이 사다리와 미끄럼틀을 이용해 오르내릴 수 있게 설계되었다.

밖으로는 테라스를 만들고 테이블을 두었다. 햇볕 좋은 날 밖에서 식사를 할 수 있도록 아늑한 테이블을 설치하였고, 그 옆에는 작은 그네를 두어 아이들이 햇볕을 쬐며 놀 수 있는 공간을 마련했다. 테라스 구석에는 이슬이 그동안 손수 만들었던 아기놀이집이 설치되었다.

아이들은 집에 도착하자마자 환호성을 지르며 흥분한 얼굴을 하고선 침대로, 다락방으로, 그네로, 아기놀이집으로 바쁘게 돌아다녔다.

"계속 여기서 살게 되면 나중에는 이런 맞춤형 인테리어가 불편해질 거예요. 애들은 크니까요. 그래도 괜찮으시겠어요?"

함박웃음을 짓고는 개조된 집을 이리저리 둘러보는 부부에게 이슬이 조용히 물었다.

"에이, 불편해지면 가구야 바꾸면 되는 거고, 더 힘들면 이사 가면 되는 건데요, 뭘. 애들이 저만 한 건 딱 지금 한때잖아요. 나중에 집 한 채씩 안겨줄 자신은 없지만, 지금처럼 애들이 집을 소중히 생각할 때 행복하게 해주고 싶어요. 집사람이나 저나 '이때다' 생각하면 확 해버리는 스타일이에요."

집주인 남자의 말에 부인이 흐뭇하게 웃었다.

그렇지. 맞는 말이지. '지금'이라는 것은 한순간이니까.

왜 그땐 그걸 몰랐는지.

"그나저나 이 다락방은 끝내주네요. 책장도 너무 예쁘고. 대리님 아이디어예요?"

집주인이 이슬에게 물었다.

"아뇨. 김황토라는 사람의 아이디어예요."

부부는 처음 듣는 이름이라는 듯 서로 마주 보며 의아한 표정을 지었다.

이슬은 씁쓸하게 웃었다.

그가 사라진 지 한 달.

나무들이 제 잎을 모두 놓아버리듯, 사람들도 황토에 대한 제각각의 기억을 모두 떨궈내 버렸다. 겨울이 되었다.

이슬만이 여전히, 황토의 모든 것을 기억하고 있었다.

집단기억상실증에라도 걸린 것처럼 이슬 주위의 사람들은 아무도 김황토라는 이름에 대해 반응하지 않았다. 이상한 것은 김황토라는 사람의 자취가 완전히 없어진 게 아니라는 것이었다. 그를 기억하는 사람들은 모두 김황토라는 이름 정도만 기억할 뿐, 그 이름에 대해서는 어떤 감정도 남아 있지 않다는 듯 무표정으로 일관했다.

"김황토? 아, 우리 회사 사장님이었던 그분? 나는 지금 사장님이 더 좋아요."

이슬이 영건설의 직원들에게 황토에 대한 질문을 던져도 돌아오는 대답은 항상 같았다.

황토는 그렇게 사람들의 기억 속엔 남되, 함께 공유하는 어떤 추억도 남지 않은 이상한 존재가 되었다.

황토가 사라진 날, 울다 지쳐 쓰러진 이슬은 황토가 마련한 별장의 작업실에서 눈을 떴다. 어떻게 알았는지, 얼마 뒤에 우석이 그녀를 데리러 바닷가로 왔다. 이슬은 우석을 만나자마자 황토에 대한 말을 꺼냈지만, 우석은 이슬이 낯선 얘기를 한다는 듯 고개를 갸웃거렸다.

이슬의 동생 세찬도 사정은 마찬가지였다.

"김황토? 아, 내가 지금 사는 집이 예전에 그 친구 명의였어. 하지만 별로 얘기 나눠본 적 없어서 전혀 친하지 않아."

세찬이 살고 있는 아파트는 이미 다른 사람의 명의로 되어 있었다.

황토는, 아마도, 얼마 전에 심장마비로 사망했다고 들은 것 같다는 세찬의 대답이 돌아왔다.

악마가 황토의 목숨을 빼앗고 황토에 대한 그 주변 사람들의 기억을 모두 흐릿하게 만든 게 아니라면, 절대 설명할 수 없는 일이었다.

어떻게 이런 일이 일어날 수가 있는지.

온 세상에 그녀 혼자만이 황토를 제대로 기억하고 있었다. 마치 진실을 모두 알고 있는 자신만이 바보가 된 느낌이었다. 누구 하나 황토에 대해 말하지 않으니 미칠 지경이었다.

※

"그 여자가 널 찾아올 수도 있어. 자기가 내 대신 죽을 거라고. 그렇게 되면 내게 먼저 말해줘."

이슬이 준성에게 자기를 데려가 달라고 부탁한 후 며칠 뒤, 황토도 준성을 찾아가 말했다.

"이미 그 여자는 다녀갔어."

준성은 진실을 말해야 했다.

"그럴 줄 알았어. 못 말린다니까."

황토가 한숨을 푸욱 내쉬었다.

"그녀를 내 대신 데려가선 안 돼. 너하고 계약한 사람은 나야. 내 의지가 더 중요하단 얘기야. ……내 남은 날을 모두 줄 수도 있어. 그러니 강이슬은 건들지 마."

준성은 아무 말도 하지 못했다. 이슬이 준성을 찾아와 황토 대신 자신을 데려가라고 한 순간부터, 아니, 황토가 자신의 희생에 덤덤해진 순간부터 준성의 입지는 극도로 좁아졌다. 이제 저승사자에게 황토를 넘기고 자신이 더 이상 다치지 않길 바라는 수밖에 없었다.

'순수한 희생'이 개입되면, 황토가 제 남은 날들을 모두 내려놓는다 해도, 준성은 아무것도 얻을 수 없다. 뿐만 아니라 악마로서의 성과에 실패한 만큼의 고통이 따른다.

황토를 저승사자에게 인도한 후, 준성은 인간 세상의 외딴 곳에서 은신하고 있었다. 그냥 빨리 원래 살던 곳으로 돌아가 병이나 회복하면 좋겠는데, 원래의 계약 일에서 30일이 연장된 1월 8일까지는 악계로 돌아갈 수도 없었다. 준성은 인간 세계의 방랑자가 되어 시간이 어서 흐르기만을 기다렸다.

옹골마을 주택개조프로젝트가 끝나고, 더 이상 영건설의 사람들과 이슬의 회사 사람들을 마주칠 일이 없게 되었을 때 준성은 옹골마을로 돌아왔다.

강이슬, 그 여자가 보고 싶은 마음도 있었다. 10여 년간 그녀에게 집착해 왔기 때문인지, 그녀가 자신의 상처를 치유해 주었던 기억 때문인지는 알 수 없었지만, 그녀가 황토를 잃은 이후가 궁금했다. 그러나 이슬의 앞에 섣불리 나타날 수는 없었다. 이슬을 만난 이후 준성의 가슴속엔 뜨거운 무언가가 생겨난 것이었다. 이슬이 자신의 상처를 치유해 줬던 기억과는 별개로, 준성은 이슬을 생각하면 내내 가슴이 쓰렸다.

상처를 낫게 했지만 가슴속의 아픔은 더 커지게 하는, 강이슬이라는 존재를 감당할 수 없을 것 같았다.

까만 밤, 터덜터덜 걸어 옹골마을의 집으로 돌아왔다. 공사도 끝났겠다, 워낙 조용한 마을이니 악계로 돌아가기까지 남은 20일 동안 숨어 지내기엔 안성맞춤이었다.

그냥 몸이나 회복하며 죽은 듯 누워 있어야지.

준성은 불도 켜지 않고 기억에 의지해 침실로 갔다. 그리고,

철퍽!

"허억."

잼싸게 손을 앞으로 뻗었지만, 준성은 바닥의 무언가에 걸려 앞으로 넘어지고 말았다. 침입자가 있었던 것이다.

"이 자식, 죽여 버릴 거야."

누구냐고 묻기 전에 목소리의 주인을 깨달았다.

인간 세상에 두고 가기 아쉬웠던 여자. 황토가 사라진 후, 내내 궁금했던 여자.

이슬은 이곳에서 불도 켜지 않은 채로 죽치고 앉아 언제 올지 모르는, 어쩌면 안 올 수도 있는 준성을 하염없이 기다렸던 것이다.

"이 자식아! 김황토 어딨어!"

이슬이 막무가내로 준성의 멱살을 붙들고 소리쳤다. 한 번도 본 적 없는 이슬의 새로운 모습에 준성은 불을 켜려던 것도 잊고 이슬에게 붙들린 채로 그녀를 응시했다.

그녀에게서 황토를 지웠다고 생각했는데, 여전히 이슬은 황토를 또렷이 기억하고 있었다.

이런 일이 가능한 것인가.

준성은 황토가 아는 모든 사람들의 기억을 지워 버렸다. 황토와 함께한 추억을 지워 버려 황토에 대한 감정이 남지 않게 만들어 버리면, 사람들은 스스로 황토를 떠올릴 수 없게 된다.

모든 것은 황토가 원하던 것이었다. 황토는 자신이 사라지고 난 후에, 이슬이 여전히 자신을 기억하고 있어 괴로워질 것을 걱정했다. 황토는 약속한 날보다 일찍 떠나는 대신 마지막으로 이슬과 주변 사람들 모두의 기억을 지워달라고 요청하고 떠났다. 준성은 계약자인 황토가 원하는 대로 해야 했다. 그만큼 황토의 의지가 크게 작용한 일이라 어쩔 수 없었다.

"날 데려가라고 했잖아! 너도 그러겠다고 했잖아!"

"오랜 계약자의 의견이 제일 중요해. 그 녀석의 의지가 강한 이상, 어쩔 수가 없어."

"그건 누가 정한 법이야?"

이슬은 마치 그러한 규칙을 정해놓은 조물주에게 직접 따질 기세로 물었다.

"너는 악마라면서, 그런 것도 제대로 처리 못 하는 거야?"

이제는 능력 없는 준성을 도발하기까지. 이슬은 항변하듯 을러멨다.

"김황토라는 사람이 갑자기 사라지면, 세상이 논리적으로 연결되질 않아."

영건설의 사장이었고, 건축계의 젊은 피였고, 기반건설 사장의 하나뿐인 친아들이었던 김황토를 이 세상에서 지워 버리기에, 황토는 너무나도 큰 존재였다.

"세상은 이제 내가 알 바 아냐. 이거 봐, 다치고 싶지 않으면."

이슬의 거센 취조에 준성도 냉랭하게 응수했다.

"네가 날 어쩐다고 해도 난 상관없어. 네가 악마 따위라면, 너한테 내가 질 리 없으니까."

이슬은 준성이 가소롭다는 듯, 조소를 섞어가며 말했다.

마음이 격앙되어 고래고래 소리를 지르던 이슬이 스스로를 안정시키는 시간을 갖는 동안 준성은 불을 켜고 소파에 편안히 앉았다.

"너의 스케일은 어느 정도냐?"

이슬은 겁도 없이, 예전부터 성가셨던 침실의 마른 가시덤불을 가위로 뚝뚝 잘라내며 물었다.

"그 많은 사람들의 기억을 지우고라도 황토를 얻고 싶었단 말이야?"

이슬은 정말 이해가 가지 않았다.

준성이 입을 열어 나지막이 대답했다.

"그런 영혼들을 모아서 내가 바라는 걸 이루는 게 내 존재의 이유야."

이슬이 별안간 잘라내고 있던 가시덤불 한 줄기를 준성에게 냅다 집어 던졌다.

"웃기지 마!"

이슬이 가위와 가시덤불 줄기를 들고 무서운 얼굴로 준성에게 다가갔다.

이슬이 무서울 것 없었던 준성이기에, 그녀의 위협이 어처구니없었다.

"뭐? 영혼을 모아서 바라는 걸 이뤄? 영혼이 무슨 드래곤볼이냐?"

이슬은 다시 한 번 가시덤불 줄기를 확 집어 던졌다. 가시덤불은 바닥에 내동댕이쳐지는 즉시 작은 검댕만을 남기고 사라졌다.

준성은 이슬의 비아냥거림에 반응하지 않고 말을 이었다.

"그리고 기억을 지우는 건 간단한 일이야. 사람은 빨리 잊히는 법이니까."

"그런데 왜 내 기억은 지우지 못했지?"

그녀의 의지가 강했던 탓일 것이다. 하지만 준성은 그 말을 할 수 없었다.

"어쨌든 잘못 찾아왔어. 황토는 내 소유가 아니야. 그 녀석은 그냥 스스로 죽은 거야."

준성의 대답에 이슬이 고개를 절레절레 흔들었다.

"아니, 황토는 아직 안 죽었어. 난 알아."

이슬은 정말 막무가내였다.

"사망으로 서류 처리만 돼 있지, 어디에도 그 애가 죽은 흔적이 없어. 네가 숨긴 거 다 알아. 김황토 내놔!"

이슬의 말이 맞았다. 황토는 말 그대로 '사라져' 버렸다. 저승사자에게 황토를 넘겼으니 영혼이 떨어져 나간 육신은 지상에 남아야 옳은 것인데, 황토는 그 육신조차도 사라져 버린 것이다. 이것도 황토가 의도한 일인지, 준성 또한 알 수 없었다. 이런 경우는 처음이었다.

❋

"나 말 놓는다."

이미 놨으면서.

이슬은 정말 이상한 여자였다. 악마니 황토를 내놓으라느니 어쩌니, 멱살을 잡고 물건을 던지고 협박을 하면서 왜 자꾸 준성에게 음식을 먹이려 하는지.

늦은 밤, 배가 꼬르륵거린다며 주방으로 간 이슬은 또 이상한 죽을 만들고는 식탁 앞에 앉았다.

"먹을 테면 먹어. 내가 먹는 거 가지고 구박하는 사람은 아니야."

준성은 죽에 손을 대지는 않고 그녀의 앞에 앉았다. 긴히 할 말이 있다는 듯.

"뭔가 잘못 알고 있는 게 있는데, 난 너보다 훨씬 나이가 많아."

이슬이 그를 무시하듯 말할 때마다 잔뜩 빈정이 상했던 준성이 긴하게 말했다.

"네가 몇 살인지 그런 건 중요하지 않아. 네가 나보다 어려 보인다는 게 중요하지. 넌 바보 악마라 모르겠지만, 인간들은 얼굴을 뜯어먹고 살아."

준성이 피식 비웃었다.

"인간의 기준 같은 건 필요 없어."

"넌 정말 잘못 알고 있구나?"

갑자기 자리에서 일어난 이슬이 준성에게로 다가와 별안간 그의 티셔츠 아랫단을 위로 들어 올렸다. 그의 맨살이 슬쩍 드러났다.

"뭐야?"

다시 자리로 돌아온 이슬이 조소를 짓다가 말했다.

"넌 인간이야. 배꼽이 있거든."

준성은 어처구니가 없었다.

"이 모습을 믿는 거야? 난 인간으로 변장했을 뿐이야."

이슬이 비밀이라도 이야기하는 듯 긴밀하게 말했다.

"내가 옛날엔 아주아주 못된 애였어. 엄마가 착하게 살라고 말씀하실 때까지 욕심도 많고 질투도 심했어. 그런데 착한 척 가면을 쓰고 사니까 시간이 오래 지나선 진짜 착해지고 싶은 마음이 생겼어. 그래서 지금은 착한 애가 됐지."

스스로 착하다고 말하는 착한 애라니.

"인간으로 오래 있으면 어떻게 되는지 알아?"

이슬이 마녀처럼 미소 지었다.

"인간이 되는 거야."

준성이 움찔하며 눈썹을 추켜올렸다.

"넌 악마가 아니야."

이슬의 말은 준성의 목소리보다도 더 '악마의 속삭임' 처럼 들렸다.

"사람일지도 몰라."

순간 준성은 얼마 전 이슬과는 다른 이유로 준성에게 '넌 악마가 아닐 거야' 라고 말했던 황토가 떠올랐다.

몇 시간 후.

황토를 돌려놓으라느니, 황토가 어디 있는지 어서 불으라느니, 워어이— 악마는 준성이에게서 떨어지라느니, 괴상한 헛소리로 준성을 괴롭게 했던 이슬은 헛된 농성 후 거실을 점령해 버리고 소파에서 잠이 들었다.

악마의 집에 쳐들어와 잠을 자다니, 물을 마시러 거실로 나온 준성이 작게 헛웃음을 터뜨렸다.

쟤는 인생을 다 내려놓은 건가, 싶었다.

발소리를 낮추고 이슬에게로 다가갔다. 예전에 호텔 스위트룸에서, 목에 상처가 나는 줄도 모르고 쌔근쌔근 잘도 자던 그녀는 숨소리도 내지 않고 있었다.

그때 그랬던 것처럼 그녀의 얼굴 앞까지 다가간 준성이 그녀의 숨소리를 듣기 위해 숨을 죽였다. 자신이 왜 그러는지도 모르는 채.

잠시 후, 긴 기다림 끝에 이슬의 입술이 살짝 벌어지며 옅은 숨한 토막이 비어져 나왔다.

그제야 안심을 하게 되는 이 마음은 대체 뭔지, 준성은 알 수 없었다.

"내가 사람이라고?"

나의 본모습이 어떤지도 모르면서 배꼽 따위에 의미를 부여하는, 이상하고 겁 없는 여자.

준성의 입술이 이슬을 찾아가 그녀의 입술을 가볍게 감싸다가 놓았다.

잠이 든 줄 알았던 이슬이 돌연 번쩍 눈을 떴다. 준성을 잔뜩 경계하는 표정을 하고선.

준성 또한 이슬의 반응에 놀란 듯 손을 움찔 움직였지만, 곧 미소 지었다.

조금이라도 움직이면 두 사람의 입술이 다시 닿을 듯 가까이에서 준성이 아찔하게 말했다.

"어때, 두근거려?"

이슬이 준성을 밀어내려 했으나 준성이 그녀의 팔을 붙잡았다.

"인간. 그럴지도 모르지."

준성이 이슬의 부드러운 머릿결을 훑으며 그녀의 귀에 대고 속삭이듯 말했다.

"이상해. 네 존재가 날 헷갈리게 만들어."

※

다음 날, 점심때까지 준성에게 욕을 해대던 이슬은 약속이 있다며 쌩하니 밖으로 나가 버렸다.

"너 나 없는 사이에 도망치면 죽을 줄 알아."

강이슬식 협박도 잊지 않았다. 악마에게 죽인다고 협박하는 여자는 보다보다 처음이었다.

서울로 가 우석을 만난 이슬은 한 달 전 바닷가까지 자신을 데리러 온 것에 대한 감사의 표시로 그에게 점심을 샀다. 우석은 이슬의 이런 인사를 호감으로 받아들이고 점심식사 내내 함박웃음을 지었다.

"회사 그만뒀다면서요? 무슨 일 있었어요?"

식사를 마친 우석이 식당 문을 나서며 말했다.

"아뇨, 그냥요. 일단은 좀 쉬고 싶어서요."

"하긴, 이슬 씨는 너무 열심히 일했죠. 나중에 새 직장이 필요하면 말해요. 내가 도와줄게요."

"아뇨, 괜찮아요. 그렇게 매번 안 챙겨주셔도 돼요. 그보단, 한 달 전에 제가 바닷가에 있는 건 어떻게 아셨어요?"

"글쎄요. 누가 얘기해 줬겠죠? 누구였는지는 기억이 안 나네……."

우석이 미간을 좁히며 고개를 갸웃거렸다.

"그냥 이상하게, 이슬 씨를 계속 지켜줘야 될 것 같은 기분이 들어요. 보호본능을 자극하는 스타일이라 그런가."

"전 혼자서도 다 잘해요. 보호 같은 건 필요 없이 잘살았고요."

하지만 우석은 계속 고갯짓을 하며 잘 떠오르지 않는 무언가를 생각하는 듯한 표정을 지었다.

"뭔가…… 이상하네요. 느낌이 좀 이상해요."

우석의 말에 이슬은 발을 멈췄다.

황토에 대한 말이 나올 것 같은 기분이 들었다. 이슬은 마른침을 삼키고 우석의 다음 말을 기다렸다.

"이슬 씨 좀 달라진 것 같아요. 예전보다 시니컬하다고 해야 하나."

풍선에 바람 빠지듯, 기대하고 있던 이슬의 마음이 아래로 가라앉았다. 황토에 대한 이야기가 나오지 않아 실망스러웠다.

"이게 본모습이에요. 지금까지 착한 척하고 살았거든요."

"진짜요? 우와! 멋있다!"

우석이 흥미로운 듯 표정을 바꾸며 감탄했다.

"착한 척하는 게 뭐가 멋져요? 진짜 착한 사람이 멋진 거지."

"왠지 프로페셔널하잖아요, 착한 척이라니."

착한 척하는 게 프로페셔널하다니. 역시 우석의 취향은 독특했다.

"그럼 나도 착한 척 버리고, 본모습대로 나쁜 남자 해도 돼요?"

뭐, 편하신 대로.

우석의 물음에 이슬은 시큰둥하게 코웃음을 쳤다.

"강이슬!"

갑자기 우석이 엄한 표정을 짓고는 그녀의 이름을 권위적으로 우렁차게 발음했다.

크게 말한다고 나쁜 남자가 되는 건가?

이슬이 어안이 벙벙한 채로 굳어 있을 때 우석이 바보처럼 멋쩍게 헤헤 웃었다.

"아, 못 하겠다."

머쓱하게 웃는 우석을 보며, 이슬은 거울처럼 따라 웃었다. 그러나 억지웃음은 오래가지 않았다. 끝내는 울음이 터져 버렸다.

우석은 웃다가 우는 이슬에게 적응하지 못하고 제가 더 놀라며 새파랗게 질린 얼굴이 되어 사과했다.

"아, 이슬 씨, 미안해요, 미안해요. 다시는 소리 안 지를게요."

"아뇨, 그것 때문이 아니라……."

이슬이 계속 떨어지는 눈물을 닦으며 말했다.

"오빠가 너무 착해서요. 너무 짜증 나서……. 착한 사람 보면 짜증 나 죽겠어요."

우석은 짜증 난다는 말에 더 충격을 받고 멍한 표정을 지었다.

이슬은 자신이 무슨 말을 내뱉었는지도 생각지 못했다.

더 이상 네가 착한 척해도 착한 척하지 말라고 훈계하는 사람은 없어, 세상이 이슬에게 그렇게 말하는 것 같았다.

※

눈물을 흘리는 시간이 계속 늘어났다. 시도 때도 없이 울컥울컥 터져 나오는 눈물을 이슬도 어쩔 수 없었다.

황토가 떠나기 전에 주고 간 열쇠가 있었다. 이 열쇠가 맞는 집은, 그가 살던 집 근처에 위치한 작은 작업실이었다.

어느새, 매일 이곳을 방문하여 황토의 체취를 느끼고 가는 것이 이슬의 일상이 되었다.

작업실 중앙에 큰 작업대가 있고, 선반에는 각종 고급 공구들이, 그리고 창고엔 갖가지 고급 목재들이 쌓여 있는 깨끗한 작업실이었다.

작업실 곳곳에 황토의 손길이 닿았을 것을 생각하니 또 코가 시큰거렸다.

어떤 것보다도 이슬의 시선을 잡아끄는 것은 작업실 창문 앞 선반에 위치한 화분이었다. 오래전 황토에게 선물했던 그 다육식물이 그곳에 있었다.

"얘네들은 물을 안 줘도 이렇게 잘 자란다."

이슬이 울적한 기분을 달래려 작게 혼잣말을 했다.

물을 주지 않아도 잘 자라는 다육식물처럼, 황토도 어딘가에 아무렇지도 않게 살아 있었으면 좋겠다는 생각을 하지만, 시간이 갈수록 절망이 더 커지고 있었다.

"오늘이야, 황토야."

12월 8일. 준성이 황토의 영혼을 거두어가기로 한 날. 적어도 이슬은 그렇게 알고 있었던 날.

"난 오늘까지 시간이 있는 줄 알았어. 그래서 그렇게 여유를 부려 버렸어."

눈물이 마를 때가 되었는데도 자꾸 샘솟는 것이 신기할 뿐이다.

"미안해. 정말 미안해. 내가 지켜주기로 했는데……."

이슬은 또 황토의 이름을 부르며 주저앉아 버렸다.

작업실에 들렀다가 짐을 챙겨 준성의 집으로 돌아오는 길.

준성의 집 현관문을 열려는 찰나, 옆집의 문이 열렸다. 상미의 집이었다.

상미는 무언가 일이라도 하고 나온 사람처럼 문을 열고 나오자마자 손을 탈탈 털었다.

"어? 강이슬 씨."

손을 턴 상미가 이슬을 알아보고 먼저 말을 걸었다. 이슬은 자리에 서서 가볍게 묵례했다.

상미가 도도한 미소를 지으며 그녀에게 다가왔다.

"이 집 팔려고 내놨어요. 나한테는 안 맞는 집인 것 같아서."

"아, 네……."

이슬이 무표정으로 끄덕였다.

"그래서 말인데, 혹시 이 집에서 불미스런 일은 없었어요? 끔찍한 일이냐."

상미의 급작스런 질문에 이슬이 의아해하며 상미를 바라보았다.

"이상하게…… 기분이 묘해요. 요 근래에 계속 그런 기분이 들어요. 인생이 뭔가 뻥 뚫린 것 같은 기분. 혼란스럽고 으스스한 기분. 특히 여기 오면 더 심하네요."

상미는 우석처럼 고개를 갸웃거렸다.

이슬은 상미에게 쓸쓸한 표정을 보이며 웃었다.

상미는 혼란스러웠다. 이슬에 대한 느낌도 왠지 새로웠다. 무언가 생각이 날 듯 말 듯한 것이 있었다.

오래전에 이슬을 괴롭혔던 것 같은데, 인기가 많아서 괴롭혔나? 성가셔서 괴롭혔나?

도무지 괴롭혔던 이유가 생각나지 않았다.

"그게, 심리학 용어로 김황토 효과라는 건데요."

"김황토 효과요?"

상미는 황토를 전혀 모르는 사람처럼 의아한 표정으로 물었다. 황토라는 이름에 상미가 조금이라도 반응하길 바랐던 이슬은 아픈 마음을 숨기고 말해야 했다.

"네. 인생이 뻥 뚫린 것 같을 때 쓰는 용어예요."

"심리학 용어인데 특이하게 우리나라 사람 이름이 붙었네요."

상미의 말에 이슬이 옅게 미소 지었다.

"네, 유명한 사람이라서."

상미와 짧은 인사를 나눈 이슬은 바로 준성의 집으로 들어왔다.

준성은 늘 그랬듯이 소파에 길게 누워 아무것도 하지 않은 채 시간을 보내고 있었다.

"아예 여기서 살려는 참이야?"

준성이 이슬의 손에 들린 커다란 짐가방을 보고 말했다.

당연하지, 이슬이 냉랭하게 대답했다.

밤에는 강제로 키스까지 했는데, 겁 없이 다시 호랑이굴로 들어오다니. 그것도 함께 살려고 들어오다니. 황토의 죽음으로 이슬의 진면목을 제대로 보게 되었다. 이 여자가 이렇게나 무데뽀일 줄이야.

"그래 봤자 나한테서 나올 건 아무것도 없어."

이슬이 준성을 빤히 보았다.

"왜 없어? 황토가 어디 갔는지 모르겠거든 사람들 기억이라도 돌려놔."

준성이 코웃음을 터뜨렸다. 뭐야, 이 여자. 완전 억지네, 억지.

이슬이 다시 따졌다.

"김황토라는 사람이 살다 간 흔적이 없어졌어. 그게 말이 돼?"

"김황토가 원했던 일이야, 사람들의 기억을 없앤 건."

"김황토가 내 기억만 남겨두고 사람들 기억을 모조리 없애서 나를 미친 여자 만들어 버리라고 했다고?"

거기에는 할 말이 없었다. 이슬의 기억이 사라지지 않은 것은 명백한 준성의 실수였다.

"그건 착오였어. 네가 그렇게 될 줄은 몰랐어."

이슬의 잔소리는 쉼이 없었다.

"그래, 그렇게 네 착오를 인정하라고. 그러니까 착오 같은 거나 일으키고 사는 네가, 황토가 죽었다고 나불대지 말라고."

이슬이 거칠게 말했다. 준성은 한숨이 나왔다.

"아무튼 이미 사라진 기억은 나도 어쩔 수가 없어. 너도 그냥 다 잊고 네 인생이나 열심히 살아."

준성이 포기하라며 이슬을 타일렀다.

이슬은 준성의 가까이까지 다가와 긴한 이야기를 하듯 그에게 얼굴을 가까이 했다.

"내 안엔 대한민국 아줌마가 있어."

내 안에 악마가 있다던 황토의 말을 응용하여, 이슬이 뜬금없이 말했다.

"대한민국 아줌마가 어떤 사람들인 줄 알아? 안 되는 걸 되게 하는 사람들이야."

이슬은 준성이 가소롭다는 듯 준성을 향해 한쪽 입술 끝을 말아 올렸다.

"악마가 못 하는 게 어디 있어? 얼른 사람들 기억 다 돌려놔."

결국 준성은 이슬의 잔소리를 참지 못하고 귀를 꽉 막아버렸다.

이슬은 더 재잘대려던 것을 포기하고 짐가방에서 DVD 한 박스를 꺼내 소파 앞 탁자에 턱 내려놓았다.

해와 바람이라는 동화가 있다. 누가 더 힘이 세냐를 놓고 겨룬 내기에서 나그네의 옷을 억지로 벗기려 했던 바람은 해에게 백기를 들고 말았다. 해의 따뜻한 햇볕은 나그네 스스로 옷을 벗도록 유도했던 것이다.

해와 바람의 법칙. 강경하게 안 되면 온건하게 하는 것이다.

"내가 얼마나 유명했는지 알아?"

거실에, 그저 인테리어 소품마냥 자리나 차지하고 있는 TV를 케이블로 연결하며, 이슬이 말했다.

"그런 말이 있어. 강이슬에 옷 젖는 줄 모른다."

귀를 막은 준성이 듣거나 말거나.

"너를 강이슬로 푹 적셔주마."

이슬은 준성에게로 고개를 돌려 씨익 미소 지었다. 엄청난 음모를 꾸미듯이.

곧 이슬은 DVD 플레이어와 연결된 TV의 전원을 켜고 준성의 앞에 다리를 쭉 뻗고 앉았다.

준성은 이슬이 늘어놓은 DVD들에 미간을 찌푸리며 물었다.

"이게 다 뭐야?"

"내가 요즘 잉여잖아. 너 감시하면서 영화나 봐야지. 이 영화에 나오는 유지태 집이 특이하다더라."

〈올드보이〉의 내용을 알고 있는 준성이 말했다.

"이게 나랑 볼만한 영화는 아닐걸?"

"그럼 넌 아까처럼 눈 감고 귀 막고 있어."

이슬이 준성을 무시하며 대답했다.

준성과 대화를 나누면서도 한숨이 나왔다.

황토랑은 영화 한 편을 제대로 못 봤다. 그 안타까움은 그녀에게 상처처럼 남았다.

당연히, 그런 마음을 헤아리지 못하는 준성이 악마의 미소를 지으며 이슬이 빼놓은 DVD 중 하나를 집어 들었다. 〈디아더스〉라는 제목의 영화였다.

"그건 무섭다고 그러기에 귀신 체험용으로 샀어."

이슬이 준성이 들고 있는 DVD를 보며 말했다.

"그래, 그 정도면 인간들한텐 무서운 편이지."

"그래? 재밌겠네."

이슬이 시니컬하게 반응했다. 준성은 이슬을 괴롭히고 싶어졌다.

"〈식스센스〉는 봤어?"

"어제 봤어, 귀신 체험용으로."

"그럼 아쉽네. 〈디아더스〉의 결말은 〈식스센스〉."

뭐, 뭐라고?

그다음, 준성은 〈올드보이〉 DVD를 들고 빙긋 미소 지으며 이슬을 바라보았다. TV 화면에서는 〈올드보이〉의 첫 장면이 재생되고 있었다.

"아버지와 딸."

뭐라고?

"이제 넌 이걸 다 본 거야. 안 봐도 돼."

준성은 신이 났다. 이번엔 〈유주얼 서스펙트〉를 들었다.

"이건 더 쉬워. 범인은 절름발이."

마지막으로 준성이 들어 올린 것은 김수현이 나오는 영화 〈은밀하게 위대하게〉였다.

"이건 다 죽어."

준성의 빌어먹을 스포일러에, 이슬의 입은 어이없이 떡 벌어져 버렸다.

저 녀석, 정말 악마가 맞아. 이슬은 새삼 실감하게 되었다.

"이런 교과서 같은 영화도 안 보고 살았다니, 실망이야."

준성은 이슬의 절망에도 아랑곳없이 제 말을 했다.

"그래…… 열심히 사느라 그랬어."

이슬이 힘없이 대답했다.

하지만 곧 또 눈물이 맺혔다.

"그렇게 열심히만 살다가 태어나서 처음으로 사랑하게 된 사람이었어. 어떤 일이 있어도 날 믿어준 사람이었어. 정말 잘해주고 싶었어. 별도 달도 다 따다 주고 싶었어. 내가 그런 사람을 잊을 수 있을 거라고 생각해?"

기분 탓이었을까. 이슬은 준성의 눈도 자신만큼이나 슬퍼 보인다는 생각이 들었다.

"넌 누구니? 넌 정말 악마야?"

이슬의 질문이 어처구니없다는 듯 준성은 피식 웃을 뿐 대답하지 않았다.

"네 이름은 뭐니?"

"알고 있잖아."

"네가 지은 네 이름 말고, 널 낳아주신 분이 지어준 이름 말이야."

낳아주신 분? 그런 게 있다고 생각하는 건가?

"인간의 기준으로 내 세계를 논하려고 하지 마."

준성이 이슬을 무시하며 냉랭하게 말했다.

이슬은 다시 질문을 던졌다.

"어린 시절이 있었니, 없었니?"

준성은 대답하지 않았다.

"없었어?"

"어린 시절이라고 부를 만큼 어렸던 적이 없어."

준성이 마지못해 대답했다.

"아니, 어린 시절이라고 부를 수 있는 행복했던 기억을 말하는 거야."

이슬이 질문을 정정했다.

"정말 없었어? 행복이 없었어?"

다시 물어본 이슬은 준성의 침묵에 낮게 읊조렸다.

"하아, 젠장."

"날 동정하는 거야?"

그래, 라고 말하지 않았지만, 이슬의 손이 준성의 뺨을 만지기 위해 움직였다.

"인간 주제에!"

준성은 그를 향해 팔을 뻗는 이슬의 팔목을 먼저 붙잡아 그녀의 뼈를 부러뜨릴 듯이 강하게 쥐었다.

이슬은 한 번 눈을 질끈 감으며 통증을 참아냈을 뿐 어떤 신음 소리도 내지 않았다.

"이상해. 하나도 아프지가 않아. 그런데 마음이 아프다."

준성이 이슬을 잡았던 손을 놓고 그녀에게서 등을 돌렸다. 왠지 이슬의 얼굴을 쳐다볼 수 없었다.

"꺼져."

준성이 냉랭하게 말했다.

이번엔 이슬이 준성의 등 뒤에서 그의 팔을 붙잡았다.

"내가 어떻게 해주면 되니, 너한테."

이슬이 조용히 물었다.

조용한, 그러나 심장을 찍어 누르는 듯한 이슬의 차분한 공격에 준성은 기어이 그녀의 멱살을 움켜쥐었다.

"꺼지라고!"

흔들리는 눈동자, 격앙된 목소리, 떨리는 손. 준성은 이슬에게 한껏 겁을 주었지만 이슬에게는 준성이 오히려 겁먹은 짐승 같아 보였다.

"내가 할 수 있는 일이 있다고 말해!"

이슬은 준성의 혼란스런 마음을 인지했다는 듯 당차고 단호하게 말했다.

"황토도, 너도 다 구해줄 테니까."

황토가 어딘가에 살아 있다는 믿음에 흔들림이 없는 그녀가, 눈물을 가득 머금은 영롱한 눈동자로 말했다.

�֎

1월 8일. 그때가 되면 다시 악계로 돌아갈 수 있다.

언제부턴가 준성은 예견되어 있는 이 사실이 쓰리게 느껴졌다.

김황토, 넌 네 시한부 인생을 어떻게 더 잘라낼 수가 있는 거지?

인간은 100년도 되지 않는 인생 속에서, 게다가 내일 죽을지도 모른다는 불안함을 가지고 어떻게 그렇게 웃고 살 수가 있는 거지?

준성은 도무지 이해가 가지 않았다.

오랜만에 동굴을 방문한 준성은 100년도 채 되지 않는 삶을 활활 태우며 열심히 사는, 우매한 사람들의 인생을 하나하나 짚어보았다.

그러다가 문득, 초 하나가 눈에 띄어 집어 들었다. 잡고 보니 김황토의 것. 이슬과 같은 길이만큼 남아 있었지만, 불이 꺼져 있어야 할 초였다.

하지만 황토의 초는 아주 미약한 불씨가 남아 있었다.

"살아 있어?"

준성의 눈이 번뜩였다. 정말 이슬의 말대로 그는 어딘가에 살아 있는 것인가.

"김황토!"

준성이 큰 소리로 황토를 불렀다. 그러나 황토가 대답을 할 리 없었다.

※

아무리 준성을 구워삶아도 준성에게서는 아무것도 나오지 않았다. 그녀 주변 사람들의 기억이 돌아오지도 않았다.

정말 준성은 아무것도 할 수 없는 걸까?

이슬은, 혹시 내가 이미 벌어진 일에 억지나 부리는, 어린애 같은 떼를 쓰고 있는 게 아닐까, 하는 생각이 들었다.

누구나 다 죽고, 죽음은 어쩔 수 없다. 강이슬, 그녀도 언제든 죽을 수 있다.

그 당연한 기준을 황토에게는 대입하지 않으려 하며 억지를 부리고 있는 게 아닐까. 황토도 인간이고, 당연히 죽을 수 있는 것인데.

준성을 구해주겠다며 큰소리를 쳤지만, 그의 말대로 인간의 기준으로 악마를 구한다고 말하는 것은 어처구니없는 일일 뿐이다.

"내가 너 없이 행복할 수 있을까? 이제 널 그냥 보내줘야 되는 거야?"

다시 작업실을 방문한 이슬이 다육식물들을 보며 쓸쓸하게 혼잣말을 했다.

※

이슬은 꼬박꼬박 준성의 집에 들어와 잠을 잤다. 속사정은 이러저러하지만 표면상으로는 동거인데, 이슬은 전혀 신경 쓰지 않고 매일 보란 듯이 준성의 집을 드나들었다. 얼마 전 구해준다느니 어쩌니 했던 이슬은 그날 이후로 가사도우미처럼 일만 하고 조용히 지냈다.

불편한 동거를 시작한 지 어느덧 3주가 지났다. 크리스마스도, 신년도 이슬과 함께였다. 이슬 나이의 한국 여자들은 크리스마스와 신년에 대한 로망을 가지고 있다던데. 이슬은 밖에 나가지도 않고 TV 앞에서만 시간을 보냈다.

이제 1주만 더 있으면 준성도 악계로 돌아갈 수 있었다. 준성은 이대로 이슬이 자신을 더 이상 자극하는 일 없이 시간이 흐르길 기다렸다.

신기하게도 이슬이 준성의 앞에서 울먹이며 그를 구해주겠다는 말을 했던 날, 준성의 통증은 반의반으로 줄어들었다. 시간으로 따지자면 1년 정도의 회복 기간이 필요한 고통이 어느 순간 사라져 버린 것이다.

이제 이슬의 능력을 인정해야 할 것 같았다. 어떻게 그런 능력이 생겨나는지는 알 수 없었다. 그날 이후로 남은 통증에 차도가 있는 것은 아니었지만, 준성은 좀 더 인간으로서, 인간 세상에 머물면 어떨까 하는 바보 같은 생각을 해보기도 했다.

여느 때와 다름없이 준성이 소파에 널브러져 있을 때, 현관문이 열렸다.

"일어나. 나가자."

문을 열고 들어온 이슬이 대뜸 준성에게 말했다.

"싫어."

거절했다. 뭐 때문에 그러는지 모르겠지만 무슨 수작을 부리는 것이 분명하다. 거기에 응할 필요는 없지.

준성은 귀찮다는 얼굴로 돌아누웠다.

이슬은 준성에게로 성큼성큼 걸어가 준성의 팔을 우악스럽게 잡아당겼다.

"악마가 뭐 이따위로 힘이 없냐?"

이슬은 요즘 말끝마다 악마 타령이었다. 사람들 기억도 못 돌려놓는 게 악마냐, 허구한 날 빈둥빈둥 누워만 지내는 게 악마냐, 이따위로 힘이 없는 게 악마냐…… 황토의 부탁으로 사람들의 기억을 다 지우면서 그의 몸 상태가 많이 나빠졌다는 것을 이슬은 몰랐다.

"어디 가는데."

격하게 용을 쓰지는 않았던 준성은 결국 못 이기는 척 이슬을 따라나섰다.

집 밖에는 기린이 눈을 멀뚱하니 뜨고 서 있었다.

"기린아, 여기 그 아저씨야. 언니랑 친하다는 아저씨. 젊어 보이는데 나이가 많대."

이슬이 기린에게 준성을 소개했다. 교통사고 이후로 말수가 확 줄어버린 기린은 고개만 끄덕거릴 뿐 대답하지 않았다.

준성은 불편한 마음이 생겼다. 어떤 이유에서인지 모르겠지만 기린은 귀신을 볼 수 있는 능력을 가진 것 같았는데. 그래서 오래전, 그를 보고 놀라 당황한 나머지 도로로 뛰어든 것으로 알고 있는데, 이날은 왠지 멀쩡했다.

"야, 나 몰라?"

준성은 기린과 함께 있는 것이 성가신 듯, 기린에게 위협하듯 말하며 무서운 표정을 지었다. 준성의 말에 기린이 이슬의 뒤로 숨었다.

"기린아, 아니야. 험악해 보이지만 사람이야, 사람."

이슬은 기린에게 준성이 사람이라는 사실을 주지시켰다. 곧 기린은 이슬의 등 뒤에서 어줍은 몸짓으로 숨겼던 몸을 다시 보였다.

"기린아, 저어기, 점심 먹으러 가자. 우리 기린이 김치 먹어야지, 김치."

기린이 싫다며 고개를 도리도리 저었다.

"거기 김치는 맛있으니까 우리 기린이도 먹을 수 있을 거야."

"뭐 먹으러 갈 거면 나는 사양한다."

준성은 귀찮은 듯 뒤로 돌았지만 이슬이 다시 준성의 손을 척, 잡았다. 그 빠른 동작에 기린은 픕, 웃음을 터뜨렸다.

"애가 웃잖아. 얼른 걸어."

이슬의 협박조의 말에 준성은 못 이기는 척 걸음을 옮겼다.

"이모, 나 어제 수영했어."

한동안 입을 다물고 있던 기린이 곧 마음이 편해진 듯 입을 열었다.

"정말? 기린이 이제 수영할 수 있어? 의사선생님이 해도 된대?"

"응."

"우리 기린이 수영 잘하잖아."

"응, 잘해. 발만 빼고 다 떠, 물에."

"발이 안 뜨면 그건 수영이 아니야. 그냥 물에서 걸어 다니는 거야."

기린의 말에 준성이 불퉁스럽게 딴죽을 걸었다. 이슬이 몸을 기울여 이를 악물고 준성에게 작게 말했다.

"조용히 해라."

준성이 불만 가득한 표정으로 이죽거렸다.

이슬은 오래전 황토가 기린과 하루를 보내던 날이 생각났다. 그때 황토도 이렇게 심술을 부렸지. 마치 황토의 도플갱어라도 보는 듯 아련한 마음이 생겨 가슴이 쓰렸다.

이슬과 함께 조금 더 길을 걷던 기린은 길거리에서 파는 슈크림 붕어빵을 보고 발을 멈췄다. 붕어빵의 따끈함과 달달한 맛을 떠올리는 듯 입맛을 다시던 기린은 이슬을 보며 눈을 빛냈다. 사달라는 거였다.

"기린이 붕어빵 먹고 싶어?"

이슬이 물었다. 기린이 고개를 끄덕였다.

"그래, 이따가 밥 먹고 사줄게. 밥 먹고 와서 먹자."

"흐응."

기린이 아쉬운 듯 투정을 부렸다.

이슬은 기린을 어르는 대신 다른 이야기로 화제를 돌렸다.

"나중에 우리 기린이, 이모랑 수영장 갈까? 가서 재밌게 놀자."

준성에게는 무뚝뚝한 표정을 짓지만 기린에게는 더없이 다정한 이슬. 준성은 기린을 향해 밝게 웃는 이슬을 보며 괜히 마음 한편이 따끔거렸다.

김황토, 넌 저 웃음을 지켜주고 싶었던 거야?

✻

이슬이 맛집이라며 데려간 곳은 허름한 고등어구이집이었다. 이집의 주인과도 알고 지내는 발 넓은 이슬은 서비스로 삼치구이까지 받고 또 함박웃음을 지었다.

이 여자의 웃음은 정말 걸리적거려. 준성이 속으로 생각했다.

"너도 많이 먹어. 여기 김치가 맛있어. 들리는 소문으로는 김치만 전문으로 담가주고 가는 할머니가 있는데, 그 할머니가 만든 거라 더라."

이슬이 먹는 게 시원찮은 준성을 보며 말했다.

"할머니?"

기린이 되물었다.

"식당에서 미리 재료들 준비해 놓으면, 주문받고 오셔가지고, 딱 깔끔하게 김치만 담가주고 가시는 거야. 비법 알려질까 봐 문도 잠그고 혼자 김치 만든다는 그 할머니 있잖아."

이슬의 말에 준성이 피식 웃었다.

"MSG 넣느라 문 잠그는 거야."

이슬은 황토한테 그랬던 것처럼 준성의 머리를 콕 쥐어박아 주고 싶은 충동을 강하게 느꼈지만 기린의 앞이라 참았다.

점심식사를 마치고 식당에서 나온 세 사람.

어쩐지 기린이 열심히 밥을 먹는다 생각했는데, 딴마음이 있었기 때문이다. 밥을 먹자마자 붕어빵 아저씨가 있던 놀이터로 달려간 기린은 어디에도 붕어빵 아저씨가 없다는 것을 알고는 울음을 터뜨렸다.

밥을 먹고 붕어빵을 사주기로 했던 이슬은 당황해 가방에서 사탕을 꺼내 기린의 앞에 흔들었지만, 대체식품으로 달래질 순 없는 일이었다. 이슬은 준성에게 급하게 물었다.

"붕어빵 아저씨 어디 갔어?"

"내가 그걸 어떻게 알아?"

"악마가 그것도 몰라?"

또 나왔다, 악마 타령. 이슬의 앙탈이 귀찮아진 준성은 오랜만에 초능력을 사용하여 붕어빵 아저씨가 간 곳을 알아냈다.

"저쪽으로 보이는 골목."

준성이 짧게 말했다. 이슬이 고개를 끄덕였다.

"둘이 가만히 앉아 있어. 내가 빨리 갔다 올게."

"내가 갔다 오는 편이 낫지 않겠어?"

"너같이 험악해 보이는 애한테 아저씨가 붕어빵을 팔겠어?"

"그럼 나같이 험악해 보이는 애한테 얘를 맡겨?"

"나는 너를 믿으니까."

이슬이 짧게 말했다. 그 아무렇지도 않은 말에, 준성의 가슴이 철렁 내려앉았다.

"그러니까 기린이도 믿을 거야. 그치, 기린아?"

기린이 눈물을 머금은 눈으로 힘없이 고개를 끄덕였다.

그다음, 이슬은 냉소적인 말로 겁박했다.

"그리고 애한테 어떻게 하면, 넌 인간도 아니야."

원래 인간은 아니었는데.

"빨리 갔다 올게. 추우니까 집에 들어가 있든지. 아니다. 너는 너무 위협적이니까 집에 들어가지 말고 그냥 놀이터에서 같이 놀고 있어. 기린아, 이모가 붕어빵 사갖고 올게. 여기 사탕. 이거 먹으면서 기다려. 그리고 이건 손난로."

이슬은 기린에게 사탕과 손난로를 내밀고 또 다른 사탕을 준성에게 넘겨주려다 멈칫했다.

"아, 너는 먹어도 맛을 모르지?"

이슬이 사탕을 다시 가방에 집어넣었다. 준성은 온 힘을 다해 이를 빼앗아야 했다.

"나도 줘, 사탕. 손난로도."

이슬은 준성의 어린 반응에 피식 웃었다.

이슬이 떠난 뒤, 괜찮은 듯 보였던 기린은 새삼 준성이 무섭다는 생각이 드는지, 별안간 눈을 깜빡여 눈물을 찔끔 떨어뜨렸다. 바르르, 작게 손을 떨고 있던 기린은 곧 두 주먹을 꽉 쥐고 시소의 한편에 앉았다. 그러곤 사탕의 포장을 뜯어 입에 넣고 손난로를 볼에 가져갔다. 따뜻한 온기에 위안을 얻는 듯 보였.

준성은 기린의 표정을 가만히 살피다가 기린이 탄 시소의 반대편에 엉덩이를 붙이고 앉았다. 반대쪽으로 기울어져 있던 시소가 준성 쪽으로 내려갔다.

제 쪽이 치솟을 거라는 생각에 말도 못 하고 손잡이만 꼭 붙잡고 있던 기린은 시소가 평행을 이루자 신기한 듯 허리를 굽혀 발아래를 쳐다보고, 뒤돌아보고, 준성의 뒤편을 보는 등 부산스럽게 고개를 움직였다.

기린의 표정을 살피며 사탕을 입에 넣은 준성이 발을 굴렀다.

준성이 힘을 풀자 평행을 이루던 시소는 기린 쪽으로 가라앉았다. 이번엔 기린이 발을 굴렀고, 솟아올랐던 준성이 땅으로 내려왔다.

곧 기린의 얼굴에 미소가 나타났다.

"이게 재밌냐?"

준성의 질문에 기린은 대답하지 않았지만 즐거운 표정을 지었다. 기린의 입에서 웃음과 함께 하얀 입김이 스르르 나왔다.

준성도 왠지 즐겁다는 생각이 들어 몇 번 더 발을 굴렀다. 그러다가 멈칫, 이게 아니라는 생각이 들었다.

누군가의 순수한 행복을 보면서 즐거워한 적이 있었던가. 아니,

없다.

준성은 혼란스러운 마음으로 시소를 벗어나 그 옆의 벤치에 걸터앉았다.

기린이 준성을 쪼르르 쫓아왔다.

"아저씨는 귀신이에요?"

기린이 천진난만하게 물었다. 이미 다 알고 있는 듯한 눈으로.

"네 눈엔 내가 어떻게 보이냐?"

준성이 기린에게 물었다.

"새까맣게."

"그런데 왜 안 도망가냐?"

"나는 튼튼한 아이니까 이상한 게 보여도 이겨내야 된다고 그랬어요. 안 그럼 엄마가 슬퍼한다고."

"누가 그랬는데?"

"황토 아저씨가요. 병원에서."

기린이 '황토'라고 말했다. 그럼, 이 아이도 황토를 계속 기억하고 있었단 말인가? 모두의 기억을 지웠다고 생각한 준성은 머리가 지끈거렸다.

"황토 아저씨는 어디 갔어요?"

기린이 천진하게 물었다.

"이모가 맨날 황토 아저씨 얘기하다가 이제 안 해요. 엄마도 안 하고."

내가 그 녀석을 데려갔어. 그렇게 말해야 했지만 대답할 수 없었다.

기린이 별안간 준성의 귀 가까이에 입을 대고 속삭였다.

"아저씨, 이거 말 안 해주려다가 말해주는 건데요. 아저씨한테도 황토 아저씨처럼 까만 연기가 있는데요, 그런데요, 이슬이 이모 옆에 가면 까만 게 없어져요."

그리고 기린은 빙긋 웃었다.

"그러니까 이모 옆에 있어야 돼요."

기린이 말을 마칠 때쯤 저 멀리서 이슬이 붕어빵 봉지를 들고 그들에게로 오는 것이 보였다. 기린은 붕어빵을 보자마자 이슬에게로 달려갔다.

"기린아! 뛰지 말고!"

이슬은 달려오는 기린을, 붕어빵 봉지를 들고 있는 손으로 안아 올렸다.

"기린이 잘 놀았어? 이모가 더 놀아주려고 그랬는데 엄마가 일찍 온다고 그러네. 붕어빵 먹으면서 기다리자."

이슬에게서 붕어빵을 건네받은 기린이 고개를 크게 끄덕이며 붕어빵의 머리를 베어 물었다. 이슬은 준성에게도 붕어빵 하나를 집어 건넸다. 준성은 인상을 쓰며 도리질 쳤다.

"그래, 네가 붕어빵의 맛을 알겠니."

준성의 태도에 이슬이 비아냥거렸다.

기린이 붕어빵 하나를 다 먹을 때쯤 기린의 엄마 슬기가 도착했다. 슬기는 기린이 급하게 건강검진을 받게 됐다며 이슬에게 인사했다. 교통사고 이후 회복 상태를 확인하기 위한 검진인 것 같았다.

미소를 지으며 기린과 슬기를 떠나보낸 이슬은 두 사람이 사라지자마자 한껏 올리고 있던 입꼬리를 내렸다. 미소는 피곤하다는 듯.

"행복했어? 웃고 있던데."

준성의 집으로 돌아가는 길. 이슬이 조용히 물었다.

내가 웃었었나? 제 표정을 생각하지 않고 있던 준성이 가만히 이슬을 바라보았다.

"난 요즘 행복하지가 않아. 뭘 해도 껍데기뿐인 것 같고. 사실 친구가 기린이를 봐달라고 부탁했는데, 웃으면서 계속 봐줄 자신이 없어서 널 불렀어. 미안."

이슬은 그 말을 끝으로 먼저 집 안으로 들어갔다. 그리고 쌩하니 화장실로 들어가 버렸다.

줄줄, 물 흐르는 소리가 들려 준성은 황토가 지녔던 것과 같은 능력으로 화장실 안을 들여다보았다.

수돗물을 틀어놓은 이슬이 흑흑 울고 있는 것이 보였다.

뒤도 생각할 것 없이, 준성이 화장실 문을 벌컥 열었다.

"정말 그 애 없이 살 수 없어? 껍데기뿐이야?"

눈물을 닦은 이슬은 붉어진 눈으로 준성을 원망스럽게 바라볼 뿐 아무 말도 하지 않았다.

"너희 아버지가 귀신이랑 한 약속은 이제 없어. 넌 죽지 않아도 된다고. 장담해."

생전 처음 듣는 이야기에 눈물이 쏙 들어간 이슬이 멍한 표정으로 준성을 보았다.

"넌 이제 죽을 운명이 아니야. 네 명을 다하고 죽을 거야, 넌. 그런데도 그 녀석 대신 널 데려갔어야 된다고 억지를 부릴 거야? 네가 어떻게 될지 모르는데도?"

죽지 않는다, 그 말에 동요하는 듯 한동안 이슬의 눈동자가 급하게 흔들렸다. 하지만 곧 마음을 다스린 이슬은 간절한 눈빛으로 준성을 보았다.

"하지만 내가 사랑하는 김황토도 물론 좋았지만, 인간 김황토도 사랑했어."

인간 김황토를 돌려달라, 그 말이었다.

그 대신 제가 죽어도 상관없다는 말이기도 했다.

그녀에게 황토를 구하라고 말하면 그는 어떻게 될까. 악마가 선의를 베풀면 자생력이 없어져 버린다. 자생력이 없어지면 사라지고 만다. 악마가 사라질 때 어떤 모습이 되는지 준성은 알지 못했다.

사라지는 것은 두려운 일이야. 나는 두려워.

그런데 왜, 나약한 인간인 너는 두렵다고 말하지 않는 거냐.

준성이 이슬의 양쪽 어깨를 꽉 쥐었다.

어느 순간 이슬의 주변은 달라져 있었다. 준성이 그녀를 데리고 다시 동굴을 찾은 것이었다. 이슬은 조금도 겁을 먹지 않았다.

"우리 세계에 그런 말이 있어, 강한 의지는 운명 전체를 관통한다고."

준성의 목소리가 동굴 안에 가득 울렸다.

이 말을 언젠가 들었던 것 같은데.

"이 세계의 법칙을 깰 수 있는 건 하나야. 강한 의지."

준성은 이슬의 어깨를 쥐고 있던 손을 풀고 촛불 더미에서 불꽃이 거의 남아 있지 않은 초 하나를 집어 들었다.

"정말 네 말대로 안 죽었을지도 모르지, 그 녀석. 이 촛불이 아직 꺼지지 않았어."

다시 초를 내려놓은 준성은 더 깊은 동굴 속을 눈으로 가리키며 말했다.

"저 동굴 끝에 뭐가 있는지, 나는 겁이 나서 가본 적이 없어."

준성의 눈이 처음으로, 영롱하고 고요하게 빛났다.

"가. 가서 네가 그 녀석을 구해."

이슬은 준성의 말에 울컥 터져 나오려는 눈물을 참고 급하게 동굴의 끝으로 달려갔다. 어두운 저 동굴 끝에 뭐가 있는지도 모르면서, 그녀는 주저하지도 않았다.

한참 달려간 이슬이 한 번 뒤를 돌았다. 준성이 이슬을 보고 있었다.

난 네가 웃는 모습이 좋아.

달려가는 이슬에게, 준성이 이렇게 말한 것도 같았고 아닌 것도 같았다.

그렇게 동굴을 달리고 달렸다.

준성이 '누군가의 생명줄'이라고 표현했던 촛불에 의지해 계속 달렸는데, 한참을 달리다 보니 그것도 사라졌다. 결국 그녀는 동굴의 벽을 짚어가며 앞으로 나아가야 했다. 지상의 어떤 동굴도 이보다 깊지는 않을 것 같았다.

벽을 짚고 걸어갔지만 몇 번이나 넘어졌다. 기어이 나중에는 발목이 삐어버렸다. 하지만 멈출 수는 없었다. 발목이 삐면 무릎으로라도, 기어서라도 가야 했다.

몇 시간을 갔는지, 하루를 갔는지 모르겠다. 만약 황토가 이 길을 지났다면, 그도 참 고통스러웠을 것이라는 생각을 했다. 제 다리가 아픈 줄도 모르고, 이슬은 어서 황토를 만나 위로해 주고 싶었다.

황토를 구해야겠다는 의지가 넘쳐 나 얼마나 지났는지 가늠하기도 어려운, 긴 인내의 시간이 흐르고, 다시 빛이 보였다. 동굴이 끝나고 바위사막이 나타났다.

「뭘 찾니?」

여자의 목소리가 들리며 시원한 바람이 불었다. 목소리는 공기를 통해서가 아니라 이슬의 귀로만 전달되는 듯했다. 뭔가 서럽도록 그리운 느낌이었다.

"사랑하는 사람요."

이슬이 들쭉날쭉한 바위를 짚어 앞으로 나아가며 힘주어 말했다.

「그게 누구지?」

목소리가 다시 물었다.

"김황토라는 남자예요."

목소리가 나긋하게 대답했다.

「힘든 길을 가는구나. 하지만 내가 찾아줄 수는 없어.」

목소리가 준 대답은 실망스러웠지만 이슬은 포기하지 않고 물었다.

"어떻게 찾을 수 있는데요?"

「네가 찾아보렴.」

이슬이 계속 앞으로 갔지만 목소리는 멀어지지도 가까워지지도 않았다.

「늪 건너에 있는 동굴로 가거라.」

바위사막의 끝, 희미하게 녹갈색 늪과 또 다른 동굴이 보였다. 이슬은 고개를 끄덕였다.

눈으로 볼 때는 가까워 보였는데, 환영인가 싶을 정도로 늪은 멀리 있었다. 다친 다리로 걷고 있어 좀 더딘 것이리라 생각했다.

오랜 시간이 걸려 늪에 닿았다. 얼마나 깊을까 도무지 감도 오지 않았지만, 이슬은 그 속으로 주저 없이 발을 담갔다.

물을 잔뜩 머금은 무거운 침수식물이 이슬을 힘껏 잡아당겼다.

무릎까지 찼던 진흙이 어느새 허리까지, 어깨까지 차올랐다. 곧 코를 덮으려는 진흙 웅덩이에서 겨우 발끝을 들어 올려 숨통이 트이게 했다. 발에 쥐가 날 것 같았다. 하지만 온몸에 마비가 오는 순간까지, 아니, 온몸에 마비가 오더라도 늪 너머 동굴로 들어가야겠다는 생각을 했다.

늪에서의 시간은 비교적 빨리 흐른 것 같았다. 영원할 것 같은 촛불 동굴의 어둠이나, 바위사막보다 낫다는 생각도 들었다.

그래, 황토야. 네가 없는 삶이 내게는 어두운 동굴 속일 것 같아. 바위사막일 것 같아. 네가 없으면 나는 늪에서처럼 숨쉬기 힘들 것 같아.

'김황토'라는 집념이 있어서인지, 이슬은 제가 가진 힘의 200%, 300%를 낼 수 있었다. 이슬은 그 힘이 고맙다는 생각을 했다.

무사히 늪에서 나와 동굴 안으로 들어갔다. 동굴 안은 우물과 같았다. 아래로 심하게 꺾어진 동굴 안에는 물이 가득 차 있었다.

동굴 안으로 들어가는 것이 곧, 끝도 알 수 없는 물속으로 잠수하는 것이었다.

저 안에서 얼마나 버틸 수 있을까. 1분도 못 참고 죽을 수도 있을 텐데.

아니다, 이제 그런 생각은 하지 않겠다. 그 촛불의 동굴을 건너면서, 이미 강이슬은 죽었는지도 모르지.

후웁. 숨을 길게 들이켠 이슬이 과감하게 물속으로 뛰어들었다. 그녀의 몸에 붙은 진흙이 저절로 씻겼다.

깨끗한 물이라 눈을 뜰 수는 있었다. 어딘지도 모르는 곳을 향해 그저 전진했다. 오래전, 수영을 배워놓은 것이 이렇게 쓰일 줄이야.

뭐든지 악바리처럼 배워놓은 것은 참으로 다행이었다. 아버지께 감사할 일인가 싶었다.

멀리서 희미하게 빛이 보였다. 저기까지만 가면 숨을 쉴 수 있을 것이라는 생각에 더 큰 추진력을 낼 수 있었다.

힘들어. 말을 할 수 있었다면 분명 그 말을 했을 것이다. 숨을 쉴 수 없다는 것은 정말 끔찍한 일이었다. 수 분 동안 산소 공급이 되지 않아 머리가 팽팽 돌았다.

그야말로 젖 먹던 힘을 짜내어 빛 바로 아래 섰다.

됐어, 이제.

주저 없이 위로 올랐다.

"푸아!"

참았던 숨이 한꺼번에 터져 나왔다. 불과 몇 분이었겠지만 하루처럼 길었다. 딱 견딜 수 있을 만큼의 고통이라는 것 또한 감사할 일이었다.

겨우 동굴을 벗어나니 이번엔 자갈사막이 나타났다. 이슬은 다시 소리쳤다.

"이제 어떻게 하면 되죠?"

「사람들의 무리에서 네가 찾으면 돼.」

목소리가 대답했다. 몇 발짝 떨어진 곳에서 우르르 걷고 있는 군중들이 보였다.

어디로 가는 건지, 그저 전진하는 수백, 수천 명의 뒷모습이었다. 이슬이 어떤 방향을 향해 움직여도 그저 뒷모습뿐인 사람들이었다. 처음엔 기겁했지만 이내 적응할 수 있었다.

산 사람은 죽은 사람의 뒷모습만 볼 수 있는 걸까.

그것보단, 이 무수한 뒷모습에서 황토를 찾으란 거야?

하지만 불가능하다는 생각은 하지 않았다. 준성의 말이 생각났다.

"우리 세계에 그런 말이 있어. 강한 의지는 운명 전체를 관통한다고."

이 말, 언젠가 들은 적이 있는 것 같은데.

몇 번 고개를 갸웃거렸다. 빠릿빠릿한 행동 덕인지, 막혀 있던 기억회로가 신나게 반응했다.

"강한 의지는 운명 전체를 관통하는 거야. 넌 똑똑하니까 무슨 뜻인지 알지? 네가 반드시 살아야겠다는 마음가짐으로 열심히 살면 귀신도 감복할 수밖에 없어."

기억해 내자 눈물이 솟았다. 엄마…… 엄마, 엄마가 그랬어. 엄마가 어렸을 적 내게 귀에 못이 박히도록 했던 말이야.

지금까지 날 인도해 주었던 그 목소리는, 엄마의 목소리였구나.

가슴이 벅차올라 숨이 가빠져 오고 있었다. 엄마를 기억해 내니 더욱 힘이 나는 것 같았다.

엄마, 날 지켜주세요. 그러면 나 황토를 찾을 수 있을 것 같아요.

"황토야!"

힘주어 황토를 불렀다. 그가 제발 알아듣길 갈망하면서.

"김황토!"

목이 찢어질 듯이 소리를 질렀다.

"김황토!"

제발 돌아봐. 아니면 잠시만이라도 걸음을 멈춰봐. 아니면 조금의 미동이라도 보여줘. 내가 찾을 테니까.

김황토! 김황토! 지치지 않고 수십 번을 불렀다. 그리고 얼마 후, 한 사내가 한순간 걸음을 멈추는 것이 보였다. 이슬은 이 순간을 놓치지 않고 그곳으로 내달렸다.

❈

"황토야."

어디선가 희미하게 그리운 목소리가 들렸다.

"김황토!"

누구를 찾는 거지? 김황토?

김황토…….

아, 맞아, 내가 김황토지.

소리가 들리는 쪽으로 손을 뻗으려고 했지만 손이 움직이지 않았다. 움직이려는 의지를 가질 때마다 머리가 지끈거렸다. 자꾸 잠이 쏟아지려는 것을 이겨내고 위에서 내리누르는 눈꺼풀을 힘겹게 들어 올렸다.

조금만 더 힘을 내자.

필사적으로 눈을 번쩍 떴다. 그러나 투명인간처럼, 몸을 갖지 못하고 시선만이 살아 있는 느낌이었다.

그는 작은 공부방에 던져져 있었다. 그를 닮은 조용한 소년이 책상 앞에 앉아 있는 것이 보였다.

가만, 저건 나잖아.

그제야 황토는 정신을 차리고 소년을 제대로 바라보았다. 10년 전쯤이려나. 고루해 보이는 샌님의 얼굴로 의자에 정좌하고 앉은 것이 우스웠다. 그러나 이 샌님은 곧 자리에서 일어나 정신없이 발을 옮기며 한숨을 쉬었다.

그때, 똑똑, 문 두드리는 소리가 났다.

어린 황토가 문을 급히 열었다.

왠지 그리운 향기가 나서, 몸을 갖지 못한 어른 황토는 뜨끈한 숨을 토해냈다.

스무 살 정도 되어 보이는 예쁜 여자가 어린 황토에게 해사하게 인사했다.

"안녕? 내가 네 수학선생님이야. 근데 너 참 잘생겼다! 와아……."

어린 황토의 안내로 의자에 앉은 여자는, 자신은 동생의 소개로 오게 되었다는 것, 황토가 목표로 하는 대학교의 학생이라는 것, 이렇게 넓은 집은 처음 와본다는 것 등의 이야기를 하고는 바로 수업을 시작했다.

하지만 어린 황토의 귀에는 아무것도 들어오지 않았다.

"왜 그래? 어디 몸이 안 좋아?"

그녀는 어린 황토의 불안한 몸짓을 눈치채고 물었다.

"아빠가 교통사고를 당하셨대요."

어린 황토가 대답했다.

"많이 안 좋으셔?"

"모르겠어요. 작은아버지들이 병원에 못 가게 해서 아직 못 가봤어요."

"뭐? 말도 안 돼."

그녀는 이해하지 못하겠다는 듯이 책상을 쾅 쳤다.

"당장 갔다 와. 지금 그것보다 중요한 게 어디 있어?"

그러곤 걱정이 가득한 눈빛의 어린 황토를 토닥였다.

"과외는 나중에 네가 시간 괜찮을 때 다시 불러주면 돼. 아버지 생각하느라 집중하지도 못할 텐데. 지금 공부해 봤자 능률도 오르지 않을 거야."

"그런데 아버지가 너무 심하게 다쳐서 오지 말라고 하는 거면……."

"그럼 오랫동안 네가 공부를 못 할 수도 있겠지. 하지만 그 정도로 위중하시다면 공부는 더더욱 중요한 게 아니잖아. 너도 알지?"

어린 황토는 고개를 끄덕였다.

"얼른 갔다 와. 아니, 사람들이 못 가게 하면 나랑 같이 나가자. 수업 금방 끝냈다고 하고."

그녀가 일어났다.

"네가 가면 아버진 더 건강해지실 거야. 나도 기도할게."

울컥, 그녀의 말을 듣는 동안 어른 황토는 가슴속 잔잔하던 것들이 크게 요동치는 느낌이 들었다.

그리고 아주 빠르게, 눈앞의 광경은 소용돌이가 되어 사라졌다. 어른 황토도 소용돌이와 함께 어딘가로 차원이동을 하는 느낌이었다.

다음 순간, 그는 추적추적 비가 내리는 길을 걷고 있었다. 낯익은 곳. 그가 죽기 전까지 매일 다니던 길. 그의 집 앞이었다.

내가 왜 여기 있지?

이번엔 김황토라는 사람의 몸에 갇힌 다른 영혼이라도 된 듯, 황토는 제 몸에 갇혀서 목소리도 낼 수 없었다.

황토의 몸을 지배하는 다른 영혼은 편의점에서 우산을 사 집으로 바삐 움직였다.

"젠……."

귀가 밝은 그는 등 뒤에서 낯익은 여자 목소리를 들었다. 아까 그 여자의 목소리였다. 여자는 말을 하려다 만 것 같았다. 하지만 이번 엔 황토가 목소리의 주인을 기억해 냈다.

강이슬. 내가 사랑하는 여자!

"108동. 108동 1601호."

이슬이 그가 사는 집의 동호수를 중얼거렸다. 황토의 몸을 지배 하는 다른 영혼이 뒤를 돌아 이슬을 바라보았다. 이슬은 주위를 두 리번거리느라 황토를 보지 못했다.

그리운 얼굴, 그리운 몸짓, 그리운 목소리…….

그녀에게 다가가고 싶은데. 황토의 몸을 지배하는 영혼은 이를 무시하고 다시 길을 걸었다. 심지어 그는 이슬을 향해 우산을 접어 우산에서 떨어진 물을 이슬에게 튀게 하였다.

"앗, 차가워!"

이슬이 반사적으로 소리를 냈지만 황토의 몸을 지배하는 영혼은 그녀를 무심하게 보고 뒤를 돌았다.

아, 그렇구나.

이건 황토가 겪었던 과거의 기억이었다.

왠지 그날이 그리워 실컷 소리를 내 울고 싶었다. 그러나 황토에 겐 울 수 있는 몸이 없었다.

황토가 비통함에 젖어 있는 동안 그의 눈앞은 늦여름의 강남 거

리로 바뀌어 있었다. 그는, 아니, 그의 몸은 건물 앞의 벤치에 멍하
니 서 있었다.

멀리서, 이슬이 그를 향해 뛰어오는 것이 보였다.

"황토야."

이슬이 황토의 이름을 다정하게 불렀다.

"것 봐. 내가 일하다 만날 수 있겠다고 했잖아. 나 영건설이랑 계
약하러 왔어. 사실 오늘 아침 일이 생각나서 놀래켜 주고 싶어서 연
락 없이 와봤어. 점심시간에 와서 좀 기다려야겠다 생각하고 있었
는데 이렇게 만나니까 신기하다. 점심은 먹었어?"

"아까…… 신호등 앞에서 만난 사람은 누구예요?"

황토가 목소리를 냈다.

그제야 황토의 몸 안에 갇힌 황토는 그날이 어떤 날이었는지 기
억해 냈다.

"아, 처음 보는 사람이야. 아까 버스에서 마주쳤거든. 무슨, 작
가라는데 대뜸 강남에 출근하는 2, 30대 여성을 취재해야 된다
고 하잖아. 요즘엔 이상한 사람도 많고 그래서 좋은 말로 거절하
려니까 먼저 눈치채고 인사하고 가더라. 그런데 사무실이 어디
야?"

"강이슬 씨."

신이 난 듯 기분 좋은 얼굴로 질문을 하는 이슬에게 황토가 쌀쌀
맞게 말했다.

"난 강이슬 씨랑 사적으로든 공적으로든 마주치는 거 싫으니까
회사엔 다른 사람 보내라고 전해요."

이 말을 끝으로 황토는 이슬에게서 몸을 돌렸다.

아닌데, 이게 아닌데.

더 친절하게 대해줄 수 있었는데.

그때 사랑을 시작했어도 모자란 시간이었는데, 내가 왜 그랬을까.

황토의 몸 안에 갇힌 황토의 영혼이 흐느꼈다.

그녀에게 사랑한다는 말을 충분히 해주었던가. 미련을 두지 않으려 했지만 자꾸 마음이 무너졌다.

다시 내게 기회가 있다면.

그때는 반드시 당신을 먼저 알아보고 뜨겁게 사랑해 주리라, 내 마음을 다 주리라.

황토는 아쉬운 다짐을 하며 흐느낌을 삼켰다.

아픈 기억은 다시 찾아왔다. 다음 순간 황토는 이슬과 함께 그의 집 거실 소파에 나란히 앉아 있었다.

"누구한테나 악마가 있어. 세상이 너무 복잡해서 다들 인지하지 못하고 살고 있을 뿐."

이슬이 말했다.

"하지만 자기 안에 악마가 있다고 인정하는 사람은, 적어도 양심이 있는 사람이야. 선도 알고 악도 알고 있거든."

아, 이날도 기억난다. 그녀가 복잡한 자기 인생에 대해서 내게 모두 털어놓았었지. 그 말에 흔들리다가 결국 못된 말을 하고 말았는데.

"그리고 양심이 있는 사람은 외로운 사람이라는 것도 알아. 너 혼자 꽁꽁 싸매고 짊어지고 있는 짐이 있으면 나눠줘도 돼, 언제든지."

황토를 위로한다는 듯, 그를 향해 따뜻하게 웃어주는 그녀의 미소가 그렇게나 사랑스러울 수가 없다.

저 미소를 다시 만질 수 있다면. 제발…….

"나는 네가 조금 덜 외로웠으면 좋겠어."

이슬의 손이 황토의 손을 조용히 토닥였다.

그리고,

"……고마워."

황토의 몸 안에 고여 있던 오래된 마음이 소리가 되어 밖으로 터져 나왔다. 기어이.

"고마워……."

그의 목소리가 눈물과 범벅이 되어 제대로 그녀에게 전달되었는지는 모르겠지만.

"고마워. 정말 고마워."

큰 위로가 됐어. 정말 고마워…….

그때 말하지 못했어. 내 앞에 다시 나타나 줘서 정말 고마워.

내게도 다음 생이란 게 있다면,

당신을 다시 만날 수만 있다면 나는…….

❈

"헉헉, 황토야!"

이슬은 달려가는 동안에도 내내 놓치지 않고 있었던 사람을 향해 손을 뻗었다.

그러나 넘쳐 나게 많은 사람들이 걷고 있어 이슬의 손은 미끄러져 버렸다. 손이 미끄러진 줄도 모르고 이슬은 다른 남자의 팔을 잡아당겼다.

"김황토!"

얼마나 세게 힘을 주었는지, 남자는 단번에 이슬에게로 끌려왔다.

"김황토! 내가 불렀잖아, 멍충아!"

소리를 질렀다. 그런데, 엥. 이 사람이 아닌데.

눈물이 날 것 같았다. 황토를 놓쳐서는 안 되는데, 너무 많은 사람들이 밀려가는 통에 그를 놓쳐 버렸다.

다시 처음부터.

"김황토!"

좀 전보다 더 크게 황토를 불렀다. 이번에는 미세한 움직임을 보이는 남자가 없었다. 절망스럽지만 포기할 수는 없었다.

"김황토!"

그때였다.

"강이슬."

가까이에서, 미치도록 그리웠던, 세상에 하나뿐인 사람의 낮은 목소리가 들렸다.

이슬은 소리가 나는 쪽으로 고개를 돌렸다. 그녀의 이름과 같은 이슬이 두 눈에 영롱하게 매달려 빛을 내고 있었다.

"내가 안 보여?"

좀 전의 그 뚱뚱한 남자와 나를 헷갈린 거냐고 타박하는 듯, 양팔의 팔짱을 끼고 거드름을 피우는 그는 영락없는 김황토였다.

거만하게 바라보다가 못 말리겠다는 듯 활짝 미소를 보이는 것까지, 틀림없는 김황토.

몰래 울었는지, 붉어진 눈에, 말갛게 반짝이는 큰 눈동자까지 김황토.

찾았다. 다시 찾았다.

이슬이 달려갔고, 황토가 그녀를 잡아당겼다.

찾았다. 내 사랑. 감사합니다! 세상의 모든 신에게, 감사합니다!

다시는 놓지 않을 거야.

두 사람은 마음속으로 같은 말을 하고 있었다.

10. 누구에게나 천사가

폭신한 잔디 위에서 눈을 떴다.

두 사람은 나무 그늘이 드리운 푸른 잔디 정원에 누워 있었다. 황토가 턱을 괴고 이슬을 따뜻한 시선으로 바라보고 있었다.

"나한테 안기자마자 퍼져 잤잖아. 여기까지 업고 오느라 갈비뼈 다시 떨어져 나가는 줄 알았네."

그 삐딱한 시선으로 하는 말은 역시나 황토다웠다. 그래서 이슬은 안도했다.

"우린 죽었나?"

이슬이 물었다. 황토가 대답이 없어 이슬이 다시 말을 이었다.

"근데 여기가 저승이라도 상관없을 것 같다. 천국인가 봐."

"그러게."

황토가 씨익 웃었다. 이슬은 황토의 얼굴에 손을 가져갔다. 다시는 만질 수 없을 줄 알았는데.

"왜 자꾸 울어?"

이슬이 소매로 눈물을 닦으며 대답했다.

"네가 살아 있길 바라는 건 내 이기심이 아닌가 하는 생각을 했었어, 계속."

"아니야. 나도 살고 싶었어."

"살고 싶었는데 왜 그랬어?"

이슬이 저 혼자 죽으려 했던 황토를 타박하며 물었다.

"나는 당신을 위해서만 움직일 수 있어."

"그 선택이 나를 위한 거였다고 생각해?"

"내가 말했잖아, 당신은 강한 사람이라고. 다 잊고 더 멋지게 살 수 있을 거라고 생각했어."

이슬이 다시 황토의 얼굴을 매만졌다.

"아니야. 난 그렇게 강한 사람이 아니야."

하지만 이 어딘지 알 수도 없는 곳까지 나를 찾아올 만큼 대단한 사람인걸. 황토는 마음속으로 이렇게 말하고 이슬의 결 좋은 머리카락을 곱게 쓸었다. 그리고 몸을 일으켜 이슬에게로 가까이 다가갔다.

천천히, 그녀가 사라질세라, 깨질세라, 다칠세라 조심하며 차분하게 제 온기를 그녀의 입안으로 밀어 넣었다.

이슬은 황토의 따뜻한 숨을 확인하며 그의 목에 팔을 둘렀다. 애써 뜬 눈이 다시 스르르 감겼지만 가슴이 뛰어 잠이 오지는 않았다.

눈을 감고, 황토에게서 시작된 따뜻한 공기를 다시 그에게 돌려주었다. 이렇게 서로의 숨결을 확인할 수 있으니 원래 살던 곳으로 돌아가지 않아도 좋겠다는 생각을 여러 번 했다.

「찾았구나.」

두 사람이 나무 아래 그늘에 누워 오로지 서로에게만 집중하는 시간을 보내고 있을 때, 두 사람 사이로 바람이 불고, 이슬을 황토에게로 안내했던 여자의 목소리가 다시 그녀를 찾았다.

"자, 잠깐."

이슬은 어느덧 그녀의 맨살을 건드리는 황토의 나쁜 손을 못 움직이도록 잡고는 자리에서 일어났다.

"안 돼."

황토가 멈출 수 없다는 듯 이슬을 다시 눕히려 했지만 이슬이 몸을 피해 바로 앉고는 황토를 일으켰다. 황토가 아쉬운 듯 투덜거리며 자리에 앉았다.

"엄마?"

이슬의 부름에 목소리는 대답하지 않았다.

"엄마 아니에요?"

목소리는 이에 대답하지 않고 다른 말을 했다.

「소원이 있니?」

"엄마를 보고 싶어요."

이슬이 간절히 말했다.

「산 사람을 위한 소원을 빌어야지. 네가 지금 서 있는 땅은 이승의 땅이야.」

"그럼 우린 안 죽었어요?"

「그건 네가 잘 알고 있을 것 같구나.」

"와! 우리 살아 있나 봐."

이슬이 환호했다. 그럴 줄 알았다는 듯 끄덕인 황토는 이슬에게 속삭였다.

"언젠가 동화책인가, 소설책인가에서 읽은 적 있는 것 같은데. 죽음을 극복한 사람은 신이 다시 태어난 기념으로 소원을 들어준댔어."

황토의 말에 이슬이 눈을 빛냈다. 그사이 목소리가 다시 물었다.

「소원이 있니?」

마치 이슬에게 물어보는 듯 두 사람을 가리고 있던 나무 그늘이 서서히 벌어지며 이슬의 눈앞으로 반짝이는 햇빛이 쏟아졌다. 이슬은 눈부신 햇빛에 눈을 가늘게 뜨고는 고개를 크게 끄덕였다.

"사람은 기억을 짊어지고 살아야 하지만, 그게 병이 되어버린다면 치료해 줘야 된다고 생각해요. ……아빠의 기억이 지워지게 해 주세요."

「아빠가 널 미워하는 기억?」

"아뇨. 아빠가 날 악마한테 팔았던 기억. 그 기억이 아빠를 괴롭게 했어요."

이번엔 나뭇가지가 이슬 쪽으로 이동했다. 황토의 눈앞으로 햇살이 쏟아졌다.

「너의 기억은 지우지 않아도 되겠어?」

목소리가 황토에게 물었다. 목소리는 황토의 아팠던 10년도 위로해 줄 모양이었다.

황토가 대답을 하려 했으나 이슬이 먼저 입을 열었다.

"얘는 제가 평생 치료해 줄 거예요."

이슬이 자신 있게 웃었다.

하지만 황토는 순진하고 진지하게 빛을 바라보았다.

"소원은 아무거나, 뭐든지 말해도 됩니까?"

「얘기나 해보렴.」

목소리는 빙긋 웃고 있는 듯했다.

황토가 우렁차게 말했다.

"강이슬보다 나이 많은 사람으로 태어나게 해주세요!"

이슬이 어이없는 표정으로 황토를 보았다.

황토는 진지했다. 꽤나 '오빠' 소리를 듣고 싶었었나 보다.

목소리는 또 웃음소리를 냈다.

「다시 태어나는 게 아니라 원래대로 돌아가는 거야.」

"저 또 있어요."

이번엔 이슬이 끼어들었다.

"얘의 투시력을 없애주세요."

두 사람은 배틀이라도 할 기세로 막무가내로 소원을 빌었다.

「그건 이미 없어졌어. 봐봐, 왼손의 낙인도 없어졌지?」

"어? 진짜네?"

목소리의 대답에 이슬이 황토의 손목을 보고 신기하다는 듯 몇 번을 확인했다.

"또 있어요."

이번엔 황토였다.

"기린이가 건강하게 해주세요."

「알았다. 그 애에겐 후유증이 없을 거야.」

오가던 바람이 황토를 쓰다듬었다. 마치 천사가 그에게 '착하다, 착하다' 칭찬해 주는 것 같았다.

"아, 저도 또 있어요."

이번엔 이슬이었다. 어찌 이 커플의 소원 욕심은 끝도 없는가.

"이준성이 사람이 되게 해주세요."

「정말?」

목소리가 물었다. 이슬이 고개를 끄덕였다.

「정말 그걸 원해?」

"원하면 안 돼요?"

「그럼 너를 두고 여기 있는 이 잘생긴 녀석이랑 그 녀석이 경쟁을 하게 될 수도 있는데?」

"그럼 절대! 안 되죠."

황토가 말했다. 이슬은 기가 막혔다.

"너는 나를 못 믿어?"

"당신이야 믿지. 딴 놈을 믿을 수가 없으니 그렇지."

"하지만 그 애가 너를 살려줬잖아."

황토가 믿을 수 없다는 듯 물었다.

"선녀님, 선녀님이 저를 살려주신 거예요, 그 녀석이 살린 거예요?"

황토의 물음에 목소리가 대답했다. 이번에도 목소리는 빙긋 웃고 있는 것 같았다.

「죽지 않고 있었던 너와, 네가 살아 있다고 믿었던 이 아이와, 너를 살리는 방법을 말해준 그 아이 모두가 다 같이 살린 거겠지?」

황토는, EV랜드가 어디 것이냐는 아이들의 다툼에, EV랜드의 직원이 'EV랜드는 여러분의 것입니다' 라고 말했다던 옛날 우스갯소리가 생각났다.

「그 아이가 사람이 될 수 있는지 없는지는 그 아이의 의지야. 물론 지금까지 지은 죄가 있으니 그 과정은 고통스럽겠지만, 너희들처럼 이겨낼 거라고 믿어봐.」

이슬은 안타까운 표정을 짓다가 이내 고개를 끄덕였다.

「이제 돌아가야 될 시각이야.」

목소리가 조용히 말했다.

"아직 소원이……."

황토가 아쉬워하며 말끝을 흐렸다.

「너희들이 비는 소원은 살아가면서 너희 힘으로 얼마든지 이룰 수 있는 것들이구나.」

정말? 하며 이슬이 황토를 바라보며 그의 손을 잡았다. 황토도 긍정의 의미로 이슬의 손을 꼭 잡았다.

이승으로 돌아가는 것은 기쁜 일이지만, 엄마의 목소리와 헤어지고 싶지는 않은데.

"엄마!"

이슬이 안타까워하며 소리쳤다.

목소리는 또 이슬의 말에 대답하지 않았다. 마치 자신은 그녀의 엄마일 수 없다는 듯이.

"고맙습니다."

이슬이 울먹이며 말했다.

「착하다.」

이번엔 바람이 이슬을 한참 동안 쓰다듬었다.

이슬과 황토의 옷깃을 매만지듯 두 사람에게 차분히 스며들던 바람은 이내 두 사람을 떠났다. 두 사람의 주위는 다시 고요해졌다.

여운이 남은 두 사람은 말을 아꼈다. 어쩐지 경건해야 할 것만 같은 시간이었다. 그동안 이슬은 눈을 감고 먼저 세상을 떠난 엄마가 천국에서 행복하기를 기도했다.

다시 눈을 뜨니, 황토가 나무 그늘 아래서 낮잠을 자는 양 편안하게 눈을 감고 있는 것이 보였다. 새삼 그가 살아 있는지 확인하고 싶은 마음에 그의 가슴에 귀를 대보았다.

쿵쿵. 심장의 박동이 평화로웠다. 다시 한 번 감사하다는 말을 흘려보내게 됐다. 그 평화로운 울림에 이슬도 가만히 눈을 감았다.

※

끔뻑.

얼마나 오래 잤는지 골이 심하게 울렸다. 눈꺼풀도 화석이 된 것처럼 굳어버려 눈을 뜨기가 쉽지 않았다. 겨우겨우 눈꺼풀을 들어 올렸다.

내가 미워했던 아빠가 보이네. 이곳은 지옥이구나. 결국 지옥에 떨어졌구나, 나는.

"지옥은 뭔 지옥이여. 깼으면 어여 일어나."

할머니의 목소리가 들렸다. 이슬은 자신이 괴상한 말을 웅얼대고 있다는 것을 알지 못했다.

"얘가 약을 했나. 왜 정신을 못 차려?"

이번엔 아버지 두영의 목소리였다.

"누나, 누나!"

이번엔 세찬의 목소리.

그리고 누군가가 그녀의 뺨을 쳐댔다. 아프다, 내 뺨……. 그러나 이슬은 '아우퍼, 아우퍼.' 이런 헛소리만 해댈 뿐 여전히 정신을 못 차리고 있었다.

"안 되겠다. 세찬아, 물 좀 한 바가지 가져와라."

"네."

"아니다. 화장실로 데려가서 물을 한 양동이 뿌려보자."

안 돼. 이제 물고문은 그만. 제발…….

"이놈아, 정신 좀 차려. 웅얼대지만 말고."

또 누군가 뺨을 때린다. 말은 아버지의 입에서 나왔지만 싸대기
는 분명 세찬이놈 짓이었다. 이노무 자식. 내가 제대로 깨어나기만
하면 넌 죽었어…….

그때 핸드폰 진동 소리가 들렸다.

"여보세요. 아, 황토냐? 우리 누나? 아직도 자고 있지. 만 하루가
넘도록 잠만 자니까 아버지랑 편찮으신 할머니랑 걱정하고 난리 났
다."

황토. 그 이름에 이슬의 눈이 번쩍 떠졌다.

"어? 누나!"

세찬이 갑자기 일어난 이슬을 멍한 눈으로 보았다. 이슬이 냉큼
세찬의 핸드폰을 빼앗았다.

"여보세요."

"끊었는데."

이슬이 통화가 끊어진 핸드폰에 대고 말하는 모습을 보며, 세찬
이 맹하게 얘기했다.

이슬은 망설임 없이 통화버튼을 눌렀다. 한 번의 신호음이 가고
황토의 목소리가 들렸다.

[여보세요.]

목소리는, 틀림없는 김황토였다. 이슬이 이루 말할 수 없는 감격
스러움에 입을 막고 눈시울을 붉혔다.

"김황토."

[왜.]

"너 맞아?"

[그래, 맞아.]

"정말 너 맞아?"

[맞다고. 지금 김황토한테 전화한 거 아니야?]

황토가 다소 무뚝뚝하게 말했다. 하지만 그 안에 숨은 다정함을 이슬은 읽어낼 수 있었다.

"어디야?"

[차 안. 지금 도착했어.]

"어디?"

[제천. 당신 집 앞. 모시러 왔어.]

그러곤 황토는 훗, 웃었다.

[그거 모르지? 나 이제 길치 아니다. 소원을 마음속으로만 빌었는데 이루어졌어.]

자랑하듯 너스레를 떠는 황토의 말을 중간에서 뚝 끊고, 이슬은 재빨리 현관으로 향했다. 오랜만에 중력을 느끼며, 한 번 바닥에 주저앉았지만 그녀는 다시 벌떡 일어섰다.

"누나, 어디 가!"

"이걸 그냥!"

마음이 급한 이슬이 뒤를 돌아 세찬을 향해 위협적으로 손을 올렸다. 예전 같으면 생각도 하지 않았을 일.

"너 한 번만 더 내 싸대기 때리면 다리몽둥이를 확!"

큰 소리를 내자 바짝 쫄아서는 어깨를 움츠리는 세찬이 한편으로는 귀여웠다.

할머니와 두영은 이슬의 급작스런 변화에 당황한 듯 입을 벌리고 자리에 앉은 채로 이슬이 밖으로 뛰어나가는 것을 멍하니 바라보았다.

현관, 마당, 대문.

한달음에 달려갔는데 문밖에는 황토가 없다.

"김황토……."

황토의 유령과 통화를 한 것인지도 모르겠다는 마음에, 목소리가 작아졌다.

하지만 얼마 안 가, 이슬의 앞에 매끈한 차 한 대가 서고 운전석 문이 열리며 황토가 나왔다.

"나와 있었네?"

그 여유로움이 얄미워 보일 만큼 편안하게, 황토가 웃었다.

이슬은 울컥울컥 울음이 터져 나올 것 같은 마음을 누르느라 한쪽 손으로 입을 막고 다른 한쪽 손으로 황토의 얼굴을 매만졌다.

"정말 맞아? 김황토?"

꿈만 같아 믿기 힘들다는 듯이 눈시울이 붉어진 이슬에게, 황토는 제 왼손의 문신이 있던 자리를 보여주었다.

"정말 없어졌어."

황토가 다시 빙긋 웃었다. 정말 엄마의 목소리가 말했던 대로, 황토의 문신은 사라졌다.

"으아아아아앙!"

이슬이 어린애처럼 울음을 터뜨렸다. 황토는 오빠라도 된 양 이슬을 따뜻하게 토닥였다. 소원을 빌었던 대로 이슬보다 나이가 많은 사람으로 다시 태어나지는 않았지만 이슬보다 의젓해진 느낌이었다.

그렇게 두 사람은 다시 끌어안았다.

"어디로 갈까? 어디든 갈 수 있긴 한데."

아버지와 할머니께 인사를 하고 집에서 나왔다. 그간 이승의 세상에 어떤 일이 있었는지 하나도 모르는 이슬에게 있어 지금의 상황은 여전히 꿈처럼 느껴졌다.

"오늘이 며칠이야?"

이슬이 운전대를 잡은 황토에게 물었다.

"1월 4일."

그녀가 동굴로 들어간 날은 1월 2일이었다. 그동안 이틀의 시간이 흐른 거였다.

"나는 어떻게 여기 있게 된 거야? 너는 그동안 어디 있었어?"

"당신은 옹골마을 준성이 네서 자고 있는 걸 세찬이가 제천에 데려다 놓은 거고, 나는 그동안 해외 출장 가 있던 걸로 처리돼 있더라. 눈 떠보니 그 바닷가라, 내 차 타고 집으로 왔어. 당신은 가족들이 우왕좌왕해 주기라도 했지, 나는 쓸쓸하게 혼자였다니까."

이슬이 황토의 머리를 쓰다듬었다.

"이제 내가 있잖아."

황토는 이슬의 손길이 좋으면서도 왠지 그녀가 자신을 아직도 어린애 취급하는 게 아닌가 하는 생각이 들어 뾰로통한 표정을 지었다.

"그 나무 그늘에서는 왜 자꾸 엄마라고 한 거야? 남들보다 한 톤 높은 게 딱 우리 엄마 목소린데."

"아냐. 우리 엄마 목소리야."

"내가 분명히 기억하는데 우리 엄마 목소리였어."

"그럼 우리 혹시…… 남매?"

이슬의 엉뚱한 말에 황토는 결국 웃음을 터뜨렸다.

"드라마작가를 해봐라."

여전히 진지한 얼굴로 생각에 잠긴 이슬에게, 황토가 다정히 물었다.

"집으로 갈까?"

"응?"

이슬이 '집'이라는 말을 알아듣지 못하고 되물었다.

"짐은 세찬이랑 미리 다 옮겨놨어."

"너희 집?"

"응. 이제 우리 집. 진짜 가족이 되려고."

황토가 밝게 미소 지으며 가속페달을 밟았다.

✲

내가 사랑하는 사람의 향기를 맡을 수 있다는 것만으로도, 살아있다는 사실은 충분히 아름다운 일이다. 이슬은 그 벅찬 마음으로 황토와 함께 그의 집으로 올라가는 엘리베이터를 탔다.

황토가 이슬이 달아날까 염려하며 이슬의 손을 꼭 잡았다. 이슬은 황토에게 안심을 주려는 듯 예쁘게 웃어주었다.

하지만 이상하게도, 그 아름다운 마음과는 다른 복잡 미묘한 무언가가 이슬의 깊숙한 곳에 자리하고 있었다.

문을 열고 들어서자마자, 황토는 오랜만에 '집'으로 돌아온 이슬을 뒤에서 끌어안았다. 그는 이슬의 이마에, 뺨에, 목에 키스를 하고 그녀를 반 바퀴 돌려 제 앞에 얼굴을 보이게 했다.

"지금 너……."

그녀가 황토에게 말을 걸었지만 이슬의 목소리는 금방 황토의 입술에 의해 덮이고 말았다. 입안의 알싸한 느낌에 새삼 소름이 돋아 이슬은 어깨를 움츠렸다.

"지금은 살아 있는 걸 확인하는 시간."

황토는 이슬의 목덜미로 손을 뻗어 그녀의 머리카락 사이로 손가락을 넣고 머리를 받쳤다. 그녀가 정신을 잃을지도 모른다는 것을 예상한 사람처럼.

황토의 맹공격에 정말로 정신을 놓을 만큼 아찔해진 이슬은 저 멀리 달아나려는 이성을 붙들려 애썼다. 무언가 걸리는 것이 있어 마음이 무거웠다.

"자, 잠깐. 뭔가 잊은 게 있는 것 같아."

"뭐, 피임? 난 아기도 좋은데. 당장 생기면 당신이 힘들겠지만."

"아니, 그런 게 아니라……."

"그게 아님 됐어."

그녀의 허리를 감싼 황토의 커다란 손이 점점 위로 향하고 있었다.

"아, 맞다! 준성이!"

이슬이 저 멀리 나선은하로 탈출해 버릴 것 같은 이성을 가까스로 붙잡고 말했다.

"내일 연락해도 안 늦어."

황토가 무신경하게 말했다. 점점 야릇한 분위기로 몰고 가는 황토의 손을 잡아 터치를 막아내던 이슬은 기어이 힘을 주어 황토를 밀어냈다.

"안 돼. 그건 아닌 것 같아. 너도 그 애 덕분에 살게 된 건데 가서 고맙다고 해야지."

"내일 할게."

"어허!"

황토가 자꾸 다가서려 하니 이슬이 호통을 쳤다. 기어이 황토의 미간이 찌푸려졌다.

"지금 일부러 그러는 거지? 나 애끓게 하려고."

이슬이 픽 웃으며 황토에게 알밤을 때렸다. 황토가 빨개진 이마를 짚으며 성을 냈다.

"아! 이제 더 이상은 못 봐줘."

"못 봐주면 어쩔 건데?"

이슬이 황토의 앙탈이 귀엽다는 듯 물었다.

"……딱밤을 때릴 때마다 목에 키스마크를 내주는 걸로 하지."

"알았어."

수락한 이슬이 별안간 황토의 목을 끌어당겨 앙 물어버렸다. 이슬의 따뜻한 입김이 목을 간질이는 느낌에 황토가 움찔했다. 황토의 입에서 옅은 탄식이 흘러나왔다.

"……지금 뭐 한 거야?"

"목에 키스마크를 내준 거지."

해달라고 한 게 아니라 해준다고 겁을 준 것이었는데. 이슬이 이렇게 받아들일 줄은 몰랐다.

"……그건 내가 하는 거지."

은근하게 얼굴이 붉어진 황토에게 이슬이 혀 짧은 소리를 내며 웃었다.

"아항, 죄송해염. 몰랐쩌염."

허. 강이슬이 이렇게 귀여운 여자일 줄이야. 이렇게 혼을 쏙 빼놓고 준성이 녀석에게 가자고 한다니. 머리가 핑 도는 느낌이었다.

"얼른 갔다 오자. 그럼 됐지?"

이슬이 문을 나서며 방긋 웃었다. 당장 그 팔을 붙잡아 세우고 받은 대로 돌려주고 싶지만.

"그냥 얼굴만 보고 오는 거다."

황토는 이슬의 뜻을 따라줄 수밖에 없었다.

준성의 집까지 가는 동안 이슬은 황토를 돌려받기 위해 준성의 집에서 보냈던 시간들에 대해 이야기했다. 황토는 이슬의 이야기를 듣는 동안 계속 '흐음' 하며 숨을 깊이 내쉬었다. 황토를 살리기 위해 했던 일이고, 결국은 준성의 마음을 움직였으니 고마워해야 할 일인데, 왜 자꾸 악마에게 질투의 감정이 생기는지 알 수 없었다.

한 시간여 만에 준성의 집에 도착했다.

"불 꺼져 있잖아. 여기 없을 거야."

황토가 말했지만 이슬은 막무가내로 문을 열고 들어갔다.

"아니야. 얘는 원래 불을 안 켜고 다녀, 박쥐처럼."

밤이었기 때문에 집 안은 어두웠다. 이슬이 벽을 더듬어 스위치를 찾았지만 불은 켜지지 않았다.

"없어. 사라진 건가?"

황토가 핸드폰의 불빛을 여기저기 비추다 조용히 말했다. 악마로서의 할 일이 끝났으니 사라졌을지도 모른다는 생각이 들었다. 고맙다는 인사만은 하려고 했는데 이렇게 가버리다니.

"저기 좀 비춰봐."

그때 이슬이 목소리를 냈다. 안방 구석에서 무언가를 발견한 것이다.

과연 이슬의 말처럼 안방 구석에는 무언가가 있었다. 그러나 준성은 아니었다.

뱀 같은 비늘을 가지고 있지만 뱀이 아니며, 박쥐 같은 날개를 가졌지만 박쥐도 아닌 괴물. 두 사람 모두 태어나 처음 보는 이 생명체는 온몸에 피칠갑을 한 채 낮게 숨을 고르고 있었다.

"이게…… 뭐라고 생각해?"

이슬이 떨리는 목소리로 황토에게 물었다. 준성과 오랫동안 연결되어 있던 세월의 감각 때문인지, 황토는 직감적으로 이 괴물이 준성이라는 것을 알아차렸다.

이슬도 이를 깨달은 모양이었다. 조심스레 괴물의 가슴에 손을 올려 맥박을 확인한 이슬이 황토에게 울먹이며 물었다.

"너무 어두워. 차에 밝은 랜턴 있지 않아?"

이슬의 목소리가 떨어지기 무섭게 황토는 밖으로 나갔다.

이슬은 주저 없이 괴물을 안아 올렸다. 딱 기린이 정도로밖에 안 되어 보이는 작은 몸은 이슬이 들어 올리기에도 충분했다.

"물은 나오겠지?"

이슬이 괴물에게 말을 걸듯 물었다. 의식이 남아 있는 괴물이 몸을 웅크리는 것이 느껴졌다. 이슬은 급히 화장실로 뛰었다. 샤워부스로 가 괴물을 안은 채로 물을 틀었다. 굳은 피를 물로 얼른 씻어내고 상처를 치료해야겠다고 생각했다.

추운 날씨라 물은 살을 엘 듯이 차갑게 느껴졌지만 이슬은 싫은 소리를 내지 않았다. 차가운 물로 괴물을 씻기는 것이 안타까울 뿐이었다. 굳은 피만 씻어내고 밖으로 나온 이슬은 괴물이 차가운 물로 인해 체온을 더 빼앗길까 염려하며 제 체온을 나누어주었다.

그사이 차 안에서 랜턴을 가져온 황토는 이슬과 괴물의 온몸이 젖은 것에 깜짝 놀라며 뛰어왔다.

"뭐야, 왜 젖었어?"

"피를 닦아내려고. 피는 닦인 것 같은데 상처를 못 찾겠어. 불 좀 켜봐."

이슬은 황토의 걱정에 신경 쓰지 않고 상처를 찾기 위해 괴물의 몸을 매만졌다. 피가 이토록 많이 났으면 상처도 커야 하는데, 상처 는 잘 보이지 않았다.

답답해진 이슬이 괴물의 숨소리를 확인하는 동안 황토는 안방의 침대에서 이불을 걷어내 이슬의 등에 덮어주었다. 황토에게는, 차 가운 물을 뒤집어쓴 이슬의 몸이 더 걱정이었다.

"안 되겠어. 여긴 전기도 난방도 안 돼. 데리고 집으로 돌아가자."

황토는 제 외투로 괴물을 감싸 안아 올렸다. 고개를 끄덕인 이슬 은 준성과 함께 사는 동안 가져다 두었던 짐을 실어 나르고 옷을 갈 아입고는 황토와 함께 차에 올랐다.

히터를 세게 튼 황토가 차를 출발시켰다.

이슬은 괴물과 함께 차의 뒷좌석에 앉아 서울로 가는 내내 괴물 의 몸을 살폈다. 괴물이 그르렁, 그르렁, 하는 숨소리를 낼 때마다 가슴이 아팠다.

황토가 히터를 세게 틀어준 덕분에 따뜻하게 집으로 돌아올 수 있었다. 황토는 집 안을 따뜻하게 하고 제 침대에 괴물을 눕혔다. 굳은 피가 씻겨 나간 괴물은 처참한 몰골을 드러냈다. 사납도록 커 다란 입에 흐무러진 코와 귀, 눈을 감고 있었지만 눈알이 툭 튀어나 온 것을 알 수 있게 해주는 얇은 눈꺼풀. 우둘투둘한 피부 가 죽……. 절대 안아줄 수 없을 것 같은 흉측한 모습이었다.

하지만 이슬은 이 괴물을 소중하게 쓰다듬었다.

"나 이 아이한테 약속했었어, 구해주겠다고."

얼마 전까지만 해도 못된 말로 두 사람을 협박하던 녀석이 끔찍한 모습이 되어 나타나니 황토도 괜히 코끝이 시큰거렸다.

"당신도 자야 돼. 이 녀석은 내가 볼 테니까 저 방에 가서 쉬어."

황토가 이슬의 어깨를 토닥이며 말했다. 이슬은 고개를 끄덕거렸지만 쉬이 발이 떨어지지 않는지 그 후로도 오랫동안 괴물의 곁에 머물러 있었다.

이윽고 마지막까지 깨어 있던 황토가 이슬의 옆에서 잠이 든 밤. 집이 고요해진 지 몇 시간 지나지 않아 이슬이 다시 눈을 떴다.

"치. 저 녀석을 봐준다더니."

이슬은, 그녀를 안고 잠이 든 황토의 품을 벗어나며 혼잣말을 했다. 서울에서 제천으로, 다시 서울로, 그리고 옹골마을까지 운전기사 노릇을 했으니 황토도 피곤했을 것이다. 황토가 편안한 숨소리를 내며 이슬을 찾듯 무의식중에 잠시 팔을 허우적거렸다. 한편으로는 잠든 중에도 자신을 놓지 않겠다는 마음이 보이는 듯하여 황토에게 고마웠지만 또 한편으로는 자신을 지키느라 준성을 소홀히 하는 것 같아 준성에게 미안한 마음이 생겼다.

화장실을 다녀와 황토의 방을 들여다보았다. 여전히 괴물은 침대에서 앓는 소리를 내며 자고 있었다. 미세하게 온몸이 떨리는 듯도 하여, 방으로 들어간 이슬은 괴물의 목 아래까지 이불을 덮어주었다.

'열이 나나?'

괴물의 머리를 매만져 보았다.

'목이 마르진 않으려나?'

급히 일어난 이슬은 주방으로 가서 물을 따뜻하게 데워와 숟가락으로 괴물에게 떠먹였다. 처음엔 거부하는가 싶던 괴물은 곧 숟가락의 물을 천천히 홀짝였다.

열 번, 스무 번 괴물의 목으로 물을 흘려보낸 이슬은 괴물의 한쪽 손을 이불 속에서 슬며시 꺼내보았다. 기린이의 손처럼 자그마해진 손만은 흉측하게 보이지 않았다. 이슬이 슬그머니 제 손가락으로 건드리니 괴물의 손은 반사 신경을 가진 아가처럼 이슬의 손가락을 꽉 쥐었다. 이슬이 손을 빼내려고 하니 괴물은 더 제 가까이로 이슬의 손을 가져갔다. 그 행동이 엄마를 잃은 아가처럼 느껴진 이슬은 괴물과 얼굴을 마주하고 누웠다.

"네가 이 모습으로 평생을 살게 된다고 해도 널 지켜줄게."

이슬의 다른 손이 괴물을 쓰다듬었다. 황토의 목숨을 지켜준 데에 대한 고마움만이 아니었다. 어느새 준성은 이슬에게 연민을 느끼게 하는 힘없는 갓난아기였다. 이슬은 이 괴물을 돌보는 것이 자신의 의무라고 생각하게 되었다. 그렇게 남은 밤 동안, 이슬은 병약해진 준성을 걱정하며 잠이 들었다.

이슬이 괴물의 손을 잡고 잠이 든 지 얼마 지나지 않아, 괴물이 번쩍 눈을 떴다. 곧 괴물의 입에서 숯덩어리 같은 매캐한 연기가 오랫동안 빠져나왔다. 긴 시간에 걸쳐 까만 연기를 토해내듯 뱉어낸 괴물은 지친 듯 다시 눈을 감았다. 얼마 후, 괴물의 피부는 차츰 살구빛으로 변해갔다. 괴물의 입에서 나온 연기는 문틈, 창문 틈으로 서서히 빠져나갔다.

그리고 살색 피부를 얻은 괴물은 점차 사람의 몸으로 변해갔다. 불에 타는 듯한 빨간 머리, 긴 팔, 긴 다리, 붉은 입술에 치켜 올라간 눈까지, 다시 준성의 모습으로 돌아오는 데 걸린 시간은 그리 길지 않았다. 변모의 과정에 약간의 고통이 있는지 감은 눈에 잔뜩 힘을 준 준성은 사람으로 돌아온 뒤에도 한동안 눈을 뜨지 못했다.

잠시 후, 방에 차분한 공기가 감돌았다. 겨우 실눈을 뜬 준성은 제 손이 누구의 손을 잡고 있는지 알아차렸다.

'그 동굴에서 나왔구나.'

편안히 잠든 이슬을 보며 준성은 안도의 한숨을 내쉬었다. 하지만 결국 울컥 알 수 없는 감정이 터져 나왔다. 한탄하듯 투박하게 숨을 뱉어낸 준성의 눈시울이 뜨거워졌다.

언제 태어났는지도, 누가 자신에게 처음 말을 가르쳐 주었는지도 알 수 없는 아득한 처음을 다시 겪고 있는 느낌이었다.

지킬 것이 생긴다는 것은 이런 기분이구나.

준성은 새삼 황토의 마음을 이해할 수 있을 것 같은 행복을 느끼며, 이슬의 머리를 차분히 쓰다듬었다.

이슬은 준성의 손길이 느껴지는지 몸을 작게 움직이다가 고쳐 누웠다. 그러나 준성에게 잡힌 손을 빼진 않았다. 준성은 그 손마저도 그녀의 착한 성품을 그대로 지녔다는 생각이 들어 흐뭇한 미소를 지었다.

다시 그녀의 손끝을 쥐고 있는 손에 힘을 주었다. 이 손을 놓고 싶지 않은데. 언젠가는 놓아야 한다는 생각에 서러워졌다. 이 서러운 감정도 인간의 것이겠지. 준성은 남아 있는 시간을 소중히 보내야겠다고 다짐하며 다시 눈을 감았다.

다음 날 아침, 먼저 눈을 뜬 황토가 허전함에 팔을 더듬다가 벌떡 일어났다. 분명히 이슬을 안고 잠이 들었는데 그녀가 없었다. 급히 문을 열고 나가 거실과 주방을 살폈다. 예전 같으면 투시력으로 이슬이 어디 있는지 한눈에 찾았을 텐데, 투시력이 없어진 것에 미련은 없지만 그 점은 아쉬웠다. 화장실에도 이슬이 없다는 것을 확인하고 세찬의 방에 갔다가 마지막으로 제 방의 문을 열었다.

두—둥!

북채가 북 대신 제 뒤통수를 세게 친 기분이었다.

내 품에서 자고 있던 내 여자와, 나를 죽이려던 녀석이, 내 침대에서 손을 잡고 누워 자고 있을 줄이야······.

"이 자식!"

황토가 준성에게 달려들어 멱살을 잡았다. 어떻게 괴물에서 사람으로 돌아왔는지, 간밤에 무슨 일이 더 있었는지, 이런 것은 물어볼 생각도 않고 준성의 옷깃을 잡아 억지로 일으켰다. 그 바람에 준성과 이슬의 손이 떨어졌고, 준성도 눈을 가늘게 뜨며 일어났다. 이슬은 몽롱한 듯 눈을 비볐다.

"이 자식, 일부러 괴물 흉내 냈어!"

황토의 화살은 모두 준성에게로 향했다.

준성은 황토와 말하기 귀찮다는 듯 고개를 옆으로 픽 돌렸다.

"돌아온 거야?"

뒤늦게 눈을 뜬 이슬이 준성의 모습을 보고 반가워하며 상기된 목소리로 말했다. 그러나 황토는 화를 풀지 않았다.

"야!"

황토의 큰 목소리에 눈을 잠깐 찌푸린 이슬이 황토의 팔을 잡아 준성에게서 빼냈다.

"아니야, 내가 잠깐 걱정돼서 와봤다가 잠들었어."

그리고 이슬의 얼굴은 바로 준성에게로 향했다.

"어디 봐! 이제 괜찮은 거야?"

"아이고, 아파라······."

이슬이 걱정하는 말을 건네니 준성이 앓는 소리를 내며 다시 이불 속으로 쏘옥 들어갔다.

"다시 돌아왔으면 얼른 일어나!"

황토가 호통 쳤지만 준성의 앓는 소리는 계속 이어졌다.

이슬은 오래전 갈비뼈를 다친 황토가 집에만 들어오면 엄살을 부리던 것이 생각나 한참 웃을 수 있었다.

한 시간 뒤 세 사람은 식탁 앞에 둘러앉았다. 이슬이 집에 있는 재료들로 대충 김치죽을 만들어 식탁 위에 올려놓았다.

"또 돼지죽이야?"

식탁에 앉은 준성이 지겹다는 듯 말했다.

"시끄러. 주는 대로 먹어."

아직도 아침의 충격에서 벗어나지 못했는지, 준성의 거드름 피우는 목소리에 황토가 날을 세웠다.

"내가 한 번 죽어봐서 아는데, 저승에는 남의 여자를 빼앗은 남자들을 위한 지옥이 준비돼 있어."

황토가 제대로 뒤끝을 보이며 준성을 향해 악마의 미소를 보여주었다.

"그런 얘기 좀 진지하게 하지 마!"

이슬이 인상을 쓰며 말했다.

"악마한테 잘하는 짓이다."

이슬과 동시에, 준성도 황토를 따라 한쪽 입술 끝을 비쭉 올리며 말했다. 그 후로도 밥상머리에서는 유치한 신경전이 계속됐다. 이슬은 밥이 입으로 들어가는지 코로 들어가는지 모를 지경이었다.

"아, 오늘 아버지 댁에 좀 갔다 올까 하는데."

밥을 다 먹어갈 때쯤 황토가 말을 꺼냈다. 이슬이 죽 한 숟가락을 꿀떡 삼키며 대답했다.

"그래, 다녀와."

"아니, 우리 같이 갈 거야."

이슬이 황토의 말을 알아듣지 못하고 멀뚱하니 그를 보았다. 황토가 그녀를 보며 미소 지었다. 어제 황토가 했던 말이 떠올랐다. '진짜 가족이 되려고'. 그 말이 그 말이었나? 이슬도 생각은 하고 있었지만 이렇게나 빨리 얘기를 꺼낼 줄 몰랐다.

"아니, 나는 준비가 아직……."

"준비하고 말고 할 게 어딨어? 내가 한 번 죽어보고 나서 얻은 교훈이 뭔지 알아?"

황토의 입에서 또 저승 얘기가 나왔다. 이슬은 황토의 말을 다 듣지도 않고 도리질을 쳤다.

"아, 이제 그 얘긴 그만."

"하고자 하는 건 후회 없이 빨리 해야 된다는 거야."

황토가 빠르게 말을 마쳤다.

퍼뜩 정신이 드는 느낌이었다.

그래, 맞아. 그랬지. 바닷가에서 황토가 홀연히 떠난 뒤에 매일 생각했던 것이 그거였는데. 사람은 참 간사하게도 돌아서면 잊어버린다.

이슬은 황토의 말에 새삼 교훈을 얻은 듯 평화로운 미소를 지었다. 옆에서 지켜보던 준성에게도 그 미소가 옮겨가고 있었다.

역시 난 네가 웃는 게 좋아. 준성은 마음속으로 다시 그 말을 했다.

황토와 이슬은 내친김에 바로 출발하기로 했다. 이슬은 마음 같아선 머리도 예쁘게 하고, 옷도 사 입고 가고 싶었지만, 황토는, 아버지는 소탈한 것을 좋아하신다는 말로 이슬을 부추겼다. 결국 이슬은 늘 입던 옷에, 늘 하던 머리를 하고 황토네 집을 방문하게 되었다.

"그리고 당신을 믿긴 하지만, 절대 아버지가 심한 말을 하더라도 꼬리 내리고 도망가려 하지 마."

대문 앞에 선 황토가 당부하듯 말했다.

"안 그래, 걱정하지 마. 기억 안 나? 내가 널 평생 치료해 주겠다고 했던 거."

이슬이 황토의 손을 잡고 힘을 주었다.

황토가 잡히지 않은 손을 뻗어 이슬의 뺨을 어루만지다가 허리를 굽혀 가볍게 입을 맞췄다.

워낙 순식간에 일어난 일이라 미처 피하지 못한 이슬은 뒤늦게 몸을 뒤로 빼며 얼굴을 붉혔다.

"야! 그래도 이건 아니지! 대문 앞에서!"

"더한 걸 할 수도 있는데 간신히 참은 거야. 날 도발하지 마."

황토의 말에 이슬이 입을 꼭 다물었다.

곧 황토는 초인종을 눌렀다. 이슬은 전쟁터에 나가는 마음가짐으로 결연한 표정을 지었다.

잠시 후, 누구냐고 묻는 말 없이 문이 끼익 열렸다.

이슬이 10년 전에 와본 집이었지만 잘 기억이 나진 않았다.

아파트에서 보는 황토는, 그리고 회사에서 보는 황토조차도 그렇게 멀게 느껴지는 사람은 아니었는데. 이 궁궐 같은 집에 들어오니 황토가 아득히 멀게 느껴졌다.

"뭘 떨고 그래, 누가 잡아 먹는다고."

집의 스케일에 압도되어 어깨를 움츠린 이슬에게 황토가 농담처럼 말을 걸고 그녀의 어깨를 안아주었다. 이슬은 곧 마음을 추슬렀다가, 이내 더 어깨를 움츠리고 말았다. 이 장면을 그의 아버지가 봤다는 게 문제였다.

황토를 맞이하러 나온 그의 아버지는, 두 사람의 가벼운 애정행각을 보고 못마땅한 표정을 짓고는 먼저 안으로 들어갔다.

"겁먹지 마. 저 표정은 내가 아는 표정이야. 이제 고지가 얼마 남지 않았어."

황토가 희망적으로 말했다. 그 말이 사실인지, 그저 이슬을 편하게 해주려고 하는 말인지 그녀는 도무지 알 수가 없었다.

"안녕하세요, 지난번 인사드렸던 강이슬입니다."

황토가 이슬을 소개하기 전에 이슬이 먼저 황토의 아버지에게 인사했다.

"이렇게 또 볼 줄 몰랐네. 일단 앉아요."

분노인지 포기인지 알 수 없는 표정을 지으며, 황토의 아버지가 건조하게 말했다. 그러고는 바로 본론을 얘기하겠다는 듯, 자리에 앉은 황토를 진지하게 보았다.

그는, '황토야' 하고 목소리를 깔았다. 황토 또한 진지한 표정으로 아버지를 보았다.

이어서 아들과 아버지의 입에서 동시에 같은 말이 나왔다.

"아버지, 저 곧 죽어요."

"아들아, 나 곧 죽는다."

누가 부자지간 아니랄까 봐.

멀리서 세 사람을 향해 걸어오던 황토의 새어머니가 기어이 품 웃음을 터뜨렸다. 그 웃음으로, 황토는 아버지의 말이 거짓이란 걸 알게 되었다.

"아, 당신 때문에 망했잖아!"

황토의 아버지는 새어머니가 도움이 안 된다는 듯 나무랐다. 새어머니는 그 모습에도 미소를 지어 보였다.

"미안하네요. 일찍 왔네?"

새어머니가 황토에게 다정하게 인사했다. 하지만 무언가 불편해 보이는 얼굴이었다.

"안녕하세요, 어머니."

황토가 새어머니에게 깍듯이 인사했다. 순간 새어머니는 잠시 마네킹이라도 된 것처럼 멍한 표정으로 그 자리에 섰다.

"그래, 안녕……."

새어머니의 눈이 순간적으로 초롱초롱하게 빛났다. 감격한 눈빛이었다. '어머니'라는 말을 제대로 한 적 없는 황토였기에 그녀는 놀랄 수밖에 없었던 것이다. 새어머니의 눈이 자연스레 이슬에게로 향했다. 그녀가 황토를 이렇게 변화시킨 걸까. 그런 거라면 두 손 들고 환영하고 싶었다.

"저기, 그냥 인사하러 나왔어. 아가씨는 편히 있어요."

새어머니는 인사만 하고 바로 방으로 돌아갔다. 황토에게 뜻밖의 인사를 받아 감격한 마음과 황토와 남편의 갈등에 끼어들고 싶지 않은 마음이 혼재하여 거실에 더 머무를 수 없게 되었기 때문이다.

새어머니와 인사를 나눈 황토가 다시 입을 열었다.

"아버지는 이 사람한테 고마워하셔야 돼요. 아버지는 잘 이해 못하시겠지만, 제가 이 사람 덕분에 안 죽고 살아 있으니까요."

"너 두 달만 막살고 끝내겠다고 그랬잖아!"

황토의 아버지가 옛날 이야기를 들추어내며 얼굴을 붉혔다.

"그래서 똑바로 살려고 이 사람이랑 결혼하겠다는 거예요."

황토도 지지 않고 말했다.

"뭐?"

"아버지, 내일이 마지막이다, 이런 마음으로 살아보니까 역시 내가 사랑하는 사람이 전부더라고요. 저도 앞으로 아버지한테고 가족한테고 잘할 테니까 절 믿어주세요."

부모님께 앞으로 효도 잘한다고 하는 것만큼 설득력 있는 얘긴 없다.

자신 있는 말투와 진정성이 느껴지는 눈빛.

마치 오늘을 위해 28년 인생을 성질 있게 살아온 사람처럼 묘하게 부드러워진 모습에 그의 아버지는 어떤 말도 할 수 없었다. 결국 황토 아버지의 입에서 '너한테 속는 셈 치고'라는 말이 나올 때쯤, 이슬이 두 번째 주자로 나섰다. 황토 아버지의 앞에 수줍게 흰 봉투 하나를 내려놓는 게 다였지만.

황토의 아버지는 눈이 휘둥그레졌다. 봉투를 건네면 내가 건네야 하는 건데, 얘가 대체 뭐 하는 건가 싶었다. '그래도 내가 아버진데, 먹고 떨어지라는 건가?' 이 말이 입 밖으로 나올 뻔했다.

아버지가 새롭게 알게 된 것은, 봉투를 받는 건 썩 좋은 기분이 아니라는 것.

하지만 이슬에게서 나온 말은 남달랐다.

"신조어에 대한 업뎃이 필요할 것 같아서."

오오, 심쿵! '신조어'라는 말에 황토의 아버지가 눈을 빛냈다. 그는 요새 젊은이들이 쓰는 말에 상당히 관심이 많았지만, 젊은 사람들을 편하게 만날 기회가 별로 없어 언제나 그 센스를 업데이트하지 못했던 것이다.

봉투 안에 든 것은, 이슬이 손수 정리한 올해의 유행어들이었다.

"이것만 알고 계신다면 아버님은 올해의 승리자. 특급 칭찬을 받으실 거예요."

"특급 칭찬?"

황토의 아버지는 금방 귀가 솔깃해졌다.

"네. 앞으로 유행어 관리는 제가 해드릴게요."

이슬이 이상한 봉투를 준비해 온 덕에 황토의 아버지와 이슬은 생각보다 금세 가까워졌다. 헤어질 때쯤에는 '땡땡큐'와 같은 말을 하며 웃을 수 있을 정도가 되었다.

"하아…… 끝났다."

황토의 차에 오른 이슬이 좁은 공간에서 몸을 쭉 펴며 말했다.

"긴장했던 거 맞아? 난 여우 한 마릴 보는 것 같아서 소름이 돋았다니까."

"됐어. 그만 놀리고 집으로 가자. 준성이가 걱정돼."

준성에 대한 걱정을 놓지 않는 이슬이 마음에 들지 않았지만 황토는 더 내색하지 않았다. 이제 이슬이 황토를 위해 자신을 내려놓은 만큼 그도 이슬의 성격을 이해해 줘야겠다는 생각이 들었다.

아버지 댁에 오래 머물러, 집으로 다시 돌아오니 어느덧 점심때가 되어 있었다. 준성이 또 이슬의 죽맛을 보고 싶은 건지, 주방에 멀뚱하니 앉아 있었다.

"배고파. 죽 좀 끓여봐."

미각을 알지 못하는 준성이 처음으로 이슬에게 먹을 것을 요청했다. 이슬은 준성이 정말 인간이 되어가는 것인지도 모른다는 생각에 들뜬 목소리로 대답했다.

"알았어. 들깨죽 끓여줄게. 옷 갈아입고 올 테니까 기다려."

이슬은 편한 옷으로 갈아입기 위해 서재로 들어갔다. 주방엔 준성과 황토만 남았다.

10년간 준성과 긴밀하게 이어질 수밖에 없었던 황토는 준성이 무언가를 숨기고 있다는 것을 알아챘다. 이슬이 안 보는 사이 준성의 옷을 들춰본 황토는 놀라움을 금치 못했다.

"허."

준성이 황토의 입을 막지 않았다면, 황토의 목소리는 서재에 있는 이슬의 귀에까지 닿았을 것이다.

준성의 옷 속에 가려진 몸은, 아무것도 없었다. 겉으로 보이는 부분만 제외하고 그는 투명인간과도 같았다.

황토는 이승과 저승의 경계에서 자신의 몸이 없어지고 의식만 남아 있었을 때의 기억이 났다.

황토가 준성의 몸을 확인하고 받은 충격과는 다르게, 준성은 초연하게 말했다.

"네 여자한테는 말하지 마."

정말 슬퍼할 거야, 그런 의미였다.

"그냥 그렇게 사라지는 건 아니지?"

황토가 정말 걱정된다는 듯, 진심 어린 마음으로 물었다. 이제 더는 악마가 아닌 준성이 따뜻하게 웃었다. 그러나 대답은 하지 않았다.

이제야 준성은 황토가 이슬을 두고 떠날 때 그녀에게 아무 말도 하지 않았던 마음을 이해할 수 있을 것 같았다.

"나는 닷새 뒤에 떠나기로 되어 있어. 과연 내가 원래 있던 곳으로 돌아가게 되는지는 모르겠지만."

준성이 덤덤하게 말했다. 그 말투에는 조금의 슬픔도 묻어나지 않았다. 그럼에도 황토의 마음엔 불안함이 일었다.

다시 준성의 옷소매를 걷어본 황토의 표정이 어두워지고 있을 때, 옷을 갈아입은 이슬이 주방으로 모습을 드러냈다. 황토는 재빨리 준성의 옷을 정리하고 아무 일도 없었던 것처럼 고쳐 앉았다.

"뭐 하고 있어?"

황토의 수상한 표정을 읽어낸 이슬이 두 사람에게 물었다.

준성이 피식 웃고는 별일 아니라는 듯 가볍게 대답했다.

"강이슬이 김황토한테 언제 빠졌나에 대한 내기."

어벙한 표정으로 한참 그 말뜻을 헤아려 보던 이슬은 눈을 희번득하게 뜨고 소리를 높였다.

"날 가지고 내기를 해? 이것들이 죽고 싶나!"

한 명은 죽었다 살아 돌아온 사람.

한 명은 언제 태어났는지도 알 수 없어 죽는다는 개념조차 있는지 모르겠는 사람.

이 사람들에게 죽고 싶냐고 성을 내는 것이 과연 위협적인지는 모르겠으나 한 가지 영향력은 확실했다. 재미있다는 것. 준성은 큭큭 웃었다.

"이놈들이! 진지하고 순수한 마음을 그렇게 매도하냐?"

이슬만 혼자 씩씩거리며 전혀 위협적으로 보이지 않는 삿대질로 허공을 몇 번 찌르고는 다시 방 안으로 들어갔다. 요리하는 데 걸리적거리는 머리를 묶으려는 모양이었다.

"아우, 귀찮아. 이놈의 머리, 확 잘라 버리든가 해야지."

준성을 따라 웃던 황토가 이슬이 짜증 내는 모습을 보고 잠시 멍하니 그녀의 잔상을 좇았다. 준성이 얄밉게 빈정거렸다.

"지금 저 모습이 저 여자의 본모습이야. 잘 생각해 봐, 네가 사랑한 게 저 여자가 맞는지.”

“어떻게 저 성질을 지금까지 죽이고 살았나 몰라. 그건 분명 미스터리다.”

“그러니까 독한 여자라는 거야. 결혼은 다시 생각해 봐.”

준성이 악마답게 말했다. 황토는 가볍게 코웃음을 털어냈다.

“그건 안 되지.”

지금 황토로선 이슬이 무얼 하든 귀엽고 사랑스러워 보였다.

점심을 먹은 후, 황토는 준성에게 쉬라고 말하고 이슬과 둘이서 설거지를 했다.

겨우 사람의 마음을 갖게 된, 초보 사람 준성은 잘 이해가 가지 않았다. 별로 할 것도 없는 것이라 한 사람이 빨리 해치우는 편이 더 빠를 텐데 이것들은 대체 왜 저러는 것인지. 게다가 황토의 방에서 가만히 지켜보자니, 이것들이 설거지는 뒷전이고 저 조그만 싱크대에서 물장난을 치고 있는 것이 아닌가.

그래, 세상이 핑크인 건 알겠다. 그런데 내가 투시력이 있다는 건 잊어버릴 생각인가.

준성은 오만상을 찌푸리다가 눈을 감았다. 하지만 주방에서 들리는 이슬의 고운 목소리가 준성의 귀를 자꾸 건드렸다. 두 사람은 옛날 얘기를 하고 있는 것 같았다.

“네가 옛날에, 내 안에 악마가 있어, 이럴 때 엄청 웃겼는데 말이야. 오글오글해서 손발이 떨어져 나가는 줄 알았어.”

그다음엔 평소보다 두 옥타브는 낮아진 것 같은 황토의 목소리가 준성을 괴롭혔다.

“악마는 아직 있어. 유혹의 악마라고…….”

더 듣기 곤란해질 것만 같았다.

"뭐, 더 이상 그게 악마는 아닌 것 같지만 말이야."

예민한 준성의 귀에 두 사람의 끈적한 입맞춤 소리가 들려왔다.

하아…… 차라리 그냥 옹골마을에 놔둘 것이지. 왜 여기까지 데려와서 저런 적나라한 소음에 고통받도록 방치해 두는 것이냐.

자신이 악마로서 행한 일로 벌을 받을 것이라는 건 일찍이 알고 있었지만, 이런 벌일 줄이야. 준성은 결국 자리를 박차고 일어나 문을 열었다.

강력 본드로라도 붙여놓은 것처럼, 준성의 출현에도 아랑곳없이 달라붙어 있는 두 사람. 남─녀─남─녀 서로 엇갈린 채 한 줄로 늘어선 두 사람의 다리가, 이들이 앞으로 어떤 시간을 가질지 먼저 말해주고 있었다.

"어, 저기……."

이슬이 뒤늦게 준성이 방에서 나온 걸 알아차리고 황토에게서 벗어나려 황토의 가슴을 밀어냈다. 하지만 황토가 이를 받아들일 리없었다. 황토는 도전적인 눈빛으로 준성을 보았다.

"내가 나간다!"

준성이 소리를 빽 지르고는 성큼성큼 걸어 밖으로 나갔다. 이슬이 준성을 잡으려 했지만 황토가 이슬을 막았다.

"저렇게 그냥 떠나진 않겠지?"

황토에게 붙잡힌 이슬이 걱정스럽게 말했다.

황토가 미소와 함께 대답했다.

"응. 절대 그럴 리 없어. 걱정 마."

왜냐면, 그 녀석은 당신을 좋아하니까.

황토가 이슬의 머리를 쓸어내리다가 다시 그녀의 목을 끌어당겼다.

"저기, 저기."

아까부터 이슬은 자꾸 '저기'를 찾아댔다. 도대체 저기 뭐가 있길래, 황토는 이슬의 목덜미에 바람을 후우, 불었다. 흐윽, 하고 이슬이 탄식 같은 작은 비명 소리를 냈다. 이슬의 당황하는 표정에 은근한 희열을 느끼며 황토는 웃음을 참았다.

"저기, 뭐."

이슬을 은근슬쩍 골리며 황토는 이슬의 티셔츠 안으로 손을 밀어 넣어 그녀의 맨살을 간지럽혔다.

"아, 저기……."

"저기, 뭐."

"야아, 너……."

당황한 이슬이 황토를 원망스럽게 흘겨보았다. 황토의 눈 안에는 웃음이 가득했다. 이슬을 놀리는 것이 즐거운 모양이었다.

"알았어. 장난은 이제 그만."

황토가 이슬을 안아 올렸다. 안아 들어 올린 자세에서는 이슬을 다루기가 더 쉬웠다.

이슬은 도망을 갈 수도 없게 되었다. 결국 황토의 목에 팔을 감고 그의 다리가 움직이는 대로 가만히 있을 수밖에 없었다. 잠시 후 이슬을 안고 제 방의 침대로 간 황토는 이슬을 침대에 눕히고 그 옆에 나란히 누웠다. 이슬은 다가올 거사가 걱정되는지 곁눈질로 황토를 보다가 눈을 꼭 감아버렸다. 황토는, 지금껏 실컷 누나 행세를 해왔던 주제에 잔뜩 긴장하고선 목을 뻣뻣하게 당기고 있는 이슬의 모습이 우스웠다. 우습고도 사랑스러웠다.

어쩌면 그녀가 이 집에 들어왔던 그날부터 사랑에 빠졌었는지도 모르겠다. 아니, 10년 전 그녀가 그에게 과외는 그만하고 아버지께 가보라고 했을 때부터였는지도. 황토는 그녀를 다시 만나길 오랫동안 기다려 왔는지도 모르겠다. 그간의 우여곡절은 지금 이렇게 하나가 될 순간을 아름답게 만들어주기 위해 선택된 작은 산들이었나 하는 생각이 들었다.

"강이슬."

눈을 감은 채 긴장을 풀지 않고 있던 이슬이 눈을 떴다. 황토가 그 눈에 입을 맞추자 이슬은 간지러운 듯 다시 잠시 눈을 감았다.

"내 순정을 당신한테 주는 거야."

뭐? 이슬이 그 뜻을 알아듣지 못하고 동그란 눈으로 물었다. 황토는 상체를 들어 올려 이슬을 제 팔 안에 가두고 맑고도 강렬한 눈으로 그녀를 바라보았다.

"순정도 주고 순결도 주고, 다 줄게. 다 가져."

단숨에 그의 입술이 이슬의 입술에 가 닿았다. 그리고 그는 그 입술의 온기를 입술에서 턱으로, 목으로 실어 날랐다.

순정이랑 순결을 준다며. 왜, 어느 하나 서투른 데가 없는 거니.

"……너, 넌 어디서, 배운 거니……."

이슬이 유려하게 움직이는 황토의 입술에, 옅은 탄성을 흘려보내다 겨우 말했다.

"본능."

황토가 짧게 대답하고 다시 이슬의 입술을 따뜻하게 덮었다. 말이 필요 없는 순간일수록 말이 많아지는 이 여자의 입을 막기 위해서였지만, 그녀와의 입맞춤은 언제나 첫 키스처럼 짜릿하고 달콤하다.

"왜, 싫어?"

황토가 슬쩍 물었다. 싫다고 대답하면 멈출 생각인가. 그것도 아닌데 말이다.

"아니……."

이슬이 달뜬 숨을 토해내며, 더 붉어진 입술로 대답했다. 어쩌면 이 말을 듣기 위해 물어봤던 것인지도 모르겠다.

"좋아서……."

그녀가 수줍게 웃었다. 그 말에 황토는 이슬의 위로 와락 엎어질 수밖에 없었다.

※

사랑을 지키는 방법은 모두 제각각일 수밖에 없다. 마주 보는 사랑은 하나뿐이기 때문이다. 황토처럼, 그리고 이슬처럼 서로를 향한 눈동자로 미소 지을 수 있는 사랑이 있는 반면, 준성처럼 행복한 두 사람을 바라보며 축복을 빌어줘야 하는 사랑도 있다.

그리고 여기에, 이도 저도 아닌 불쌍한 사랑도 있다.

"둘이 너무 안 어울리네. 헤어져, 헤어져."

우석이 볼멘소리로 말했다.

카페 안. 준성이 갑작스럽게 '정우석이란 사람을 만나고 싶다'라고 하여 함께 모인 자리였다. 우석은 사람 좋은 미소로 준성과 잠깐 인사를 나누고 계속 이슬과 황토를 향해 투덜거렸다.

"이상하게 근 두 달간 너에 대한 감정이 없단 말이지……. 네가 장기 해외 출장을 갔고…… 그동안 이슬 씨랑 점심도 한 끼 같이 했는데."

우석이 황토가 사라졌을 때의 기억을 되짚어보려 노력하며 고개를 갸웃거렸다.

"나는 이슬 씨랑 나랑 친해졌다고 생각했는데, 이 확인사살은 뭐예요?"

우석이 원망스럽게 말했다. 황토가 사라져 있는 동안 이슬과 좀 더 친하게 지내지 못한 것을 억울하게 생각하는 눈치였다.

황토가 둘러댔다.

"형이 내가 너무 미워서 날 잊으려고 했던 거 아니야?"

"뭐, 그랬을 수도. 하지만 이슬 씨, 얘가 나한테 자기가 없어지면 이슬 씨를 부탁한다고 그랬단 말이에요. 이슬 씨를 버린 거라고. 지금 생각하니까 기분 나쁘네. 별장에 같이 가기로 했을 때만 해도 나랑 이슬 씨랑 잘 돼가고 있었다고. 근데 가차 없이 빼앗고. 그러고 나서 나한테 양보하는 것처럼 하다가 또 이렇게 붙어 있는 거 보여주려고 막 바쁜 사람 부르고. 내가 무슨, 아름다운 가게냐?"

우석의 불평에 황토와 이슬이 빙긋 웃었다. 황토가 고개를 저으며 대답했다.

"그건 아니고, 이 친구가 잠깐 형이랑 얘기 좀 나누고 싶다고 그래서 온 거야."

우석이 준성에게로 고개를 돌렸다. 우석이 의아한 표정을 짓고 있을 때 준성이 대뜸 말했다.

"미안하오."

뭐지, 이 뜬금없는 사과는.

우석이 뒤통수라도 한 대 맞은 듯이 멍한 표정을 짓고 있을 때, 준성이 거사를 끝냈다는 듯 손을 털고 일어났다.

"가자, 이제."

이슬과 황토도 당황할 수밖에 없었다. 그가 아무리 잘못했다지만 우석으로서는 절대 자초지종도 알 수 없는, 그저 자기만족뿐인 사과를 할 줄이야.

"저분…… 혹시 우리 아버지한테 돈 빌렸나?"

준성의 알 수 없는 행동에 대해 몇 번 생각하던 우석이 순진하게 물었다. 이슬과 황토는 아무 말도 하지 못하고 몰래 한숨만 내쉬었다.

준성으로선 이게 최선이었다는 걸, 황토와 이슬은 아직도 잘 몰랐다. 이제 곧 그는 사라질 것이다. 아침에 일어나니 발도 사라져 버렸다. 아직은 투명인간처럼 양말을 신어 발을 가리면 되지만 곧 이것조차도 할 수 없게 될 것이다. 몸도 점점 가벼워지는 것을 느꼈다. 기린에게도 가서 직접 사과를 하려면 시간이 너무 없었다.

"강이슬."

황토가 멀리 주차한 차를 가지러 간 사이 준성이 이슬에게 말을 걸었다.

"저 녀석을 너한테 맡길게."

그 말이 왠지 슬프게 들려 이슬은 조르듯 물었다.

"그냥 셋이 다 행복하게 살면 안 돼?"

"그게 무슨 웃기는 소리야? 내가 남자라 그렇게도 말이 쉽게 나오지. 내가 여자여서, 황토를 사랑하는 쪽이라면 그런 얘기를 할 수 있어?"

그렇구나. 맞는 얘기였다.

"하지만……. 그래도 다음 생이란 게 있다면 말이야."

이슬을 나무라던 준성이 별안간 미소 지었다.

"나랑 결혼해 주겠어?"

"뭐어?"

"농담이야, 쫄기는."

준성은 이슬을 놀리는 것이 재미있어 큭큭 웃었다. 이슬도 피식 웃음을 지었다.

"그리고 이건 농담 아닌데 말이야……."

준성이 마저 얘기하겠다는 듯 입을 열었다.

"너희 집에 불을 낸 건 나였어."

"응?"

이슬이 눈을 깜빡이며 되물었다. 가만, 우리 집에 언제 불이 났었지? 그렇지, 황토를 만나기 전에 그런 일이 있었지. 그래서 살던 원룸에서 쫓겨나듯 나올 수밖에 없었는데. 그게 준성의 짓이라고?

"그래. 그것뿐이지?"

이슬이 물었다. 준성이 금방 대답했다.

"네 동생한테 주식 정보를 준 건 내가 아니야."

이슬이 끄덕거렸다.

그래. 집에 불을 낸 것 정도야, 덕분에 김황토라는 사람을 만날 수 있게 되었으니 오히려 고마운 일이다. 준성은 아주 오래전부터 그녀를 지켜보고 있었던 것이다.

이 정도 되면, 악마가 아니라 큐피드라고 보는 것이 옳다.

"정보를 주는 걸 옆에서 지켜보긴 했어."

뭐라고?

"이이이……."

10억이 넘는 돈을 한순간에 날려 버리게 만들고도 이렇게나 태평한 고백이라니! 기가 막혀 말이 나오지 않았다.

"이이이이 자식!"

이슬이 준성에게 무섭게 달려들었다. 준성은 즐거운 듯 웃었다.

"죽여 버릴 거야, 진짜!"

준성이 화가 난 이슬의 손목을 잡아 그녀를 막아냈다. 그때 준성의 옷에 가려진 그의 투명한 팔목이 잠시 드러났다.

"헉!"

그의 보이지 않는 팔을 보고 놀란 이슬이 잠시 손을 뗐다가 다시 잡는 동안 준성은 드러난 팔을 다시 옷으로 감췄다.

"뭐야? ……방금 그거."

앙칼지게 달려들던 것도 잊은 이슬이 떨리는 목소리로 물었다. 준성은 그저 빙긋 웃었다.

"나는 이 세계의 사람이 아니니까. 어서 돌아오라는 신호 같은 거야."

"아픈 건 아니지?"

이슬은 준성이 다시 피투성이로 변해 버릴 것을 염려하며 물었다.

"아니야. ……이번엔 그 꼬마한테 갔다 오자."

준성은 재빨리 화제를 돌리며 이슬의 걱정 어린 눈빛을 차단시켰다.

잠시 후, 차를 가져온 황토는 준성의 뜻대로 기린의 어린이집 쪽으로 차를 몰았다.

가까운 곳이라 금방 기린의 어린이집 앞까지 갈 수 있었다. 세 사람은 어린이집 뒤의 공원에 자리를 잡았다. 겨울이라 오가는 사람은 한 명도 없었다.

이슬이 어린이집으로 향하며 말했다.

"기린이 나올 시각이다. 얼른 데려올게."

준성이 점점 멀어지는 이슬을 보며 황토에게 말했다.

"예쁜 여자애가 태어날 거야."

"뭐라고?"

황토가 준성이 무슨 말을 하는지 모르겠다는 눈빛으로 물었다.

"무슨 말인지는 네가 더 잘 알 거 아니야."

그제야 황토는 그 말의 뜻을 알아들은 모양이었다.

"정말?"

황토의 뺨이 금세 빨갛게 상기되었다.

"정말? 정말?"

"믿기 싫으면 관둬."

준성이 불퉁스럽게 말했다.

"아냐. 믿어, 믿어!"

벌떡 일어난 황토는 준성의 앞을 부산스럽게 서성였다. 이렇게까지 흥분한 모습의 황토는 처음이었다.

"파티를 해야 되나? 어쩌지? 알게 되면 당황할까? 나한테 화내진 않겠지? 일단 결혼을 해야 돼? 임신한 거 알기 전에 결혼할 수 있을까? 뭘 먼저 해? 좋아하겠지? 나만 좋아하는 건 아니겠지? 나만……"

"아, 그만!"

괜히 알려줬다는 생각이 들었다. 준성의 말 한마디에 황토는 풍수데기가 되어버린 것이다. 한자리에서 물음표를 아홉 개나 만들고도 또 다른 질문을 고르는 모습에, 준성의 얼굴엔 웃음과 짜증이 동시에 나타났다.

"난 떠날 거야."

준성이 흥분한 황토를 진정시키고 말했다. 황토의 상기된 얼굴이 또 금세 가라앉았다.

"지금."

준성이 말을 덧붙였다.

황토가 물었다.

"다시 악마로 돌아가는 거라고?"

"아니, 그건 아닐 거야. 이미 그쪽 세계의 존재는 아닌 것 같아. 나도 새로운 모험을 하게 되겠지."

"다시 돌아올 수 있어?"

준성은 '그럴 리 있겠냐?' 라고 말하려다가 왠지 서글퍼져서 웃음으로 스스로를 달랬다.

"글쎄. 하지만 나도 내 의지를 가지고 살아가 보려고 해."

텅 빈 가슴에서 뜨거운 바람이 불고 있었다. 존재가 사라져 가는 곳이 어딜지 알 수 없어, 앞선 말과는 다르게 이내 두려움이 생겼다.

"기억나지 않으면 어쩌지?"

준성이 울컥하는 감정을 숨기며 물었다. 그의 모습은 희미해져 가고 있었다.

"사라진다는 건 이렇게 텅 비어버리는 거였어. 넌 그걸 어떻게 버텼지?"

황토가 흐릿해지는 준성을 안아 토닥였다. 하지만 준성의 시간은 가속도가 붙어 움직였다. 준성은 황토에게서 한 걸음 물러나 마지막 인사를 했다.

"너희들이 날 알았던 기억을 지워줄게. 아픔이 많았을 테니까."

"아니, 그건……."

그건 원하지 않는다는 말을 하려고 했는데, 황토가 말을 채 마치지도 못했을 때, 흐릿한 무지개색의 빛이 준성의 온몸을 감쌌다. 곧 준성이 '메롱' 하고 혀를 내밀고는 피식 웃었다. 준성다웠다. 그의 미소가 가장 마지막으로 황토의 곁을 떠났다.

정말 악마는 아니었다. 악마가 이렇게 아름답게 사라진다는 얘기는 들어본 적이 없다.

하지만 행복해라, 잘살아라, 따위의 따뜻한 인사도 없었다. 그저 기억을 지워준다고 했을 뿐. 이마저도 실패한 모양이었지만.

"이준성, 이 실패자."

이 말이 절로 나왔다. 준성은 황토의 기억도 제대로 지우지 못했다.

얼마 지나지 않아 이슬이 혼자 황토에게로 달려왔다.

"기린이가 먼저 어린이집 버스를 탄 모양이야. 근데…… 뭐야, 얘 어디 갔어?"

황토가 슬픈 얼굴로 픽 웃었다. 준성도 인간 세상의 '타이밍'을 맞추지 못해 완벽한 이별을 하지 못한 것이다.

차라리 기린이는 제쳐 두고 이슬과 제대로 된 인사를 하지 그랬냐.

게다가 이슬은 황토를 보자마자 준성에 대해 물었다. 이슬의 기억도 지우지 못했다는 얘기였다.

"갔어."

황토가 쓸쓸하게 대답했다.

"뭐야……."

이슬의 눈에 그렁그렁 눈물이 맺혔다. 그녀는 준성에게 끝내 묻지 못한 말을 황토에게 물었다.

"좋은 곳으로 간 거 맞지? 힘들어지는 거 아니야?"

"아닐 거야. 새로 살아가기 위해서 가는 거라고 했어."

그의 시작을 축복해 주어야 하는데 왜 눈물이 나는지, 황토는 알수 없었다. 황토의 눈에서 먼저 눈물이 떨어졌다. 어떤 악연이더라도 삶이 쇠하여 가는 이별은 슬프다는 것을 알아버렸다.

이슬의 눈에서도 같은 것이 흘러내렸다.

"악마가 아니라 천사가 다녀간 느낌이야."

슬픈 와중에도 한없이 기쁜 소식이 같이 있으니, 얼떨떨했다. 황토는 눈물과 미소를 함께 흘려보내야 했다.

"응. 하지만 천사는 또 하나 오고 있는 것 같은데."

"응?"

"아니야. 일단 당신은 좀 편히 자는 게 좋겠어."

너무 슬퍼하면 아가에게 해로울 것 같다는 생각에, 황토가 이슬의 눈물을 슬며시 닦아주며 말했다. 그러는 동안 황토의 눈에 고여있던 방울이 재빠르게 바닥으로 떨어졌다. 이슬이 황토를 안아주었다.

이슬의 어깨에 기대 있는 동안, 황토는 준성이 앉았던 벤치에 글자가 새겨져 있는 것을 볼 수 있었다.

이제 두 사람은 길을 잃지 않을 것이다.

설마, 준성이 써놓은 것은 아니겠지, 하고 생각하고 있는데, 글자가 벤치에서 떨어져 나와 잠시 허공에 머물렀다가 흩어지듯 사라졌다. 하지만 그의 가슴에 그 흔적이 새겨졌다. 이슬이 처음 집에 왔던 날, 그의 옷장 벽에서 그를 기다리고 있던 검정 글씨가 허공으로 붕 떠올랐다가 그의 손등에 스며든 것처럼.

황토는 더 이상 보이지 않는 준성이 오래토록 두 사람을 지켜볼 수도 있겠다는 생각이 들었다.

소식에 없었던 눈이 내리기 시작했다. 새하얀 눈이 황톳빛 땅에 떨어져 이슬이 되는 것을, 두 사람은 오랫동안 지켜보았다.

〈끝〉

작가 후기

이 글의 웹 연재 기간 동안 한 독자님으로부터 쪽지를 받은 적이 있습니다. 제발 해피엔딩으로 해달라고. 해피엔딩이 아니면 작가인 저를 평생 미워하겠다고. 그 뒤로도 결말에 대한 압박(?)은 꾸준히 계속되었습니다.

다소 무거운 주제였던 만큼, 이 글은 제게 큰 책임감을 갖게 했습니다. 악마니, 영혼이니, 죽음이니 하는 것들을 쉽게 다룰 수는 없었기 때문입니다. 그래서 작업이 더디기도 했고 고통스럽기도 했습니다.

그런 면에서 해피엔딩에 대한 협박은 사실, 달콤했답니다. 그저 이야기 속에 머물러 있는 아이들일 뿐인데, 주인공들의 행복을 진심으로 응원해주셔서 감사합니다. 독자 여러분들의 애타는 압박이 없었다면 저는 상쾌한 끝을 맺지 못했을 겁니다.

연재 기간 동안 특히나 힘들어했던 저를, 세심하게 신경 써주신 네이버 웹소설팀과 청어람 문혜영 부장님 외 출판 관계자분들, 격려해 주신 가족, 그리고 멋진 파트너 페퍼 작가님께 이 지면을 빌어 고마운 마음을 전합니다.

마지막으로 오랜 시간 작가와 함께 호흡해 가며 읽어주신 웹 독자님들과 새롭게 이 책을 발견해 주신 독자님들께 다시 한 번 애정을 담아 감사의 인사를 올립니다.